mtb

Umwelthinweis:
Dieses Buch wurde auf chlor- und säurefreiem Papier gedruckt.

Jetzt und auf ewig

MIRA® TASCHENBUCH
Band 20067
1. Auflage: Februar 2017

MIRA® TASCHENBÜCHER
erscheinen in der HarperCollins Germany GmbH,
Valentinskamp 24, 20354 Hamburg
Geschäftsführer: Thomas Beckmann

Konzeption/Reihengestaltung: fredebold&partner GmbH, Köln
Umschlaggestaltung: büropecher, Köln
Redaktion: Mareike Müller
Titelabbildung: Givaga, IakovKalinin, Coldimages/Thinkstock
Satz: GGP Media GmbH, Pößneck
Druck und Bindearbeiten: GGP Media GmbH, Pößneck
Printed in Germany
Dieses Buch wurde auf FSC®-zertifiziertem Papier gedruckt.
ISBN 978-3-95649-640-0

www.mira-taschenbuch.de

Robyn Carr

All die Sehnsuchtsjahre

Roman

Aus dem Amerikanischen von
Elisabeth Hartmann

mtb

1. Kapitel

John fuhr regelmäßig an Jess Wainscotts Haus vorbei und hielt Ausschau nach ihrer Tochter Leigh. Beinahe fünf Jahre waren vergangen. Dass er einen Blick auf Leigh zu erhaschen hoffte, ärgerte ihn; er wäre gern über sie hinweg gewesen. Dennoch hielt er unwillkürlich die Augen offen – und er war keineswegs über sie hinweg.

An diesem Tag fuhr er nicht einfach nur vorbei. Jess hatte einen Auftrag für ihn. John besaß eine eigene Firma in Durango – McElroy Property Services. Er bot nicht nur Reparatur- und Instandhaltungsarbeiten an, sondern zu seinem Geschäft gehörten auch eine Landschaftsgärtnerei und eine sehr gute Gärtnerei. Und nun wollte Jess wissen, ob es jetzt – Anfang März – vielleicht zu früh wäre, um ein Mandelbäumchen zu pflanzen. Obwohl sein Unternehmen mehr zufällig oder versehentlich ein Erfolg geworden war, betrachtete John sich nach wie vor als Handwerker und Gärtner. Er konnte ihr nicht nur ein Mandelbäumchen bringen, sondern auch am Spülbecken den Wasserhahn auswechseln, tapezieren, einen Whirlpool installieren, Zement für eine Terrasse gießen. Oder einen seiner Angestellten mit den Aufgaben beauftragen.

„Nein, zu früh ist es nicht", hatte er gesagt. „Nicht, wenn du bereit bist, es vor eventuellem späten Frost zu schützen und dafür zu bezahlen, dass irgendein armer Kerl den hart gefrorenen Boden umgraben muss."

„Nur, wenn du selbst dieser arme Kerl bist", erwiderte sie fröhlich. „Es liegt mir wirklich am Herzen, im Frühling diese Blüten vor meinem Schlafzimmerfenster zu sehen." Dann hatte sie geseufzt. John hatte nie zuvor eine wehmütige Äußerung von Jess wahrgenommen. Sentimentalität schien keine ihrer Charaktereigenschaften zu sein.

Jess Wainscott war sechzig und seit acht Jahren Witwe. Mit zweiundfünfzig, im besten Alter für eine Frau, hatte sie ihren Partner verloren, allerdings nicht ihre Lebensfreude. Jess war Vorstandsvorsitzende des Bibliotheksausschusses und des Frauenrats der Presbyterianischen Kirche. Zudem arbeitete sie in zahlreichen Komitees und karitativen Vereinen. Sie war auf beinahe jeder Kunstausstellung und Benefizveranstaltung, bei jedem Baseballspiel, Galadinner oder Grillfest der Stadt anzutreffen. Und sie fuhr Ski, und bei solchen Gelegenheiten begegnete John ihr am häufigsten, denn er war bei der freiwilligen Ski-Patrouille.

„Cal hat gemeint, wenn er nach seinem Tod zurückkommt, wäre er ein Kolibri und würde aus den Blüten vor meinem Schlafzimmerfenster Nektar trinken", erklärte sie John. John brummte vor sich hin und wuchtete das Mandelbäumchen in seinem Behälter von der Ladefläche seines Pick-ups. Mit einem Knall ließ er es runter. „Deshalb muss ich dort etwas pflanzen. Ich will herausfinden, ob er mich nur auf den Arm nehmen wollte."

„Du bist schon seit ein paar Jahren verwitwet, Jess", gab John zu bedenken. Sie war das vierte und neueste Mitglied einer lebhaften Frauengruppe, die sich die Witwen-Brigade nannte. Sie waren beste Freundinnen, wurden ständig zusammen in der Stadt gesichtet und John war für sie alle tätig. Peg, Abby, Kate und Jess. Er hatte viele Kunden, nicht nur Witwen, doch diese vier Frauen waren seine liebsten. Sie alle zahlten ihm zu viel, piesackten ihn, wollten ihn aufpäppeln wie einen Sohn.

„Seit acht Jahren", erwiderte sie. „Ich neige dazu, Dinge auf die lange Bank zu schieben." Sie lachte. „Bis jetzt wollte ich nicht von ihm gestört werden."

Die Wagen längs der Zufahrt verrieten, dass Jess Besuch hatte. „Brigade-Treffen?", erkundigte er sich.

„Dienstag. Gartenclub. Oder ist heute Mah-Jongg-Tag? Ich vergesse es immer. Wir machen eh selten das, was wir geplant hatten. Meistens suchen wir nur eine Beschäftigung, während wir tratschen", antwortete sie. Sie folgte John zur Seite des Hauses, wo das Bäumchen gepflanzt werden sollte, und löcherte ihn mit Fragen, während er grub. Hatte er im letzten Winter wieder die Ski-Patrouille geleitet? Welchem Baseballteam würde er beitreten, weil sie ihn doch spielen sehen wollte? Vermietete er immer noch diese Eigentumswohnung in Purgatory? Doch sie stellte ihm nicht nur Fragen, sondern bombardierte ihn auch mit Bemerkungen. Sie brauchte neuen Rollrasen. Sie überlegte, das Klavier ins Obergeschoss zu schaffen. Leigh, ihre Tochter, würde bald da sein.

Er stockte mitten in der Bewegung, die Schaufel halb erhoben.

„Meine Tochter, Leigh. Du bist ihr doch sicher mal begegnet, wenn sie mich besucht hat. Im Sommer, als Cal gestorben ist, war sie zwei oder drei Monate lang hier. Und vor ein paar Jahren … ah ja, vor fünf Jahren, meine ich, hat sie den ganzen Sommer hier verbracht. Vielleicht hast du sie da mal getroffen."

„Ich … ah, kann sein. Ja. Kann sein."

„Ach, daran würdest du dich doch erinnern, John. Sie sieht umwerfend aus. Eigentlich kann man sie gar nicht vergessen."

Ja. Man kann sie nicht vergessen. Ausgeschlossen. Schweißperlen traten ihm auf die Stirn. Die Temperatur betrug elf Grad, und in den Ecken des Gartens, an den Rändern von Zufahrt und Bürgersteig lag hier und da noch etwas Schnee, aber John schwitzte. Vom Graben hatte er einen Puls von einhundertundzehn; bei der Erwähnung von Leigh Wainscott-Brackon stieg er auf gefühlte zweihundertsechzig.

„Du hast nie von ihr gesprochen", erwiderte er.

„Nicht? Ach, Unsinn, du hast wohl einfach nicht zugehört. Ich rede kaum über etwas anderes."

Doch nicht mit ihm. Sie bewegten sich nicht in denselben gesellschaftlichen Kreisen, hatten keine gemeinsamen Freunde und teilten nicht die gleichen Interessen. Ihre einzige Gemeinsamkeit bestand darin, dass sie beide stadtbekannt waren, wenn auch aus unterschiedlichen Gründen. Jeder kannte John McElroy, weil er die freiwillige Ski-Patrouille leitete und ein erstklassiger Handwerker war, und jeder kannte Jess Wainscott, weil sie jedem Club, jedem Wohltätigkeitsverein und jeder Gruppe in Durango angehörte. Eine der würdigen älteren Damen und der beste Handwerker der Stadt. Und obwohl sie sich mochten, waren sie nicht unbedingt befreundet.

Jedes Mal, wenn er bei Jess war, hing er förmlich an ihren Lippen. Leighs Name war während ihrer Unterhaltungen nie gefallen; das wäre ihm bestimmt nicht entgangen. Die paar Mal, als er im Haus beschäftigt war, hatte er jedes Zimmer nach Fotos abgesucht, und es gab nur ein altes – von Leigh Mitte zwanzig. Dieses Bild hatte er gesehen, als er Jess' Kamin gereinigt hatte, als er ihren neuen Kronleuchter aufgehängt hatte, den verstopften Abfluss in der Küche repariert hatte. Das Foto schien zu wandern, allerdings hatte er nie ein neues gefunden. „Läuft sie Ski?", fragte er gespielt ahnungslos.

„Leigh hat zahlreiche bemerkenswerte Hobbys, doch sie ist keine Sportskanone. Sie ist irgendwie ... ungelenk. Jetzt war sie schon lange nicht mehr hier draußen. Na ja, vor zwei Jahren im Oktober, und da auch nur für ein paar Tage. Ihr ist es lieber, wenn ich sie besuche, da sie so viele Verpflichtungen hat. Außerdem hat sie eine Menge Platz. In Los Angeles kann man auch im Winter prima braun werden. Was anderes will ich dort im Grunde auch gar nicht."

Los Angeles? Während sie an der Stanford University war, hatte sie immer von Los Altos gesprochen. Allerdings hatte sie ihm tatsächlich erzählt, dass ihr ein Job an der UCLA angeboten worden war. Er versuchte, diese Gedanken zu vertreiben. Gott, es war so lange her. Sie hatte nie zurückgeschaut; was mochte ihre Beziehung für sie gewesen sein? Ein Flirt? Eine Panikattacke? Ein Fehler? Er hatte ihr an ihre Büroadresse geschrieben, doch die Briefe waren zurückgekommen. Er hatte sie angerufen; eine Sekretärin hatte seine Nachrichten entgegengenommen. Ihre private Telefonnummer in Los Altos, die schwer zu kriegen gewesen war, hatte sich geändert. Die Schaufel in der Hand, ließ er diese Vorfälle innerlich Revue passieren, während er weitergrub, und zwar mit aller Kraft.

Er stellte das Bäumchen in das ausgehobene Loch und fing an, die Erde darum wieder zu verteilen. „Wenn sie auf einen ausgedehnten Besuch vorbeischaut, laufen wir einander bestimmt mal über den Weg", meinte er. Er erwog, sich später zu betrinken.

„Ich zwinge sie quasi, nach Hause zu kommen. Ich versuche schon so lange, sie hierher zurückzuholen. Jetzt hat sich eine ganz dumme Sache ergeben. Du glaubst es einfach nicht. Anscheinend habe ich Probleme mit dem Herzen."

Ruckartig blickte er hoch und sah ihr ins Gesicht; Jess war eine wahnsinnig unverwüstliche Sechzigjährige und augenscheinlich unglaublich gesund. Ihr Haar war dicht und grau, solange er sie kannte, ihr Gesicht wies eine gesunde Sonnenbräune und nur wenige Fältchen in den Winkeln ihrer klaren, klugen blauen Augen auf. Ihre Wangen waren rosig, ihre Lippen kirschrot, und auf Skiern machte sie eine fantastische Figur. Wäre ihre silbergrauen Haare nicht gewesen, hätte man sie für vierzig, höchstens fünfundvierzig gehalten. Seinen besorgten Blick tat sie mit einem Schulterzucken ab. „Nicht ungewöhnlich in meinem Alter."

„Das ist ja schrecklich. Was unternimmt unser Doc dagegen?"

„Du lieber Himmel! Doc Meadows weiß nicht einmal davon", sagte sie, was auf der Stelle Johns Argwohn weckte. Tom Meadows wurde häufig in der Gesellschaft der Witwen gesichtet ... mit einer einzelnen oder mit allen. Vermutlich war er eine Art verspäteter Playboy.

„Du gehst mit dieser Sache nicht zum Doc?", fragte er. Für ihn war einfach klar gewesen, dass der Arzt sich um sie alle kümmerte.

„Tom ist ein guter Arzt, ganz sicher, aber er ist kein Kardiologe."

„Ich mag das gar nicht hören, Jess. Bitte, gib auf dich acht. Tu, was man dir sagt."

„Tja, ich habe lieber ein kleines Herzproblem als alles andere, was es sonst noch sein könnte. Ich habe mich schon immer ein bisschen darüber geärgert, dass Cal uns einfach so mir nichts dir nicht verlassen hat, doch alles in allem würde ich auch lieber in meinem Garten einschlafen, als lange krank zu sein. Weißt du, ich fühle mich ja gut. Ich muss nur diese teuflische Diät einhalten. Darf nichts essen, was mir wirklich schmeckt. Ansonsten muss ich meinen Lebensstil nicht ändern, abgesehen davon, dass ich nicht mehr Ski fahren darf. Ich achte jetzt besser auf meinen Cholesterinspiegel. Ich dachte, das hätte ich schon immer getan, aber jetzt passe ich richtig auf. Und ich mache lange Spaziergänge."

„Ist es schlimm?"

„So eine kranke Pumpe kann chronisch werden, John", antwortete sie. „Du kannst deinen Cholesterinspiegel in der Apotheke checken lassen. Seit Herzkrankheiten so gut erforscht sind, fällt anscheinend keiner mehr tot um. Alle kriegen einen Bypass oder so. Tatsache ist, wenn ich sehr gewissenhaft auf meine Gesundheit achte, kann ich lange genug leben, um lästig zu werden. Andererseits lohnt es sich für mich vielleicht nicht mehr, mich auf eine Fernsehserie einzulassen."

„Jess!"

Sie lachte ihn aus. Es war ein dröhnendes, lautes, ausgelassenes Lachen – typisch für sie. Es ließ ihn zusammenzucken; er hatte Angst, dass sie umkippte. „Weißt du, John, auch du könntest morgen tot umfallen. Der Unterschied besteht nur darin, dass es in meinem Fall nicht völlig unerwartet geschähe. Ich will mein Mädchen zu Hause haben und ihr den Kopf zurechtrücken. Sie braucht jemand, der ein Auge auf sie hat. Herrgott, sie großzuziehen, dazu wären zehn Mütter notwendig gewesen. Komm mit rein, denn stelle ich dir einen Scheck aus. Du kannst auch noch ein Glas Wein mit den Damen und mir trinken – aus medizinischen Gründen."

Einen Moment lang glaubte er, sie hätte seine Gedanken gelesen. Die Nachricht, dass Leigh zurückkehren würde, ließ ihn glauben, dass er ein Glas brauchen könnte – oder zehn.

„Das ist das einzig Gute an einem angegriffen Herzen – ein Glas am Nachmittag, ein Glas am Abend."

„Beim Wein muss ich passen", entgegnete er. „Doch den Scheck nehme ich."

Er folgte ihr die Stufen zur Rotholzterrasse hinauf, die um ihr gesamtes Haus herum verlief, und dann durch die Hintertür in die Küche. Dort saßen, wie angekündigt, die anderen Frauen am Tisch. Was sie an diesem Tag trieben, blieb unklar; auf der Tischplatte vor ihnen befand sich nichts außer Schreibpapier und Kaffeetassen. Mochte sein, dass sie einen Kotillon planten oder Buchbesprechungen fürs Lokalblättchen verfassten. Einmal, als er die Damen mit Stift und Zettel gesehen und sich ohne zu überlegen nach ihrem derzeitigen Projekt erkundigt hatte, erhielt er die Antwort, dass sie ihre

Testamente schrieben. Seitdem hatte er nicht mehr nachgefragt. „Hi, John“, begrüßten die Frauen ihn.

„Versprichst du, mal reinzuschauen, wenn Leigh und die Jungs hier sind?“

„Die Jungs?“ Seine Stimme war eine Oktave höher geklettert. Er musste sich anstrengen, damit ihm der Schock nicht vom Gesicht abzulesen war. Leigh war also Mutter geworden. Kinder, das war einer ihrer sehnlichsten Wünsche gewesen. Zu der Zeit, während John mit Leigh zusammen war, standen Kinder ziemlich weit unten auf seiner Wunschliste, aber zu erfahren, dass Leigh Söhne hatte, versetzte ihm einen schmerzlichen Stich. Würde Jess behaupten, dass sie in all den vergangenen Jahren auch über „die Jungs“ geredet hatte?

„Mitch und Ty, meine Enkel“, erwiderte Jess und kramte in ihrer Handtasche nach ihrem Scheckbuch. „Ich schätze, du wirst dich gut mit ihnen verstehen. Sie sind kleine Satansbraten. Im Gegensatz zu ihrer Mutter sind sie ziemlich sportlich.“ Sie trug Johns Namen in die entsprechende Zeile ein. „Ich will nicht sagen, Leigh wäre eine schlechte Mutter. Sie vergöttert die zwei. Aber ihre Gedanken schweifen oft ab, und oft genug lebt sie in ihrer eigenen Welt. Mit ihr zu spielen ist kein Spaß für kleine Jungen. Sie ist zu zimperlich. Sie ist zwar … hochintelligent, allerdings manchmal ein bisschen weltfremd, weißt du?“

Er wusste es.

„Ich glaube, sie hat Burnout“, meinte Jess, wobei sie den Scheck ausfüllte. „Druck, Termine, Komplikationen, Arbeit, nichts als Arbeit. Ihre Haushälterin hat gekündigt und Leigh das alles überlassen, und Leigh ist so schlampig. Meine Schuld. Sie hat so viel gelernt, dass sie zu viel zu tun hat, um aufräumen zu können. Ach Gottchen. Leigh nimmt sich nie frei, es sei denn, sie ist völlig mit den Nerven am Ende.“

Wie beim letzten Mal, dachte John. „Wie alt sind deine Enkel?“, erkundigte er sich.

„Vier“, antwortete sie und zückte ihre Brieftasche. „Zwillinge.“ Sie klappte die Brieftasche auf. John schnappte zwar nicht hörbar nach Luft, aber sein Herz schien vor Panik einen Schlag auszusetzen. „Ich kann nicht fassen, dass ich nicht mit ihnen angegeben habe, doch vielleicht langweile ich andere Leute nur."

„Sie gibt schrecklich an mit diesen Jungen", mischte sich Kate ein.

„Wir sind es nicht unbedingt leid, von ihnen zu hören", sagte Peg, „aber hin und wieder könnte ein Themenwechsel nicht schaden."

John schaute die Fotos an. Ein Zwilling war blond und blauäugig, der andere dunkelhaarig. Interessant. Leigh war blond und blauäugig. Er selbst hatte zufällig sehr dunkles braunes Haar und braune Augen. Er schluckte. „Sie sehen älter aus als vier", versuchte er, ein bisschen außer Atem, mehr aus Jess herauszulocken. Sein Herz hämmerte nicht nur, es raste. Er hoffte, dass seine Stimme nicht schrecklich unnatürlich klang.

„Aber nein, sie sind gerade erst vier geworden." Fast wäre er in Ohnmacht gefallen. Einen Moment lang schloss er die Augen. „Ende Januar, glaube ich. Ja, am achtundzwanzigsten."

Er hob die Lider nicht, während er nachrechnete, aber er zählte nicht an den Fingern ab. Er war kein Mathegenie wie Leigh. Ein Genie war er in überhaupt keinem Bereich. Sieben Monate nach der Zeit ihres Zusammenseins. Ein alter Schmerz durchzuckte ihn und schmerzte noch ein wenig mehr. Oh nein. Oh nein. Sie war bereits schwanger. Und sie hatte keine Ahnung gehabt? Sie konnte keine Ahnung gehabt haben. Sie hätte sich nicht mit ihm eingelassen, wenn sie …

„Ob ich wohl von dir verlangen darf, dass du mal mit ihnen angeln gehst oder so? Hier bei uns herrscht prinzipiell Männermangel."

„Ja. Klar", erwiderte er, plötzlich erschöpft. Alles verschwamm vor seinen Augen, und bemerkenswerterweise drohten Tränen in ihm aufzusteigen. Herrgott, wie hatte er sie geliebt. „Lass mich wissen, wenn du sonst noch etwas brauchst", meinte er, steckte den Scheck ein und hatte es eilig, zurück zu seinem Pick-up zu kommen. Gewöhnlich saß er gern mit den Frauen zusammen, doch dieses Mal konnte er es nicht. Er kriegte kaum noch Luft. „Und, Jess, pass um Himmels willen auf dich auf."

„Ich brauche einen Trupp, der hier alles auf Vordermann bringt, und zwar schon bald. Mitte Juni will ich hier eine große Party veranstalten, und bis dahin sind umfangreiche landschaftsgärtnerische und bauliche Maßnahmen erforderlich. Ich will noch warten, bis Leigh hier ist – in ein paar Tagen –, und hören, was sie dazu meint. Schließlich wird sie mehrere Monate hier wohnen … wenngleich ich hoffe, dass sie jetzt für immer bleibt. Das schaffst du doch, oder? Solch einen großen Auftrag zu erledigen?"

„Für immer?" Er erstickte nahezu. „Sie will für immer hierbleiben?"

Jess lachte, und die Frauen stimmten ein. „Tja, zugegeben, ich rede nur von einem ausgedehnten Besuch, allerdings beabsichtige ich durchaus, sie dieses Mal hier festzuhalten. Sie liebt Durango. Für mich gibt es keinen Grund, warum sie nicht bleiben sollte. Durango ist ideal für Kinder, und das ist auch klar."

„Klar", erwiderte John schwach. Man stelle sich vor, sie ständig hier zu wissen, ihr beim Einkaufen über den Weg zu laufen, auf der Kunstausstellung … im Steakhaus.

„Kannst du den Garten diesen Frühling im Schuss bringen, John?"

„Ja. Kein Problem. Muss jetzt los. Viel zu tun. Unmengen Anrufe. Macht's gut, die Damen."

„Ciao, John", verabschiedeten ihn die Frauen.

John schlug die Hintertür zu, sprang die Terrassenstufen hinunter und lief zu seinem Pick-up. Endlich war er allein. Leigh war ausgebrannt und mit den Nerven am Ende, dachte er. Das war's, was sie damals angetrieben hatte, während er gehofft hatte, er selbst wäre der Grund gewesen. Das war er offenbar nicht gewesen.

Jess sah ihn vom Wohnzimmerfenster aus vor dem Haus in seinem Pick-up sitzen. Abby trat hinter sie, griff über ihre Schulter hinweg und wollte die Gardine zur Seite ziehen, um einen besseren Blick auf ihn zu erhaschen.

„Nicht doch", wisperte Jess. „Wenn er nun mitkriegt, dass wir ihn beobachten."

„Du brauchst nicht zu flüstern", bemerkte Kate. „Er hört uns nicht."

„Nun? Was meint ihr?“, wollte Jess wissen.

„Er ist beinahe in Ohnmacht gefallen, als du erzählt hast, dass sie Kinder hat, das hat allerdings nichts zu bedeuten. Wie hat er darauf reagiert, dass sie nach Hause kommt?“

„Ach, als wollte er in dem Loch versinken, dass er gerade aushob.“

„Ich glaube, Genaueres erfährst du erst, wenn du sie zusammen erlebst. Wäre es nicht einfacher, sie rundheraus zu fragen, ob sie vor fünf Jahren, als sie den Sommer hier verbrachte und danach verkündet, schwanger zu sein, zufällig in unseren Lieblingshandwerker verliebt war?“

Jess runzelte die Stirn. „So einfach ist das nicht. Sie befand sich kurz vor einem Nervenzusammenbruch. Ich hatte Angst um sie. Jetzt bin ich in Sorge um ihre Zukunft und die der beiden kleinen Süßen. Doch denkt ihr nicht auch, dass John ihnen guttun würde, auch wenn er's nicht ist?“

„Er würde jedem guttun.“ Peg seufzte. „Ach, wenn ich nur vierzig Jahre jünger wäre.“

„Schaut ihn euch an. Er hockt einfach nur da. Er steht unter Schock. Ich würde sagen, das ist ein gutes Zeichen“, erklärte Kate. „Meint ihr nicht auch, dass das ein gutes Zeichen sein könnte?“

„Er steht unter Schock? Das könnte ein schlechtes Zeichen sein“, erwiderte Abby.

„Ach, einen Mann schockieren zu können.“ Erneut seufzte Peg. „Nur noch ein einziges Mal.“

„Ich bin mir unsicher, ob das alles so klappt“, sinnierte Jess, den Blick auf den geparkten Pick-up gerichtet.

„Logisch betrachtet, glaube ich nicht, dass jemand sich mithilfe von Tricks verheiraten lässt.“

„Natürlich nicht“, entgegnete Jess. „Das würde ich nicht einmal versuchen. Ich dachte, ich bringe sie einfach mit einem Trick wieder zusammen. Wenn sie einander noch mögen, nehmen sie das Heiraten dann schon selbst in die Hand.“

„Das haben sie damals auch nicht getan.“

„Tja … Damals lagen die Dinge anders.“

„Nicht sehr viel anders als jetzt“, wandte Kate ein.

2. Kapitel

John konnte sich nicht bewegen. Gleich würde er losfahren, aber zunächst mussten sich sein Atem und sein Herzschlag beruhigen.

Vor fünf Jahren – um den ersten Juni herum, als alles prachtvoll blühte und grünte, hatte er sie kennengelernt. Leigh, siebenundzwanzig, langbeinig, intelligent, wohlhabend, auf einem langen Besuch bei ihrer Mutter. Nach einjähriger Trennung von ihrem Mann hatte sie die Scheidung eingereicht. Eine kampflose Trennung in beiderseitigem Einvernehmen, ohne schmutzige Wäsche, ohne Getue, einfach und zügig. Eine reine Formsache, hatte Leigh ihm erzählt, zumal sie und ihr Mann, der sich immer mehr von ihr entfernt hatte, immer schon eher wie Schüler und Lehrer statt wie Mann und Frau waren.

John hatte sie im Steakhaus erblickt, wo sie allein an der Bar saß und ein Glas Weißwein trank. Sie sah aus wie Millionen anderer langbeiniger Schönheiten auf Besuch in Durango, allerdings war es Juni. Die meisten Frauen, die so attraktiv und fotogen waren, traf man hier während der Skisaison an. Dann war Durango ein regelrechtes Sammelsurium von weiblichen Reizen. John stellte sich ihr vor; er wollte nur ein wenig Zeit mit einer umwerfend schönen Frau totschlagen. Da erfuhr er, dass sie Jess Wainscotts Tochter war. Er hatte hier und da Reparaturen und landschaftsgärtnerische Arbeiten für Jess Wainscott übernommen. Also genehmigte er sich ein paar Bierchen, während Leigh hauptsächlich nur den Stiel ihres Weinglases zwischen den Fingern drehte. Sie plauderten, und John verliebte sich Hals über Kopf in sie. Auf der Stelle.

Ihr Exmann in spe war Molekularbiologe an der Stanford University, Gentechniker. Als sie ihn kennenlernte, war sie noch sehr jung gewesen und hatte gerade an ihrer Abschlussarbeit gesessen. Sie heiratete ihn und arbeitete für ihn und mit ihm an seinen Forschungsprojekten. John hatte angenommen, sie wäre seine Sekretärin gewesen. Obwohl einige Mitglieder seiner Familie sehr gebildet waren, hatte er bisher noch nie etwas mit einer Wissenschaftlerin zu tun gehabt.

Jedes Mal, so erklärte Leigh, wenn Max Brackon ein neues Projekt und ein neues Budget zugewiesen bekam, heuerte er seine Frau an. Jetzt war sie zur Erholung zu Hause; sie beabsichtigte, ihren Lebensstil zu ändern. In ihrem Leben fehlte ihr eine ganze Menge. Da lud er sie zu einer Verabredung ein.

„Ein Date? Darf ich das denn?", fragte sie.

„Das ist in Ordnung im Trennungsjahr", erklärte er, als wüsste er Bescheid. Dabei wusste er im Grunde nur, dass er unbedingt mit ihr zusammen sein musste.

„Ich muss unter Leute kommen", meinte sie. „Mit Max war ich völlig isoliert und habe nie ... Ja", stimmte sie schließlich zu. Er verabredete sich mit ihr für den Freitagabend auf einen Drink, gleiche Zeit, selber Ort. „Was denkst du, soll ich meiner Mutter davon erzählen?"

„Tja, klar doch ... würde ich sagen. Warum nicht? Oder du könntest ihr sagen, dass du dem Sierra Club beigetreten bist, da du eine Liebe für die Umwelt entdeckt hast." Das sollte ein Scherz sein. Gewissermaßen. Auch wenn er nicht viel über Leigh wusste, war er sich nicht sicher, ob Jess damit einverstanden wäre, dass sie sich mit einem Handwerker traf.

Affären nehmen vermutlich immer auf diese Art ihren Anfang, schoss es ihm durch den Kopf. Er hatte damit gerechnet, dass sie es sich anders überlegte, doch das hatte sie nicht gemacht. Sie erzählten sich gegenseitig von ihren misslungenen Partnerschaften – John hatte mit einundzwanzig eine ernsthafte Beziehung gehabt. Während seiner Navy-Zeit hatte er eine Frau aus San Francisco kennengelernt und zu sich nach Durango geholt. Das hatte seiner Mutter ein paar graue Haare eingebracht. Doch es hielt nicht lange. Seiner Freundin sagte das Kleinstadtleben nicht zu, und eigentlich hatte sie Rockstar werden wollen, obwohl sie weder singen noch ein Instrument spielen konnte. Zum Abschied hinterließ sie ihm nur eine

Nachricht. John brauchte nicht lange, um über sie hinwegzukommen. Er erwartete, sie eines Tages auf MTV zu sehen, in Unterwäsche würde sie irgendein schräges Sonett schmettern ... falsch, versteht sich. Seitdem, erklärte er ungehemmt, ließ er sich nur noch mit Touristinnen ein.

Feste Bindungen, sagte John, seien nicht sein Ding.

Leigh hatte einen sehr erfolgreichen älteren Mann geheiratet. Einen Wissenschaftler. Ein Genie. Sie war zu jung gewesen, das war ihr klar, und er zu alt. Doch ihre Umstände wären einigermaßen ungewöhnlich gewesen – sie erklärte nicht gleich, inwiefern –, und sie hatte ihren Lehrer geheiratet, eine Vaterfigur. „Wusstest du“, fragte sie John, „dass mein Vater auf medizinischem Gebiet geforscht hat? Biochemie. Mom und Dad sind hierher gezogen, um sich zur Ruhe zu setzen, aber anscheinend konnte mein Dad sich einfach nicht bremsen. Mein Vater war ziemlich berühmt.“

Das machte keinen Eindruck auf John; er las keine wissenschaftlichen Zeitschriften. Er hatte kein College besucht und verspürte kein Bedürfnis, sich weiterzubilden.

Jetzt, hatte Leigh gesagt, erkenne ich meine Fehler. Sie wünschte sich Kinder und Freunde zum Beispiel, und ihr Mann verspürte in seinem Alter kein Verlangen danach. Seine Arbeit forderte ihn genauso wie ein ungezogenes Kind, und er konnte kein gesellschaftliches Leben aufrechterhalten. Leighs Mann war nicht einmal so schrecklich daran interessiert, eine Frau zu haben. Assistentin, Protegé, Studentin – ja. Ehefrau? Die einzige Art von Ehefrau, die er sich vorstellen konnte, war eine mit Zielen wie den seinen, Zeitplänen wie den seinen, eine, die ihn nicht von seiner Forschung ablenkte, mit der er eigentlich verheiratet war. Im Grunde war er viel zu beschäftigt, um eine Ehe zu führen.

Selbst nachdem sie sich getrennt, auseinandergelebt hatten, bestellte Max sie immer noch ins Labor, wo sie dies oder jenes für ihn erledigen sollte; auf niemanden konnte er sich so verlassen wie auf sie. Schließlich hatte sie die Scheidung eingereicht und war nach Durango gezogen, denn: „Er schien sich für unsere Trennung genauso wenig zu interessieren wie für unsere Ehe. Es ist, als hätte er gar nichts gemerkt. Wenn ich hier bei meiner Mutter bin, kann er mich wenigstens nicht mehr zu sich rufen."

Wie irgendwer sich Leighs so sicher sein konnte, überstieg Johns Vorstellungsvermögen. Schon die erste Verabredung hatte gereicht, dass er glaubte, verliebt zu sein. Mannomann, da war etwas zwischen ihnen. An der Bar musste er sich fast auf seine Hände setzen, um Leigh nicht ständig zu berühren. Er wusste, dass es ihm gefallen würde, ihre Haut zu spüren, zu riechen, zu schmecken.

Für den Anfang versetzte ihn allein schon ihre Stimme in einen Glückstaumel; er liebte ihre Stimme. Ihre Haut war glatt und seidig, ihre Augen funkelten und ihr Lachen war wie Musik. Er war hin und weg.

„Wenn du meinen Vater kennen würdest und wüsstest, wie ähnlich ich ihm bin", fuhr Leigh fort, „dann wäre dir auch klar, wie chaotisch meine Beziehung in Wirklichkeit war. Meine Mutter hat mir schon vor langer Zeit prophezeit, dass Max unsere Ehe nicht mal eines flüchtigen Blicks würdigen würde; sie würde sich einfach auflösen. Mom, verstehst du, ist nicht wie mein Dad. Sie ist der sprichwörtliche Fels in der Brandung mit gesundem Menschenverstand. Sie war der Anker im tosenden Meer der enormen Intelligenz meines Vaters. Sie ist auch sehr smart, aber nicht auf die auffallende, extreme Art wie mein Vater. Schon früh hat sie erkannt, dass für mich ein Anker, nicht ein Segel, das Beste wäre. Sie hat mir davon abgeraten, jemanden zu heiraten, der meinem Vater so ähnlich ist, doch ich habe nicht auf sie gehört."

John hatte sie bestürzt und stirnrunzelnd angeschaut und sich noch ein Bier bestellt. Er ließ sie erzählen, war fasziniert von ihrem umfangreichen Wortschatz. Danach hatten sie in seinem Pick-up rumgeknutscht, hatten in Küssen geschwelgt, die ausdauernd und beglückender waren als alle bisher erlebten. Und er hatte schon einige Frauen geküsst.

John hatte schon oft über die sogenannte Chemie zwischen einem Mann und einer Frau nachgegrübelt. Die war wie das Ineinandergreifen feiner Zahnräder, wie das Wachsen von Skiern oder wie das

Tunen eines Porsches – und das sagte er auch. „Was für ein tolles Zusammenspiel von Geschmack und Geruch."

„Pheromone", hatte sie entgegnet.

John machte es mehr Spaß, das Phänomen zu erforschen statt darüber zu diskutieren, und er verschloss ihren Mund mit seinem. Ob es nun Pheromone waren oder einfach Glück, diese Empfindung konnte einen beflügeln. So war es mit Leigh von Anfang an gewesen, so wie es mit keiner Frau jemals zuvor gewesen war. Zwar war sie schön, aber es war nicht ihr bildschönes Äußeres, was ihn angezogen hatte. Wie er gleich zu Anfang erfuhr, legte Leigh nicht viel Wert auf ihr Aussehen. Er hatte sie auf Anhieb begehrt; er begehrte sie immer noch.

Jess hatte nie erfahren, dass Leigh sich in Durango mit einem Mann traf. Unter dem Vorwand des Sierra Clubs konnte Leigh zu tagelangen „Wanderungen", „Wanderritten" und „Campingausflügen" verschwinden. John fühlte sich dem Paradies so nahe wie noch nie. Aber, überlegte er, ahnte Jess denn wirklich nichts?

„Sie gibt sich größte Mühe, sich nicht in mein Privatleben einzumischen", hatte Leigh seine Bedenken weggewischt. „Mein Dad war ein Bohemien, viel mehr als meine Mutter ... und ich bin ein verwöhntes Einzelkind. Ab meinem dritten Lebensjahr haben sie mich wie eine Erwachsene behandelt. Ich will nicht, dass sie jetzt anfängt, sich um mich zu sorgen."

Im Lauf der folgenden paar Wochen begann John zu begreifen, dass er sich in eine eigenartige und außergewöhnliche Situation manövriert hatte. Mit einundzwanzig hatte Jess ein vierzigjähriges exzentrisches Genie geheiratet und ein hochbegabtes Kind bekommen. Cal, ein sehr erfolgreicher, preisgekrönter Wissenschaftler, war so bekannt und welterfahren, dass Leigh ein privilegiertes Leben und höchste Bildung genoss. Mit neunzehn hatte sie in Princeton ihren Abschluss gemacht, mit einundzwanzig den Master. Mathematik und Philosophie, eine einzigartige Kombination, waren ihre Spezialgebiete. Außerdem beherrschte sie vier Sprachen, malte, fertigte Skulpturen, schrieb Gedichte und Theaterstücke, spielte Klavier, ganz zu schweigen von allem, was sie gelesen hatte.

Und sie hatte zwei linke Hände und ließ sich offenbar häufig von irgendeiner ungewöhnlichen Idee ablenken; sie verlor Sachen, verpasste Abzweigungen, ließ Schecks platzen. Es brachte John zum Lachen; sie konnte jede beliebige komplexe Matheaufgabe mit mehr Buchstaben als Zahlen – und noch mehr seltsamen Symbolen – lösen, doch sie vergaß, ihr Konto auszugleichen oder Einzahlungen zu tätigen. Sie war genial. John begann allmählich zu begreifen, dass Leigh bedeutend mehr gewesen war als Max' Sekretärin; sie selbst hatte mehrere Titel, unter anderem den eines Doktors der Physik.

John dagegen hatte die Highschool abgeschlossen und war, als er Leigh kennenlernte, ein Faulenzer und Ski-Fan, der von April bis Oktober als Mann für alles auf Abruf in Haus und Garten arbeitete, damit er gerade genug Geld fürs Skifahren im Winter hatte. Er war emotional und materiell unbelastet und führte ein lockeres, rasantes Leben. Nachdem Leigh Durango verlassen hatte, war er als Handwerker so gefragt, dass er junge Männer mit ähnlicher Lebensweise in seiner kleinen Firma einstellte, die inzwischen super erfolgreich war. Er war in Denver als jüngster von vier Söhnen eines Flugzeugmechanikers und einer Hausfrau aufgewachsen. Großstädte mochte er nicht und hatte Dinge wie Aktiendepots, Quantenphysik oder DNA nie verstanden oder verstehen wollen, und er las auch nichts Anspruchsvolleres als die Sportseite. Aber, Mannomann, er verstand, ein Mandelbäumchen zu pflanzen. Er würde mit Erde unter den Fingernägeln vor seinen Schöpfer treten, wenn er im Sommer sterben sollte.

Nur gut zwei Monaten waren sie zusammen gewesen. Den ganzen Sommer über staunte er, wie sehr er sie liebte. Er wusste, dass Leigh zwar die Welt bereist und *El Cid* auf Spanisch gelesen, aber noch nie tollen Sex gehabt hatte. Das hatte er daran erkannt, weil ihr Höhepunkt sie genauso sehr schockierte, wie er ihn freute. Sie beherrschte mehrere Sprachen, doch ihre Erfahrung in dieser anderen Sache war vor John ziemlich einseitig gewesen – und das sagte sie ihm auch. Atemlos brachte sie hervor: „Ich dachte immer, es gibt nur einen pro Kunde."

„Wie viele willst du, Süße? Ich hab's nicht eilig."

„Oh … John … sind alle Männer so gut darin?“

„Nein“, antwortete er und küsste sie. „Nur du und ich zusammen – einzig und allein diese Kombination funktioniert so tollstens.“

„So toll“, korrigierte sie ihn. Er hörte es nicht.

Die wahre Bedeutung von Arroganz bestand, wie John lernte, in dem Glauben, man selbst wäre die Ursache für die Leidenschaft oder Lust eines anderen Menschen. Er glaubte, er hätte für Leigh den Sex neu erfunden. Sie konnte malen und bildhauern, aber er war der erste Mann, der sie unter freiem Himmel am See entkleidet und mit ihr auf einem Schwimmdock geschlafen hatte.

Anfang August, als John anfing zu denken, er könnte ohne Leigh nicht leben, verschwor sich eine Reihe von Ereignissen gegen sie, um sie zu trennen. Rückblickend begriff John, dass es einfach nur verflixtes Pech gewesen war, das eintraf, bevor er bereit war, sich den Ereignissen zu stellen.

Erstens erlitt Max Brackon einen Herzanfall, und Leigh reiste zu ihm. Obwohl es nichts an der Scheidung änderte und Leigh schon knapp nach einer Woche zurück in Durango war, wuchs Johns Eifersucht und seine Angst, dass er nicht klug genug wäre, um von ihr geliebt zu werden. Es machte ihn reizbar, unfair und überkritisch. Allmählich fand er ernsthaft etwas daran auszusetzen, sein Herz an ein Genie verloren zu haben.

Zum einen hatte Leigh kaum eine Ahnung von alltäglichen Dingen, nachdem eine Reihe von Professoren ihr ein Leben lang eingeimpft hatten, dass sie der Welt mehr zu bieten hatte als haushälterische Fähigkeiten. Sie sollte lieber ihr Zerebellum trainieren und jemand anderem diese Plagerei überlassen. Entsprechend konnte sie theoretisieren und eine Mikrowelle bauen, aber kein Gemüse darin zubereiten.

„Du bist schlicht und einfach faul“, meinte John. Vielleicht hatte er auch die Stimme erhoben.

„Ich bin nicht faul“, entgegnete sie genauso hitzig. „Jemanden, der drei Diplome und mit dreiundzwanzig den Doktortitel hat, kannst du nicht als faul bezeichnen.“

„Ich dachte, es wäre nur der Master-Titel", hielt er dagegen.

„Das war mit einundzwanzig."

Zum Zweiten nahm sie offenbar aufgrund ihres extrem hohen IQs an, dass ihre überdurchschnittlich hohen Ansprüche erfüllt werden müssten. Sobald sie darüber sprachen, dass sie sich niemals trennen würden, ging sie ganz selbstverständlich davon aus, dass er ihr folgen würde, wohin auch immer sie wollte. „Was soll ich in Durango?", hatte sie gefragt. „Ich muss irgendwohin, wo ich Herausforderungen finde. Nichts schreckt mich so ab wie Langeweile. Ich habe ein Angebot von der UCLA zur Mitarbeit an einem Computertomografen, der bei Neugeborenen eine Veranlagung zum plötzlichen Kindstod nachweisen kann. Du könntest mitkommen nach L.A."

„Und dort Rasen mähen?", entgegnete er. „Während du den Nobelpreis für wissenschaftliche Entdeckungen gewinnst? Vielleicht sollte ich Swimmingpools reinigen."

„Du könntest tun, was immer du willst", erwiderte sie. Sie verstand ihn nicht und nicht, dass sie sein Ego verletzte. „Ich würde dich von Herzen gern finanziell unterstützen. Das wäre kein Problem."

„Wäre es doch", wandte er ein. Wie konnte eine so intelligente Frau den Gefühlen eines Mannes gegenüber so unsensibel sein? Den Bedürfnissen eines Mannes gegenüber? Es kam ihm nie in den Sinn, dass er mehr Rücksicht auf ihre eventuellen Bedürfnisse hätte nehmen können.

Zum Dritten waren sie offenbar nur in einem Punkt absolut kompatibel; in allen anderen Dingen waren sie sehr verschieden. Leigh wollte Kinder, auf der Stelle, je früher, desto besser. Er wollte keine. Er trieb gern Sport; sie rannte nicht einmal zum Telefon, wenn es klingelte. Er mochte die Berge und frische Luft; sie steckte die Nase in ihre Bücher. Ihm gefiel es, sich körperlich zu betätigen, sie war vergeistigt. Er war die Nacht; sie war der Tag.

„Hier, das hier, das funktioniert", flüsterte er ihr zu, nachdem sie sich gerade geliebt hatten.

„Ja", meinte sie mit Tränen in den Augen, „doch wird das reichen? Mit Max hatte ich das hier nicht, aber hier in Durango, mit dir, ist hinterher nichts zu tun! Ich brauche Arbeit, Familie, Herausforderungen, intellektuelle Aktivitäten.“

Dergleichen konnte John ihr nicht bieten.

Mit dem letzten Atemzug des Sommers zerbrach ihre Beziehung. Leigh gab ihm Bücher, die er nicht las; sie redete über wissenschaftliche Forschungen, zu denen er keinen Zugang fand. Ökologie war das einzige Thema, über das sie sprechen konnten, ohne dass er sich wie ein Idiot fühlte. Er hatte Mühe, sie von irgendwelchen Papers loszueisen, um gemeinsam wandern zu gehen. Ihre Unterschiedlichkeit trat immer deutlicher zutage. Führte zu Spannungen. Häufig verlor Leigh den Überblick. Sie konnte anfangen, Kaffee zu kochen, und wenn ihr dann irgendeine mathematische Gleichung in den Sinn schoss, von der sie gelesen hatte, oder wenn ihr ein unvollendetes Gedicht einfiel, dann dachte sie nicht mehr daran, die Kanne unter die Maschine zu stellen, und überschwemmte die Küche. Einmal vergaß sie, in den Parkmodus zu schalten, weil sie über irgendetwas Kompliziertes grübelte, und Jess' Wagen rollte einen steilen Abhang hinunter in einen Graben. Die schusseligen Eskapaden, die ihn anfangs belustigt hatten, erschienen ihm mehr und mehr unverzeihlich. Manchmal war es wie Babysitten. John war der Aufgabe noch nicht ganz gewachsen, aber auch keinesfalls bereit, Leigh aufzugeben. Schmerz und Frust glichen sich in ihrem Ausmaß der Ekstase an.

Leigh wurde mürrisch und zugleich rastlos. Sie wollte bleiben, sie wollte fort. Wollte mit ihm schlafen, weinte jedoch manchmal, während sie sich liebten. John ertrug es nicht, wegen einer dermaßen verkorksten Person selbst so durcheinander zu sein! Wo waren all die unkomplizierten Girlies? Die einen Mann mit Muskeln wollten, keine ernsten Gespräche?

In ihrer Panik vor dem nahenden Ende ihrer Affäre waren sie gleichermaßen erfüllt von Gier und Qual. Es war genau die Stimmung, die Liebende dazu brachte, Unmögliches voneinander zu verlangen und vorübergehend den Verstand zu verlieren. Er wollte, dass Leigh zugab, dass sie mit ihrer Liebe zu einem faulen Ski-Fan, der nur das Leben bis zur Neige genießen wollte, nicht zurechtkam. Sie verlangte von ihm, dass er immerhin versuchte, sich in eine Welt einzufügen, in der sie die ersehnten Herausforderungen fand, und dann konnte er mit dem Geld, das sie verdiente, angeln, jagen, skifahren, segeln und tun, was immer er mochte. Er sagte, er würde sich eher umbringen, als sich von einer Frau aushalten zu lassen, und sie meinte, sie würde ohne intellektuelle Anreize eines qualvollen Todes sterben. Sie brauchte lange Arbeitszeiten. Entspannung von der Sorte, die John bevorzugte, war schwieriger für sie als alles andere im Leben. So unmöglich es für ihn auch zu verstehen sein mochte, sie relaxte, indem sie über philosophische und physikalische Probleme las.

John behauptete, das wäre Quatsch. Und davon war er wirklich überzeugt.

Die Art, wie alles endete, war dann noch lächerlicher, als der Rest gewesen war. Sie erklärte ihm, sie würde zurück nach Stanford fahren, um sich alles durch den Kopf gehen zu lassen und wenigstens ihre Scheidung zu regeln. Und er sagte – er konnte es selbst immer noch nicht recht fassen – er sagte tatsächlich: „Gut. Dann hau ab. Es hat Spaß gemacht, aber wir stammen aus verschiedenen Welten. Ich bin dieser Sache jedenfalls nicht gewachsen."

Als sie daraufhin weinte, nahm er sie nicht in den Arm und bat nicht um Verzeihung. Er probierte nicht, das Gesagte ungeschehen zu machen. Einen flüchtigen Moment lang glaubte er wirklich, er wollte eine „normale" Freundin. So denkt man nun mal, wenn man siebenundzwanzig Jahre alt und dumm ist.

Dann, nachdem sie fort war, hatte er angerufen, geschrieben, sogar allen Mut zusammengenommen und Jess gefragt: „Wie kommst du zurecht? Muss irgendwas im Haus repariert werden?"

„Nein, meine Tochter war hier, doch jetzt ist sie wieder zu Hause", hatte Jess erwidert, als ob das eine Antwort wäre.

John fühlte sich zurückgewiesen. Nach einer viermonatigen schweren Depression und noch mehr vergeblichen Versuchen, Leigh zu erreichen, heiratete er ziemlich bald eine hübsche junge Frau namens Cindy, die „normal" war und die er, was er zu der Zeit noch nicht wusste, nicht liebte. Ihr Glück hielt nur etwa einen Monat vor, doch die Scheidung dauerte erheblich länger.

Oft wünschte er sich, irgendwie in Erfahrung bringen zu können, ob Leigh wirklich gegangen war, weil sie es wollte oder ob er sie vertrieben hatte.

Wenn er vernünftig darüber nachdachte, kam er zu dem Schluss, dass Leigh klug gehandelt hatte. Sie hätten es nicht geschafft; sie schwebte an die fünfzig Meter über dem Durchschnittsintellekt. Ganz gleich, wie gut ihre Körper zusammen harmonierten, wie sie sich mehr und mehr langweilte mit einem wie ihm und seiner überdrüssig wurde – eines einfachen Mannes, der nicht viel Geld verdiente und nicht mit ihr über wissenschaftliche Theorien diskutieren konnte. Leider war er nicht oft dazu fähig, vernünftig nachzudenken.

Doch jetzt wusste er, dass sie Zwillinge hatte, und er begriff, was sonst noch im Argen gelegen hatte. Am Abend ihres Kennenlernens hatte sie gesagt, ein Teil ihres Ehefrusts beträfe Kinder. Sieben Monate nach diesem ersten gemeinsamen Drink, nachdem sie zum ersten Mal intim waren, hatte sie Zwillinge geboren. So streng getrennt von ihrem Mann war sie dann wohl doch nicht. Sie musste festgestellt haben, dass sie schwanger war, und danach war sie schuldbewusst zu Max zurückgekehrt und hatte ihre Sommer-Affäre hinter sich gelassen. John fühlte sich ein kleines bisschen besser, da er nun herausgefunden hatte, dass ihr enormer IQ-Abstand nicht der einzige Grund für ihre Abreise gewesen war. Ein ganz kleines bisschen.

Er hatte Angst davor, sie wiederzusehen, und gleichzeitig sehnte er sich danach, sie unbedingt wiederzusehen. Er war nicht mutiger geworden. Auch nicht klüger.

Jess topfte auf ihrer Terrasse eine Pflanze um. Sie konnte ihre Enkel Mitch und Ty beobachten, die unter den dichten Bäumen hinter dem Hof und dem Garten ein Fort bauten. Sie hatten abwechselnd geschaukelt; sie hatten in einem traurigen Versuch, eine Leiter an den krummen Stamm eines perfekten Baumhausbaumes anzubringen, Bretter zusammengenagelt. Jess war sich sicher, dass sie noch vor dem Wochenende darum betteln würden, im Garten im Zelt schlafen zu dürfen. Sie würde Nein sagen. Aber es war großartig zu wissen, dass sie ganz normale Jungen waren. Tatendurstige, neugierige, gesunde, sportliche Jungen … Wie wunderbar. Sie konnten sich selbst beschäftigen und suchten Herausforderungen. Sie gerieten in den gleichen Schlamassel wie alle Kinder – schossen einen Ball in eine Fensterscheibe, klauten Süßigkeiten, zankten.

Leigh großzuziehen war schwierig gewesen; mit zwei konnte sie lesen; sie hatte zwei Klassen übersprungen und während der gesamten Schulzeit Hochbegabtenförderung genossen. Leighs Wissensdurst war so unstillbar gewesen; sie hatte einmal Putzmittel mit Dünger gemixt, nachdem sie das Schloss zum Gartenschuppen geknackt hatte. Es war schon erstaunlich, dass sie sich nicht umgebracht hatte; sie hatte immerhin ein Loch durch den Fußboden hindurch gebrannt.

Sie daheim zu haben war, als wäre Cal zurückgekommen. Fünfundneunzig Prozent der Zeit war Leigh eine helle Freude und wie eine beste Freundin – klug, witzig, hilfreich. In den restlichen fünf Prozent der Zeit war sie wie eine ziellose Zweijährige. Während dieses Besuchs hatte Jess sie noch nicht als Zweijährige erlebt; Leigh schien Fortschritte zu machen und sich zusammenzureißen.

Das Erste, was geklärt werden musste, war Jess' Herzproblem.

„Ich möchte mit deinem Arzt reden", hatte Leigh verkündet.

„Nein. Mein Zustand geht nur mich etwas an. Ich will nicht, dass du dich einmischst. Ich habe eine ganze Reihe von Untersuchungen hinter mir, und ich achte auf meinen Cholesterinspiegel und treibe Sport. Man hat mir gesagt, dass ich nicht gleich tot umfallen würde, und ich kann immer noch auf die Kinder aufpassen. Wenn ich mich gesund ernähre, habe ich wohl noch jahrelang Gelegenheit, dich verrückt zu machen. Im Herbst steht noch ein Check-up an. Du kannst froh sein, dass ich dir überhaupt davon erzählt habe. Und der einzige Grund dafür ist der, dass ich dich und die Jungs unbedingt mal längere Zeit bei mir haben will. Für alle Fälle."

„Handelt es sich um eine Angina Pectoris?"

„Was?"

„Mom", meinte Leigh, „ich könnte recherchieren, bei deiner Behandlung helfen …"

„Auf keinen Fall. Mir ist durchaus klar, wie intelligent du bist, aber in diesem Fall ist ein gesunder Instinkt erforderlich. Du wirst doch nur allzu technisch, pragmatisch und strapazierst meine Nerven. Halte dich da raus."

„Aber ich bin nach Hause gekommen, weil ..."

„Ich hoffe, du bist gekommen, weil du hier sein willst, nicht nur, weil du Angst hast, ich könnte nicht mehr lange da sein."

„Mutter", setzte Leigh an.

„Tochter", erwiderte Jess.

Jetzt sah Jess, wie Mitch an dem Seil, das von einem hohen Ast hing, mächtig Schwung holte. Dieser Bengel. Und dann roch sie etwas Ekliges und fluchte leise. Die fünf Prozent! Sie hastete die Stufen zur Küche hinauf und fand in der Pfanne verbrannte Makkaroni vor. Dann hörte sie ein Geräusch und hob den Blick; an der Decke breitete sich ein feuchter Fleck aus. Wieder fluchte sie. Cal fehlte ihr, allerdings nicht so sehr, dass sie all dies noch einmal durchstehen wollte.

„Wenn ich wirklich einen ernsten Herzfehler hätte", stieß sie grummelnd hervor, während sie die Treppe hinaufrannte, „würde dieses Mädchen mich im Handumdrehen ins Grab bringen. Und falls ich wirklich irgendwann Probleme mit dem Herzen kriege, ist sie die Letzte, die davon erfährt!"

Die Badewanne lief über. „Leigh!", rief Jess. Doch natürlich erhielt sie keine Antwort. In Gedanken versunken, Ohren zu. Jess drehte den Wasserhahn zu und zog den Stöpsel. Der Teppich war durchnässt, und ihre Schuhe wurden so nass, dass das Wasser darin schwappte. Sie suchte den Speicher auf, den Cal als Arbeitszimmer genutzt hatte, und entdeckte Leigh im Bademantel vor dem Computer sitzen. Blitzschnell huschten ihre Finger über die Tastatur. Jess rüttelte Leigh leicht an der Schulter. „Du hast das Essen anbrennen lassen und das Badezimmer überschwemmt."

„Oh, Mom", meinte Leigh erschrocken und erschüttert. „Ach, das tut mir so leid! Das geschieht eigentlich nicht mehr so oft, ehrlich! Verdammt, ich mache alles sauber, es tut mir so leid ... Ich ..."

„Lass nur." Jess seufzte matt.

„Wo sind die Jungs?", fragte Leigh über die Schulter hinweg.

„Den Jungen geht's gut. Auf dich muss man besser aufpassen als auf sie!" Ach, Leigh, dachte sie, wo bist du mit deinen Gedanken?

Viel später, während sie ihr nachmittägliches Glas Wein auf der Terrasse trank, sagte Jess zu ihrer Tochter: „Ist dir bewusst, wie viel besser du drauf bist, wenn du ein geselligeres Leben führst? Damals im Sommer, nachdem du dem Sierra Club beigetreten warst, sind dir nicht so viele Missgeschicke passiert. Ich glaube, frische Luft trägt dazu bei, dass du einen klaren Kopf bekommst."

„Mir sind in dem Sommer durchaus Missgeschicke unterlaufen. Schon vergessen?", fragte Leigh.

„Die waren nicht so drastisch."

„Für dich vielleicht nicht", widersprach Leigh. Und dann sagte sie zum Thema von Missgeschicken, die jetzt vier Jahre alt waren: „Etwas Wunderschönes ist geschehen, Mom. Max hat an Mitch und Ty gedacht. Ist das nicht lieb von ihm?"

„In seinem Testament?", erkundigte sich Jess erstaunt.

„Ja. Ich habe keine Ahnung, warum. Er hat sie kaum jemals gesehen. Er muss es für mich getan haben, weil ihm klar gewesen war, wie sehr ich mir Kinder wünschte. Was meinst du, könnte das bedeuten, dass er mir endlich verziehen hat? Vielleicht hat er mich mehr geliebt, als ich dachte. Bin ich jetzt sentimental?"

Jess berührte Leighs goldenes Haar, das zu Zöpfen geflochten über ihre Schultern fiel. Manchmal versuchte Jess, sich Leighs Schmerz vorzustellen, ihr Gefühl der Unzulänglichkeit oder wie sie unter Zurückweisung litt. Männer hatten Angst davor, etwas mit ihr anzufangen; Freundinnen gab es auch kaum. Das Leben auf der Überholspur konnte sehr einsam sein. „Ach, Leigh, die Jungs brauchen einen Vater."

Leigh wandte doch tatsächlich den Blick ab. Sie gestattete es sich nur selten, Gefühle zu zeigen, im Grunde übte sie noch immer, überhaupt Gefühle zuzulassen. Nach Jess' Meinung hatte dieser Umstand eine Menge mit ihrer Rückkehr nach Durango zu tun. „Lass uns nicht wieder davon anfangen, Mom. Ich kann ihnen keinen Vater bieten und ich kann es nicht ändern."

Tja, ich aber, dachte Jess. „Ich benötige mal deinen Rat, mein Schatz. Ich möchte in diesem Sommer eine Riesenparty geben, teils um dich und die Jungen zu Hause willkommen zu heißen und euch mit all meinen Freunden bekannt zu machen, und teils, weil ich keine Ahnung habe, ob es mir je wieder so gut geht wie jetzt. Ich möchte den verflixten Garten nun schon seit Jahren umgestalten – ihn in eine Art Wunderland verwandeln. Du hilfst mir doch, oder?"

„Seit wann liest du so etwas?", fragte Leigh und hielt ein Brautmagazin hoch. Was um alles in der Welt tat ihre Mutter mit einem Brautmagazin?

„Das da? Ach, Peg und Abby haben einen ganzen Stapel davon hiergelassen. Wir haben die Hochzeiten ihrer Töchter gemeinsam geplant ... Das war ein Spaß. Abbys Tochter hat sogar ihr Brautkleid noch hier. Du hast in etwa die gleiche Größe. Du solltest es mal anziehen. Also. Ich will Plattenwege, einen Pavillon und eine große Grillanlage. Ich hätte gern ein paar Vogelbäder oder Statuen ... vielleicht sogar einen Springbrunnen. Kannst du mit deinem Maschinchen etwas in der Art entwerfen?"

„Ich schätze schon ... ja. Ich probier's mal in den nächsten paar Tagen."

„Wenn du ein paar Pläne fertig hast, möchte ich gern, dass du sie diesem Mann vorlegst, der manchmal für mich arbeitet – John McElroy. Er ist ein großartiger Handwerker und ein toller Landschaftsgärtner. Außerdem ist er ein hervorragender Skiläufer und leitet die Ski-Patrouille. Diesen Winter will ich ihn fragen, ob er es den Jungen beibringt."

Leigh konzentrierte sich ungewöhnlich intensiv auf die Zeitschrift und gab ihrer Mutter keine Antwort.

„Warum erleichterst du mir meine letzten Tage nicht ein bisschen und heiratest ihn? Ich denke, er kann für dich und die Jungs sorgen, wenn ich nicht mehr bin. Er sieht Mitch sogar ein bisschen ähnlich."

Leigh verharrte lange Zeit in Schweigen. „Du hast vielleicht eine lebhafte Fantasie", meinte sie schließlich, trank von ihrem Wein und blätterte in dem Magazin.

3. Kapitel

„Hallo, John."

Er ließ einen fünfundzwanzig Kilo schweren Sack Kompost auf einen Stapel identischer Säcke fallen und drehte sich zu Leigh herum. All die Erwartung und Vorfreude, die er beim Gedanken, sie wiederzusehen, empfunden hatte, schienen sich zu verflüchtigen, jetzt wo es tatsächlich passierte. Da war sie. Schön wie eh und je. Kaum gealtert. Auf der Stelle war er unsicher, fürchtete, dass er womöglich nach Schweiß und Kuhmist roch. So hatte er es nicht geplant. Er hatte gewusst, dass er ihr irgendwann über den Weg laufen würde, hatte sich allerdings nicht darauf vorbereiten können. „Leigh", begrüßte er sie ruhig. „Dr. Brackon."

Sie lächelte verhalten, als er ihren Namen aussprach, zuckte jedoch leicht zusammen, da er sie mit ihrem Titel anredete. „Ich … äh … wollte dich nicht erschrecken. Verzeih. Ich bin …"

„Nein, schon gut. Ich bin nur überrascht. Es ist so lange her."

„Ich bin schon seit ein paar Wochen wieder hier. Erst einmal wohne ich bei meiner Mutter, vielleicht bleibe ich aber auch für immer. Sie braucht mich, und ich brauche einen neuen Lebensstil. Jess … meine Mom … sie leidet an …"

„Sie hat's mir gesagt." Er zog ein Taschentuch aus der Hosentasche und wischte sich den Schweiß von der Stirn. „Sie hat gesagt, sie hätte ein Herzproblem und würde dich zwingen, heimzukehren."

„Sie musste mich eigentlich nicht zwingen. Ich war so weit, dass ich kommen wollte. Ich wollte gern kommen. Ich hatte es seit Jahren geplant. Ich habe es nur immer wieder verschoben."

„Dein Mann kann darüber wohl nicht sehr …"

„Hat sie dir nicht von Max erzählt? Ach, du liebe Zeit … Ich habe mich schon vor einiger Zeit von ihm scheiden lassen, und Max …

tja, er ist vor einem halben Jahr verstorben. Er war sechzig, so alt wie Mom … viel zu jung."

„Ich hatte keinen Schimmer", erwiderte er gedehnt. „Tut mir leid."

„Ich habe keine Ahnung, warum ich dachte, du wärst darüber im Bilde", erklärte sie auf ihre typische leicht verwirrte, geistesabwesende Art.

„Wie hätte ich es wissen sollen?", fragte er ein bisschen gereizter als beabsichtigt. Leigh hatte schon immer allen das Gefühl vermitteln können, sie müssten in der Lage sein, mit ihren Gedanken Schritt zu halten. *Vermutlich habe ich gedacht, wir hätten darüber gesprochen, und ich wollte es nicht für selbstverständlich halten, dass du es bereits wusstest, obwohl du nichts wusstest.* Doch auf all das wollte er sich jetzt nicht noch einmal einlassen. „Ich will nur sagen, wir arbeiten hin und wieder für Jess, doch sie hat dich nie erwähnt. Nicht ein einziges Mal. Ich bin sogar ganz sicher, dass sie von deinen Kindern das erste Mal geredet hat, als ich ihr ein Bäumchen bringen musste. Herzlichen Glückwunsch. Mir war ja bekannt, dass du dir unter anderem Kinder gewünscht hast."

„Das ist völlig unmöglich, dass sie die Jungs nie erwähnt haben soll. Sie spricht unablässig von ihnen. Es muss dir entgangen sein."

„Es wäre mir niemals entgangen!"

„Mhm", erwiderte sie nervös.

„Du bist also zurückgekehrt, um Jess beizustehen und dir einen neuen Lebensstil anzueignen", meinte er mit unüberhörbar scharfem Unterton. „Hast du das nicht bereits gemacht?"

„Hör zu, John, meine Mom möchte den Garten umgestalten lassen. Und sie will, dass du den Auftrag übernimmst. Offenbar hat sie keine Ahnung, wie leicht reizbar du manchmal bist, sonst hätte sie einen umgänglicheren Gärtner angeheuert." Leigh zog ein Blatt Papier mit einer langen Liste von Aufgaben aus der Tasche. „Dieser Job würde es mit sich bringen, dass wir einander ziemlich oft über den Weg laufen, denn zufällig wohne ich jetzt dort. Wenn du ihn lieber nicht annehmen willst, dann sag es mir, und ich beschäftigte jemand anderen." Sie zwang ihn mit ihrem Blick, die Lider zu senken. Mochte sein, dass sie nicht älter erschien, aber irgendwie war sie härter geworden. Selbstsicherer. „Nun?"

Nach langem ernsten Blickkontakt riss John ihr grob den Zettel aus der Hand. Er betrachtete ihn konzentriert. Gemauerter Pavillon, Grill, Plattenwege, Vogelbad mit Springbrunnen. Er pfiff durch die Zähne. „Nicht gerade wenig", stieß er hervor. Wie es aussah, gingen diesen Leuten niemals die großartigen Ideen, der Verstand oder das Geld aus. Manchmal war es regelrecht ärgerlich.

„Tja, nun, mir ist klar, es ist ziemlich viel. Meine Mom ist immer so spontan. Wenn sie sich so was wie das hier in den Kopf gesetzt hat, dann will sie es haben, und zwar auf der Stelle."

„Wozu? Sie will doch nicht verkaufen, oder?"

„Nein, nein. Nach ihren Plänen soll ich das Haus eines Tages kriegen. Sie hat mir gesagt, sie will ein großes Sommerfest veranstalten und die halbe Stadt einladen. Aus zwei Gründen. Der erste Grund: weil ich mit den Jungs nach Durango zurückgekommen bin. Der zweite – der mir nicht sonderlich behagt: weil sie keine Ahnung hat, wie gut es ihr im nächsten Sommer gehen wird. Was weißt du über ihr Herzproblem?"

„Woher soll ich etwas darüber wissen?", fragte er und schritt zu der Arbeitsplatte, die ihm als Schreibtisch diente. „Ich bin der Handwerker, Leigh, nicht ihr Seelsorger."

„Ich bitte vielmals um Entschuldigung", erwiderte sie genauso unwirsch. „Ich will nur so viel wie möglich darüber in Erfahrung bringen. Sie erzählt mir ja nichts, und ich mache mir Sorgen."

John war ein wenig zerknirscht. „Verzeih." Das Letzte, was er wollte, war, eklig zu ihr zu sein. „Ich weiß nichts, obwohl ich nachgefragt habe. Doc Meadows hat nicht mal einen Schimmer davon. Was vermutlich bedeutet, dass sie einen anderen Arzt konsultiert, aber ich habe nicht die geringste Ahnung, wer das sein könnte. Ich dachte, Doc würde sich um sämtliche Witwen kümmern. Anscheinend allerdings nicht in seiner Eigenschaft als Arzt."

„Sie sagt, sie nimmt Toms ärztliche Hilfe nicht in Anspruch, weil sie eng befreundet sind. Doch als ich ihn angerufen und mich erkundigt habe, ob er ihr einen Kardiologen empfohlen hat, zögerte er lange, bevor er verneinte. Und dann schlug er mir vor, die Witwen-Brigade über dieses angebliche Herzproblem auszufragen. Angeblich? Sie benimmt sich höchst sonderbar. Ich glaube, sie hat mehr als nur ein Problem mit dem Herzen, doch ich bekomme absolut nichts aus ihr heraus. Ich habe heimlich sämtliche Schränke durchsucht, konnte allerdings nicht ein einziges verschreibungspflichtiges Medikament, Rezept oder sonst was finden. Sie ist einfach unmöglich; sie möchte nicht, dass ich mich einmische."

„Was hast du von den Witwen erfahren?"

Leigh zuckte die Achseln. „Ich soll mich um meine eigenen Angelegenheiten kümmern und Jess ausnahmsweise mal ihren Willen lassen. Abby West fing mit dieser Mutter-Tochter-Sache an. ‚Sieh mal, Liebes, deine Mutter hat viele Opfer für dich gebracht, als du erwachsen wurdest. Verwöhne sie doch einfach mal eine Zeit lang.' Um einem Riesenkrach vorzubeugen, hat Mom mir versprochen, mir später, vor ihrer nächsten Untersuchung, alles zu erzählen, wenn ich sie jetzt in Ruhe ließe und mich eingewöhnen würde. Sie weigert sich strikt, diesen Sommer über ihren Gesundheitszustand zu sprechen."

Unwillkürlich musste er lächeln. „Verflixt dickköpfig, wie?"

Leigh tippte auf die Liste. „Ich glaube, sie will ein paar von diesen Reparaturen und Neuerungen erledigt haben, damit sie keine – du weißt schon – unfertigen Sachen hinterlässt." Sie schluckte und wandte den Blick ab.

„So was", presste er hervor.

„Jess ist nun mal so – tüchtig, mitfühlend. Ich hoffe nur, dass sie total auf dem Holzweg ist, was ihre Herzgeschichte betrifft. Ich glaube, ohne sie kann ich nicht leben. Sie ist mein Fels in der Brandung. Diejenige, dich mich erdet. Weißt du … ich habe einfach niemanden, der so für mich da ist wie Jess."

„Wir reden, als wäre sie schon tot. Lass uns lieber über ihren Garten nachdenken, nicht über ihr Grab. Hier muss eine ganze Menge umgebaut werden und auch landschaftsgärtnerisch ist viel zu tun. Das wird teuer."

„Schaffst du das alles? Einen Pavillon mit einem Schindeldach?

Eine gemauerte Grillanlage? Plattenwege? Wenn ich dir einen Bauplan gebe?"

Er verzog das Gesicht. „Nein, Leigh. Ich bin der Baumeister und Landschaftsgärtner. Ich gebe dir die Pläne, und du stimmst ihnen zu oder änderst sie. Verstehst du, das ist meine Sache."

„Es ist mein Garten."

„Du liebe Zeit", platzte er heraus, „müssen wir wirklich über die Luft zum Atmen streiten?"

Sie holte tief Luft. Zwei Mal.

„Okay", lenkte sie ein. „Du machst die Pläne, ich rege Veränderungen an. Schaffst du das?"

„Du hast Glück. Wir machen dir ein Sonderangebot."

„Was für ein Sonderangebot?"

„Nach dem Motto: Für Geld tun wir alles."

Sie lächelte nachsichtig.

„Es wird verflixt teuer, wenn es gut aussehen soll."

„Mom guckt nicht aufs Geld. Sie ist gut abgesichert und bezieht immer noch Tantiemen für die Bücher meines Vaters. John? Hat meine Mutter … könnte sie … hast du …?" Sie verstummte und fragte dann: „Weiß sie von jenem Sommer?"

„Ich hätte keinen Schimmer, woher. Warum?"

„Sie hat mich gebeten, dich zu bitten, die Arbeiten entweder zu überwachen oder weitgehend selbst auszuführen. Zufällig hat sie mich auch gefragt, ob ich dich nicht einfach heiraten und ihr das Leben erleichtern könnte."

Das fand er nicht lustig. „Hast du ihr erzählt, dass wir das alles längst durchgekaut haben?"

„Natürlich nicht", antwortete sie. „Das wäre ja auch nicht wahr. Wir haben niemals wirklich über eine Heirat gesprochen. Wir haben nur davon geredet, zusammenzubleiben, und auch das war schon zu viel."

„Na ja, einer von uns war verheiratet, schon vergessen?", schleuderte er ihr ins Gesicht.

Gereizt verdrehte sie die Augen. Genau das hatte sie befürchtet, nämlich, dass er sie richtig auf die Palme bringen würde. Sie versuchte, das Thema zu wechseln. „Du hast wirklich etwas aus deinem Unternehmen gemacht. Als ich es das letzte Mal gesehen habe, war es nichts weiter als eine von einem hohen Maschendrahtzaun umgebene Garage."

„Wann war das?"

„Ach, an das Datum erinnere ich mich nicht mehr", schwindelte sie. Sie wusste es noch ganz genau. „Du warst nicht da. Du warst in den Flitterwochen." Verrückt. Es war längst nicht mehr allein seine Schuld, wenn aus wahllosen Schüssen aus dem Hinterhalt eine ausgewachsene Schlacht wurde. So viel zu ihren guten Absichten.

„In den Flitter…! Du warst hier? Niemand hat mir erzählt, dass du hier warst."

„Na ja, ich habe keine Nachricht hinterlassen. Du warst nicht hier. Du warst sozusagen indisponiert. Da bin ich wieder gegangen. Zurück zum Garten – die ganze Sache ist typisch für Jess' spontane …"

„Warum warst du da?", ließ er nicht locker.

„Ich hatte es dir doch gesagt. Ich habe zu dir gemeint, dass ich alles zwischen uns klären würde. Du erinnerst dich nicht einmal daran?"

„Das hast du nicht gesagt. Du hast mir zu verstehen gegeben, dass du nicht mit mir leben könntest – dass ich deinen Ansprüchen nicht genügen würde."

„Du doch nicht. Hier gab es keine Arbeit für mich. Ich brauchte aber irgendetwas, was …"

„Du hast gemeint, du wolltest zurück nach Stanford, weil …"

„Weil ich dort lebte. Dort hatte ich meine Arbeit. Meinen Kram. All meine Sachen waren in Los Altos. Man hatte mir ein Stipendium angeboten. Ich musste ein Stipendium annehmen, damit ich Arbeit hatte. Einer von uns musste doch einen Job haben. Du hattest nichts anderes als Ski im Kopf und hast gelegentlich anderer Leute Rasen gemäht. Außerdem hast du mir erzählt, du wärst froh über meinen Umzug."

„Ski-Patrouille, bitte. Ski-Patrouille und Landschaftsgärtnerei. Das war vielleicht kein großartiger, hochtrabender Job, doch hierbei handelte es sich um anständige, gewöhnliche Arbeit, die normale

Menschen tun. Und dass ich froh wäre, habe ich nur gesagt, weil ich zu stolz war, um zuzugeben, dass ich es nicht ertragen könnte, wenn du einfach so gehst." Er schnippte mit den Fingern. „Ohne einen Blick zurück."

„Ohne einen …" Sie strich sich übers Haar. „Verzeih, wenn ich dich gekränkt habe", erwiderte sie sarkastisch. „Ich brauchte irgendwo einen bezahlten Job. Ich war schwanger! Die UCLA bot mir ein Stipendium an. Ich musste fort, John."

„So. Oh, ich verstehe. Dann bist du also nur zurückgekehrt, um mal eben Guten Tag zu sagen. Nicht etwa, weil du mich sehen wolltest oder so."

Leigh schaute ihn sekundenlang starr an und öffnete schon den Mund zu einer Antwort, brachte allerdings nur ein Schnauben hervor. Sie versuchte es noch einmal. Wieder nur ein Schnauben. Sie stemmte eine Hand in die Hüfte. „Ich war gekommen, um meine Mom und dich zu sehen. Meine Scheidung war durch. Ich wollte noch einmal fragen, ob du's in L.A. probieren wolltest. Aber … Ich dachte, falls du es nicht versuchen wolltest, könnten wir eine andere Lösung finden."

„Eine andere Lösung finden?"

„Eine Fernbeziehung. Ich weiß nicht. Was soll's, John? Du warst nicht da. Du warst auf Hochzeitsreise!"

„Ich war auf Hochzeitsreise, da ich geheiratet hatte, und geheiratet habe ich vier Monate nachdem du es nicht mal für nötig gehalten hattest, auf meine Anrufe und Briefe zu antworten."

„Anrufe und Briefe? Du Idiot! Ich habe keine Anrufe und keine Briefe bekommen!"

„Ich habe Nachrichten hinterlassen. Ich habe dir geschrieben!"

„Tja, ich bin zurück nach Los Altos gefahren, habe meine Sachen gepackt und bin umgezogen. Mir war nicht klar, dass es meine Aufgabe sein sollte, dich vor einer Hochzeit zu bewahren. Die meisten Leute heiraten, weil sie es wollen, nicht, weil irgendwer nicht auf ihre verdammten Anrufe reagiert!"

„Niemand hat mich darüber informiert, dass du umgezogen warst! Und nenn mich nicht Idiot! Ich fühle mich ohnehin wie ein

Idiot, wenn ich mich in derselben Stadt wie du aufhalte, da du einen IQ von viertausendnochwas hast! Also, gab es irgendeinen besonderen Grund, warum du nicht schreiben oder anrufen oder sonst was konntest?"

„Nein, es gab keinen besonderen Grund", schrie sie zurück. „Außer dass ich zu tun hatte. Ich arbeitete an einem wissenschaftlichen Projekt, war schwanger mit Zwillingen und in Psychotherapie, um herauszufinden, warum ich trotz meiner Intelligenz mein Leben derart versauen konnte! Und jetzt, so gern ich noch bleiben und mit dir streiten würde, habe ich einiges zu erledigen! Machst du nun den verdammten Garten für meine Mutter oder nicht?"

„Ja!", brüllte er. „Ich komme morgen zu euch raus!"

„Prima!", schrie sie zurück und drehte sich so schwungvoll um, dass ihr Haar herumwirbelte und Johns Nase streifte. Sie stapfte aufgebracht davon.

John spürte, wie die Zornesröte seine Wangen glühen ließ. Junge, Junge, er erinnerte sich noch gut an ihre hitzigen Debatten. Er haute zweimal auf seinen Schreibtisch, so heftig, dass sämtliche Bleistifte hüpften.

Er stützte den Ellenbogen auf die Platte, legte die Stirn in die Hand und holte tief Luft. Junge, wie gut sie aussah. Mit siebenundzwanzig ist eine Frau hübsch, aber ein paar Jährchen mehr, das hat was. Ein paar Kinder, ein bisschen Reife und ein bisschen mehr Busen und runde Hüften. War sie früher schön, so war sie jetzt an den richtigen Stellen kurvig. Wie dumm musste man sein, um mit ihr zu streiten? Er hätte nett sein und sie vielleicht einladen können. Schließlich waren sie inzwischen beide Single.

War er denn verrückt geworden? Hatte es nicht genau damit angefangen? Mit Verabredungen? Sie kamen aus völlig verschiedenen Welten.

„John?"

Er hob den Blick.

„Ich ... ähm ... habe die Schlüssel im Auto eingeschlossen ... Ich habe wohl nicht ... Du weißt schon."

Ihm entschlüpfte ein kurzes Auflachen. Es hätte ihm klar sein müssen. „Du warst mit deinem Kopf woanders. Du hast über das Paarungsverhalten der Schreikraniche oder über jambische Fünfheber gegrübelt." Oder über mich. *Warst du mit deinen Gedanken womöglich bei mir, Leigh?* „Keine Angst, es gibt nichts, was ich nicht knacken kann."

„Und was gerade passiert ist, tut mir leid. Unser Streit. Ich hätte wirklich nicht gedacht, dass so etwas passieren kann", sagte sie. „Immer noch", fügte sie hinzu.

„Es war nicht allein deine Schuld", erwiderte er. „Leigh, vielleicht sollten wir uns zusammenraufen, uns auf einen Drink, zum Essen oder so treffen. Wir haben dieses total verkorkste Karma, du und ich, und wenn wir nicht das eine oder andere klären, stehen wir uns im nächsten Leben als Todfeinde gegenüber. Wogegen nichts einzuwenden wäre, wenn wir in gegnerischen Football-Teams spielen würden, aber wenn wir Zwillingsschwestern wären oder so, könnte es zur Katastrophe werden. Vielleicht sollten wir uns gründlich aussprechen, damit wir als … Freunde weiterleben können. Hm?"

„Ja", stimmte sie zu und atmete erleichtert auf. „Ja, das hatte ich von Anfang an vor – dass wir uns vertragen und irgendwie befreundet sein können. Doch jetzt bist du derjenige, der verheiratet ist."

„Ich? Nein, ich bin auch geschieden. Ich bin praktisch seit meiner Hochzeit geschieden."

Sie war unübersehbar schockiert. „Ich hatte keine Ahnung. Tut mir leid."

„Es war vorbei, bevor es angefangen hatte. Wir haben nur ein paar Monate zusammengelebt. In der Skisaison", fügte er leise hinzu, immerhin anständig genug, um beschämt zu sein.

„Kinder?"

„Nein."

„Ach. Na ja, du sagtest ja, dass du keine Kinder willst. Dann ist es wohl gut so."

„Damals wollte ich keine. Da war ich siebenundzwanzig und völlig ichbezogen. Du liebe Zeit, ich war ein Skiläufer ohne Ehrgeiz. Ich habe an nichts und niemanden außer an mich selbst gedacht. Das hast du doch bestimmt nicht vergessen."

Beinahe hätte sie gelächelt. So nahe war John einem Eingeständnis seiner mangelnden Unfehlbarkeit oder einer Entschuldigung noch nie gekommen. „In der Liebe haben wir anscheinend beide kein Glück, wie?"

„Tja, wie wär's, wenn wir zwei Unglücksraben uns später treffen?"

„Ich weiß nicht …"

„Gibt es da jemanden? Irgendeinen Kerl?"

Unwillkürlich musste sie lachen. Einen Kerl hatte es nie gegeben. Kollegen, Projektleiter. Der einzige Grund dafür, dass sie versehentlich Max geheiratet hatte, war wahrscheinlich Erschöpfung; sie hatten so hart und so lange zusammengearbeitet, dass die Ehe die selbstverständliche Fortsetzung zu sein schien. John war praktisch der einzige „Kerl", den sie je hatte. Kurz. „Ich habe zwei Kerle. Vier Jahre alte Kerle", meinte sie.

„Wie wär's, wenn es zunächst einmal nur um dich und mich ginge?"

Leigh seufzte. „Ich bin nicht sonderlich gut in diesen Dingen, John. In Beziehungssachen stelle ich mich so unbeholfen an. Das ist keine Absicht, ich will das nicht … Mathematische Probleme löse ich im Handumdrehen. Ich bin einfach – ach – ich bin jetzt Mutter. Ich muss vorsichtiger sein, denn wenn ich mit der Situation nicht zurechtkomme, könnten die Jungs darunter leiden."

„Wir hatten eine Affäre, die uns beide verkorkst hat", entgegnete er. „Da wir uns immer noch zanken wie früher, haben wir unser Liebesverhältnis vielleicht noch nicht überwunden. Sollten wir nicht darüber sprechen? Vernünftig miteinander reden?"

Sie schaute in seine dunkelbraunen Augen. Er hatte Augen wie Bambi. Augen, in die man versinken, in denen man ertrinken konnte. Arme wie Adonis, ein Gesicht wie ein Märchenprinz, ein Temperament wie Attila der Hunne. Sie lächelte ihn an. „Du hast einen Pferdeschwanz."

Er musste kurz überlegen. „Ach, ja. Kein schlechter Pferdeschwanz. Oder?"

„Nein", antwortete sie. Pferdeschwänze waren wieder in, doch was John betraf, blieb unklar, ob er trendbewusst oder nur faul war. Soweit sie sich erinnerte, hatte er mit Mode nicht viel am Hut. Nicht mit Mode, Kindern und festen Bindungen. Aber er war ein so süßer Rebel. „Im Steakhaus?"

„Ja. Komm, wir holen deine Schlüssel." Er hob die Hand an ihren Ellenbogen und ließ sie dort unschlüssig verweilen. Dann, mit einem zerknirschten, hilflosen Blick, berührte er sie kurz. Sie spürte einen Schauer. Sie wusste, dass sie jetzt bis über die Ohren drinsteckte. Wenn er sie noch einmal anfasste, würde sie dahinschmelzen.

4. Kapitel

Leigh traf um sieben ein, und John war bereits da. Sie trug einen seidenen Jumpsuit mit einem dekorativ über eine Schulter geworfenen Schal, Ohrringe aus Muscheln und beige Ballerinas. Laut Jess, die sie munter – vielleicht zu munter – in Augenschein genommen hatte, bevor sie zur Tür hinausging, sah sie modisch-chic aus. Dieses Mal gab Leigh nicht vor, dem Sierra Club beizutreten. „Du bist doch sicher entzückt, wenn du hörst, dass dein Lieblingshandwerker mich zu einem Glas Wein eingeladen hat“, hatte Leigh gesagt.

John trug Jeans, doch seine gute Jeans ohne Löcher, und etwas Ähnliches wie ein Polohemd mit einem Pullover darüber. Wenn man sie anschaute, ahnte man nicht, wie viel Angst beide vor dieser Verabredung hatten. Und sie fürchteten sich beide vor derselben Sache, nämlich dass ihre Liebesgeschichte offiziell zu Ende sein würde – und dass sie dort wieder anknüpfen würden, wo sie aufgehört hatten. Sie bestellte ein Glas Wein, er ein Bier. Sie waren bei der zweiten Runde, als sie endlich Worte fanden.

„Also“, begann John, „was ist geschehen?“

„Wann?“

„Du sagtest, du bist zurückgekommen und hast erfahren, dass ich verheiratet bin. Ich erzähle dir, was mit mir passiert ist, wenn du mir erklärst, was dir passiert ist. Also, was ist vorher in Los Altos vorgefallen?“

„Ach, es war schrecklich. Max, der sich von einer Herzattacke erholte, hätte beinahe eine zweite erlitten. Er war wütend auf mich.“

„Warum?“, fragte sie.

Sie sah ihn nur an, mit diesem typischen leeren, bestürzten Blick, der fragte: Kannst du mir nicht folgen?

„Weil du schwanger warst?“, fragte er.

Sie nickte. „Er meinte, er fühle sich betrogen … Genau das hat er gesagt. Ich konnte es überhaupt nicht verstehen. Schließlich habe ich es doch nicht absichtlich darauf angelegt. Und da stand ich nun ... schwanger. Einesteils war ich so begeistert, wie ich es mir nie hätte träumen lassen ... Andernteils staunte ich über meine eigene Dummheit. Wäre meine Mutter nicht gewesen, ich weiß nicht, was ich gemacht hätte."

„Momentchen, Momentchen", unterbrach er sie, da er sich daran erinnerte, dass Leigh ihren Gedanken oft einen Schritt voraus war oder ihre Geschichte am Ende begann und rückwärts erzählte. Er bezweifelte nicht, dass sie eine Dissertation in klaren Worten abfassen konnte, doch wenn es ums wahre Leben ging, schweifte sie ab. „Langsam, Leigh. Er war wütend, weil du schwanger warst? Wollte er nicht Vater werden?"

„Nein", antwortete sie mit unverhohlener Verwunderung. „Natürlich nicht. Ich bin mir sicher, dass ich es dir bereits erzählt habe."

„Ich weiß, er glaubte, nicht Vater werden zu wollen, aber nachdem du ihm gesagt hast, dass du ..." Sie schüttelte den Kopf, war sprachlos. „Das ist eine verdammte Schande", meinte John ernst. „Auch Männer, die denken, noch nicht bereit für Kinder zu sein, verhalten sich doch gewöhnlich anständig, wenn sie hören, dass ihre Frau ein Kind erwartet. Ich schätze, ich würde es tun."

Ihre Augen wurden erstaunlich groß, und sie schaute John so merkwürdig an, als würde sie nicht verstehen, was er da von sich gab. Schließlich sagte sie, als hätte sie irgendeinen komplizierten Gedankengang abgeschüttelt: „Du hast mir erklärt, dass du nicht Vater werden wolltest."

„Ja, zum Teufel, damals war ich ehrlich. Aber ich glaube, ich hätte die Aussicht darauf etwas vernünftiger aufgenommen als Max. Ich denke nicht, dass ich dich des Betrugs bezichtigt hätte."

„Moment mal", setzte Leigh an. „Was schätzt du denn, was du getan hättest? Zum Beispiel, wenn du erfahren hättest, dass deine Frau schwanger war?"

„Wir hätten an unserer Ehe arbeiten müssen." Er zuckte die Achseln. „Intensiver", fügte er hinzu, für den Fall, dass irgendjemand annahm, er hätte es nicht versucht.

„Oh je“, stieß sie hervor. „John … Hast du die Jungs schon gesehen?“

„Nein. Nur auf einem Foto. Jess hat mich gebeten, irgendwann mal mit ihnen angeln zu gehen. Sie sind ganz niedlich, ähneln sich aber nicht so sehr. Der Dunkelhaarige kommt vermutlich nach seinem Dad.“

Leigh schluckte und nickte.

„Jess weiß, dass ich den Nachwuchs trainiere, und im Winter arbeite ich immer noch in der Ski-Patrouille, in Teilzeit, und bringe Kindern den Abfahrtslauf bei. Sie sagte, sie seien richtige Satansbraten“, meinte er lächelnd. Er legte die Hand auf Leighs Unterarm.

„John“, sagte und drehte den Stiel ihres Weinglases zwischen den Fingern. „Ich bin mir nicht sicher, wer von uns verkorkster ist … du oder ich.“

„Wollen wir das nicht einfach Vergangenheit sein lassen und von hier an weitermachen?“

„Ich weiß nicht, ob das funktioniert. Das Vergangene verfolgt uns. Und außerdem … in welche Richtung denn weitermachen?“

„Trink ein Schlückchen von deinem Wein, Leigh. Lass uns das Gespräch draußen fortsetzen … für den Fall, dass es persönlich wird.“

„Ich glaube, das Gespräch setzt sich ganz einfach fort und besteht nur aus einem kleinen Wörtchen“, meinte sie leise. „Nein.“

„Nein wozu?“, fragte John.

„Ich bin nicht bereit, dort anzuknüpfen, wo wir aufgehört haben, John. Es hat zu wehgetan. Auch wenn ich selbst mindestens genauso viel Schuld hatte wie du, war es doch überaus schmerzhaft.“

John streichelte ihren Unterarm. Mannomann, wie gut er sie verstand. Er hatte restlos genug davon, streitlustig und empfindlich zu sein; außerdem hatte sie recht. Er wollte weiter nichts, als ihr den Arm um die Schultern legen, vielleicht ihre Hand halten und über alles sprechen. Er musste die Sache mit dieser Frau klären, nach der er sich seit fünf Jahren so sehr sehnte. Okay, er wollte auch wissen, ob ihre Nähe das alte Gefühl in ihm weckte, dass er ihr nie nahe genug kommen konnte. Aber er wollte es nur wissen. Er würde schon nicht verrücktspielen. Nicht sofort.

„Lass uns spazieren gehen, hm? Allein. Ein bisschen reden. Und ich schwöre dir, du wirst nicht noch einmal Nein sagen müssen." Er hob drei Finger. „Pfandfinder-Ehrenwort."

„Du warst überhaupt nicht Pfadfinder, stimmt's?", fragte sie später.

„Nein."

„Ich hätte es wissen müssen", meinte sie.

„Es war nur ein einziger Kuss", erwiderte er. „Ich wollte nur prüfen, ob es noch so gut ist, wie ich es in Erinnerungen habe."

„Und?"

„Ja. Doch das dürfte dann wohl bedeuten, dass es auch genauso schlimm sein kann wie früher. Deshalb sollten wir dieses Gespräch beenden."

Sie hatten ihren Spaziergang abgebrochen, weil die Aprilnacht ein wenig zu frisch war und sie vor Kälte bibbern ließ. Sie saßen in Johns Pick-up auf einem Bergrücken, von dem aus sie meilenweit über Himmel und Land schauen konnten. Wenn sie denn hinausgeblickt hätten. Mit seinen Lippen auf ihren beschäftigte Leigh sich eher mit ihrem Gefühlsleben.

Seit dem letzten Mal, als sie sich geküsst hatten, war Leigh sich über einiges sie selbst betreffend klar geworden. Sie hielt eine ganze Menge erschreckende Informationen für John bereit, doch da sie zu feige war, beschloss sie, langsam anzufangen und sich an das Thema heranzutasten.

Zum Beispiel, so verriet sie ihm, dass sie in ihrer Teenagerzeit sehr einsam gewesen war. Sie war eine Frau, die mit achtzehn den Gipfel ihrer Intelligenz erreicht hatte und mit siebenundzwanzig – zumindest emotional – in die Pubertät gekommen war.

John brummte seine Zustimmung, wenngleich er im Grunde viel lieber ihren Hals geküsst hätte. Er war schlau genug, das für sich zu behalten.

Als Nächstes begann sie, ihm ihre Ehe zu erklären, über die sie, wie sie wusste, mit John nicht ausführlich genug gesprochen hatte. Sie und Max hatten nur selten miteinander geschlafen. Sie waren ein Team im Labor; er war ihr Mentor. Da sie nie Freunde in ihrem Alter gehabt hatte, da sie im ganzen Leben nie einen festen Freund gehabt hatte, war ihr nicht klar gewesen, dass ihre Beziehung mit Max sonderbar war. Wäre sie nicht in diese „Sache" mit John geraten, hätte sie es vielleicht auch jetzt noch nicht erkannt.

„Aber du bist so hinreißend ..."

Sie schüttelte den Kopf. „Ich fand mich nicht attraktiv. Ehrlich. Ich hielt mich für einen Sonderling. Ich bin nie mit einem Jungen gegangen. Ich war zwanzig, bevor mir bewusst wurde, dass meine Kollegen sich von mir eingeschüchtert fühlten, und Frauen mochten mich anscheinend überhaupt nicht. Na ja, abgesehen von älteren, intellektuellen Frauen und Wissenschaftlerinnen. Doch das vielleicht Schwerste an einem Leben dieser Art ist, dass der Verstand ständig auf Hochtouren läuft; ein zu eindringlicher Blick auf das eigene Privatleben ist leicht zu vermeiden. Ich habe mir nie die Mühe gemacht, mein Unglücklichsein genauer unter die Lupe zu nehmen, weil es einfach für mich war, etwas anderes zum Nachdenken zu finden. Das ist ein dysfunktionales Verhalten."

„Vielleicht hätten viele Menschen gern etwas anderes als ihre Probleme, worüber sie nachdenken können", entgegnete er.

„Nein, John, ich rede nicht davon, wie man Selbstmitleid vermeidet. Ich spreche davon, dass man leugnet, was in seinem Leben geschieht. Das Problem hierbei liegt darin, dass diese Methode endlich ist ... an irgendeinem Punkt kann man sich nicht selbst etwas vormachen. An diesem Punkt ist das, was man leugnet, gewöhnlich größer als man selbst." Sie hielt kurz inne und lächelte ihn an. „Ich hatte fast das, was manche einen Nervenzusammenbruch nennen, als ich versuchte, zwischen Karriere und zwei winzig kleinen Jungen zu jonglieren", meinte sie leise. „Zwei Fünfpfunder ... die sich auf mich verließen. Ich konnte ihnen kein gutes Leben bieten, weil ich keine Ahnung hatte, wie ein gutes Leben aussieht. Ich hatte nicht einmal eine Ahnung, was gut ist. Deshalb kam Jess nach L.A., um mir zu helfen, und ich ging zu einer Therapeutin – einer wunderbaren Therapeutin, die Kindern mit ungewöhnlich hohem IQ hilft, sich in die Gesellschaft einzufügen. Ich war ihr erstes achtundzwanzig Jahre altes Kind."

John war still, und Leigh fragte sich, ob er in der Lage war zu verstehen, wirklich zu verstehen, welche Bedeutung ihre Beziehung für sie gehabt hatte. Aber offenbar begriff er es nicht. „Ich glaube, ich habe nie gedacht, dass du es schwer gehabt haben könntest im Leben“, meinte John. „Und ich habe nie an dir und deiner Intelligenz gezweifelt, sodass ich nie auf die Idee gekommen wäre, dass du nicht wusstest, was du tust.“

Sie nagte leicht an ihrer Unterlippe. Sie sollte eine Abhandlung über dieses Thema schreiben. Sie hatte sich wie eine Außenseiterin gefühlt – war eine Außenseiterin gewesen. Sie hatte nie die Dynamik zwischen Jungen und Mädchen in der Highschool erlernt, da sie, während andere Dreizehnjährige herausfanden, wie man flirtet, im Rahmen des Hochbegabten-Programms Physik II an der Universität belegt hatte. Wenn andere Mädchen in Tränen ausbrachen, weil sie nicht zum Schulball eingeladen wurden, weinte Leigh, da ihre Bewerbung für ein Master-Studium abgeschmettert wurde. Eines der Nachbarmädchen fiel durch die Fahrprüfung; Leigh ging ein Stipendium durch die Lappen. Als sie zum ersten Mal ihre Periode hatte, riet ihr eine Kommilitonin, eine zwanzigjährige Studentin mit Spirale: „Ganz ruhig, Süße, du heftest einfach diesen kleinen Lappen in dein Höschen, und bald wechselst du zu Tampons …“

„Hat dich schon mal ein Freund mit seinem Neid konfrontiert?“, fragte sie John. „Mit seiner brennenden Eifersucht? Zum Beispiel, wenn du beim Skifahren eine Medaille gewinnst und dich ein bisschen beklagst, weil deine Muskeln schmerzen, weil dein Konto leer ist, deine Freundin dich verlassen hat, weil du sie während des Trainings vernachlässigt hast. Und du bist erschöpft. Also so richtig, du hast so hart dafür gearbeitet. Und der Freund sagt etwas in der Art: ‚Ja, heul doch … Hast du nun gewonnen oder nicht …?‘“

Darüber dachte John lange nach, bevor er antwortete. Er hatte keine andere Begabung vorzuweisen, als im Leben klarzukommen. In vielen Dingen war er gut, aber er war weiß Gott nicht oft der Beste. Er musste bis zu seiner Zeit in der Navy zurückdenken, als er beim Abfahrtsrennen angetreten war. Da war er mit einem großmäuligen Mistkerl in eine Prügelei geraten, da dieser ihm vorwarf, irgendeinen geheimen „Vorteil“ gehabt zu haben. Zum Teufel, John hatte sich beim Training beinahe umgebracht und war enorme Risiken eingegangen. Nach einiger Zeit stand für ihn fest, dass der Typ einfach nur neidisch war. „Ja. Ja, das kenne ich.“

„Ich habe“, sagte sie ernst, „es nie anders erlebt.“

„Ich war nie neidisch auf dich …“

„Ach, John, das ist mir klar. Allerdings möchte ich, dass du verstehst, warum ich mit einem festen Freund nie etwas anzufangen wusste … Mit einem Lover. Ich hatte nie einen. Nie. Max war kein fester Freund, kein Liebhaber. Wir haben in einem Zustand der Verwirrung und Trägheit geheiratet. Er schied aus einem Projekt an der Columbia aus, um in ein neues an der Stanford einzusteigen. Er wollte, dass ich ihm folgte… Es war wohl nicht unbedingt wahre Liebe, wenn ich auch glaube, dass Max mich geliebt hat, so gut er konnte.

Dann habe ich dich kennengelernt, und ich hatte keine Ahnung, wie mir geschah. Es war meine allererste Bekanntschaft mit richtiger Lust. Ich glaube, deswegen waren wir nicht in der Lage, etwas zu retten. Zu kompliziert. Ich hatte nicht genügend Erfahrungen.“

„Was willst du eigentlich, Leigh?“

„Im Grunde nicht viel. Ich möchte eine gute Mutter sein und ein paar Freunde haben. Ich möchte mich einfach gut fühlen, so, wie ich bin. Ich war aus vielerlei Gründen enttäuscht, weil wir es nicht geschafft haben, unsere Sache in Ordnung zu bringen. Einer davon ist der, dass ich nicht mehr viel Spaß hatte, seit wir getrennter Wege gehen. Ich weiß, du findest mich lästig, unbeholfen, vergesslich … aber Camping und Wandern hat mir Spaß gemacht. Wir haben immer viel gelacht. Könnte sein, dass ich Skifahren lernen möchte …“

John runzelte die Stirn, als er Leigh vor seinem inneren Auge auf den Abhängen herumstolpern, sich verirren und hinfallen sah. Nun, es gab Idiotenhügel … Wie hatte sie sich das vorgestellt, dass sie zwei Jungen großziehen wollte?

„Ich will zumindest, dass meine Kinder Skifahren können und Ballspielen … Jetzt schon lieben sie alle sportlichen Aktivitäten und lesen nichts außer Comics. Sie sind völlig normal.“

In den Jahren seit seiner Trennung von Leigh hatte John gemerkt, dass er Kinder im Grunde mochte. Er hätte nichts dagegen, mit Leighs Kindern ein Footballspiel anzuschauen oder zum Skikursus zu gehen. Wenn sie so früh anfingen, konnten sie es zu etwas bringen.

„Du willst also hierbleiben?“, fragte er.

„Ich könnte bescheiden, aber angenehm von dem Treuhandkonto meines Vaters leben, doch ich habe vor zu arbeiten. Ich habe Ethik studiert. Ich sitze an einem Aufsatz über die Ethik der wissenschaftlichen Forschung mit dem Titel ‚Die Angst vor neuem Wissen‘. Ich könnte ein Buch daraus machen.“

„Wie wär's mit der Angst vor altem Wissen?“, fragte er. Und vor alten Liebhabern? „Was hat dein Interesse für Ethik geweckt?“

„Es ist ein ungeheuer interessantes Thema, einfach und hochkompliziert zugleich“, antwortete sie. „Wie definierst du Ethik?“

Er zuckte die Achseln. „Für mich ist sie nicht hochkompliziert. Ehrlichkeit, Fairness, Anständigkeit, das Wissen um den Unterschied zwischen Gut und Böse. Seine Mitmenschen freundlich behandeln, so, wie man selbst behandelt werden möchte.“

Sie lehnte sich in den Sitz zurück und blickte hinaus über das weitläufige Terrain von Colorado im sanften Mondschein. Allmählich fühlte sie sich sicher. Sie seufzte schwer. Sie würde darauf verzichten, ihm zu sagen, dass er recht hatte – absolut recht hatte – und dennoch konnte sie aus dem Fachgebiet eine berufliche Perspektive entwickeln. Ein Teil der Studie würde belegen, dass die wirklichen Vorbilder für ethisches Verhalten Menschen sind, die ganz selbstverständlich „das Richtige“ tun, ohne sich mit dem Thema wissenschaftlich auseinanderzusetzen. Es ist ja nicht so, dass moralisch handelnde Menschen einwandfrei und fehlerlos sind; sie suchen das Richtige und berichtigen Fehler, wenn sie können. Wie John.

Deswegen hatte sie keinerlei Einwände erhoben, als Jess sich meldete und sagte: „Du musst nach Hause zurückkehren.“ Sie war dankbar; sie hatte einen Schubs in die richtige Richtung gebraucht. Natürlich kam man heim, wenn die Mutter, die jedes Mal zur Rettung eilte, wenn man in Schwierigkeiten geriet, einen rief. Und außerdem hatte Leigh bereits mit dem Gedanken an eine Rückkehr gespielt, um herauszufinden, ob sie die Angelegenheit mit John regeln, das Kriegsbeil begraben konnte, um zu sehen, ob ein Miteinander-Auskommen möglich war. Sie hatte damit gerechnet, dass er verheiratet war, und hatte sich drauf vorbereitet, zu ihm und seiner Frau ein freundschaftliches Verhältnis aufzubauen. Und diesen Entschluss hatte sie keineswegs während ihrer Vorstudien zur Ethik getroffen. Vielmehr hatte sie von Anfang an gewusst, dass das das Richtige wäre. Wie schwer es ihr und John auch fallen mochte, Übereinstimmung zu finden, war ihr doch klar, dass er ein guter und aufrichtiger Typ war, der ganz selbstverständlich das Richtige tun würde – und sie brauchte einen solchen Mann als Vorbild für ihre Söhne.

Für seine Söhne.

„So", meinte John, „was kommt als Nächstes?"

„Glaubst du, es ist möglich, dass wir Freunde sind?"

„Tja, möglich ist alles. Aber was es erschweren könnte, ist die Tatsache, dass ich mich erinnere", entgegnete John, „wie ich dich in den Armen gehalten habe. Daran erinnere ich mich zu den unmöglichsten Zeiten. Du hast mir so gefehlt, Leigh. Ich habe dir nie gestanden, wie viel du mir bedeutet hast. Ich habe all die Chancen verpasst, dir die richtigen, die klugen Dinge zu sagen. Ich war absolut wahnsinnig verliebt in dich, und ich hatte panische Furcht ... Du hast mich fasziniert. Du hast mir Angst gemacht. Ich kann mich nur dafür bedanken ... dass du zurückgekehrt bist und versuchst, wieder mit mir befreundet zu sein und unsere Probleme zu klären ... Ich bin solch ein – hey! Warum weinst du?"

„Schon gut."

„Ach, Leigh, alles wird gut. Komm her. Komm einfach her, damit ich dich in den Arm nehmen kann, während du ..."

„Immer sachte, John. Lass es uns langsam angehen ... bitte ...?" Dennoch schmiegte sie sich eng an ihn. Sie fühlte sich so gut, so geborgen, wenn sie sich so an ihn lehnte und sich – nur eine Sekunde lang – vorgaukelte, da wäre jemand, der ihr Halt gab, jemand, der ihr beistand.

„Ja, so lebt man richtig … Lass uns so tun, als wäre alles gut. Okay?“

„Okay.“

Leigh berührte Jess sanft an der Schulter, um sie zu wecken. „Ich bin zurück. Du hättest nicht auf mich warten müssen.“

„Hmm? Ach, ich wollte gar nicht auf dich warten. Ich muss wohl eingeschlafen sein. Hast du dich gut amüsiert, Liebes?“

„Ja, Mom. Geht's dir gut?“

„Klar“, antwortete sie und gähnte. „Klar geht's mir gut. Bin nur eingenickt. Hast du die Gartengestaltung mit John besprochen?“

„Ja. Ich glaube, wir haben alles im Griff.“

„Ist er nicht ein netter junger Mann?“, hakte Jess nach.

„Ja, Mom. Ich leg mich jetzt schlafen.“

„Was meinst du, triffst du dich noch einmal mit ihm?“

„Ich werde ihn sicher noch häufig sehen, da er doch wochenlang im Garten zu tun hat. Gute Nacht.“

Jess runzelte die Stirn. „Leigh, hast du geweint? Deine Augen sind ganz rot gerändert.“

„Ich? Ich weine nie.“

Früher nicht, dachte Jess. Nur die Liebe lässt die Tränen fließen.

„Es liegt wahrscheinlich am Zigarettenrauch im Steakhaus.“

„Ah“, stieß Jess hervor. Doch Leigh roch nicht nach Rauch. Sie duftete leicht nach einem würzigen Aftershave. Jess unterdrückte ihr Lächeln.

5. Kapitel

Zum ersten Mai hatte Johns Mannschaft den Großteil des Gestrüpps beseitigt, das den Neuerungen weichen musste, und mit der Arbeit am Garten angefangen. John erschien jeden Tag früh auf der Baustelle, damit er die Baumaßnahmen überwachen konnte.

Vor Beginn der Umgestaltung hatte er eines Abends mit Jess, Leigh und den beiden wilden kleinen Jungen zu Abend gegessen. Ziel und Zweck dieser Mahlzeit war die Durchsicht der Baupläne sowie die Preisliste für die Arbeitsstunden und Materialkosten und die Vertragsunterzeichnung. Das war nicht gerade ein einfaches Unterfangen, so wie Mitch und Ty herumhüpften, Getränke verschütteten, brüllten und kurz vor Schluss, als sie zu Bett sollten, zu zanken anfingen.

In Johns Augen handelte es sich um einen ganz normalen Streit zwischen Brüdern. Er selbst hatte einen zwei Jahre älteren Bruder, und in ihrer Kindheit hatten sie genauso gerauft und sich herumgestoßen. Oft fing es mit Kitzeln und einem Schubs an, um sich dann zu einer Schlacht auszuwachsen. Er sann gerade darüber nach, wie der Abend mit den beiden Jungs ihn wieder zurück in seine Jugend versetzte, als jemand zu weinen begann. Zwillinge, das musste er feststellen, taten alles doppelt. Bald weinten beide.

„Mommy, Mitch hat mir den Finger ins Auge gebohrt!"

„Mitch, hast du Ty den Finger ins Auge gesteckt?"

„Er hat mich gekitzelt, und als ich gesagt habe, dass er aufhören soll, habe ich ihm nicht den Finger ins Auge gebohrt, aber ..."

„Hat er dich gebeten, es zu lassen, Ty?"

„Aber Mom, er wollte, dass ich ihn kitzle, und dann habe ich ..."

„Mitch, sollte Ty dich kitzeln?"

John warf Jess einen Blick zu und verdrehte die Augen, als wollte er sagen: „Da schau dir unser Genie an." Zum Glück beherrschte er sich und sprach es nicht aus. „Möchte wetten, es ist Zeit zum Baden", sagte er stattdessen.

„Neiiin."

„Jetzt doch noch nicht! Mom!"

„Oh doch", erwiderte sie triumphierend.

Später, in der gesegneten Abendstille bei einem Tässchen Kaffee, wandte John sich mit einem Rat an Leigh. „Ich verstehe nicht viel von Kindern, aber eines weiß ich ganz sicher. Du wirst nie herausbekommen, wer angefangen hat, ganz gleich, wie weit du die Sache mit deinen Fragen zurückverfolgst. Es ist bedeutend einfacher, wenn du dich nicht einmischst. Wenn sie sich nicht einigen können, wechsle das Thema. Schick sie auf die Strafbank."

„Hat deine Mutter es so gemacht?", fragte Jess.

„Hmm, gewissermaßen", antwortete John mit leicht unbehaglichem Gefühl. „Sie ist ein bisschen hinterhältiger vorgegangen. Mit einem meiner Brüder hatte ich ständig Streit. Er war der dritte von uns, ich der vierte. Und er war zwei Jahre älter, doch wir waren beinahe gleich groß. Wir beide waren gleichermaßen schuld an unseren Streitereien. Sie schickte uns, abhängig vom Wetter, nach draußen oder in den Keller, um zu Ende zu streiten."

„Ach", meinte Leigh, „dann musste einer von euch gewinnen?"

„Es gab keine Sieger", sagte er und schlürfte seinen Kaffee. „Wenn keiner verletzt war, hieß es unentschieden. War einer verletzt, wurde der Unverletzte bestraft. Unsere Prügeleien endeten meistens mit einem Wettbewerb um die Vortäuschung der besten Verletzung. Einmal hat mein Bruder sich so lange selbst auf die Hand getreten, dass ich längst nach oben und ins Bett gegangen war, bevor er glaubte, es würde ausreichen, damit er es Mom zeigen konnte." Er hielt kurz inne. „Wenn ich's mir recht überlege, ist er auch heute noch ein bisschen komisch."

„Aber tippen kann er?", wollte Leigh schmunzelnd wissen.

„Ich glaube, seine Hand hat es überstanden. Er ist Chirurg. Dr. McElroy … Hat sich auf gutes Aussehen spezialisiert. Er behauptet, die Hälfte der Gestalten, die jeden Winter zum Skifahren hierherkommen, wäre mit seiner Hilfe entstanden. Wenn er eine attraktive Frau sieht, muss seine Frau ihm massiv drohen, um zu verhindern, dass er sie nach ihren Schönheitschirurgen fragt."

Leigh erkannte, dass sie sehr wenig über Johns Familie wusste. Konnte es sein, dass sie ihn nicht einmal danach gefragt hatte? Und sie hatte ihm Ichbezogenheit vorgeworfen …

„Also, Jess, sind wir uns einig über den Garten?", wandte er sich an Jess, damit er und Leigh sich nicht noch weiter aufs Glatteis begaben.

Sie waren sich einig, unter einer Bedingung, wie sie sagte. Nämlich, dass er einmal mit den Jungen Angeln ging. Sie hatten keine Onkel, keine Cousins, niemanden, der etwas in der Art mit ihnen unternahm.

„Mit Freuden", sagte John.

Irgendwann in der Zeit zwischen diesem Abendessen und den ersten paar Wochen des Gartenumbaus wurde es warm genug, sodass John einen Sonnabend für ihren Angelausflug festlegen konnte. Und Leigh fand einen Vorwand, um mitzukommen.

„Bis zu unserem ersten gemeinsamen Abendessen ist mir gar nicht aufgefallen, dass ich mich nie nach deiner Familie erkundigt habe."

„Ich bin das jüngste von vier Kindern und laut meiner Mom das einzige, das keinen Ehrgeiz hat. Es hat sich wohl schon herumgesprochen, dass ich nicht so gern arbeite. Na ja, ich mag Arbeit, wenn sie sich wie ein Spiel anfühlt. Aus Versehen habe ich festgestellt, dass ich gern Sachen repariere und schön mache. Ein Glück für mich, hm?"

„Und was ist mit deiner Familie?", bohrte sie weiter. Sie saßen direkt hinter den Jungen auf dem Boden, die mit langen Rohrstock-Angeln am Ufer hockten.

„Bob ist der Älteste. Er ist jetzt ungefähr vierzig. Er ist selbstständiger Werkzeugmacher mit eigenem Betrieb in Denver. Er verdient prächtig und hat eine tolle Frau und drei Kinder. Judy, seine Frau, wollte zehn Kinder, bis das zweite da war. Nummer drei, sagt sie, war nicht ihre Idee.

Mike, der zweitälteste, ist schätzungsweise siebenunddreißig. Er ist Geistlicher, was sagst du dazu? Und nicht so ein Hokuspokus-Reverend, sondern ein echtes theologisches Superhirn mit eigener Kirche in Wyoming, ein Doktor der Theologie. Er ist verheiratet und hat zwei Kinder.

Ted, der Chirurg, hat drei Kinder und eine Frau, die niemals einen plastischen Chirurgen in Anspruch nehmen wird. Chris ist umwerfend attraktiv. Sie ist seine OP-Schwester."

„Ich hätte auch gern Geschwister gehabt", sagte Leigh, „aber ich verstehe schon, warum das nicht möglich war. Ein Grund war, dass mein Dad ständig auf Reisen war. Gewissermaßen war er schon jenseits von Gut und Böse, als er und Mom geheiratet haben. Bei meiner Geburt war er über vierzig."

„Du hast nie gewusst, wie Kinder normalerweise aufwachsen, oder? Wie sie zanken, spielen, angeln gehen?"

Sie schüttelte den Kopf.

„Wie bist du auf die Idee gekommen, du hast genug Ahnung von Kindern, um sie großziehen zu können?", fragte er und nickte in Richtung der Jungen.

„Tja, zunächst einmal wusste ich, dass ich Kinder wollte, aber nicht, dass ich auch welche kriegen würde. Und zweitens hatte ich nicht den blassesten Schimmer, dass ich sie allein erziehen würde", entgegnete sie. „Und ich hatte immer Jess. Besuchst du deine Familie häufig?"

„Ich fahre nach Denver, wenn sich alle bei meinen Eltern treffen. Sie kommen hierher zum Skifahren, manchmal in Horden, manchmal in kleinen Gruppen. Sie sind schon klasse. Eine Sache ist einzigartig an meiner Familie. Wir bekommen keine Mädchen. Meine Mom hatte vier Jungen, und meine Brüder haben auch nur Jungen."

Jetzt, dachte Leigh. Erzähl's ihm jetzt.

„Überlegst du oft, was für ein Leben du ihnen wünschst?"

„Darüber denke ich ständig nach. Ich wünsche ihnen ein Leben, wie du es hattest", antwortete sie. Ihr Tonfall klang wehmütig und verträumt. „Und vielleicht gebe ich ihnen auch ein kleines bisschen von dem, was Jess und mein Dad mir gegeben haben. Ich arbeite nicht mehr so viel an meinen eigenen Projekten, damit ich die zwei besser im Auge behalten kann. Jeder Tag verdeutlicht mir, wie sehr mir der sogenannte Mutterinstinkt fehlt. Wie die Sache mit dem Streit. So etwas wäre mir nie in den Sinn gekommen."

„Sie sind tolle Jungs", entgegnete John. „Irgendetwas musst du wohl richtig machen. Willst du noch mehr?"

„Man fragt eine unverheiratete Frau nicht, ob sie Kinder will, John. Das könnte dich in Schwierigkeiten bringen. Die Frau könnte meinen, du sprichst über eine gemeinsame Zukunft."

„Okay, okay, keine gute Frage. Du arbeitest also weniger. Und du hast gemeint, das gehört zu den Dingen, die dich ängstigen."

„Als ich das sagte, hat es gestimmt. Ich kannte nur den Grund noch nicht. Und der Grund ist ganz einfach – wenn ich einmal nicht bis über beide Ohren in einem anspruchsvollen Projekt steckte, fiel mir auf, wie einsam ich war und dass alle anderen Freunde haben und etwas unternehmen. So schien es zumindest. Ich habe angefangen, das zu ändern, bevor ich Los Angeles verließ. Ich bin einer Frauengruppe beigetreten, habe mich ehrenamtlich engagiert und gelernt, Freundschaften zu schließen. Nicht mit der Sorte Menschen, die man nur vor Mikroskopen oder Computermonitoren antrifft, sondern Leute, die gern zu Footballspielen, ins Kino und an den Strand gehen.

Die Jungen haben mir dabei geholfen. Ich habe ein paar andere Mütter beim Babyschwimmen, beim Kinderturnen und schließlich im Kindergarten kennengelernt."

„Wie würdest du es finden, einfach nur Hausfrau zu sein?", erkundigte er sich.

Sie lachte ihn aus. „Nur Hausfrau? Wir leben im einundzwanzigsten Jahrhundert, Alter. Für solche Sprüche wirst du gestreckt und gevierteilt."

„Schon gut, schon gut ... Und wenn du neben deinem Mutterjob keine Vollzeitstelle hättest? Wie wäre das?"

„Ich werde neben meinem Mutterjob immer arbeiten, John", antwortete sie. „Als ich als Heranwachsende alle anderen Kinder hinter mir ließ, manchmal richtig arrogant war und dann wieder in Selbstmitleid badete, hat Jess oft etwas zu mir gemeint, was vielleicht viele

Mütter zu ihren Kindern sagen. ‚Es reicht, wenn du dein Bestes gibst, Leigh. Aber dein Bestes musst du immer geben.' Ich fühle mich beschwingt, wenn ich etwas zu tun habe. Doch auch durch meine Kinder. Ich wollte zwar immer gern welche, allerdings war ich nicht darauf vorbereitet, wie fantastisch es ist, sie zu haben. Dennoch bin ich fähig, meine Arbeit zu verrichten, die ich liebe und die anderen Menschen helfen kann."

„Dann willst du also immer arbeiten." Es hörte sich ein bisschen nach einem Vorwurf an.

„Aber vielleicht nicht auf die gleiche Weise wie früher, John. Wenn ich nicht allein bin und keine Angst habe, ohne eine riesige berufliche Verpflichtung dazustehen, dann lege ich vielleicht ein gesünderes Tempo vor und arbeite nicht so besessen wie damals, um alles, was mir im Leben fehlte, zu überdecken. Meine Mutter hatte noch einen Spruch für mich, als ich schon älter war und an Projekten von unermesslicher Bedeutung für die Menschheit arbeitete. ‚Eines solltest du nie vergessen: Wenn du etwas Besonderes hast, musst du es achten und mit Weisheit und Mitgefühl behandeln. Es nützt der Menschheit überhaupt nichts, wenn du dich tot schuftest, doch wenn du etwas hast, was die Welt verbessert, gib es her, falls du kannst. Wenn du eine begabte Bäckerin bist, backe gutes Brot. Wenn du eine begabte Gärtnerin bist, verschönere die Welt. Wenn du eine begabte Wissenschaftlerin bist, mache die Welt sicherer.'"

John pfiff durch die Zähne. „Bei solchen Vorgaben ließe sich ein schlechtes Gewissen, weil man nicht arbeitet, gar nicht umgehen."

„Sie hat mir das nicht erzählt, damit ich ein schlechtes Gewissen kriege. Sie und mein Dad glaubten felsenfest daran, dass man seine Fähigkeiten einsetzen soll, um jeden Tag zu einem guten und die Welt reicher statt ärmer zu machen." Leigh fuhr versonnen fort: „Mitch und Ty sind eines meiner schönsten Geschenke, und Jess hat mich kürzlich daran erinnert, dass auch Opfer nötig sind, wenn ich in ihrer Erziehung mein Bestes geben möchte. Vielleicht muss ich mich von der Zielstrebigkeit verabschieden, mit der ich mich meiner Arbeit gewidmet habe. Jess hat viel über Liebe gesprochen. Du weißt schon, Dates, Männer, vielleicht noch einmal zu heiraten."

„Ich schätze, Jess hat es auf uns abgesehen. Mir ist nicht entgangen, dass sie mich verkuppeln will.“

„Habe ich schon bemerkt. Tut mir leid. Aber ich verwende sehr gern ein bisschen Zeit darauf, dich wieder kennenzulernen. Und ganz gleich, was Jess unternimmt, wir lassen uns dennoch die Zeit, die wir brauchen, um uns kennenzulernen. Ja?“

Er blickte sie zunächst nur an, dann legte er behutsam seine Hand über ihre. „Sich mit dir zusammen Zeit zu lassen, das hat was für sich ... und kann auch frustrierend sein.“ Gerade neigte er sich Leigh zu, als wollte er sie küssen, da fing Ty an zu schreien. Er hatte einen Fisch an der Angel.

„Du bist dran, Jess. Spielen wir Bridge, oder was?“

Hoppla. Die Brautmutter versinkt in Tagträumen, dachte Jess. „Drei Herzen“, sagte Jess und ignorierte das unüberhörbare Luftschnappen ihrer Partnerin. „Ich kann drei Herzen allein spielen“, meinte Jess starrsinnig zu ihrer eigenen Verteidigung.

„Du wirst sie allein spielen“, erwiderte Peg brummend.

„Sie ist wieder in ihrer Traumwelt. Heckt etwas aus“, bemerkte Abby West.

„Machst du Fortschritte? Sehen wir schon einen Silberstreif am Horizont?“, fragte Peg, legte ihre Karten ab und blickte Jess hoffnungsvoll an.

Es war nicht ganz klar, ob Peg erbarmungslos gespannt auf die von Jess inszenierte Romanze zwischen Leigh und John war oder ob sie Erlösung vom Bridge-Spiel suchte. Peg hasste Bridge und nahm nur den anderen zuliebe an der Runde teil.

Jess faltete die Hände und grinste. Auf diese Frage hatte sie nur gewartet. Der Donnerstag war der Bridge-Tag der Witwen-Brigade. Montag – Buchclub. Dienstag – Mah-Jongg. Mittwoch – Gartenclub. Freitag – Basteln für Senioren. Das Einzige, was die Frauen wirklich ernst nahmen, war alles, was ihre Kinder betraf.

Jess’ drei beste Freundinnen behielten die Entwicklung der Beziehung zwischen Leigh und John streng im Auge. Zwar hatte keine der anderen genau die gleichen Schwierigkeiten, doch sie alle hatten das gleiche Hauptproblem – erwachsene Kinder, die einfach nicht so klug oder vernünftig waren wie ihre Mütter. Meinten die Mütter. Und sie waren größtenteils unverheiratet. Jess hatte wenigstens Enkel.

„Ich finde, bislang läuft es wie geschmiert. Da John ständig im Garten zu tun hat, habe ich Leigh vorgeschlagen, ihn nach angemessenen Beschäftigungen für die Jungs zu fragen. Er hat sie doch tatsächlich zum Gemeindezentrum gefahren, damit sie sich zum T-Ball – der Baseball-Kinderversion – anmelden konnten. Seitdem verbringen sie ziemlich viel Zeit zusammen. Ich wüsste gern, wie sie ihn auf Abstand hält." Sie fächelte sich mit einer Hand Luft zu. „Man spürt beinahe, wie heiß er auf sie ist. Doch immer drängen sich zwei kleine Jungen zwischen die beiden."

„Wenn das hier klappt, dann will ich meine Rebecca bis Weihnachten mit einem Doktor verheiratet sehen", warf Kate, die größte Zynikerin von ihnen, ein.

„So einfach ist das nicht", wandte Jess ein. Sie hatte alles längst erläutert, und zwar folgendermaßen:

Jess vermutete, war sich allerdings nicht hundertprozentig sicher, dass John der Vater von Leighs Kindern war. Sie mochte sich irren, doch das bezweifelte sie. Seit dem Augenblick, da sie wusste, dass Leigh schwanger war und ihr entfremdeter Ehemann nicht der Erzeuger der Kinder war, forschte Jess nach dem Typen, der ihrer Tochter irgendwie das Herz gebrochen hatte.

Ja, ja … Anfangs wollte sie ihn aufspüren und ihm den Hals umdrehen. Doch nachdem sie Leigh eine Zeit lang bei der Abwicklung ihrer Scheidung, beim Wechsel ihrer Arbeitsstelle, beim Umzug und bei ihrer Zwillingsschwangerschaft unter die Arme gegriffen hatte, verstand sie allmählich, dass es wahrscheinlich umgekehrt gewesen war. Leigh war in Bezug auf Liebesdinge eine derartige Anfängerin, dass sie vermutlich dem armen Kerl das Herz gebrochen hatte. Jess hatte erwogen, den Namen des Verantwortlichen aus ihr herauszuquetschen, kam dann jedoch zu dem Schluss, dass Leigh im Grunde eher einen Spezialisten benötigte, der ihr half, ihr soziales und gesellschaftliches Leben in den Griff zu kriegen. Ansonsten hätte Jess'

Forderung, den Namen des Schuldigen zu erfahren, nicht viel Gutes bewirkt. Vielleicht wäre John ihr Schwiegersohn geworden, aber zweifellos nur auf sehr begrenzte Zeit.

In der Zeit, als Leigh schwanger war und die Zwillinge zur Welt brachte – und die Therapeutin konsultierte –, ließ sie auch Bemerkungen über ihre Affäre in Durango fallen. „Er ist einfach nur ein schlichter, mehr schlecht als recht arbeitender Kerl, dem mein Doktortitel total gegen den Strich geht. Du willst doch nicht, dass ich irgendeinen dahergelaufenen Ski-Heini heirate, oder?", fragte sie. „Ja, schon, er hat einen Job, doch solange sich keine Ski-Patrouille in L.A. formiert, setzt er keinen Fuß aus Durango. Außerdem hat er geheiratet, nachdem dieser kleine Unfall passiert war … und er weiß nicht einmal von den Kindern."

Nachdem sie nach Durango zurückgekehrt war, hatte Jess die Idee gehabt, John die Reparaturen in ihrem Heim erledigen zu lassen, und sie hatte ihn mit Adleraugen beobachtet. Er fragte nie nach ihrer Tochter, suchte aber das ganze Haus nach Fotos ab. Jess besaß ein altes gerahmtes Bild von Leigh, das sie immer wieder woanders aufstellte, und zu ihrer Zufriedenheit bemerkte sie, dass John anscheinend wirklich Ausschau danach hielt. Wenn er es endlich gefunden hatte, stellte sich um Augen und Mund ein entspannter Zug ein. Absichtlich erwähnte sie nie ihre Enkel … Das sparte sie sich auf für einen Zeitpunkt, wenn sie seine Reaktion benötigte. Und jetzt glaubte sie, ihn am Haken zu haben.

Kürzlich hatte Leigh dann eigenhändig den Weg bereitet für Jess' späteren Plan, ihre Tochter mit dem Vater ihrer Kinder zu verheiraten. Das war, als Leigh einmal meinte: „Ich war schon immer so klug, allerdings so dumm, wenn es um Liebe ging. Weißt du, Mom, ich habe mir vielleicht nicht den richtigen Mann ausgesucht, aber geliebt habe ich ihn wirklich sehr. Und er ist kein schlechter Kerl. Er ist vielmehr ein durch und durch guter Mensch. Doch er konnte mich nicht so akzeptieren, wie ich war. Ich war zu viel für ihn."

„Vielleicht hatte er einfach keine Chance", wandte Jess ein.

„Und jetzt ist es zu spät."

Ausgeschlossen, dachte die Brautmutter in spe. Zu spät war es nie.

Zum einen wusste Jess, dass John geschieden war. Zum anderen reichte ihr ein Blick auf diese zwei kleinen Jungen; die Ähnlichkeit mit dem Vater war unübersehbar. Und die Gewissheit zu haben, dass Leigh ihn aufrichtig geliebt und gewollt hatte und ihn für einen guten Menschen hielt … Nun, Jess war bereit, die Einladungen drucken zu lassen.

Für sie stand die Heirat fest. Leigh jedoch sträubte sich, zurückzukommen und bei ihrer Mutter zu wohnen; sie zog die Entscheidung endlos in die Länge. Aus Angst, vermutete Jess. Tja, wer hätte da keine Angst? Allerdings wurden die Zwillinge größer; die Zeit verflog. Im nächsten Herbst sollten sie eingeschult werden. Deshalb erfand Jess ein winzig kleines, unbedeutendes Herzproblem. Sie wollte keine große Lüge erzählen – nur die Rückkehr ihrer Tochter forcieren, bevor die Jungen etwa dem Militär beitraten.

„Es ist nichts Ernstes, Schätzchen", hatte Jess gesagt, „und du brauchst nicht zu erschrecken. Ich möchte nur noch ein bisschen Zeit mit meinen Enkeln verbringen, ehe ich sterbe. Dieser Sommer könnte mein letzter sein … aber andererseits, wer weiß, vielleicht erlebe ich irgendwie auch noch viele Sommer."

So etwas hatte Jess noch nie getan. Im Grunde war es Pegs Idee, und es war lustig gewesen.

Als Leigh schließlich zu Hause war, musste Jess wieder Nähe zwischen ihr und John herstellen, was sich als schwieriger erwies, als sie gedacht hatte. Sie zog die Witwen-Brigade zur Hilfe heran. Es war Pegs Idee, auch John über ihr Herzproblem als Grund für Leighs Rückkehr zu informieren.

Peg sollte man lieber nicht aus den Augen lassen, dachte Jess. Dieses hinterhältige alte Luder. Es war Kates Idee, Leigh und John am selben Projekt zusammenarbeiten zu lassen – an der Umgestaltung des Gartens. Jess legte nicht den geringsten Wert auf einen dämlichen Pavillon, doch ihr fielen nicht allzu viele Dinge ein, deren Fertigstellung längere Zeit in Anspruch nehmen würde. Abbys Beitrag bestand in dem Ratschlag, dass Jess deutlich mit dem Zaunpfahl winken könnte, mit Hinweisen darauf, dass eine Ehe mit jemandem wie John Leighs alte Mutter glücklich machen würde. „Von alten

Frauen“, meinte Abby, „erwartet man, dass sie Ehen stiften wollen. Versuch, deine Kuppelversuche zu kaschieren, und sie wissen, dass etwas im Busch ist.“

Jetzt war Leigh daheim, arbeitete an der Neugestaltung des Gartens, beobachtete John, wenn er im Garten arbeitete. Und Leigh hatte noch kein Wort gesagt. Nicht ein Wort! Doch wenn Jess sie zusammen sah – zu zweit oder zu viert –, dann war sie überzeugt, dass sie zusammengehörten.

„Ich dachte, du könntest drei Herzen allein spielen“, stieß Peg hervor und holte Jess aus ihren Gedanken. „Alte Lügnerin.“

„Nenn mich nicht Lügnerin. Du warst doch diejenige, die mir geraten hat, ein Herzproblem vorzutäuschen.“

„Ich weiß. Du solltest dich schämen. Tust du eigentlich alles, was man dir sagt?“

„Tut mir leid, Ladys. Ich kann mich auf nichts konzentrieren, solange ich mich um dieses Mädchen sorge. Ich will doch nichts weiter, als sie glücklich sehen. Und, zugegeben, ich will sie schnellstens glücklich sehen.“

„Ich wäre froh, wenn sie heiraten und hier verschwinden würde, damit unser Leben wieder normal wird“, erwiderte Kate.

„Unser Leben hier war doch noch nie normal“, wandte Abby ein.

„Aber ich kenne dieses Mädchen. Ich war mit dem Vater verheiratet“, fuhr Jess fort. „Sie braucht einen einfachen, soliden, zuverlässigen Mann, der den Überblick über ihren wunderbaren, unsteten Geist behält. Wer wüsste das besser als ich?“

„Spielen wir jetzt Bridge, oder was?“

6. Kapitel

Ein paar Wochen verbrachte Leigh mit konzentriertem Lesen und Schreiben, während der Garten sich allmählich Jess' Vorstellung von einem Paradies annäherte. Sie fand immer ein paar Minuten Zeit für einen kleinen Plausch mit John, und er wurde förmlich ein Stammgast an ihrem Abendbrottisch. Dann bat er sie um ein neuerliches Treffen in ihrem alten Lieblingsrestaurant, dem Steakhaus, und sie ertappte sich dabei, dass sie vor Aufregung völlig aus dem Häuschen war wie ein Teenager in der Erwartung von neuerlichem Schmusen und Küssen. Deswegen also konnten sich die meisten Teenager nicht auf ihre Matheaufgaben konzentrieren, dachte sie. Zu Jess sagte sie: „Es könnte spät werden."

„Du magst ihn also?"

„Ich mag ihn sehr", erwiderte Leigh. Jetzt bin ich völlig durchgedreht, schoss es ihr durch den Kopf.

Er wartete auf sie vor dem Eingang des Lokals. „Ich möchte dir etwas zeigen", meinte er. „Traust du dich, mit zu mir nach Hause zu kommen?"

„Wirst du dich denn anständig benehmen?", fragte sie.

„Vielleicht, vielleicht auch nicht. Das hängt von dir ab."

Sie überlegte kurz und erkannte, dass sie, als sie ihn kennenlernte, die emotionale Reife einer Fünfzehnjährigen hatte, was bedeutete, dass sie sich von ihrer Libido steuern ließ. Nun war sie sich sicher, emotional mindestens zwanzig zu sein und ihrer schon verrücktspielenden Libido daher ihren Verstand an die Seite stellen zu können. Sie begleitete ihn.

John besaß ein Haus in der Stadt, an dem er seit etwa drei Jahren in seiner Freizeit arbeitete. „Ich möchte, dass du es dir anschaust. Ich will dir zeigen, wie es sich nach meiner Vorstellung im Lauf der Jahre entwickeln wird."

„Es ist wunderschön“, meinte sie, nachdem sie vor seinem Heim am Straßenrand anhielten. Mit seiner Veranda vor dem Eingang und dem weißen Staketenzaun war es das typische Kleinstadthaus. Ein Heim für eine Familie, war Leighs erster Gedanke. Ihr zweiter Gedanke war: *Außer uns ist niemand hier, und mein Hirn lässt mich im Stich.* Doch ihre Angst verflüchtigte sich, sowie John anfing, über sein Haus zu sprechen.

„Es ist fünfzig Jahre alt. Ich habe die Wand herausgehauen, die das Wohnzimmer vom Esszimmer trennte, um mehr Platz zu schaffen. Ich werkele gerade an einer neuen Küche, aber da ich selbst nicht oft koche, geht es nur langsam voran. Allerdings koche ich gern und gut. Hast du das gewusst?“

Sie hatte keine Ahnung davon gehabt.

Er zog sie weiter. Er öffnete die Kühlschranktür und nahm eine Flasche Wein heraus. „Ich will diesen Kühlschrank durch eine Sub-Zero-Kombination mit passenden Schränken ersetzen. Mit eingebauter Mikrowelle, einem neuen Herd, und anstelle dieser altmodischen Speisekammer baue ich weiter aus, auf die hintere Veranda hinaus, setze ein Erkerfenster ein und schaffe mir dort eine Frühstücksecke.“

Er hatte eher Regale als Schränke vorgesehen und zeigte ihr das Foto einer französischen Landhausküche, die nach gutem Essen und Geselligkeit aussah. Allmählich konnte sie sich alles vorstellen.

„Der Speicher ist noch nicht fertig“, fuhr er fort, während er in einer Schublade nach einem Korkenzieher kramte. „Im Obergeschoss befinden sich zwei Schlafzimmer, und ich werde das Treppenhaus offen gestalten, ein paar Gauben einbauen und eine Außentreppe zum Garten. Es ist ein kleiner Garten, doch mit einer überdachten Terrasse und ein bisschen Gestaltung wird er wunderschön. Komm“, sagte er, ließ den Wein stehen und zog Leigh zur Hintertür.

Von dort aus erblickte sie eine alte Zweier-Garage mit spitzem Dach. „Die Garage will ich vergrößern und eine Werkstatt anbauen. Oben entsteht ein Lagerraum, hinten die Werkstatt, und die Garage bekommt getrennte Türen.“ Er führte Leigh zurück ins Haus. „Wo jetzt Linoleum ist, lege ich Fliesen, die Holzfußböden schleife ich ab. Und die vordere Veranda – die ist klein." Er schenkte zwei Gläser Wein ein und reichte Leigh eines. „Komm weiter", bat er und dirigierte sie zurück ins Wohnzimmer. Vor einem altmodischen Kamin stand ein halbrundes Sofa. Kein Fernseher, aber eine hochmoderne Stereoanlage. John wies auf das Fenster zur vorderen Veranda. „Ich will sie vergrößern und überdachen, und dadurch gewinne ich mehr Raum, damit ich mehr Platz im Obergeschoss habe."

„Das ist wunderbar", entgegnete Leigh und nippte an ihrem Wein. „Wie lange arbeitest du schon daran?"

„Ein paar Jahre", antwortete er. „Ich habe immer mal wieder ein bisschen weitergemacht, allerdings noch nichts Grundlegendes geschafft. Die Tischlersachen kann ich weitgehend selbst leisten, aber für die Anbauten brauche ich einen richtigen Bauhandwerker und eine Genehmigung. Ich fange jetzt erst richtig an. Das Haus muss viel größer werden, als es jetzt ist. Den Speicher wollte ich ursprünglich gar nicht ausbauen, aber jetzt sorge ich dafür, dass sich dort später zwei Schlafzimmer mit einem Bad befinden. Ich hatte mit dem Gedanken gespielt, das Gebäude herzurichten und dann zu verkaufen – und jetzt überlege ich, es zu renovieren, um selbst darin zu wohnen. Es ist ziemlich chaotisch, was?"

„Das ist nur Sägemehl", sagte sie. „Die Chaotische bin ich – ich kann ein wunderbar gepflegtes Haus immer noch in eine Katastrophe verwandeln. Ich bin auf dem Weg der Besserung, doch als Kind und als Teenager habe ich nicht viel selbst erledigen müssen. Mittlerweile reagiert Jess allerdings mehr und mehr gereizt auf meine Unordnung."

„Schau dir das an", meinte John und führte sie in den Flur im Obergeschoss. Es war ein kurzer Flur mit einem Bad zwischen zwei Schlafräumen. An die Wand waren aus Zeitschriften gerissene Fotos von Schlafzimmern, Bädern und Wäscheschränken gepinnt.

Das Badezimmerbild zeigte eine alte Wanne mit Klauenfüßen, einen antiken Wäscheschrank und Körbe mit zusammengerollten bunten Handtüchern. Auf einem Schlafzimmerfoto waren ein Himmelbett aus gewachster Kiefer, eingebaute Kommoden und geblümte Tapeten sowie eine entsprechende Tagesdecke auf dem Bett abgebildet.

„Versuch, dir das in diesen Räumen vorzustellen", sagte John, zeigte auf die Wanne mit Löwenfüßen und anschließend auf die offene Badtür. Der Raum wies tatsächlich Ähnlichkeiten mit dem Foto auf. Und in dem Schlafzimmer waren die Einbauschränke schon vorhanden, doch das Himmelbett fehlte noch.

„Es ist wunderschön, John. Hier hast du die Fußböden schon abgeschliffen."

„Der Teppich da hat meiner Großmutter gehört", erklärte er stolz.

„Du bist wirklich ein Künstler", erwiderte Leigh. So viel mehr als ein Handwerker oder ein Mann fürs Grobe. Diese Räume bewiesen wahre Geschicklichkeit und Vorstellungskraft. Das Haus überraschte Leigh. Sie hatte ihrer Umgebung nie viel Beachtung geschenkt. Sie hatte immer schön gewohnt, allerdings nie viel Energie für die Einrichtung eines gemütlichen Heims investiert.

„Die Grundschule ist ganz in der Nähe. Am Ende der Straße befindet sich ein Spielplatz."

„Wann hast du dich entschieden, das Haus zu vergrößern?"

„Vor etwa drei Wochen. Leigh …", begann er und suchte nach den richtigen Worten. „Wir sind uns kein bisschen ähnlich. Überhaupt nicht. Ich bin nicht einmal sicher, ob wir das Gleiche wollen. Aber … Ich habe versucht eine Ehe zu führen mit einer Frau, die genauso war wie ich. Eine Frau, die immer nur Spaß haben wollte und keinen Gedanken an die Zukunft, an eine Familie verschwendete. Es war schrecklich … Wir hatten dem Traualtar kaum den Rücken gekehrt, da fingen wir schon an, uns zu streiten. Und du? Du hast ein Genie geheiratet, einen Mann, der so auf seine Arbeit fixiert war, dass er für nichts anderes mehr Zeit hatte."

„Worauf willst du hinaus, John?"

„Tja, in solchen Dingen bin ich nicht sonderlich gut." Er lachte ein bisschen verlegen. „Ich habe keine Ahnung, wie ich's sagen soll. Du bist erst seit ein paar Wochen wieder hier. Das ist schwierig. Ich will dich in meinem Leben haben. Ich will wissen, ob wir es hinkriegen können. Die Ehen der Menschen heute sind anders als damals in den Fünfzigern und Sechzigern. Seinerzeit musste man dieselben Ziele haben, denselben Traum, oder man schaffte es einfach nicht. Wir haben darüber gesprochen, dass du deine Arbeit liebst und dass ich gern Spaß habe … Ich frage mich, ob es möglich ist, dass wir beide kriegen, was wir uns wünschen, und gleichzeitig einander haben, wenn wir probieren, einen Kompromiss zu finden."

„Ich bin Mutter. Wenn ich in Erwägung ziehe, einen Mann in mein Leben zu lassen, muss ich mir sicher sein, dass er ein Interesse daran hat, Vater zu sein."

„Ich mag deine Jungs", entgegnete John.

Jetzt. Erzähl's ihm jetzt.

„Ich habe keinen Schimmer, was für ein Vater ich sein würde, doch ich wäre bestimmt kein schrecklicher. Ich verstehe mich prima mit Kindern. Aber ich will dich nicht belügen – ich will dich nicht an mich binden, nur damit ich Kinder haben kann. Es geht um dich, Leigh. Ich bin nie über dich hinweggekommen. Womöglich komme ich nie über dich hinweg. Ich habe dich nicht sehr gut verstanden. Und ich bedaure von Herzen, dass wir einander schon einmal verloren haben."

„Du hast nie richtig um mich geworben", entgegnete sie, doch er neigte sich ihr zu, und sein Mund näherte sich ihrem. Sie standen direkt vor der Schlafzimmertür.

„Bis zu deinem Tod will ich um dich werben … Das verspreche ich dir …" Er berührte sanft ihre Lippen mit den seinen, als wollte er das Terrain sondieren. „Im Lauf dieses Sommers könnte ich viel am Haus arbeiten und dich und die Kinder hier unterbringen … Du könntest zum Staubsauger greifen und das Sägemehl wegsaugen, wenn du mit deiner Ethik-Publikation nicht gerade die Welt rettest."

Als er den Mund auf ihren drückte und zwischen den Küssen weiterredete, fühlten sich Leighs Knie wie Gummi an. Sie verspürte dieses wilde Sehnen, das sie nur mit John erfahren hatte.

„John", sagte sie, um Zeit zu gewinnen, doch sie rückte nicht von ihm ab, „hattest du viele Frauen?"

„Du meinst, ob ich durch die Betten hüpfe?“

„Kann schon sein.“

„Nein. Nach unserer Trennung habe ich tatsächlich versucht eine Frau zu finden, die mir half, dich zu vergessen … Aber ich konnte es nicht. Und gemäß der Tradition des Jahrzehnts habe ich sehr streng auf Sicherheit geachtet. Es ist eine völlig neue Situation – man muss eine Fotokopie seiner Sexualgeschichte und ein ärztliches Attest in der Skijackentasche mit sich führen. Ich bin gesund. Weich in der Birne, doch gesund.“

„Du liebst mich“, hauchte Leigh, und ihr kamen die Tränen.

„Mhm, ich liebe dich. Und glaub nicht, dass ich nicht versucht habe, das zu ändern. Als du fort warst und meine Ehe den Bach runterging, habe ich probiert, alles anders zu machen. Ich habe mich dazu gezwungen, kluge Bücher zu lesen, aber das Einzige, was ich davon hatte, war viel Schlaf.“

Sie lachte und schmiegte sich enger in seine Umarmung. Er zog sie mit sich ins Schlafzimmer und stellte seinen Wein auf die eingebaute Kommode. Er presste Leigh fester an sich und wiegte sich mit ihr hin und her. Sie setzte ihr Glas neben seinem ab, um ihn in die Arme schließen zu können. Danach küsste sie ihn innig. Sie wollte nicht aufhören, ihn zu küssen, doch er redete.

„Dann habe ich versucht, mich aufs Geschäft zu konzentrieren, denn wenn ich schon nicht klug sein konnte, wollte ich wenigstens reich sein. Ständig habe ich probiert, deiner wert zu sein, obwohl du fort warst. Aber ich konnte mein Interesse am Reichwerden nicht aufrechterhalten. Ich bin, was ich bin, Leigh, mehr nicht. Der Mann fürs Grobe. Was anderes will ich nicht sein.“

„Und ich bin weggegangen, um ‚Normalität‘ zu erlernen. Meine Lektionen waren genauso schwer wie deine … Ich musste lernen, locker zu sein. Ich musste lernen, an gewöhnliche Dinge zu denken. Nichts ist hilfreicher als ein stinkender Windeleimer, wenn man sich der Wirklichkeit stellen will.“

„Du liebst mich“, raunte er und barg das Gesicht an ihrem Hals.

„Mhm, ich liebe dich“, antwortete sie. „Ich habe dich immer geliebt. Was tun wir jetzt?“

„Wir haben eine zweite Chance bekommen, Babe. Wir werden es probieren. Mehr können wir nicht machen. Erinnerst du dich an unseren letzten Streit – als ich gesagt habe: ‚Gut. Dann hau ab?' Tja, da wäre schon ein gewaltiger Streit nötig, wenn ich dich noch einmal loslassen sollte."

Jetzt. Erzähl's ihm jetzt, dachte Leigh.

„Was die Jungs betrifft ..."

„Nicht jetzt", unterbrach John sie. „Ihnen wird nichts fehlen, wenn wir's schaffen. Sie mögen mich."

„Ich schätze, sie sind schon ganz verrückt nach dir, John, und ..."

Doch sie konnte nicht zur selben Zeit reden und küssen. Von einer solchen Situation hatte sie in so vielen Nächten geträumt. Und dann war sie aufgewacht mit diesem atemlosen, erstickenden Gefühl, das den Tränen vorangeht. Sie hatte wahrhaftig geglaubt, sie würde nie wieder Gelegenheit haben, sich so zu fühlen. Nicht mit ihm. Mit niemandem.

John überschüttete sie mit Küssen, ließ die Lippen von ihrem Hals zu ihrem Ohr gleiten, von ihrem Kinn zu ihren Fingerspitzen. Von Leigh kam nur ein tiefer, mächtiger Seufzer des Erkennens, des Verlangens. Der einzige Unterschied zwischen der Art, wie sie ihn immer begehrt hatte und wie sie ihn nun begehrte, war die Nähe. Schon begann ihr Körper, auf diese wunderbare Weise zu reagieren; ihre Brustwarzen richteten sich auf, ihr Inneres pulsierte sinnlich, bereit, förmlich zu explodieren. Die Wärme seines Leibes an ihrem, der Druck seiner Hände an ihrem Rücken, ihren Pobacken, ihren Brüsten bereiteten ihr solche Wonnen, dass sie vergaß, wo sie war, wer sie war.

„Ich habe oft daran gedacht, dich noch einmal zu küssen", murmelte John und wiegte sie in seinen Armen. „Zu den merkwürdigsten Zeiten kommt mir dieser Gedanke. Allmählich fange ich an, an den alten Mythos zu glauben, dass es für jeden Menschen den perfekten Partner gibt."

„Willst du damit sagen, dass du mich heiraten willst, John?"

„Ich will keine Dummheiten machen, und ich will hier nichts vermasseln. Du bist erst seit kurzer Zeit zurück ... Doch zählt es als

Heiratsantrag, wenn ich dir gestehe, dass ich diese Richtung anstrebe?"

„Ich schätze schon", flüsterte sie und knabberte an seinem Ohrläppchen, seinem Hals. Sie zupfte ihm das Hemd aus der Hose und strich mit den Handflächen an seinem Oberkörper hinauf. Seine Haut war heiß und trocken; seine Brustwarzen waren hart.

Er zog ihr ebenfalls das Hemd aus der Hose. Fordernd küsste er sie, sein Atem ging schwer. „Ich will dich so dringend. Können wir? Ist das in Ordnung?"

Unnützes Gerede. Sie würde ohnmächtig, wenn er sie nicht auf der Stelle entkleidete.

„Wir können", antwortete sie.

„Verhütest du? Wir wollen schließlich keine Unfälle."

Verdammt noch mal. „Ach, John", stieß sie seufzend hervor. „Als ich mir überlegt habe, hierher zurückzukommen ... Da dachte ich, du wärst verheiratet."

Er lachte leise dicht an ihrem Hals. „So leicht kommst du nicht davon", meinte er. „Dreh dich um", wies er sie an. Sie gehorchte; in diesem Moment hätte sie sich auch auf den Kopf gestellt, wenn er es von ihr verlangt hätte. Er begann, ihren langen Zopf zu lösen. „Ich dachte mir schon, dass du nicht vorgesorgt hast", sagte er, schob die Finger in ihr langes Haar und fächerte es auf. „Du hast einfach keinen Blick für die praktischen Dinge, und deshalb war ich in der Apotheke."

„Voller Hoffnung?", fragte sie.

Tief stöhnte er auf. „Seit ich dich wiedergesehen habe, bin ich voller Hoffnung. Fühlst du dich von mir gedrängt?" Sanft drehte er Leigh wieder zu sich um. Sie schüttelte den Kopf, und er streifte ihr langsam das Oberteil über den Kopf und warf es zur Seite. „Ich kann dir gar nicht nahe genug sein. Ich kann die Finger nicht von dir lassen." Er griff um sie herum und öffnete ihren BH. „Ah", raunte er. „Du bist einfach perfekt."

Sie schloss die Augen und legte den Kopf in den Nacken, während er mit dem Mund ihre Brüste berührte. Gleichzeitig hakte er ihre Jeans auf, und als er den Kopf wieder hob, befreite er sie mit einer perfekten, flüssigen Bewegung von der Hose. Und presste Leigh an sich. Haut an Haut. Der weiche heiße Druck und Gegendruck von Körpern. Leigh durchlief ein erregender Schauer vor Erwartung und sie schmiegte sich an John. Wie sehr hatte sie sich diesen Teil ihres Lebens zurückgewünscht.

„Das hier wird nicht lange dauern“, flüsterte John atemlos und heiser. „Beim nächsten Mal nehme ich mir mehr Zeit.“

„Ist mir egal“, wisperte sie, und ihre Stimme klang fremd in ihren eigenen Ohren. Irgendetwas an diesem Kontrollverlust, sann sie nach, während sie Jeans und Unterwäsche abstreifte, ist so wunderbar verlockend. Sie konnte ihn genauso wenig aufhalten wie sich selbst. Wenn sie nicht gewusst hätte, wie großartig sie miteinander im Bett harmonierten, hätte sie sich vielleicht beherrschen können. Doch von dem Gefühl, dass sie keine Macht über ihr Begehren hatte, schwirrte ihr der Kopf und ließ sie erbeben.

Während John sie küsste, streichelte, auf köstlichste Art berührte, zog er sich ebenfalls aus, bettete Leigh auf den Teppich und suchte nach der Kondompackung, die er gekauft hatte. Leigh schickte ein kleines, schuldbewusstes Dankgebet zum Himmel, dafür, dass er so vernünftig war, denn sie selbst war eindeutig trunken vor Lust.

Er strich über ihren Körper, über ihren mit Löckchen bedeckten Venushügel, und mit den Fingern spreizte er sie behutsam, um ihre zarteste, empfindlichste Stelle zu berühren.

Sie erzitterte, presste instinktiv die Schenkel um seine Hand zusammen und reckte ihm unwillkürlich die Hüften entgegen. Mit einem mächtigen Keuchen stieß sie den Atem aus, worauf er mit der Zunge zwischen ihre Lippen glitt. John intensivierte seine Liebkosungen. Langsam, ganz langsam kam sie zurück in die Wirklichkeit, mit geschlossenen Augen. Allmählich atmete sie regelmäßiger. Er erhob sich über ihr und schaute ihr in die Augen.

„Tja, Liebste, ich muss mich wohl nicht schuldig fühlen, wenn ich nicht lange in dir bleiben kann. Ich bin selbst schon hart an der Grenze.“

Sie nickte nur, überwältigt von Glut und Leidenschaft. Sie öffnete sich ihm, sodass er in sie eintauchen konnte, und dann war sie erfüllt von einem neuen Empfinden. Sie liebte es; sie liebte ihn. Er bewegte sich, aufreizend und gleichmäßig, beschleunigte seinen Rhythmus und bewegte sich schneller. Und schon baute sich wieder dieses Hochgefühl in Leigh auf. In dem Moment, als sie spürte, wie er kam, geschah es erneut. Wieder versank sie in Lust, schien am ganzen Körper zu glühen.

Halb benommen erinnerte sie sich, während sie seinen Rücken streichelte und seine Schultern massierte, an frühere Zeiten ... längst vergangene Zeiten ... an ihr erstes Mal. Sie war noch so unerfahren, damals in ihrer ersten Nacht mit John. Und so wie jetzt war es schon einmal gewesen – seine Berührung allein konnte sie schon in die Ekstase katapultieren. Sie wusste noch, wie sie gedacht hatte: „Wow, das ist ja toll!“, wie ein Kind, das zum ersten Mal Schokolade probiert.

Nun allerdings war ihr klar, wie toll es war. Dieses Mal war da mehr, womit sie fertigwerden, worüber sie nachdenken musste.

„John?“

„Hmmm?“

„John, was die Jungs betrifft ...“

Er presste die Lippen auf ihre. „Ich bin ganz vernarrt in die Jungs, Leigh. Ich werde sie adoptieren, mit ihnen spielen, ihnen der bestmögliche Vater sein ... was immer du möchtest.“

„Aber, John, ich will dir von den Jungs erzählen.“

„Nicht jetzt, Leigh“, meinte er und küsste ihr Ohr, ihren Hals, ihre Brust. „Wir haben ein Leben lang Zeit, über die Jungs und ihre zukünftigen Geschwister zu sprechen. Im Augenblick geht es nur um dich und mich. Wir müssen ganz sicher sein, ob wir einander wollen, sowohl im Bett als auch sonst. Ich habe in den letzten Jahren das eine oder andere gelernt. Ich habe herausgefunden, dass ich dich nur auf eine Art wirklich verdient haben kann. Ich will dich akzeptieren, so, wie du bist, und nicht versuchen, dir in deiner Genialität gleichzukommen. Wenn du einfach sagst, dass ich der bin, den du willst – du bekommst von mir nur den, den du vor dir siehst.“

„Das ist der, den ich will“, flüsterte sie.

7. Kapitel

Die Arbeiter machten Mittagspause, und Leigh saß mit einem Becher koffeinfreien Kaffee und einem Buch oben auf der Terrasse. Die Garten- und Baumaßnahmen waren nahezu abgeschlossen; die meisten Handwerker waren losgezogen, um sich irgendwelche Fastfood zu holen, doch John war nicht mitgegangen und spielte Fangen mit den Jungen. Nicht zuletzt war er geblieben, weil Jess ihm einen Teller von ihrer berühmten Gemüsesuppe und ihren Gartensalat angeboten hatte. Und weil er sich, wenn möglich, ein Leben mit Leigh und den Jungs aufbauen wollte. Im Moment erschien es ihm durchaus möglich.

„Spielst du die Heiratsvermittlerin?", hatte Leigh ihre Mutter eine Woche zuvor gefragt.

„Hm, mag schon sein. Meine Enkel brauchen einen Mann in ihrem Leben. Schlepp jemanden an, den du lieber magst, dann lasse ich dich mit John in Ruhe."

„Lass mich einfach mit John in Ruhe", hatte Leigh erwidert.

Und Jess hatte geantwortet: „Nein."

Da Leigh wusste, dass das gesamte Universum keinen Besseren als John zu bieten hatte, nahm sie die Einmischung ihrer Mutter hin. Doch sie wagte es nicht, sie zu ermutigen. Jetzt schon sprach Jess häufiger von John als Leigh selbst. Leigh war völlig einer Meinung mit ihr, aber sie wollte ihn nicht verscheuchen. Und nur aus einem Grund hatten sie beschlossen, nichts zu überstürzen – es war doch lächerlich zu heiraten, wenn man erst knapp zwei Monate zusammen war. Warum es lächerlich war, konnte sie nicht so genau sagen, dennoch kam es ihr eindeutig so vor.

Die Jungen waren noch keine sonderlich guten T-Ballspieler, doch sie waren begeistert, wenn John ihnen Beachtung schenkte. Sobald sie ihn entdeckten, klebten sie an ihm wie Kletten. Wenn sein

Pick-up vorfuhr, liefen sie zu ihm. Es erforderte eine sehr strenge Mutter, um sicherzustellen, dass er lange genug in Ruhe gelassen wurde, damit er im Laufe des Tages ein bisschen Arbeit erledigen konnte.

Der Frühling stand in voller Blüte, und Leigh war seit zwei Monaten und ein paar Tagen zu Hause. Der Pavillon war halb errichtet, die Gartenwege machten gute Fortschritte, und in einer Woche könnten sie auf dem neuen Grill ein paar Hamburger und Steaks zubereiten. Weil das Grundstück riesig war und strotzte vor Büschen, Bäumen und Pflanzen, wirkte es nicht wie eine Baustelle. Sobald aufgeräumt worden war, würde es umwerfend aussehen. Leigh war so froh, hier zu sein; sie verspürte ein schönes Gefühl der Erneuerung. Auf eine bisher unbekannte Weise lebte sie in der Zukunft.

Jeder Augenblick mit John erschien ihr noch besser als der vorige. Das Interesse, das er an den Jungen zeigte, die ihn anscheinend amüsierten und zugleich faszinierten, war etwas, wovon sie kaum zu träumen gewagt hätte. Da sie im Grunde nicht erwartet hatte, dass es auch nur halb so gut laufen würde, war sie höchst zufrieden mit sich selbst.

Leigh erinnerte sich an Situationen, in denen ein Buch ihr Interesse stärker fesselte als John. Das hatte ihn schrecklich frustriert, damals, in der Zeit, in der er noch nicht verstand, wie sie vor ihren Emotionen zu flüchten gelernt hat. Und die Gefühle, die sie in Johns Gegenwart empfand, waren gewaltig. Jetzt, dank der neuen Sensibilität für das, was sie fühlte, musste das Buch, das ihre Aufmerksamkeit auch nur eine Minute lang von John hätte ablenken können, erst noch geschrieben werden.

Er bemühte sich so lieb um die Wiederherstellung ihrer Freundschaft zu ihren Bedingungen. Er hatte die Jungen zum T-Ball angemeldet, war mit allen zusammen Eis essen gegangen, und erst am vergangenen Sonnabend waren sie im Kino gewesen. Jess lud ihn beinahe täglich zum Mittag- und Abendessen ein und konnte ihm kein X für ein U vormachen.

„Deine Mutter macht mich total nervös mit ihrem Spielchen. Das durchschaut doch jeder", meinte er.

„Ich weiß", antwortete Leigh.

Im Hinblick auf Beziehungen bin ich nicht so dumm, wie ich behauptet habe, dachte sie. Vor Jahren hatte sie gewusst, was sie wollte, nämlich: einen Lover, einen Freund, Partner, Kinder. Das war einer der maßgeblichen Impulse für ihre Trennung von Max, denn er hatte klargestellt, dass sie das alles mit ihm nie haben würde.

Dann war da noch etwas, etwas, was häufig zwischen Taschenbuchdeckeln zu finden war: romantische Liebe. Mindestens an einem, manchmal auch an zwei Abenden pro Woche stahl Leigh sich eine Nacht mit John. Und auch wenn er sie nicht drängte oder versuchte, mit ihr zu schlafen, waren ihre Kussstunden doch einfach herrlich, nur unterbrochen von Gesprächen, elektrisiert vor Verlangen, erfüllt von Empfindungen ... und sie konnte nichts dagegen tun. Wie wunderbar, nichts dagegen tun zu können. Sie begehrte ihn so sehr, dass es wehtat.

Leigh hatte ein Abkommen mit sich selbst getroffen – fairnesshalber sollte er unbedingt über seine Söhne aufgeklärt sein, bevor sie diesen Teil ihrer Beziehung wieder aufnahmen. Eine stärkere Frau hätte sich wohl an dieses Versprechen gehalten. Sie war schon einmal gescheitert, in seinem Haus, aber sie war fest entschlossen, es nicht zu wiederholen. Doch sosehr sie sich auch Ehrlichkeit untereinander wünschte, sosehr sie sich danach sehnte, wieder mit ihm zu schlafen, hatte sie doch immer noch ein bisschen Angst vor dieser Offenbarung. Sie fürchtete, dass er böse sein könnte, weil sie es ihm nicht früher gestanden hatte. Bald, dachte sie. Vielleicht schon heute Abend.

Sie sah zu, wie Mitch mit einem Wurf Ty umhaute und John klatschte und johlte; für so starke Würfe waren die beiden noch ziemlich klein. John drehte sich zu Leigh um und gab das Daumenhoch-Zeichen; sie winkte und lächelte.

Sie wollte ihn so sehr, dass es beinahe schmerzte, doch beim letzten Mal waren sie ein Liebespaar, bevor sie Freunde waren, bevor sie mit sich im Reinen darüber waren, was sie voneinander erwarteten. Dann stellte sich heraus, dass sie Unterschiedliches wollten, Entgegengesetztes. Dieses Mal versuchte sie, der Reihe nach vorzugehen, am Anfang zu beginnen, nicht am Ende. Dieses Mal redeten sie wenigstens miteinander. Und fanden Bereiche, in denen sie übereinstimmten.

„Ich habe geglaubt", sagte John, „dass ich dich wirklich schon mochte, ehe ich dich liebte. Aber mir dessen ganz sicher zu sein, das ist mir genauso wichtig wie dir." Er besaß etwas, was Leigh nie besessen hatte – und was sie ihm beim letzten Mal nie zugetraut hätte. Weisheit.

Alles war gut. Sie lernten einander wieder kennen; sie waren befreundet. Sie waren vernünftig, schoben ihre Hochzeit noch ein paar Monate hinaus, auch wenn es ihnen nicht gelungen war, ihrer Lust zu widerstehen. Sie waren so scharf aufeinander, dass sie selbst beim Küssen Vorsicht walten lassen mussten, denn innerhalb von Sekunden keuchten sie, wanden sich, starben nahezu vor Verlangen. Leighs Wangen färbten sich rosig, sobald sie an ihn dachte. Sie war nicht sicher, ob sie einfach da auf der Terrasse sitzen und ihn beobachten konnte, ohne dass das Verlangen in ihr aufstieg.

So viel zu Weisheit.

Sie liebte es, ihm zuzusehen. Ob er mit gebeugtem Rücken mauerte oder mit den Kindern spielte, seine geschmeidige Kraft war so anziehend.

Plötzlich unterbrach er das Ballspiel und straffte den Rücken. Der Ball, den Ty ihm zugeworfen hatte, traf ihn am Knie, und er rührte sich nicht.

„Hey, John!", hörte sie Ty rufen.

John blickte Leigh an; Verwunderung war ihm ins Gesicht geschrieben. Er wandte sich zu den Jungen um und sagte etwas, was sie nicht hören konnte, dann fingen die Jungen an, sich ohne John den Ball zuzuwerfen, während er sich umdrehte und langsam zur Terrasse ging. Er hatte die Stirn gerunzelt, der Mund war leicht geöffnet. Endlich blieb er vor Leigh stehen und starrte sie eine Weile nur an.

„John?"

„Fünf Pfund … jeder?"

„Wie bitte?"

„Die Kleinen … beide haben fünf Pfund gewogen. Sie waren Frühgeburten."

„Ja. Na ja, eigentlich hat Ty vier Pfund und vier … und Mitch …"

„Wie viel zu früh?"

„Fast zwei Monate. Ein bisschen mehr als sechs Wochen."

Er verzog das Gesicht. Er schüttelte den Kopf, versuchte dann offenbar, ihr wieder in die Augen zu schauen. „Sie sind von mir", presste er hervor.

Sie verspürte die altbekannte Panik. Endlich war es so weit. Wenig später würde sie froh sein, dass es erledigt war. So hatte sie es allerdings nicht geplant. Sie nickte ziemlich lahm.

„Hattest du vor, es mir zu sagen? Irgendwann vielleicht?"

Sie schluckte einmal und warf einen Blick über die Schulter, um sich zu vergewissern, dass ihre Mutter und die Witwen-Brigade nichts mitkriegten. „Das ist der Hauptgrund, warum ich zurückkommen wollte … Obwohl ich glaubte, du wärst verheiratet … Ich musste dir doch mitteilen, dass sie …"

„Verdammt noch mal!"

„John", flehte sie ihn an, „ich hatte keine Ahnung, dass du es nicht wusstest. Bis zu unserem Treffen im Steakhaus, als du nicht verstehen konntest, wieso Max sich betrogen fühlte … All diese Jahre habe ich angenommen, dass du, wenn du von ihnen hörst, auf Anhieb erkennen würdest, dass du der Vater bist."

„Dass ich es wissen würde? Ohne mich zu kümmern? Wie kannst du das gedacht haben!"

„Du warst so unerbittlich! Du wolltest keine feste Bindung und keine Kinder. Später, als ich zurückkehrte, wirktest du so blind für das alles. Sogar als du von ihnen wusstest, schien dir die Bedeutung nicht aufzugehen."

Der Schmerz in seiner Miene war nicht zu übersehen. „Du hast geglaubt, ich bin zu dumm, um es zu begreifen."

„Nein." Sie schüttelte den Kopf. „Nein, ich habe es bloß nicht verstanden. Das heißt, manchmal schon. Als ich hochschwanger hierherkam und erfuhr, dass du verheiratet warst, da habe ich begriffen, dass du keine Ahnung von meiner Schwangerschaft hattest."

„Du hast mir nichts gesagt!"

„Ich weiß … Ich weiß … Ich wollte es dir erst offenbaren, wenn meine Scheidung offiziell war, denn, ehrlich, ich habe nicht gedacht, dass die Scheidung vor der Geburt erledigt sein würde. Ich habe alles dermaßen vermasselt. Obwohl ich seit über einem Jahr nicht mehr mit meinem Mann zusammen war, war ich doch noch von Rechts wegen verheiratet und schwanger. Meine Scheidung war amtlich, bevor die Jungen das Licht der Welt erblickten, und da war es zu spät. Und …"

„Hör doch auf … Das war damals. Und was ist jetzt?"

„Na ja, nach einigem Hin- und Herüberlegen wurde mir klar, dass du wahrscheinlich nicht bis in die Einzelheiten über das Thema Geburt informiert bist, vielleicht nicht darüber im Bilde bist, dass Zwillinge gewöhnlich etwas früher kommen, dass …"

„Aber du hattest auch keine Eile, mir das zu erklären, wie?"

„Hey, John!", schrie Mitch.

„Üben, habe ich gesagt!", rief er mit ärgerlichem Unterton zurück. „Warum hast du es mir nicht gleich gestanden? Sofort!"

„Ich weiß es nicht. Ich hatte Angst davor. Und ich dachte, so wäre es besser."

„Wie?"

„Na ja …", begann sie mit zitternder Stimme. War es ihr vorher, als sie sich das alles ausgedacht hatte, nicht überaus vernünftig erschienen? „Da dir offenbar nicht klar geworden ist, dass sie deine Kinder sind, hatte ich beschlossen, es dir zu überlassen, zu ihnen zu finden. Ich hab's ein paarmal versucht, war dann aber doch zu feige. Allerdings hatte ich angenommen, dass wir das Gleiche wollen und so. Und ich dachte, du würdest zuerst vielleicht ein bisschen sauer sein, doch ich war mir ebenso sicher, du würdest dich rasend darüber freuen, dass sie …"

„Gütiger Gott", stieß er hervor und schüttelte den Kopf. „Weißt du denn nicht, dass ein riesiger Unterschied dazwischen besteht, ob ich sie nun als Teil der Abmachung akzeptiere oder sie will, weil sie … Und du willst eine Abhandlung über Ethik schreiben. Leigh, es ist nicht ethisch, derartige Informationen geheim zu halten."

„Das ist mir klar, irgendwie. Aber das macht die Ethik ja so verwirrend und kompliziert. Unehrlichkeit ist unethisch, es sei denn, sie stellt das kleinere Übel dar. Zum Beispiel: Ist es ethischer, den Namen des Vaters meiner Söhne nicht zu nennen, oder jemanden anzugeben, der ihnen wehtun würde?"

„Warum sollte ich ihnen wehtun?", fragte er entgeistert. „Komme ich nicht gut mit ihnen zurecht? Bin ich nicht gut zu ihnen? Sogar ohne zu wissen …"

„Aber ich musste dich neu kennenlernen. Wenn du sie nun nicht gewollt hättest?", sagte sie so leise, dass er sich anstrengen musste, sie zu verstehen. „Wenn du mich nicht gewollt hättest? Oder mich mit den Kindern?"

Er presste die Lippen nur noch fester aufeinander. „Wieso konntest du mir nicht einfach die Wahrheit sagen? Warum hast du mir keine Nachricht hinterlassen, dass die Geburt kurz bevorstand? Wenn schon das nicht, wieso hast du nicht geschrieben, angerufen, irgendwas – um mich darüber zu informieren, dass ich Vater bin?"

„Ich wollte dich nicht behelligen. Du hast mir mitgeteilt, du willst nicht Vater werden. Ich bin gegangen, weil du gesagt hast, das gehöre nicht zu deinen Plänen. Du hast gesagt: ‚Hau ab. Wir stammen aus verschiedenen Welten.'"

„Leigh", erklärte er so geduldig, wie er nur konnte, „so etwas sagen Männer ständig. Es hat nicht allzu viel zu bedeuten. Ein Kerl behauptet etwas in der Art, und dann wird seine Frau schwanger, und man könnte meinen, er wäre der Erfinder der Schwangerschaft."

„Ich weiß nichts über Kerle und was sie sagen und was sie meinen."

Er strich sich mit der Hand durchs Haar und schüttelte den Kopf. „Leigh. Leigh, hör auf. Hör mir zu. Was du mir angetan hast, ist wirklich unfair. Ganz gleich, was zwischen uns vorgefallen ist, die Kinder sind meine. Und auch ganz gleich, was mein oder dein Familienstand war – du hättest mir mitteilen müssen, dass ich Kinder habe. Alles hätte ganz anders kommen können. Ich habe die ganze Zeit mit ihnen versäumt, weil du entschieden hattest, dass es so besser wäre. Leigh, mir ist durchaus bewusst, dass ich dir wehgetan habe, als ich dir an den Kopf geworfen habe: ‚Hau ab', aber ich habe dir nicht deine Kinder weggenommen! Gibt es sonst noch etwas, was ich wissen müsste? Etwas, von dem du entweder annimmst, dass ich es weiß oder dass ich es nicht weiß oder … irgendwas?"

„Wie meinst du das?"

„Die Kinder sind gesund? Normal? Keine geheimnisvollen Leiden oder so?"

„Natürlich nicht. So etwas würde ich dir doch sagen."

„Du hast mir ja nicht einmal gesagt, dass …"

„Suppe!", rief Jess von der Hintertür her. „Leigh, die Mädels und ich essen in der Küche. Du, John und die Kinder, ihr könnt euch einfach bedienen, und wir spielen weiter."

Leigh und John antworteten nicht, schauten einander nur an. „Weiß sie es?", fragte er nach langem Schweigen.

„Manchmal glaube ich, schon, manchmal bin ich sicher, dass sie keine Ahnung hat. Sie liegt mir ständig damit in den Ohren, dass ich heiraten soll – sie hat beschlossen, dass ich jemanden wie dich heiraten muss, allerdings habe ich keinen Schimmer, woher sie wissen könnte, dass du ihr …" Sie zuckte die Achseln. „Vielleicht bist du in ihren Augen einfach der perfekte Stiefvater."

„Stiefvater", brummte er wütend. „Dieses Mal bist du wirklich zu weit gegangen. Ich kann's nicht fassen, dass du es mir verheimlicht hast. War es eine Art Test … um zu prüfen, ob ich gut genug bin?"

„Ach, John, nein. Ach, bitte", presste sie hervor, und Tränen stiegen ihr in die Augen.

„Manchmal hast du keinen Funken Verstand", entgegnete er.

„Ich weiß, ich weiß, aber ich dachte …"

„Hör auf!" Er wandte den Blick ab. Standen ihm etwa Tränen in den Augen? Er schüttelte wieder den Kopf, versuchte, die Nebelschwaden zu vertreiben. „Ich muss jetzt gehen, Leigh. Richte Jess meinen Dank aus, doch ich brauche ein bisschen Zeit zum Nachdenken. Allein. Lass sie mir. Okay?“

„Würdest du aber bitte eines nicht vergessen?“

„Nein, was denn?“

„Es war nicht ihre Schuld.“

Die Neugestaltung des Gartens machte rasante Fortschritte, allerdings ohne den Vorarbeiter. John traf man nur selten an, während der Pavillon sein Dach erhielt und der letzte Stein in der Grillanlage gelegt wurde.

„Wo steckt dieser junge Mann?“, fragte Jess ihre Tochter. „Ich habe ihn fast eine Woche nicht mehr gesehen.“

„Sechs Tage lang“, entgegnete Leigh verdrießlich.

„Das war mir nicht klar“, log Jess, die sich jeder einzelnen Minute sehr bewusst war. „Und da hatte ich doch schon den Eindruck, dass er sich wirklich für dich und die Jungs interessierte. Oder etwa nur für meine Kochkünste?“

Leigh antwortete nicht. Sie starrte ins Leere, wie so häufig in der letzten Zeit.

„Den Jungs fehlt er“, meinte Jess. „Die anderen Burschen sind ja genauso nett, zeigen allerdings nicht dieses persönliche Interesse an ihnen wie John. Der hat sie schließlich zum T-Ball angemeldet und so. Was für ein Kerl.“

„Was für ein Kerl“, erwiderte Leigh. Was für ein Mistkerl, dachte sie. Ganz gleich, wie sauer er auf sie war, er durfte die Jungen doch nicht so im Stich lassen. Natürlich hatten die Jungen noch keine Ahnung, dass sie im Stich gelassen worden waren, aber bald würden sie es sicher merken.

„Was hältst du von dieser Einladung, Leigh?“, erkundigte sich Jess und reichte ihr ein Blatt mit kalligrafischer Schrift.

Mrs. Jessica Stewart Wainscott lädt herzlich ein zu einer Open-Air-Sommerfeier mit Speisen, Getränken, Musik und guter Laune,
am Samstag, den 10. Juni, um 14 Uhr

Unten befanden sich Anschrift und Bitte um Antwort.

„Du liebe Zeit“, stieß Leigh hervor. „Das ist ja reichlich vornehm, oder? Für eine schlichte Grillparty?“

„Tja, wenn man Tausende für die Verschönerung des Gartens ausgibt, dann muss man auch die Party entsprechend aufziehen. Denkst du nicht?“

„Wie viele Leute lädst du ein?“

„Alle, die ich kenne.“

„Ach. Und bestellst du einen Partyservice, oder bringen deine Freundinnen etwas zu essen mit?“

„Oh, Partyservice. Natürlich. Ich bestelle bei Berkley’s Bakery and Deli. Die sind fantastisch.“

„Das kostet dich ein Vermögen.“

„So etwas plane ich ja auch nur ein einziges Mal.“

„Tja“, meinte Leigh und gab ihrer Mutter die Einladung zurück, „solange du dich nicht überanstrengst und krank wirst.“

„Sei nicht albern. Ich selbst tu ja keinen Handschlag. Sollten wir dir für die Feier nicht vielleicht ein neues Kleid kaufen?“

„Ein Kleid? Du erwartest Gäste, die in Kleidern kommen?“

„Mom“, meldete sich ein dünnes Stimmchen irgendwo unterhalb von ihnen. Sie blickte hinab und sah den blonden Ty, der zu ihr heraufschaute. „Wollen wir noch ein bisschen Fangen spielen?“

„Wo ist Mitchell?“, fragte Leigh.

„Da drüben. Er wartet auf uns.“

„Okay“, stimmte sie zu, stieg die Treppe hinunter und streckte die Hände aus. Sie spielte nicht gut; noch so einer ihrer Fehler. Ty schleuderte den ersten Ball in ihre Richtung, und sie verfehlte ihn; deshalb musste sie natürlich hinterherlaufen. „Also, Mutter“, rief sie und blickte zurück zur Terrasse, wo Jess stand und ihnen zusah. „Es sind nur noch drei Wochen bis zu deiner Party. Meinst du, dass bis dahin alles fertig ist?“

„Fast alles ist ja jetzt schon fertig“, antwortete Jess und schaute zu, wie Leigh den Ball Mitch zuwarf und ihn um Meilen verfehlte. Mitch beschwerte sich laut und lief dem Ball hinterher. Zwei weitere schlechte Würfe folgten. „Ich lasse mir von Pegs Sohn, dem Floristen, ein paar frische Blumengirlanden zur Dekoration des Pavillons und Arrangements für die langen Büfett-Tische liefern", erklärte Jess und verzog das Gesicht, da der Ball gegen Leighs Bein knallte. Leigh stieß einen Schmerzenslaut aus und warf den Ball – sie zielte auf Ty, traf aber eher Mitch. Beide Jungen taten jammernd ihre Unzufriedenheit kund.

„Mom", sagte Ty, „wirf von unten. Von unten. So." Äußerst geduldig bewegte er die Hände in dem Versuch, ihr die Wurftechnik vorzuführen. Es klappte nicht. Leigh zielte schlechter als ein Vierjähriger. Sie stellte die Jungen dichter zusammen auf. Wenn sie nur ein paar Meter auseinanderstanden, konnte sie den Ball der Zielperson zuwerfen.

„Mom, nicht mehr spielen", bat Mitch. „Wir üben ein bisschen, und vielleicht kannst du dann später wieder mitspielen. Okay?"

„So schlimm?"

„Das hier ist für Babys", meinte Ty. „Wann kommt John?"

„Keine Ahnung, Jungs. Bald schon, glaube ich."

„Hat er dir gegenüber irgendetwas davon gesagt, dass er weg müsste, Leigh? Wenn ich's nicht besser wüsste, würde ich meinen, er geht uns aus dem Weg", mischte sich Jess ein.

„Keinen Schimmer, Mutter."

„Ruf ihn doch in meinem Namen an. Lade ihn zum Abendessen ein. Ich schätze, der junge Mann steht auf dich. Ich habe gesehen, wie viel Spaß er mit den Kindern hat. Da muss wohl etwas passiert sein, dass er …"

„Mom! Um Himmels willen!"

„Ja und?", verteidigte Jess sich. „Er ist ein netter junger Mann. Ich kenne ihn seit Jahren, und ich kriege doch mit, dass ihr zwei einander mögt. Wenn du vielleicht … "

„Mutter! Hör auf!"

„Ich wollte nur vorschlagen", fuhr Jess in ihrem nachsichtigsten, leidgeprüftesten Tonfall fort, „dass ich diese Gartenparty im Handumdrehen in eine Hochzeitsfeier umwandeln könnte. Dann wüsste ich dich und die Jungs in festen Händen und gut versorgt, wenn ich sterbe."

„Ein paar Wochen lang habe ich das alles noch amüsant gefunden, aber allmählich verliere ich den Spaß daran. Und jetzt tu mir bitte einen Gefallen: Sprich nicht mehr von John, von Hochzeit oder Tod, ganz gleich, ob in humorvoller oder ernster Manier. Verstanden?“

„Ach, Leigh.“ Jess seufzte. „Du bist zu jung, um so alt und verschroben zu sein.“

„Manchmal denke ich, du meinst es wirklich ernst.“

„Wenn du mal ernst werden würdest, kämen wir ins Geschäft.“

„Ich geb's auf!“, rief Leigh. „Ich halte das nicht mehr aus!“

„Himmel“, grummelte Jess. „Wie kann man so reizbar sein.“

Es war Mittwoch. Die Witwen-Brigade hatte sich im vorderen Wohnzimmer niedergelassen, als Leigh hereinkam.

„Mom, Mitch und Ty sitzen auf dem Dachboden vor dem Fernseher. Ich möchte rasch zum Buchladen, es dauert nicht lange. Kannst du ein Auge auf sie haben?“

„Klar“, antwortete Abby für Jess.

„Ja“, meinte Jess, wobei sie ihre Freundin böse anfunkelte. „Musst du dich immer einmischen?“, stieß sie knurrend hervor.

„Danke“, sagte Leigh und kramte in ihrer Schultertasche nach dem Autoschlüssel. Sie ging zur Hintertür hinaus. Beim Auto angekommen, fiel ihr ein, dass sie ihr Scheckbuch vergessen hatte, und sie kehrte noch einmal um.

„Jetzt stehe ich da mit einer blöden Gartenparty. Dabei wollte ich eine Hochzeit“, beschwerte sich Jess gerade nebenan.

„Du hast es doch immerhin versucht“, tröstete Abby sie. „Hast du eine Ahnung, was da vorgefallen ist?“

„Nicht die geringste. Eben noch sprühten die Funken zwischen ihnen – ich habe nie so viele leidenschaftliche Blicke zwischen zwei Menschen gesehen. Und im nächsten Moment – husch – John ist weg und Leigh hat Depressionen. Kinder. Sie bringen nicht mal eine einfache Hochzeit zustande.“

„Die Druckerei kann auf den Einladungskarten doch noch die Hochzeit ergänzen, oder?“, fragte Kate.

„Ich schätze, dazu ist es zu spät. Ich hole sie morgen ab, und die Feier findet in zwei Wochen statt. Doch ich könnte auf jeden Fall mal anrufen."

„Tja", machte Peg. „Wie wär's, wenn du einen echten Herzinfarkt vortäuschst und Leighs Hochzeit mit John als letzten Wunsch äußerst?"

„Ich habe schon ein schlechtes Gewissen wegen meiner vorgetäuschten Herzprobleme. Beim letzten Gesundheitscheck hat der Arzt mich gefragt, ob ich nicht Organspenderin werden will." Jess seufzte. „Ich überlege, ob ich nicht besser Farbe bekennen sollte."

„Das ist nicht nötig", entgegnete Leigh. Sie stand direkt an der Küchentür. „Ach, Mom, wie konntest du so hinterhältig sein?"

„Leigh!" Jess hatte immerhin so viel Anstand, sich an die Brust zu greifen, als stünde tatsächlich ein Herzinfarkt bevor – allerdings blieb Leigh unbeeindruckt.

„Schäm dich, Mom. Als hätte ich nicht genug am Hals."

„Ich wollte nur helfen", rechtfertigte sich Jess.

„Das stimmt", sagte Peg ungewohnt ernst. „Sie wollte ehrlich helfen!"

„Peg hat sie auf die Idee gebracht", petzte Kate.

„Abby war's, die auf die Idee gekommen ist", verriet Peg.

„Ach, hört doch auf", sagte Leigh. „Ihr alle gebt dem Begriff Intrigantin eine ganz neue Bedeutung." Sie schüttelte den Kopf. „Ihr alle solltet euch schämen."

„Leigh", meinte Jess. „Es tut mir leid, Schatz. Ich schäme mich in Grund und Boden."

„Was hast du dir dabei gedacht?"

„Ich habe geglaubt, du und John, ihr seid das ideale Paar, und dann habe ich mich ein bisschen … ein bisschen …"

„Hinreißen lassen", mischte sich Peg ein. „Doch es ist in erster Linie meine Schuld, Leigh. Ich habe sie angestachelt."

„Ich auch", gestand Abby.

„Ich habe sie von Anfang an gewarnt", sagte Kate.

„Ihr alle gehört unter Hausarrest", brachte Leigh empört hervor. „Kein Wunder, dass er um sein Leben gerannt ist."

„Aber warum, Leigh?“, fragte Jess. „Was ist passiert?“

„Ach, vergiss es! Ich wäre ja schön dumm, wenn ich dich auch noch ermutigen sollte. Ich bleibe ein bisschen länger fort. Brauche etwas Zeit zum Nachdenken. Passt du auf die Jungen auf?“

„Natürlich, Leigh“, entgegnete Jess. Sie blickte starr auf die Tür, bis sie Motorengeräusche hörte. Dann wandte sie sich an ihre Freundinnen. „Wenn ich mir erst einmal klar darüber bin, wer von euch mich dazu angestiftet hat.“

8. Kapitel

„Angeln“, stieß Leigh hervor. Sie fuhr eine schmale Bergstraße entlang. Typisch!

Sie hatte in seiner Baumschule nachgefragt, wo er steckte. Niemand war dort außer einer Schülerin, deren einzige Aufgabe im Kassieren bestand. Dann hatte sie sich auf den Weg zu seinem Haus gemacht und hatte den Zettel an der Tür gefunden. „Bin angeln.“ Sie dachte, so etwas gäbe es schon seit Tom Sawyer nicht mehr. Dann entdeckte sie einen Pick-up mit Johns Logo auf der Wagentür. Dem folgte sie, und als er anhielt, fragte sie den Fahrer, ob er eine Ahnung hätte, wo John gewöhnlich angelte. Er nannte ihr drei mögliche Orte.

Die ersten zwei, verhältnismäßig nahe gelegen, waren Nieten gewesen. Es hätte klar sein müssen, dass John tief in den Wald fahren und eine unbefestigte Straße zu einem Bergbach nehmen würde. Leigh erinnerte sich schwach an einen ähnlichen Ort, den sie vor Jahren mit John aufzusuchen pflegte.

Vielleicht hätte sie auch Einzelheiten vor ihrem inneren Auge gesehen, wäre sie nicht so damit beschäftigt gewesen, Druck abzubauen. Sie war dieses kindischen Verhaltens ein wenig überdrüssig. Seines wie auch ihres Verhaltens. Aber sie hatte auch ihre Schuldgefühle, weil sie nicht immer das Richtige tat, satt. Konnte man nicht hin und wieder mal einen Fehler durchgehen lassen? Wenn man jemanden wissen ließ, dass man kurzsichtig ist, wird dieser sich doch nicht später umdrehen und einem etwas weit Entferntes zeigen wollen, um einen dann anzuschreien, wenn man es nicht erkennen kann.

Und außerdem, wie oft sollte sie sich noch entschuldigen? Für alles? Und wie viel Zeit brauchte er, um zu begreifen, wie viel Mut sie hatte aufbringen müssen, um zurückzukommen, zum Tatort sozusagen, damit sie ihn konfrontieren und ihm die Wahrheit über seine Söhne sagen konnte, obwohl sie geglaubt hatte, er wäre verheiratet? Er zollte ihr nie Anerkennung, weil er immer etwas an ihr auszusetzen hatte.

Sie probte ihre Argumentationsstrategie bis zu dem Punkt, an dem sie seinen Pick-up auf der Lichtung erblickte. Ja, hier war sie mit ihm gewesen. Und, ja, er angelte jetzt, wie er damals auch geangelt hatte. Und vielleicht war er schon längere Zeit hier, denn er hatte ein Zelt aufgebaut und davor ein Lagerfeuer angezündet. Vielleicht hatte er vor, als Einsiedler im Wald zu leben, bis sie so frustriert war, dass sie abreiste.

Genau das war damals geschehen, als sie sich nicht hatten verständigen können. Da hatten sie in einem verrückten Augenblick all das Gute, das sie teilten, weggeworfen. Ach, wenn sie es ihm seinerzeit erzählt hätte, es ihm damals einfach mitgeteilt hätte, möglicherweise …

Sie musste weinen, wenn sie daran dachte. Gewöhnlich weinte sie fast nie, doch seit ihrer Rückkehr hatte sie öfter geschnieft als in den vergangenen zehn Jahren. Sie sprang aus dem Wagen, achtete nicht auf die Tränen, die ihr über die Wangen liefen, und schritt auf John zu. Er hatte sich umgedreht und sie kommen gesehen, doch er beobachtete ihre hitzige Ankunft mit scheinbarer Gelassenheit.

Sie näherte sich ihm und fühlte sich selbst alles andere als ruhig.

„Ich weiß nicht, was du von mir willst“, sagte sie zu ihm.

Er ging ihr entgegen. Sehr langsam. Sein Mangel an Emotionen heizte ihre an.

„Soll ich betteln? Ist es das? Tut mir leid. Ich habe von Anfang an alles vermasselt, weil ich in mancher Hinsicht klug und in anderer dumm bin. An Verhütung habe ich nie gedacht, weil mein Mann und ich nicht miteinander schliefen. Und ich habe nie überlegt, was passieren würde, wenn ich mich in jemanden verlieben sollte, weil ich noch nie verliebt war, nicht mal ein bisschen … Siebenundzwanzig Jahre nicht! Ich habe vielmehr geglaubt, manche Menschen bekämen Liebe und andere bekämen Verstand … Ich habe nicht gewusst, dass die Liebe dem Menschen den Verstand raubt! Und ich habe dir nichts von den Kindern erzählt, da du gerade geheiratet hattest und weil ich angenommen hatte, du würdest eine andere lieben. Und dann habe ich dir nichts gesagt, da ich einfach nicht wusste, wie ich es anstellen sollte. Also, was willst du von mir, John, hm?"

Während ihrer Tirade starrte er sie an. Völlig ausdruckslos.

„Hm, John? Wenn sie nun nicht deine wären, sondern die meines toten Exmannes? Wäre es nicht ziemlich offensichtlich, dass sie trotzdem verrückt nach dir sind? Das sind sie nämlich! Sie fragen, wann kommt John, und ich habe keine Ahnung, wie ich ihnen erklären soll, dass John sauer ist, da er gerade erfahren hat, dass er ihr wirklicher, wahrer Daddy ist, und deswegen ist er böse. Doch nicht, weil er Vater ist, das glaube ich nicht. Weil er es nicht früher erfahren hat."

Sie schniefte und schluckte und wischte sich ungeduldig die Tränen ab. Er betrachtete nur ihr Gesicht und ließ die Arme hängen.

„Was hätte ich mehr tun können, wenn ich alles perfekt hätte machen wollen? Ich wollte einfach zurück nach Durango, wo du bist, und irgendwie mit dir wieder ins Reine kommen. Ich habe nicht im Traum daran gedacht, dass du geschieden sein könntest. Ich war darauf vorbereitet, dich glücklich verheiratet anzutreffen, als Vater eines Haufens winzig kleiner Kinder. Ich bin mir nicht sicher, ob ich sonderlich gut darin wäre, Dinge ins Reine zu bringen, aber ich wusste, dass es richtig ist, dir von deinen Söhnen zu erzählen." Ihr Tonfall veränderte sich. „Sie sind liebe Jungen, John. Sie sind süße, ehrliche, liebenswerte, kostbare, kluge kleine Jungen. Ich dachte, du würdest so stolz auf sie sein.

Ich war so verblüfft, zu erfahren, dass du Single bist. Ich war so überrascht, festzustellen, dass du noch etwas für mich empfindest. Ehrlich. Ich habe mir nie zugetraut, eine derartige Wirkungen auf einen Mann zu haben … insbesondere auf einen Mann, in den ich bis über beide Ohren verliebt war. Und dann zu sehen, dass du, ob du wolltest oder nicht, auch für die Jungen etwas empfindest … Na ja, ich war außer mir vor Glück. Aber ich habe es dann noch einmal vermasselt, indem ich es dir nicht früh genug sagte."

Sie schluckte und hickste, wischte sich dann die Nase am Ärmel. So hatte sie schon lange nicht mehr geweint. Und da stand er, direkt vor ihr, schaute zu und sprach kein Wort.

„Es tut mir leid“, kreischte sie beinahe. „Damals, als ich gegangen bin und mein Leben weiterführte und die Kinder allein bekam, das war, weil ich absolut ahnungslos war. Und jetzt weiß ich das eine oder andere. Und wenn du denkst, ich lasse zu, dass du einen Wutanfall hast und uns verlässt, bloß weil du sauer bist, dann irrst du dich! Denn ich glaube, du liebst mich, und ich weiß, dass ich dich liebe! Also, was willst du von mir? Hm, John?“

Er bewegte sich so flink, dass sie nach Luft schnappte. Er schlang die Arme um ihre Taille und zog Leigh an sich, bedeckte ihren Mund mit seinem. Er küsste ihr tränenüberströmtes Gesicht und drückte sie so fest an sich, dass sie kaum atmen konnte. Doch wer musste schon atmen?

Auf diese Weise finden wir wohl kaum eine Lösung, dachte Leigh abgelenkt. Aber plötzlich schwanden ihre Gedanken vollends, denn das Gefühl seiner Lippen, der Geschmack seines Mundes und der harte Druck seines Körpers an ihrem machten sie wahnsinnig glücklich, wenn auch nur kurzzeitig. Sie umarmte ihn; er umarmte sie. Dann ging ihr ein Licht auf. Das war's, was er wollte.

Und sie auch.

Nach ihrer langen, emotionsgeladenen Ansprache konnte Leigh nur noch sagen: „Ach, John …“, stieß sie weinend hervor, allerdings ließ sie ihn nicht los. Und er sie offenbar auch nicht. Er hob sie auf die Arme und trug sie zu seinem Zelt. Drinnen lag ein offener Schlafsack, auf dem sie sich bald herumrollten, sich küssten, umarmten, und Leigh schniefte immer noch.

„Schaffen wir es, ins Reine zu kommen?“ Sie weinte. „Jemals?“

„Ich bin nicht hierhergekommen, um etwas ins Reine zu bringen, Schatz“, entgegnete er, küsste ihren Hals, ihre nassen Augen, ihre Ohren. „Ich brauchte nur etwa zehn Minuten, um mich daran zu erinnern, dass ich dich will … und die Kinder. Aber ich musste überlegen, wie ich meiner Familie beibringe, dass ich Kinder habe, dass ich deren Mutter heirate, dass es sich nur um ein dummes Missverständnis unter zwei dummen Menschen handelte … von denen einer rein zufällig die geniale Tochter eines nobelpreisverdächtigen Wissenschaftlers ist.“

Ein Lachen perlte unter Tränen auf.

„Das glaubt uns kein Mensch. Ich bin vielleicht nicht so klug wie du, doch du kannst davon ausgehen, dass einer der Gründe für meine Ernennung zum Leiter der Ski-Patrouille der war, dass ich diese unheimliche Intuition und einen wahnsinnigen gesunden Menschenverstand habe."

Wieder lachte sie perlend auf. „Ich liebe dich", hauchte sie.

„Ich weiß. Und ich liebe dich. Und wenn ich anfangs auch ziemlich wütend war und wenn ich auch wollte, du hättest es mir früher gesagt, bin ich doch wirklich froh, dass du die Jungen hierhergebracht hast. Ich will ihr Vater sein."

Daraufhin musste sie richtig weinen. „Ich hatte solche Angst, dass du es womöglich nicht wolltest. Du hast deinen Standpunkt, keine Kinder zu wollen, ziemlich unerbittlich vertreten."

„Das war nur eine Männersache. Ich kann dir nicht erklären, wie es zu so etwas kommt. Männer haben Angst, dass sie, wenn ihr Verhalten auch nur vermuten lässt, dass sie sich vorstellen, Kinder zu haben, sofort in einen Geburtshilfekursus nach Lamaze gedrängt werden. Verzeih. Offen gestanden, ich hatte allmählich schon befürchtet, dass ich vielleicht niemals Kinder haben würde."

„Ach!", sagte sie und gab ihm einen Klaps auf den Arm.

Er küsste sie wild.

„Du hast mich das alles durchstehen lassen und wolltest letztendlich dann doch Kinder?", fragte sie ihn.

„Wir werden neue Regeln aufstellen müssen, Leigh. Ausgeschlossen, dass unsere Ehe ein Erfolg wird, wenn wir nicht miteinander reden können. Wir haben so viele Dinge geheim gehalten. Ich war früher eifersüchtig auf Max ... und hatte Angst, nicht klug genug zu sein, um jemanden wie dich lieben zu können."

Matt lächelte sie. „Und ich hatte Panik davor, du könntest mich für einen komischen Vogel halten. Einen Sonderling."

Mit einem Fingerknöchel strich er über ihre feuchte Wange. „Ja, du bist ein komischer Vogel. Heiratest du mich?"

„Ja."

„Wollen wir die Verlobung vollziehen?"

„Wenn du jetzt sagst, du hast zufällig ein Kondom zu deinem Angelausflug mitgenommen, werde ich misstrauisch."

„Hab ich nicht."

„Tja, dann ist das Risiko zu groß."

Grinsend blickte er auf sie herab. „Auch wenn du ausgesprochen gute Unfälle produzierst, würde ich doch ganz gern den nächsten Schwung Babys planen."

Leigh seufzte und umarmte ihn. „Ich hoffe, ich bekomme künftig nicht ständig ganze Schwünge", sagte sie sehr ernst.

Obwohl sie das Schicksal wirklich nicht herausfordern und noch mehr Risiken eingehen durften, konnten sie doch den ganzen Nachmittag in Johns Zelt liegen, sich küssen, umarmen, berühren und einander zärtliche kleine Geheimnisse anvertrauen. Außerdem lachten sie darüber, wie knapp sie daran vorbeigeschrammt waren, einander ein zweites Mal zu verlieren. Wenn sie darüber lachten, mussten sie nicht weinen.

Leigh gewann den Eindruck, dass Verwirrung nur entstand, wenn sie nicht zusammen waren. Zusammen klappte alles prima. Getrennt fingen sie an, alles zu überdenken, und plötzlich fanden sie es unsinnig, dermaßen wild verliebt zu sein. Sie kam zu dem Schluss, dass sie lieber heiraten und zusammenziehen sollten, bevor sie Zeit hatten, zu viel zu grübeln.

Und was John betraf, nun, er hatte nie gedacht, dass er jemals von einer Frau wie Leigh so geliebt werden könnte. Sie war nicht nur genial, sie war auch lieb, ehrlich, gut und loyal. Sie dachte nicht, er würde sein Potenzial nicht ausschöpfen. Im Gegenteil, sie verriet ihm, dass sie stolz war auf alles, was er tat, auf sein Engagement für Kinder, für die Gemeinde, für die Umwelt.

Nach ein paar Stunden ungestörter Unterhaltung und Zärtlichkeit und Küsserei war ziemlich klar, dass sie dieses Mal das Gleiche wollten. Und dass es nicht sinnvoll war zu warten. Also erzählte Leigh ihm von Jess.

„Nach dem zu urteilen, was ich belauscht habe, hat sie sogar ihr Herzproblem erfunden. Sie hat mit der Witwen-Brigade Pläne geschmiedet, uns zu verheiraten. Sie hat gehofft, ihre Gartenparty würde letztendlich eine Hochzeit sein."

Zu ihrer Erleichterung lachte John. „Typisch. Man muss ihr mal eine Lehre erteilen. Sofern du sicher bist, dass ihr Herz in Ordnung ist."

„Da bin ich sicher. Auch wenn es vielleicht anfängt zu schwächeln, wenn ich noch sehr viel länger ausbleibe. Die Vorstellung, vierjährige Zwillinge an der Backe zu haben, könnte ein ansonsten kräftiges Herz ruinieren."

„Ich weiß nicht, ob das als Strafe reicht. Doch", erwiderte er grinsend, „für den Anfang ist es nicht schlecht."

John und Leigh traten gegen die Witwen-Brigade an. Die vier Frauen nahmen ihre Standpauke einigermaßen gut auf, bedachte man, dass keine von ihnen die Schuld allein auf sich nehmen wollte. Eifrig beschuldigten sie einander. Und sie schworen, dass sie nur das Beste für alle Beteiligten gewollt hatten.

„Ihr zwei seid ein so wundervolles Paar", meinte Peg. „Und ihr brauchtet anscheinend ja nur noch einen kleinen Schubs."

„Wir wollen doch nur, dass unsere Kinder in festen Händen und glücklich sind", erklärte Abby.

„Und zwar in einer Familie, von wegen Lebensabschnittspartner, wie die jungen Leute es heute handhaben", sagte Kate.

„Tut uns leid, dass wir uns eingemischt haben, doch wir haben wirklich geglaubt, ihr würdet zusammen glücklich sein. Wirklich", fügte Jess hinzu.

„Aber das steht euch nicht zu, oder?", schimpfte John. „Ihr könnt von Glück reden, dass ihr keinen wirklichen Schaden angerichtet habt. Ihr habt Glück, weil sich herausgestellt hat, dass Leigh und ich einander mögen und uns weiterhin treffen wollen. Doch wann und ob wir zu heiraten beschließen, ist allein unsere Entscheidung. Kapiert?"

Die vier Frauen nickten unisono.

„Und", ergänzte Leigh, „da Kinder betroffen sind, handelt es sich hier nicht um eine leichtfertige Brautwerbung. John und ich haben uns gründlich darüber ausgetauscht, was für ein Familienleben sich jeder von uns vorstellt. Wir wollen nichts überstürzen, da die Zukunft der Jungen auf dem Spiel steht. Wir wollen sicher sein, dass wir ähnliche Werte haben und unsere Ziele vereinbar sind. Wir sind sehr verschieden, müsst ihr wissen. Verstanden?"

Viermaliges Nicken.

„Von jetzt an habt ihr euch in keine romantischen Ideen mehr einzumischen, die jemand anderen als euch selbst betreffen."

Vier Augenpaare wurden verdreht. Als ob eine von ihnen romantische Ideen verfolgen wollte. Ha.

„Und ihr schmiedet keine Pläne für andere. Wenn irgendetwas eure Neugier weckt, fragt ihr einfach danach und akzeptiert die Antwort, die durchaus ‚Das geht euch nichts an' lauten kann. Kapiert?"

„Ja, Liebes", entgegnete Jess. „Aber bevor du dich noch mehr aufregst: Alles war nur gut gemeint. Und wenn es mit einer Hochzeit geendet hätte, wären wir alle begeistert gewesen. Aber wenn es nicht sein soll – bitte schön. Um nichts in der Welt will ich dich verletzen."

„Doch du musst mich mein eigenes Leben leben, meine eigenen Fehler machen, meine eigenen Zukunftspläne schmieden lassen", bat Leigh. „Ich weiß, dass ich durchaus schon deine Hilfe benötigt habe, Mom, dieses Mal allerdings bist du übers Ziel hinausgeschossen."

„Und jetzt könnt ihr von Glück reden, wenn ihr zur Hochzeit eingeladen werdet, falls denn eine stattfindet", warnte John. „Ihr vier seid Störenfriede. Werdet ihr euch jetzt benehmen?"

Oh ja, sie würden sich benehmen. Sie versprachen es.

Nachdem John und Leigh gegangen waren, sagte er: „Ich würde jetzt für mein Leben gern Mäuschen spielen."

„Sie werden sich nur gegenseitig beschuldigen", prognostizierte Leigh. „Was meinst du, ob unser Plan aufgeht?"

„Er ist todsicher. Vertrau mir."

Und das tat sie. Voll und ganz.

9. Kapitel

Jess verschickte ihre Einladungen zur Gartenparty, ohne zu schmollen. Sie und Leigh hatten sich vertragen und sprachen nicht mehr über Einmischungen. Die Witwen-Brigade durfte ihre unmaßgebliche Meinung über die Party abgeben, und der Garten war eine Woche vor dem Fest fertig. Leigh schlug ein Streichquartett für die musikalische Untermalung vor und wählte die Farben der Girlanden und der Blumen für die Büfett-Tische aus. Zusammen mit ihrer Mutter suchte sie die Caterer auf und beriet Jess beim Kauf eines wunderschönen geblümten Kleides.

Als Leigh sicher war, dass ihre Mutter alles im Griff hatte und sie entbehren konnte, bat sie um Babysitter-Dienste. Sie wollte für ein paar Tage nach Denver fliegen; sie benötigte für ihre Recherchen den Zugang zu der Bibliothek der Universität von Colorado, und Jess sagte, sie würde sich um die Jungen kümmern.

„Ich bin ein nervliches Wrack", meinte Leigh zu John.

„Ich auch. Aber alles wird gut. Ich glaube nicht mal, dass sie schimpfen werden. Meine Mutter wird froh sein, und mein Dad ist insgeheim bestimmt sehr, sehr stolz."

„Wir hätten Jess entgegenkommen und ihr verraten können, dass sie in dem einen Punkt recht hat – dass du der Vater der Jungs bist."

„Ich fürchte, dass sie dadurch wieder die Oberhand gewinnen könnte", wandte John ein.

Sie standen auf dem Bürgersteig vor dem bescheidenen Vorstadtheim, das Johns Eltern gehörte. Leigh konnte sich gut vorstellen, wie lebhaft es in den vier Wänden dieses kleinen zweistöckigen Gebäudes in den Jahren zuging, als Mrs. McElroy vier Jungen großzog. Niemand hatte Leigh jemals der Hellseherei bezichtigt, aber sie spürte trotz ihrer Ängste, dass sie hier Liebe und Entgegenkommen finden würde.

„Wollen wir?“, fragte John.

„Warte. Was hast du ihnen erzählt? Was genau?“

„Dass ich ihnen die Frau vorstellen möchte, die ich heiraten werde.“

„Und was hat deine Mutter gemeint?“

„Sie sagte: ‚Schon wieder?‘“

„Oh Mann. Ich weiß nicht, ob ich meine Beine bewegen kann.“

„Komm schon. Feigling.“

„Was hast du sonst noch erzählt?“, hakte Leigh nach.

„Ich habe gesagt: ‚Dieses Mal ist es etwas anderes. Ich liebe diese Frau seit Jahren, und mit meiner Heirat wollte ich mich über sie hinwegtrösten, aber jetzt sind wir miteinander ins Reine gekommen, und es ist gut so.‘ Na ja, etwas in der Art.“

„Wir sind jetzt miteinander im Reinen, nicht wahr, John? Es ist wirklich gut.“

Er küsste sie, schnell, aber leidenschaftlich, und schenkte ihr sein aufregendes Grinsen. „Genau. Es war nie besser.“

Im Haus der McElroys erwartete sie eine Versammlung, auf die Leigh niemals hätte vorbereitet sein können. John übrigens auch nicht. Der gesamte McElroy-Clan war unter einem Dach zusammengeströmt, um den neuesten Familienzuwachs kennenzulernen und willkommen zu heißen. Ihre Wagen hatten sie in Nebenstraßen geparkt und in der Garage untergebracht. Der Duft von Roastbeef hing in der Luft, im Wohnzimmer herrschte ein gehöriger Lärmpegel. Und gleich nachdem Jeannette McElroy die Tür geöffnet und ihren Sohn begrüßt hatte, riefen alle: „Überraschung!“

Mike, der Reverend, war der Einzige, der per Flugzeug zu dieser Versammlung hatte anreisen müssen. Er und seine Frau und Kinder waren bei Ted und Chris und ihrem Clan untergekommen. Bob hatte sich freigenommen, und Judy war schon etwas früher da gewesen, um beim Kochen für so viele Gäste zu helfen. Leigh wurde von jedem Einzelnen umarmt und in der Familie begrüßt.

„Wir dachten, du solltest gleich einen Eindruck gewinnen, worauf du dich einlässt“, meinte Bob. „Wir sind keine ruhige kleine Familie.“

„Vermutlich haut es dich um, so viele von uns hier zu sehen, aber hab keine Angst, dass wir alle sofort in Durango einfallen. Wir lassen euch ein paar Wochen Zeit für euer neues Eheglück, bevor wir auftauchen“, sagte Mike.

„Diese Familie hat ein genetisches Problem, von dem du erfahren solltest“, warnte Chris. „Seit Generationen hat sie kein einziges Mädchen hervorgebracht, und wir zählen darauf, dass du die Erste bist.“

„Wie konntet ihr es wagen?“, mischte John sich ein. „Schließlich trete ich ja nicht zum ersten Mal vor den Traualtar. Und Leigh auch nicht.“

„Immer mit der Ruhe“, sagte Jeannette. „Tief im Herzen wusste ich, dass du endlich die richtige Frau gefunden hast. Wie deine Stimme klang … Diesen Tonfall habe ich jetzt vier Mal erlebt“, meinte sie und blickte von einem Sohn zum anderen.

Erst nachdem der Rinderbraten tranchiert war, die zahlreichen Kinder im Esszimmer und die Erwachsenen im Wohnzimmer an einem langen Tapeziertisch Platz gefunden hatten, äußerte jemand seine Hoffnung, dass John und Leigh eine große Familie planten. Die Unterhaltung verstummte nach und nach, als die Frage unbeantwortet in der Luft hing. Man schloss bedächtig den Mund und richtete den Blick verhalten auf John und Leigh.

„Hm“, meinte John, „das ist einer der Gründe, warum wir herkommen und euch persönlich sprechen wollten. Es ist nämlich … hm … tja, damit haben wir eigentlich schon angefangen.“

Schweigen lastete schwer über der Tischrunde. Schließlich brach der Reverend das Eis. „So etwas passiert. Wir sind entzückt, dass ihr euch zum Heiraten entschlossen habt. Doppelte Glückwünsche.“ Die Familie stimmte zu, arrangierte sich allmählich mit dieser Neuigkeit. Einer nach dem anderen hob sein Weinglas, gratulierte, und schließlich lachten alle und prosteten einander zu.

„Tja …“, begann John. „Eigentlich ist Leigh nicht schwanger. Äh, wir haben Zwillinge … und die sind … hm … vier Jahre alt.“

Wieder setzte Stille ein. Alle wussten, wann John geheiratet hatte und wann die Ehe geschieden wurde. Wann hatte er in diesem Wirrwarr Zeit gehabt, Zwillinge zu zeugen? Selbst Mike fiel dazu nichts ein. Jeannette McElroy vergaß, den Mund zu schließen. Leighs Wangen glühten. Robert McElroy schaute seinen Sohn stirnrunzelnd an.

„Vier?", flüsterte irgendwer.

„Zwillinge?"

„Das ist ein Anfang, weiß Gott."

„Na ja … um genau zu sein … es sind Jungen", meinte Leigh und bemerkte, wie die verblüfften Gesichter sich einander völlig schockiert zuwandten.

Chris war es dann, die in Lachen ausbrach. „Das war doch klar. Jungen!"

„Ich kann alles erklären", meinte Leigh, doch die Familie erholte sich; alle lachten und klopften einander auf den Rücken.

„Vierfache Glückwünsche."

„Wir freuen uns riesig, dass ihr heiratet."

„Das hat natürlich keine Eile, doch wir haben einen Kirchenmann am Tisch."

„Wo habt ihr sie versteckt?"

„Wozu die Eile?"

Robert Senior sprach schließlich die einzig vernünftigen Worte aus. „Die Erklärung hören wir uns später an. Im Moment haben zwei Dinge Vorrang. Erstens: Wann findet die Hochzeit statt? Und zweitens: Wann können wir unsere Enkelkinder sehen?"

Unsere Enkelkinder. Das klang wunderschön. Leigh wurde klar, dass sie gar nicht gewusst hatte, wie klug sie eigentlich war, als sie sich für den richtigen Mann entschied. John war nicht nur zu gut, um wahr zu sein, zudem war auch seine Familie ganz großartig. Für ihre Kinder wünschte Leigh sich unter anderem Geschwister, Cousins und Cousinen, Großeltern und ein Leben voller Liebe, Lärm und Menschen.

Es war schwer, die Schar unter Kontrolle zu halten; der Geräuschpegel stieg noch immer. Die Gespräche rissen nicht ab. Leigh erfuhr eine Menge über Johns Familie, über all die unterschiedlichen Karrieren und die Aktivitäten der Kinder. Und sie erfuhren auch viel über sie. Ted kannte sich einigermaßen mit den Forschungsprojekten ihres Vaters aus und unterhielt die Tischrunde mit Geschichten über seine Genialität und seine bahnbrechenden Entdeckungen. Als der Abend nahte, war Leigh gleichermaßen erleichtert und erschöpft. Die Kinder waren größtenteils stiller geworden, die Sonne ging unter, und die Erwachsenen, die nicht zum Aufräumen abkommandiert waren, saßen beim Kaffee im Wohnzimmer. Es herrschte eine friedlich-einvernehmliche Stimmung.

Leigh bot an, den Kaffee zu holen und nachzuschenken, und begab sich durch die Schwingtür in die Küche. Dort stieß sie auf Mike, der seine Mutter tröstend im Arm hielt, weil Jeannette anscheinend ein paar Tränchen vergießen musste. Leigh blieb wie vom Donner gerührt stehen. Auch die anderen zwei erstarrten. Dann lösten sie sich voneinander und schaute Leigh an, und Jeannette wandte sich ab und kramte ein Taschentuch aus ihrer Tasche.

„Ach, Leigh“, sagte Mike.

„Ich habe dich zum Weinen gebracht, nicht wahr? Wegen der Jungen … und wegen …“

„Nein, Leigh“, erwiderte Mike, schritt auf sie zu und umarmte sie kurz und aufmunternd. „Du wirst noch feststellen, dass wir nicht zu der Sorte Menschen gehören, die ständig zurückblicken. Deswegen kannst du unbesorgt sein. Wir richten den Blick nach vorn.“

„John ist es sehr schwer gefallen, mir zu verzeihen, dass ich ihm die Vaterschaft der Jungen vorenthalten habe. Ich war so durcheinander … Er hatte gerade geheiratet, und ich …“

„Nicht, Liebes, nein. Ganz gleich, welche Gründe du hattest, ich mache dir keinen Vorwurf und stelle keine Fragen. Ich bin glücklich, Leigh“, erklärte Jeannette und schniefte. „Ich freue mich riesig zu hören, dass ich noch einmal Großmutter geworden bin, aber es geht um mehr. Es geht um John. Es hat mich bekümmert, weil es ihm so schwerfiel zu finden, wonach er sich sehnte – den richtigen Menschen für ein gemeinsames Leben. Ich weiß, es ist altmodisch, aber für meine Söhne habe ich mir an erster Stelle immer ein erfüllendes Familienleben gewünscht.“

„Es ist kaum zu übersehen, dass mein Bruder ein anderer Mensch geworden ist“, ergriff Mike das Wort. „Wir haben alle so gehofft, dass er dieses ganz besondere Glück erleben würde, das wir gefunden haben. Und jetzt hat er es."

„Danke", sagte Leigh. „Danke für die liebevolle Aufnahme."

„Leigh, wir haben mit dieser ‚Aufnahme' in die Familie nicht etwa eine gute Tat vollbracht. Wir fühlen uns vielmehr geehrt, dich bei uns haben zu dürfen. Und das meine ich völlig ernst."

Der zehnte Juni war ein strahlender, herrlicher Tag. Leigh und Jess standen früh auf; es gab noch eine Menge zu tun. Das Haus musste gerichtet werden, auch wenn schon gründlichst geputzt worden war. Die Jungen benötigten ihr erstes Bad und die erste saubere Garnitur von Kleidung dieses Tages.

Als Erster traf der Florist ein. Um neun Uhr morgens begann er, den Pavillon und die Tische zu dekorieren. Leigh fing seinen Pickup ab, schüttelte ihm die Hand, und er reichte ihr einen kleinen Beutel, den sie in ihr Zimmer brachte.

Als Nächstes kam der Partyservice in zwei Lieferwagen. Die Leute schleppten ihre Lieferung – Speisen, Serviertabletts, Bowlenschüsseln, Tischwäsche und anderes Zubehör – in die Küche. Leigh flüsterte kurz mit ihnen.

„Was denn?", fragte Jess. „Was ist los?"

„Nichts ist los, Mom." Leigh lachte. „Ich habe die Leute nur gebeten, die Tische zu decken, doch die Speisen erst aufzutragen, wenn die Gäste da sind. Wir wollen doch niemanden mit verdorbenem Kartoffelsalat vergiften."

„Oh. Nein, natürlich nicht."

Danach traf das Streichquartett ein und richtete sich mit Instrumenten und Stühlen im Pavillon ein, doch die vier würden sich zunächst wieder verabschieden und erst später zum Musizieren zurückkommen.

Und dann erschien John. „John!", rief Jess verblüfft. „Du bist früh dran! Die Party beginnt erst um zwei Uhr!"

„Ich weiß, entschuldige bitte. Ich wollte nur dafür sorgen, dass der Garten tipptopp in Ordnung ist. Leider kann ich nun doch bei der Feier nicht dabei sein."

„Oh nein", stieß Jess hervor. „Kommt gar nicht infrage. Du musst doch nicht etwa arbeiten, oder?"

„Nein, doch zufällig ist ein Teil meiner Familie in der Stadt, und ich werde das Wochenende mit ihr verbringen müssen."

„Na, bring sie doch mit!"

„Ach, Jess, das kann ich nicht machen. Es sind nicht nur ein paar Verwandte, es sind viele. Manchmal haben sie solche Ideen. Meine Eltern hatten sich entschieden zu kommen, und mein Bruder und seine Frau beschlossen dann, sich anzuschließen, und ein anderer Bruder hatte ein langes Wochenende mit den Kindern geplant und ... So etwas passiert in meiner Familie schon mal. Sie tun es nicht unbedingt mit Absicht, aber sie neigen dazu, in Scharen aufzutreten. Du kannst unmöglich so viele ..."

„Doch, kann ich! Bring sie mit!"

„Bist du ganz sicher?"

Leigh betrat das Zimmer. „Ach, Mom, vielleicht könnte John später wenigstens auf ein paar Minuten hereinschauen und ..."

„Sei nicht albern. Bring sie alle mit. Die halbe Stadt wird hier sein. Na ja, die halbe wohl nicht, aber eine tolle Auswahl. Dann hätten deine Verwandten auch Gelegenheit, Leigh kennenzulernen." Beide bedachten sie mit bösen Blicken. „Hoppla. Na ja, wenn deine Familie zufällig hier ist und meine Tochter zufällig ... Ach, guckt nicht so böse. Ich habe keine Ahnung, was in mich gefahren ist."

„Gut. Kann ich dennoch den Garten inspizieren?", fragte John.

„Sicher doch, John." Leigh lachte. Und sie führte ihn durch die Küche und die Terrassenstufen hinunter und ließ ihn sich umschauen.

Als Nächstes war es Zeit für Mitchs und Tys zweites Bad und die zweite Garnitur frischer Klamotten. Anscheinend hatten sie ihr Fort ganz hinten im Garten umgebaut. Das Fort hatte einen naturbelassenen Fußboden mit viel Moos und Gras, was Flecken auf der Kleidung begünstigte. Leigh freute sich über die Gelegenheit, sie noch einmal baden und mit ihnen zusammen sein zu können und das eine oder andere Geheimnis mit ihnen zu teilen. Beim Baden wurde viel geflüstert, gekichert und geplanscht.

Dann war es schließlich halb zwei. Das Essen war angerichtet und zum Auftragen bereit, Blumen schmückten die Tische und den Pavillon, und das Streichquartett war zurückgekehrt. Jess und Leigh standen auf der Terrasse und schauten, das alles reibungslos verlief. Es war ein hübscher Anblick; pfirsichfarbene Bänder waren in die Girlanden aus Nelken und Rosen geflochten. Exotische Blumengestecke zierten die vier Meter langen Tische. Silberne Servierschüsseln blinkten auf den Leinentischdecken. Und die Sonne schien strahlend hell und warm.

„Es ist wunderschön, Mom", meinte Leigh. „Es hätte sich großartig für eine Hochzeit geeignet."

Jess wandte sich ihrer Tochter zu. „Liebling, ich hoffe, du kannst mir meine Einmischung wirklich verzeihen. So etwas habe ich vorher noch nie gemacht, und ich schwöre dir, ich tu's auch nie wieder."

Leigh drückte ihr einen Kuss auf die Wange. „Ich weiß. Ich bin nur froh, dass du keine Herzprobleme hast, und ich bin glücklich, wieder hier zu sein. Du hattest recht. Dies hier ist der ideale Ort, um Kinder großzuziehen."

„Ich dachte, ich würde etwas Gutes tun."

„Es war sehr hinterhältig von dir."

„Wenn ich etwas gestört habe ... Wenn ich schuld bin, dass du und John eure Pläne verschoben habt, bloß wegen meiner Einmischung ..."

„Aber, Mom, haben wir nicht beschlossen, dass du dazu nichts mehr zu sagen hast? Du sollst dich heraushalten."

„Ja, ja, doch darf ich dir eine Frage stellen?"

„Nur eine."

„Habe ich nicht genau den richtigen Mann für dich und die Jungs ausgesucht?"

„Mom ..."

„Na ...?"

Leigh gab nach und lächelte. „Ja, das hast du ziemlich gut gemacht. Und ich hoffe, du versuchst so etwas nie wieder. Ach, sieh mal, die Gäste kommen! Und ich bin noch nicht fertig!"

„Dann beeil dich. Ich übernehme die Begrüßung."

Leigh ging ins Haus und schickte die Jungen nach draußen. Die ersten Gäste, die eintrafen, waren die Mitverschwörerinnen Abby, Kate und Peg. Dann tauchte Tom Meadows auf mit Blumen für die vier Witwen und einem hübschen Strauß für Leigh. Die nächsten waren der Pastor und seine Frau, der Golfprofi, der Bibliothekar, der Stadtrat. John erschien mit seiner gesamten Familie; sie fuhren in drei Autos vor. Es war nicht verwunderlich, dass die Jungen zu ihm rannten und augenscheinlich nicht vorhatten, von ihm abzulassen. John stellte sie seinen gesamten Verwandten vor. Es folgten der Metzger, der Bäcker und der Besitzer eines Geschenkeladens. Danach der Lesezirkel und die „Freunde und Förderer der Bibliothek"-Mitglieder. Nahezu fünfzig Gäste standen mit Bowlengläsern im Garten herum, bevor Leigh die Rotholzstufen der Terrasse herabstieg.

Sie trug ein langes pfirsichfarbenes Kleid, nicht zu aufwendig, doch Jess hatte keine Ahnung, woher das Kleid plötzlich kam. Und Leigh hatte ihr langes blondes Haar mit Schleierkraut zurückgesteckt. „Schau sie dir an", meinte Jess zu sich selbst.

Tom Meadows räusperte sich. „Bist du sicher, dass du deinem Herzen das alles zumuten kannst?"

„Was denn zumuten?", erkundigte sich Jess, während Tom auf Leigh zuschritt und ihr den Strauß überreichte.

John begab sich rasch zum Pavillon, wo sein Bruder Mike wie durch Zauberei plötzlich ein in schwarzes Leder gebundenes Büchlein in Händen hielt. John sagte etwas zu den Streichern, die ihr Stück abrupt abbrachen und dann von vorn anfingen, mit einer Melodie, die überaus vertraut klang.

Jess' und Leighs Blicke trafen sich. Jess' Mund war leicht geöffnet, und Leigh lächelte süß. Sie warf ihrer Mutter eine Kusshand zu, ehe sie den Blumenstrauß entgegennahm und sich bei Tom unterhakte. Und dann führte Tom sie zur Melodie des Hochzeitsmarsches zum Pavillon, wo John und die zwei kleinen Jungen warteten. John beugte sich herab und sprach mit ihnen, und sie nickten lachend. Anschließend richtete er sich auf, um Leighs Hand zu ergreifen.

In Jess' Kopf nahm ein Gedanke Gestalt an. Johns Familie hatte sich rein zufällig in der Stadt versammelt. Und sie hatte John nie zuvor mit Krawatte gesehen. Natürlich trug er keinen Smoking oder Anzug. Aber er hatte ein weißes Hemd mit einer pfirsichfarbenen Krawatte an, die zu Leighs Kleid passte. Es dauerte eine Weile, bis sie es hatte. Jess konnte einfach nicht glauben, was sich da vor ihren Augen abspielte.

„Liebe Gäste", begann Mike.

Jess taumelte beinahe gegen Peg, und Kate tauchte an ihrer anderen Seite auf. Abby gesellte sich zu Kate, und da standen die vier Frauen, keine zwei Meter hinter Leigh, zum allerersten Mal in ihrem Leben sprachlos. „Er ist Reverend!", flüsterte Jess. „Ich kann's nicht fassen!"

Endlich, nach ein paar einführenden Äußerungen dahingehend, dass man sich im Angesicht Gottes zur Feier des Sakraments der Eheschließung zusammengefunden habe, blickte Mike über die Köpfe von Braut und Bräutigam hinweg und fragte: „Wer führt diese Frau dem Bräutigam zu?"

Peg hielt Jess' Hand, Jess hielt Kates Hand, und Kate hielt Abbys Hand. Sie schauten einander an und grinsten unter Tränen. Und alle vier Hände fuhren in die Höhe, und lachend verkündeten sie: „Wir!"

Und sie führten Leigh dem Bräutigam zu.

Als Braut und Bräutigam ihren Bund schließlich mit einem Kuss besiegelten, scholl Jubel durch den Garten. Die darauffolgenden Umarmungen waren so viele, dass sie nicht nachzuverfolgen waren, doch die Familien waren vereint, Kinder wurden von einem zum nächsten gereicht, Gläser wurden mit Champagner gefüllt, den Jess nicht bestellt hatte. Es herrschte ein Durcheinander der schönsten Art.

„Ihr Heimlichtuer", meinte Jess.

„Wir hatten gute Lehrer", erwiderte John.

„Ihr könnt euch glücklich schätzen, dass ich kein schwaches Herz habe."

„Aber hast du bekommen, was du dir gewünscht hast?"

„Na ja ... das schon ... Aber ich wollte das Sagen haben."

Es stellte sich heraus, dass außer Jess nur wenige Leute überrascht waren, denn Leigh hatte eine Gästeliste gefunden und Tom und seine Rezeptionistin beauftragt, den Großteil der Geladenen telefonisch darüber zu informieren, dass eine Überraschungshochzeit stattfinden sollte. Zwar war darum gebeten worden, von Geschenken abzusehen, aber einige Leute ließen sich dieses Recht einfach nicht absprechen und liefen jetzt zu ihren Fahrzeugen, um sie zu holen. Es wurden zahlreiche Toasts auf die Frischvermählten gehalten, und schließlich brachte auch John einen aus.

„Ich möchte auf meine Schwiegermutter anstoßen", verkündete er.

„Hört, hört."

„Jess, ich liebe dich, doch jetzt sind wir am Zug."

Und sie hob ihr Glas und trank.

Es war reichlich spät am Samstagabend. Die Caterer hatten aufgeräumt, die Küche blitzte, die Musik spielte nicht mehr und selbst die Witwen waren schon gegangen. Im Haus war alles still, und nur ein paar Lampen brannten. Jess hielt ihre Enkel auf dem Schoß; sie waren schwer und groß und dufteten nach Shampoo und Weichspüler.

„Gramma, was sind Flitterwochen?"

„In den Flitterwochen verreist ein frisch getrautes Hochzeitspaar, um allein zu sein und sich besser kennenzulernen. In aller Ruhe. Ohne Großmütter oder kleine Jungen oder sonst wen."

„Kennt Mommy John denn nicht schon längst?"

„Ja, aber sie möchten dennoch allein sein, weil sie sich lieben. Und dann kommen sie zu uns zurück."

„Und dann ist John unser Dad?"

„Dann ist John euer Dad."

„Und geht mit uns zum T-Ball und zum Angeln?"

„Ja, und noch viel mehr. Von jetzt an."

„Aber was tun sie in den Flitterwochen?", fragte Ty.

„Angeln?", fragte Mitch.

Jess drückte sie fest an sich und lachte. „Ach, ich weiß nicht, ob sie angeln gehen. Möchte wetten, sie schmusen und knutschen und turteln wie die Täubchen und sagen immerzu: ‚Ich liebe dich'."

„*Ihhh*“, meinte Mitch.

„Zwei Tage lang?“, stieß Ty hervor.

„Was bedeutet Flitter in dem Wort?“, fragte Mitch.

„Ich bin froh, dass wir nicht mitmussten“, sagte Ty.

„Warum müssen sie turteln wie die Täubchen?“

„Wohl nur, um sich daran zu gewöhnen“, erwiderte Jess. Damit sie ein Leben lang Freunde und Geliebte sein konnten. Schöne Angewohnheit. *Wer will leugnen, dass Mutter es am besten weiß?*

– ENDE –

Suzanne Brockmann

Versprechen um Mitternacht

Roman

Aus dem Amerikanischen von
Tatjána Lénárt-Seidnitzer

mtb

1. Kapitel

Kelly O'Brian zerrte ihre schwere Leinentasche mit Büchern durch die Hintertür der Redaktion der Studentenzeitung. Es war ein heißer Frühlingstag, und Schweiß rann ihr über den Rücken.

Sie hievte die Tasche auf den Schreibtisch und strich sich die feuchten Strähnen ihres langen, dunklen Haares aus der Stirn. Seufzend zog sie sich die Jacke aus und öffnete die oberen Knöpfe ihrer ärmellosen Bluse.

„Hi."

Kelly blickte auf und sah Marcy Reynolds, die Fotografin der Studentenzeitung, mit einem aufgeregten Funkeln in den braunen Augen eintreten.

„Da wartet ein Typ im Vorzimmer auf dich", sagte Marcy und reichte Kelly mehrere pinkfarbene Zettel mit Nachrichten. „Er ist nicht nur irgendein Typ. Er ist mit ziemlicher Sicherheit der prachtvollste Mann, der diese ehrenwerten Gemäuer je betreten hat."

Kelly grinste. „Ach, komm schon!"

„Ich meine es ernst. Er ist ein Traum. Sehr groß, blond, grüne Augen. Er sieht aus wie Mel Gibsons jüngerer Bruder. Er ist eine wandelnde Jeansreklame. Seine Beine sind ellenlang, und sein Po ..."

Kelly lachte. „Das klingt zu gut, um wahr zu sein."

„Er sieht aus wie ein Held aus den Romanen, die du schreibst." Marcy strich sich durch das kurze schwarze Haar und beklagte sich: „Er sitzt jetzt schon seit fünfundvierzig Minuten da und stört meine Konzentration."

„Ein Student?"

„Dazu ist er ein bisschen zu alt. Ich schätze ihn auf etwa dreißig. Er hat diese neckischen Lachfältchen um die Augen. Sieh ihn dir an."

„Vielleicht ein Dozent. Hat er gesagt, was er will?"

„Dich will er. Ich habe ihn gewarnt, dass es Stunden dauern

könnte, bis du zurückkommst, aber das hat ihn nicht abgeschreckt. Er hat gesagt, dass er seit sieben Jahren wartet und ihn ein paar Stunden mehr nicht umbringen. Hast du diesen Mann etwa sieben Jahre lang sitzen lassen?"

„Vor sieben Jahren war ich erst sechzehn." Kelly ging zu der Glaswand, die das Vorzimmer vom hinteren Büro trennte. Die Jalousien waren herabgelassen, und sie hob eine der Aluminiumlamellen und spähte hinaus.

Ihr Herz setzte aus.

Tyrone Jackson Winchester der Zweite.

Das konnte nicht sein, und doch war es so.

Er war die einzige Person im Vorzimmer, und er saß lässig zurückgelehnt neben der Tür, so als befände er sich in seinem eigenen Wohnzimmer. Er trug ein blaues Polohemd. Beide Knöpfe waren geöffnet und enthüllten seinen gebräunten Hals. Eine verblichene Jeans umschmiegte seine muskulösen Schenkel. An den Füßen trug er Mokassins ohne Socken.

Er las die letzte Ausgabe der Studentenzeitung, und seine Augen waren von langen, dunklen Wimpern verborgen. Sie brauchte diese Augen nicht zu sehen, um zu wissen, dass sie eine bemerkenswerte Mixtur an Farben aufwiesen. Ein silbergrauer Ring umgab die Pupille, und die Iris war von einem leuchtenden Grün, durchzogen von Meerblau. Und wie das Meer änderten seine Augen die Farbe. Sie funkelten grau wie Gewitterwolken oder dunkelblau wie der Abendhimmel oder geheimnisvoll grün wie der Ozean.

Kelly musterte ihn genauer, suchte nach Anzeichen von Alter, von Veränderung.

Er trug das goldblonde Haar länger, als sie es je gesehen hatte. Voll und wellig fiel es mehrere Zentimeter über den Kragen hinab. Sein Gesicht wies ausgeprägtere Fältchen auf, aber er sah besser aus denn je.

Er hatte immer sehr gut ausgesehen, schon bei ihrer ersten Begegnung, obwohl er damals an einem Kater gelitten hatte. Sie erinnerte sich so deutlich an jenen Morgen, als wären seitdem wenige Tage und nicht elf Jahre vergangen.

Auf Zehenspitzen hatte Kelly sich in das abgedunkelte Gästezimmer geschlichen, in dem der geheimnisvolle Kommilitone und Mitbewohner ihres Bruders Kevin schlief. Er lag ausgestreckt auf dem Bett, die langen Beine aufgedeckt, einen Arm auf der nackten Brust.

Er hieß T. Jackson Winchester der Zweite, und die Länge des Namens beeindruckte Kelly ebenso wie der rote Triumph Spitfire, mit dem er eingetroffen war.

Während sie sich erneut fragte, wofür das T. stehen mochte, schlich sie sich neugierig näher an das Bett und musterte ihn eingehend.

Er hatte furchtbar viele Muskeln. Kevin war achtzehn und hatte auch viele Muskeln, aber das hatte Kelly nie interessiert. Er war eben nur ihr Bruder, manchmal nervtötend, manchmal gemein, aber meistens witzig.

Doch dieser Typ war aufregend. Sie musterte sein schönes Gesicht und schluckte schwer. Er war einfach eine Wucht. Im Fernsehen oder Kino hatte sie so tolle Typen gesehen, aber noch nie von Angesicht zu Angesicht.

Er hatte eine lange, gerade Nase und ein markantes Kinn. Seine Haut war glatt und gebräunt. Seine Lippen waren weder zu schmal noch zu breit und selbst im Schlaf nach oben geschwungen, so als wäre ein Lächeln seine natürliche Miene.

Unwillkürlich fragte sie sich, welche Farbe seine Augen haben mochten – und seine Unterhose. Hastig schlug sie sich eine Hand vor den Mund, um ein Kichern zu unterdrücken, und wich zurück.

Sie war in dieses Zimmer gekommen, um ihre Steinsammlung zu holen. Leise ging sie zum Schrank und öffnete die Tür.

Oje! Ihre Mutter hatte den Rucksack auf das oberste Regal gelegt. Kelly war groß für ihre zwölf Jahre, doch so weit reichte sie nicht hinauf.

Sie schlich sich zu dem einzigen Stuhl im Zimmer, der an der anderen Wand unter dem Fenster stand. T. Jackson Winchester der Zweite hatte Jeans und Hemd über die Lehne gehängt, als er ins Bett gegangen – oder besser gesagt getorkelt – war. Er und Kevin hatten am vergangenen Abend irgendeine wilde Party besucht.

Mit gerümpfter Nase warf Kelly die Sachen, die nach kaltem Zigarettenrauch und Bier rochen, auf den Fußboden, und trug den schweren Stuhl vorsichtig zum Schrank. Doch sie übersah die Basketballschuhe, die im Weg lagen, stolperte und ging mit einem dumpfen Aufschlag und einem Aufschrei zu Boden.

Bevor sie sich aufrappeln konnte, ragte T. Jackson Winchester der Zweite vor ihr auf und fragte besorgt: „Bist du okay?"

Rot. Er trug rote Boxershorts. Als Kelly zu ihm aufblickte, fragte sie sich, ob es Zufall war oder ob er seine Unterwäsche immer der Farbe des Autos anglich, das er gerade fuhr.

„Hast du dir wehgetan?", hakte er nach, während er ihr eine große, starke Hand reichte und ihr auf die Füße half.

Hastig ließ sie seine Hand wieder los. „Ich werde es überleben", murmelte sie und beobachtete, wie er ein Glas Wasser vom Nachttisch nahm und in einem Zug austrank. „Igitt! Ist das nicht warm?"

„Es ist nass, und das allein ist wichtig." Er strich sich über das Gesicht und blickte sehnsüchtig zum Bett. „Wie spät ist es?"

„Kurz vor neun. Wie groß sind Sie eigentlich genau?"

Er sank auf das Bett und blickte sie belustigt an. „Genau? Einssechsundneunzigeinhalb."

„Das ist aber ziemlich groß", murmelte sie beeindruckt. „Ich bin übrigens Kelly O'Brian."

T. Jackson Winchester der Zweite reichte ihr die Hand. „Es freut mich, dich kennenzulernen, Kelly O'Brian. Ich bin Jax, Kevins Zimmergenosse."

Sie schüttelte seine Hand. „T. Jackson Winchester der Zweite. Ich weiß." Seine Augen waren grün und momentan rot geädert.

„Ich sehe schlimm aus, oder?"

Kelly nickte. „Sie sehen verdammt schlimm aus."

Er lachte. „Du kannst mich ruhig duzen."

„Okay. Es tut mir leid, dass ich dich geweckt habe: Ich wollte nur meinen Rucksack aus dem Schrank holen."

Er blickte sich in dem unpersönlich eingerichteten Raum um. „Das ist doch nicht dein Zimmer, oder?"

„Nein. Ich habe nur ein paar Sachen im Schrank, weil meiner voll ist. Wofür steht das T?"

„Das was?"

„In deinem Namen. Und wieso nennst du dich Jacks? Das ist doch die Mehrzahl von Jack, oder? Gibt es etwa zwei von deiner Sorte?"

Er lachte laut und hielt sich dann den Kopf, der zu schmerzen schien. „Nein, es gibt nur einen. Es schreibt sich J-A-X. Das ist ein Spitzname."

„Und das T?"

Er verzog das Gesicht. „Tyrone."

„Oh."

„Genau deshalb benutze ich nur die Initiale."

„Tyrone", sagte sie gedehnt. „Na ja, so schlimm ist das auch nicht. Aber ‚Jax' finde ich ziemlich komisch. Warum nennst du dich nicht einfach T. J.?"

„Schon vergeben. Mein Vater ist T. J."

„Der Erste."

„Richtig."

„Bist du dann nicht eigentlich der Junior? Ich meine, ‚der Zweite' klingt ganz schön versnobt."

Jax grinste und ging zum Schrank. „Wenn du mich fragst, ist an der Familie Winchester alles ziemlich versnobt."

„Ich nenne dich einfach T.", entschied sie. „Das gefällt mir besser als Jax."

Er drehte sich zu ihr um. „Hör mal, wenn ich dir den Rucksack runterhole, lässt du mich dann weiterschlafen?"

Sie grinste. „Wenn du mir versprichst, mich nachher zu einer Spritztour in deinem Spitfire mitzunehmen."

Er musterte sie von ihren jungenhaft kurzen Haaren über den Rollkragenpullover mit den zu kurzen Ärmeln und der zerrissenen Jeans bis hin zu den abgewetzten Cowboystiefeln. Er starrte sie so lange an, dass sie verunsichert von einem Fuß auf den anderen trat.

Seine Miene wurde ernst, und er blickte missbilligend an sich selbst hinab, so als würde ihm gerade erst bewusst, dass er halb nackt war. „Ich sollte wohl nicht in meiner Unterwäsche hier stehen und mit dir reden.“

„Ich habe Kevin schon ganz oft in Unterwäsche gesehen. Da ist nichts dabei.“

„Er ist ja auch dein Bruder. Ich bin es nicht.“ Er grinste. „Irgendwie ahne ich, dass es deinem Vater nicht gefallen würde, und ich möchte nicht zu einer Hochzeit gezwungen werden, so hübsch du auch bist.“

Kelly errötete. „Blödmann“, murrte sie. „Ich weiß genau, wie ich aussehe.“ Sie war eine dürre, jungenhafte Bohnenstange. Mit sehr viel Fantasie hätte sie ihre Augen als hübsch bezeichnen können, aber auch nur die Augen.

Jax deutete in den Schrank. „Ist das da der Rucksack, den du brauchst?“

Sie nickte.

Er schwang den Rucksack herab, der schwerer als erwartet war und ihn taumeln ließ. „Was hast du denn da drin? Steine?“

Sie nickte. „Das ist meine Sammlung.“

„Du beschäftigst dich mit Geologie?“, hakte er überrascht nach. „Zeigst du mir nachher deine Sammlung?“

„Ja.“ Sie wandte sich zur Tür. Mit einer Hand auf der Klinke drehte sie sich noch einmal um. „T. Jackson Winchester der Zweite, du bist kein Snob. Ich mag dich. Mein Bruder hat Glück, dass er dich als Mitbewohner gekriegt hat.“

„Ich mag dich auch, Kelly. Und ich habe Glück, dass ich einen Mitbewohner mit einer Schwester wie dir gekriegt habe.“

Nun ließ Kelly die Lamelle der Jalousie los und stellte fest, dass sie die Zettel in ihrer Hand zerknüllt hatte.

„He, Erde an Kelly“, hörte sie Marcy sagen. „Jetzt habe ich dich schon drei Mal gefragt, wer das ist.“

Das war eine gute Frage. Ein Jugendfreund? Ein Freund der Familie? Ein Beinahegeliebter? „Er war der Mitbewohner meines Bruders im College.“ Abrupt drehte sie sich zu Marcy um. „Tu mir einen Gefallen. Sag ihm, dass ich gerade angerufen und dir gesagt habe, dass ich heute nicht mehr komme.“

Marcy starrte sie entgeistert an. „Und über welches Telefon hast du angeblich angerufen? Das, das lautlos klingelt?"

„Dann sag ihm, dass du mich angerufen hast."

Marcy verschränkte die Arme vor der Brust. „Ich habe zwar keine fünf Minuten mit ihm geredet, aber ich habe gemerkt, dass er kein Idiot ist. Wenn ich irgendwelche Ausreden vorbringe, merkt er sofort, dass du vor ihm wegläufst. Und ein Typ wie der da tut normalerweise nur eins, wenn wer vor ihm wegläuft: Er nimmt die Verfolgung auf. Wenn du also nicht willst, dass er dir durch die ganze Stadt nachläuft – wogegen ich an deiner Stelle nichts einzuwenden hätte – dann hol jetzt lieber tief Luft und geh mit ihm reden."

2. Kapitel

Jax starrte auf die Studentenzeitung, ohne darin zu lesen. Er versuchte, die nächste Szene für das Buch zu entwerfen, das er gerade schrieb, doch nicht einmal darauf konnte er sich konzentrieren. Er war nervös. Was war, wenn Kelly nicht auftauchte? Was war, wenn sie auftauchte?

Sieben Jahre waren seit ihrem Schulfest vergangen. Sieben lange, vergeudete Jahre.

Er wünschte, die Zeit zurückdrehen und alles anders machen zu können. Nun, nicht alles. Aber mit Sicherheit hätte er auf den Trip nach Mittelamerika verzichtet, der als zehntägige Informationsreise begonnen und sich zu einem zwanzig Monate andauernden Albtraum entwickelt hatte.

Er atmete tief durch. In der vergangenen Nacht hatte er zum ersten Mal seit langer Zeit wieder von dem Gefängnis in Mittelamerika geträumt.

Doch daran wollte er nicht denken. Es war besser, sich auf Kelly zu konzentrieren. Sieben Jahre waren eine lange Zeit. Sie musste sich ebenso sehr verändert haben wie er.

Doch seit Kevin ihn am Vortag angerufen und ihm mitgeteilt hatte, dass sie inzwischen geschieden war und ihr Studium wieder aufgenommen hatte, fühlte Jax sich wieder wie zweiundzwanzig. Sein Optimismus und seine Hoffnungen waren wieder aufgekeimt.

Kelly war zurück in Boston. Sie war wieder Single, und sie war nicht mehr zu jung.

Im Geiste sah er sie vor sich, wie sie bei ihrer ersten Begegnung ausgesehen hatte. Sie war erst zwölf gewesen, aber mit ihrer Intelligenz und ihrem trockenen Humor hatte sie reif und weise wie eine erwachsene Frau gewirkt.

Und seine Gefühle für sie waren im Laufe der Zeit ebenso herangewachsen wie sie.

Er hatte viel Zeit mit den O'Brians verbracht. Sie waren zwar wesentlich ärmer als seine Eltern, aber in seinen Augen waren die Winchesters die Verlierer.

Nolan und Lori O'Brian waren schon damals zwanzig Jahre verheiratet gewesen, aber sie liebten einander immer noch, und sie liebten ihre Kinder. Sie hatten Kevin und Kelly keine teuren Geschenke machen und ihnen nicht einmal das Studium ohne Stipendium finanzieren können, aber an Liebe mangelte es nicht in ihrer Familie.

Und sie hatten Jax mit offenen Armen in ihrem bescheidenen Heim aufgenommen, in dem stets Liebe und Frohsinn regierten.

Er hatte sogar einen ganzen Sommer bei ihnen verbracht, und es war der wundervollste Sommer, den er je erlebt hatte.

Kelly war damals vierzehn gewesen. Ihr hochgewachsener, schlaksiger Körper war nicht länger dürr gewesen, sondern gertenschlank, und sie hatte sich die Haare wachsen lassen.

Sie hatte ihn noch immer „T." oder manchmal sogar Tyrone genannt. Sie war die einzige Person im ganzen Universum, der er es durchgehen ließ.

Den gesamten Sommer über war er kein einziges Mal ausgegangen, sondern hatte fast jeden Abend im Kreis der Familie verbracht. Aber hätte ihn damals jemand beschuldigt, mehr als platonische Gefühle für Kelly zu hegen, hätte er sich auf das Schärfste dagegen verwahrt. Schließlich war er ein zweiundzwanzigjähriger Mann und sie noch ein Kind gewesen.

Erst zwei Jahre später, an jenem Abend, als ihr Schulfest stattgefunden hatte …

„T. Jackson Winchester der Zweite."

Kellys kehlige Stimme durchdrang seine Gedanken, und er blickte auf in ihre vertrauten blauen Augen. Er zwang sich, seine Unruhe zu verbergen. Langsam legte er die Zeitung beiseite, stand auf und lächelte sie an.

Sie war noch wundervoller geworden als bei ihrer letzten Begegnung vor vier Jahren auf Kevins Hochzeit.

Ihre Augen waren von einem dunklen Blau und wundervoll geformt. Ihr Teint war zart und hell, hob sich von ihren dunkelbraunen Haaren und langen dunklen Wimpern ab. Ihr Gesicht war herzförmig, mit einem kleinen, aber eigenwilligen Kinn und einer perfekten Nase. Schon als Mädchen war sie bemerkenswert hübsch gewesen, doch als Frau war sie geradezu atemberaubend.

„Kelly." Es war kaum mehr als ein Flüstern.

„Wie geht es dir?", fragte sie. „Was tust du hier?"

Jax räusperte sich und strich sich durch das Haar. „Ich bin geschäftlich hier." Es war nicht völlig gelogen. Er hätte es auch telefonisch erledigen können, aber … „Ich dachte, ich komme einfach mal vorbei und lade dich zum Dinner ein. Ich habe erst gestern von Kevin erfahren, dass du wieder in Boston bist."

Als sie ihm in die Augen blickte, wurde ihr bewusst, wie wenig er sich geändert hatte. Er wirkte immer noch so ausgeglichen und zuversichtlich, charismatisch und charmant wie eh und je.

Lächelnd erwiderte er ihren Blick. „Also, gehst du mit mir essen?"

Es war Plan „A". Er wollte sie an diesem wie an den folgenden Abenden ausführen und ihr bewusst machen, wie gut sie sich verstanden, dass ihre Freundschaft all die Jahre der Trennung überlebt hatte. Dann wollte er sie wissen lassen, dass er sich mehr als Freundschaft erhoffte, und ihr am Wochenende schließlich einen Heiratsantrag machen. Wenn man bedachte, dass er sie bereits seit ihrem zwölften Lebensjahr umwarb, war es kein überstürztes Vorgehen.

Kelly schüttelte den Kopf. „Ich glaube nicht."

Die Möglichkeit, von ihr abgewiesen zu werden, hatte er nicht in Erwägung gezogen. Obwohl es ein heißer Tag war, fröstelte ihn plötzlich. Kam er wieder zu spät? „Bist du liiert?"

Sie wandte den Blick ab. „Nein."

Er bemühte sich sehr, seine Erleichterung zu verbergen.

„Es ist nur … einfach nicht nötig, dass du mich ausführst", erklärte sie.

Jax lachte. „Das sagt wer?"

Sie seufzte. „Ich weiß, dass Kevin dich angerufen hat, weil er besorgt um mich ist. Ich war in letzter Zeit etwas niedergeschlagen. Ich bin gerade geschieden worden und habe das Recht, deprimiert zu sein. Ich bin in der Überzeugung erzogen worden, dass eine Ehe von Dauer ist, aber Brad und ich haben es nicht mal drei Jahre ausgehalten."

Ihre Miene verriet ihm, wie unglücklich sie war. Ein weiterer Aspekt, den er in seinen Plänen nicht berücksichtigt hatte. „Liebst du ihn noch?", fragte er sanft.

Sie blickte zu ihm auf. Tränen füllten ihre Augen. „Weißt du, was das wirklich Dumme daran ist, T.?"

Stumm schüttelte er den Kopf.

„Ich glaube, ich habe ihn nie geliebt."

Eine Träne rann über ihre Wange, und er konnte nicht umhin, sie mit dem Daumen wegzuwischen.

Sie wich zurück. „Nicht."

„Entschuldige. Es tut mir leid."

Kelly wischte sich mit dem Handrücken über die Wange und brachte ein zittriges Lächeln zustande. „Du hältst mich bestimmt für ein totales Wrack."

„Ich glaube, du könntest einen Freund gebrauchen."

„Ja, das könnte ich. Aber nicht dich, Tyrone. Nicht diesmal."

„Warum nicht?"

Sie schien ihn nicht gehört zu haben. „Sag Kevin, dass alles okay ist. Es wird mir bald wieder gut gehen. Und es wird mir wesentlich schneller wieder gut gehen, wenn du nicht um mich herumlungerst, um meinem Bruder einen Gefallen zu tun."

„Ich bin nicht hier, um Kevin einen Gefallen zu tun."

„Tja, nun, es wäre nicht das erste Mal, oder?"

Jax lachte, doch dann wurde er schlagartig ernst, als ihm bewusst wurde, was sie meinte. „Oh Gott! Du hast Kevin geglaubt, was er am Morgen nach dem Schulfest gesagt hat?"

„Natürlich habe ich ihm geglaubt. Du hast es nicht geleugnet." Sie wandte sich dem Hinterzimmer zu. „Ich muss jetzt gehen."

„Kelly, warte ..."

Doch schon war sie fort.

Jax stand lange Zeit da, obwohl er wusste, dass sie das Gebäude durch die Hintertür verlassen hatte und nicht zurückkehren würde.

So viel also zu Plan „A".

Jax klappte seinen Laptop auf, schaltete ihn ein und schob die mit „Jared" benannte Diskette hinein.

Es war ein historischer Roman, der in der Zeit des Bürgerkriegs spielte. Er hatte schon mehrere Bücher über diese Epoche geschrieben, sodass diesmal nur minimale Recherchen erforderlich gewesen waren. Zudem war ihm die Story extrem vertraut. Die Arbeit ging ihm gut von der Hand. Nach lediglich einer Woche hatte er bereits 163 Seiten verfasst. Schnell überflog er die letzten Zeilen, bevor er zu tippen begann.

Düster starrte Jared auf das schwere, schmiedeeiserne Tor, das ihn von Sinclair Manor trennte. Es war bei Einbruch der Dunkelheit verschlossen worden, genau wie an jedem Abend. Erst am Morgen würden die Diener es wieder öffnen.

Jareds Blick wanderte durch die Dunkelheit zu dem hell erleuchteten Herrenhaus auf dem Hügel. Er wusste ohne jeden Zweifel, dass er dort nicht länger willkommen war, ob bei Tag oder bei Nacht. Dieses Tor war ihm für immer verschlossen.

Doch Carrie war in diesem Haus, und er war fest entschlossen, zu ihr zu gelangen. Mühelos erklomm er den Zaun und sprang auf der anderen Seite zu Boden.

Er hatte Carrie ein Versprechen gegeben, und er war wild entschlossen, dieses Versprechen zu halten.

Im Schutz der Bäume schlich er zum Haus. Seine entschlossene Miene ließ ihn geradezu grimmig aussehen.

Sein Blick glitt zu Carries Fenster.

„Moment mal", murmelte Jax und lehnte sich auf seinem Stuhl zurück. „Wo willst du denn hin?"

Im Geiste sah er Jared mit ungehaltener Miene vor sich stehen, hörte ihn entschieden erwidern: „Ich gehe zu Carrie." Und nichts wird mich aufhalten, sagte sein Blick.

„Oh nein. Nach meinem Konzept triffst du dich morgen mit ihr in der Laube."

„Aber nicht sie wird kommen, sondern ihr Bruder Edmund, von dem ich mich wieder zusammenschlagen lassen muss, weil ich nicht die Hand gegen ihn erhebe, der mal mein bester Freund war. Ich habe genug davon, und deinen Lesern wird es genauso gehen. Es ist an der Zeit für etwas Sex."

Jax seufzte. Was nun? Seine Helden waren alle gleich. Sie alle liebten die Heldinnen voller Verzweiflung und Ungeduld und konnten nicht begreifen, warum das Leben ihrem Happy End alle möglichen Hindernisse in den Weg räumte.

„Ich liebe Carrie", argumentierte Jared, „und sie liebt mich. Ich würde niemals ohne sie auf ein Schiff nach Europa gehen. Das passt überhaupt nicht zu mir."

„Doch. Wenn du überzeugt bist, dass es das Beste für sie ist."

Jared schüttelte entschieden den Kopf. „Sprichst du von Carrie oder Kelly? Bring diesen Roman nicht mit deinem eigenen Leben durcheinander."

„Du willst also in ihr Zimmer klettern und mit ihr schlafen?"

Jared nickte.

„Und du willst sie aus dem Haus schmuggeln und mit nach Europa nehmen?"

Jared nickte erneut.

„Womit willst du Geld verdienen?", wandte Jax ein. „Sie ist an einen gewissen Luxus gewöhnt."

„Ich weiß, dass sie mich mehr liebt als Geld. Solange wir zusammen sind, ist sie glücklich."

„Du bist zu perfekt. Ich muss dir ein paar Mängel geben."

„Ich bin schon zu einem Viertel Indianer und bettelarm. Sind das nicht genug ‚Mängel'?"

„Nein. Das Buch soll mehr als hundertsiebzig Seiten haben."

Jareds Miene erhellte sich. „Ich habe eine gute Idee: Wie wäre es mit hundert Seiten Sex?"

Jax lachte laut auf. „Ganz schön scharf heute, wie?"

„Seit der ersten Seite versuche ich schon, mit Carrie zu schlafen. Zwei Mal bin ich kurz davor, aber im letzten Moment verhinderst du es wieder. Komm schon, ich halte es nicht länger aus."

„Also gut", gab Jax sich geschlagen und schrieb weiter.

Einen Moment später kletterte Jared am Spalier hinauf, ungeachtet der Rosendornen, die ihm die Hände zerkratzten.

Das Fenster stand offen, und er stieg behände hinein. Sobald seine Füße den Boden berührten, wurde ihm klar, dass etwas nicht stimmte. Das Bett war abgezogen, das Bücherregal ebenso leer wie die Kommode. Er stürmte zum Kleiderschrank und riss ihn auf. Ebenfalls leer.

„Suchst du etwas?"

Jared wirbelte herum und sah Edmund, Carries Bruder, mit höhnischer Miene in der Tür stehen.

„Oder jemanden?"

„Wo ist sie?", verlangte Jared zu wissen.

„Fort. Mein Vater hielt es für angebracht, sie für eine Weile zu Verwandten zu schicken. Seltsam, ich kann mich beim besten Willen nicht erinnern, ob sie nach Vermont oder Connecticut gefahren ist. Oder vielleicht war es Maine."

Mit zwei langen Schritten stürmte Jared zu Edmund. Er holte aus, schlug ihn, seinen ehemals besten Freund, mitten ins Gesicht, und verschwand ohne ein Wort durch das Fenster.

Jax grinste. Den Verlauf dieser Szene hatte er eigentlich anders geplant, aber es gefiel ihm so, und er beschloss, nichts daran zu ändern.

Jax parkte seinen Sportwagen am Straßenrand vor Kellys Apartment, blickte zum Haus hinauf und sah Licht in ihren Fenstern. Er stieg aus und nahm die Tüte, die er aus dem chinesischen Restaurant um die Ecke geholt hatte.

Wenn Kelly nicht mit ihm zum Dinner gehen wollte, dann kam das Dinner eben zu ihr.

Sie wohnte im ersten Stock eines Dreifamilienhauses, in einem ruhigen Wohnviertel am Stadtrand. Er erklomm die Stufen zur Veranda, drückte auf die mittlere der drei Klingeln und wartete.

Der Abend war warm, und er lehnte sich an die Brüstung und beobachtete die Kinder, die auf dem Bürgersteig Fahrrad fuhren.

Dann ging die Verandabeleuchtung an, die Tür öffnete sich, und Kelly erschien.

Sie trug Jeansshorts und ein knappes T-Shirt, und das Haar fiel ihr locker auf den Rücken hinab. Mit einem verlegenen Lächeln trat sie zu ihm. Ihre Füße waren nackt, und er verspürte eine Woge des Verlangens, als er den Blick an ihren langen Beinen hinaufgleiten ließ.

Sie setzte sich auf die oberste Stufe und schlang die Arme um die angezogenen Knie. „Warum überrascht es mich nicht, dich zu sehen?"

„Du hast mich erwartet?" Er zog eine Augenbraue hoch. „Es ehrt mich, dass du dich für mich in Schale geworfen hast."

„Sag bloß nicht, dass du nicht auch lieber Shorts anhättest."

„Du hast recht." Lächelnd musterte er sie. Er verspürte den Drang, ihre seidig glänzenden Haare zu streicheln. Stattdessen umklammerte er die Brüstung. „Wie lange hat es gedauert, die Haare so lang wachsen zu lassen?"

„Ich habe vier Jahre lang nur die Spitzen schneiden lassen. Aber ich habe vor, sie in diesem Sommer radikal kurz zu tragen."

„Radikal?"

Kelly lachte. „Ja, ich will mir den Nacken ausrasieren lassen." Sie hob die Haare hoch und drehte sie zusammen, um ihm zu zeigen, wie es aussehen würde.

Sehnsüchtig musterte er ihren Nacken. Ihm gefielen ihre langen Haare, aber eine Kurzhaarfrisur würde ihr hübsches Gesicht und ihren langen, schlanken Hals betonen. „Ich glaube, es würde toll aussehen."

Überrascht blickte sie zu ihm auf. „Wirklich?"

„Ja."

Sie stand auf und ging zur Tür. „Ich muss wieder an die Arbeit", sagte sie mit einem Seufzer.

Ihr abrupt abweisendes Verhalten verwirrte ihn. Dann wurde ihm bewusst, dass sie sich bedrängt fühlen musste. Er hatte sie im Geiste ausgezogen, und sie hatte es ihm angesehen. „Ich habe chinesisches Essen mitgebracht."

„Danke, aber ich habe schon gegessen. Gute Nacht, T."

„Kelly, schließ mich nicht aus."

„Ich verkrafte es momentan nicht, dich zu sehen. Ich brauche Zeit. Ich brauche eine Weile lang ein einfaches Leben, und du musst zugeben, dass unsere Beziehung nie einfach war."

„Wir können sie einfach gestalten", entgegnete er in sachlichem Ton, der nichts von seiner Verzweiflung verriet.

Er trat einen Schritt auf sie zu, und sie wich einen Schritt zurück. Sie war nicht sicher, ob sie widerstehen konnte, wenn er sie berührte. Es war schlimm genug, ihn zu sehen, mit ihm zu reden. Es war beängstigend, wie überwältigend die Erinnerung an ihre früheren Gefühle wirkte. Aber es war unmöglich, dass sie nach sieben Jahren noch in ihn verliebt sein konnte.

„Ich muss wieder an die Arbeit", sagte sie erneut, und dann ging sie ins Haus und schloss entschieden die Tür.

Liebe Kelly!
Immer noch kein Wort von der amerikanischen Botschaft.

Der Gedanke, zehn Jahre in dieser Hölle zu verbringen, jagt mir eine Heidenangst ein. Es ist unglaublich, dass es so weit kommen konnte. Ich bin reingelegt worden. Ich werde bestraft, weil ich mich geweigert habe, mit der gegenwärtigen Regierung dieses Landes zu kooperieren und ihnen den Standort des Rebellenlagers und die Namen der Anführer zu verraten.

Welche Ironie des Schicksals, dass ich die meisten Methoden der Rebellen in ihrem Kampf um Freiheit gar nicht billige. Aber hätte ich sie verraten, hätte es den Tod vieler Menschen, hauptsächlich von Frauen und Kindern, bedeutet.

Also sitze ich hier. Wo auch immer dieses „Hier" sein mag. Irgendwo in Mittelamerika. Ich könnte ebenso gut auf dem Mond sein, eine Million Meilen entfernt vom so genannten

Land der Freiheit und Deinem lieblichen Lächeln. Also schreibe ich im Geiste Briefe an Dich. Briefe, die Dich vermutlich nicht erreichen werden, bis ich wieder frei bin und sie selbst überbringe.

Mit Glück wird das bald geschehen. Dein achtzehnter Geburtstag steht bevor, und ich will dabei sein.

Ich liebe Dich.

Herzliche Grüße, T.

Kelly saß an ihrem Computer und starrte auf den leeren Bildschirm. Nun, er war nicht völlig leer. „Zehntes Kapitel" stand im oberen Drittel, und nach einer Leerzeile blinkte der Cursor und wartete auf ihre Eingabe.

Doch sie konnte nur an T. Jackson Winchester den Zweiten denken und an die schönste und schlimmste Nacht ihres Lebens.

Sie schloss die Augen und durchlebte im Geiste noch einmal jene Nacht im Mai. Es war eine Nacht wie diese gewesen, heiß und schwül wie im Hochsommer …

Am Nachmittag hatte sie Kevin und T. ihr Kleid für das Schulfest vorgeführt, das an diesem Abend stattfinden sollte. Kevin hatte gerade sein zweites Semester abgeschlossen, und T. hatte sein Examen abgelegt und machte ein paar Wochen Urlaub bei den O'Brians, bevor er ins Berufsleben eintrat.

„Ich werde mir die Haare hochstecken", verkündete sie, während sie sich in dem bodenlangen Kleid im Kreis drehte.

„Großer Gott", stieß Kevin hervor. „Wann bist du denn zu einem Mädchen geworden?"

Sie schnitt ihm eine Grimasse. „Mach gelegentlich mal die Augen auf. Ich bin seit sechzehn Jahren ein Mädchen."

Sie riskierte einen Blick zu T., der sie mit einem kleinen Lächeln musterte. Ihr Herz schlug höher. Er wusste längst, dass sie ein Mädchen war.

Kevin grinste. „Als du gesagt hast, dass du dich für den Ball schön machen willst, dachte ich, du würdest eine Jeans ohne Löcher an den Knien und neue Cowboystiefel anziehen."

„Haha!“, murrte Kelly.

„Sag bloß nicht, dass Mom dir das Kleid vom Haushaltsgeld gekauft hat. Du siehst toll aus, aber ein Kleid ist es nicht wert, dass wir uns ein halbes Jähr lang von Hotdogs ernähren müssen.“

„Es hat gar nichts gekostet, denn es hat mal Grandma gehört.“

Das Gewand stammte aus den späten Dreißigern. Es bestand aus einem glänzenden, fließenden Stoff in Kornblumenblau, das genau zu ihren Augen passte, und es saß wie angegossen.

Eine Weile später, als Kelly sich in ihrem Zimmer zurechtmachte, rief Kevin sie ans Telefon. „Es ist dein Freund“, verkündete er spöttisch, als sie die Küche betrat.

Sie riss ihm den Hörer aus der Hand und starrte ihn vernichtend an. „Frank ist nicht ‚mein Freund‘. Er ist nur ein guter Freund, der mit mir zum Ball geht.“

Frank teilte ihr in leidendem Ton mit, dass er sich eine Magendarmerkrankung zugezogen hatte und sie nicht zum Fest begleiten konnte. Niedergeschlagen legte sie den Hörer auf.

„Was wollte Frankie denn?“, fragte Kevin. „Kann er sich nicht entscheiden, ob er den himmelblauen oder den weinroten Smoking anziehen soll?“

„Wann wirst du endlich erwachsen?“, konterte sie verärgert. „Frank ist krank, also gehe ich nicht zum Ball. Befriedigt das deine jugendliche Neugier? Oder willst du sonst noch was wissen?“

„Das tut mir leid“, murmelte er zerknirscht. „Ich wollte nicht ...“

„Ich begleite dich“, sagte T.

„Was?“, hakten Kevin und Kelly gleichzeitig nach.

Er lächelte Kelly an. „Ich wollte sagen, dass ich dich gern begleiten würde.“

Kevin starrte ihn entgeistert an. „Was soll das? Wir haben heute ein Doppelrendezvous. Willst du Beths beste Freundin einfach sitzen lassen?“

„Nein. Ich werde sie anrufen und absagen.“

„Weil du lieber mit meiner kleinen Schwester zu einem blöden Schulfest gehst?“

„Es ist gar kein blödes Fest“, protestierte Kelly.

Kevin seufzte. „Na ja, dann sollte ich wohl mit ihr hingehen."

„Nein danke", protestierte Kelly. „Bevor du dich opferst, bleibe ich lieber zu Hause."

„Du hast mich nicht verstanden, Kev", wandte T. ein. „Ich möchte gern mit ihr hingehen." Er wandte sich an Kelly. „Darf ich dich begleiten?"

„Moment mal", warf Kevin ein, bevor sie antworten konnte. Fassungslos starrte er T. an. „Bist du etwa scharf auf meine kleine Schwester, Winchester?"

Doch T. schien den Einwand nicht gehört zu haben. Er saß einfach da, lächelte Kelly an und wartete auf ihre Antwort.

„Ja, T.", sagte sie mit strahlenden Augen. „Das wäre sehr nett …"

Nun, als Kelly sieben Jahre später blind auf ihren Bildschirm starrte und zurückdachte, gestand sie sich ein, dass sie sich in jenem Augenblick in T. Jackson Winchester den Zweiten verliebt hatte, dass sie ihn seit Jahren liebte. Es war keine kindliche Verirrung, keine jugendliche Schwärmerei oder Vernarrtheit. Es war eine solide, gewaltige Liebe.

Schweißgebadet wälzte Jax sich im Bett umher. Erneut plagte ihn dieser alte Albtraum, in dem er wieder in der stinkenden Gefängniszelle saß …

Eine Woche zuvor war er aus London in das winzige Land in Mittelamerika eingeflogen, denn die Zeitung, für die er arbeitete, hatte ihm ein persönliches Interview mit dem Rebellenführer verschafft. Das Interview war gut verlaufen, und er war in sein Hotelzimmer zurückgekehrt, um seine Notizen in seinen Laptop einzutippen.

Mitten in der Nacht war er von Regierungssoldaten aus dem Schlaf gerissen und in ein Staatsgebäude geschleppt worden, wo man ihn nach den Rebellen befragt hatte. Er hatte Todesängste ausgestanden, aber sich geweigert, auch nur das wenige zu verraten, was er über seine Kontaktpersonen wusste.

Endlich, nach vierundzwanzig Stunden harten Verhörs, war er freigelassen worden.

Zurück im Hotel, hatte er erwogen, sich an die amerikanische Botschaft zu wenden, aber ihm war kaum Zeit genug geblieben, um den nächsten Flug nach Miami zu erwischen, und er hatte schleunigst dieses Land verlassen wollen.

Auf dem Weg zum Flughafen hatte die Militärpolizei sein Taxi angehalten. Bei einer Durchsuchung seiner Reisetasche waren mehrere große Beutel mit Kokain zwischen der Unterwäsche entdeckt worden.

Es war ein derart offensichtlich abgekartetes Spiel, dass Jax gelacht hatte.

Doch als er am nächsten Tag in dem lächerlich armseligen Gerichtssaal den Schuldspruch und die Verurteilung zu einer zehnjährigen Haftstrafe vernommen hatte, war ihm das Lachen vergangen.

Es gelang ihm, Kontakt zur US-Botschaft aufzunehmen, aber ohne Erfolg. Da er wegen eines Drogendelikts verurteilt worden war, interessierte sich die Botschaft nicht für seinen Fall.

Jax war wütend. Die ganze Sache war so durchsichtig. Er war ein Reporter im Besitz von Informationen, an denen der Regierung gelegen war. Man wollte ihm eindeutig etwas anhängen. Das Kokain war in seine Reisetasche geschmuggelt worden. Was war mit seinen Rechten als Amerikaner?

Aber die Botschaft teilte ihm mit, dass er keinerlei Rechte hatte. Er war keine Geisel. Er war kein politischer Gefangener. Er war wegen Drogenbesitz verurteilt worden, und niemand konnte ihm helfen. Also wanderte er ins Gefängnis.

Sei artig, riet ihm der Wärter, dann kommst du vielleicht schon nach fünf oder sechs Jahren raus.

Jax durchlebte die Hölle.

Er wurde in eine dunkle, feuchte Einzelzelle mit nur einem schmalen Schlitz als Fenster gesteckt. Nur gelegentlich bekam er zu essen, und noch seltener war es ihm gestattet, auf den Gefängnishof zu gehen.

Beinahe hätte er völlig den Verstand verloren – und vielleicht wurde er tatsächlich ein wenig verrückt, denn er begann, von Kelly zu fantasieren. Im Geiste war sie bei ihm in der Zelle, leistete ihm Gesellschaft, verlieh ihm Kraft.

Er hatte weder Papier noch Bleistift, und dennoch schrieb er im Geiste Hunderte von Briefen an Kelly, die nie abgeschickt werden sollten. Doch er schwor sich, die Worte eines Tages zu Papier zu bringen.

Und irgendwie gelang es ihm, diese Hölle zwanzig Monate lang zu überleben …

Danach war er jahrelang von furchtbaren Albträumen geplagt worden, doch schließlich hatten sie aufgehört.

Warum also träumte er nun wieder davon?

3. Kapitel

Jax gab dem Kellner vom Zimmerservice ein Trinkgeld, stellte das Frühstückstablett auf den Tisch und setzte sich an seinen Computer. Er schenkte sich eine Tasse Kaffee ein, nahm einen Schluck von dem heißen schwarzen Gebräu und überflog die letzten Absätze.

Am Vortag hatte er Jared in sein kleines Zimmer in der armseligen Pension zurückkehren lassen, wo er nun vor Wut schäumend saß, weil man ihm Carrie entrissen hatte.

Jax zermarterte sich das Hirn, wie es weitergehen sollte. Nun erst wurde ihm bewusst, wie schwierig es war, Jared auf dieses Schiff nach Europa zu bringen. Auf keinen Fall hätte er Carrie freiwillig zurückgelassen, wie Jax es mit Kelly getan hatte.

Die beiden Situationen deckten sich nicht unbedingt. Carrie und Kelly waren zwar beide erst sechzehn, aber zu Carries Zeiten hatten Frauen oft so jung geheiratet. Und Jared war nicht wie Jax. Jared war ein Held.

Jax blätterte in seinem Notizbuch. In seinem Konzept ging Jared nach Europa, um als reicher Mann zurückzukehren. Doch dieses Konzept war entstanden, bevor Jared sich zu einem kühnen, unerschrockenen und selbstsicheren Charakter mit Eigeninitiative entwickelt hatte.

Was brachte einen Mann dazu, etwas zu tun, was er nicht tun wollte?

Liebe? Nein, aus Liebe wollte Jared bleiben.

Geld? Nein, Jared hatte bereits klargestellt, dass er kein Geld brauchte, um Carries Herz zu erobern.

Was sonst? Patriotismus? Wenn Jared die Möglichkeit hatte, ein Vermögen zu machen und gleichzeitig den Nordstaaten zu helfen … England hatte den Süden während des Bürgerkriegs mit Waffen versorgt, trotz der Blockade der Nordstaaten.

Ich bringe Captain Reilly wieder ins Spiel, dachte Jax triumphierend. Der alte Freund von Jareds Vater war bereits in Kapitel zwei und sechs in Erscheinung getreten. Er sollte Jared überreden, auf seinem Schiff anzuheuern, die britischen Schiffe zu kapern und die Waffen an die Nordstaaten zu verkaufen.

Eifrig begann Jax zu schreiben.

Ein lautes Klopfen riss Jared aus dem Schlaf. Mit pochendem Herzen setzte er sich auf und starrte in die Dunkelheit seines winzigen Zimmers. Carrie, dachte er.

Doch während er eine Kerze entzündete, erklang eine tiefe, dröhnende Stimme: „Jared Dexter, bist du da, Junge? Öffne diese verdammte Tür."

Es war Magnus Reilly, der Eigner des Schiffes ‚Graceful Lady Fair'. Widerstrebend ließ Jared ihn ein und hörte sich dessen Plan an.

„Nun, was sagst du dazu?", fragte der Captain schließlich. „Bist du dabei?"

Jared musterte Reilly im flackernden Kerzenschein. Bedächtig schüttelte er den Kopf. „Tut mir sehr leid, alter Mann. Diesmal nicht."

„Nein!", rief Jax aufgebracht. „Du musst ihn begleiten, du Dummkopf! Es ist deine Chance, deinem Land zu dienen und dabei ein Vermögen zu machen."

Trotzig verschränkte Jared die Arme vor der Brust. „Ich gehe nirgendwohin, solange ich Carrie nicht gefunden habe."

Jax biss die Zähne zusammen, löschte seufzend die letzten Sätze und massierte sich die Schläfen, die schmerzhaft zu pochen begonnen hatten. Was war nur los mit ihm?

„Ich weiß, was mit dir los ist", höhnte Jared. „Du hast eine Schreibblockade."

„Das ist nicht wahr. Ich habe lediglich einen störrischen, sturen, dummen Charakter, der sich weigert zu kooperieren."

„Keine Sorge, diese Blockade wird nicht lange anhalten", entgegnete Jared gelassen. „Bring die Sache mit Kelly in Ordnung, und schon wirst du wieder schreiben können, ob ich kooperiere oder nicht."

„Sag Reilly einfach, dass du ihn begleitest", bat Jax. „Schreib mir eine Liebesszene mit Carrie, und dein Wunsch ist mir Befehl."

„Das ist ja lächerlich. Ich lasse mich nicht länger von meiner eigenen Romangestalt erpressen", murrte er und tippte weiter.

„Magnus", entgegnete Jared bedächtig, „kannst du ein paar Wochen warten? Ich kann das Land momentan nicht verlassen."

Ohne Warnung zog Reilly einen Revolver unter seiner Jacke hervor und presste das kalte Metall des Laufs an Jareds Schläfe. „Du kommst mit mir, Junge", knurrte er, „und zwar sofort."

Hastig, bevor er die Szene erneut ändern konnte, speicherte Jax die Datei, schaltete den Laptop ab und begab sich auf die Suche nach Kopfschmerztabletten.

Liebe Kelly!
Du bist heute wieder in meiner Zelle erschienen, und obwohl ich weiß, dass Du nicht real sein kannst, bin ich wieder sehr dankbar für Deine Gegenwart.

Diesmal bist Du zwölf, und als Du die rauen Steinwände, den feuchten Lehmboden und das schmutzige Stroh musterst, das mir als Bett dient, sehe ich Zorn in Deinen dunkelblauen Augen aufblitzen.

Du betrachtest mich mit meinem wilden Bart und den langen, schmutzigen Haaren genauso eingehend. Und dann höre ich Deine liebliche Stimme in der Stille der Zelle. Bei Deinem letzten Besuch hast du nicht gesprochen.

„Du stinkst", sagst Du streng, so als wäre es meine Schuld, und ich entschuldige mich.

„Manchmal, wenn es regnet, geben sie uns Seife und lassen uns in den Hof, und wir können uns waschen", sage ich.

Du siehst mich verständnislos an, und mir wird bewusst, dass ich Spanisch gesprochen habe. Es ist so lange her, seit ich eine amerikanische Stimme gehört habe. Ich übersetze, und Du nickst.

„Es scheint seit einer ganzen Weile nicht geregnet zu haben", sagst Du und setzt Dich zu mir auf das Stroh.

„Bald wird es dauernd regnen, und dann werden zehn Zentimeter Brackwasser auf dem Boden meiner Zelle sein."

Du nimmst meine Hand und drückst sie fest. Ich bemerke die Abschürfungen auf Deinen Händen und Knien, und Du erzählst mir, dass Du mit dem Fahrrad hingefallen bist.

„Das tut mir leid", sage ich und verberge sorgsam meine eigenen Verletzungen – drei tiefe Striemen auf dem Rücken von einer Peitsche, die ich mir zugezogen habe, weil ich einem Mitgefangenen, der im Hof vor Schwäche gestolpert ist, auf die Füße geholfen habe.

Ich sehe Dir an, dass Du davon weißt, und auch von den gebrochenen Rippen, die von einer früheren Folterung herrühren.

„Ich habe nicht geweint", erkläre ich Dir. „Sie können mich schlagen, mich anspucken, mich mit Füßen treten, aber ich werde nicht weinen. Ich halte den Kopf hoch und blicke ihnen ins Auge. Ich bin el yanqui, und sie hassen und respektieren mich zugleich dafür."

Du siehst mich an, als wäre ich Dein Held, und ein paar kurze Stunden lang bin ich es.

„He", sagst Du und untersuchst die Mauern. „Das ist ja magmatisches Gestein."

Eine Weile lang untersuchen und identifizieren wir die Steine, aus denen das Gefängnis errichtet wurde.

Ich vergesse beinahe, wo ich bin, während ich an der Wand kratze, um Dir ein Muster für Deine Steinsammlung abzubrechen.

Du lässt mich allein, als die Sonne den richtigen Winkel erreicht. Sechsundvierzig Minuten lang wird sie durch mein winziges Fenster scheinen. Ein schmaler Streifen Licht wandert

über die Wand, und ich lasse es auf mein schmutziges Gesicht scheinen. Es gibt mir Hoffnung zu wissen, dass dieselbe Sonne, nur ein paar Tausend Meilen entfernt, auch auf Dich scheint.
Ich liebe Dich.
Herzliche Grüße, T.

Jax lehnte an der Wand vor dem Seminarraum und wartete auf Kelly.

Vielleicht war es ein Fehler. Nein, nicht vielleicht. Es war eindeutig ein Fehler, sie zu verfolgen. Zweifellos ärgerte sie sich darüber. Doch er kannte nur einen Weg, um sich Erfolg im Leben zu verschaffen, und der basierte auf Zähigkeit, Ausdauer und Starrsinn.

Er wollte Kelly O'Brian heiraten. So viel stand mal fest.

Nicht so sicher war allerdings, wie er mit der Tatsache umgehen sollte, dass seine zukünftige Braut nicht einmal eine Tasse Kaffee mit ihm trinken wollte.

Fünf Tage war es her, seit sie das chinesische Essen abgelehnt hatte. Am nächsten Tag hatte sie seine Einladung zum Lunch ausgeschlagen, am übernächsten zum Brunch, am folgenden zum Frühstück. Am Vortag hatte er sich damit begnügt, sie zum Kaffee einzuladen. Ebenso erfolglos.

Wozu sollte er sie nun also einladen? Zu einem Glas Wasser?

Vielleicht war es an der Zeit, wieder beim Dinner anzufangen. Früher oder später würde sie schon nachgeben.

Sie hatte ihm einmal gesagt, dass sie ihn liebte. Wenn diese Liebe nur ein Zehntel so stark war wie seine, dann konnte sie nicht völlig verschwunden sein.

Die Tür öffnete sich, und Studenten strömten auf den Korridor. Sie sahen so jung aus. Die meisten waren zwölf Jahre jünger als er.

Kelly sah ihn nicht, als sie durch die Tür kam. Sie trug ein Jeanshemd mit aufgekrempelten Ärmeln, verblichene Jeans und Cowboystiefel. Ihr Haar war zu einem Zopf geflochten. Sie war gekleidet wie damals mit vierzehn, doch ihr Körper füllte diese Kleidung aus, wie es damals nicht der Fall gewesen war.

Jax folgte ihr den Korridor entlang. An der Schwingtür zum Foyer holte er sie ein.

Mit zusammengekniffenen Augen starrte sie ihn finster an. „Du verfolgst mich."

„Ja."

Sie ging weiter. „Hör auf damit. Du kannst Kevin sagen, dass es mir richtig gut geht."

„Es hat nichts mit Kevin zu tun. Ich versuche, dich zu bewegen, mit mir auszugehen, und wenn du weiterhin ablehnst, solltest du dich daran gewöhnen, dass ich dich verfolge."

Abschätzig musterte sie ihn von Kopf bis Fuß. „Besitzt du überhaupt Socken?"

Er blickte hinab zu seinen nackten Knöcheln. „Wenn ich ins Hotel gehe und mir welche anziehe, kommst du dann mit mir zum Dinner?"

„Ich kann nicht." Sie eilte hinaus in den warmen Sonnenschein. „Ich schreibe morgen meine letzte Semesterarbeit."

Langsam spazierten sie den Bürgersteig entlang. Die Sonne schien ihm warm auf den Rücken, und er zog sich die Jacke aus und krempelte sich die Ärmel hoch. „Wenn du willst, kann ich dir ja heute Abend beim Studieren helfen."

„Für ein Examen in Algebra für Fortgeschrittene?"

„Aua. Hast du wirklich Algebra belegt?"

Sie nickte. „Für Fortgeschrittene."

„Schon gut. Du brauchst es mir nicht unter die Nase zu reiben." Mathematik war bereits in der Schule sein schwächstes Fach gewesen. Seine Begabung lag auf dem Gebiet der Sprachen.

Sonnenschein ließ sein Haar golden glänzen. Mit der dunklen Sonnenbrille und dem strahlenden Lächeln sah er aus wie ein Filmstar. Es war ihr Pech, dass er im Alter noch attraktiver geworden war. Warum hatte er nicht schütteres Haar und ein Bäuchlein bekommen wie einige andere Männer seines Alters?

„Warum belegst du ausgerechnet Mathe?", hakte er nach. „Ich meine, ich habe dich nie als Masochistin angesehen."

Sie warf ihm einen verstohlenen Seitenblick zu. Er hatte recht. Sie war keine Masochistin, und gerade deshalb weigerte sie sich, mit ihm auszugehen.

„Weil ich Naturwissenschaften mag, und Mathe ist Voraussetzung für einige der Kurse, die ich nächstes Semester belegen will." Ihre Cowboystiefel klickten auf dem Bürgersteig. „Ich fürchte also, dass du mir als Studienpartner nicht helfen kannst."

„Du hast mich jahrelang nicht gesehen", protestierte er. „Woher willst du wissen, dass ich nicht ein Mathegenie geworden bin?"

Kelly brach in lautes Gelächter aus.

„Wie viele Semester hast du noch bis zum Examen?", erkundigte er sich.

„Drei."

„Warum hast du eigentlich dein Studium unterbrochen?"

„Brad und ich sind im Sommer nach der Hochzeit nach Kalifornien gezogen. Es war zu spät, um mich für das Wintersemester einzuschreiben. Also habe ich mir einen Job gesucht. Als das Sommersemester anfing, war Brad arbeitslos, und ich musste weiterarbeiten, weil wir das Geld brauchten."

„Hast du für die Sommerferien einen Job?", erkundigte er sich.

„Bislang nichts Definitives."

„Verbring den Sommer mit mir am Cape."

Kelly blieb abrupt stehen. „Wie bitte?"

„Ich habe ein Haus am Strand von Cape Cod, in Dennis. Es ist ein riesiges Ungetüm mit unzähligen Gästezimmern. Ich würde gern mehr Zeit mit dir verbringen und …"

„Ich will nicht mal mit dir zum Dinner ausgehen", warf sie ein. „Wie kommst du bloß darauf, dass ich einen ganzen Sommer mit dir am Strand verbringen würde?"

„Das wolltest du doch immer. Du hast ständig davon geredet, und da dachte ich …"

„Ich war damals zwölf!", unterbrach sie, doch es entsprach nicht ganz der Wahrheit. Sie hatte auch später noch davon geredet, davon geträumt.

Sie blickte zu ihm auf, sah ihr Gesicht in seinen Sonnenbrillengläsern reflektiert. Ein Sommer mit ihm auf dem Anwesen der Winchesters wäre die Erfüllung all ihrer Träume, die sie als Kind gehegt hatte – und auch als Teenager.

Doch als Erwachsene wusste sie, dass es nur Fantasien waren. Sie wusste, was für ein Mann er war, weil sie mit einem Mann wie ihm verheiratet gewesen war. Sie hegte keine Illusionen mehr über ein Happy End mit T., wie charmant, gut aussehend und sexy er auch sein mochte.

Wenn sie Wert auf ein Happy End legte, was der Fall war, dann musste sie sich einen anderen Typ Mann suchen. Sie wollte einen Mann, der nur sie liebte, der ebenso viel gab, wie er nahm, der seine Versprechungen hielt.

Doch es sprach einiges dafür, ein paar Monate mit T. Jackson Winchester dem Zweiten zu verbringen. Es sei denn, seine Einladung war wieder einmal nur ein Gefallen gegenüber Kevin. Und wollte sie wirklich die Erinnerungen an ihre erste Liebe durch eine billige Affäre mit ihm trüben?

Als sie die Frage nicht sofort verneinte, schüttelte sie den Kopf über sich selbst und entgegnete: „Ich werde den ganzen Sommer über beschäftigt sein." Es entsprach der Wahrheit. Sobald sie ihren zweiten Roman beendet hatte, wollte sie den dritten anfangen. Sie liebte das Schreiben, und es war ein sicherer Weg, sich vom Rest der Welt im Allgemeinen abzukapseln – und von T. Jackson dem Zweiten im Besonderen.

„Überleg es dir noch mal", erwiderte er.

Es ärgerte sie, dass sie es vermutlich tun würde. Bestimmt würde sie an nichts anderes denken und ständig davon träumen. In der vergangenen Nacht war er ihr bereits im Traum erschienen – noch knapper bekleidet, als er es vermutlich am Strand sein würde. Ihr Unterbewusstsein vermittelte ihr die unbestreitbare Botschaft, dass zwischen ihnen unerledigte Punkte bestanden.

Doch es war lediglich eine hormonelle Angelegenheit. Selbst wenn sie schließlich nachgeben und mit ihm schlafen würde, wollte sie ihn nie wieder in ihr Herz lassen.

„Also, gehen wir morgen Abend zusammen essen?", hakte er nach.

Sie schüttelte den Kopf.

„Dann am Freitag."

„Nein. Ich habe am späten Nachmittag eine Besprechung. Ich weiß nicht, wie lange es dauern wird."

„Ich habe am Nachmittag auch etwas zu erledigen. Wir können ja spät essen gehen."

„Nein."

Einen Moment lang musterte er sie schweigend. Dann lachte er. „Nun, dann muss ich dich wohl weiterhin verfolgen."

Kelly nahm hastig ihre Sonnenbrille ab und seufzte aufgebracht. „Jackson, ich ..."

Er brachte sie durch einen Kuss zum Schweigen. Es war kaum mehr als eine flüchtige Berührung ihrer Lippen, aber es reichte, um sie aus der Fassung zu bringen.

„Wir sehen uns also morgen", sagte er gelassen und ging lächelnd davon.

Jax saß in seinem Sportwagen und blickte zu den erleuchteten Fenstern von Kellys Wohnung hinauf.

Er hatte sein Hotelzimmer verlassen, nachdem er entgegen seiner ursprünglichen Absicht eine leidenschaftliche Szene zwischen Jared und Carrie verfasst hatte. Das Schreiben sinnlicher Szenen machte ihn immer rastlos, erweckte den Drang nach frischer Luft, und irgendwie war er vor Kellys Haus gelandet.

Am Nachmittag hatte er vor der Universität auf sie gewartet und sie erneut zum Dinner eingeladen. Doch sie hatte abgelehnt und war so schnell in der Redaktion der Studentenzeitung verschwunden, dass sich ihm keine Gelegenheit geboten hatte, sie erneut zu küssen.

Nun saß er da und verzehrte sich danach, sie so zu küssen, wie Jared und Carrie sich geküsst hatten – wie er sie vor so vielen Jahren am Abend ihres Schulfests geküsst hatte ...

Zuerst hatte Kevin sich geweigert, Kelly mit Jax ausgehen zu lassen. „Sie ist noch ein Kind", hatte er sehr nachdrücklich eingewandt. „Du solltest mit Frauen ausgehen, nicht mit kleinen Mädchen."

„Du vertraust mir nicht?", hatte Jax nachgehakt.

„Nicht, nachdem ich vorhin gesehen habe, wie du sie mit deinen Blicken verschlingst. Verdammt, Winchester, sie ist noch minderjährig!"

„Ich weiß, wie alt sie ist."

„Vergiss das ja nicht. Wenn du sie anrührst, landest du im Gefängnis, und ich bringe dich persönlich hin."

„Du weißt, dass ich ihr nie wehtun würde. Ich werde gut auf sie aufpassen, das verspreche ich."

Kevin hatte fassungslos den Kopf geschüttelt. „Beth hat eine tolle Freundin, die scharf auf dich ist, aber du willst mit einem Mädchen ausgehen, das kaum den Windeln entwachsen ist. Das begreife ich nicht."

Jax hatte gelächelt. „Das musst du auch nicht. Entspann dich einfach. Ich will mit Kelly ausgehen, und du willst mit Beth ausgehen. Wir tun uns also gegenseitig einen Gefallen, okay?"

„Ich finde immer noch, dass du verrückt bist."

„Wie auch immer, ich gehe mir jetzt einen Smoking kaufen", hatte Jax entgegnet und war davongefahren.

Um fünf Uhr schlüpfte er frisch geduscht und rasiert in Kevins Zimmer in den brandneuen Smoking. Er konnte sich nicht erinnern, bei seinen eigenen Schulfesten jemals derart nervös gewesen zu sein.

Da Kellys Zimmertür noch geschlossen war, holte er die Blumen, die er für sie gekauft hatte, aus dem Kühlschrank und ging ins Wohnzimmer, um dort auf sie zu warten.

Nolan O'Brian lag auf der Couch und las die Zeitung. Er blickte auf und lächelte. Er war eine ältere Version von Kevin, hatte die gleiche stämmige Statur, die rötliche Haarfarbe und die unzähligen Sommersprossen, das sonnige Gemüt. „Du bist also der aufopferungsvolle Ersatzmann", bemerkte er jovial.

„Es ist kein Opfer, Nolan", entgegnete Jax, setzte sich in den Schaukelstuhl und legte die Blumen auf den Tisch.

„Ein Ansteckbukett und ein Dutzend Rosen", bemerkte Nolan. „Ich habe mich schon gefragt, wann du bemerkst, dass Kelly fast erwachsen ist. Es scheint passiert zu sein."

Jax lächelte.

Nolan faltete die Zeitung zusammen. „Ich brauche dir wohl nicht die übliche Rede zu halten wie den anderen Jungs, die Kelly ausführen. Du weißt schon: ‚Fahr nicht angetrunken Auto und bring sie vor Mitternacht nach Hause'."

Jax nickte. „Ich kenne deine Regeln. Aber den Zapfenstreich solltest du heute vielleicht auf später verlegen. Kelly hat mir gesagt, dass der Ball bis zum Morgengrauen dauert, und wenn es warm genug ist, wollen alle anschließend an den Strand gehen."

„Okay", sagte Nolan und setzte sich auf. „Vergiss nur nicht, dass sie wesentlich älter wirkt, als sie ist."

„Ich weiß."

„Gut."

Zehn Minuten später saß Kelly neben Jax in seinem kleinen roten Spitfire, und sie fuhren in die Stadt zu dem Restaurant, in dem er einen Tisch reserviert hatte.

Er warf ihr einen Seitenblick zu und stellte erneut fest, wie wundervoll und elegant sie aussah.

Sie trug das fabelhafte blaue Kleid und hatte sich die Haare hochgesteckt. Ihr hübsches, frisches Gesicht war ausnahmsweise geschminkt und sah exotisch schön aus.

Sie war eine Kindfrau, eine Mischung aus Unschuld und Reife. Sie war unbewusst sexy – oder vielleicht nicht völlig unbewusst. Sie trug keinen BH unter dem Kleid, weil es einen tiefen Rückenausschnitt aufwies. Das Oberteil war zwar nicht eng anliegend, aber wenn sie sich bewegte, schmiegte sich der fließende Stoff an ihren gertenschlanken Körper, und die Wirkung war schlichtweg aufreizend.

Er hatte geglaubt, dass es ihm nach all den Jahren der engen Freundschaft nicht schwerfallen würde zu bedenken, dass sie noch ein Kind war. Doch sein Puls ging zu schnell, sein Herz hämmerte. Er zwang sich, tief durchzuatmen.

„Seltsam", bemerkte sie mit einem leisen Lachen. „Du wirkst genauso angespannt, wie ich mich fühle."

„Ich bin nicht angespannt", widersprach er. „Du schon?"

„Ja", gestand sie mit ihrer üblichen Offenheit ein.

Er hielt an einer roten Ampel an und musterte sie. Ihr Gesicht war ihm so vertraut. Er kannte sie so gut. Oder etwa nicht? Er kannte das Kind, nicht die Frau, zu der sie irgendwie in den letzten Monaten herangereift war. Mit funkelnden Augen erwiderte sie seinen Blick.

Ein kurzes Hupen des Wagens hinter ihm sagte ihm, dass die Ampel umgesprungen war. Er fuhr weiter. Nach einer Weile warf er Kelly einen Seitenblick zu. Sie hielt den Blick auf die kleine Handtasche in ihrem Schoß gesenkt, und ihre Wangen glühten vor Verlegenheit.

Er erkannte, dass sie genau wusste, was er fühlte. Er hatte schon vor langer Zeit gemerkt, dass er nichts vor ihr verbergen konnte. Warum also wunderte es ihn, dass sie ihn nun durchschaute?

Wäre sie achtzehn gewesen, hätte er sie hemmungslos umworben, sie sogar verführt. Auf jede erdenkliche Weise hätte er ihr gesagt und gezeigt, dass er sie liebte. Und er hätte ihr sogar einen Heiratsantrag gemacht. Doch sie war minderjährig.

Unwillkürlich fragte er sich, ob Nolan und Lori ihre Einwilligung zu einer sofortigen Heirat geben würden. Aber er verwarf den Gedanken sogleich wieder. Kelly war einfach zu jung. Also blieb ihm nur eine Möglichkeit: Er musste auf sie warten.

„Komisch“, bemerkte sie mit einem unsicheren Lachen. „Ich habe dich noch nie so still erlebt.“

„Entschuldige. Ich habe nachgedacht.“

„Über das Jobangebot von der Zeitung in London?“

„Was sagst du dazu? Soll ich es annehmen?“

Sie schwieg lange, bevor sie schließlich erwiderte: „Ich kann nicht objektiv darauf antworten. Es gibt alle möglichen Gründe, die dafür sprechen. In London zu leben, muss toll sein. In ein paar Jahren als fest angestellter Reporter könntest du dir einen Namen machen, und wenn du dann den Roman schreibst, von dem du ständig redest, würde er sich leichter verkaufen lassen.“

„Aber?“, hakte er nach.

„Ich würde dich vermissen. Deshalb kann ich nicht objektiv antworten. Ich will nicht, dass du auf der anderen Seite vom Atlantik lebst.“

Ein ungeheures Glücksgefühl durchströmte ihn. „Dann bleibe ich hier und suche mir hier in Boston einen Job."

„Tyrone, mach keine Witze."

„Es ist mein Ernst."

„Aber …" Sie verstummte verblüfft, als er auf den Parkplatz des vornehmsten Restaurants von ganz Boston einbog. „Was wollen wir denn hier?"

„Dinieren."

„Aber hier ist es zu teuer."

„Für dich ist mir nichts zu teuer", versicherte er.

Ihre Augen funkelten vergnügt. „Wieso liegen dir nicht alle Frauen der Stadt zu Füßen? Dein Charme stellt sogar James Bond in den Schatten."

„Es liegt an meinem Namen. T. Jackson Winchester der Zweite. Das ist viel zu lang. Bis ich ihn ausgesprochen habe, sind alle tollen Frauen eingeschlafen oder mit einem Mann mit kürzerem Namen abgehauen."

Kelly lachte, und Jax blickte zur Uhr. Es dauerte noch zweieinhalb Stunden, bis der Ball begann, bis er mit ihr tanzen, bis er sie in die Arme schließen konnte. Zweieinhalb Stunden zu lange.

Doch verglichen mit den vierhundertneunundfünfzig Tagen, die er bis zur Hochzeit warten musste, war es eine unbedeutende Zeitspanne.

Er öffnete die Autotür. „Gehen wir rein?"

Sie legte ihm eine Hand auf den Arm. „Jackson …" Sie verstummte verlegen und zog ihre Hand wieder fort.

Er drehte sich zu ihr um. „Oho. Du nennst mich nur so, wenn du mir böse bist. Was habe ich getan?"

Sie schüttelte den Kopf. „Ich möchte dich etwas fragen, aber ich weiß nicht, wie."

„Du warst doch bis jetzt immer offen. Frag einfach."

Sie starrte auf ihre Hände, schüttelte den Kopf. Dann lachte sie und blickte ihn wieder an. „Es ist eine dumme Frage, aber … ist es ein richtiges Date?"

„Ich glaube schon. Was ist denn für dich ein richtiges Date?"

„Wenn man mit jemandem ausgeht, den man so sehr mag, dass man sich zum Abschied küsst.“

Er schluckte schwer und brachte hervor: „Dann ist es ein richtiges Date.“

„Könnten wir …“ Sie hielt inne, lachte verlegen. „Es klingt verrückt, aber der Gedanke, dich zu küssen, macht mich echt nervös, und …“

„Dann werde ich dich nicht küssen“, versprach er.

„Das meine ich nicht. Weißt du, ich dachte mir, wenn du mich jetzt gleich küsst, dann brauche ich nicht mehr nervös zu sein. Ich meine, es würde die ganze Situation entspannen, meinst du nicht?“

Nein, er meinte nicht, dass es ihn entspannen würde. Dennoch beugte er sich zu ihr, legte ihr eine Hand an die Wange. Ihre Haut war unglaublich zart. Er strich mit dem Daumen über ihre Lippen.

Lächelnd schloss sie die Augen und hob das Gesicht, und er senkte den Kopf. Ihre Lippen waren warm und weich unter seinen, und es kostete ihn all seine Willenskraft, es bei einem flüchtigen Kuss bewenden zu lassen.

Atemlos wich er zurück und blickte sie an. Ihre Brüste hoben und senkten sich heftig, so als fiele auch ihr das Atmen schwer.

„T., hör nicht auf“, flüsterte sie. „Bitte.“

Wider jede Vernunft senkte er erneut den Kopf. Diesmal schlang sie die Arme um seinen Nacken und vergrub die Finger in seinen Haaren. Sie öffnete die Lippen und berührte seine mit der Zungenspitze.

Er schloss sie in die Arme und zog sie sanft an seine Brust. Er verspürte den Drang, sie auf seinen Schoß zu ziehen, ihre Brüste zu umschmiegen und sie zu küssen, bis sie achtzehn wurde. Und dann wollte er mit ihr schlafen. Er wollte ihr erster Liebhaber sein – und ihr letzter.

Stürmisch vertiefte er den Kuss, und sie zog ihn noch näher an sich und erwiderte seine Liebkosung voller Leidenschaft.

Plötzlich existierte nichts anderes mehr für ihn als Kelly, die ihn besser als jeder andere auf der Welt kannte, der er all seine Geheimnisse anvertraute. Alle, einschließlich des Geheimnisses, dass er sie liebte, wie ein Mann eine Frau liebt.

Doch irgendwie fand er die Kraft, die Lippen von ihren zu lösen.

„Oh T., so bin ich noch nie geküsst worden", wisperte sie.

Er schloss die Augen, hielt sie in den Armen, den Kopf an seiner Schulter. Seltsam gemischte Gefühle durchströmten ihn. Erleichterung und Schuldgefühl, Liebe, Glück und Kummer.

Er hielt sie fest, bis sich sein Puls wieder einigermaßen beruhigt hatte. Dann gab er sie frei und zog mit zitternden Fingern den Schlüssel aus dem Zündschloss. „Lass uns jetzt essen gehen, ja?"

Lächelnd drehte sie den Rückspiegel zu sich und erneuerte ihren Lippenstift, während er ausstieg und zur Beifahrertür ging. Er reichte ihr die Hand, und sie legte ihre kühlen, schlanken Finger hinein. Der Schlitz in ihrem Kleid bot ihm einen atemberaubenden Blick auf ihre wohlgeformten Beine, und dann war sie ausgestiegen.

Als sie zur Eingangstür gingen, legte sie ihm eine Hand auf den Arm und murmelte: „Es hat in puncto Entspannung nicht viel genützt, oder?"

Lachend schüttelte er den Kopf. „Nein, Kel, es hat gar nichts genützt."

„Na ja, wenigstens bin ich jetzt nicht mehr nervös."

Das konnte er nicht bestätigen. Im Gegenteil. Er war doppelt so nervös wie vorher.

4. Kapitel

Liebe Kelly!
Ein neuer Morgen dämmert, und noch immer sitze ich in dieser elenden Zelle.

Einer der Wärter hat mir aus Mitleid drei amerikanische Taschenbücher zukommen lassen, die in dem Hotel zurückgelassen wurden, in dem seine Frau als Zimmermädchen arbeitet.

Alle drei sind Liebesromane. Einer ist lang und historisch, die beiden anderen sind kürzer und zeitgenössisch. Ich verschlinge sie eifrig im schwachen Licht, das durch mein winziges Fenster fällt. Immer wieder lese ich sie und erfreue mich an den Happy Ends.

Du kommst zu mir nach Sonnenuntergang, wenn es zu dunkel ist, um zu lesen, und ich zeige Dir stolz die Bücher. Es sind meine kostbarsten Besitztümer, und ich verstecke sie sorgsam vor den anderen Wärtern.

Heute bist Du sechzehn, und Du blätterst im Finstern in den Büchern, weit mehr interessiert an dem Papier als an den Worten. „Wenn du ganz klein schreibst", sagst Du, „kannst du dieses Papier benutzen und zwischen die Zeilen schreiben."

Ich starre Dich benommen an.

Du lachst. „T., du hast doch immer gesagt, dass du ein Buch schreiben willst, wenn du die Zeit dafür findest. Nun, jetzt hast du genug Zeit."

„Ich habe aber nichts zu schreiben."

„Frag den Wärter, der dir die Bücher gegeben hat."

„Das werde ich tun."

Du lächelst, und mir wird plötzlich bewusst, dass Du Dein Ballkleid trägst. Du bist so wundervoll, dass mein Herz fast zu schlagen aufhört.

Du beugst Dich zu mir und küsst mich, und ich spüre Deine weichen Lippen und rieche Deinen Duft. Du nimmst mich mit Dir, zurück in die Vergangenheit, und eine kleine Weile lang bin ich nicht mehr in dieser Zelle. Ich sitze neben Dir in meinem Sportwagen, glatt rasiert und frisch geduscht, in meinem Smoking, und wir küssen uns.

Du bist immer noch so jung, und ich bin inzwischen älter, und doch weiß ich es nicht besser.

Ich liebe Dich.

Herzliche Grüße, T.

Es war weit nach acht Uhr abends, als Kelly den Computer herunterfuhr und die Lichter in ihrer Wohnung löschte. Dann trat sie an das Fenster im Wohnzimmer, um es zu schließen. Das Starten eines Motors erregte ihre Aufmerksamkeit. Im Schein der Straßenlaterne sah sie einen schnittigen Sportwagen davonfahren, mit einem goldblonden Mann am Steuer.

Zorn stieg in ihr auf. Was, zum Teufel, dachte T. sich dabei, wer weiß wie lange vor ihrem Haus im Wagen zu sitzen und ihr bis tief in die Nacht nachzuspionieren?

Die einzige Antwort, die ihr einfiel, war alarmierend. Es musste an der Anziehungskraft liegen, der sie am Abend ihres Schulfests beinahe erlegen wären, die sie noch immer spürte, wenn er in ihrer Nähe war. Offensichtlich erging es ihm ebenso.

Kelly ging zu Bett und schloss die Augen. Sie war müde, aber der Schlaf wollte sich nicht einstellen. Schließlich gab sie es auf und ließ sich von ihren Erinnerungen zurückversetzen zu jenem wundervollen, furchtbaren Samstagabend des Balls.

Sie wusste nicht mehr, was sie zum Dinner in dem vornehmen Restaurant zu sich genommen hatte. Wahrscheinlich hatte sie es nicht einmal damals wirklich gewusst, denn T. Jackson Winchester der Zweite hatte ihre Aufmerksamkeit derart gefesselt …

Nachdem sie die Bestellung aufgegeben hatten, hielt er ihre Hand, spielte mit ihren Fingern und ließ sie an die heißen Küsse in seinem Auto denken. Er hielt ein beständiges Gespräch in Gang über

Bücher, Filme, Musik und alles Mögliche, doch ein seltsames Funkeln in seinen Augen verriet, dass auch er daran dachte, sie erneut zu küssen.

Als der Kellner beiden als Aperitif ein Glas Wein servierte, blickte T. sie erstaunt an, doch er sagte nichts.

„Ich werde immer älter geschätzt, als ich bin", bemerkte sie. „Das war früher richtig nervig. Als ich elf war, musste ich der Kartenverkäuferin im Kino immer meinen Ausweis zeigen, um die Kinderermäßigung zu kriegen." Sie lächelte. „Aber jetzt macht es sich allmählich bezahlt." Sie drehte das langstielige Weinglas zwischen den Fingern. „Ich wünschte, ich wäre schon achtzehn."

„Ich auch."

„Ich habe das Gefühl, immer nur zu warten." Kelly blickte ihm in die stürmischen graugrünen Augen. „Ich weiß genau, was ich will, aber es dauert noch Jahre, bis mein Leben richtig anfängt."

„Vierhundertneunundfünfzig Tage."

Überrascht blickte sie ihn an.

„Ich zähle mit." Abrupt beugte er sich zu ihr vor. „Was willst du denn vom Leben?"

Dich, hätte sie beinahe gesagt. „Ich will, was ich immer wollte – Schriftstellerin werden."

„Dann sei es einfach. Dass du noch zu Hause wohnst und zur Schule gehst, bedeutet nicht, dass du nicht schreiben kannst, dass deine Geschichten nicht in Zeitschriften veröffentlicht werden. Wenn du wirklich weißt, was du willst, dann nimm es dir, arbeite daran, stürz dich hinein."

Seine Miene war so ernst. Kelly musterte seine makellosen Züge. Nach außen hin wirkte er stets cool und beherrscht. Seine Küsse hatten ihr verraten, welche Leidenschaft in ihm brodelte, doch selbst dabei hatte sie seine Zurückhaltung gespürt. Sie hatte ihn nie wirklich unbeherrscht erlebt.

Als er sie nun über den Tisch hinweg anschaute, lag in seinen Augen dieselbe feurige Intensität wie vorhin im Auto, bevor er sie geküsst hatte. Doch dann löste er den Blick von ihr und starrte auf seinen Teller, so als hätte er ihn bisher nicht bemerkt.

Wenn du wirklich genau weißt, was du willst, hatte er gesagt, dann nimm es dir …

Sie wollte T., daran bestand kein Zweifel. Und sie wollte ihn für immer. „Da ist noch etwas", sagte sie leise, und er blickte sie verständnislos an. „Da ist noch etwas, was ich will."

Sie beobachtete, wie die Verständnislosigkeit von seinem Gesicht wich und das feurige Funkeln erneut in seine Augen trat. Sie brauchte es nicht auszusprechen. Er wusste, dass sie ihn wollte.

Er lächelte, doch es wirkte ein wenig traurig. „Ach, Kel, was soll ich bloß mit dir tun?"

Sie griff zur Gabel und spielte mit dem Essen auf ihrem Teller, bevor sie erwiderte: „Du könntest damit anfangen, mich zu einem neuen Date einzuladen."

Er nahm ihre Hand. „Was hast du morgen Abend vor?"

Kelly spürte ihr Herz höher schlagen. Er nahm sie tatsächlich ernst! „Nichts weiter."

„Gehst du mit mir ins Kino? Wir könnten vorher oder nachher etwas essen, je nachdem, wann der Film anfängt."

Kelly blickte auf ihren beinahe unberührten Teller hinab und lachte. „Das Essen sollten wir vielleicht ausfallen lassen. Wir scheinen in letzter Zeit beide keinen großen Hunger zu haben."

Er drückte ihre Hand. „Heißt das Ja?"

Sie nickte.

„Willst du am Montag auch mit mir ausgehen?"

„Ja."

„Dienstag?"

„Ja."

„Gut." Jax lächelte. „Dann bleiben nur noch Mittwoch, Donnerstag und Freitag … und das nächste Jahr und vierundneunzig Tage. Gehst du an denen auch mit mir aus?"

Überglücklich blickte Kelly ihm in die Augen. „Ja", flüsterte sie. Er zog ihre Hand an die Lippen und küsste zärtlich ihre Fingerspitzen. „Gut."

„Warum nur ein Jahr und vierundneunzig Tage?", hakte sie nach.

Er küsste ihre Handfläche, und sie rang nach Atem, als eine Woge der Hitze durch ihren Körper strömte. „Weil du in einem Jahr und vierundneunzig Tagen achtzehn wirst."

„Und was passiert dann?"

„Vieles." Er küsste die Innenseite ihres Handgelenks, und ihr Herz begann zu pochen.

Sie fühlte sich beinahe überwältigt von ihren Empfindungen. Sie wollte ihn erneut küssen, und sie wollte …

Sie wusste über Sex Bescheid, hatte Bücher gelesen, Filme gesehen, Leute reden gehört. Aber sie hatte nie verstanden, warum so ein Aufhebens darum gemacht wurde. Bis zu diesem Augenblick.

„Wenn du achtzehn wirst, fängst du mit dem College an." Er lächelte sie an. „Du ziehst von zu Hause aus. Du heiratest mich."

Kelly entzog ihm die Hand. „Tyrone, mach dich bitte nicht darüber lustig."

„Ich mache mich nicht darüber lustig", versicherte er, und das Lächeln war von seinem Gesicht verschwunden.

Kelly fühlte sich benommen. „Ich dachte, dass der Mann die Frau traditionsgemäß fragt, ob sie ihn heiraten will. Er stellt sie nicht vor die vollendete Tatsache."

„Oh, ich werde dich fragen. Sobald du achtzehn bist, Kelly, werde ich dich fragen …"

Aber er hatte es nicht getan. Kurz nach dem Schulfest war er aus der Stadt verschwunden. Obwohl er sämtliche Versprechungen jenes Abends gebrochen hatte, hatte sie ihren ganzen achtzehnten Geburtstag auf ihn gewartet.

Tränen brannten in ihren Augen, als sie an die bittere Enttäuschung, den Schmerz zurückdachte. An jenem Tag hatte sie sich überzeugt, dass sie aufgehört hatte, T. Jackson Winchester den Zweiten zu lieben. An jenem Tag hatte sie schließlich eingewilligt, mit Brad Foster auszugehen.

Es war besser, dass es so gekommen war, dass sie Brad und nicht T. geheiratet hatte. Denn obwohl es ihr wehgetan hatte, Brad mit einer anderen Frau zu erwischen, bedeutete es nicht das Ende der Welt, nur das Ende ihrer Beziehung.

Hätte sie jedoch T. mit einer anderen Frau im Bett angetroffen – das hätte ihr das Herz gebrochen.

Eigentlich hätte Jax die Schreiberei leichter von der Hand gehen sollen, nachdem er seinem Herzen einen Ruck gegeben und eine Liebesszene für Jared eingebaut hatte. Doch es ging nur sehr zäh voran.

Er hatte seinen Helden für zwei lange Jahre aufs Meer geschickt. Doch gerade während der triumphalen Rückkehr nach Boston als wohlhabender Mann wurde die „Graceful Lady Fair" mit einem britischen Schiff verwechselt und von der Unionsflotte angegriffen. Anstatt sich mit Carrie vereinen zu können, wurde Jared verwundet und in ein Gefangenenlager transportiert. Es dauerte weitere anderthalb Jahre und hundert Buchseiten, bis er sich von seinen Wunden erholt hatte, dem Gefängnis entfliehen konnte und zurück in Boston war.

Mit federndem Schritt ging Jared die Straße entlang, die ihn zu dem Stadthaus der Sinclairs führte. Seit Jahren hatte er sich nicht mehr so gut gefühlt. Nun würde es nicht mehr lange dauern, bis er seine Carrie in die Arme schließen konnte …

Und dann erblickte Jared sie. Ihr dunkles Haar schimmerte im Sonnenschein, als sie aus der Kutsche stieg, mit hoch erhobenem Haupt und gestrafften Schultern. Sie sah genauso aus, wie er sie erinnerte.

Er begann zu rennen und rief ihren Namen, und sie wandte den Kopf. Er sah, dass sie erblasste und sich ihre Lippen lautlos bewegten, als sie seinen Namen sprach.

Als er sie erreichte, konnte er sich kaum zurückhalten, sie in die Arme zu schließen und ihren wundervollen Mund zu küssen.

Doch Jared war sich des Herren und der beiden älteren Damen bewusst, die mit Carrie aus der Kutsche gestiegen waren, und daher unterdrückte er sein Verlangen und lächelte sie nur an.

Sie war wundervoller denn je. In ihrer vornehmen Kleidung wirkte sie wie eine wahre Lady. Doch er sah, dass in ihren blauen Augen noch immer das Feuer loderte, das am Tage ihrer ersten Begegnung entfacht worden war – an dem Tag, als er sie auf dem Rücken eines Hengstes angetroffen hatte, in der Kleidung ihres Bruders. Sie hatte so wild und unbezähmbar gewirkt wie der Hengst, und er hatte sich auf den ersten Blick in sie verliebt.

Er spürte ihren eindringlichen Blick auf seinen teuren Kleidern, seinem mageren Körper, seinem schmalen Gesicht.

„Ich dachte, du wärst tot", flüsterte sie rau.

„Du kennst diesen Mann?", erkundigte sich der Gentleman an ihrer Seite. Er war etliche Jahre älter als Jared, hatte ein rundliches Gesicht und trug dicke Brillengläser, die seine Augen vergrößerten.

Carrie drehte sich zu ihm um, so als verwunderte sie seine Anwesenheit. „Ja", erwiderte sie bedächtig. „Harlan, das ist Jared Dexter, ein alter Freund meiner Familie." Sie wandte sich wieder an Jared, und er sah Tränen in ihren Augen schimmern. „Jared, ich möchte dir Harlan Kent vorstellen. Meinen Ehemann."

Es kostete Jax keinerlei Mühe, Jareds Reaktion auf die Mitteilung niederzuschreiben, dass Carrie einen anderen geheiratet hatte. Er kannte aus eigener Erfahrung die Fassungslosigkeit, den Zorn und die Wogen des Schmerzes, die über Jared zusammenbrachen. Er kannte das Elend und konnte es in lebhaften Details schildern.

Mit wenigen Sätzen brachte er seinen Helden zurück in sein elegantes Hotelzimmer und ließ ihn in Tränen ausbrechen – wie es ihm selbst passiert war, als er erfahren hatte, dass er zu spät gekommen war, dass Kelly nicht mehr frei war.

5. Kapitel

Liebe Kelly!
Heute ist der vierundzwanzigste August, Dein Geburtstag, und ich denke den ganzen Tag an Dich.

Und zum ersten Mal in den drei Monaten, die ich hier bin, weine ich.

Schlimmer als die Prellungen und gebrochenen Rippen, schlimmer als die Beleidigungen und Demütigungen, schlimmer als die Todesangst ist, dass sie mich gezwungen haben, mein Versprechen Dir gegenüber zu brechen. Das füllt mich so mit Kummer, dass ich die Tränen nicht aufhalten kann.

Ich stelle mir vor, wie Du diesen Tag verbringst, was Du tust. Fragst Du Dich, wo ich bin? Erwartest Du, dass ich wenigstens anrufe?

Ich würde dem Teufel meine Seele verkaufen für ein Telefon.

Weiß überhaupt jemand, wo ich bin?

Der Wärter lacht nur, wenn ich danach frage, und sagt mir, dass die Regierung meiner Zeitung in London mitgeteilt hat, ich wäre bei einer Choleraepidemie gestorben.

Aber ich bin nicht tot.

Du kommst heute Nacht zu mir, achtzehn Jahre alt und so wundervoll. Wir halten einander fest, und ich schlafe mit Dir in den Armen ein.

Doch als ich erwache, bist Du fort.

Ich liebe Dich.
Herzliche Grüße, T.

Der Freitagmorgen war grau und verregnet. Kelly arbeitete bis zum frühen Nachmittag an ihrem Roman, aß dann hastig ein Brötchen, bevor sie sich für die Vorlesung an der Universität anzog.

Normalerweise hätte das trostlose Wetter sie veranlasst, zu Hause zu bleiben, doch der Gastsprecher an diesem Tag war niemand anderes als Jayne Tyler, eine der erfolgreichsten zeitgenössischen Schriftstellerinnen.

Vor drei Jahren hatte sie es mit ihrem ersten Roman in die Bestsellerlisten der „New York Times“ geschafft und seitdem fünf Bücher geschrieben, von denen jedes besser war als das vorangehende. Sie schuf ausdrucksvolle, heißblütige Charaktere und Storys voller Intrigen und Spannung. Sie brachte es fertig, den Leser auf einer Seite zum Lachen und auf der nächsten zum Weinen zu bringen. Und sie verstand es, dem Leser durch romantische Schilderungen unter die Haut zu gehen.

Kelly entschied sich für ihr Lieblingskleid, ein beige-braun kariertes Hemdblusenkleid mit knöchellangem Rock und langen Ärmeln.

Die Kühle des verregneten Nachmittags war in ihre Wohnung gedrungen und ließ sie frösteln. Daher zog sie schwarze Leggings und ein ärmelloses T-Shirt unter das Kleid. Schwarze Cowboystiefel, ein breiter Ledergürtel und silberne Ohrringe vervollständigten ihre Aufmachung.

Ausnahmsweise war der Bus pünktlich. Zwei Stunden vor Beginn der Vorlesung stieg sie bei der Universität aus. Sie öffnete den Regenschirm und zog die Jeansjacke fester um sich. Dann überquerte sie die Straße zu dem Friseurladen, den Marcy ihr wärmstens empfohlen hatte, und trat nach kurzem Zögern ein.

Jax blickte zur Uhr auf dem Armaturenbrett. Wegen des verdammten Regens waren sie spät dran. Die Bostoner waren bekannt für ihre wilden Fahrkünste, und wenn sich dazu noch Regen gesellte, war das Chaos auf den Straßen perfekt.

Seine Schwester Stefanie saß neben ihm und feilte sich seelenruhig die Fingernägel.

„Ich finde garantiert keinen Parkplatz“, teilte er ihr mit. „Ich werde dich absetzen müssen.“

„Oh nein.“ Sie steckte die Nagelfeile in ihre Handtasche. „Ich gehe nicht allein da rein. Wir werden gemeinsam zu spät kommen. Die Veranstaltung kann schließlich nicht ohne uns anfangen. Vergiss nicht, dass ich der Ehrengast bin."

„Darum geht es nicht. Ich will nur pünktlich wieder gehen können."

Nachdenklich musterte Stefanie ihren Bruder. „Es geht um eine Frau, nicht wahr?"

Jax behielt eine ausdruckslose Miene bei. Er blickte nicht einmal in ihre Richtung.

„Du bist also endlich über dieses junge Ding hinweg!", rief sie triumphierend. „Wie hieß sie doch gleich? Kelly, oder?"

Er schwieg weiterhin beharrlich.

„Weißt du, diese ganze Affäre war unmöglich. Sie war noch ein Kind, während du schon erwachsen warst. Ich weiß ja, dass verbotene Früchte süßer sein sollen, aber dass du dich all die Jahre nach ihr verzehrt hast, ist absurd. Nicht, dass ich das Absurde nicht zu schätzen wüsste, und es war schrecklich romantisch." Sie betrachtete ihn aufmerksam. „Ich denke, es wäre eine gute Story für den nächsten zeitgenössischen Roman."

Jax warf ihr einen finsteren Seitenblick zu. „Nein."

„Du bist also doch nicht über sie hinweg. Na ja, vielleicht kann die Neue dich wenigstens für eine Weile ablenken. Erzähl mir von ihr. Wie heißt sie? Wo habt ihr euch kennen … Guck mal, da fährt gerade jemand weg."

Jax bremste. Während er seinen Wagen in die gerade frei gewordene Parklücke manövrierte, fiel ihm eine junge Frau auf, die am Zebrastreifen wartete, dass die Ampel auf Grün sprang. Etwas an ihrer Haltung erschien ihm vertraut. Er erhaschte einen Blick auf kurze, glatte Haare, bevor sie sich abwandte und der Regenschirm ihren Kopf verbarg.

Als er gerade den Motor abstellte, brauste ein Bus vorüber und wirbelte einen Schwall Schmutzwasser auf. Die Frau sprang zurück, aber nicht schnell genug, und ihr Rock wurde völlig durchnässt.

„Oh, verdammt", sagte Stefanie. „Das arme Ding."

Jax blickte zur Uhr. „Wir müssen uns beeilen."

Doch sie machte keinerlei Anstalten auszusteigen. Vielmehr beobachtete sie, wie die junge Frau vom Straßenrand zurücktrat und Rucksack und Regenschirm unter einer Markise abstellte.

Jax folgte Stefanies Blick. Seelenruhig zog sich die junge Frau die Jacke aus, nahm einen breiten braunen Ledergürtel ab und begann, ihr Kleid aufzuknöpfen.

Als sie sich das Oberteil von den Schultern schob, kamen lange, schlanke Arme und ein schwarzes ärmelloses T-Shirt zum Vorschein.

Er fühlte sich wie ein Voyeur, und doch vermochte er den Blick nicht abzuwenden. Sie streifte sich das Kleid über die Hüften hinab, und er starrte auf sehr, sehr lange Beine in hautengen schwarzen Leggings.

„Versuch bitte, den Mund wieder zuzumachen", sagte Stefanie trocken.

„Sie hat sich wirklich die Haare schneiden lassen", murmelte er.

„Du kennst sie?", fragte Stefanie erstaunt, doch er war bereits ausgestiegen.

Kelly faltete ihr schmutziges Kleid zusammen und verstaute es in den Rucksack.

„Du bist es tatsächlich", hörte sie eine männliche Stimme sagen.

Erschrocken blickte sie aus der Hocke auf und sah T. Jackson vor sich aufragen.

„Es gefällt mir", sagte er, als sie sich langsam aufrichtete. „Deine Frisur – sie ist großartig."

Sie sah bezaubernd aus ganz in Schwarz. T-Shirt und Leggings umschmiegten jeden Zentimeter ihres geschmeidigen Körpers, und sie wirkte darin wie ein Model. Ihre Haare waren sehr kurz geschnitten – kürzer als seine eigenen, doch es wirkte erstaunlich feminin. Freche Fransen umrahmten ihr hübsches Gesicht, brachten ihre großen blauen Augen zur Geltung. Sie sah wieder aus wie zwölf. Er blickte an ihrem Körper hinab und entschied, dass sie doch reifer wirkte.

Kelly zog sich die Jacke an, eher als Schutz vor seinem Blick als vor der Kälte. „Du verfolgst mich schon wieder", stellte sie fest. „Tu uns beiden einen Gefallen, Jackson, und gib auf."

„Du weißt, dass ich das nicht tun werde", entgegnete er sanft. „Außerdem verfolge ich dich diesmal nicht." Er blickte zur Uhr. „Ich muss gehen."

„Willst du mich nicht vorstellen?" Eine Frau trat zu Jax und legte ihm in besitzergreifender Art eine Hand auf den Arm. Sie war auffallend schön, groß und schlank. Ihre lockigen Haare schimmerten wie gesponnenes Gold, ihre Lippen lächelten freundlich, doch ihre grauen Augen blickten kühl und forschend.

Überrascht fragte Kelly sich, wer diese Person sein mochte. Seltsamerweise hatte er nie erwähnt, dass er in irgendeiner Form liiert war.

„Das ist Kelly O'Brian", sagte Jax. „Kelly, ich möchte dir Stefanie Winchester vorstellen."

Oh Gott, sie ist seine Frau, durchfuhr es Kelly. Ihr Magen drehte sich um vor Eifersucht. Aber nein, entschied sie, es kann keine Eifersucht sein. Wahrscheinlich hatte sie nur etwas Falsches gegessen.

Nach einem flüchtigen, überraschten Blick zu Jax reichte Stefanie ihr die Hand und eröffnete mit kultivierter Stimme: „Mein Bruder hat mir so viel von Ihnen erzählt."

Natürlich, dachte Kelly erleichtert, seine ältere Schwester, die er Stef genannt hatte.

Sie blickte zu ihm auf und stellte fest, dass er sie aufmerksam beobachtete. Ein kleines Lächeln verriet, dass er genau wusste, was in ihr vorging. „Wir müssen uns wirklich beeilen. Wir sehen uns später."

Sie schüttelte den Kopf und öffnete den Mund zu einem Protest, doch er brachte sie zum Schweigen, indem er ihr eine Hand an die Wange legte. „Wir sehen uns auf jeden Fall später", beharrte er sanft und doch so bestimmt. „Du wirst mit mir essen gehen, und wir werden reden. Heute Abend."

Sie vermochte sich nicht zu rühren unter seinem eindringlichen Blick, der ihren gefangen hielt und geradezu hypnotisierend wirkte.

Als er dann ihren Mund musterte, wusste sie, dass er sie küssen wollte.

Doch er tat es nicht. Er strich nur sanft mit dem Daumen über ihre Lippen, bevor er die Hand sinken ließ. Rückwärts trat er bis zur Bordsteinkante zurück, mit einem Lächeln auf dem Gesicht. „Du siehst wirklich wundervoll, erstaunlich, fabelhaft, unglaublich …"

„Allmählich könntest du zum Satzende kommen", warf Stefanie trocken ein.

„… sexy aus", flüsterte er, doch seine Stimme wehte deutlich zu Kelly hinüber. „Ich bin um acht bei dir."

„Nein", wehrte sie ab, als sie endlich ihre Sprache wieder fand, doch es war zu spät. Jax hatte die Straße bereits halb überquert.

„Soso." Stefanie warf Jax einen bedeutungsvollen Seitenblick zu, während sie das Universitätsgebäude betraten. „Du stehst also immer noch auf die kleine Kelly O'Brian, sogar nach all den Jahren. Obwohl sie nicht mehr so klein ist, oder?"

„Nein."

„Ich dachte, sie hatte geheiratet."

„Hat sie auch. Es hat nicht funktioniert."

„Zum Glück für dich. Also hast du deinen Fanghandschuh angezogen, um dir den Abpraller zu angeln."

„Du vermischt die Sportmetaphern", entgegnete Jax, ohne sich zu der Wahrheit in ihren Worten zu äußern.

„Und du hoffst auf das große Happy End. Du bist ein hoffnungsloser Romantiker."

„Ich habe für jedes meiner Bücher ein Happy End geschrieben. Es dürfte doch nicht so schwer sein, für mein Leben auch eins zu inszenieren."

„Das hoffe ich." In einer ungewöhnlichen Zurschaustellung von Zuneigung drückte Stefanie ihm die Hand. „Aber weißt du, wirkliche Personen lassen sich nicht so leicht manipulieren wie Romanhelden."

Jax lächelte betrübt. „Das sagst du so. In letzter Zeit sind meine erdichteten Charaktere auch nicht so leicht zu manipulieren."

Liebe Kelly!
Ich bin gerade fertig geworden.

Es ist nur ein grober Entwurf, aber mehr kann man nicht erwarten von einem Erstlingswerk, das mit Bleistift zwischen die gedruckten Zeilen eines Taschenbuchs gekritzelt wurde.

Es ist ein Liebesroman geworden. Warum? Weil ich in den letzten elf Monaten nichts anderes als diese drei Liebesromane zu lesen bekommen habe, und weil ich ein Happy End brauche.

Ich verspreche, dass ich bei der Überarbeitung den Vornamen meiner Heldin Kelly ändern werde. Und doch verkörpert sie Dich, ist wundervoll und stark und stolz wie Du.

Ich lese mein Buch immer wieder. Zwischen den Zeilen zu lesen, hat plötzlich eine ganz andere Bedeutung für mich.

Beinahe ein Jahr ist vergangen.

Ich bete, dass ich Dir irgendeines Tages, auf irgendeine Weise wieder begegnen werde. Ich lebe nur für diesen Tag.

Ich liebe Dich.
Herzliche Grüße, T.

6. Kapitel

Kelly betrat das gut besuchte Auditorium und blickte sich nach einem leeren Stuhl um. Wie gewöhnlich waren ganz vorn noch Plätze frei. Also ging sie die Stufen hinunter und setzte sich an das Ende der zweiten Reihe.

Kurz darauf betrat die Dozentin das Podium, testete das Mikrofon und kündete die Bestsellerautorin Jayne Tyler an.

Kelly beteiligte sich an dem begeisterten Applaus, doch dann hielt sie abrupt inne und starrte ungläubig auf die Frau, die soeben das Podium betrat. Es war Stefanie Winchester, und sie wurde begleitet von Jax.

Warum auch nicht? dachte Kelly und lachte insgeheim über die Ironie des Schicksals.

T. lehnte sich lässig neben dem Podium an die Wand und ließ den Blick über die Zuhörer gleiten. Als er Kelly sah, starrte er sie mit leicht gerunzelter Stirn an, so als könnte er sich nicht erklären, was sie dort wollte.

Stefanie stellte sich selbst vor und dann T. Jackson – nicht als ihren Bruder, sondern als ihren Agenten. Verblüfft schaute Kelly ihn an. Sein Blick ruhte immer noch auf ihr, und er lächelte vage.

Dann richtete er die Aufmerksamkeit auf Stefanie. Sie wirkte ruhig und gefasst. Ihre etwa einstündige Rede war gut einstudiert. Danach war eine Diskussionsrunde anberaumt, die er führen würde. Sie beantwortete nicht gern die kniffligen Fragen, und er konnte es ihr nicht verdenken.

Nach einer Weile achtete er nicht länger auf ihre Worte. Er hatte diesen Vortrag schon sehr oft gehört, hatte ihn selbst geschrieben.

Er ließ den Blick zurück zu Kelly wandern. Es freute ihn, dass sie sich diesmal nicht so vehement wie sonst gegen seine Einladung zum Dinner gesträubt hatte.

Er wollte sie an diesem Abend in den Armen halten und ging im Geiste die eleganten Restaurants von Boston durch, in denen eine Band zum Tanz aufspielte. Bei ihrem letzten Tanz hatte sie sich so gut in seinen Armen angefühlt, und sie hatten beide so optimistisch in die Zukunft geblickt …

Die Turnhalle, in der das Schulfest stattfand, war mit Luftballons und Girlanden dekoriert worden. Die Atmosphäre wirkte nicht unbedingt romantisch, aber Jax störte sich nicht daran. Kelly in den Armen zu halten, war für ihn mehr als genug Romantik.

Die neugierigen Blicke, die sie auf sich zogen, verrieten ihm, dass sie Gesprächstoff für Schüler wie Lehrer darstellten. Niemandem entging, dass er wesentlich älter war als sie.

Er wollte Kelly näher an sich ziehen, viel näher, aber er schreckte davor zurück, um nicht noch mehr Aufmerksamkeit zu erregen. Sein eigener Ruf war ihm egal, aber Kelly hatte noch ein weiteres Jahr in dieser Schule vor sich, und er wollte ihr ersparen, als seine Geliebte in Verruf zu geraten und als Flittchen abgestempelt zu werden.

Sie lächelte zu ihm auf, doch in ihren Augen lag Besorgnis. „Was hast du denn?"

Er schüttelte lachend den Kopf. „Ich kann wohl gar nichts vor dir verbergen, wie?"

Sie streichelte seine Haare im Nacken und schmiegte sich näher an ihn. Er spürte ihre langen, schlanken Schenkel an seinen und ihre weichen Brüste an seiner Brust. Es fühlte sich himmlisch an, aber er musste ihr Einhalt gebieten.

„Merkst du gar nicht, wie viel Aufmerksamkeit wir erregen?", fragte er.

Sie blickte sich um und lächelte ihn dann erneut an. „Ich glaube, es liegt daran, dass du der bestaussehende Mann hier bist."

„Das Stichwort ist ‚Mann'." Er holte tief Luft. „Kelly, wenn wir so eng tanzen, denken die Leute noch, dass wir liiert sind."

„Das sind wir doch auch. Oder etwa nicht?"

Lange musterte er schweigend ihr Gesicht. Sie war so wundervoll, so reif und doch in vielerlei Hinsicht so unschuldig. „Ich meine intim liiert."

Ihre Wangen röteten sich ein wenig, doch sie wandte den Blick nicht ab. „Es kümmert mich nicht, was andere Leute über mich denken."

„Aber mich kümmert es. Wenn sie dich erst mal abgestempelt haben, ist es so gut wie unmöglich, es rückgängig zu machen. Glaub mir, ich spreche aus Erfahrung."

Kelly sagte nichts. Sie wartete nur, dass er fortfuhr.

„Du weißt, dass ich meinen Abschluss an der staatlichen Schule am Cape Cod gemacht habe, oder?"

Sie nickte.

„Ich habe diese Schule nur in den letzten zwei Jahren besucht. Vorher war ich auf Privatschulen. Auf vielen verschiedenen Privatschulen."

„Das wusste ich nicht."

Jax glitt mit ihr über das Parkett zu den Klängen einer sanften Rockballade. Er musste sich ständig ermahnen, einen gewissen Abstand zu ihr zu wahren. „Ich bin aus so vielen Privatschulen rausgeflogen, bis mich keine mehr aufnehmen wollte."

„Rausgeflogen? Du?"

Er deutete auf die winzige Narbe an seiner linken Wange. „Weißt du noch, dass die von einer Schlägerei stammt? Nun, ich habe gewonnen, aber ich wurde der Schule verwiesen."

„Du hast mir nie erzählt, worum es dabei ging."

„Um Gemeinheiten der Oberstufe gegen die Unterstufe. Die Großen haben den Kleinen ständig Streiche gespielt. Als sie zu weit gegangen sind, bin ich ... nun, etwas durchgedreht."

„Was haben sie denn angestellt?"

„Sie haben etwas ins Essen gemischt, von dem sich die Kids übergeben mussten, und sich köstlich darüber amüsiert. Das hat mich furchtbar aufgeregt. Ich habe dem, der sich das ausgedacht hatte, eins auf die Nase gegeben. Anscheinend ist es ein Kavaliersdelikt, fünfzig Kids krank zu machen, aber dem Anstifter eins auf die Nase zu geben, ist es nicht."

Die Band stimmte ein neues, sanftes Lied an. Kelly legte den Kopf an seine Schulter. Er wollte sie küssen, ihren weichen Körper an sich drücken. Er hätte seine Seele verkauft für die Chance, mit ihr zu schlafen. Die nächsten anderthalb Jahre würden schwer zu ertragen sein.

„Und warum bist du aus den anderen Internaten geflogen?", fragte sie in seine Gedanken.

„Weil ich mit einem schlechten Ruf aufgenommen wurde. In der zweiten Schule hat jemand den Geräteschuppen der Sporthalle in Brand gesteckt, und weil ich als Unruhestifter verschrien war, wurde mir die Schuld in die Schuhe geschoben. Aus dem nächsten Internat bin ich rausgeflogen, nur weil ich mein Essenstablett fallen ließ."

„Das ist ja furchtbar."

„Wenn man einmal abgestempelt ist, hat man keine Chance mehr. Ich möchte nicht, dass dir so etwas passiert."

„Ich glaube nicht, dass meine Verbindung zu dir meinem Ruf schaden wird." Kelly lachte. „Eher im Gegenteil."

Jax blickte in ihre funkelnden Augen, und sein Herz schwoll. Er liebte sie seit Jahren, aber er hatte es sich bisher nicht eingestanden, weil sie noch ein Kind gewesen war. Die ganze Zeit hatte er sich gefragt, warum er nie länger als wenige Wochen mit einer Frau ging. Er hatte sich eingeredet, dass er nicht zu einer dauerhaften Bindung fähig war, dass eine einzige Frau sein Interesse nicht lange genug zu fesseln vermochte.

Doch in Wahrheit war er monogam wie kaum ein Mann seines Alters. Sein Herz gehörte Kelly, schon seit Jahren. Ohne den Schatten eines Zweifels wusste er, dass er sie bis an sein Lebensende lieben würde.

Sie hob eine Hand und wischte ihm einen Schweißtropfen von der Stirn. „Es ist heiß hier drinnen", sagte sie in rauem Ton.

„Das stimmt."

In stummer Übereinkunft gingen sie hinaus in die Vorhalle. Dort war es wesentlich kühler.

„Möchtest du etwas trinken?", fragte Jax und deutete zu einem Erfrischungsstand.

„Ja, aber ich muss mir zuerst … die Nase pudern, wie man so schön altmodisch sagt."

Gedankenverloren blickte er ihr nach, als sie mit schwingenden Hüften davonging. Sie wirkte so elegant und selbstbewusst.

Ein älterer Mann, offensichtlich ein Lehrer, trat zu Jax und bemerkte: „Kelly sieht heute Abend sehr hübsch aus." Er lächelte, doch seine Augen blickten ernst. „Ich wusste gar nicht, dass sie mit einem Studenten geht."

Jax erwiderte das Lächeln und reichte ihm die Hand. „Ich bin Jackson Winchester. Ich bin schon eine ganze Weile mit ihr befreundet."

„Ted Henderson. Welche Universität besuchen Sie?"

„Ich war auf dem Boston College."

„War?"

„Ich habe vor Kurzem das Examen abgelegt."

„Dann ist Kelly erst recht zu jung für Sie."

„Ich wüsste nicht, was Sie das angeht", entgegnete Jax gelassen.

„Kelly liegt mir am Herzen. Ich bin ihr Klassenlehrer und zudem mit ihrem Vater befreundet."

„Nolan billigt meine Beziehung zu seiner Tochter."

„Wenn das wirklich zutrifft, dann ist ihm bestimmt entgangen, wie Sie dieses Mädchen ansehen." Er schüttelte den Kopf. „Sie sind ein erwachsener Mann, Winchester, und sie ist noch ein Kind. Sie haben kein Recht, ihr die Kindheit zu rauben."

Wortlos, mit ausdrucksloser Miene, wandte Jax sich ab und ging zum Erfrischungsstand.

Doch Henderson folgte ihm und fuhr fort: „Bestimmt fühlt Sie sich geschmeichelt von Ihrer Aufmerksamkeit, aber sie sollte harmlose, unbeschwerte Romanzen haben und sich amüsieren."

„Sind Sie fertig?", entgegnete Jax ein wenig gereizt und kaufte zwei Dosen Soda.

„Noch nicht ganz. Ich will mich überzeugen, dass Sie sich über die Gesetze hier in Massachusetts bezüglich Unzucht mit Minderjährigen im Klaren sind."

„Wie Sie gesagt haben, bin ich ein erwachsener Mann. Mir sind die Konsequenzen meines Verhaltens durchaus bewusst. Aber ich liebe Kelly, und sie liebt mich."

„Ich bezweifle nicht, dass Sie sie lieben, mein Sohn“, sagte Henderson überraschend sanft. „Aber sie ist erst sechzehn. Sie erwarten doch wohl nicht, dass ihre Gefühle zu Ihnen andauern werden, oder?“

„Doch, das erwarte ich.“ Jax sah Kelly aus dem Waschraum kommen. „Entschuldigen Sie mich jetzt bitte.“

Er wandte sich ab, ging ihr entgegen und reichte ihr eine Dose Mineralwasser. „Es gibt keine Becher.“

„Das macht nichts. Danke.“

Sie kehrten in die Sporthalle zurück, fanden einen leeren Tisch und setzten sich.

Kelly musterte ihn, als er einen großen Schluck Mineralwasser nahm. „Du amüsierst dich hier nicht besonders, oder?“

„Doch, doch. Ich habe einen Riesenspaß.“

„Ein Mädchen hat mir im Waschraum erzählt, dass Mr. Henderson dir eine Gardinenpredigt gehalten hat.“ Sie beugte sich zu ihm vor. „Das klingt für mich nicht wie ein Riesenspaß. Wir können gehen, wenn du möchtest.“

„Machst du Witze? Ich möchte noch mal mit dir tanzen.“

Kelly nahm seine Hand und verschränkte die Finger mit seinen. „Wir können ja woanders hingehen und … tanzen.“

Er spürte ein heißes Verlangen aufsteigen, als er ihrem Blick begegnete, und schluckte schwer. „Wir sollten lieber hierbleiben.“

„Meinst du wirklich?“

„Kelly, mach es nicht noch härter für mich, als es ohnehin schon ist.“ Sobald er ausgesprochen hatte, wurde ihm die sexuelle Anspielung in seinen Worten bewusst. Zu seiner Erleichterung schien sie es nicht zu bemerken.

„Im Waschraum habe ich etwas von dem Gerede gehört, das über uns beide im Umlauf ist“, verkündete sie. „Du hattest recht. Ich bin tatsächlich abgestempelt worden.“

„Oh nein“, murmelte er bestürzt.

Doch ihre Augen funkelten vor Vergnügen. „Sie bezeichnen mich als rossige Stute, die sich einen Deckhengst eingefangen hat. Das ist ein großer Schritt nach oben gegenüber meinem letzten Spitznamen.“

„Der lautete?“

„Mathefreak. Nicht gerade schmeichelhaft. Rossige Stute gefällt mir wesentlich besser.“ Sie grinste. „Willst du mit mir tanzen, Deckhengst?“

Er täuschte Empörung vor, während er ihr auf das Parkett folgte. „Ist das alles, was ich für dich bin?“

Zärtlich blickte sie zu ihm auf. „Ich habe mich in dich verliebt, lange bevor ich überhaupt wusste, was ein Deckhengst ist.“

Ihre Worte hallten in seinem Kopf wider, riefen ein unbändiges Glücksgefühl hervor.

Sie schlang die Arme um seinen Nacken und zog seinen Kopf zu sich hinab, und er küsste sie, mitten auf dem Tanzboden, sanft und andauernd.

Tosender Applaus riss Jax aus seinem Tagtraum. Die Zuhörer im Auditorium spendeten begeistert Beifall. Stefanies Rede war vorüber.

Er blickte zu Kelly hinüber. Es war warm im Saal geworden, und sie hatte ihre Jacke ausgezogen. In ihrem Outfit sah sie zum Anbeißen aus.

Er gibt nicht auf, dachte Kelly mit einem Anflug von Verzweiflung, als sie Jax’ eindringlichen Blick auffing. Er würde sie nicht in Ruhe lassen, bis sie dem Verlangen nachgaben, das noch immer zwischen ihnen schwelte.

Sie beobachtete, wie er die Stufen zum Podium erklomm und zu seiner Schwester trat. Seine Haare glänzten golden im Licht, und seine Zähne blitzten weiß, als er lächelnd das Mikrofon übernahm und die Fragestunde eröffnete. Er sprach gelassen, selbstbewusst, und zog die Zuhörerschaft mit seinem Charisma in seinen Bann.

Kelly musterte seine breiten Schultern in dem Jackett, seine muskulösen Arme, seine starken, langfingrigen Hände, die das Podium umfassten. Wie mochte es sein, diese Hände auf ihrem Körper zu spüren?

Im Geiste sah sie ihn nackt in ihrem Bett liegen, sie mit feurig funkelnden Augen küssen und liebkosen ... Entschieden verdrängte sie diese Fantasien und zwang sich, den Fragen zu lauschen, die ihm gestellt wurden.

„Wie viele Stunden schreiben Sie am Tag?", erkundigte sich eine Frau.

„Jayne steht gewöhnlich sehr früh auf und setzt sich mit einer Tasse Kaffee sofort an den Computer", erwiderte Jax. „Sie schreibt bis Mittag, legt dann zwei Stunden Pause ein, in denen sie zum Ausgleich Sport treibt. Dann arbeitet sie bis zum Dinner und macht danach für gewöhnlich weiter."

„Das ist ein ziemlich hartes Pensum", warf Stefanie ein. „Aber auf diese Weise wird ein Buch schnell fertig, und dann kann ich eine Weile Urlaub machen."

Kelly meldete sich zusammen mit mehreren anderen Studenten zu Wort.

Jax richtete die Aufmerksamkeit sofort auf sie. „Ja, Kelly?"

Sie räusperte sich und fragte mit erhobener Stimme: „Was kann man tun, wenn man mit einem Manuskript unzufrieden ist, aber nicht weiß, wie man es verbessern soll?"

Erstaunt entgegnete er: „Hast du denn ein Buch geschrieben?"

„Ja."

„Das hast du mir nie erzählt."

„Du hast mich nie danach gefragt", konterte sie und spürte neugierige Blicke auf sich ruhen.

Jax schien sich bewusst zu werden, dass sie in einem Saal voller Menschen ein Privatgespräch führten. Er richtete den Blick auf die Menge. „Es gibt verschiedene Möglichkeiten. Zum einen kann man es weglegen und etwas Neues anfangen. Wenn das nächste Projekt beendet ist, sieht man das misslungene Manuskript vielleicht aus einer anderen Perspektive." Er blickte wieder zu Kelly. „Oder du kannst eine andere Person zurate ziehen. Was dir als unüberwindbares Problem erscheint, ist für einen anderen vielleicht sehr schnell zu lösen."

Er beantwortete weitere Fragen, und zwanzig Minuten später endete die Vorlesung. Ungeduldig wartete er, während die Dozentin sich überschwänglich und sehr langatmig bei ihm und Stefanie bedankte.

Als er Kelly gemächlich zum Ausgang gehen sah, unterbrach er die Dozentin höflich. „Es tut mir leid, aber wir müssen jetzt gehen. Jayne hat noch einen anderen Termin, und …"

„Ja, natürlich. Es hat mich sehr gefreut, Sie kennenzulernen. Und noch mal vielen Dank."

Er nahm Stefanie am Arm und zog sie eilig aus dem Hörsaal. Kelly stand am Ausgang und wollte gerade ihren Regenschirm öffnen. Der leichte Nieselregen hatte sich in einen kräftigen Schauer verwandelt.

„Kel, warte!"

Sie drehte sich zu ihm um.

„Ich bringe dich nach Hause. Du willst doch nicht in diesem Regen auf den Bus warten, oder?"

Er stand nicht besonders nahe bei ihr, aber sie glaubte, seine Körperwärme zu spüren. Ungewollt stieg vor ihrem geistigen Auge erneut das Bild ihrer nackten Körper auf, im Liebesspiel vereint. Wie sehr begehrte sie ihn! Doch es war nichts weiter als nur sexuelle Anziehungskraft, der Überrest jahrelanger Fantasien. Wenn sie diese alten Gefühle aus ihrer Erinnerung verbannen konnte …

Mit ihm zu schlafen, konnte gar nicht so schön sein, wie sie es sich ausmalte. Wenn sie mit ihm schlief, würde es ihre Neugier wie ihr Verlangen befriedigen und ihr bewusst machen, dass er nichts Besonderes für sie war – nicht mehr. Und auch er würde bekommen, was er wollte, und sie dann in Ruhe lassen.

„Also gut", sagte sie und sah Überraschung in seinem Blick.

„Ich hole das Auto. Warte hier bei Stef, okay?"

Sie drehte sich zu Stefanie um und bemerkte: „Ich hatte keine Ahnung, dass Sie Jayne Tyler sind. Ihre Bücher faszinieren mich."

„Danke."

„Schreibt Jackson eigentlich auch? Das war früher immer sein Traum."

„Ihnen liegt wirklich viel an ihm", stellte Stefanie fest. „Nicht wahr?"

„Nun, ja. Er war jahrelang mein bester Freund. Mir wird immer an ihm liegen."

„Warum haben Sie dann den anderen Mann geheiratet?"

Es überraschte Kelly, dass Stefanie eine derart persönliche Frage stellte, dass sie überhaupt davon wusste. In diesem Moment fuhr Jax vor und ersparte ihr eine Antwort. „Kommen Sie, ich nehme Sie mit unter meinen Regenschirm“, sagte sie, und beide eilten hinaus.

Stefanie stieg auf den winzigen Rücksitz. Also nahm Kelly den Beifahrersitz.

Jax' Jackett war nass geworden, und Regentropfen rannen ihm aus den Haaren ins Gesicht. „Ich bringe Stefanie ins Hotel, und wenn du nichts dagegen hast, ziehe ich mich um, bevor wir zum Dinner gehen. Du hast doch nicht vergessen, dass wir verabredet sind, oder?“

„Ich bin auch nicht gerade für ein vornehmes Restaurant gekleidet“, protestierte Kelly.

„Ich will ja nichts Vornehmes anziehen, sondern nur etwas Trockenes“, unterbrach er. „Ich bin in eine Pfütze getreten, und meine Schuhe sind klitschnass.“ Er grinste. „Ich wusste doch, dass ich aus gutem Grund keine Socken zu tragen pflege.“

Kelly musste lächeln. „Und ich dachte die ganze Zeit, dass du nur nicht so viel waschen willst.“

Als er sich in den Verkehr einreihte und in Richtung Innenstadt fuhr, lehnte sie sich auf dem bequemen Ledersitz zurück. Sie blickte aus dem Fenster auf die Regentropfen und ließ ihre Gedanken zurückwandern zum letzten Mal, als sie zusammen mit Jax in einem Auto gesessen hatte …

7. Kapitel

T. Jackson und Kelly hatten das Schulfest vor mehreren Stunden verlassen.

Nun war es beinahe fünf Uhr morgens, und sie saßen in seinem Auto am Strand und hielten Händchen. Nach all dem Lärm und den bunten Lichtern wirkte die Abgeschiedenheit und Stille der Morgendämmerung wundervoll.

T. erzählte ihr von seinem Traum, Schriftsteller zu werden. Er wollte alles schreiben – Romane, Kurzgeschichten, Drehbücher. Vor allem aber wollte er Komödien mit glücklichem Ausgang verfassen.

Er sprach über seine Kindheit, seine Eltern. Sie liebten ihn, aber sie wussten es nicht zu zeigen. Als er aus dem letzten Internat geflogen war, hatte sich seine Mutter gerade in Mailand aufgehalten und sein Vater auf einer Kreuzfahrt im Südpazifik. Er hatte mit beiden telefoniert, und unabhängig voneinander hatten sie für ihn dasselbe beschlossen – eine Militärakademie.

„Also habe ich meiner Mom gesagt, dass Dad sich um alles kümmert – und umgekehrt. Ich habe meine Sachen gepackt und bin in unser Sommerhaus am Cape gezogen." Er lachte leise. „Ich habe einen Brief von meinen Eltern gefälscht und mich in der Highschool angemeldet. Aus meinen Zeugnissen habe ich alle Vermerke entfernt, dass ich der Schule verwiesen wurde. Ich habe mich sehr unauffällig verhalten, und alles lief glatt."

„Du hast ganz allein gelebt? Aber deine Eltern müssen doch was gemerkt haben ..."

„Nicht bis zu den Weihnachtsferien. Zu dem Zeitpunkt war ich fast achtzehn, und sie haben gemerkt, dass ich alles unter Kontrolle hatte."

„Hast du dich nicht einsam gefühlt?"

„Ich wusste ja nicht, was mir entgeht – bis ich dich und deine Familie kennenlernte.“ Impulsiv beugte er sich zu ihr, küsste sanft ihre Lippen.

Dann wich er abrupt wieder zurück und sagte rau: „Wir sollten jetzt nach Hause fahren.“

Ihr Herz pochte heftig. „Bitte, lass uns noch etwas bleiben. Ich möchte am Strand spazieren gehen.“ Und schon streifte sie sich Schuhe und Strümpfe ab und stieg aus.

Die Nachtluft war kalt. Im Osten begann der Himmel hell zu werden. Schon bald würde die Sonne aufgehen. Kelly drehte sich um und sah T. unschlüssig neben dem Wagen stehen. Sie nahm seine Hand und zog ihn mit sich.

„Warte eine Sekunde.“ Er zog sich Schuhe und Socken aus und ließ sie neben dem Wagen liegen.

Als sie das Ufer erreichten, legte er ihr seine Jacke um die Schultern und zog sie an sich, um sie zu wärmen. Das Wasser, das gelegentlich über ihre nackten Füße spülte, war eiskalt. Doch es kümmerte sie nicht. Sie fühlte sich wie im siebten Himmel.

„Ich möchte nicht, dass diese Nacht zu Ende geht“, flüsterte sie.

Er blieb stehen, zog sie noch enger an sich. „Ich auch nicht.“

Und dann küsste er sie, doch sie spürte seine Zurückhaltung. Sie schmiegte sich an ihn und streichelte seine Lippen mit der Zungenspitze.

Er seufzte, drückte sie fester an sich und erwiderte ihre Küsse, die immer leidenschaftlicher wurden. Sie spürte seine Hände über ihren Körper gleiten, und die Jacke fiel von ihren Schultern in den Sand.

Er schob ein Bein zwischen ihre, als sie sich aneinanderdrängten, öffnete den Reißverschluss ihres Kleides, und seine Finger auf ihrem nackten Rücken ließen sie erschauern und aufstöhnen.

Außer Atem wich er zurück. „Kelly, wir …“

Sie zog seinen Kopf wieder zu sich hinab und küsste ihn. Er widerstand eine halbe Sekunde, und dann konnte er nicht länger an sich halten. Die Erkenntnis, welche Macht sie über ihn besaß, erweckte eine freudige Erregung und steigerte ihr Verlangen.

„Jax, schlaf mit mir“, flüsterte sie.

Er erstarrte, bis sie instinktiv die Hüften an seinen kreisen ließ. Das schien ihn zu erregen, denn seine Liebkosungen wurden stürmisch, drängend. Sie verloren das Gleichgewicht und fielen eng umschlungen in den weichen Sand.

Er streichelte ihren Körper auf eine Weise, die ihr den Atem raubte und sie nach mehr verlangen ließ. Seine Hand glitt an ihrem Schenkel hinauf, schob ihren Rock hoch.

In diesem Moment tauchte Kevin am Strand auf. In diesem Moment verwandelte sich ihre wundervolle Nacht mit Jax in einen Albtraum.

„Du Schuft!“, schrie Kevin zornig und zerrte Jax von ihr. „Du hast mir dein Wort gegeben, du Bastard!“

Die ersten Sonnenstrahlen färbten den Himmel rosig am Horizont. Im Dämmerlicht sah Kelly, dass T. mit betroffener Miene aufstand.

„Kevin, ich wollte nicht …“ Jax rührte sich nicht, wehrte sich nicht, als Kevin auf ihn losging und ihn immer und immer wieder schlug.

„Hör auf!“, schluchzte Kelly und klammerte sich an Kevin, um zu verhindern, dass er erneut zuschlug.

Als Jax mit blutendem Gesicht zu Boden ging, warf sie sich neben ihn auf den Sand. „Oh T., es tut mir so leid.“

Kevin zerrte sie grob auf die Füße. „Du hältst dich von ihm fern“, befahl er. „Ich sollte dir auch Vernunft einbläuen.“ Und dann holte er aus, so als wollte er sie schlagen.

Instinktiv wich sie zurück, doch plötzlich stürzte Jax sich auf ihn, warf ihn mit dem Gesicht auf den Sand und drehte ihm einen Arm auf den Rücken. „Wenn du sie jemals schlägst, ist es das Letzte, was du tust“, drohte er. „Verstanden?“

„Ja“, murrte Kevin mit schmerzverzerrter Stimme.

Abrupt ließ Jax ihn los, und beide setzten sich atemlos auf den Sand.

Kevin blickte zu Kelly auf. „Geh zu meinem Wagen.“

„Nein. Ich fahre mit Jax nach Hause.“

„Er ist zu Hause nicht mehr willkommen." Er wandte sich an Jax. „Ich lasse deine Sachen zum Cape schicken."

Jax nickte stumm.

Kelly konnte es nicht fassen. Wollte er tatsächlich einfach aufgeben?

„Du solltest mir einen Gefallen tun", fuhr Kevin vorwurfsvoll fort. „Du solltest Kelly zum Schulfest begleiten, damit ich mit Beth ausgehen kann. Du hast mir versprochen, dass du sie nicht anrührst."

Kelly traute ihren Ohren kaum. Er war nur aus Gefälligkeit gegenüber Kevin mit ihr ausgegangen? Er hatte angedeutet, dass er sie liebte, hatte ihr praktisch einen Heiratsantrag gemacht. „T., sag was", drängte sie.

„Kelly, warte in meinem Wagen", befahl Kevin.

„Geh lieber, Kel", sagte Jax sanft. „Ich rufe dich nachher an."

Benommen ging sie zum Parkplatz. Benommen wartete sie zwanzig Minuten auf Kevin. Benommen ging sie zu Hause in ihr Zimmer, zog sich aus und legte sich auf das Bett. Doch sie schlief nicht. Sie wartete stundenlang auf T.s Anruf …

Als Jax vor dem Hotel anhielt, starrte sie immer noch aus dem Fenster. Er hatte nie angerufen, und er hatte keine der geplanten Verabredungen eingehalten. Sie hatte ihn nur einmal gesehen zwischen dem Schulfest und der vergangenen Woche, als er in der Redaktion der Studentenzeitung aufgetaucht war – zu Kevins Hochzeit, als sie neunzehn gewesen war.

Sie blickte überrascht auf, als er die Beifahrertür öffnete und ihr aus dem Wagen half.

Er hatte ihr nichts als leere Versprechungen gemacht. Warum also fühlte sie sich dennoch zu ihm hingezogen?

Weil Anziehungskraft nichts mit Liebe zu tun hat, sagte sie sich. Ihren Hormonen war es einerlei, dass er sich nicht gerade als ehrenhaft erwiesen hatte. Für ihre Hormone zählte nur, dass er ein gut aussehender Mann mit einem charmanten Lächeln und einem umwerfenden Körper war.

„Es war sehr nett, Sie kennenzulernen, Kelly“, sagte Stefanie. „Sie sollten uns in diesem Sommer mal am Cape besuchen kommen.“

„Eine super Idee“, pflichtete Jax ihr bei, als sie das Hotel betraten. „Wieso bin ich nicht selbst darauf gekommen?“

Kelly ignorierte seine Bemerkung. „Danke, Stefanie. Mich hat es auch gefreut, Sie kennenzulernen.“

„Ich muss rennen. Emilio wartet auf mich.“ Mit einem Lächeln eilte Stefanie davon.

„Wenn du nichts dagegen hast, möchte ich mich jetzt wirklich umziehen“, verkündete Jax und ging zu den Fahrstühlen. Zu seiner Überraschung begleitete Kelly ihn, anstatt in der Halle auf ihn zu warten.

Während sie auf den Lift warteten, musterte er sie. Sie wirkte sehr nachdenklich, und daher fragte er: „Was geht dir gerade durch den Kopf?“

„Ich habe gerade gedacht, wie schade es ist, dass du nicht schreibst.“

Er lächelte. „Hin und wieder schreibe ich schon ein wenig.“

„Aber du verdienst dir damit nicht den Lebensunterhalt.“

Der Fahrstuhl kam. Sie stiegen ein, und er drückte den Knopf für das Penthouse. „Hast du vergessen, dass ich ein Winchester bin?“, entgegnete er lässig. „Ich stelle Barschecks für meinen Lebensunterhalt aus.“

„Ich dachte, du wolltest Romane und Drehbücher schreiben“, wandte sie in leicht vorwurfsvollem Ton ein.

„Ich habe sogar ein Drehbuch angefangen.“

„Aber nicht vollendet?“

„Andere Verpflichtungen sind dazwischengekommen. Aber ich habe es nie vergessen, ebenso wenig wie dich.“

„Ein netter Spruch“, entgegnete sie. „Aber es fällt mir schwer, es zu glauben.“

„Es ist aber wahr.“ Er lehnte lässig an der Wand, die Hände in den Hosentaschen vergraben. Sein Haar war zerzaust und immer noch nass, und er lächelte sie mit funkelnden Augen an.

„Was willst du von mir?“, fragte sie unverblümt.

Ebenso rundheraus erwiderte er: „Ich will dich heiraten."

Vage hörte Kelly einen Klingelton, als der Fahrstuhl das Penthouse erreichte und sich die Tür öffnete. Schockiert starrte sie Jax an.

„Nach dir", sagte er mit einer ausladenden Geste in völlig gelassenem Ton, so als hätte er ihr nicht gerade einen Heiratsantrag gemacht.

Ihre anfängliche Benommenheit verflog, als sie über den langen Korridor ging, und sie lachte auf. Er wollte sie heiraten. Welch ein Hohn!

Ruhig öffnete er die Tür und ließ Kelly als Erste eintreten.

Die Suite war enorm. Das geräumige Wohnzimmer war geschmackvoll in gedämpften Farben eingerichtet. Eine Glaswand bot einen atemberaubenden Ausblick auf die Innenstadt von Boston.

Als Kelly an das Fenster trat, erhaschte sie einen Blick durch eine Doppeltür in ein riesiges Schlafzimmer. Das Bett allein war fast so groß wie ihr Apartment.

Jax hängte sein nasses Jackett auf eine Stuhllehne. Sein Hemd war ebenfalls nass. Er lächelte sie an, während er sich die Schuhe auszog, die Krawatte abnahm und das Hemd aufknöpfte. „Ich bin gleich wieder da. Bedien dich an der Bar."

Kelly stellte ihren Rucksack ab, schenkte sich ein Glas Mineralwasser ein und blickte sich um.

Mehrere Bücher lagen im Raum umher. Darunter befanden sich die beiden neuesten Werke von Jayne Tyler, ein Manuskript mit dem Titel „Gefangener der Liebe", und mehrere Titel, die sie von der Bestsellerliste der „New York Times" kannte. Auf dem Fußboden und dem Couchtisch lagen Zeitungen und Zeitschriften.

„Hol mir bitte eine Cola aus dem Kühlschrank, ja?", rief Jax aus dem Schlafzimmer.

Sie befolgte gerade die Aufforderung, als er in der Tür erschien. Er trug verwaschene Jeans und ein T-Shirt in der Hand.

Sie bemühte sich, ihn nicht anzustarren. Schließlich war es nicht das erste Mal, dass sie ihn ohne Hemd sah. Aber sein Körper sah verdammt gut aus. Seine Haut war glatt und straff, und seine Muskeln spielten, als er sich das T-Shirt über den Kopf zog.

„Was willst du wirklich von mir?“, fragte sie, und ihre Stimme klang schwach und atemlos in ihren eigenen Ohren.

Seine Finger streiften ihre, als er ihr die Coladose aus der Hand nahm. „Das habe ich dir doch gesagt. Ich will dich heiraten. Ich wollte dich schon vor sieben Jahren heiraten, und daran hat sich nichts geändert.“

Sie verspürte einen Anflug von Zorn und klammerte sich daran, weil sie sich nicht mit den anderen Gefühlen auseinanderzusetzen vermochte, die in ihr tobten. „Nach all der Zeit bist du also schließlich bereit ...“

„Nein“, unterbrach er sie mit durchdringendem Blick. „Du bist schließlich bereit.“

„Ich habe gerade eine törichte Ehe hinter mich gebracht. Glaubst du wirklich, dass ich so darauf brenne, gleich wieder eine einzugehen?“

„Glaubst du denn wirklich, dass es töricht wäre?“

„Absolut.“

Er trat einen Schritt auf sie zu und stellte die Dose auf den Tisch. „Warum?“

Abwehrend verschränkte Kelly die Arme vor der Brust. „Ach, komm schon, T., was glaubst du wohl?“

„Ich weiß es nicht“, sagte er sanft und trat noch einen Schritt näher. „Vor sieben Jahren schienst du es für eine gute Idee zu halten, mich zu heiraten.“

Kelly wandte sich ab und griff zu ihrem Rucksack. „Ich habe dich damals ernst genommen, weil ich zu jung war, um es besser zu wissen. Aber jetzt weiß ich es besser.“

Sie musste gehen, bevor sie sich von den Erinnerungen an den Kummer überwältigen ließ. Doch Jax stand zwischen ihr und der Tür und versperrte ihr den Ausgang.

„Ich weiß, dass ich dich enttäuscht habe“, sagte er sanft.

Sie lachte. „Das kann man wohl sagen. Du hast das Land verlassen, ohne dich auch nur zu verabschieden!“ Sie zwängte sich an ihm vorbei zur Tür. „Ich muss jetzt gehen.“

Jax ergriff sie am Arm. „Bitte, Kel ...“ In diesem Moment

wünschte er sich, das wahre Leben könnte so einfach sein wie die Prosa. Er wünschte, er könnte die Zeit zurückdrehen und einige Szenen seines Lebens neu schreiben.

Er hoffte zumindest auf eine Chance, ihr zu beweisen, wie sehr er sie liebte. Plötzlich war er froh, dass er die Liebesszene zwischen Jared und Carrie geschrieben hatte. Diese eine Liebesnacht war es, die sie aneinander band, die sie zusammenhielt trotz all der Irrungen und Wirrungen, die er ihnen in den Weg legen würde.

Aber Jax und Kelly konnten nicht auf eine derartige Nacht zurückgreifen. Er hatte ihr nie seine Liebe gestanden.

Sie zog ihren Arm zurück und starrte ihn zornig und verletzt zugleich an. „Ich habe dich so sehr geliebt, T., aber für dich war es nur ein Spiel …"

„Nein! Das ist nicht wahr."

„Die Wahrheit ist, dass du Kevin einen Gefallen getan hast, indem du mich zum Ball begleitet hast", entgegnete sie hitzig. „Aber du hast dich hinreißen lassen und bist einen Schritt zu weit gegangen." Sie griff zur Klinke und öffnete die Tür. „Nun, diesmal nicht, Jackson."

Er stieß die Tür mit einer Hand zu, stützte die andere auf den Rahmen und hielt Kelly somit zwischen seinen Armen gefangen. „Ich lasse dich nicht weglaufen. Du musst mir eine Chance geben, dir alles zu erklären."

Er stand ihr so nahe, dass sie seine Körperwärme spürte und ihr sein Geruch in die Nase stieg. „Du riechst sogar genau wie früher", murmelte sie matt. Ich gebe auf, wollte sie plötzlich sagen, geh mit mir essen, geh mit mir irgendwohin, geh mit mir ins Bett …

Verlangen lag in seinem Blick. Er beugte sich zu ihr und küsste sie, wie sie es erwartete. Unerwartet war für sie, dass sie förmlich dahinschmolz. Ihre Knie wurden weich, und sie schlang unwillkürlich die Arme um seinen Nacken und zog ihn noch näher an sich.

Nichts hatte sich geändert. Sieben Jahre waren vergangen, und doch brauchte es nur einen Kuss von Jax, und all die alten Gefühle kehrten zurück.

Er zog ihren Körper dichter an seinen, umschmiegte ihren Po und presste ihre Hüften an sich.

Dann hob er den Kopf, und sie blickte benommen in seine Augen. „Du weißt, was ich will", sagte er rau.

Das Ausmaß seines Verlangens war unmissverständlich. Sie nickte wortlos, obwohl er keine Frage gestellt hatte.

„Ich wollte es auch nach dem Schulfest", murmelte er. „Du warst erst sechzehn, aber das war mir egal. Ich war so verrückt vor Liebe zu dir, dass ich nicht klar denken konnte. Hätte Kevin uns nicht gefunden, hätte ich es getan. Ich hätte dort am Strand mit dir geschlafen. Du warst noch ein Kind, und ich hatte keine Verhütung, und trotzdem hätte ich es getan."

Seufzend schüttelte er den Kopf. „Ich habe mich nicht gegen Kevins Schläge gewehrt, weil ich wusste, dass ich es nicht anders verdient hatte. Und ich habe nicht geleugnet, was er gesagt hat, weil ich sprachlos war. Aber ich habe dich nicht zum Ball begleitet, um ihm einen Gefallen zu tun. Im Gegenteil. Ich habe ihn angefleht, es mir zu erlauben. Ich habe ihm versprochen, dass ich auf dich aufpasse, und stattdessen hätte ich dir fast die Unschuld ..."

Sie legte ihm einen Finger an die Lippen. „Es ging nicht nur dir allein so. Ich wollte dich ebenso wie du mich."

„Kel, du warst noch ein Kind ..."

„Ja und? Ich wusste, was ich wollte."

„Wie konntest du das wissen? Du warst erst sechzehn."

„Jetzt bin ich nicht mehr sechzehn", entgegnete sie, und dann küsste sie ihn.

Es war ein Kuss voller Leidenschaft und der Verheißung, dass all das nicht beendet war, was sie vor sieben Jahren begonnen hatten.

Sie ließ den Rucksack zu Boden fallen, während Jax ihr die Jacke abstreifte. Er hörte sie nach Atem ringen, als er ihr T-Shirt hochschob und ihre zarte, warme Haut streichelte. Er war verloren vor verzehrendem Verlangen. Selbst nach so langer Zeit war es um seine Beherrschung geschehen, wenn er sie in den Armen hielt.

Sie wich ein wenig zurück, um sich das T-Shirt über den Kopf zu ziehen. Verträumt beobachtete er seine Finger, mit denen er den

Vorderschluss ihres BHs öffnete und ihre weichen, vollen Brüste enthüllte. Er wollte sich Zeit lassen, sie zu betrachten, sie zärtlich zu berühren, aber er war entflammt und vermochte sich nicht zu beherrschen. Begierig senkte er den Kopf, nahm eine harte Brustspitze in den Mund und saugte hungrig, bis Kelly vor Entzücken aufschrie.

Sie zerrte an seinem Hemd, und er streifte es sich hastig ab, zog sie dann an sich und genoss das Gefühl von nackter Haut an nackter Haut. Er konnte nicht länger klar denken, konnte überhaupt nicht mehr denken.

Er spürte ihre Finger an seinem Hosenbund. Er wusste, dass es kein Zurück gab, wenn sie ihn dort berührte. „Kel", flüsterte er, als sie Knopf und Reißverschluss öffnete. „Was tun wir bloß?"

Sie lachte leise und verführerisch. „Weißt du das nicht?"

Er küsste ihren Hals, erforschte eifrig ihren Körper. Ihr Haar fühlte sich wie Seide an und ihre Haut wie Satin. Er ließ die Hände tiefer gleiten und stellte mit Entzücken fest, dass ihre Leggings verschwunden waren. Sie stand nackt vor ihm.

Sie war wundervoll – unglaublich, vollkommen wundervoll.

„Oh Jackson", flüsterte sie, während sie ihm Jeans und Shorts abstreifte. Und dann berührte sie ihn.

Sieben Jahre lang hatte er auf diesen Moment gewartet.

Er ließ eine Hand zwischen ihre Schenkel gleiten, und sie öffnete sich ihm voller Verlangen, presste sich an seine forschenden Finger. „Bitte, T.", drängte sie, „Ich brauche dich jetzt …"

Sie reichte ihm ein Kondom, vermutlich aus ihrem Rucksack. Und dann hatte das Warten ein Ende.

Er hob sie hoch, und mit einem heftigen Ruck war er in ihr, und sie stöhnte auf vor Entzücken.

Kellys Rücken lehnte an der Tür. Sie hatte Arme und Beine fest um T. geschlungen und bewegte sich mit ihm. Nie zuvor hatte sie diese Stellung erlebt. Nie zuvor hatte sie sich derart begehrt gefühlt. Aus seinen Augen funkelte eine wilde Leidenschaft, die sie erregte, aber zugleich auch erschreckte – weil sie wusste, dass ein einziges Mal nicht genug war.

Er zog sie mit sich hinab auf den Boden und steigerte das Tempo seiner Bewegungen. Sie hob ihm die Hüften entgegen, nahm ihn noch tiefer in sich auf. Seine Hände und Lippen waren überall, steigerten ihre Erregung, brachten sie dem Höhepunkt näher, bis sie sich schließlich davongetragen fühlte von Woge um Woge der Ekstase.

Jax hatte sich ausgemalt, wie es sein mochte, aber seine Fantasie reichte nicht annähernd an die Wirklichkeit heran. Selbst als der letzte Schauer durch ihren Körper rann, bewegte sie sich noch mit ihm zusammen. Sie blickte ihn verklärt an und flüsterte: „Das hätten wir vor sieben Jahren tun sollen."

Sie lächelte ihn an, und es war die Liebe in ihren Augen, die ihn über die Schwelle führte. Er hatte das Gefühl zu explodieren. Es war wundervoll, unglaublich, unfassbar.

Sie hielt ihn fest in den Armen, bis sich sein Atem beruhigte. Dann rollte er sich auf den Rücken und zog sie mit sich. Eine Weile starrte er stumm an die Decke, bevor er Kelly aus den Augenwinkeln ansah.

„Ich besitze eine erstaunliche Finesse", murmelte er vor sich hin. „Ich hatte sieben Jahre Zeit, um das erste Mal mit dir perfekt zu planen. Und was tue ich? Ich gehe nicht mal mit dir ins Bett. Ich nagle dich an die Tür."

Sie lachte. „Ach, so nennt man das? Mir hat es sehr gefallen."

„Das freut mich", murmelte er mit einem verlegenen, äußerst charmanten Lächeln. „Ich hatte es nicht geplant, weißt du. Ich war völlig unvorbereitet. Ich bin froh, dass du ein Kondom bei dir hattest." Er drehte ihr den Kopf zu und küsste sie zärtlich.

Kelly schloss die Augen. Ihr Herz begann erneut zu pochen. War es wirklich möglich, dass sie ihn erneut begehrte? Schon wieder?

Als er sie auf die Arme hob und durch das Schlafzimmer ins Bad trug, protestierte sie nicht. Er stellte sie in das Duschbecken und seifte sie und sich selbst ab. Ihr Verlangen entflammte erneut, und augenscheinlich erging es ihm nicht anders.

Er wickelte sie in ein flauschiges Handtuch, zog sie ins Schlafzimmer und auf das Bett hinab, und als sie in seinen Armen lag, spürte sie sein Herz pochen und wusste, dass ein Mal für ihn ebenso wenig reichte wie für sie.

„Kelly, warum hast du nachgegeben?“, fragte er, während er ihren Körper streichelte. „Versteh mich nicht falsch – ich liebe es, dass du hier bist, aber ich bin überrascht.“

Sie wich ein wenig zurück und blickte zu ihm auf. „Ich habe eingesehen, dass mein Leben weitergehen muss. Wir haben uns beide so lange zueinander hingezogen gefühlt, und …“

Sie wollte sagen, dass sie beide nicht wirklich frei sein konnten, solange sie sich nicht bewiesen, dass ihre Fantasie die Wirklichkeit bei Weitem übertraf. Doch sie konnte es nicht sagen. Denn die Wirklichkeit übertraf all ihre Träume, und das Liebesspiel hatte sie keineswegs von ihm befreit, sondern die Kette nur noch enger gezogen, die sie an ihn band.

Aber Jax konnte ihre Gedanken nicht lesen, und ihre Worte machten ihn glücklich. „Ich möchte wieder mit dir schlafen“, flüsterte er, „wenn es dir recht ist.“

Sie sagte ihm mit einem leidenschaftlichen Kuss, wie sehr es ihr recht war.

Vielleicht diesmal, dachte Kelly. Vielleicht gelang es ihr durch dieses Liebespiel, ihn dorthin zu verdrängen, wohin er gehörte – in die Vergangenheit.

8. Kapitel

Kelly erwachte, als die Morgendämmerung durch die Gardinen des Hotelzimmers drang. T. lag neben ihr im Bett, die Brust an ihren Rücken geschmiegt, einen Arm besitzergreifend auf ihrer Taille.

Sie verspürte die vertraute Erregung wie stets, wenn sie ihm nahe war.

Es vermittelte ihr ein Gefühl der Stärke – wie früher als Kind, wenn sie auf das Dach geklettert war. Sie fühlte sich kühn, verwegen und waghalsig.

Doch das war nicht das Gefühl, das sie sich von einer Beziehung erhoffte. Sie wollte sich sicher, geborgen und behütet fühlen. Sie wollte geschätzt statt begehrt werden.

T. sah so friedlich im Schlaf aus, so heiter und zufrieden. Mit den zerzausten Haaren, die ihm in die Stirn fielen, und den langen dunklen Wimpern auf den gebräunten Wangen war er der wundervollste Mann, den sie je gesehen hatte. Er war geistreich, klug, gebildet und amüsant. Doch er hatte ihr schon einmal das Herz gebrochen, und es gab keinen Grund zu glauben, dass er es nicht wieder tun würde. Nein, sie durfte sich nicht gestatten, ihn erneut zu lieben.

Wie kannst du ihn erneut lieben, entgegnete eine innere Stimme, wenn du nie damit aufgehört hast?

Ich habe aber aufgehört, sagte sie sich. Sie konnte sich sogar an den genauen Zeitpunkt erinnern.

Damals wolltest du aufhören, ihn zu lieben, widersprach die Stimme, aber man kann seine Gefühle nicht einfach abschalten, und du liebst ihn immer noch.

Nein, dachte Kelly verzweifelt, ich liebe ihn nicht, und ich kann es beweisen.

Leise schlüpfte sie aus dem Bett und ging ins Wohnzimmer.

Schnell zog sie sich an, nahm Rucksack und Jacke und schlich sich aus der Suite und aus dem Hotel.

Das ist der Beweis, dachte sie, während sie auf den Bus wartete, würde ich ihn lieben, hätte ich ihn nicht verlassen können.

Okay, sagte die kleine Stimme in ihrem Kopf, aber warum weinst du dann?

Liebe Kelly!
Sie haben mein Buch gefunden und es mir weggenommen.

Der Wärter lacht über die Tränen in meinen Augen, die ich nicht zu unterdrücken vermag, denn endlich hat er einen Weg gefunden, mir wehzutun.

Da kommst Du zu mir, zum ersten Mal, wenn andere dabei sind, Sie können Dich nicht sehen. Sie wissen nicht, dass es Deine Stärke ist, die mich vor dem Zusammenbruch bewahrt.

„Weine nicht", befiehlst Du mir, „halte den Kopf hoch. Was macht es schon, wenn sie Dir das Papier nehmen, auf dem das Buch geschrieben ist? Du kennst es praktisch auswendig. Sie können Dir nicht die Erinnerung nehmen. Du kannst es neu schreiben."

Du siehst so wundervoll aus, so voller Überzeugung, und ich lächle Dich an.

Der Wärter verzieht das Gesicht und schickt mich zurück in meine Zelle.

Ich liebe Dich.
Herzliche Grüße, T.

Jax erwachte mit einem Lächeln auf dem Gesicht, das augenblicklich schwand, als er sich umdrehte und das Bett neben sich leer vorfand.

„Kel?", rief er und ging zuerst ins Bad und dann ins Wohnzimmer. Er sah auf einen Blick, dass ihre Sachen fort waren. Er suchte nach einer Nachricht von ihr in der Annahme, dass sie vielleicht einen Termin hatte und ihn nicht hatte wecken wollen.

Doch er fand keine Nachricht.

Warum war sie einfach gegangen, ohne Abschied? Warum hatte sie sich davongeschlichen, als wäre die vergangene Nacht nichts weiter als ein unbedeutender One-Night-Stand?

Angst packte ihn, schnürte ihm die Brust zu. Aber nein, er wollte es nicht glauben. Bestimmt brauchte sie nur etwas Zeit für sich allein, um mit den intensiven Gefühlen ins Reine zu kommen.

Er durchquerte den Raum, griff zum Telefon und wählte ihre Nummer.

Sie hob beim zweiten Klingeln ab. „Hallo?"

Er holte tief Luft, um sich seine Angst nicht anmerken zu lassen. „He, guten Morgen", wünschte er leichthin.

„Jackson", sagte sie.

Es war nicht gerade eine enthusiastische Begrüßung, und ihre Stimme schien bestürzt zu klingen. Oder bildete er es sich nur aus Unsicherheit ein?

„Ich habe dich beim Aufwachen vermisst", sagte er immer noch in gelassenem Ton. „Ich brenne darauf, dich zu sehen. Ich würde dich gern in einer Stunde zum Lunch abholen."

Ein kurzes Schweigen folgte. „Ich wollte eigentlich den ganzen Tag schreiben", entgegnete sie schließlich. „Ich bin noch nicht so weit gekommen, wie ich wollte, und ..."

Es klang wie eine lahme Ausrede. Aber Jax wusste, was es bedeutete, Zeit zum Schreiben zu brauchen. „Dann hole ich dich eben am Abend ab. Irgendwann brauchst du bestimmt eine Pause. Wir können zum Dinner ausgehen."

„Lieber nicht."

Ihre Worte hallten wider in dem bedrückenden Schweigen, das folgte. Langsam sank er auf einen Stuhl. Das Herz pochte ihm bis zum Halse, als er schließlich fragte: „Kelly, was ist los? Ich verstehe dich nicht."

„T., ich habe dir doch gesagt, dass ich mich nicht mit dir einlassen will", erwiderte sie sanft. „Ich bin momentan nicht zu einer Beziehung bereit."

Das Glücksgefühl vom vergangenen Abend war schlagartig zunichte. Seine Knöchel traten weiß hervor, als er den Hörer umklammerte. „Ich fürchte, dazu ist es zu spät. Kel. Ich weiß ja nicht, wie du die letzte Nacht bezeichnest, aber ich würde sagen, dass wir eine sehr intensive Beziehung angefangen haben."

„Letzte Nacht haben wir etwas beendet, Jackson, nicht angefangen."

„Kelly, bitte, sag so etwas nicht." Verzweiflung schwang in seiner Stimme mit.

„Es tut mir leid. Ich muss jetzt auflegen."

„Bitte, warte! Sprich mit mir", drängte er, doch es war bereits zu spät.

Kelly saß an ihrem Computer und versuchte, die richtigen Worte zu finden, um ihr Manuskript mit einer letzten Liebeszene zu beenden. Für sie war es der schwerste Teil eines Romans. Sie hatte ihren Thesaurus zur Hand und sogar eine Liste mit Wörtern wie „ungestüm" und „ungezähmt" aufgestellt, aber es schien den Szenen immer an etwas zu mangeln.

Als das Telefon klingelte, schloss sie die Augen und versuchte zu überhören, dass der Anrufbeantworter wieder einmal einen Anruf von Jax entgegennahm.

„Kelly, ich weiß, dass du zu Hause bist." Seine normalerweise gelassene Stimme klang angespannt. „Also, geh endlich ran. Wenn nicht, komme ich rüber."

Sie fluchte leise und schaltete den Computer ab.

Es war ein warmer, sonniger Frühlingstag, und der Zeitpunkt erschien ihr perfekt, um joggen zu gehen.

Schnell schlüpfte sie in Shorts, T-Shirt und Turnschuhe. Automatisch griff sie sich in den Nacken, um sich einen Pferdeschwanz zu binden. Sie grinste, als ihr bewusst wurde, dass es mit ihrer neuen Kurzhaarfrisur nicht mehr möglich war.

Den ganzen Tag hatte sie sich bemüht, nicht an Jax zu denken. Nicht ein einziges Mal hatte sie an das Funkeln in seinen Augen, sein charmantes Lächeln, seine zärtliche Stimme, seinen aufreizenden Körper gedacht, sondern vielmehr unzählige Male.

Aber sie bestand aus mehr als nur Hormonen, und es gab mehr

im Leben als guten Sex. Sie wollte einen Mann, der für den Rest seines Lebens bei ihr blieb und nicht nur so lange, bis er ihrer überdrüssig wurde.

Sie verließ ihr Apartment, lief die Treppe hinunter, stürmte hinaus auf die Veranda – und stieß beinahe mit T. zusammen. So viel also zu ihrem Bestreben, ihm aus dem Weg zu gehen.

„Willst du irgendwohin?“, fragte er.

Kelly seufzte. „Ja. Ich wollte laufen gehen.“

„Weglaufen, meinst du.“

„Du bist mir böse“, stellte sie fest, und ihr Herz sank.

Er lachte hart auf. „Hattest du etwa etwas anderes erwartet?“ Er schüttelte den Kopf. „Was versuchst du bloß zu beweisen?“

„Ich wollte dir nicht wehtun.“ Tränen stiegen ihr in die Augen, und sie blinzelte heftig. „Ich dachte …“

Er hob ihr Kinn, sodass sie ihn ansehen musste. „Was dachtest du? Dass es mir egal ist? Dass ich einfach verschwinden und dich nicht mehr belästigen würde?“

„Ja. Ich dachte, wenn wir miteinander … wenn wir Sex hätten, würden wir beide einsehen, dass die Anziehungskraft zwischen uns nicht real ist, dass sie nur auf Fantasie beruht, auf der Vergangenheit.“

Er wandte sich ab und schloss einen Moment lang die Augen. „Das hast du also damit gemeint, dass dein Leben weitergeht. Ich dachte, du würdest von einer Zukunft mit mir reden, aber du wolltest mich verbannen, oder?“

„Ja“, flüsterte sie, und eine Träne kullerte über ihre Wange.

Er drehte sich zu ihr um. „Und? Hat es geklappt? Bist du über mich hinweg?“

„Ich weiß es nicht.“

Jax starrte sie an. Ihre Augen wirkten riesig in ihrem blassen Gesicht. Sie sah kaum älter aus als ein Kind. Aber sie war kein Kind mehr. Das hatten sie in der vergangenen Nacht bewiesen.

„Hast du wirklich gedacht, dass ich nur mit dir schlafen wollte? War es für dich wirklich nur Sex? Ein verdammter One-Night-Stand? Herrje, für mich war es Liebe.“ Seine Stimme zitterte. Erneut wandte er sich ab, wischte sich verstohlen über die Augen. „Verdammt, Kelly."

„Es tut mir leid."

Er drehte sich wieder zu ihr um. „Wirklich? Dann geh mit mir essen. Verbring Zeit mit mir. Gib dieser Sache zwischen uns eine Chance."

„Nein." Ihre Stimme klang schroff, und sie fügte sanfter hinzu: „T., ich kann nicht. Ich ..."

„Komm mit mir nach Cape Cod." Er trat einen Schritt auf sie zu. „Bitte, Kelly, ich flehe dich an."

Sie wich zurück. „Nein."

Niedergeschlagen seufzte er und ging zu seinem Auto. Doch dann kehrte er zurück und reichte ihr eine Visitenkarte. „Das ist meine Telefonnummer in Dennis. Falls du irgendetwas brauchst. Falls ..." Seine Stimme zitterte. Er holte tief Luft, sagte dann entschieden: „Es ist nicht vorbei mit uns, auch wenn du es noch nicht weißt. Du wirst mich nicht vergessen können. Schon gar nicht nach der letzten Nacht. Wenn es für dich wirklich nur Sex war, dann stell dir bloß mal vor, wie schön es sein könnte, wenn wir uns lieben."

Benommen nahm Kelly die Visitenkarte und starrte ihm nach, nachdem sein Wagen längst verschwunden war.

9. Kapitel

Liebe Kelly!
Zum ersten Mal seit Monaten habe ich Hoffnung.

Ein Stück Papier ist aufgetaucht, von unbekannter Hand durch den schmalen Spalt unter meiner Zellentür geschoben. Es liegt auf dem feuchten Lehmboden, weiß und glänzend im schwachen Morgenlicht.

Langsam hebe ich es auf. Es ist eine Karte aus dickem, geprägtem Papier. Auf der Vorderseite befindet sich eine Zeichnung.

Eine weiße Taube fliegt in den Himmel empor, entflieht dem Gitter einer Gefängniszelle, in der eine einzelne Kerze brennt, eingewickelt in Stacheldraht.

Meine Hände zittern, als ich die Karte aufklappe. Drinnen steht etwas geschrieben. In Blockbuchstaben. Auf Englisch.

„Jackson Winchester, wir wissen, dass Sie da sind", lese ich. „Wir arbeiten und beten für Ihre baldige Entlassung."

Es steht keine Unterschrift darunter. Aber ich weiß, von wem die Botschaft stammt: Amnesty International.

„Bitte sag mir nicht, dass das dein Frühstück ist." Angeekelt blickte Stefanie auf das Stück kalte Pizza, das Jax in der Hand hielt.

„Na gut, ich sage es dir nicht", entgegnete er, während er sich ein Bier aus dem Kühlschrank nahm.

„Wann hast du dich das letzte Mal rasiert?" Sie folgte ihm die Treppe hinauf in sein geräumiges Arbeitszimmer.

Große Fenster blickten auf die Bucht hinaus, und eine ganze Regalwand war mit Büchern aller Größen und verschiedenster Thematik gefüllt. Ein Schreibtisch stand in der Nähe des Fensters. Außerdem war ein großer Eichentisch mit bequemen Stühlen vorhanden, ebenso wie eine Couch.

Jax trat an das Fenster, aß die kalte Pizza und blickte hinaus auf das Meer. Ein Boot war weit draußen, beinahe am Horizont, und er konnte nur das rote Segel als winzigen Fleck sehen, der sich vom strahlend blauen Himmel abhob.

Mit dem Handrücken strich er sich über das Kinn. Wann hatte er sich das letzte Mal rasiert? „Warum? Kommen heute Gäste?"

„Nur Emilio."

Jax nahm einen großen Schluck Bier und drehte sich mit grimmiger Miene zu ihr um. „Gott sei Dank. Ich hatte schon befürchtet, der König oder die Königin von Winchester würde uns heimsuchen."

Stefanie lachte. „Eines Tages wirst du selbst Kinder haben und hoffen, dass sie dich mit etwas mehr Respekt behandeln als du deine Eltern."

Er wandte sich wieder dem Fenster zu. „Ich werde nie Kinder haben."

„Ach, du armes Baby."

„Hör auf damit", sagte er scharf.

Ein langes Schweigen folgte. Dann fragte sie: „Wann hast du das letzte Mal geschlafen?"

Er zuckte die Achseln. „Wahrscheinlich kurz bevor ich mich das letzte Mal rasiert habe."

„War das vor zwei Tagen? Oder schon vor drei?"

Er musterte sie. Sie trug einen glänzenden Gymnastikanzug aus Lycra. Ihre Schuhe waren neu und blendend weiß. Ihr Haar war aus dem Gesicht gekämmt, und sie trug eine dünne Schicht Make-up. Sie war auf dem Weg in ihr Fitnessstudio. „Wer weiß? Ich stecke gerade mitten in einer kreativen Phase. Ich achte nicht auf prosaische Dinge wie Schlafen und Essen."

„Aha, eine kreative Phase", murmelte sie ironisch. „Wie viele Seiten hast du denn geschrieben?"

„Kreativität lässt sich nicht unbedingt an Stückleistung messen."

„Wie viele also?"

Er schwieg, blickte erneut auf das Meer hinaus. Das Segelboot war inzwischen verschwunden.

„Soll ich deine Anrufe immer noch aussieben?"

„Ja. Ich will mit niemandem reden außer … Kelly."

Er wartete seit zwei Wochen auf einen Anruf von Kelly und wusste, dass es mit jedem Tag unwahrscheinlicher wurde, dass sie sich meldete.

„Jax, vielleicht ist es an der Zeit, etwas Neues anzufangen", sagte Stefanie leise. „Du solltest dich nicht länger hier verkriechen und selbst bemitleiden."

„Wenn ich eine Therapie wollte, hätte ich einen Seelenklempner angerufen." Er sah Kummer in ihren Augen und fühlte sich wie ein Schuft. „Entschuldige."

Elegant gekleidet, wie sie war, mit den perfekt gestylten Haaren und dem makellosen Make-up, erschien es beinahe unmöglich, dass gerade sie die Kampagne gestartet hatte, die zu seiner Entlassung geführt hatte. Sie, die sich stets mehr um ihre Maniküre und vornehme Kleidung kümmerte, hatte nicht an seinen Tod glauben wollen. Mit Hilfe von Amnesty International war sie in das höllische Land in Mittelamerika einmarschiert und hatte verlangt, entweder zu seinen Überresten oder an den Ort geführt zu werden, an dem er gefangen gehalten wurde.

Er verdankte ihr seine Freiheit und vermutlich auch sein Leben.

„Der Verleger hat wieder angerufen", verkündete sie. „Du weißt schon, wegen der Briefsammlung. Warum beendest du es nicht endlich?"

„Ich warte ab, ob es ein Happy End hat."

Sie schüttelte den Kopf. „Wie lange willst du denn noch warten?"

„Ich will nicht darüber reden."

„Wenn du mit mir nicht reden willst, dann solltest du vielleicht wirklich einen Psychologen anrufen. Oder ruf Kelly an. Tu irgendetwas, Darling", drängte sie und ging zur Tür. „Wir sehen uns später."

Seufzend wandte Jax sich seinem Computer zu. Seine Protagonisten waren einander in der Innenstadt mit höflicher Zurückhaltung begegnet, hatten freundliche Floskeln getauscht, und doch dachten beide an die heiße Liebesnacht, die sie miteinander verbracht hatten.

In atemberaubenden Details erinnerte auch Jax sich an seine Liebesnacht mit Kelly.

„Ach, verdammt", murrte er verärgert vor sich hin.

„Warum, zum Teufel, tust du dir selbst leid?", spottete Jared. „Ich bin es, der in einer verflixten Situation steckt. Ich begreife gar nichts mehr. Wieso ist Carrie so sauer auf mich? Herrje, schließlich hat sie doch diesen feinen Pinkel geheiratet."

„Benutze nicht solche Wörter wie ‚sauer' und ‚Pinkel'", entgegnete Jax müde. „Die gab's zu deiner Zeit noch nicht."

Jared ignorierte die Bemerkung. „Sieh du dich bloß mal an! Du siehst aus wie Müll. Du hast dich seit Tagen nicht rasiert, und du trinkst morgens um neun schon Bier."

„Ob morgens oder abends, was ist das schon für ein Unterschied?"

„Aha, du gibst Kelly also einfach auf."

„Ich weiß nicht, was ich sonst tun soll."

„Okay, aber aufgeben ist wirklich dumm. Denk doch mal an all die Helden in deinen Romanen. Die geben auch nicht auf", beharrte Jared. „Kelly meldet sich bestimmt nicht. Du musst sie anrufen."

Jax blickte zu dem stummen Telefon, das in Reichweite stand. Er kannte Kelly gut genug, um zu wissen, dass sie sich weigern würde, ihn zu sehen, wenn er sie anrief. Er musste sich etwas anderes einfallen lassen.

Und plötzlich hatte er eine Inspiration. „Nein", murmelte er, „nicht ich rufe sie an."

Das Telefon klingelte, als Kelly ihre Wohnungstür aufschloss. Sie war noch außer Atem von ihrem Dreimeilenlauf, aber sie stürmte hastig in die Küche und griff zum Hörer. Vielleicht ist es Jax, dachte sie unwillkürlich. „Hallo?"

„Ich möchte gern Kelly O'Brian sprechen", sagte eine Frauenstimme.

Sie versuchte, ihre Enttäuschung zu unterdrücken. „Am Apparat."

„Kelly, hier ist Stefanie Winchester. Wir sind uns vor ein paar Wochen bei der Vorlesung begegnet. Erinnern Sie sich? Es ist schon etwas länger her."

„Natürlich erinnere ich mich. Wie geht es Ihnen?", fragte Kelly und wollte eigentlich wissen, wie es Jax ging und warum er nicht anrief.

„Danke, gut. Ich rufe an, weil ich Sie um einen Gefallen bitten möchte. Ich recherchiere gerade für ein Buch und brauche Informationen über die Arbeitsweise kleiner Zeitungsverlage. Wenn ich mich nicht irre, hat Jax mir erzählt, dass Sie bei der Studentenzeitung beschäftigt sind."

„Ja, das stimmt."

„Ich werde morgen in der Stadt sein und würde Sie gern zum Lunch einladen."

„Das ist nicht nötig", wehrte Kelly ab. „Wir können ja jetzt gleich darüber reden, am Telefon."

„Na ja, momentan habe ich eigentlich keine Zeit, und ich würde mich wirklich gern mit Ihnen treffen. Wie wäre es um halb eins im Bookseller Café?"

„Hat Jackson Sie zufällig beauftragt?", fragte Kelly unverhohlen.

Stefanie lachte. „Ja", gestand sie ein. „Falls Sie ablehnen, soll ich Ihnen anbieten, Ihr letztes Manuskript zu lesen. Sie wissen schon, als Köder."

Nun musste Kelly lachen. „Er ist einfach schamlos."

„Darf ich ganz offen sein?"

„Natürlich."

„Ich weiß ja nicht, was zwischen Ihnen beiden vorgefallen ist, aber er ist total fertig, seit er aus Boston zurückgekommen ist."

Kelly schwieg betroffen. Sie hatte ihm wirklich nicht wehtun wollen. Bereits seit zwei Wochen plagte sie ihr Gewissen, und sie wünschte sich eine Chance, sich bei ihm zu entschuldigen.

„Also, was sagen Sie dazu?", hakte Stefanie nach.

„Meine Manuskripte sind gewiss nicht perfekt. Ich habe echt Probleme, das zweite zu beenden, und ich komme nicht darauf, was an dem ersten nicht stimmt."

„Jayne Tyler ist die Lösung. Wenn Ihnen jemand helfen kann, dann ist sie es. Also, kann ich Sie morgen erwarten?“

„Ja“, sagte Kelly kurz entschlossen. „Wird Jackson auch kommen?“

„Möchten Sie ihn denn sehen?“

Kelly schwieg eine Weile. „Ja“, gab sie schließlich zu.

„Ich weiß nicht, was er morgen so vorhat“, erwiderte Stefanie ausweichend. „Ich muss jetzt auflegen. Vergessen Sie nicht das Manuskript. Bis morgen.“

Stefanie öffnete die Augen, als Jax neben ihr auf eine Sonnenliege sank. Sie musterte sein frisch gewaschenes Haar, sein frisch rasiertes Gesicht und vor allem sein Lächeln.

„Sieh an, der hässliche Frosch hat sich wieder in den hübschen Prinzen verwandelt“, murmelte sie und schloss die Augen wieder.

„Was meinst du, was ich morgen anziehen soll?“, fragte er.

„Seit wann fragst du mich in Modedingen um Rat?“, entgegnete sie verwundert.

„Wenn es eine Szene aus meinem Roman wäre, würde ich den Helden in einem teuren, maßgeschneiderten Anzug erscheinen lassen, auch wenn der Wettermann über dreißig Grad vorausgesagt hat.“

„Romanhelden sind so super“, meinte Stefanie seufzend, „weil sie nie schwitzen, wenn du es nicht willst.“

Die Sonne schien ihm warm ins Gesicht, und Müdigkeit beschlich ihn. „Weck mich bitte nach einer halben Stunde, falls ich einschlafe“, murmelte er.

„Du solltest knappe Shorts anziehen“, sinnierte Stefanie, „und so ein furchtbar sexy Netzhemd, das mehr enthüllt als verbirgt. Wenn es schon so heiß wird, kannst du auch gut aussehen, während du schwitzt. Ist dir schon mal aufgefallen, dass es sexy aussieht, wenn ein Athlet schwitzt? Aber ein aufgelöster Geschäftsmann im Nadelstreifenanzug – das ist was ganz anderes.“

Ihre Armbanduhr klingelte, und sie setzte sich ihren Strohhut auf. Sie setzte ihr Gesicht nie länger als zehn Minuten der Sonne aus.

Während Krähenfüße älteren Männern Charakter verliehen, mussten Frauen sehr vorsichtig sein. Sie blickte zu Jax, wartete auf seinen Kommentar, doch er war bereits eingeschlafen.

Liebe Kelly!
Ich schreibe diesen Brief auf einem richtigen Bogen Papier, mit einem richtigen Kugelschreiber, während ich an Bord dieser 727 nach Norden, nach Miami fliege.

Ich bin frei.

Ich fliege erster Klasse, und die Stewardess bietet mir Champagner an, aber Stefanie, meine Schwester, lehnt ab. Sie glaubt, dass ich mir in der tropischen Wildnis von Mittelamerika irgendwelche Krankheiten eingefangen haben könnte. Ihre Ärzte haben ihr geraten, mir nur Flaschenwasser und frisches Gemüse zu geben, solange sie mich nicht untersucht haben.

Ein Krankenhausbett und eine ganze Reihe von Ärzten erwarten mich. Stef erzählt mir, dass sie ein Privatzimmer für mich reserviert hat, und ich lache. Sie versteht den Grund nicht, und ich erkläre es ihr. Ich habe zwanzig Monate in Einsamkeit verbracht. Ich will kein Privatzimmer.

Ich werde zwei oder drei Wochen im Krankenhaus bleiben und mich allen möglichen Tests unterziehen müssen. Außerdem wird man mich aufpäppeln. Ich bin derzeit wohl etwas unterernährt.

Der Wärter hat mir gestattet, vor meiner Entlassung zu duschen, und hat mir saubere Kleidung gegeben. Ich habe so viel Gewicht verloren, und Haare und Bart sind so lang, dass ich mich im Spiegel selbst nicht erkannt habe.

Ich möchte Dich sehen, aber ich will nicht, dass Du mich so siehst. Also warte ich, bis ich aus dem Krankenhaus entlassen werde, bevor ich Dich anrufe.

Heute Nacht werde ich in einem Bett mit richtigen Laken schlafen, aber ich werde trotzdem wie immer von Dir träumen.
Ich liebe Dich.
Herzliche Grüße, T.

Als Kelly das Café betrat, erwartete Stefanie sie bereits an einem Tisch auf der Terrasse. Jax war nirgendwo zu sehen.

Das überraschte Kelly. Was für einen Sinn hatte es, Jayne Tyler als Köder zu benutzen, wenn er sich gar nicht blicken ließ?

„Haben Sie an das Manuskript gedacht?", erkundigte sich Stefanie, als Kelly ihr gegenüber Platz nahm und ihren Aktenkoffer auf den Fußboden stellte.

„Ist das ein Scherz? Niemand bei klarem Verstand würde sich die Gelegenheit einer Kritik von Jayne Tyler entgehen lassen."

„Geben Sie es mir am besten gleich, damit ich nicht vergesse, es mitzunehmen."

Kelly nahm den dicken Ordner aus dem Aktenkoffer und legte ihn auf den Tisch.

Voller Unbehagen begegnete sie Stefanies eindringlichem Blick. Sie wusste, dass sie sehr blass war. Sie kam nicht viel an die Sonne. Sie joggte zwar jeden Tag, aber sehr früh morgens, wenn die Sonne gerade aufging. Den Rest des Tages verbrachte sie drinnen am Computer.

Sie unterdrückte den Drang, ihre Sonnenbrille aufzusetzen, um die dunklen Ringe unter ihren Augen zu verbergen, die verrieten, dass sie seit geraumer Zeit nicht gut schlief.

Doch Stefanie sagte nichts dazu. Sie lächelte nur und griff zur Speisekarte. „Wollen wir bestellen, bevor wir uns unterhalten? Ich bin am Verhungern."

„Aber kommt Jackson denn nicht?"

„Er war nicht sicher, wann er kommen kann – wenn überhaupt." Stefanie studierte die Speisekarte. „Angeblich soll der Krabbensalat wundervoll sein."

Nachdenklich schlug Kelly ihre Speisekarte auf. Wenn Jax irgendein Spiel mit ihr veranstaltete, hatte er soeben eine Runde gewonnen. Sie war äußerst verwirrt. Nachdem er sich die Mühe gemacht hatte, sie in dieses Café zu locken, erschien es ihr töricht, dass er sich nicht blicken ließ.

Sobald der Kellner die Bestellung aufgenommen hatte, unterhielten sie sich über dieses und jenes. Stefanie war unbeschwert und selbstsicher, wie ihr Bruder, und sehr umgänglich. Obwohl sie aus sehr unterschiedlichen Milieus stammten, fanden sie viele Gemeinsamkeiten.

Als die Speisen serviert wurden, gelang es Stefanie irgendwie, zu essen und sich gleichzeitig zu unterhalten, ohne jemals mit vollem Mund zu reden.

„Und dann habe ich unvermutet in die seelenvollsten braunen Augen geblickt, die ich je gesehen habe", berichtete sie, „und sie gehörten zu diesem unglaublichen Gott von einem Mann. Er heißt Emilio Dicarrio, wie er mir mit seinem wundervollen italienischen Akzent mitteilte."

Sie nahm einen Schluck Wasser. „Es war Liebe auf den ersten Blick, bei uns beiden. Zuerst hielt ich es für furchtbar unpassend, mich in meinen Fitnesstrainer zu verlieben. Dann dachte ich, er hätte es nur auf mein Geld abgesehen. Aber Emilio ist einer der wenigen Menschen, die ich kenne, der völlig zufrieden mit seinem Leben ist und sich überhaupt nicht um materielle Dinge schert."

„Das klingt ja fast zu schön, um wahr zu sein", sagte Kelly. „Wo ist der Haken?"

„Er will mich heiraten."

„Wieso ist das ein Problem?"

„Er ist erst zweiundzwanzig. Zehn Jahre jünger als ich."

„Ja und?"

„Wenn er vierzig ist, bin ich fünfzig." Stefanie schüttelte sich. „Das ist einfach furchtbar."

„Aber bis dahin sind es noch achtzehn Jahre."

„Trotzdem." Stefanie musterte Kelly eindringlich. „Warum sind Sie gekommen? Nur wegen des Manuskriptes, oder hatten Sie gehofft, meinen Bruder zu sehen?"

„Ich wollte mich bei ihm entschuldigen. Ich fürchte, ich habe ihn schlecht behandelt."

„Wissen Sie, als er aus Mittelamerika zurückkam ..." Stefanie hielt inne, als sie Kellys verwunderte Miene sah. „Hat er Ihnen etwa nicht erzählt, was in Mittelamerika passiert ist?"

„War das bevor oder nachdem er nach London gegangen ist?"

„Oh Gott." Stefanie lehnte sich auf ihrem Stuhl zurück und starrte auf ihren Teller.

„Was ist denn in Mittelamerika passiert?", hakte Kelly gespannt nach.

Stefanie schüttelte den Kopf. „Jax wird es Ihnen selbst erzählen, wenn er es für richtig hält."

Der Kellner trat an ihren Tisch. „Mrs. Winchester, Telefon für Sie."

Sie stand auf. „Entschuldigen Sie mich bitte."

Kelly stützte das Kinn in die Hand und beobachtete den Verkehr auf der Straße und dem Bürgersteig. Das Café lag in einer schrulligen, kleinen Gasse, und die verschiedensten Passanten gingen vorüber. Verschwitzte Geschäftsleute in feinen Anzügen, Botenjungen mit nackten Oberkörpern, moderne Hippies in wallenden Röcken, Teenager mit unzähligen Piercings, Touristen in Bermudashorts und T-Shirts mit Fotoapparaten um den Hals …

Inmitten der Menschenmenge erblickte sie plötzlich T. Jackson Winchester den Zweiten. Sein goldblondes Haar glänzte in der Sonne. Seine Augen waren hinter einer dunklen Sonnenbrille verborgen. Sie schluckte schwer, als sie seinen Körper sah. Er trug knappe Shorts und ein Netzhemd mit schmalen Trägern. Seine Muskeln spielten, als er die Straße überquerte und sich dem Café näherte.

Sie nahm einen Schluck Wasser, und dann stand er auch schon vor ihr. „Hallo", sagte er lächelnd. „Darf ich mich setzen?"

Sie nickte stumm und bemühte sich, ihn nicht allzu unverhohlen anzustarren. Sein Hemd war strahlend weiß wie seine Zähne und betonte seine gebräunte Haut. Plötzlich sah sie ihn im Geiste völlig unbekleidet vor sich. Sie nahm noch einen Schluck Wasser und sehnte sich nach einer kalten Dusche. Es war viel zu heiß.

Er behielt die Sonnenbrille auf, und es nervte sie, dass sie seine Augen nicht sehen konnte. „Wie geht es dir?", erkundigte er sich. „Wie kommst du mit der Schreiberei voran?"

Unvermittelt wurde ihr bewusst, dass sie ihn vermisst hatte. Irgendwie hatte sie sich daran gewöhnt, dass er ihr nachstellte, ihr überallhin folgte.

Ich habe nur seine Freundschaft vermisst, redete sie sich ein. Denn darauf hatte ihre Beziehung stets basiert. In all den Jahren ihrer Bekanntschaft hatten sie nur eine einzige Nacht als Liebespaar verbracht.

„T., mir tut sehr leid, wie ich dich behandelt habe. Ich habe wirklich geglaubt, dass es uns beiden guttun würde, uns von der Vergangenheit zu befreien. Ich wollte dir nicht wehtun."

Sein Lächeln schwand. „Kel, du entschuldigst dich für die schönste Nacht meines Lebens", sagte er sanft. „Tu das nicht."

Bevor sie darauf eingehen konnte, kehrte Stefanie an den Tisch zurück. „Sieh mal an, wen haben wir denn da!" Sie setzte sich neben Jax und gab ihm einen Kuss auf die Wange, bevor sie sich an Kelly wandte. „Entschuldigung. Das war mein Verleger. Er braucht bis gestern Korrekturen von mir. Ich fürchte, Jayne war in letzter Zeit nicht ganz auf Zack."

„Sie reden immer von Jayne, als wäre sie eine andere Person", bemerkte Kelly verwundert.

„Es ist eine seltsame Sache mit Pseudonymen", erklärte Jax. „Sie scheinen ein Eigenleben anzunehmen." Er blickte zur Uhr. „Wenn du so weit bist, Stef, hole ich das Auto." Er stand auf und sagte zu Kelly: „Es war schön, dich zu sehen." Dann nahm er ihr Manuskript vom Tisch und ging.

„Aber wir haben noch gar nicht über den Zeitungsverlag gesprochen", wandte Kelly ein.

Stefanie winkte dem Kellner. „Darling, das war gar nicht nötig."

„Aber … Was ist hier eigentlich los? Ist mir etwas entgangen? Jax arrangiert, dass Sie mich zum Essen einladen, nur um aufzutauchen, drei Sätze zu sagen und wieder zu verschwinden? Das verstehe ich nicht."

Stefanie lächelte nur, beglich die Rechnung und folgte Jax aus dem Café.

10. Kapitel

Mit den Füßen auf dem Konferenztisch, saß Jax in seinem Büro und las die letzten Seiten von Kellys Manuskript.

Es war nicht perfekt, aber recht gut. Die Heldin war ein zäher Typ, wie Katharine Hepburn. Die Geschichte las sich wie eine romantische Komödie aus den Vierzigerjahren und war gespickt mit spritzigen, amüsanten Dialogen.

Seiner Meinung nach wies der Roman zwei größere Schwächen auf. Zum einen wirkte die Motivation des Helden unklar und sein Verhalten konstruiert. Zum anderen waren die Liebesszenen recht schwach.

Man merkte deutlich, dass es Kelly schwerfiel, diese Szenen zu schreiben. Sie wirkten vage und hölzern und waren viel zu schnell vorbei.

Jax blickte zur Uhr. Beinahe Mitternacht. Zu spät, um Kelly anzurufen. Seufzend stand er auf, streckte sich und holte sich ein Bier aus dem Kühlschrank.

Kelly hatte verdammt gut ausgesehen bei ihrer Begegnung im Café. Zum Glück hatte er eine Sonnenbrille getragen. Andernfalls hätte sie ihm angesehen, wie sehr er sie vermisste, wie sehr er sich nach ihr sehnte, wie sehr er sie immer noch begehrte.

Er öffnete die Dose und nahm einen großen Schluck. Es war ihm verdammt schwergefallen, sie nach wenigen Minuten am Tisch sitzen zu lassen. Aber es war nicht sein Ziel, mit ihr zu Mittag zu essen. Er erstrebte Höheres.

Ihm war aufgefallen, dass sie sich bemüht hatte, nicht auf seinen Körper zu starren. Sie hatte das Verlangen in ihrem Blick nicht verbergen können. Er wusste, dass die Anziehungskraft nach wie vor vorhanden war. Sie behauptete, dass er in ihre Vergangenheit gehörte, aber sie irrte sich. Er wusste, dass er ihre Zukunft war, und er war zu fast allem bereit, um ihr das zu beweisen.

Er verzog das Gesicht, als ihm wieder einfiel, wie Stefanie ihm während der Rückfahrt die Leviten gelesen hatte, weil er Kelly nichts von Mittelamerika erzählt hatte.

Doch wann hätte er es ihr sagen sollen?

Vielleicht anlässlich Kevins Hochzeit, als er erfahren hatte, dass sie inzwischen verheiratet war?

Eine Weile später hatte er versucht, sie in Kalifornien anzurufen, aber Brad hatte sich gemeldet und sich unmissverständlich weitere Belästigungen verbeten. Bei einem derart eifersüchtigen Ehemann hatte Jax seine Rolle als Freund der Familie nicht wieder aufnehmen können und sich ihr daher jahrelang ferngehalten.

Wie hätte er ihr also von Mittelamerika erzählen können? Vielleicht zwischen ihren Vorlesungen, mitten auf der Straße?

Er hatte geglaubt, nach ihrer Liebesnacht reichlich Gelegenheit zu haben, mit ihr über die Vergangenheit und die Zukunft zu reden. Doch das hatte sich als Irrtum erwiesen.

Und nun wollte er ihr nicht erzählen, was er durchgemacht hatte. Er wollte nicht, dass sie ihn bemitleidete. Er wollte, dass sie ihn liebte.

Kelly fand keinen Schlaf. Es war viel zu heiß in ihrem Apartment, trotz der geöffneten Fenster und des eingeschalteten Ventilators, der sie direkt anblies.

Die Straßenlaterne an der Ecke schien durch die Bäume vor dem Haus und malte Muster an die Wände. Kelly starrte auf diese tanzenden Muster, doch im Geiste sah sie nur Jax vor sich. Sie sah ihn in Shorts und Netzhemd wie an diesem Mittag. Sie sah ihn nackt in seinem Hotelzimmer, als sie sich geliebt hatten. Sie sah ihn im Smoking beim Tanz auf dem Schulfest vor so langer Zeit.

Besonders deutlich aber sah sie ihn, wiederum im Smoking, in der Kirche anlässlich Kevins Hochzeit mit Beth …

Sie war zusammen mit den anderen Brautjungfern zum Altar geschritten und lächelte in das Meer der strahlenden Hochzeitsgäste, bis sie ihn plötzlich erblickte.

T. Jackson Winchester der Zweite.

Schockiert starrte sie ihn an. Sie hatte nicht erwartet, ihn je wiederzusehen, hatte nicht gewusst, dass er zur Hochzeit eingeladen worden war. Die Entfremdung zwischen ihm und Kevin hatte so dauerhaft, so unüberwindbar gewirkt.

Doch da stand er nun, neben dem Bräutigam. Sein Haar war sehr kurz geschnitten. Er war sehr dünn geworden, und sein Gesicht sah blass und eingefallen aus, so als wäre er kürzlich sehr krank gewesen. Doch seine Augen blickten sie warmherzig wie eh und je an, und sein Lächeln raubte ihr noch immer den Atem.

Nervös schaute sie zu Brad, der in der ersten Reihe saß. Er blickte sie an, aber er lächelte nicht. Er musterte sie vielmehr nachdenklich, wie so oft in letzter Zeit, so als wüsste er nicht, wer sie wirklich war und warum er sie geheiratet hatte.

Tatsächlich war ihre Hochzeit sehr überstürzt erfolgt. Sie hatten sich an der Universität kennengelernt, und angeblich hatte er sich auf den ersten Blick in sie verliebt.

Er war groß und blond wie Jax und besaß ebenfalls ein gewinnendes Lächeln, und er hatte sie praktisch im Handumdrehen erobert.

Inzwischen waren sie vier Monate verheiratet. Doch als sie nun in seine ausdruckslosen blauen Augen blickte, fragte sie sich, worauf sie sich da eingelassen hatten.

Nach der Trauungszeremonie, beim anschließenden Empfang, als Kelly mit Brad an der Bar stand, trat Jax schließlich zu ihr.

„Hallo, Kelly“, sagte er sanft. „Du siehst sehr hübsch aus.“ Lächelnd legte er ihr eine Hand auf den Arm.

Sie blickte in seine betörenden Augen und wusste, dass er sie küssen würde – vor all den Leuten.

Und tatsächlich berührte er sanft ihre Lippen mit seinen. „Ich muss mit dir reden. Tanzt du mit mir?“

„Ich glaube nicht, dass wir uns kennen“, warf Brad in schroffem Ton ein.

Überrascht blickte Jax ihn an. „Da haben Sie recht. Entschuldigung. Kelly verwirrt mich immer so.“

„Ach, wirklich?“, entgegnete Brad mit unverhohlener Feindseligkeit.

Jax runzelte verwundert die Stirn, und da erkannte Kelly, dass er nichts von ihrer Ehe wusste.

„Willst du uns nicht vorstellen?“, fragte Brad sie ungehalten.

„Brad, das ist Jackson Winchester, ein Freund von Kevin“, erklärte sie, „T., ich möchte dir Brad Foster vorstellen. Meinen Ehemann.“

Jax starrte sie schockiert an. „Oh Gott“, flüsterte er. „Du bist verheiratet?“

Sie versuchte vergeblich zu lächeln. „Ja.“

Er hob ihr Kinn, blickte ihr forschend in die Augen, so als hoffte er, dort etwas zu finden, das ihre Worte Lügen strafte.

Brad trat vor. „Ich wäre Ihnen sehr verbunden, wenn Sie die Finger von meiner Frau ließen.“

Jax ließ die Hand sinken, als hätte er sich verbrannt. Tränen schimmerten in seinen Augen. Er bemühte sich, sie fortzublinzeln. „Ich habe deinen achtzehnten Geburtstag versäumt.“

Sie nickte stumm.

„Entschuldige mich“, flüsterte er, und dann rannte er förmlich aus dem Raum …

Nun, beinahe vier Jahre später in der heißen Sommernacht, wurde Kelly manches bewusst.

Sie hatte Brad nicht aus Liebe geheiratet, sondern weil er Jax so ähnlich sah. Und obwohl sie es damals bei ihrem Wiedersehen auf Kevins Hochzeit geleugnet hatte, war ihr tief im Innern bereits damals klar geworden, welch riesigen Fehler sie begangen hatte.

Kelly starrte an die Decke und sah im Geiste sein Gesicht vor sich. Sie konnte nicht leugnen, dass sie ihn vermisste. Sie vermisste es, seine Stimme zu hören, mit ihm zu reden. Sie vermisste es, wie er ihr aufmerksam lauschte, so als wäre jedes ihrer Worte von äußerster Wichtigkeit. Sie vermisste seine Freundschaft.

Doch ebenso vermisste sie ihn in anderer Hinsicht. Beim Lunch im Café hatte ihr Körper mit erstaunlich heftigem Verlangen auf seinen Anblick reagiert.

Aha, triumphierte die innere Stimme, die stets des Teufels Advokat spielte, du liebst ihn also immer noch.

Lass dich nicht hinreißen, ermahnte sie sich, Lust und Liebe gehen nicht immer Hand in Hand.

Doch als sie im Morgengrauen endlich Schlaf fand, träumte sie von niemand anderem als T. Jackson Winchester dem Zweiten.

Jax saß an seinem Computer, die Arme vor der Brust verschränkt. Vergeblich versuchte er, sich auf seinen Roman zu konzentrieren.

Ein Blick zur Uhr verriet ihm, dass es noch nicht einmal neun war, und doch flimmerte die Hitze bereits über dem Sandstrand vor seinem Fenster.

In ihm brodelte eine ähnliche Hitze bei dem Gedanken daran, Kelly anzurufen und ihre Stimme zu hören. Und wenn alles nach Plan lief, würde er sie in wenigen Stunden sogar sehen.

Er wollte ihren Ehrgeiz als Mittel zum Zweck benutzen, um sie hierher zu locken. Es erschien ihm wie ein Verrat, aber ihm blieb keine andere Wahl, wenn er sie für sich gewinnen wollte.

Als er sich nicht länger gedulden konnte, holte er tief Luft, griff zum Telefon und wählte Kellys Nummer. Es klingelte mehrmals, bevor sie sich schließlich atemlos meldete.

„Hallo, Kel, hier ist Jax. Wie geht es dir?“

„Ich bin klitschnass. Du hast mich aus der Dusche geholt. Kannst du eine Sekunde dranbleiben, während ich mich abtrockne?“

Ihm stockte der Atem, als er sie im Geiste nur mit einem Handtuch um den Körper geschlungen vor sich sah. „Ja, sicher“, brachte er mühsam hervor und wartete.

Etwa dreißig Sekunden später meldete sie sich wieder. „Was liegt an?“

Er räusperte sich. „Ich habe dein Manuskript gelesen. Es ist gut.“

„Du?“, hakte sie erstaunt nach. „Ich dachte, Stefanie wollte es lesen.“

„Ja, aber sie hatte bisher keine Zeit“, entgegnete er lahm. „Hör mal, deine Story könnte einige Änderungen vertragen. Deshalb rufe ich an. Ich dachte, es interessiert dich, dir von Jayne Tyler dabei helfen zu lassen.“ Es war sein einziger Trumpf, seine Geheimwaffe, und er betete inständig, dass es klappte.

„Du machst Witze."

„Nein."

Stille folgte. Er hörte beinahe, wie es in ihrem Kopf arbeitete.

„Unsere Büros sind hier in Dennis", fuhr er fort. „Ich schätze, du könntest bis Ende des Sommers mit der Überarbeitung fertig werden."

„Aha, in Dennis. Da müsste ich aber gewaltig pendeln angesichts der Tatsache, dass ich kein Auto habe."

„Du kannst ja hierbleiben. Wir haben genug Platz im Haus."

Sie lachte. „Wieso habe ich geahnt, dass du das vorschlagen würdest?"

„Ach, komm schon, Kel. Reizt es dich nicht, den Sommer am Strand zu verbringen?"

„T., willst du ehrlich zu mir sein?"

„Ich werde es versuchen."

„Ist mein Manuskript wirklich gut, oder ist es nur ein Vorwand, um mich nach Cape Cod zu locken?"

„Ja und ja."

Kelly lachte erneut. „Okay, dann sag mir noch eins. Ich verstehe ja deine Motivation, aber was hat Jayne davon, mir zu helfen?"

„Moment mal. Es ist kein Bestechungsversuch oder so. Ich will damit nicht deine Liebe kaufen. Ich möchte nur, dass wir uns wieder besser kennenlernen, und ich hoffe, dass du dich dann wieder in mich verliebst."

„Da wir gerade so ehrlich zueinander sind, muss ich dir sagen, dass ich nicht beabsichtige, mich je wieder in dich zu verlieben."

„Das hast du schon klargestellt. Kommst du trotzdem?"

„Was für einen Computer hast du?"

„Einen PC. Warum?"

„Ich wusste es. Ein Beweis mehr, dass wir nicht kompatibel sind. Ich habe einen Mac. Ich sollte ihn lieber mitbringen."

Jax atmete auf. „Kein Problem."

„Kannst du mich abholen? Oder ist das eine dumme Frage?"

„Eine sehr dumme Frage. Ich bin gegen Mittag da. Vergiss nicht, deinen Badeanzug einzupacken."

„Natürlich. Ich trage immer einen Badeanzug, wenn ich schreibe."

„Komm schon, es ist Sommer. Du kannst unmöglich ohne Badeanzug nach Cape Cod kommen."

Sie seufzte. „Ich muss verrückt sein."

„Ich verspreche dir, dass du es nicht bereuen wirst."

„Ich bereue es jetzt schon", murmelte sie, doch dann lachte sie. „Ich bin wirklich verrückt. Bis später."

Jax legte den Hörer auf und vollführte einen wahren Freudentanz.

11. Kapitel

„Regel Nummer eins“, eröffnete Kelly während der Fahrt nach Cape Cod in Jax’ kleinem Sportwagen. „Nicht anfassen.“

„Damit kann ich leben.“ Er grinste. „Mit gewissen Ausnahmen natürlich.“

„Keine Ausnahmen“, entgegnete sie streng.

„Aber was ist, wenn ich dich aus einem brennenden Haus oder vor einem rasenden Auto retten muss?“

„Ich beabsichtige nicht, in diesem Sommer viel Zeit in brennenden Gebäuden oder in der Nähe von rasenden Autos zu verbringen. Regel Nummer zwei …“

„Jede Regel hat eine Ausnahme“, beharrte Jax starrsinnig.

„Regel Nummer zwei“, wiederholte Kelly ebenso starrsinnig. „Du darfst mich nicht ansehen, als wolltest du mich zum Dinner verspeisen.“

Jax lachte laut. „Wie?“

„Du weißt genau, was ich meine.“

„Nein, weiß ich nicht.“

Sie gab ihm einen Klaps auf den Arm. „Weißt du doch.“

„Oho. Das war ein direkter Verstoß von dir gegen Regel eins.“

„Du weißt, welchen Blick ich meine. So als würdest du mich mit den Augen ausziehen.“

„Dich nicht mit den Augen ausziehen“, sinnierte Jax. „Hm. Das macht es schwer, dich auszuziehen, wenn ich Regel Nummer eins berücksichtige. Wie steht es mit Ausziehen durch Telekinese? Ist das erlaubt?“

Kelly konnte ihre Belustigung nicht unterdrücken. „Du nimmst mich überhaupt nicht ernst.“

„Im Gegenteil. Ich nehme dich extrem ernst.“ Die Straße war schnurgerade und völlig leer, und daher konnte er riskierten, Kelly einen langen Blick zu schenken.

„Das ist genau der Blick", warf sie ihm vor. „Du hast mich so angesehen, als ob …"

„Hab ich nicht."

„Doch."

„Wenn ja, dann nicht absichtlich. Wie kann ich aufhören, etwas zu tun, das ich unbewusst tue?"

„Trag eine Sonnenbrille."

„Bei Tag und bei Nacht? Sogar im Haus?"

Sie zuckte die Achseln. „Was immer wirkt. Regel Nummer drei …"

„Was, noch mehr?"

„Kein Süßholzraspeln, keine Heiratsanträge, keine sexuellen Anspielungen."

Jax seufzte. „Ich weiß nicht, ob ich diesen Druck aushalte."

„Regel Nummer vier. Keine Versuche, mich durch deinen Körper zu verwirren."

„Wie bitte?"

„Du weißt schon, nicht halb nackt rumlaufen."

„Kel, wir werden uns in einem Strandhaus aufhalten. Da läuft jeder halb nackt herum. Du auch, hoffe ich."

„Regel Nummer fünf. Keine Flirts. Das wird schwer für dich. Ich glaube nicht, dass du fähig bist, mit einer Frau zu kommunizieren, ohne zu flirten."

„Jede Antwort, die mir darauf einfällt, könnte als Flirt interpretiert werden. Du hast recht. Ich bin verloren", murmelte Jax, während er vom Highway abbog.

Am Ende der Abfahrt hielt er auf dem Grünstreifen an und drehte sich zu Kelly um. „T. Jackson Winchester der Zweite stellt nur eine Regel auf." Seine Augen funkelten. „Einmal am Tag, an jedem einzelnen Tag, werde ich jede einzelne deiner Regeln brechen. Nummer eins und zwei …" Er legte ihr eine Hand auf die Wange, hob ihr Kinn und blickte ihr verlangend in die Augen. „Regel Nummer drei", flüsterte er. „Kelly, ich will tagelang ohne Unterbrechung mit dir schlafen. Würdest du bitte mit diesem Unsinn aufhören und mich heiraten?"

„Nein“, wisperte sie atemlos.

Er beugte sich näher und küsste sie sanft und zärtlich. „Dieser Kuss war eine Variation der Regel vier“, erklärte er. Dann seufzte er. „Diese Regeln werden mich umbringen.“

Sie sehnte sich danach, mit diesem Unsinn aufzuhören, wie er es genannt hatte. Doch sie durfte nicht nachgeben, wollte nicht nachgeben.

Es sei denn, sie wollte sich erneut von ihm das Herz brechen lassen.

Das Haus der Winchesters war riesig, und es stand auf einem Hügel direkt am Meer. Es war ein modernes Gebäude mit vielen seltsamen Winkeln und hohen Decken.

Das große Wohnzimmer lag einige Stufen tiefer als die Eingangshalle und wies breite Schiebetüren aus Glas auf, die auf eine Terrasse führten. Die Möbel sahen überraschend bequem aus, und der Raum war ganz in Weiß und verschiedenen Blau- und Grüntönen dekoriert – den Farben des Meeres. Es war nicht der kalte, imposante Raum, den Kelly nach T.s Erzählungen über das Anwesen der Winchesters erwartet hatte.

„Sehr hübsch“, sagte sie.

Er lachte über ihren Tonfall. „Warum überrascht dich das so?“

Sie drehte sich zu ihm um und sah sich selbst in den verspiegelten Gläsern seiner Sonnenbrille. „Ist das nicht das Haus deiner Eltern?“

„Nicht mehr. Ich habe es ihnen vor ein paar Jahren abgekauft.“

„Aber es ist doch das Haus, in dem du damals gewohnt hast, als du zur Highschool gegangen bist, oder?“

„Das ist es. Komm, ich führe dich herum.“

Sie folgte ihm in die geräumige Küche, die mit zahlreichen Schränken, den modernsten Geräten und einer Kochinsel ausgestattet war. Glänzende Töpfe hingen an einer Wand und Körbe mit frischem Obst an einem Deckenbalken.

„Am Kühlschrank hängt immer eine Einkaufsliste“, teilte Jax ihr mit. „Wenn du etwas brauchst, dann schreib es einfach dazu, und ich bringe es mit, wenn ich nächstes Mal in den Supermarkt komme.“

„Ich wusste gar nicht, dass du kochen kannst."

„Ich bin eine Wucht, was Sandwichs mit Käse angeht. Meine zweite Spezialität sind Cornflakes. Du solltest mal sehen, wie gekonnt ich die Milch dazugieße."

Lächelnd folgte Kelly ihm einige Stufen hinab in einen Saal mit einem ellenlangen Tisch und etwa sechzehn Stühlen. „Das ist das Esszimmer, aber ich benutze es nicht. Ich esse draußen auf der Terrasse oder im Restaurant."

Er führte sie in den ersten Stock hinauf. Ein langer Flur erstreckte sich nach rechts und links. „Das ist mein Flügel", erklärte er und wandte sich nach links. Er ließ sie in drei sehr geschmackvoll eingerichtete Gästezimmer schauen und ging dann voraus in sein Arbeitszimmer, das wie das Wohnzimmer aufs Meer blickte.

„Ich kann einen Tisch für deinen Computer hierher stellen", bot er an. „Oder du kannst ihn in deinem Zimmer aufbauen. Manche Leute schreiben nicht gern, wenn andere im Zimmer sind ..."

„Ich arbeite in einer Redaktion. Was meinst du, wie es da zugeht! Mir wäre es hier recht. Es sei denn, es stört dich, wenn Stefanie und ich hier arbeiten."

„Ich ..."

„Was ist denn da drinnen?" Neugierig öffnete Kelly eine Verbindungstür zu einem anderen Raum.

„Mein Schlafzimmer." Er trat hinter sie und nahm sich schließlich die Sonnenbrille ab.

Es war dunkel im Raum, denn die Fensterläden waren geschlossen. Das große Bett war nicht gemacht. Auf einer Stuhllehne hingen Kleidungsstücke. Eine Schranktür stand offen und enthüllte ordentlich aufgehängte Hemden und Anzüge. Die Luft war angenehm kühl und roch gut, wie Jax.

Unwillkürlich stellte sie sich vor, wie er entspannt, mit zerzausten Haaren, im Bett lag – die Arme um sie geschlungen.

Hastig wich sie einen Schritt zurück und stieß mit ihm zusammen. Ihr Rücken presste sich an seine Brust, und er legte die Arme um sie, um sie zu stützen. Doch beinahe augenblicklich ließ er sie wieder los.

„Entschuldige“, murmelte sie.

Er grinste. „He, es ist deine Regel. Wenn ich das Sagen hätte …“

Kelly folgte seinem Blick zum Bett. Es war nicht schwer zu ergründen, woran er dachte. Es wäre leichter gewesen nachzugeben, die Arme um ihn zu schlingen und ihn zu diesem Bett zu ziehen. Sie war sehr froh, dass sie diese Regeln aufgestellt hatte, denn eine einzige Berührung von ihm hätte gereicht, um ihre Willenskraft zu brechen.

Doch er schenkte ihr kaum einen Blick, bevor er sich die Sonnenbrille wieder aufsetzte. „Ich hole dein Gepäck aus dem Auto. Such dir inzwischen ein Gästezimmer aus. In Stefs Flügel sind auch noch drei.“

Er verschwand, ließ sie in der Tür zu seinem Schlafzimmer stehen. Noch einmal blickte sie zu dem breiten Bett, bevor sie hastig über den Flur in Stefanies Flügel ging und sich das Zimmer aussuchte, das am weitesten von seinem entfernt lag. Es war ganz in Grün gehalten und wies ein eigenes Badezimmer auf. Unwillkürlich fragte sie sich, was dieses riesige Haus direkt am Meer wert sein mochte.

Jax kam mit ihrem Koffer herein und deutete zu dem Bett. „Wusstest du, dass es ein Wasserbett ist?“

„Nein.“ Sie setzte sich auf die Matratze und spürte das Wasser unter sich wogen. Es war lustig, wie in einem Vergnügungspark.

Sie wurde emporgehoben, als er sich neben ihr auf das Bett warf. „Meine Eltern haben es in den Siebzigern gekauft. Wie du dir vermutlich denken kannst, habe ich hier geschlafen, als ich zur Highschool ging.“

„Dann kann ich nicht hierbleiben. Wahrscheinlich spuken hier die Geister all deiner Verflossenen. Ich würde nie Schlaf finden.“

„Ich habe nie ein Mädchen mit nach Hause gebracht, weil niemand erfahren sollte, dass ich ganz allein hier gelebt habe.“

Das Wasser in der Matratze schwappte heftig, als er aufstand, und Kelly verlor das Gleichgewicht. Lachend erklärte sie: „Ich möchte doch lieber ein Zimmer mit einem normalen Bett.“

Jax reichte ihr die Hand, um ihr auf die Füße zu helfen, und sie griff automatisch zu. Doch er ließ sie gleich wieder los, und sie fiel zurück auf die Matratze.

„Regel Nummer eins", rief er ihr in Erinnerung.

Sie unterdrückte einen Fluch, rutschte an den Rand des Bettes und begab sich wieder auf festen Boden.

Jax nahm ihren Koffer und ging hinaus auf den Flur. Sie folgte ihm, und als er an der ersten Tür vorbeiging, fragte sie: „Was ist denn mit diesem Zimmer?"

„Kein eigenes Bad."

Sie deutete zur nächsten Tür. „Und mit dem hier?"

„Kein Meerblick."

„Aha", murmelte sie.

Er wählte ein Zimmer in seinem Flügel, nur zwei Türen von seinem eigenen entfernt.

Es war geräumiger als die anderen Gästezimmer, hatte größere Fenster mit Meerblick und ein großes Badezimmer. Der Fußboden war mit einem altrosa Teppich ausgelegt, während Gardinen und Bettdecke weiß waren.

Jax stellte ihren Koffer ab. „Ich bringe deinen Computer ins Büro, während du auspackst."

„Ich will jetzt nicht auspacken", entgegnete sie. „Es ist mindestens zwei Jahre her, seit ich in der Nähe eines Strandes war. Ich gehe erst mal schwimmen."

„Darf ich mitkommen?"

Unschlüssig zögerte sie. Sie wusste genau, was sie wollte, aber was sie wollte und was gut für sie war, stimmte nicht überein.

Was hatte sie sich dabei gedacht, als sie eingewilligt hatte, über zwei Monate mit Jax zu verbringen? Hatte sie wirklich geglaubt, mit ihm unter einem Dach wohnen zu können, ohne mit ihm im Bett zu landen? Sie konnte nicht im selben Zimmer mit ihm sein, ohne ihn zu begehren. Ja, sie konnte nicht auf demselben Kontinent, nicht einmal auf demselben Planeten sein, ohne ihn zu begehren.

Aber sie beabsichtigte nicht, ihrem Verlangen nachzugeben. Wenn sie Kummer vermeiden wollte, durfte sie nicht riskieren, ihn wieder in ihr Herz zu lassen.

Selbst wenn er ihre Regeln befolgte, war nur die halbe Schlacht gewonnen. Die andere Hälfte waren ihre eigenen Gefühle, ihre Bedürfnisse. Sie konnte nur hoffen, dass sie nicht zur Schlafwandlerin wurde, denn ihr Unterbewusstsein hätte sie schnurstracks in sein Bett geführt.

Vielleicht wurde alles leichter, wenn Stefanie da war und sie Tag für Tag an dem Manuskript arbeiteten.

Kelly wurde sich bewusst, dass er in der Tür stand und immer noch auf ihre Antwort wartete. „Wir treffen uns auf der Terrasse", sagte sie schließlich, und sie wurde mit einem gefährlich charmanten Lächeln belohnt.

Kelly trat auf die Terrasse des Restaurants, lehnte sich an die Brüstung und beobachtete den Sonnenuntergang. Drei Stunden am Strand hatten ihr einen leichten Sonnenbrand eingebracht, obwohl sie gewissenhaft Sonnenschutz aufgetragen hatte. Da ihre Haut gereizt war und ihr eng anliegende Kleidung Unbehagen bereitet hätte, trug sie ein luftiges, rückenfreies Sommerkleid mit Nackenband.

Zuerst hatte sie gezögert, es anzuziehen, um Jax keinen falschen Eindruck zu vermitteln. Eigentlich hatte sie sich vorgenommen, während ihres gesamten Aufenthaltes nur Jeans und T-Shirts zu tragen. Aber wenn sie nur reizlose, legere Sachen anziehen wollte, warum hatte sie dann überhaupt dieses Kleid und die drei anderen eingepackt?

„Darf ich dir sagen, wie hübsch du aussiehst?", fragte Jax. „Oder verstößt es gegen die Regeln?"

„Ich fürchte, du hast es mir schon gesagt. Es verstößt gegen die Regeln, aber trotzdem danke."

„Wenn ich sowieso gegen die Regeln verstoße, dann richtig." Er musterte ihr Gesicht. „Du bist unglaublich wundervoll. Deine Schönheit übertrifft den Sonnenuntergang und …"

Kelly lachte. „So ein Unsinn!"

„Unsinn? Ich entwerfe Poesie, und du nennst es Unsinn?"

„Regel sechs – keine poetischen Anwandlungen. Schon gar nicht auf leeren Magen. Da wir gerade davon reden – besteht vielleicht die Chance, dass wir heute noch was zu essen bekommen?"

„Es dürfte nicht länger als zehn Minuten dauern." Jax seufzte melodramatisch. „Ich kann mich an eine Zeit erinnern, als meine Küsse genügend Nahrung für dich waren."

„Tja, was das angeht, bin ich gerade auf Diät."

„Lass mich wissen, wann du wieder bereit zu einem Gelage bist."

„Tyrone, du hast es versprochen", entgegnete sie ernst. „Ich bleibe nicht hier, wenn ich dich dauernd abwehren muss."

„Hör doch einfach auf, dich zu wehren", konterte er ebenso ernst. „Gib nach, Kel. Ich garantiere dir, dass du es nicht bereuen wirst."

Sie konnte sich lebhaft vorstellen, wie schön es wäre, sich zurück an seine Brust zu lehnen und in seinen Armen den Sonnenuntergang zu beobachten. Sie malte sich aus, seinen Atem im Nacken zu spüren, während er ihr zärtliche, verführerische Dinge ins Ohr flüsterte …

„Mr. Winchester? Ihr Tisch ist frei", verkündete eine Stimme.

Gerettet, dachte Kelly unwillkürlich, obwohl sie nicht die Absicht hatte, tatsächlich nachzugeben.

Sie folgten der Geschäftsführerin durch das Restaurant zu einem Tisch auf einer kleinen, überdachten Terrasse.

„Wir möchten bitte sofort zwei Mal Muschelsuppe", sagte Jax, noch bevor er die Speisekarte aufschlug. Er lächelte Kelly an. „Meine Begleiterin ist am Verhungern."

Kelly fiel auf, dass die Geschäftsführerin ihn mit unverhohlenem Interesse anblickte – ebenso wie die weiblichen Gäste in der Nähe. Immerhin war er der bestaussehende Mann im ganzen Restaurant. Doch er schien es gar nicht zu bemerken, schien nur Augen für Kelly zu haben.

Manche andere Frau hätte sich geschmeichelt gefühlt, doch ihr wäre es lieber gewesen, wenn seine ungeteilte Aufmerksamkeit nicht ihr gegolten hätte. Er achtete zwar sorgsam darauf, das heiße Verlangen aus seinem Blick zu verbannen, aber seine Bewunderung war offenkundig und machte sie nervös.

Sie atmete erleichtert auf, als die Suppe serviert wurde und er sich auf das Essen konzentrierte.

Irgendwie war es Jax gelungen, den ganzen Nachmittag mit Kelly am Strand zu verbringen, ohne auch nur eine einzige ihrer verdammten Regeln zu verletzen. Selbst in einem züchtigen, einteiligen Badeanzug hatte sie zum Anbeißen ausgesehen, und als sie ihre langen Beine mit Sonnenschutz eingecremt hatte …

Er war sich nicht sicher, wie lange er die Rolle des großen Bruders noch zu spielen vermochte. Er konnte es kaum erwarten, dass der nächste Tag anbrach und er erneut gegen ihre Regeln verstoßen konnte – vielleicht gegen alle gleichzeitig. Wie würde sie reagieren, wenn er einfach zu ihr ins Bett stieg? Andererseits wollte er sie nicht so sehr bedrängen, dass sie nach Boston zurückkehrte.

Wie sollte er den restlichen Abend und die Nacht überstehen? Wie konnte er ruhig ihr gegenübersitzen und vortäuschen, dass sein Herz nicht ihr gehörte?

Und wie sollte er ihr die Wahrheit über Jayne Tyler beibringen? Er musste es ihr sagen, noch an diesem Abend.

Als das Geschirr abgeräumt und Kaffee serviert worden war, starrte Jax schweigend in die Dunkelheit, die sich über das Meer gesenkt hatte.

Wie würde Kelly auf die Mitteilung reagieren? Wahrscheinlich zornig, aufgebracht. Bestimmt würde sie annehmen, dass er sie vorsätzlich ausgetrickst, sie belogen hatte.

Er erwog zu warten, bis sie zu Hause waren, aber wenn er es ihr in der Öffentlichkeit sagte, gleich hier im Restaurant, reagierte sie bestimmt gemäßigter und machte ihm eine weniger heftige Szene.

Sie nahm einen Schluck Kaffee und blickte ihn forschend an. „Du bist ja so still. Woran denkst du?"

„Ich muss dir ein Geheimnis anvertrauen. Ich habe es bisher niemandem gesagt, in den ganzen drei Jahren nicht – eigentlich sind es sogar schon vier."

Langsam stellte sie ihre Tasse ab und musterte ihn im flackernden Schein der Laterne auf dem Tisch. Sie war neugierig und auch ein bisschen besorgt. Er sah so ernst, so düster aus.

„Na ja, Stefanie weiß es", räumte er ein und lächelte dann. „Sie muss es ja wissen."

Kelly schwieg nachdenklich. Ihre Augen wirkten riesig und dunkel im schwachen Lichtschein, und ihre Haare lockten sich ein wenig in der feuchten Meeresluft. „Ich weiß nicht recht, ob ich wirklich wissen will, was dieses Geheimnis ist“, sagte sie schließlich. „Aber ich sterbe vor Neugier. Was hast du angestellt? Jemanden umgebracht? Eine Bank ausgeraubt? Ein uneheliches Kind gezeugt?“

Er lachte, während er nervös mit dem Salzstreuer auf dem Tisch spielte.

Wenn er so nervös war, dass man es ihm deutlich anmerkte, dann musste es sich bei seinem Geheimnis um eine ernste Angelegenheit handeln. War er krank? Sie erinnerte sich, wie furchtbar ausgemergelt er auf Kevins Hochzeit ausgesehen hatte. Das lag etwa vier Jahre zurück.

Obwohl sie wusste, dass sie ihn nicht anfassen sollte, nahm sie seine Hand und verschränkte die Finger mit seinen. Überrascht blickte er sie mit großen Augen an, und in diesem Moment schwand seine vorgetäuschte Gelassenheit. Er wirkte jünger und verletzlich.

Denselben Eindruck hatte er in jener Nacht in seinem Hotelzimmer erweckt, als sie ein zweites Mal miteinander geschlafen hatten. Die erste explosive Vereinigung war ihr unübertrefflich schön erschienen, doch dann hatte er sie ohne Eile so sinnlich liebkost, dass die Erinnerung daran sie immer noch schwach werden ließ. Und während er sie gestreichelt und geküsst hatte, war es ihr erschienen, dass er sie in seine Seele blicken ließ.

„Nun sag schon“, drängte sie und drückte seine Hand.

Jax blickte ihr in die Augen und verbarg sorgsam das Gefühl des Triumphes, das er verspürte. Sie mochte ihn genug, um ihre eigene Regel zu brechen und seine Hand zu nehmen aus Sorge, dass sein Geheimnis etwas Ernstes sein könnte.

Doch das Triumphgefühl verging so schnell, wie es gekommen war. Denn sobald sie die Wahrheit erfuhr, würde sie den Rückzug antreten – zweifellos bis nach Boston.

Er holte tief Luft. „Kel, ich bin in Wirklichkeit ...“

Sie wartete.

„Ach, es ist nicht weiter wichtig.“

„Jackson!“, rief sie aufgebracht und entzog ihm die Hand. „Nun sag schon. Du bist in Wirklichkeit was?“

„Nicht was, sondern wer.“

Sie blickte verwirrt drein, lachte dann. „Sag bloß nicht, dass es hier um eine geheime Identität oder ein Alter Ego oder so was geht.“

„Doch. Genau darum geht es.“

Kelly griff nach ihrem halb vollen Weinglas und nahm einen Schluck. Dann stellte sie das Glas wieder ab, drehte den hohen Stiel zwischen den Fingern und beobachtete das Funkeln der Flüssigkeit im Laternenschein. „Willst du etwa sagen, dass du so was wie ‚Batman‘ bist?“

Jax lachte. „So ähnlich. Ich bin Jayne Tyler.“

Schockiert starrte sie ihn an. „Du bist … was?“

„Wer“, korrigierte er sanft. „Jayne Tyler. Sie mag zwar das Gesicht meiner Schwester auf den Buchumschlägen haben, aber die Worte stammen von mir“, erklärte er und machte sich auf die Vorwürfe gefasst, die von ihr kommen mussten.

Doch Kelly machte ihm keine Vorwürfe. Sie lachte. „Du machst doch keine Witze, oder?“

Wortlos schüttelte er den Kopf.

„Ich kann es nicht glauben! Ich meine, ich glaube es, aber ich kann es nicht fassen. Ich bin so stolz auf dich! Du bist ein richtiger Schriftsteller, ein Autor. Mein Gott, Jayne Tyler ist so gut! Ich meine, du bist so gut. Wo hast du gelernt, so zu schreiben?“

Ihre Augen funkelten vor Enthusiasmus, und er unterdrückte mühsam den Drang, sich über den Tisch zu beugen und sie zu küssen. „Du bist mir nicht böse?“

Sie schüttelte den Kopf. „Na ja, vielleicht bin ich etwas enttäuscht, dass du mir nicht genügend vertraut hast, um es mir früher zu sagen.“

„Ich habe dich nicht sonderlich viel gesehen, seit ich zu schreiben angefangen habe“, entgegnete er. „Es ist das erste Mal, dass wir Gelegenheit haben, uns richtig zu unterhalten.“

Plötzlich kam ihr eine Erkenntnis. „Das bedeutet ja, dass ich den ganzen Sommer mit dir arbeiten muss.“

Unwillkürlich stellte sie sich vor, dass sie tagsüber zusammen arbeiteten, sich zwischendurch am Strand sonnten, jeden Abend gemeinsam bei Kerzenschein dinierten. Sie stellte sich vor, dass er sie küsste – am Strand, im Arbeitszimmer, auf dem Heimweg vom Restaurant – und sie zusammen in seinem Bett landeten.

Sie schluckte schwer. Vor gar nicht so langer Zeit hätte solch ein Sommer die Erfüllung all ihrer Träume bedeutet. Sie hatte ihn damals so sehr geliebt. Sie hätte sich ihm hingegeben und geglaubt, dieser Sommer könnte ewig andauern. Doch die Vergangenheit hatte sie gelehrt, dass es nichts gab, das ewig hielt.

„Ist die Vorstellung, mit mir zu arbeiten, so furchtbar?“, fragte er sanft.

„Nein“, sagte sie und begegnete seinem Blick. Es war die Wahrheit, und gerade das alarmierte sie. Wenn sie ständig mit ihm zusammen war, glaubte sie ihm womöglich noch, dass er sie liebte und sie heiraten wollte. Und wenn sie das glaubte, konnte es nur zu Kummer führen.

Kelly wünschte Jax auf dem Flur eine gute Nacht, ging in ihr Zimmer und verschloss sorgsam die Tür.

Sie zog sich aus, ging ins Badezimmer und putzte sich die Zähne. Behutsam strich sie sich Lotion auf die sonnenverbrannte Haut, bevor sie in das große T-Shirt schlüpfte, in dem sie zu schlafen pflegte.

Als sie vom Dinner nach Hause gekommen waren, hatte Jax eine Nachricht von Stefanie auf dem Küchentisch vorgefunden. Sie hatte mit Emilio eine Kreuzfahrt nach Alaska angetreten und würde erst Anfang August zurückkommen.

Kelly und Jax waren also ganz allein im Haus. Es roch gewaltig nach Schiebung, aber Jax schwor, dass er nichts von Stefanies Plänen gewusst hatte.

Als Kelly die weiße Tagesdecke zurückschlug, sah sie einen Umschlag auf dem Kissen liegen. Neugierig nahm sie ihn zur Hand, zog einen dicken Bogen Büttenpapier heraus und entfaltete ihn. Es war ein Brief von Jax, von seinem Computer ausgedruckt.

Liebe Kelly!
Wenn es an mir läge, wäre ich jetzt bei Dir. Stattdessen sitze ich in meinem Arbeitszimmer, starre hinaus in die Dunkelheit und verzehre mich nach Dir.

Ich will Dich.

Ich will Deine Lippen auf meinen spüren, Deinen Körper an meinem. Ich will mich in Dir vergraben, in Dir verlieren.

Es ist Himmel und Hölle zugleich, Dich endlich so nahe bei mir zu haben …

Aber wir befolgen Deine Regeln.

Also werde ich die Worte nicht aussprechen, die mir ständig auf der Zunge liegen, und Dir nicht ständig sagen, wie sehr ich Dich liebe. Ich werde es Dir nicht zeigen, indem ich Dich in die Arme schließe und liebe, wie ich es mir ersehne.

Aber ich werde die Worte niederschreiben, die ich zu sagen ersehne, und hoffen, dass Du sie liest und mir eine Chance gibst, Dein Herz zurückzuerobern.

In seiner kühnen Handschrift hatte er hinzugefügt: „Ich liebe Dich. Gruß, T."

Sorgsam faltete Kelly den Brief zusammen und steckte ihn zurück in den Umschlag. Sie legte sich nieder und schaltete das Licht aus, doch es dauerte sehr lange, bis sie schließlich einschlief.

12. Kapitel

Als Kelly von ihrem morgendlichen Lauf am Strand zurückkehrte, war Jax nicht im Haus. Auf dem Weg in die Küche blickte sie aus dem Fenster und sah, dass sein Auto aus der Auffahrt verschwunden war.

Auf dem Küchentisch lag ein Umschlag mit ihrem Namen. Bevor sie ihn öffnete, holte sie sich eine Flasche Selters aus dem Kühlschrank, ging hinaus auf die Terrasse und setzte sich auf die Stufen.

Es war wieder ein Brief von Jax. Ein Liebesbrief. Seit sie vor über einer Woche angekommen war, hatte er ihr mindestens ein Dutzend dieser Briefe stillschweigend hingelegt.

Es schien, als hätte er zwei verschiedene Persönlichkeiten. Eine war der gute alte Freund, der ihr half, ihren Roman zu verbessern. Die andere war der feurige Liebhaber, der schamlos seine Sehnsüchte und Begierden niederschrieb.

In diesem letzten Brief brachte er sehr detailliert zum Ausdruck, wie er sie küssen wollte, wenn er von seiner Einkaufsfahrt zurückkehrte.

Kellys Puls beschleunigte sich, als sie seine Worte las. Es war erschreckend zu wissen, dass er sie küssen wollte. Ein Teil von ihr freute sich darauf, und das erschreckte sie ganz besonders.

Wie Jax am ersten Tag versprochen hatte, brach er einmal am Tag all ihre Regeln. Dann küsste er sie, schwor ihr seine Liebe und bat sie, ihn zu heiraten. Sie wusste nie, wann sich diese romantische Anwandlung zutragen würde. Einige Male war es frühmorgens passiert, doch an anderen Tagen hatte er bis zum Nachmittag oder sogar bis nach dem Dinner gewartet. Als Resultat war sie ständig angespannt. Und danach freute sie sich bereits auf das nächste Mal.

Ebenso erging es ihr mit seinen Briefen. Obwohl sie wusste, dass er sie einsetzte, um ihren Widerstand zu brechen, konnte sie sich nicht versagen, sie mehrmals zu lesen.

Sie lehnte den Kopf an das Geländer und spürte die sengende Sonne auf dem Gesicht. Sie musste sich dringend eincremen, wenn sie sich nicht erneut ihre helle Haut verbrennen wollte.

„Guten Morgen."

Kelly zuckte zusammen, drehte sich um und sah Jax in der Terrassentür stehen. Er trug eine leuchtend grüne Badehose und ein T-Shirt von Amnesty International mit der Aufschrift: „Unterschätze nicht die Macht des geschriebenen Wortes. Schreibe einen Brief, rette ein Leben".

Sie blickte hinab auf den Brief, den sie noch immer in der Hand hielt. Die Macht des geschriebenen Wortes, in der Tat.

„Ich habe Lebensmittel eingekauft", verkündete er. „Hilfst du mir das Auto ausladen?"

„Sicher."

Er trat zurück, um sie als Erste durch die Tür gehen zu lassen, und sie blickte ihn nervös an, als sie sich an ihm vorbeizwängte. Seine Augen waren hinter der dunklen Sonnenbrille verborgen, doch seine Miene wirkte entspannt.

„Wie weit bist du gelaufen?", fragte er.

„Ungefähr drei Meilen. Ich muss in Zukunft früher aufstehen. Es ist jetzt schon zu heiß. Sobald wir die Sachen ausgeladen haben, gehe ich schwimmen."

Sie gingen hinaus zu seinem Auto. Der Kofferraum stand offen und war mit Einkaufstüten aus Leinen gefüllt. Jax bewies ein ausgeprägtes Umweltbewusstsein. Irgendwie überraschte sie das nicht.

„Ich habe dir ein Geschenk mitgebracht", verkündete er.

„Schokoladeneis?"

„Ich dachte, diese Vorliebe hättest du mit fünfzehn abgelegt."

„Tja nun, ich habe mich rückläufig entwickelt." Sie versuchte zu ignorieren, wie sich seine Armmuskeln spannten, als er vier Tüten auf den Küchentisch hob.

Dann warf er ihr eine kleine Tüte mit dem Logo einer Modeboutique zu. „Ich habe dir einen neuen Badeanzug gekauft."

„Wenn er in diese Tüte passt, werde ich mir in naher Zukunft kein Schokoladeneis gönnen können."

Jax trat zu ihr, und sein Blick verriet ihr, dass er sie küssen wollte. „Ich bin ganz verschwitzt", wehrte sie ab und versuchte, sich seiner Reichweite zu entziehen.

Doch er stützte beide Hände auf den Küchenschrank und hielt sie zwischen seinen Armen gefangen. „Hast du vergessen, dass ich dich heiraten will? In Reichtum und Armut, in guten wie in schlechten Zeiten? Ich glaube nicht, dass es eine Ausnahme für verschwitzte Zeiten gibt." Mit einem Finger wischte er ihr eine Schweißperle von der Stirn. Dann beugte er sich lächelnd vor und küsste sie.

Die Tüte mit dem Badeanzug fiel zu Boden, als er sie in die Arme zog. Ihre Haut prickelte, wo er sie berührte, und sein stürmischer Kuss rief Verlangen hervor.

„Heirate mich, Kelly", flüsterte er ihr ins Ohr.

Doch sie entwand sich seinen Armen, und er gab sie frei. „Nein. Es tut mir leid." Es war dieselbe Antwort, die sie ihm jeden Tag seit ihrer Ankunft gab.

Und genau wie jeden Tag ließ er sich nicht aus der Fassung bringen. Munter bückte er sich, hob die Tüte auf und reichte sie ihr. Dann ging er lächelnd hinaus zum Auto, um die restlichen Einkäufe zu holen.

Wie schaffte er es nur? Jeden Tag fragte sie sich, wie er sie in einem Moment so leidenschaftlich küssen und im nächsten so tun konnte, als wäre ihre Beziehung rein platonisch. Sie hingegen brauchte immer eine lange Zeit, um sich zu erholen.

Sie wartete, bis sich ihr Puls wieder beruhigt hatte. Dann öffnete sie die Tüte. Es war ein Bikini. Er war schwarz und sehr knapp, aber die richtige Größe. Sie hielt ihn hoch und musterte ihn skeptisch.

Jax kehrte in die Küche zurück. „Ich dachte mir, du brauchst einen neuen Badeanzug", erklärte er. „Der Einteiler, den du gestern anhattest, wird schon durchsichtig, wenn er nass ist. Wusstest du eigentlich, dass heutzutage extra solche Badeanzüge hergestellt werden?"

Sie stopfte den Bikini zurück in die Tüte. „Du erwartest doch nicht im Ernst, dass ich dir das glaube, oder?"

„Ehrenwort. Sie werden total durchsichtig, wenn sie nass sind. Ich habe sie in einem Katalog gesehen."

„Ich meinte meinen Badeanzug", unterbrach sie. „So alt ist er gar nicht."

„He, ich habe nichts dagegen, wenn du in einem durchsichtigen Fummel herumläufst. Ich dachte nur, ich sollte dich warnen. Wenn du mir nicht glaubst, dann zieh ihn an und stell dich unter die Dusche. Du wirst schon sehen."

Jax fand Kelly im Arbeitszimmer am Computer vor. Alle Fenster waren weit geöffnet und mehrere Ventilatoren eingeschaltet, aber trotzdem war es sehr heiß. „Ich dachte, du wolltest schwimmen gehen."

Sie blickte nicht vom Bildschirm auf. „Ich habe es mir anders überlegt und nur geduscht."

Er grinste. „Du hast den alten Badeanzug angezogen und gemerkt, dass ich recht habe."

„Okay, okay. Nur zu, sag's schon."

„Was denn?"

„Dass du es mir gleich gesagt hast."

Doch er blickte sie nur schweigend an. Hastig wandte sie sich dem Computer zu und verkündete in bewusst sachlichem Ton: „Ich komme gut voran mit den Änderungen. Ich schätze, dass ich in zwei Stunden fertig werde."

„Gut. Dann bleibt mir ja Zeit, mich mit meinem Roman zu befassen. Ich habe die ganze Woche nicht daran gearbeitet. Nach dem Lunch können wir dann deine Liebesszenen bearbeiten."

Kelly stöhnte. „Muss das unbedingt sein?"

„Nein, es muss nicht sein. Aber wenn wir es nicht tun, wird sich dein Buch nicht verkaufen."

„Nun, wenn du es so ausdrückst ..."

Jax setzte sich an seinen Computer, startete das Textverarbeitungsprogramm und überflog das letzte Kapitel.

Jared hatte sich einen riesigen schwarzen Hengst gekauft und ritt gerade zu der Ranch hinaus, die Carrie und Harlan vor drei Jahren gekauft hatten. Er hatte soeben erfahren, dass Harlan einige Monate zuvor an einem Fieber gestorben war.

Jax begann zu schreiben.

Er sah den Staub, den die Pferde aufwirbelten, noch bevor er das Donnern der Hufe auf dem harten Boden vernahm. Er nahm sein Gewehr aus der Satteltasche und gab dem Hengst die Sporen.

Als Jared über die Schulter blickte, sah er vier Läufe im Sonnenschein aufblitzen. Vier Pferde, vier Reiter, vier Gewehre.

Sie feuerten den ersten Schuss ab, als er gerade das Tor zu Carries Ranch erreichte. Die Kugel zischte dicht über seinen Kopf hinweg.

„He, was soll der Blödsinn?“, beschwerte sich Jared.

„Ach, sei still“, murrte Jax.

„Hast du etwas gesagt?“, fragte Kelly.

Jax blickte auf. „Ich diskutiere nur mit meiner Hauptfigur.“

„Aha“, murmelte sie und wandte sich wieder ihrem Computer zu.

„Ich kann es nicht fassen, dass du es ihr gesagt hast“, höhnte Jared. „Jetzt hält sie dich bestimmt für total verrückt.“

„Sie hat es ganz gut aufgenommen“, entgegnete Jax.

Kelly lachte. „Machst du das öfter?“

„Was denn?“

„Mit dir selbst reden.“

„Hältst du mich für verrückt?“, entgegnete er statt einer Antwort.

„Unterhältst du dich wirklich mit deinen Romanfiguren?“

„Ich fürchte, ja“, gestand er ein. „Momentan wird mein Held gerade von vier Männern gejagt, die auf ihn schießen. Deshalb ist er nicht gerade gut auf mich zu sprechen.“

Sie lachte erneut. „Das kann ich ihm nicht verdenken. Wenn du mich in die Situation brächtest, würde ich auch widersprechen. Warum holst du ihn nicht einfach da raus und beendest die Szene?“

„Na gut“, murmelte Jax und schrieb weiter.

Der Hengst galoppierte noch immer wie der Teufel, als Jared das Ranchhaus erreichte. Mit dem Gewehr in der Hand blickte er zurück, um sich zu vergewissern, dass die vier Revolverhelden ihm nicht gefolgt waren.

Ein Schuss dröhnte, und im nächsten Augenblick spürte er einen heftigen Stich im rechten Arm. Das Gewehr fiel zu Boden. Verdammt, sein Arm blutete heftig und schmerzte höllisch.

„Hände hoch, sodass ich sie sehen kann!", befahl eine helle Stimme.

Jared drehte sich zu der Stimme und dem Gewehr um. Mit der linken Hand nahm er sich den Hut vom Kopf. „Hallo, Carrie."

Jax speicherte den Text und stand auf. „Ich hole mir eine Tasse Kaffee", sagte er. „Möchtest du auch eine?"

„Sprichst du mit mir oder mit deinem imaginären Freund?", hakte Kelly nach.

„Sehr witzig."

„Wie hast du die Szene beendet?"

„Ganz einfach. Ich habe die Heldin auf ihn schießen lassen."

„Und? Nimmt er das einfach so hin?"

„Bestimmt nicht. Er wird sich reichlich beschweren."

Kelly saß auf der Terrasse und aß einen Salat zu Mittag. Sie hörte Jax' Schritte, der barfuß aus dem Haus kam. Der hölzerne Liegestuhl ächzte, als er sich setzte, und ein Zischen ertönte, als er eine Dose Mineralwasser öffnete.

Sie blickte zu ihm auf, und er lächelte sie an. Seine Augen waren hinter einer Sonnenbrille verborgen. Sein Oberkörper war nackt, und sie bemühte sich, ihn nicht anzustarren, als er sich Sonnencreme auf die breiten Schultern rieb.

„Wir können heute Nachmittag hier draußen arbeiten", sagte er. „Bevor du Änderungen vornimmst, müssen wir über die Liebesszenen reden, und das können wir hier genauso gut wie drinnen."

Kelly schloss die Augen. Es behagte ihr gar nicht, ausgerechnet mit ihm über dieses Thema zu reden, da er eindeutig eine körperliche Beziehung zu ihr wünschte. Dazu kam, dass sie bereits miteinander geschlafen hatten, es der beste Sex ihres Lebens gewesen war und ihr Körper nach mehr verlangte, zumal Jax halb nackt wie ein bronzener Sonnengott dasaß.

Sie seufzte. „Also gut. Sag mir zuerst, was ich falsch gemacht habe."

„Zum einen ist die Szene zu kurz. Du hast praktisch von der ersten Seite an auf diese Szene hingearbeitet, und deshalb werden deine Leser enttäuscht sein, wenn du sie so flüchtig abhandelst."

Kelly stellte die Salatschüssel auf den Tisch und fragte: „Darf ich einen Schluck nehmen?"

Er nickte.

Sie nahm einen großen Schluck Mineralwasser, das nicht mehr so kalt war, wie sie gehofft hatte. „Wie viele Seiten muss ich denn schreiben?"

„Es geht nicht um die Seitenzahl. Ich habe großartige Liebesszenen gelesen, die nur eine Seite lang sind, und ich habe welche gelesen, die über zwanzig Seiten lang sind."

„Über zwanzig Seiten Sex?" Sie lachte. „Ich glaube nicht, dass mein Thesaurus so viele Synonyme für ‚leidenschaftlich' enthält."

„Immer mit der Ruhe. Ich sage ja nicht, dass du über zwanzig Seiten schreiben sollst. Fünf oder sechs reichen."

„Mir ist nach zwei Absätzen schon nichts mehr eingefallen", protestierte sie. Die Sonne brannte ihr auf den Rücken. „Kann ich deine Lotion benutzen?"

„Gefühle, Kel."

„Wie bitte?"

Er zog seinen Stuhl näher heran und stützte die Ellbogen auf die Knie. „Es reicht nicht, nur zu beschreiben, wer oben und wer unten liegt, und wer wen wohin küsst."

Kelly spürte ihre Wangen erglühen.

„Du solltest die Sexszenen nutzen, um mehr über deine Charaktere zu enthüllen", erklärte er. „Gehen sie langsam vor, lassen sie sich Zeit oder reißen sie sich die Kleider vom Leib? Wie sie es tun, vor allem beim ersten Mal, kann sehr viel über ihr Wesen aussagen."

Sie schaute ihn an und dachte daran, wie stürmisch sie sich in seinem Hotelzimmer das erste Mal geliebt hatten. Er erwiderte ihren Blick über seine Sonnenbrille hinweg, und sie erkannte, dass auch er sich an jene Nacht erinnerte. Was sagte das Erlebnis über ihren eigenen Charakter aus? Was sagte es über die Intensität ihrer Gefühle zu ihm, dass sie so wild, so ungehemmt mit ihm geschlafen hatte?

Es geht nicht um Gefühle, korrigierte sie sich. Es war nichts weiter als Lust.

„Aber dein Hauptaugenmerk sollte nicht auf dem körperlichen Aspekt liegen", erklärte er, während er ihr die Flasche mit Sonnenschutz reichte. Er nahm sich die Sonnenbrille ab und legte sie vor sich auf den Tisch.

Kelly drückte sich etwas Lotion auf die Hand und rieb sich das Gesicht ein.

Während er aufstand und zu ihr trat, sagte er: „Du musst in die Köpfe deiner Charaktere vordringen."

Überrascht blickte sie ihn an, als er die Rücklehne ihres Liegestuhls löste und herabsenkte.

Er lächelte. „Du musst deinen Lesern vermitteln, was deine Charaktere fühlen." Er beugte sich über sie, nahm ihr sanft die Flasche aus der Hand und drückte sich Lotion auf die Handfläche. „Und ich rede nicht nur von körperlichen Empfindungen, obwohl auch die sehr schön sind."

Sie wandte den Blick ab, setzte sich auf und schlang die Arme um die angezogenen Knie.

Er hockte sich hinter ihr auf die Kante der Liege und begann, ihre Schultern einzucremen. Sie rang nach Atem. Die Lotion war kalt auf ihrer überhitzten Haut, doch es war die Berührung seiner Finger, die einen wohligen Schauer über ihren Rücken sandte.

„Entscheidend ist, wie deine Heldin zu der Person steht, die sie berührt", fuhr Jax sanft fort.

Sie spürte seinen warmen Atem am Ohr, als er ihren Arm einrieb.

„Denk mal darüber nach. Es ist ein Unterschied, ob deine Heldin von einem guten Freund oder einem Geliebten angefasst wird. Es könnte ein Händedruck oder eine Umarmung sein, oder vielleicht reibt ihr jemand – ein Freund oder ein Liebhaber – Sonnencreme auf den Rücken."

Kelly drehte sich zu ihm um. „T. …"

„Entspann dich. Und pass gut auf. Vielleicht lernst du etwas." Er griff um sie herum und rieb ihre andere Schulter ein.

Wenn sie etwas aus dieser Situation lernen konnte, dann die Tatsache, dass ihr seine Berührung allzu gut gefiel. Doch das wusste sie längst.

„Worin besteht also der Unterschied?", fragte er so cool und beherrscht, als hielte er einen Vortrag in einem Hörsaal. „Der Unterschied besteht darin, wie deine Romanfigur für die Person empfindet, die sie berührt. Es sind ihre Emotionen, die eine einfache, harmlose Berührung unglaublich erotisch wirken lassen."

Aufgewühlt schloss Kelly die Augen, als er die Fingerspitzen federleicht an ihrem Arm hinaufgleiten ließ. Nein, sagte sie sich entschieden, ich liebe ihn nicht. Es war nur die Sonne und die Hitze, die ihr zu Kopf stiegen.

„Dieselbe Theorie ist anwendbar, wenn der Held, den die Heldin liebt, sie auszieht." Mit einem Ruck öffnete er das Nackenband ihres rückenfreien Tops.

„T., was soll denn das!", rief Kelly empört. Hastig hielt sie den Stoff vor ihren Brüsten fest, bevor er hinabgleiten konnte.

„Ich will nur verhindern, dass Lotion auf dein Top kommt", erklärte er gelassen.

Sie spürte seine Hände in ihrem Nacken. Es fühlte sich so gut an, dass sie die Augen schloss und ihren Protest hinunterschluckte.

„Deine Heldin würde ganz anders reagieren, wenn ein Fremder sie ausziehen würde. Aber bei einem Geliebten gibt es keine Verlegenheit", fuhr er leise fort, „sondern nur Vorfreude." Seine Hand glitt nach vorn, zu ihrem Hals. Er verteilte die kühle, lieblich duftende Lotion auf ihrem Dekolleté und dem Ansatz ihrer Brüste.

Jax spürte ihren Herzschlag unter seiner Hand, spürte das heftige

Heben und Senken ihrer Brust. Selbst durch die Falten des Tops, die ihre Brüste bedeckten, sah er, dass sich die Knospen verhärtet hatten. Er brannte darauf, sie überall zu berühren, sie zu küssen. Es war eine Tortur, sich zurückhalten zu müssen. Er lächelte schmerzlich. Aber es war auch die schönste Tortur, die er je erlebt hatte.

Er stand auf, und sie schlug die Augen auf, als er ihre Schultern sanft zurück an die Rücklehne drückte. Er schob ihre Hüften ein wenig zur Seite und setzte sich ihr gegenüber. Mit großen Augen beobachtete sie, wie er Lotion auf ihren Bauch träufelte, auf den breiten Streifen nackter Haut zwischen dem knappen Top und dem Bund ihrer Shorts.

Sie blickte in seine Augen. Wie konnte er so cool und ruhig bleiben, während ihr Puls raste? Sie war schon längst von Verlangen erfüllt, während er lächelnd dasaß, als redeten sie über das Wetter.

Dann sah sie es. Eine einsame Schweißperle rann an seinem Gesicht hinab, kurz vor seinem Ohr. Er war doch aufgewühlt. Er verstand es nur sehr gut, es zu verbergen.

Irgendwie schien er zu merken, dass er sich verraten hatte. Seine Augen funkelten vor Erregung, als er die Finger unter den Bund ihrer Shorts gleiten ließ. Sie hielt den Atem an, als er sich über sie beugte, so als wollte er sie küssen.

„Vorspiel“, flüsterte er, als seine Lippen nur noch wenige Zentimeter von ihren entfernt waren. Sein Atem streifte ihr Gesicht. „Für eine gute Liebesszene musst du ein ausgedehntes Vorspiel schreiben. Das steigert die erotische Spannung.“

Er richtete sich wieder auf, ohne sie zu küssen, doch sein Blick hielt ihren gefangen. „Und wenn du es richtig machst, kann die Liebesszene größtenteils stattfinden, solange deine Charaktere noch angezogen sind.“

Er wandte den Kopf ab und träufelte ihr zuerst eine lange Linie Lotion auf ein Bein und dann auf das andere, von den Oberschenkeln bis hinab zu den Füßen. Dann begann er bei den Zehen, die Lotion mit beiden Händen einzureiben.

Gemächlich glitten seine Hände an ihrem Bein hinauf. Es wirkte schockierend sinnlich und unglaublich köstlich. Sie öffnete den

Mund, fand aber nicht die Worte, um ihm Einhalt zu gebieten. In Wahrheit wollte sie nicht, dass er aufhörte.

„Wenn du es richtig anfängst", murmelte er leise, und seine Stimme klang wie eine Liebkosung, „kann ein Blick oder eine leichte Berührung zwischen Liebenden so intim wie ein Liebesspiel sein. Aber du musst enthüllen, was sie dabei empfinden."

Seine Augen wirkten rauchig graugrün, als er sie anblickte, und nun war seine Erregung nicht mehr zu verbergen. Deutlich sah Kelly eine Ader an seinem Hals pochen. Seine Miene verriet unverhohlene Begierde, während seine Finger auf der empfindlichen Innenseite ihres Schenkels verharrten, nachdem die Lotion längst eingezogen war.

„Stell dir vor", flüsterte er rau, „du würdest mich lieben."

Jetzt ist es so weit, dachte sie. Nun würde er sie küssen, und dann würden sie sich lieben, und sie würde nicht protestieren. Nicht ein Wort würde sie sagen.

Doch er küsste sie nicht.

Stattdessen griff er nach ihrer Hand und streichelte mit dem Daumen leicht die Innenfläche, malte Kreise auf ihre empfindsame Haut. „Stell dir vor, wie es sich anfühlen würde. Stell dir die Emotionen vor, die eine einzige Berührung in dir auslösen würde."

Kelly starrte ihn verklärt an. Stell dir die Emotionen vor, hatte er gesagt. Offensichtlich besaß sie eine gewaltige Vorstellungskraft, denn diese imaginären Emotionen wirkten erschreckend real und aufwühlend.

Er drückte ihr die Flasche mit der Lotion in die Hand. „Darum geht es eigentlich. Um Liebe und Emotion. Versuch, die Szene neu zu schreiben, und konzentrier dich darauf, was deine Charaktere im Herzen fühlen. Dann wirst du mehr als zwei Absätze schreiben. Das kann ich dir garantieren."

Er stand auf, setzte sich die Sonnenbrille auf und ging gelassen die Stufen hinunter auf dem Weg zum kühlen Wasser in der Bucht.

Sie blickte ihm nach, bis er der Sicht entschwand.

Sie musste sich nichts vorstellen. Sie musste sich nur erinnern.

Und das fiel ihr ganz und gar nicht schwer.

13. Kapitel

Der Morgen dämmerte diesig und feucht.

Kelly hatte den ganzen Abend lang die erste Liebesszene in ihrem Buch umgeschrieben und danach eine sehr unruhige Nacht verbracht. Die hohen Tagestemperaturen waren nach Sonnenuntergang nur um wenige Grade gesunken, und die Nacht war geradezu unerträglich heiß gewesen.

Ganz zu schweigen davon, dass sie die hitzigen Empfindungen nicht vergessen konnte, die Jax ausgelöst hatte, als er sie eingecremt hatte.

Sie beschloss, an diesem Morgen das Jogging ausfallen zu lassen und stattdessen zur Abkühlung schwimmen zu gehen.

Der Plan erschien ihr ausgezeichnet, bis sie den Strand erreichte und Jax bereits dort sitzen sah.

„Guten Morgen", begrüßte er sie.

„Was tust du denn schon so früh hier?", entgegnete sie argwöhnisch.

Er zuckte die Achseln. „Zu heiß zum Schlafen." Er trug dieselbe grüne Badehose wie am Vortag. Seine Haare waren feucht, und Wassertropfen glitzerten auf seinem muskulösen Körper.

Es ist ein neuer Tag, schoss es ihr durch den Kopf, während sie ihn musterte, und irgendwann wird er mich küssen. Ihr Magen flatterte vor Vorfreude.

Sie breitete ihr Handtuch neben ihm auf dem Sand aus und streifte sich die Sandalen ab. Dann zog sie sich mit einem Ruck das T-Shirt über den Kopf.

Ihr Anblick raubte ihm den Atem. Sie trug den schwarzen Bikini, und sie sah fabelhaft darin aus. Er lächelte sie bewundernd an, doch sie ignorierte es.

Er folgte ihr bis ans Ufer und beobachtete, wie sie schnell ins

Wasser ging, bis nur noch Kopf und Schultern herausragten. Er sprang kopfüber hinein und tauchte dicht neben ihr wieder auf. Während er sich das nasse Haar aus dem Gesicht schüttelte, näherte er sich ihr noch mehr.

„Hättest du nicht wenigstens einen Badeanzug aussuchen können, der eher ein Anzug ist?", fragte sie und wich zurück.

„Aber du siehst so gut in Schwarz aus", entgegnete er mit Unschuldsmiene und folgte ihr.

„Wo ist denn schon das Schwarze?" Kelly wich weiterhin zurück, näherte sich dem Strand und enthüllte somit immer mehr von dem fraglichen Badeanzug. „Als ich in den Spiegel geschaut habe, war fast nur nackte Haut zu sehen."

„Du siehst auch nackt gut aus. Die Kombination ist sehr … nett."

Das Wasser reichte ihr nur noch bis zur Taille, und sein Blick glitt über ihren Körper. Nun war es gewiss so weit. Nun würde er sie sicherlich küssen.

Doch er lächelte nur und tauchte zurück in tieferes Wasser.

Sie war so überzeugt gewesen, dass er sie sofort küssen würde. Es hatte sie erleichtert, dass die Warterei für diesen Tag vorbei sein würde. Er machte sie wahnsinnig, und sie konnte die Unsicherheit nicht eine Minute länger ertragen. Als er auftauchte, rief sie: „Tyrone Jackson, komm sofort hierher zurück!"

„Oho", entgegnete er und schwamm zu ihr. „Was habe ich jetzt denn wieder angestellt?"

„Lass es uns endlich hinter uns bringen, verdammt, und küss mich."

Er stand auf. Wasser rann in Bächen von seinem Körper. Zwei große Schritte brachten ihn an ihre Seite. Nahe genug, um die Arme um sie zu legen. Nahe genug, dass sie erkennen konnte, wie sehr seine Augenfarbe dem Ozean glich. Sie schluckte schwer und wandte den Blick ab.

„Willst du, dass ich dich küsse?", fragte er sanft.

„Nein."

Er wandte sich ab.

Sie wusste, dass sie den ganzen Tag über angespannt sein würde, wenn er sie nicht sofort küsste. „Ja, okay? Ja!"

Er blickte sie an, doch es war nicht der verlangende Blick, den sie erwartet hatte. Vielmehr lächelte er wehmütig, und er küsste sie immer noch nicht.

„Bitte, T.“, flüsterte sie.

Da berührte er sie, strich ihr mit sanfter Miene das Haar aus dem Gesicht. „Ach, Kel“, murmelte er. „Ich wollte den heutigen Kuss noch nicht verbrauchen, aber du weißt, dass ich dir nichts abschlagen kann.“

Er beugte sich zu ihr, und seine Lippen berührten ihre – zunächst sehr sanft, dann mit wachsendem Druck.

Kelly spürte seine Arme um sich, seine Hände auf ihrem nackten Rücken, die sie an ihn pressten. Die Berührung ihrer nassen, fast nackten Körper schien ihn zu überwältigen, denn er beendete den Kuss nicht, als sie es erwartete. Er küsste sie einfach weiter, immer inniger und stürmischer. Natürlich lag es vielleicht auch daran, dass sie die Arme um seinen Nacken geschlungen hatte und seinen Kuss ebenso hungrig erwiderte.

Sie begehrte ihn. Sie konnte es nicht länger leugnen. Sie war bereit nachzugeben. Sie musste sich endlich eingestehen, dass sie die ganze Nacht wach gelegen und sich gewünscht hatte, in seinem Bett zu sein.

„Kelly, ich liebe dich so sehr“, flüsterte er und hauchte Küsse auf ihr Gesicht. „Ich brauche dich.“

Sie spürte sein Herz pochen, hörte seinen raschen Atem, als sein Mund erneut ihren fand.

Er zog sie mit sich hinaus ins Tiefe, und unter dem Schutz des Wassers berührte er sie, umschmiegte er ihre weichen Brüste, streichelte sie aufreizend. Er küsste sie stürmisch, presste sie an sich, zeigte ihr unmissverständlich, was er wollte.

Und Kelly wusste ganz deutlich, dass auch sie mit ihm schlafen wollte.

Doch abrupt riss er sich los, wich mehrere Schritte zurück. Schwer atmend stand er da und blickte sie an. Seine Augen leuchteten, und Kelly erkannte, dass es ungeweinte Tränen waren, die in ihnen schimmerten.

Bevor sie ein Wort sagen konnte, wandte er sich ab und tauchte unter. Weit entfernt kam er wieder an die Oberfläche und schwamm mit kräftigen Zügen von ihr fort.

„T., komm zurück", flüsterte sie eindringlich, doch er konnte es unmöglich hören.

Zur Dinnerzeit hatte Kelly sich überzeugt, dass ihr Moment der Schwäche, als Jax sie im Wasser geküsst hatte, nichts weiter war als eben das: ein Moment, und dazu ein sehr flüchtiger.

Sie war vorübergehend wahnsinnig, hingerissen gewesen.

Die Tatsache, dass er sich den ganzen Tag nicht hatte blicken lassen, hatte ihr natürlich sehr geholfen, ihre verlorene Zurechnungsfähigkeit wieder zu finden. Er war erst vom Strand zurückgekehrt, als sie gerade geduscht hatte, und war mitsamt Auto verschwunden, bevor sie aus dem Bad gekommen war. Er hatte keine Nachricht hinterlassen, wo er war und wann er zurückzukehren gedachte.

Es war eindeutig leichter, sich einzureden, dass sie ihn nicht begehrte, wenn er nicht da war.

Sie hatte den ganzen Tag an der verflixten Liebesszene gearbeitet und sich dabei selbst vorgemacht, dass es sie nicht interessierte, wo er war und was er tat.

Erst nach sechs Uhr, als die Sonne unterging, tauchte Jax wieder auf.

„Wie läuft es?", erkundigte er sich, während er Kartons mit chinesischen Gerichten und Teller auf den Konferenztisch stellte.

Er trug Shorts und ein ärmelloses T-Shirt. Sein Haar war zerzaust, doch das ließ ihn nur noch charmanter wirken als üblich.

Als Kelly seinem Blick begegnete, wurde ihr bewusst, dass alles, was sie sich den ganzen Tag lang eingeredet hatte, nichts als Unsinn war. Hätte er auch nur ein Wort gesagt, hätte sie sich in seine Arme geworfen.

„Hast du die Szene umgeschrieben?" Er öffnete einen Behälter mit dampfendem, braunem Reis.

Sie musste sich räuspern, bevor sie ein Wort herausbrachte. „Ich versuche es."

„Soll ich es lesen?"

„Lieber nicht."

„Früher oder später musst du es mich lesen lassen."

Sie stand vom Computer auf, streckte sich und setzte sich ihm gegenüber an den Tisch. „Später. Viel später." Sie griff nach einem Behälter und öffnete ihn. Die Speise darin sah undefinierbar aus, roch aber köstlich. Nun erst wurde ihr bewusst, wie hungrig sie war. Sie hatte das Mittagessen ausfallen lassen.

Er reichte ihr ein Paar Bambusstäbchen, und sie begannen schweigend zu essen.

Schließlich räusperte sich Jax. „Kel, ich möchte mich für heute Morgen entschuldigen."

Sie schaute ihm ins Gesicht. Seine Augen wirkten sehr ernst und sehr grün. Aber er konnte ihrem Blick nicht standhalten und senkte den Kopf.

„Ich bin zu weit gegangen", sagte er leise. „Es tut mir leid, und …"

„T. …"

„Bitte, lass mich ausreden, ja?"

Er blickte zu ihr auf, und sie nickte.

„Ich kann mich anscheinend nicht sonderlich beherrschen, wenn es um dich geht. Ich fürchte …" Er räusperte sich erneut. „Ich fürchte, ich höre oder verstehe nicht, wenn du mir sagst, dass ich aufhören soll, und ich kann den Gedanken nicht ertragen, dass ich …" Er schüttelte den Kopf und atmete tief durch. „Jedenfalls brauchst du keine Angst zu haben. Ich werde dich nicht wieder küssen."

In diesem Moment erkannte Kelly mit absoluter Sicherheit, dass sie wieder von ihm geküsst werden wollte. Sie wollte es nicht nur, sie brauchte es.

Sie stand auf. „Lass mich das klarstellen. Du willst mich nicht mehr küssen, weil du nicht mit mir schlafen willst."

Jax schüttelte den Kopf und lachte verlegen. „Doch, natürlich will ich mit dir schlafen. Das ist ja das Problem." Er beobachtete, wie sie um den Tisch herum ging und sich auf den Stuhl neben ihn setzte. Er schob seinen halb vollen Teller fort. „Du hast meine Briefe gelesen, Kelly. Du weißt, wie ich empfinde. Ich liebe dich. Ich fürchte nur …"

„Dass du nicht aufhören kannst, wenn ich Nein sage."

„Ja." Jax rieb sich die Stirn, so als hätte er Kopfschmerzen. Abrupt stand er auf. „Ich brauche ein Bier. Möchtest du auch eins?"

Sie stand ebenfalls auf. „Warte."

Obwohl das Fenster weit geöffnet war und eine salzige Meeresbrise in den Raum wehte, konnte er Kellys lieblichen Duft riechen. Sie stand ihm viel zu nahe. Er versuchte zurückzuweichen, stieß aber gegen den Tisch. Sie trat noch näher.

„Schau auf meine Lippen", sagte sie. „Und hör mir aufmerksam zu."

„Kel …"

„Bitte, T., schau zu und hör zu."

Jax konnte ihren Blick nicht deuten, also schaute er auf ihre zarten Lippen.

„Hörst du zu?", fragte sie.

Als er nickte, verzogen sich ihre Lippen zu einem bezaubernden Lächeln, und sie sagte klar und deutlich: „Nein."

Er schloss die Augen. Sie legte es darauf an, ihn zu quälen.

„Hast du Probleme, das zu verstehen?"

Mit geschlossenen Augen schüttelte er den Kopf. „Natürlich nicht. Aber die Situation ist kaum zu vergleichen mit …"

„Okay, dann küss mich!", befahl Kelly.

Er schlug die Augen auf. „Was?"

Sie lächelte ihn erneut an. „Leg die Arme um mich und küss mich. Herrje, ich hätte nicht gedacht, dass ich dich zwei Mal bitten muss."

„Kel …"

„Komm schon, Tyrone, küss mich. Solange du es nicht tust, kann ich nicht klarstellen, worauf ich hinauswill."

„Und worauf willst du hinaus?"

Kelly lachte. „Küss mich, und du wirst es herausfinden."

„Ich bin nicht sicher, ob das eine so gute Idee ist." Er blickte auf ihren Mund. Sie befeuchtete sich die Lippen mit der Zungenspitze, und es war um ihn geschehen. Er konnte einfach nicht anders, als sie zu küssen.

Sie stand ihm nahe, aber nicht nahe genug, und er zog sie an sich. Kaum berührten seine Lippen ihre, als sie die Hände gegen seine Brust stemmte und sich von ihm abstieß.

Augenblicklich gab er sie frei.

Sie lachte. „Auch das scheinst du verstanden zu haben."

Erneut schloss er die Augen und massierte seinen Nasenrücken. Es waren teuflische Kopfschmerzen, die sich ankündigten. Als er die Augen öffnete, stand Kelly immer noch direkt vor ihm und lächelte zu ihm auf.

„Was soll ich verstanden haben?", fragte er matt.

„Das." Sie hob eine Hand und drückte gegen seine Brust. „Du weißt, was es bedeutet, wenn ich das tue. Richtig?"

„Ja. Es bedeutet: Nein, hör auf, lass das."

„Nun, da hast du es. Zwei völlig verständliche Arten, Nein zu sagen – eine verbal, die andere nicht."

„Ich enttäusche dich nur ungern, aber wenn du damit etwas klarstellen wolltest, ist es irgendwie misslungen."

„Tja, nun, ich habe es eigentlich noch nicht klargestellt. Damit ich das tun kann, musst du mich noch mal küssen."

Müde sank Jax auf die Tischplatte. „Kel ..."

Sie befanden sich nun auf gleicher Augenhöhe, und sie trat zwischen seine Beine und schlang die Arme um seinen Nacken. „Nun, dann muss ich dich eben küssen", murmelte sie und beugte sich zu ihm.

Ihre Lippen waren weich und schmeckten so lieblich. Sie hob ein wenig den Kopf, blickte ihm lächelnd in die Augen und küsste ihn erneut.

Er öffnete den Mund unter dem sanften Druck ihrer Zunge. Kelly küsste ihn tatsächlich! Er wusste nicht, ob er lachen oder weinen sollte, also tat er keines von beidem. Stattdessen schlang er die Arme um sie, presste sie an sich und erforschte ihren Mund mit seinem.

Als er die Lippen hinab zu ihrer Kehle gleiten ließ, bog sie den Kopf zurück und lachte. „Der Grund, warum du mich heute Morgen nicht Nein sagen gehört hast, ist, dass ich es nicht gesagt habe. Und wenn du sehr gut zuhörst, wirst du mich immer noch nicht Nein sagen hören."

Ihm stockte der Atem. „Und was ist, wenn ich dich hochhebe und in mein Schlafzimmer trage?"

„Vielleicht solltest du es mal versuchen."

Er schwang sie auf seine Arme und trug sie in den angrenzenden Raum.

Nur die untergehende Sonne erhellte sein Schlafzimmer. Rötliches Licht strömte zum Fenster herein, tauchte die Wände in einen warmen, rosigen Schein. Sanft legte er Kelly auf das Bett nieder, und sie zog ihn zu sich hinab und küsste ihn, während sie die Hände unter sein T-Shirt schob.

„Kelly, warte", sagte er. Er atmete schwer, und sein beschleunigter Herzschlag verriet ihr, dass er nicht wirklich aufhören wollte. Doch er hielt ihre Hände fest. „Du weißt, wie gern ich mit dir schlafen würde." Seine Miene war ernst, und seine Augen forschten in ihren.

Sie nickte. „Ich will es auch."

„Wirklich?" Ein Muskel zuckte an seinem Kiefer. „Aber willst du es aus Liebe? Oder wird es nur Sex sein?"

Sie lächelte vage. „Können wir das nicht nachher ergründen?"

Auch er versuchte zu lächeln, doch aus seinen Augen sprach Schmerz. „Eine ausweichende Antwort. Du willst immer noch nicht zugeben, dass du mich liebst, oder?"

Sie senkte den Blick. „Jackson, ich bin einfach noch nicht bereit dazu."

Er hielt noch immer ihre Hände, verschränkte die Finger mit ihren und drückte sie sanft. „Es mag ein Schock für dich sein, und für mich ist es weiß Gott ein Schock, aber ich werde mich nicht mit Sex begnügen. Ich werde mich nicht begnügen, Punkt. Wenn du dir selbst eingestehst, dass du mich liebst, dann werde ich mit dir schlafen. Aber nicht vorher." Er zog ihre Hände an die Lippen und küsste sie, bevor er sie losließ.

Kelly war tatsächlich schockiert. Schockiert darüber, dass er sie tatsächlich abwies, und noch mehr darüber, wie sehr es sie enttäuschte. „Tja", murmelte sie, und ihre Stimme klang seltsam, „wer hätte je gedacht, dass du derjenige sein könntest, der Nein sagt."

Doch er schüttelte heftig den Kopf. „Ich sage Ja. Auf die Frage, die wirklich zählt, bin ich derjenige, der Ja sagt."

14. Kapitel

Es war drei Uhr morgens, und Jax saß immer noch an seinem Computer und starrte blind auf den Bildschirm. Würde diese Nacht denn niemals enden?

Er konnte nicht schlafen. Er hatte es bereits versucht, doch er hatte nur im Bett gelegen und daran gedacht, dass Kelly nicht bei ihm war.

Sie hätte bei ihm sein sollen, und das Schlimmste war, dass sie es hätte sein können. Er musste den Verstand verloren haben. Das war die einzige Erklärung. Kein heißblütiger Mann bei klarem Verstand hätte eine Frau wie Kelly abgewiesen, wie er es getan hatte. Doch anscheinend war er plötzlich von dem Geist dieser verdammten romantischen Helden besessen gewesen, über die er offensichtlich zu viel schrieb.

„Dann geh doch zu ihr und sag ihr, dass du dich geirrt hast", durchdrang eine vertraute Stimme seine Gedanken.

Jared saß auf dem Bett in einem der Gästezimmer des geräumigen Ranchhauses. Er sah fantastisch aus, wie üblich. Sein dichtes, glänzendes Haar war zerzaust und sein Oberkörper nackt. Sein Arm blutete immer noch. Es handelte sich um einen glatten Durchschuss, und Carrie bandagierte gerade die Wunden.

„Sag Kelly", beharrte Jared, „dass du vorübergehend nicht bei Verstand warst und dich liebend gern mit einer unkomplizierten sexuellen Beziehung begnügst. Aua!"

Verblüfft blickte er zu Carrie auf, die nicht gerade sanft mit seinem Arm umging.

„Er liebt sie", sagte sie. „Ist dir nicht in den Sinn gekommen, dass er mehr als nur eine sexuelle Beziehung will? Und egal, was du auch sagst, keine Beziehung ist unkompliziert."

„Hört mal", warf Jax ein. „Wir nähern uns dem Ende dieser Geschichte. Könnten wir vielleicht ein bisschen netter zueinander sein?"

„Ich bin unglaublich nett", erklärte Jared. „Mann, sie hat auf mich geschossen, und ich bin trotzdem bereit, zu bleiben und ihr zu helfen, ihre Ranch und ihre Wasserrechte gegen diese Gesetzlosen zu verteidigen."

„Ich will und brauche deine Hilfe nicht", konterte Carrie entschieden. „Sobald ich dich verbunden habe, werde ich dir sehr dankbar sein, wenn du dein übergroßes Pferd und dein übergroßes Ego von meinem Land entfernst."

„Moment! Lasst mich das schnell auf Diskette bringen", sagte Jax und begann zu schreiben.

„Du brauchst unbedingt Hilfe", beharrte Jared. „Von wem erhoffst du sie dir? Von dem alten Mann, der in deinen Stallungen arbeitet? Oder vielleicht von dem kleinen Jungen, den ich vorhin über den Hof habe rennen sehen?"

„Nun, zumindest weiß ich, dass sie mich nicht verlassen werden." Jared packte sie am Arm, bevor sie sich abwenden konnte. „Ich habe dich nicht verlassen. Ich habe dir gesagt, dass ich zurückkommen werde. Du hast nicht auf mich gewartet!"

„Ich konnte nicht warten."

„Du wolltest nicht warten", warf er ihr vor.

Carrie lachte auf, doch auf ihrem hübschen Gesicht lag keine Belustigung. „Nein, Jared, ich konnte nicht. Ich trug dein Kind in mir."

Benommen, schockiert starrte er sie an. „Wir haben ein Kind?"

„Einen Sohn."

Draußen vor dem Fenster, auf dem Hof, half der kleine Junge dem alten Mann, Jareds Hengst zu striegeln. Zögernd stand Jared auf, trat an das Fenster und starrte hinaus – zu seinem Sohn?

Er drehte sich zu ihr um. „Carrie, ich wusste es nicht."

Widrige Umstände waren dafür verantwortlich, dass er sie vor über acht Jahren verlassen hatte. Hätte er gewusst, dass sie ihn so dringend brauchte, wäre er durch die Hölle gegangen, um zu ihr zu gelangen.

Nun steckte sie wieder in Schwierigkeiten, und er war auf keinen Fall gewillt, sie ein zweites Mal im Stich zu lassen.

Kelly konnte nicht schlafen. Sie saß auf ihrem Bett und starrte auf den Stapel Briefe, den Jax ihr in den wenigen Wochen ihrer Anwesenheit in seinem Haus geschrieben hatte.

Er liebte sie.

Den Beweis dafür fand sie in diesen Briefen – falls sie noch einen Beweis brauchte. Doch die Tatsache, dass er sich die Chance, mit ihr ins Bett zu gehen, hatte verstreichen lassen, zeugte hinreichend von der Tiefe seiner Gefühle.

Sie spürte Tränen in ihre Augen steigen. Sie durfte sich nicht gestatten, seine Gefühle zu erwidern, um nicht erneut Kummer zu erleiden. Denn es war vorprogrammiert, dass seine Liebe irgendwann wieder verging. Oder vielleicht liebte er sie einfach nicht genug, um bei ihr zu bleiben. Schließlich hatte er sie vor sieben Jahren auch geliebt, aber es hatte nicht gereicht, um für ihre Beziehung zu kämpfen. Nicht einmal zu ihrem achtzehnten Geburtstag war er zurückgekehrt, wie er es versprochen hatte.

Nein, sie durfte nicht riskieren, ihn zu lieben. Das Beste für beide war, wenn sie ihre Sachen packte und nach Boston zurückkehrte.

Sie trocknete sich die Tränen mit dem Ärmel ihres T-Shirts und holte ihren Koffer aus dem Schrank. Es brauchte nicht lange, ihre Sachen zu packen, doch die Sonne tauchte bereits am Horizont auf, als sie fertig war.

Sie wollte nur noch ein letztes Mal am Strand spazieren gehen, bevor sie Jax weckte und ihn bat, sie zur Busstation zu fahren.

Die Morgenluft war feucht, aber die Sonne hatte schon genug Kraft, um den Frühnebel zu vertreiben. Der Strand lag ruhig und verlassen da. Nur das Rauschen der Wellen und das Schreien der Möwen durchbrachen die Stille.

In nur wenigen Stunden würde sie zurück in Boston sein, zurück in der lauten Großstadt, fort vom Meer, fort von Jax.

Sie würde wieder allein sein, in der Einsamkeit ihres Apartments arbeiten, sich nicht mehr zu Jax umdrehen können, um ihm eine dumme Grammatikfrage zu stellen, mit ihm zu scherzen oder ein Lächeln mit ihm zu tauschen.

Tatsache war, dass sie ihn vermissen würde.

Ihre nackten Zehen gruben sich in den feuchten Sand, als sie am Wasser entlangging. Sie wischte die Tränen fort, die ihr in die Augen gestiegen waren. Sie würde mehr vermissen als seinen ausgeprägten Sinn für Humor und seine Hilfe bei der Korrektur ihres Manuskripts. Sie würde vermissen, wie sich seine Augenwinkel kräuselten, wenn er lachte. Sie würde vermissen, dass er sich zum Dinner in einem maßgeschneiderten Anzug herausputzte und trotzdem keine Socken trug. Sie würde seine Scherze vermissen, und sie würde seine Küsse vermissen.

Die Tränen fielen nun schneller, und schließlich setzte sie sich einfach auf den Sand und weinte.

Wem versuchte sie etwas vorzumachen? Sie liebte ihn. Daran bestand keinerlei Zweifel.

Ein romantischer Held würde auf seinem Standpunkt beharren und nicht nachgeben.

Doch Jax war kein romantischer Held, und sosehr er auch erzwingen wollte, dass Kelly ihm ihre Liebe gestand, gab es keine Garantie, dass sie es jemals tun würde.

Außerdem hatte er nach einer langen, schlaflosen Nacht erkannt, dass er bereit war zu nehmen, was Kelly bereit war zu geben – auch wenn es ihm auf lange Sicht wehtun würde. Und wenn das bedeutete, eine bedingungslose, auf sexueller Anziehung basierende Beziehung ohne Verpflichtungen einzugehen, dann gesellte sich zumindest etwas Vergnügen zu seinem Kummer.

Wenn es um Kelly ging, war er schwach.

Er stand vor ihrer Zimmertür. Kein Geräusch drang nach außen. Natürlich nicht. Es war noch nicht einmal sechs Uhr morgens.

Sanft klopfte er an die Tür, doch er erhielt keine Antwort. Er drückte die Klinke. Die Tür war unverschlossen, und er stieß sie auf.

Das Zimmer war leer; das Bett unbenutzt. Und Kellys Koffer stand gepackt mitten auf dem Fußboden.

Sie wollte ihn verlassen. Er verspürte einen schmerzhaften Stich in der Herzgegend und rang nach Atem.

Er hörte ein Geräusch, drehte sich um und sah sie in der Tür stehen. Sie sah wundervoll aus. Ihr Haar war zerzaust vom Wind und gelockt von der Feuchtigkeit. Ihr T-Shirt war feucht von der Gischt und klebte an ihren sanften Rundungen. Ihre Wangen waren gerötet, ihre Augen feucht vor Tränen.

Jax schluckte seinen restlichen Stolz hinunter. „Kel, bitte geh nicht." Seine Stimme brach. Er versuchte zu lächeln. „Du hast gewonnen. Ich spiele nach deinen Regeln. Wir tun es auf deine Weise."

Sie beobachtete, wie er sich durch das dichte blonde Haar strich. Er versuchte nicht, seine Verzweiflung vor ihr zu verbergen, die sie in seinen Augen sah, in seiner Stimme hörte. „T. ..."

„Du musst mich nicht lieben." Er trat einen Schritt auf sie zu. „Ich weiß, dass du mich magst, und das reicht momentan."

Er wollte ein Opfer bringen. Er war bereit, auf die Dinge zu verzichten, die ihm so wichtig waren, um sie in seiner Nähe zu halten. „Nein, T., ich ..."

„Kelly, bitte." Er näherte sich ihr noch einen Schritt und nahm ihre Hände. Seine Miene wirkte wild entschlossen. „Wenn du gehst, werde ich dir einfach folgen. Ich kann nicht ohne dich leben. Ich will nicht ohne dich leben. Ich weigere mich, ohne dich zu leben."

Er küsste sie, hart und fordernd und hungrig, und als er die Arme um sie schlang und sie fest an sich drückte, spürte sie sein Herz hämmern, während er flüsterte: „Bitte, geh nicht. Ich hatte Unrecht ..."

„Nein, du hattest recht." Kelly berührte seine Wange und stellte fest, dass ihre Hand zitterte. Was sie für ihn empfand, ängstigte sie zu Tode. Sie wollte die Worte nicht laut aussprechen. Aber sie musste es tun, wenn auch nur, um die Verzweiflung von seinem Gesicht zu vertreiben. „Du hattest die ganze Zeit recht."

„Momentan zählt kein Recht oder Unrecht", warf er ein. „Ich weiß nur, dass ich alles tun würde, damit du bleibst."

Sie lag in seinen Armen, und er blickte hinab in die bodenlose Tiefe ihrer Augen. Die Erinnerungen an diese Augen hatten ihn gerettet, ihn bei Verstand gehalten, die Grenze zwischen Realität und Fantasie verwischt in einer Zeit, als die Realität ihn vernichtet hätte.

Nun waren diese Augen mit Tränen gefüllt, die über ihre zarten Wangen rollten.

„Das musst du nicht", entgegnete Kelly leise, „weil ich dich liebe, so wahr mir Gott helfe."

Verdutzt starrte er sie an. Hatte sie gerade gesagt, dass sie ihn liebte? Waren ihre Worte Fantasie oder Realität? „Was hast du gesagt?", flüsterte er.

„Ich liebe dich. Der Himmel weiß, dass ich es nicht will, aber ich tue es."

Ganz plötzlich sah Jax seine Zukunft vor sich, und zum ersten Mal seit einer Ewigkeit war sie von Sonnenschein und Lachen erfüllt. Endlich hatte sie eingestanden, dass sie ihn liebte.

Er küsste sie, schmeckte das Salz ihrer Tränen, die Süße ihrer Lippen. Er konnte die Liebe in ihren Augen sehen, die sie nicht länger zu verbergen oder zu ignorieren suchte.

„T., schlaf mit mir", drängte sie.

„Komm mit in mein Zimmer", schlug er vor, und sie nickte.

Er nahm sie bei der Hand und führte sie in sein Schlafzimmer. Er schloss die Tür zum Flur und zu seinem Büro. Dann drehte er sich zu ihr um.

Kelly stand mitten im Raum und beobachtete ihn. Er sah erschöpft aus, und sie wusste, dass er genau wie sie die ganze Nacht nicht geschlafen hatte. Aber er lächelte sie an, und dieses Lächeln vertrieb die Müdigkeit von seinem Gesicht und ließ seine Augen glücklich leuchten.

Sie erkannte, dass sie nicht an die ferne Zukunft denken durfte. Sie durfte nicht an den Kummer denken, den ihre Liebe zu ihm ihr bereiten würde. Es war noch genügend Zeit zu leiden, wenn er fort war. Nun war er bei ihr, und das allein zählte. Nun gehörte sein Herz ihr.

Kelly lächelte ihn an. „Können wir da weitermachen, wo wir gestern Abend aufgehört haben?" Sie ging zum Bett und setzte sich auf die Kante. „Ich glaube, ich war hier."

Sehr langsam durchquerte er den Raum, hielt ihren Blick dabei gefangen. Das Feuer in seinen Augen erfüllte sie mit einer Hitze, die tief in ihr zu erwachen schien. Er setzte sich neben sie auf das Bett und nahm ihre Hände.

Sie spürte seine Zurückhaltung. Er schien zu befürchten, sie zu überwältigen, die Kontrolle über sich zu verlieren.

„Es gibt nicht viele Leute, die eine zweite Chance bekommen, sich zum ersten Mal zu lieben“, sagte er mit einem schiefen Lächeln.

„Ich muss dich leider enttäuschen. Die Nacht in deinem Hotelzimmer, das war nicht nur Sex. Ich habe dich damals schon geliebt. Ich war nur zu dumm, es einzugestehen.“

„Ich bin nicht enttäuscht.“

Kelly liebte ihn, weil er nett und freundlich und witzig und klug war. Aber die Tatsache, dass er seine Leidenschaft so erfolgreich hinter einer coolen, beherrschten Fassade verbergen konnte, bestärkte ihre Liebe zu ihm noch mehr. Besonders, seit sie wusste, dass sie die Macht besaß, ihm diese Beherrschung zu rauben. Und genau das beabsichtigte sie nun zu tun.

Sie kniete sich neben ihn auf das Bett und küsste ihn stürmisch, während sie ihn an sich zog, die Hände unter sein T-Shirt schob und seinen glatten, muskulösen Rücken streichelte. Sie spürte seine Beherrschung schwinden, als er die Arme fester um sie schloss und ihre Küsse erwiderte. Sie schwang ein Bein über seine, setzte sich auf seinen Schoß, und er stöhnte auf.

Sie zogen sich die T-Shirts aus. Ihr BH folgte bald.

Jax hob sie von seinem Schoß und drückte sie hinab auf die Matratze. „Ich liebe dich“, flüsterte er und streichelte ihren zarten Nacken, ihre Schultern, ihre Brüste.

Während er sie erneut küsste, fingerte er vergeblich am Bund ihrer Shorts und stöhnte schließlich ungehalten. Lachend öffnete sie den Knopf und zog ganz langsam, während sie seinen Blick gefangen hielt, den Reißverschluss hinunter.

Als sie sich Shorts und Slip abstreifte, konnte er kaum noch atmen. Er war wie erstarrt, gefesselt, hypnotisiert. „Bist du wirklich hier bei mir, oder träume ich nur?“, flüsterte er.

Lange Zeit nach seiner Rückkehr aus Mittelamerika hatte er unter einem Gefühl der Unwirklichkeit gelitten und befürchtet, jeden Moment zu erwachen und noch immer in der Gefängniszelle eingeschlossen zu sein. Ein ähnliches Gefühl der Unwirklichkeit beschlich ihn auch nun.

Kelly setzte sich auf und schlang die Arme um seinen Nacken. „Wenn du glaubst, dass du träumst, solltest du dich lieber beeilen, dich ganz schnell ausziehen und mich lieben, bevor du aufwachst.“

Jax lachte, rang dann nach Atem, als sie die Hand zu seinem Bauch gleiten ließ. Geschickt öffnete sie seine Shorts, die bald bei den restlichen Kleidern auf dem Fußboden landete.

Er legte sich schnell ein Kondom an, glitt dann zwischen ihre Schenkel. Seine Hände und Lippen waren überall, berührten sie, liebkosten sie, erforschten die Zartheit ihrer Haut, die Hitze ihres Verlangens.

„Sag mir noch mal, dass du mich liebst“, flüsterte er, und dabei blickte er ihr tief in die Augen. Sein goldblondes Haar war zerzaust von ihren Fingern.

Sie lächelte zu ihm auf, und er küsste sie erneut, so als könnte er es nicht ertragen, von ihren Lippen zu lange getrennt zu sein.

„Ich liebe dich“, sagte sie. „Ich habe dich immer geliebt.“

Und dann drang er in sie ein.

Sie liebte ihn schon immer, und es war eine so reine und wahre Liebe, dass sie über den Lauf der Zeit und all den Kummer triumphiert hatte. In diesem Augenblick erkannte sie, dass sie ihn bis ans Ende aller Tage lieben würde – noch lange, nachdem er weitergezogen war.

Sie drückte ihn an sich, bewegte sich mit ihm, nahm ihn tiefer in sich auf und hoffte, dass er nie fortgehen würde, wenn sie ihn nur fest genug hielt.

„Ich liebe dich“, flüsterte sie, als Wogen des Entzückens durch ihren Körper strömten.

Sie spürte seinen Körper erschauern in wilder Ekstase, hörte ihn ihren Namen rufen.

Verlass mich nie, dachte sie.

Erst als er ihr antwortete, erkannte sie, dass sie die Worte laut ausgesprochen hatte. „Ich werde dich nie verlassen“, schwor er und küsste sie zärtlich. „Ich verspreche es.“

Doch es war ein Versprechen, das er bereits schon einmal zuvor gebrochen hatte.

15. Kapitel

„Willst du schwimmen gehen oder Liebe machen?“, fragte Jax und küsste zärtlich Kellys Nacken.

Die Morgensonne strömte zum Fenster seines Schlafzimmers hinein. „Welcher Tag ist heute denn?“, erkundigte sie sich und streckte sich genüsslich.

Er lächelte sie an. „Ich kann nur ungefähr schätzen. Ich kann dir den Monat und das Jahr sagen. Moment mal, vielleicht kann ich nicht mal das. Ist es Juli oder August? Es könnte schon August sein.“

Kelly lachte. „Unmöglich. Der August war mindestens noch eine Woche entfernt, als ich das letzte Mal in der Küche auf den Kalender geguckt habe. Man kann ja angeblich von Luft und Liebe leben, aber ich glaube einfach nicht, dass jemand, der so verwöhnt ist wie du …“

Er spielte den Beleidigten. „Verwöhnt?“

„… eine ganze Woche ohne Nahrung auskommt“, führte sie den Satz lächelnd zu Ende.

Doch er lächelte plötzlich nicht mehr. Sein Blick wirkte seltsam gequält. „Es würde dich überraschen, wie lange ich ohne Nahrung auskomme“, sagte er leise. Doch ebenso schnell, wie diese seltsame Stimmung über ihn gekommen war, verschwand sie wieder. Er zog sie auf sich und küsste sie hart auf den Mund.

„Ich stehe unter Termindruck“, teilte er ihr mit, „und ich komme mit dem Buch einfach nicht weiter. Ich will gar nicht daran denken. Ich will nicht mal mehr daran arbeiten.“ Nachdenklich fügte er hinzu: „Wenn wir wirklich schon August haben, dann bin ich in Verzug mit dem Manuskript, und auf meinem Anrufbeantworter sind mindestens fünfundzwanzig zornige Nachrichten von meinem Verleger.“

„Und wenn schon August ist, sind Stefanie und Emilio von ihrer Kreuzfahrt zurück“, rief Kelly ihm in Erinnerung.

„Oh, verdammt, dann ist unsere Privatsphäre zum Teufel." Jax schloss entzückt die Augen, als sie ihm zärtlich durch das Haar strich. „Wir können nicht mehr nackt durch das Haus laufen."

„Bist du denn nackt durch das Haus gelaufen? Ohne mich?"

„Nein." Er nahm ihre Hände und küsste die Fingerspitzen. „Aber du weißt doch, wie es ist. Sobald man etwas nicht mehr tun darf, will man es sofort unbedingt tun."

„Wenn ich dir sage, dass du nicht mehr an deinem Manuskript arbeiten darfst, willst du es dann fertigstellen?"

„Nein. Aber ich habe gerade ein wildes Verlangen danach bekommen, Minigolf zu spielen."

Kelly lachte.

„Und dann will ich deine Eltern anrufen und ihnen sagen, dass wir heiraten."

Sie erstarrte. Er lächelte zu ihr auf. Seine Augen leuchteten vor Liebe, und er sah so gut aus, dass es ihr den Atem raubte. Aber sie wollte ihn nicht heiraten. Sie konnte es nicht. „T., wir werden nicht heiraten."

Er blieb gelassen. „Doch, wir werden."

„Nein. Außerdem ist das keine Sache, die man jemandem einfach mitteilt. Du musst fragen. Hatten wir diese Diskussion nicht schon einmal?"

Unvermittelt rollte er sich herum, drehte Kelly auf den Rücken und fesselte sie mit seinem Körper an das Bett. „Heirate mich", sagte er, und alle Belustigung war aus seiner Stimme und seinen Augen verschwunden. „Kelly, bitte, willst du mich heiraten?"

Tränen stiegen in ihre Augen, als sie zu ihm aufblickte. „Für wie viele Jahre willst du mich heiraten? Zwei? Vielleicht drei?" Sie schob ihn von sich und setzte sich auf die Bettkante. „Ich kann das nicht noch mal ertragen."

„Ich bin nicht wie Brad", sagte er leise. „Ich will dich für immer."

Sie drehte sich zu ihm um. „Das hat Brad auch gesagt. Aber dann hat er es sich anders überlegt."

„Vielleicht hat er erkannt, dass du ihn nicht liebst. Vielleicht ist ihm klar geworden, dass du mich immer noch geliebt hast."

Sie blickte ihn nur stumm an, und er wünschte, er könnte ihre Gedanken lesen.

„Ich liebe dich, und du liebst mich", sagte er. „Wir hätten gleich von Anfang an zusammen sein sollen."

„Wenn du das glaubst, warum bist du dann nach London gegangen?"

Es war eine direkte Frage, die eine unverblümte Antwort erforderte. „Weil Kevin mich vor die Wahl gestellt hat, entweder nach London zu gehen oder wegen versuchter Vergewaltigung angeklagt zu werden."

Schockiert starrte sie ihn an. „Versuchte Vergewaltigung? Aber das ist doch lächerlich!"

„Du warst minderjährig. Wenn Kevin etwas hätte durchsickern lassen, hätte es zumindest eine Untersuchung gegeben. Es wäre schrecklich gewesen, nicht nur für mich, sondern auch für dich. Du wärst von Ärzten untersucht und von der Polizei und allen möglichen Sozialarbeitern und Psychologen befragt worden. Und wenn auch nur ein Wort an die Zeitungen gedrungen wäre, hätte es zu einem gewaltigen Medienrummel geführt. Dein Ruf wäre vernichtet worden." Er verstummte, blickte aus dem Fenster auf den klaren, tiefblauen Himmel. „Meinetwegen war es egal, aber ich konnte es dir nicht antun. Also bin ich nach London gegangen."

„Kevin hat nur geblufft!"

„Da war ich ganz anderer Meinung."

„Warum hast du nicht wenigstens mit mir darüber gesprochen?"

„Das gehörte zu der Abmachung. Ich durfte nicht versuchen, dich zu sehen. Ich durfte dich nicht anrufen. Ich durfte dir nicht einmal schreiben."

„Ich dachte, dass du mich nicht liebst", murmelte sie.

Er schüttelte den Kopf. „Ich bin gegangen, gerade weil ich dich geliebt habe. Und ich bin nicht sicher, ob ich nicht genauso handeln würde, wenn ich noch einmal in dieser Situation wäre."

Kelly war inzwischen älter, doch als er ihr in die Augen blickte, sah er im Geiste das süße sechzehnjährige Mädchen, das er vor all den Jahren im Stich gelassen hatte.

„Du hast mir das Herz gebrochen." Es war kein Vorwurf. Es war nur die Feststellung einer Tatsache. Und irgendwie machte das alles nur schlimmer.

„In dieser Hinsicht würde ich es anders machen", sagte er ihr.

Jax saß an seinem Computer und blickte aus dem Fenster. Wenn er sich den Hals verrenkte, konnte er hinab auf die Terrasse schauen, wo Kelly saß und den unvollendeten Entwurf seines Manuskripts las. Sie trug den schwarzen Bikini, den er ihr gekauft hatte, und der Anblick ihrer zart gebräunten, glatten Haut …

„Solltest du nicht schreiben?" Jareds vertraute Stimme durchbrach seine Gedanken. „Hör mal, Kelly ist wirklich ein hübsches Ding, aber kannst du nicht wenigstens für ein paar Minuten die Augen von ihr lassen?"

Jax zwang sich, den Blick wieder auf den Bildschirm zu heften. „Kelly gehört endlich mir." Er lachte. „Ich bin so glücklich …"

„Tja, nun, sie hat aber nicht eingewilligt, dich zu heiraten. Also brauchst du den Smoking noch nicht in die Reinigung zu schicken." Jared hatte gerade seinen Hengst in der Scheune gestriegelt und wischte sich nun mit dem Hemdsärmel den Schweiß von der Stirn. „Du magst ja glücklich sein, aber die Sache mit ‚bis an ihr Lebensende' erfordert wohl noch einige Arbeit."

Jax lehnte sich zurück und verschränkte die Arme vor der Brust. „Du bist ja nur neidisch, weil Carrie immer noch nichts mit dir zu tun haben will."

„Ja, sie traut mir nicht." Jared seufzte. „Aber du kennst doch die Redewendung, dass die Kunst das Leben imitiert."

Jax runzelte die Stirn. „Willst du damit andeuten, dass Kelly mir nicht traut?"

„Was meinst du wohl?"

„Das wäre durchaus möglich. Traut sie Männern im Allgemeinen nicht?", fragte er sich laut. „Oder betrifft es nur mich?"

„Es geht hauptsächlich um dich. Du hast ihr schon einmal sehr wehgetan. Sie rechnet damit, dass du es wieder tust."

„Und was soll ich dagegen tun?"

„Vielleicht solltest du zur Abwechslung mal das Leben die Kunst imitieren lassen", erwiderte Jared grinsend. „Wie willst du Carrie dazu bewegen, dass sie mich heiratet? Tu einfach dasselbe mit Kelly."

Jax strich sich mit den Fingern durch das Haar und lachte humorlos auf. „Das ist eine ganz andere Situation."

„Es ist genau dieselbe Situation."

„Wenn du es genau wissen willst, du wirst eine Kugel abfangen, die für Carrie bestimmt ist. Als du beinahe stirbst, wird ihr bewusst, wie viel du ihr bedeutest."

„Du willst schon wieder auf mich schießen lassen?", hakte Jared entsetzt nach. „Alle hundert Seiten eine Schussverletzung! Da kannst du mir ja gleich ein Schild um den Hals hängen, auf dem steht: Erschieß mich, ich bin ein romantischer Held."

„Hör auf zu jammern", entgegnete Jax und neigte seinen Stuhl zurück, sodass er nur noch auf zwei Beinen stand. „Dadurch bekommst du, was du willst, und du rettest Carrie außerdem das Leben."

„Na gut. Pass nur auf, dass ich nicht zu schwer verletzt werde, okay?" Nachdenklich fügte Jared hinzu: „Nun, offensichtlich kannst du diese Lösung nicht für dein eigenes Problem verwenden."

„Offensichtlich."

Ein lautes Räuspern ertönte.

Jax verlor das Gleichgewicht und fiel mitsamt dem Stuhl rückwärts zu Boden. „Hi." Matt lächelte er zu Kelly auf.

Sie legte sein Manuskript auf den Tisch. „Du führst tatsächlich Selbstgespräche, wie?"

Sie hatte eine lange, hauchdünne Bluse über den Bikini gezogen. Der Saum reichte ihr bis zu den Knien, aber sie hatte die Knöpfe offen gelassen. Der Anblick ihrer zarten, gebräunten Haut, die unter dem weißen Stoff hervorlugte, ließ seinen Mund trocken werden.

Sie reichte ihm eine Hand, um ihm aufzuhelfen, doch statt aufzustehen, zog er sie zu sich hinab auf den Fußboden. Er küsste sie. „Das war kein Selbstgespräch. Ich habe mit Jared gesprochen."

„Aha. Du hast dich selbst übertroffen mit ihm. Er ist ein toller Typ. Ich finde, er ist bisher dein bester Held."

„Bilde dir bloß nichts darauf ein", murmelte Jax, als er Jared im Geiste frohlocken sah. Als Kelly ihn verständnislos anblickte, küsste er sie rasch. „Entschuldige. Es ist nur ..." Er räusperte sich. „Jared gefällt dir also, wie? Und wie steht es mit Kelly – ich meine, Carrie", korrigierte er sich und verdrehte die Augen.

Sie lachte. „Ein typischer Freud'scher Versprecher. Ich dachte mir doch, dass sie mir verdächtig ähnlich ist. Nun, zumindest ist sie eine glorifizierte, perfekte Ausgabe von mir. Und Jared bist offensichtlich du, nur nicht blond und ein bisschen dümmer."

„Dümmer", wiederholte Jax nachdenklich. „Das gefällt mir. Ich kann mir schon die Aufschrift auf dem Cover vorstellen: Jared Dexter, stärker und tapferer als die meisten, dümmer als einige ..." Er lachte. „Jetzt schmollt er aber ganz gewaltig."

„Wenn du mir sagen würdest, dass du beabsichtigst, auf mich schießen zu lassen, würde ich auch schmollen", sagte Kelly und stand auf.

„Wie lange hast du zugehört?"

„Deinen Selbstgesprächen? Lange genug, um zu wissen, mit welcher Masche du deine Helden zusammenbringen willst. Es ist nicht besonders originell, aber na ja." Sie stand mit dem Rücken zum Fenster. Sonnenschein strömte herein und ließ ihre Bluse durchsichtig wirken. „Ich möchte nur eines wissen."

„Warte mal. Lass mich nur schnell ein paar Ablenkungen beseitigen." Er schaltete den Computer aus, trat zu Kelly, nahm sie sanft am Arm und tauschte mit ihr die Position, sodass er mit dem Rücken am Fenster stand und der Sonnenschein ihre Bluse wieder undurchsichtig werden ließ. „Okay, jetzt kann ich dir zuhören."

„Warum hat Jared Carrie nie erzählt, wo er all die Jahre war?", wollte Kelly wissen. „Ich meine, er hat die Hölle durchgemacht, und sie hat keine Ahnung. Sie ist der Meinung, dass er sie tatsächlich verlassen hat. Warum sagt er nichts? Warum verschweigt er es ihr?"

Mit gerunzelter Stirn blickte Jax zu Boden. Er musste es ihr sagen, auch wenn er es nicht wollte. Es wurde höchste Zeit.

Kelly lehnte sich zurück an den Tisch und wartete auf seine Antwort. Sie beobachtete, wie er sich die Lippen befeuchtete und räusperte. Als er schließlich zu ihr aufblickte, lag ein seltsamer Ausdruck auf seinem Gesicht.

„Was soll er schon sagen?“, fragte er leise. „Wie soll er es zur Sprache bringen? Es ist nicht leicht für ihn, über das zu reden, was er durchgemacht hat. Und es ist bestimmt nichts, was man eben mal so erwähnt. Er kann nicht einfach sagen: ‚Oh, übrigens habe ich zwanzig gottverdammte Monate meines Lebens in einem von Ratten verseuchten Gefängnis in Mittelamerika verbracht.‘“

Nun runzelte Kelly die Stirn. Sie hatte das Manuskript aufmerksam gelesen und wusste, dass Jared sich nicht einmal in der Nähe von Mittelamerika aufgehalten hatte.

„Wie soll man jemandem so etwas beibringen?“, fuhr Jax mit seltsam angespannter Stimme fort. „Spazierst du einfach ins Zimmer und sagst: ‚Tut mir leid, dass ich deinen achtzehnten Geburtstag verpasst habe, aber ich war politischer Gefangener in einem Land, in dem das Wort Menschenrechte nicht existiert‘? Wie sagt man jemandem, den man liebt, dass man fast zwei Jahre lang in einem winzigen Raum eingesperrt war und kaum genug zu essen und zu trinken bekommen hat, um zu überleben?“

„Oh mein Gott“, flüsterte sie betroffen. Er sprach nicht von Jared. Er sprach von sich selbst! Plötzlich erinnerte sie sich, wie sie ihn auf Kevins Hochzeit gesehen hatte – völlig ausgemergelt, als ob er krank gewesen wäre – oder fast verhungert. Im Geiste hörte sie Stefanies schockierte Stimme an dem Tag, als sie zusammen zu Mittag gegessen hatten: *Er hat Ihnen nie erzählt, was in Mittelamerika passiert ist?*

Kelly wurde übel.

„Was soll er ihr sagen?“, fragte Jax erneut. Er wandte sich ab und blickte aus dem Fenster auf den Sonnenschein, der auf dem Wasser tanzte.

Mit klopfendem Herzen ging sie zu ihm. Als sie die Arme um seine Taille schlang, blickte er zu ihr hinab und zwang sich zu lächeln. „Es ist nicht leicht, darüber zu reden.“

„Und wenn sie ihn darum bittet? Erzählt er es ihr dann?"
„Ja."
„Erzähl mir von Mittelamerika."
Er schloss die Augen und atmete tief durch, bevor er wieder auf das Wasser hinausblickte. „Ich bin hingefahren wegen eines Interviews mit dem Rebellenführer." Er bemühte sich, normal zu klingen, so als redeten sie über das letzte Footballspiel seiner Lieblingsmannschaft.
Kelly sah Tränen in seinen Augen schimmern, aber er ignorierte es und schaffte es, nur ein bisschen weniger beherrscht zu wirken als normalerweise.
„Nachdem ich mit ihm gesprochen hatte, glaubte die Regierung, ich könnte Informationen über den Aufenthaltsort der Rebellen haben. Ich wurde stundenlang verhört, aber ich ließ mich nicht überreden, meine Informationen preiszugeben – von denen ich sehr wenige besaß. Auf dem Weg zum Flughafen wurde ich verhaftet. Jemand hatte ein kleines Vermögen an Kokain in meine Reisetasche geschmuggelt. Ich wurde zu zehn Jahren Haft verurteilt. In Wirklichkeit war ich ein politischer Gefangener, aber die amerikanische Botschaft wollte nichts für mich tun wegen der Drogengeschichte." Tränen liefen ihm über die Wangen, und er wischte sie brüsk fort. „Es tut mir leid."
Kelly boxte ihn, und er blickte sie verwundert an. „Wage es nicht, dich zu entschuldigen!", rief sie hitzig. „Mein Gott, ich kann mir nicht annähernd vorstellen, wie furchtbar es gewesen sein muss, und du stehst da und gibst mir einen nüchternen Report."
„Es tut mir leid ..."
„Hör auf, dich zu entschuldigen!", schrie sie. „Du solltest zornig, wütend, empört darüber sein, dass dir so etwas zugestoßen ist! Hat man dich gefoltert? Warst du allein? Sag mir, wie du die Kraft gefunden hast zu überleben. Sag mir, wie du dich gefühlt hast!"
Aufgebracht wanderte Kelly umher. „Zeig mir, wie du dich gefühlt hast, verdammt! Werde wütend! Wirf mit Gegenständen um dich! Zertrümmere Möbel!"
„Ich liebe dich, und du liebst mich", sagte Jax. „Das ist alles, was

ich jetzt fühlen muss, Kelly." Er zog sie in die Arme. „Das kann ich dir zeigen, und ich werde es dir jeden Tag für den Rest unseres Lebens zeigen, wenn du mich lässt."

Sie weinte heiße, zornige Tränen, und er wischte sie zärtlich mit einem Finger fort, lächelte und küsste sie. „Außerdem zertrümmere ich keine Möbel. Ich schreibe."

Er löste sich von ihr, ging zu dem großen Bücherregal, holte einen dicken, blauen Ordner heraus und reichte ihn ihr. „Das wird dir verraten, was ich gefühlt habe."

Kelly blickte hinab auf das Manuskript. „Ein Roman?"

„Eher eine Art Tatsachenbericht. Sollte ich es veröffentlichen, muss ich meinen Psychotherapeuten als Koautor würdigen. Er hat mich schließlich dazu gebracht, alles niederzuschreiben."

Sie setzte sich an den Tisch und schlug den Ordner auf.

„Ich gehe an den Strand", verkündete er, doch sie hörte ihn nicht einmal hinausgehen.

„Briefe an Kelly", lautete der Titel. Sie blätterte in dem Manuskript und stellte fest, dass es nur aus Briefen bestand – alle an sie adressiert. Mit klopfendem Herzen begann sie zu lesen.

Nach den ersten Seiten war sie erneut in Tränen aufgelöst.

Liebe Kelly!
Ich komme in meiner Zelle zu mir, und ich bin überrascht – überrascht, dass ich noch lebe. Ich habe Glück. Ich habe gesehen, wie die Leichen weniger glücklicher Männer auf die Ladefläche eines Lastwagens geworfen wurden, als ich das letzte Mal draußen im Hof war.

Aber dann bewege ich mich, und mein ganzer Körper protestiert vor Schmerz. Und ich frage mich, ob die anderen nicht vielleicht die Glücklichen waren …

Liebe Kelly!
Vier Tage sind vergangen, seit ich das letzte Mal zu essen bekommen habe. Du kommst zu mir und leistest mir Gesellschaft, und wir reden über Thanksgiving. Du nimmst meine Hand und

ziehst mich mit Dir, zurück in die Vergangenheit, und ich bin bei Dir zu Hause. Der Esstisch ist festlich gedeckt, und Deine Eltern und Deine Großmutter, Deine Tante und Deine Cousinen, Kevin, Du und ich, wir alle setzen uns und senken die Köpfe, als Dein Vater das Tischgebet spricht.

Ich starre auf das Festessen auf dem Tisch und denke daran, dass allein die Überreste dieses Mahles mich monatelang am Leben erhalten könnten …

Draußen vor dem Fenster glitt die Sonne am Himmel entlang, doch Kelly war blind gegen alles außer den Worten auf dem Papier. Worte von T., die er für sie geschrieben hatte – aus der Hölle.

Jax saß am Strand, die Arme lose um die Knie geschlungen, und beobachtete den Sonnenuntergang. Der Wind zerzauste sein Haar, und die Sonne spiegelte sich in den dunklen Gläsern seiner Sonnenbrille.

Er blickte auf, als Kelly sich neben ihn setzte. Sie wusste, wie sie aussah – ihre Augen waren geschwollen, ihre Nasenspitze war gerötet. Er legte die Arme um sie und küsste ihr Haar. „Geht es dir gut?", fragte er leise.

„Sollte ich dir nicht diese Frage stellen?" Sie nahm ihm die Sonnenbrille ab, damit sie seine Augen sehen konnte. Sie waren wundervoll, schimmerten im Abendlicht grünlichblau und blickten so warm und liebevoll.

„Mir geht es extrem gut." Er küsste sie auf den Mund. „Ich frage mich sogar, ob ich womöglich gestorben und in den Himmel gekommen bin. Wir sind endlich zusammen, und du liebst mich auch …"

Kelly begann zu weinen, barg das Gesicht an seiner Halsbeuge und drückte ihn, so fest sie konnte.

„He, komm schon …"

„Es tut mir leid." Schluchzer schüttelten ihren Körper. „Oh, es tut mir so leid. Du bist zurückgekommen von … von … dem furchtbaren Ort, und ich war nicht für dich da."

„Kel …"

„Die ganze Zeit dachte ich, dass du mich verlassen hättest, aber in Wirklichkeit habe ich dich verlassen. Die ganze Zeit warst du in dem schrecklichen Gefängnis, und ich habe nicht mal versucht, dich zu finden."

„Schon gut, Kel." Seine Stimme klang sanft, beruhigend. „Du wusstest es ja nicht."

„Ich war nicht für dich da."

„Du bist jetzt für mich da."

Mit tränenüberströmten Wangen blickte sie zu ihm auf. „Ja, das bin ich", bestätigte sie und küsste ihn.

„Weißt du, ich habe es ernst gemeint, als ich gesagt habe, dass ich dich nie verlassen werde."

Er hatte nie aufgehört, sie zu lieben. Er würde nie aufhören, sie zu lieben. Das glaubte sie ihm nun. „Ich weiß."

Er lächelte sie an, und sie wischte sich mit dem Ärmel ihrer Bluse über die Augen und schaffte es, sein Lächeln zu erwidern. Es war zittrig, aber eindeutig ein Lächeln.

„Also, willst du jetzt ein paar Runden Minigolf spielen?" Sie lachte über den überraschten Ausdruck auf seinem Gesicht. „Oder willst du das Golfen auslassen und gleich meine Eltern anrufen und ihnen sagen, dass wir heiraten?"

Jax starrte sie sprachlos an, mit großen Augen, mehrere Sekunden lang. Dann lachte er. Er küsste sie hart auf den Mund, sprang auf und tanzte über den Strand, singend und lachend.

Mit offenem Mund starrte sie ihn verwundert an: Er benahm sich total uncool, wie sie es nie bei ihm erlebt hatte. Sie lachte ebenfalls. Sie liebte es.

Plötzlich verharrte er und blickte sie eindringlich an. „Heiraten wir wirklich?", hakte er nach.

Sie nickte. „Ich gehe davon aus, dass du immer noch willst?"

Er nahm ihre Hände und zog sie zu sich hoch. „Oh, ja." Er gab ihr einen innigen, feurigen Kuss, der ihr den Atem raubte. Mühelos hob er sie auf die Arme und trug sie mit großen Schritten zurück zum Haus. „Das ist eindeutig der schönste Tag meines Lebens", sagte er, während er die Stufen zur Terrasse erklomm.

Er öffnete die Tür zum Wohnzimmer und trug sie hinein. Sanft stellte er sie ab, doch sie behielt die Arme um seinen Nacken geschlungen und küsste ihn. Er öffnete den Mund unter dem Druck ihrer Lippen, schob die Hände unter ihre Bluse. Ihrer Haut war weich und warm. Sie hob ein Bein, schlang es um seinen Schenkel, und er griff atemlos nach dem Band ihres Bikinioberteils.

„Sieh an, sieh an. Ihr beide seid ja ganz schön tüchtig gewesen, während ich weg war", verkündete Stefanie mit ihrer melodischen Stimme.

Erschrocken wich Kelly von Jax zurück und raffte mit glühenden Wangen ihre Bluse zusammen.

„Hallo, Stef", sagte er gelassen. „Bist du auf dem Weg hinein oder hinaus? Hoffentlich hinaus."

Sie stand im Flur, mit einem kleinen Koffer in der Hand. Ihre grauen Augen funkelten belustigt. „Toll, wie herzlich du mich zu Hause willkommen heißt!" Sie lachte. „Aber nein, zum Glück für euch verreise ich wieder für einen Monat oder so. Emilio wartet im Auto auf mich. Wir fliegen nach Italien zu seinen Eltern." Sie verdrehte die Augen. „Ich bin völlig verrückt geworden. Ich habe eingewilligt, den Mann zu heiraten."

„Herzlichen Glückwunsch", sagte Kelly.

„Vielleicht können wir eine Doppelhochzeit veranstalten." Jax zog sie an sich und küsste sie auf die Wange.

Stefanies Miene wurde sanft. „Oh, ich freue mich ja so für dich." Sie blickte Kelly an. „Gott sei Dank sind Sie endlich zur Vernunft gekommen. Ich wollte Ihnen schon den Hals umdrehen."

Kelly lachte. „Zum Glück war es nicht nötig."

„Unser Flug geht in ein paar Stunden. Ich muss rennen, aber ich bin wirklich sehr glücklich." Stefanie winkte zum Abschied. „Wir sehen uns."

Die Tür schloss sich hinter ihr mit einem Knall, und Jax und Kelly blickten sich an.

Er lächelte verführerisch. „Wo waren wir doch gleich stehen geblieben, bevor sie uns so rüde unterbrochen hat?"

Sie grinste. „Ich glaube, wir wollten gerade nackt durchs Haus laufen."

„Dazu haben wir noch einen ganzen Monat Zeit", murmelte er und küsste die erogene Zone unter ihrem Ohr. „Das müssen wir nicht gleich tun."

Sie schloss die Augen und seufzte genüsslich. „Vielleicht möchtest du ja nach oben gehen und deinen Roman zu Ende schreiben."

„Nein, das will ich bestimmt nicht. Aber da ist etwas anderes, das ich oben tun will."

Er nahm ihre Hand und führte Kelly die Treppe hinauf.

„Vielleicht möchtest du mir noch einen Liebesbrief schreiben."

Oben angekommen, blieb er stehen und küsste sie erneut. „Hast du davon nicht genug gelesen für heute?" Er hob sie hoch und trug sie die letzten Schritte in sein Schlafzimmer.

„Es kann gar nicht genügend Liebesbriefe geben", murmelte Kelly.

Er legte sie behutsam auf das Bett und küsste sie zärtlich. „Liebe Kelly", sagte er und blickte ihr dabei tief in die Augen, „lass uns das Minigolfen übergehen und deine Eltern viel, viel später anrufen …"

„Morgen", schlug sie vor und zog ihn zu sich hinab.

Morgen. Der Klang des Wortes gefiel ihm. Morgen und übermorgen und überübermorgen, bis in die unendliche Zukunft, würde Kelly an seiner Seite sein. Es war die einzige Zukunft, die er sich je ersehnt hatte.

„Morgen klingt wundervoll", flüsterte er. „Ich liebe dich. Herzliche Grüße, T."

– ENDE –

Linda Winstead Jones

Scherben bringen Glück und Liebe

Roman

Aus dem Amerikanischen von
Meike Stewen

1. Kapitel

Wumm!

Lauren Russel zuckte zusammen. Gerade war irgendetwas direkt neben ihr von außen gegen die Hauswand geprallt. So heftig, dass sie vor Schreck gegen die Schreibtischplatte gestoßen war und sich der heiße Tee über den Stapel mit dem frisch ausgedruckten Informationsmaterial aus dem Internet ergossen hatte.

„Verdammt!“ Sie sprang auf, griff nach ihrer Leinenserviette und tupfte damit notdürftig die Pfütze auf. Dann rettete sie noch schnell ihre teure Funkmaus und rannte zum Fenster. Was war da bloß passiert?

Gerade eben bekam sie noch mit, dass ein kleiner Junge einen Baseball aus ihrem Garten aufhob und ihn über die Hecke einem Mädchen auf dem Nachbargrundstück zuwarf. Dann verschwand er wieder nach nebenan.

Aha, die kleinen Monster schon wieder. Das hätte ich mir denken können.

Sofort fühlte Lauren sich schuldig. Eigentlich mochte sie Kinder ja. Wobei die Betonung wohl auf dem Wort „eigentlich“ lag: Die Nachbarskinder trieben sie nämlich langsam in den Wahnsinn.

Sie ging wieder an den Schreibtisch und wischte die restliche Flüssigkeit auf. Die feuchten Ausdrucke nahm sie vorsichtig hoch und trug sie ins Bad, um sie dort mit dem Föhn zu bearbeiten. Am Ende war das Papier zwar wellig und braun, aber die Schrift ließ sich zum Glück noch gut lesen. Schön sahen sie nicht gerade aus, und das gefiel ihr ganz und gar nicht … aber sie hatte jetzt nicht die Zeit, alles noch mal aus dem Internet herauszusuchen und neu auszudrucken.

Schließlich setzte sie sich wieder an ihren Schreibtisch, um weiterzuarbeiten. Gar nicht so leicht, dabei das fröhliche Gekreische von nebenan auszublenden. Es klang, als würden gerade zwei

Grundschulklassen durch den Nachbargarten toben. Immer wieder schlug etwas gegen ihre Hauswand – offenbar der Baseball. Und jedes Mal zuckte Lauren zusammen. Wie konnten drei Kinder bloß so einen Krach machen?

Da soll sich noch mal jemand darüber beschweren, dass die Kleinen heutzutage nur im Haus herumhängen und Computerspiele spielen …

Egal, darüber wollte sie sich jetzt keine Gedanken machen. Immerhin musste sie ihren Artikel, für den sie bis eben recherchiert hatte, bis zwölf Uhr mittags abgeschickt haben. Unbedingt. Und jetzt, wo sie wusste, was der ganze Krach zu bedeuten hatte, konnte sie ihn vielleicht umso besser ausblenden und sich auf ihre Arbeit konzentrieren. Obwohl sie die Kinder am liebsten ermahnt hätte, doch bitte etwas leiser zu spielen. Aber sie hatte gestern schon mit den dreien geschimpft, als sie einfach durch ihre perfekt gepflegten Blumenbeete getrampelt waren. Und letzte Woche hatte sie ihnen einen kleinen Vortrag darüber gehalten, dass sich Frisbees nicht gerade optimal mit Tomatenstauden vertrugen.

Auf gar keinen Fall wollte sie wie eine verbitterte alte Hexe wirken, die über jede Kleinigkeit meckerte und spielenden Kindern den ganzen Spaß verdarb. Andererseits befand sich ihr Arbeitszimmer ausgerechnet auf der Seite der Krachmacher-Nachbarn.

Warum waren die Garrisons bloß ausgezogen? So ein nettes und vor allen Dingen ruhiges älteres Ehepaar! Gut, die beiden hatten in der Nähe ihrer ältesten Tochter und deren Familie wohnen wollen, und die lebte nun mal in Arizona, nicht hier in Huntsville, Alabama. Also hatten die Garrisons ihr Haus ausgerechnet an eine Familie mit drei Kindern verkauft. Zumindest hatte Lauren bisher drei Kinder zu Gesicht bekommen: zwei Jungen und ein Mädchen. Bitte mach, dass es nicht noch mehr sind! dachte sie.

Sie starrte auf den Monitor und versuchte, sich voll und ganz auf ihre Arbeit zu konzentrieren. Das ging natürlich nach hinten los: Jetzt nahm sie jedes Geräusch nur noch deutlicher wahr. Da, ein spitzer Schrei! Jemand machte eine höhnische Bemerkung. Dann Gelächter.

In zwei Stunden musste der Artikel für die Lokalzeitung fertig sein. Und gleich danach warteten schon die Änderungsvorschläge, die ihre Lektorin zu ihrem Buch gemacht hatte. Es war eine Sammlung von Rezepten und Haushaltstipps; die meisten hatte sie schon einmal im Rahmen ihrer wöchentlichen Serie im Lokalblatt veröffentlicht.

In drei Tagen sollte die überarbeitete Fassung beim Verlag sein. Eigentlich hatte sie gehofft, heute damit fertig zu werden, um das überarbeitete Manuskript schon morgen abschicken zu können. Immerhin war es ihr erstes Buch, und sie hoffte, dass noch weitere folgen würde. Wenn sie jetzt den Abgabetermin überzog, machte sie sich bei ihrer Lektorin nicht gerade beliebt.

Außerdem war es für Lauren sowieso unerträglich, einen Termin nicht einhalten zu können. Das fand sie fast genauso schlimm wie die Unpünktlichkeit anderer Leute. Das war eben eine ihrer … na ja, Macken eben. Und jeder hatte doch das Recht auf eine kleine Macke, oder?

Lauren atmete tief durch und machte sich bereit dafür, in ihr Reich der tiefen inneren Stille einzutauchen … da riss sie ein ohrenbetäubender Krach abrupt in die Gegenwart zurück. Glasscherben verteilten sich auf dem Orientteppich und dem Beistelltischchen ihrer Großmutter. Laurens Herz machte einen Riesensatz, und sie schrie auf. Dann erst wurde ihr klar, wie still es auf einmal geworden war. Das Kreischen und Lachen auf dem Nachbargrundstück war schlagartig verstummt.

Als sie sich wieder einigermaßen gefangen hatte, stand sie auf und ging vorsichtig über die Scherben in Richtung Fenster. Immerhin war sie heute nicht barfuß, wie sonst oft in diesem heißen Sommer! Ein paar Meter von der zersplitterten Scheibe lag die Wurzel allen Übels: ein Baseball. Der kleine, dreckige Ball thronte zwischen den ehemals makellosen, ordentlich sortierten Manuskriptseiten ihres Buches, die jetzt mit den Änderungsvorschlägen ihrer Lektorin versehen waren. Von „makellos“ und „ordentlich sortiert“ konnte allerdings keine Rede mehr sein: Die obersten Seiten waren verschmiert, und der gesamte Stapel hatte sich über den Boden verteilt.

Immer wieder hatte Lauren die Beschreibung gehört, dass jemand „vor Wut kochte". In diesem Augenblick hatte sie erstmalig eine Vorstellung davon, wie sich so etwas anfühlte. Sie blickte vom dreckigen Baseball zu ihren ruinierten Manuskriptseiten und schließlich zur zerbrochenen Fensterscheibe. Mir langt's, dachte sie. Ich kann nicht mehr.

Entschlossen griff sie nach dem Ball, ging mit energischen Schritten zur Hintertür und sah sich draußen auf dem steinernen Treppenabsatz um. Nicht zum ersten Mal fiel ihr Blick auf ihre zertretenen Blumen und die abgeknickte Tomatenstaude. Außerdem lag seit heute ein leerer Getränkekarton auf dem zertrampelten Rasen. Bin ich etwa der städtische Müllabladeplatz? dachte Lauren. Bis vor Kurzem hatte sie noch einen wunderschönen, perfekt gepflegten Hintergarten gehabt. Und ein schönes, ordentliches Arbeitszimmer. Aber dann waren ihre neuen Nachbarn eingezogen und hatten alles kaputtgemacht. Auch das Trampolin und das Fußballtor, das sie aufgestellt hatten, störten das einheitliche Gesamtbild in dieser gepflegten Wohngegend enorm.

Die Kinder waren nirgends zu sehen, nur das Zischen des Rasensprengers durchbrach die Stille. Lauren ging zwischen den beiden Häusern hindurch nach vorn zur Straßenseite.

Mit aller Kraft wummerte Lauren gegen die Haustür ihrer neuen Nachbarn – so fest, dass ihr die Fingerknöchel wehtaten. Sie hätte zwar auch klingeln können, aber das hätte ihre derzeitige Stimmung nicht angemessen zum Ausdruck gebracht.

Dann schüttelte sie ihre schmerzende Hand und wartete. Dabei ließ sie den Blick über das Chaos auf der Veranda schweifen: ein Baseballhandschuh, mehrere Frisbees, dazu eine einbeinige Barbiepuppe mit sehr individuellem Haarschnitt ... und ein Skateboard. Wahrscheinlich sah es im Hausinneren nicht besser aus.

Schade, dachte Lauren. Man könnte es sich hier so hübsch machen: ein paar weiße Korbstühle aufstellen und ein paar Blumenampeln aufhängen zum Beispiel.

Als niemand auf ihr Klopfen reagierte, drückte sie doch auf den Klingelknopf. Und dann noch einmal. Sie hörte, dass im Haus geflüstert wurde. Offenbar ignorierten diese Vandalen sie einfach. Das konnte ja wohl nicht wahr sein! Die Kinder waren doch bestimmt nicht völlig allein zu Hause!

Jetzt war es wieder still, Lauren hörte nicht mal jemanden flüstern. Also drückte sie zum dritten Mal auf den Klingelknopf. Als auch dann niemand reagierte, beschloss sie, noch ein weiteres Mal anzuklopfen. Gerade hatte sie die Hand gehoben, da schwang die Tür auf. Vor ihr stand ein großer, breitschultriger Mann, der sich ein Handy ans Ohr hielt. Irritiert wirkte er, und nicht gerade gut gelaunt. Er hob einen Finger, um ihr zu bedeuten, dass er noch eine Minute Zeit brauchte.

Aha, das war also der Vater dieser drei Vandalen. Dem müsste auch mal jemand anständiges Benehmen beibringen, genau wie seinen Kindern. Am liebsten hätte sie ihm jetzt das Mobiltelefon aus der Hand gerissen. Dann hätte sie bestimmt sofort seine volle Aufmerksamkeit gehabt.

Aber so etwas würde sie natürlich nie tun. Außerdem war Lauren inzwischen längst nicht mehr so entschlossen, ihren Nachbarn kräftig zusammenzufalten. Sie hatte sich noch nie besonders wohl in ihrer Haut gefühlt, wenn sie mit einem Mann aneinandergeriet. Erst recht nicht, wenn er auch noch so unverschämt gut aussah wie dieser.

Dass Lauren gerade mal eins sechzig groß war und ihr neuer Nachbar deutlich über eins achtzig, trug auch nicht dazu bei, dass sie sich wohl in ihrer Haut fühlte. Das machte es nicht gerade leicht, sich mit ihm von Angesicht zu Angesicht zu unterhalten.

Sie musterte ihn aufmerksam. Offenbar hatte er sich in den letzten ein, zwei Tagen nicht rasiert. Es sah auch so aus, als wäre er schon länger nicht mehr beim Friseur gewesen. Seine Haare waren zwar nicht direkt lang, hingen ihm aber etwas zottelig ins markante Gesicht. Besonders seine perfekt geschnittene Nase fiel Lauren auf; sie hatte eine Schwäche für schöne Nasen. Und obwohl er bloß Jeans und ein verwaschenes graues T-Shirt trug, strahlte er trotzdem eine unglaubliche Autorität aus.

Na super, dachte Lauren. Vielleicht hätte ich ihm doch lieber einen bösen Brief schreiben sollen.

„Du, ich ruf dich später noch mal an, ja?“, sprach der Mann in den Hörer. Dann sah er ihr das erste Mal in die Augen. Und lächelte. „Vor meiner Haustür steht gerade eine Frau in Schlafanzug und Häschenpuschen, und sie hat einen Baseball in der Hand. Ich glaube, es geht um etwas Wichtiges, sie sieht nämlich aus, als hätte ihr jemand in die Cornflakes gespuckt.“

Lauren versuchte, möglichst unauffällig an sich herabzusehen. Ja, sie war tatsächlich noch im Schlafanzug: Zu einer langen, weichen Baumwollhose trug sie ein ärmelloses, ziemlich eng anliegendes Oberteil. Und keinen BH darunter. Zum Glück füllte sie das Top nicht besonders stark aus.

Trotzdem war es ihr inzwischen unangenehm, in diesem Aufzug zu ihrem neuen Nachbarn herübergerauscht zu sein. Nicht nur unangenehm, sondern sogar hochnotpeinlich.

Außerdem hatte sie immer noch den blöden Baseball in der Hand.

In diesem Augenblick klappte der Mann sein Telefon zu und sah sie direkt an. Lauren erschauerte. Seine Augen waren blau. Und das nicht nur ein bisschen: Sie leuchteten so intensiv wie ein klarer Frühlingshimmel, an dem hier und dort Eiskristalle aufblitzten. Schnell ließ Lauren den Blick sinken, um stattdessen sein Kinn zu betrachten. Das war im Gegensatz zu seiner Nase und seinen Augen völlig durchschnittlich – zum Glück.

Sie reichte ihm den Baseball, dann verschränkte sie die Arme vor der Brust, weil ihr inzwischen bewusst war, dass sich unter ihrem dünnen Oberteil viel zu viel abzeichnete. Dummerweise hatte ihr Nachbar das inzwischen wohl auch mitbekommen.

Wie sollte sie ihm da noch einigermaßen gefasst all die Dinge sagen, die sie sich eben durch den Kopf hatte gehen lassen? Dazu fehlten ihr eindeutig die Nerven. „Dürfte ich bitte mit Ihrer Frau sprechen?“, sagte sie.

Gerade hatte sich Cole noch über den Auftritt seiner Nachbarin amüsiert, jetzt wurde er schlagartig ernst. Inzwischen müsste er sich eigentlich an diese Fragen gewöhnt haben, aber sie erwischten ihn jedes Mal eiskalt. Immerhin hatte er beim Antworten eine gewisse

Routine entwickelt. „Meine Frau ist tot“, erwiderte er knapp. „Sie müssen leider mit mir reden.“

Die junge Frau, die eben noch ziemlich verärgert gewirkt hatte, betrachtete ihn mitfühlend. Diese Reaktion kannte er schon.

„Ich … ich wollte Ihnen nicht … Das tut mir leid“, stammelte sie, dann runzelte sie die Stirn. „Als Sie hier eingezogen sind, habe ich auch eine Frau gesehen, die einen Koffer ins Haus getragen hat. Da dachte ich …“

„Das war meine Schwägerin“, gab er zurück. „Sie hat uns beim Umzug geholfen.“ Er musterte seine Nachbarin. Ja, jetzt erkannte er sie, er hatte sie schon ein paarmal im Garten erblickt oder war ihr begegnet, wenn sie gerade nach der Post sahen.

Dass sie ganz hübsch anzuschauen war, hatte er schon von Weitem festgestellt. Jetzt, aus der Nähe betrachtet, bemerkte er, dass „ganz hübsch“ weit untertrieben war. Sie war zwar keine klassische Schönheit, hatte aber so ein gewisses Etwas. Sie war zierlich, hatte grünbraune Augen, schön geschwungene Lippen und goldblondes Haar, das sie zu einem Pferdeschwanz zusammengebunden trug.

Cole konnte sich gleich denken, warum sie ihm den schmutzigen Baseball mitgebracht hatte: Er war entweder in ihrem Garten gelandet oder – schlimmer noch – in ihrem Haus. Und hatte dabei eine Fensterscheibe zerschlagen.

Kein Wunder, dass die Kinder eben hereingestürmt und in ihren Zimmern verschwunden waren, als wäre der Teufel hinter ihnen her.

Die Frau vor seiner Haustür trat einen Schritt zurück. „Entschuldigen Sie bitte, ich wollte Sie nicht stören. Ich gehe dann einfach wieder und …“

Cole wandte sich um. „Hey, ihr drei, kommt ihr mal ganz schnell hierher!“, brüllte er.

Einige Sekunden lang war es totenstill, dann erschienen seine Kinder. Sie waren noch völlig durchnässt vom Rasensprenger und machten allesamt ziemlich betretene Gesichter. „Was ist eigentlich passiert?“, erkundigte sich Cole ruhig.

Einen Moment lang schwiegen die drei – was selten genug vorkam –, dann fingen alle gleichzeitig an zu reden. Einer lauter und aufgeregter als der andere. Angestrengt hörte er zu und versuchte, die Satzfetzen zu einer zusammenhängenden Geschichte zusammenzusetzen: Justin hatte den Ball geworfen, Hank hatte ihn nicht gefangen, und Meredith hatte ihre kleinen Brüder einfach machen lassen. Obwohl sie die Älteste von den dreien war und ihnen das Baseballspiel im Garten hätte verbieten sollen.

Cole versuchte sich nicht anmerken zu lassen, dass er gerade ziemlich stolz auf seinen jüngsten Sohn war: Immerhin war Justin erst fünf. Wenn sein Wurf ein Fenster zerschmettert hatte, musste der richtig kraftvoll gewesen sein. Aber dazu konnte er den Kleinen jetzt schlecht beglückwünschen.

„Hört mal, Ihr entschuldigt euch gefälligst alle bei …“, begann er stattdessen und wies mit dem Kopf auf seine hübsche Nachbarin. „Es tut mir leid, aber ich weiß nicht mal, wie Sie heißen“, sagte er.

„Lauren Russell“, erwiderte sie.

Er reichte ihr die Hand. „Freut mich, ich bin Cole Donovan. Und die drei Rotznasen hier heißen Meredith, Hank und Justin.“

Kurz spürte er den festen Druck ihrer Finger, dann ließ sie auch schon wieder los und verschränke erneut die Arme vor dem Oberkörper. Offenbar wollte sie damit ihre Brüste verbergen, aber in Wirklichkeit schob sie sie damit sogar noch ein Stück hoch und betonte sie nur noch mehr. Aber wo guckte er da eigentlich gerade hin? „So, ihr drei. Jetzt entschuldigt ihr euch bitte bei Ms. Russell. Und dann geht ihr sofort in eure Zimmer. Ich will erst mal keinen Piep mehr von euch hören, habt ihr das verstanden?“

Besonders reumütig klangen die Entschuldigungen der Kinder nicht. Dann beschwerten sie sich lautstark über ihre Strafe.

Cole betrachtete sie streng. „Das müsst ihr eben hinnehmen“, sagte er. „Hat mir etwa einer von euch Bescheid gesagt, dass das Fenster kaputtgegangen ist? So etwas kann ja durchaus mal passieren … aber dann muss man auch dafür geradestehen und darf sich nicht einfach aus dem Staub machen.“

„Soll ich dir einen Kaffee kochen, Dad?“, erkundigte sich Meredith mit zuckersüßer Stimme. Seine Tochter war inzwischen fast dreizehn, und das war irgendwie beängstigend. Außerdem war sie ein jüngeres Abbild ihrer Mutter, mit ihren langen blonden Haaren, den dunkelbraunen Augen, den hohen Wangenknochen und den langen Beinen. Warum konnte sie nicht einfach für immer zwölf Jahre alt bleiben und nie erwachsen werden? Jedenfalls nicht so schnell.

Er begegnete ihrem Blick mit strenger Miene. „Damit kriegst du mich auch nicht weichgekocht", sagte er.

Betreten zogen sich die Kinder in ihre Zimmer zurück. Lange wollte er den Hausarrest nicht andauern lassen – die drei sollten bloß merken, dass sie sich falsch verhalten hatten. Er wandte sich an Lauren Russell. „Ich kümmere mich um Ihr Fenster."

Sie war praktisch schon im Gehen begriffen. „Nein, schon gut, machen Sie sich keine Gedanken."

„Natürlich kümmere ich mich darum", rief er ihr nach. „Das ist eindeutig meine Aufgabe, meine Kinder haben die Scheibe ja kaputtgemacht."

„Wie Sie meinen." Sie winkte ihm noch einmal zu, allerdings ohne sich umzudrehen. Schade, also konnte er keinen letzten Blick mehr auf ihre kleinen festen Brüste in dem knappen Top werfen. Andererseits: Von hinten sah diese Lauren Russell auch nicht gerade schlecht aus. Außerdem hatte sie einen sehr weiblichen Hüftschwung.

Dabei hatte er weder die Zeit noch die Gelassenheit, sich näher mit einer Frau auseinanderzusetzen.

„Hey, warten Sie mal kurz!", rief er und lief ihr hinterher. Sie blieb stehen, dann drehte sie sich langsam zu ihm um und sah ihn herausfordernd an. Ihre Augen funkelten. Am liebsten hätte er sich noch einmal in Ruhe mit ihr unterhalten. Immerhin waren sie jetzt Nachbarn, und ihr erstes Zusammentreffen war alles andere als glücklich verlaufen. Aber so, wie sie ihn gerade ansah ... war das vielleicht keine so gute Idee.

„Ja, bitte?", hakte sie nach, nachdem er sie sekundenlang schweigend angeschaut hatte – wie ein Volltrottel.

„Es tut mir leid, dass wir uns ausgerechnet unter so blöden Umständen kennengelernt haben", begann er und überlegte verzweifelt, wie er das Gespräch fortsetzen sollte. Sollte er sie vielleicht nach den besten Einkaufsmöglichkeiten in der Gegend fragen? Nach dem nächsten Kino? Oder danach, wie sie mit den anderen Nachbarn zurechtkam?

Aber offenbar wollte die Frau im Moment am liebsten in Ruhe gelassen werden. Und das konnte er durchaus verstehen. „Ich ... passe von jetzt an auf, dass meine Kinder Sie nicht mehr stören."

Ihre Miene entspannte sich. „Es tut mir leid, wenn ich vorhin etwas heftig geworden bin." Schon wieder versuchte sie, unauffällig ihre Brüste zu bedecken. „Es sind ja noch Kinder, und ich weiß, dass sie das Fenster nicht mit Absicht kaputtgemacht haben."

Cole schob die Hände in die Hosentaschen. Warum bin ich ihr bloß nachgelaufen? fragte er sich. Eigentlich lag die Antwort auf der Hand: Lauren Russell war eine attraktive, interessante junge Frau, außerdem hatte er sich schon seit Tagen nicht mehr mit einem erwachsenen Menschen unterhalten. Zum Glück hatte er inzwischen Routine darin, sich aus unangenehmen Situationen wieder herauszuwinden. „Dann weiß ich ja, an wen ich mich wenden kann, wenn ich mal einen Babysitter brauche", erwiderte er.

Lauren Russell starrte ihn so entsetzt an, dass er sich ein breites Grinsen nicht verkneifen konnte. „Hey, das war doch bloß ein Scherz."

Sie senkte den Kopf, verabschiedete sich höflich und lief dann zu ihrem Haus. Diesmal ließ er sie einfach gehen.

Lauren beugte sich über ihren Bildschirm. Gerade gab ihr Magen ihr hörbar zu verstehen, dass es Zeit fürs Mittagessen war. Zum Glück hatte sie noch einen Rest Gemüselasagne von gestern im Kühlschrank – eines ihrer Lieblingsgerichte. Inzwischen hatte sie auch ihren Artikel fertiggeschrieben und an die Zeitung gemailt, die Glasscherben vom Fußboden gesammelt und alle kleineren Splitter weggesaugt. Außerdem hatte sie ein Stück Karton vor das große Loch in der Scheibe geklebt.

Bevor sie sich die Lasagne aus dem Kühlschrank aufwärmte, wollte sie noch ein bisschen im Internet surfen. Das Internet war wirklich eine tolle Sache. Zahlreiche Leute, die nach einem Rezept suchten, landeten beim Googeln auf Laurens Website. Das war aber noch nicht alles: Die Suchmaschine eignete sich auch hervorragend dafür, neue Nachbarn auszuspionieren.

Da weder „Cole“ noch „Donovan“ besonders außergewöhnliche Namen waren, hatte Lauren nicht damit gerechnet, ihn so leicht zu finden. Aber zu ihrer Überraschung war gleich ihr erstes Suchergebnis ein Treffer. Ja, das war eindeutig ihr neuer Nachbar auf dem Bild neben dem Artikel!

Wenn sie sich selbst auch nur ein bisschen für Baseball interessierte, hätte sie ihn wahrscheinlich längst erkannt: Offenbar war Cole Donovan nämlich vor ein paar Jahren noch ein echter Star auf dem Gebiet gewesen. Lauren musste sich erst durch ein paar weitere Links klicken, um herauszufinden, warum er sich so plötzlich von seiner vielversprechenden Karriere verabschiedet hatte.

Als sie den entscheidenden Artikel las, schluckte sie. Ihr Nachbar hatte ja schon erwähnt, dass seine Frau gestorben war, jetzt erfuhr Lauren Genaueres: Mary Donovan war urplötzlich im Supermarkt tot umgefallen. Offenbar war sie mit einem schweren Herzfehler geboren worden, von dem sie aber nichts gewusst hatte. Als Lauren die Geschichte las, lief es ihr eiskalt den Rücken hinunter. Unfassbar – wie ein Mensch eben noch am Leben sein konnte und dann auf einmal … tot. Es gab auch niemanden, den man für diesen Tod verantwortlich machen konnte: keinen angetrunkenen Fahrer und keinen Arzt, der eine Fehldiagnose erstellt hätte. Die junge Frau war damals neunundzwanzig Jahre alt gewesen, genau wie ihr Mann. Die beiden hatten sich an der Highschool ineinander verliebt.

Lauren las weiter. Nach dem Tod seiner Frau hatte Cole beschlossen, als alleinerziehender Vater ganz für seine Kinder da zu sein – statt die drei bei Verwandten unterzubringen oder eine Nanny einzustellen. Er hatte lieber seine lukrative Baseball-Karriere an den Nagel gehängt.

Jetzt fühlte sich Lauren sogar noch weniger wohl in ihrer Haut. Ihr wurde richtig schlecht, wenn sie sich daran erinnerte, wie sie mit dem schmutzigen Baseball aufs Nachbargrundstück gelaufen war.

Wie sie empört gegen die Haustür geschlagen hatte. Als hätte die kleine Familie nicht schon genug Sorgen! Wahrscheinlich würde dieser schreckliche Schicksalsschlag sie alle bis an ihr Lebensende verfolgen.

Lauren betrachtete noch mal die Zeitangaben in dem Internet-Artikel und rechnete nach: Mary Donovan war vor ungefähr fünf Jahren gestorben. Zu dem Zeitpunkt musste der jüngste Sohn, Justin, noch ein Baby gewesen sein.

Und sie? Verlor völlig die Fassung, bloß weil die Kinder beim Spielen ein bisschen Krach gemacht hatten und ihre Scheibe dabei zu Bruch gegangen war …

Inzwischen war es ihr auch ein bisschen peinlich, dass sie Cole Donovan im Internet nachspioniert hatte. Manche Dinge gingen sie einfach nichts an. Andererseits: Wenn sie irgendwann darüber sprechen würden, konnte sie nicht so tun, als wüsste sie von nichts.

Als sie in der Küche die Reste ihrer Gemüselasagne aus dem Kühlschrank holte, kam ihr eine Idee. Sie könnte ihren neuen Nachbarn ja etwas Schönes kochen – sozusagen als Friedensangebot. Vielleicht eine deftige Lasagne mit Bolognesesoße? Und danach ein gebackenes Dessert mit frischen Pfirsichen? Mochten Kinder so etwas wohl? Lauren konnte das nicht beurteilen, es gab so wenige Kinder in ihrem Umfeld. Sie hatte weder Nichten noch Neffen, und die Kinder ihrer Freundinnen sah sie nur selten.

Andererseits: Lasagne mochte doch eigentlich jeder, oder? Und ihr Spezialrezept mit den frischen Pfirsichen hatten bisher all ihre Gäste über den grünen Klee gelobt. Sie bereitete es nach einem alten Rezept ihrer Großmutter zu.

Während sich der Teller mit der Gemüselasagne in der Mikrowelle drehte, schenkte Lauren sich ein Glas Eistee ein. Dann rückte sie die anderen Behälter mit den Einpersonen-Portionen im Kühlschrank zurecht. Genau wie in ihren Küchenschränken hatten auch hier die Dinge ihren festen Platz. Und alles blitzte und blinkte. In einer sauberen Umgebung fühlte sie sich nun mal am wohlsten.

Lauren setzte sich mit ihrer aufgewärmten Lasagne in die Essnische und betrachtete stolz ihren perfekt gepflegten Hintergarten.

Dann ging sie im Geiste ihre Planung für den restlichen Tag durch. Zuerst wollte sie die Anmerkungen ihrer Lektorin zu ihrem Buchmanuskript einarbeiten, sich eine halbe Stunde lang auf den Hometrainer setzen und anschließend duschen. Um sechs Uhr war sie mit ihrer Großmutter zum Dinner verabredet, danach wollte sie ein paar Dinge aus dem Supermarkt besorgen. Morgen würde sie dann die Lasagne und das Pfirsichdessert für ihre Nachbarn machen – gleich nachdem sie das überarbeitete Manuskript weggebracht hatte.

Lauren atmete tief durch. Im Moment war es nebenan genauso ruhig wie bei ihr, außerdem hatte sie ihre nächsten beiden Tage komplett durchgeplant. Also war alles erst mal in bester Ordnung.

2. Kapitel

Komisch, dachte Cole. Die Kinder haben jetzt schon seit einer halben Stunde keinen Mucks mehr von sich gegeben. Wahrscheinlich macht ihnen das kaputte Fenster schwer zu schaffen.

Aber worauf auch immer die plötzliche Ruhe im Haus zurückzuführen war – er beschloss, sie für sich zu nutzen. Zuerst erledigte er einige Telefonate und rief unter anderem einen Glasereibetrieb an, der das zerbrochene Fenster seiner Nachbarin ersetzen sollte. Anschließend setzte er sich an den Computer. Hank, sein mittlerer Sohn, hatte ihn zuletzt in Betrieb gehabt und offenbar sein liebstes Onlinespiel gespielt. Das Fenster war noch geöffnet – eine harmlose Seite für Kinder, die Cole persönlich getestet und zur Benutzung freigegeben hatte.

Als Nächstes startete er Google und tippte den Namen seiner Nachbarin in das Suchfenster: „Lauren Russell". Eigentlich hatte er sich von dieser Recherche nicht viel versprochen. Aber jetzt beförderte sie ganz erstaunliche Ergebnisse zutage. Da war zunächst einmal das wenig schmeichelhafte Foto auf ihrer Homepage: Sie hatte ihr Haar viel zu streng zurückgekämmt und lächelte künstlich in die Kamera, als würde sie gerade „Cheese" sagen. Außerdem ließ das kalte, harte Blitzlicht sie blass aussehen. Aber sie war durchaus wiederzuerkennen.

Viel besser gefiel sie ihm allerdings, wenn sie völlig aufgebracht im Schlafanzug vor seiner Haustür stand. Mit Pony und losem Pferdeschwanz, aus dem sich schon zahlreiche Strähnen gelöst hatten, die ihr in das erhitzte Gesicht fielen. Wenn das Sonnenlicht auf ihr hübsches, ungeschminktes Gesicht fiel und sie ihn mit ihren grünbraunen Augen wütend anfunkelte.

Schritt für Schritt klickte sich Cole durch den Internetauftritt seiner Nachbarin. Wenn er nicht nach Lauren Russell gegoogelt hätte, wäre er bestimmt nie auf diesen Seiten gelandet: Hier drehte sich alles um Rezepte, Deko-Ideen und die richtigen Umgangsformen. In seinem Haus kamen meistens Fischstäbchen oder Dosenspaghetti auf den Tisch, die Deko-Ideen lieferten seine Kinder in Form selbstgemalter Bilder und sonstiger Basteleien. Und was die Umgangsformen anging … da beschränkten sie sich auf die gemeinschaftliche Übereinkunft, nicht die Füße auf den Tisch zu legen. Jedenfalls nicht, solange jemand daran aß.

Als sie noch etwa hundert Meilen weiter südlich in Birmingham, Alabama, gewohnt hatten, hatte seine Schwägerin Janet oft dafür gesorgt, dass sie etwas Anständiges zu essen im Haus hatten. Jedes Wochenende war sie mit selbstgekochten Gerichten vorbeigekommen. Trotzdem hatte Cole sich nicht vollkommen auf diesen „Lieferservice" verlassen und zugesehen, dass er selbst ein einfaches Essen zubereiten konnte.

Seit etwa einem Jahr brachte Meredith sich nach und nach das Kochen bei: An zwei bis drei Tagen in der Woche bestand sie darauf, im Alleingang das Abendessen für die ganze Familie zuzubereiten. Cole stand dem zwiegespalten gegenüber: Einerseits wollte er nicht, dass sie schon so früh so viel Verantwortung übernahm und ihre Kindheit dadurch womöglich nicht richtig auslebte. Andererseits fand er, dass es ihr nicht schaden konnte, ein bisschen kochen zu lernen. Und ihr Kaffee war schon mal ganz hervorragend.

Neugierig stöberte er weiter auf der Website seiner attraktiven Nachbarin und fand eine Anleitung, wie man mit Zwiebelschalen Ostereier färbte oder aufwendige Valentinskarten bastelte. Außerdem hatte sie zahlreiche Rezepte veröffentlicht: Darin erklärte sie, wie man Brathähnchen, Plätzchen, Maisbrot und verschiedene Sorten Gemüse zubereitete. Es gab sogar Rezepte für selbstgemachte Schokoriegel und Eiscreme – als ob man nicht beides problemlos im Supermarkt bekäme! Unglaublich, diese Frau. Und irgendwie faszinierend … Zu faszinierend.

Cole schloss die Seite und fuhr den Computer herunter. Eigentlich war es völlig gleich, wie attraktiv oder interessant er diese Lauren Russell oder irgendeine andere Frau fand. Nicht etwa, weil er

Marys Tod vor fünf Jahren immer noch nicht verarbeitet hätte. Er hatte sie weder zur Heiligen erklärt, noch verglich er jede neue Frauenbekanntschaft automatisch mit ihr. Sein Problem war ein ganz anderes: Er hatte einfach keine Zeit für eine Frau in seinem Leben.

Ein paarmal hatte er sich seit Marys Tod schon verabredet. Gute Freunde hatten nach einigen Jahren immer wieder versucht, ihn mit dieser oder jener Bekannten zusammenzubringen. Die meisten waren zwar hübsch, aber strohdumm oder völlig oberflächlich gewesen. Die Kinder hatte er dann bei Janet untergebracht oder er hatte einen Babysitter engagiert. Aber irgendetwas war immer schiefgegangen. Ständig hatte ihn der Babysitter oder Meredith auf dem Handy angerufen, weil zu Hause gerade ein Notfall eingetreten war.

Als er nach einem dieser Notfall-Anrufe mit seiner Bekanntschaft nach Hause gefahren war, hatte Justin besagter Frau einmal quer über das Kleid gespuckt. Hank hatte dann ihre Nachfolgerin verschreckt – indem er sich mit dem Zipfel ihres Seidenkleides den Marmeladenmund abwischte. Mit den anderen Frauen war es auch nicht besser gelaufen, also hatte Cole die ganze Sache bald aufgegeben.

Vielleicht starte ich noch mal einen Versuch, wenn die Kinder erwachsen sind, sagte er sich. Solange ich bis dahin nicht vergessen habe, wie man sich einer Frau gegenüber verhält …

Im Moment mussten sich die Kinder allerdings voll und ganz auf ihn verlassen können: Sie brauchten ihn, und er wollte alles für sie tun. Das forderte ihn schon genug, für eine Frau hatte er weder Zeit noch Energie übrig.

Außerdem musste er sich jetzt auf seinen neuen Job einstellen. Und obwohl ihm das einiges abverlangen würde, freute er sich auch darauf, demnächst endlich wieder arbeiten zu gehen: als Geschichtslehrer und Baseballcoach an der Highschool. Das hatte zwar mit seiner Karriere als Baseballprofi nicht allzu viel zu tun, aber er liebte Geschichte – und Baseball sowieso. Außerdem kam er erfahrungsgemäß gut mit Kindern und Jugendlichen zurecht. Also hatte er fleißig Uniseminare besucht und sich damit für die Lehrtätigkeit qualifiziert.

Die Stelle an der Highschool war ein richtiger Fulltimejob, den er nur deswegen annehmen konnte, weil Justin im August eingeschult wurde und dann tagsüber versorgt war. Trotzdem – wenn Cole nach Hause kam, erwarteten ihn dort immer noch seine Verpflichtungen als alleinerziehender Vater. Da blieb ihm kaum Zeit für ein Privatleben, das über die eine oder andere familientaugliche DVD mit den Kindern hinausging.

Außerdem wären die drei bestimmt erschüttert, wenn er sich tatsächlich einmal neu verliebte. Immerhin hatten sie bereits ihre Mutter verloren. Da wäre es umso schmerzhafter, wenn sie ihren Dad noch weniger sehen oder ihn mit jemandem teilen müssten.

Finanziell hatte Cole die Tätigkeit als Lehrer und Coach eigentlich gar nicht nötig. Wenn er sein Geld nur entsprechend intelligent anlegte, hätte er für den Rest seines Lebens ausgesorgt. Aber um das Geld allein ging es ihm nicht: Er brauchte dringend einen richtigen Job, für den er das Haus verlassen musste, mit anderen Menschen in Kontakt kam, für den er bezahlt wurde … Kurz: Es war an der Zeit, dass er wieder am „Leben da draußen“ teilnahm.

Überrascht musterte Cole seine Nachbarin, die gerade bei ihm geklingelt hatte. Schon wieder. „Hallo“, sagte sie. Es klang zurückhaltend, aber freundlich.

Er seufzte. „Was haben sie jetzt schon wieder angestellt?“

Lauren lächelte. Da erst fiel ihm auf, dass sie einen großen Weidenkorb im Arm trug. Darüber hatte sie ein rot-weiß-kariertes Handtuch gebreitet, das so aussah, als hätte sie damit noch nie Traubensaft oder Ketchup aufgewischt. Bei ihrem Anblick musste er unwillkürlich an Rotkäppchen denken … und daran, dass sie einfach zum Anbeißen aussah. Hieß das etwa, dass er der große böse Wolf war?

Sie wies auf den Korb. „Es ist alles in bester Ordnung“, erwiderte sie. „Ich wollte Ihnen nur kurz etwas vorbeibringen. Als kleine Aufmerksamkeit zur Begrüßung und als Dankeschön dafür, dass Sie sich so schnell um mein kaputtes Fenster gekümmert haben.“

Für Cole war das eine Selbstverständlichkeit gewesen. Immerhin hatten seine Kinder den Schaden verursacht, und er konnte Lauren schlecht in einem ungeschützten Haus übernachten lassen. Sie wohnten zwar in einer ruhigen, sicheren Gegend, aber man wusste ja nie.

Trotzdem wollte er sie mit ihrem Korb nicht wieder wegschicken, das kam ihm ziemlich unhöflich vor. Also ließ er sie ins Haus.

Im Wohnzimmer ließ sie den Blick durch den Raum schweifen. Cole wusste selbst zu gut, wie es hier aussah: Auf dem Sofa legte er gerade die Wäsche zusammen, auf dem Tisch lag ein halbfertiges Puzzle. Außerdem war überall Justins Spielzeug verteilt. Hätte Cole mit Laurens Besuch gerechnet, hätte er vorher ein bisschen aufgeräumt, aber diese Möglichkeit hatte sie ihm ja nicht gegeben.

Lauren verlagerte den Weidenkorb von einem Arm in den anderen. Erst jetzt wurde ihm bewusst, dass der Korb ganz schön schwer sein musste, und nahm ihn ihr ab.

„Ich habe Ihnen Lasagne und ein gebackenes Pfirsichdessert mitgebracht", sagte sie. „Das Dessert hält sich auch bei Zimmertemperatur, aber die Lasagne sollten Sie bald in den Kühlschrank stellen." Sie erklärte ihm, wie er das Gericht am besten aufwärmte, dann ging sie zur Tür.

„Warten Sie doch mal!" Er wandte sich um und rief nach den Kindern. Kurz darauf kamen sie angerannt – so fröhlich und lebhaft, wie sie meistens eben waren. Als sie allerdings ihre Nachbarin erblickten, wurden alle drei abrupt ernst und ruhig.

„Wir haben überhaupt nichts getan!", protestierte Justin.

„Genau", stimmte Hank ihm zu. „Wir haben nämlich die ganze Zeit Videospiele gespielt. Und Meredith liest gerade irgend so ein doofes Buch."

Das Mädchen äußerte sich nicht dazu und kniff bloß die Augen zusammen.

Cole ließ die drei noch ein bisschen schmoren, dann klärte er sie auf: „Wisst ihr, was? Ms. Russell hat uns allen etwas zu essen vorbeigebracht. Obwohl ihr ihr das Fenster eingeworfen und ihren halben Garten zertrampelt habt. Sie hat uns eine leckere Lasagne gemacht und einen Pfirsichauflauf gebacken. Wie findet ihr das?"

„Ich mag keine Lasagne!“, erwiderte Justin heftig. „Igitt!“

Hank blickte zu Boden und trat von einem Fuß auf den anderen. Meredith verdrehte die Augen, wie es pubertierende junge Mädchen gern taten. Seine Tochter war zwar erst zwölf, aber er erkannte jetzt schon die Züge der jungen Frau in ihr, die sie einmal werden würde. Lange würde das nicht mehr dauern … und diese Vorstellung machte ihm eine Heidenangst. Er wollte sich noch nicht damit abfinden, dass seine Tochter sich bald für Jungen interessieren, kurze Röcke und Make-up tragen würde. Aber daran führte wohl kein Weg vorbei.

„Ich wollte uns aber heute Hähnchen-Nuggets machen“, sagte Meredith.

Als ob Hähnchen-Nuggets aus dem Gefrierschrank auch nur im Entferntesten mit selbstgemachter Lasagne mithalten könnten! Aber das wollte er lieber nicht laut sagen. „Die können wir doch morgen essen“, entgegnete er stattdessen. „Und jetzt bedankt ihr euch bitte alle bei Ms. Russell.“ Er warf ihnen einen ausgesprochen strengen Blick zu, von dem Lauren Russell nichts mitbekommen konnte, weil er ihr dabei den Rücken zuwandte. So sah er seine Kinder nur selten an. Und wenn doch, dann wussten sie, dass mit ihm nicht zu spaßen war. Er hatte die drei schon viel zu lange verwöhnt, hatte ihnen jeden Wunsch von den Augen abgelesen, um dadurch wettzumachen, dass sie ihre Mutter verloren hatten. Erst letztes Jahr war ihm bewusst geworden, was er damit angerichtet hatte und dass er den Kindern nicht gerade einen Gefallen tat.

Meredith reagierte als Erste. „Vielen Dank, Ms. Russell.“ Die Worte klangen zwar höflich, aber ihr Blick wirkte alles andere als freundlich.

Hank zappelte immer noch herum. Sein mittlerer Sohn war nie völlig ruhig – es sei denn, er schlief. „Also, ich mag Lasagne“, sagte er und blickte kurz vom Boden hoch, um der neuen Nachbarin ein zahnloses, aber ziemlich charmantes Lächeln zu schenken. „Und ich kann Merediths Hähnchen-Nuggets schon nicht mehr sehen. Danke.“

Justin tat sich am schwersten von allen. Schließlich seufzte er.

„Danke, Ms. Russell. Für den Pfirsichauflauf." Wenn es nach ihm ginge, würde er sich wohl ausschließlich von Hähnchen-Nuggets mit Honig-und-Senf-Sauce ernähren.

Sie sah Justin in die Augen. „Das ist ja wirklich schade, dass du keine Lasagne magst", sagte sie. „Was isst du denn gern, verrätst du mir das?"

Diese Frage beantwortete Justin geradeheraus: „Ich esse gern Hähnchen-Nuggets, Hotdogs, Schokokekse und Eiscreme." Er hob einen kurzen Finger. „Aber nicht die mit Pekannüssen", ergänzte er. „Die schmeckt sogar noch ekliger als Lasagne. Igitt."

Offenbar versuchte Lauren gerade, sich ein Lächeln zu verkneifen. Sie hatte die Lippen mit den Zähnen zusammengeheftet, aber Cole bemerkte, dass ihre Augen funkelten. Es sah ziemlich verführerisch aus. „Okay, ich werd's mir merken", sagte sie.

Da nun alles geklärt war, schickte Cole die Kinder wieder weg. Jetzt war er ganz allein mit Lauren. Sie ging einen Schritt in Richtung Haustür. Dabei kam es ihm vor, als würde sie die ganze Zeit seinem Blick ausweichen.

„Vielen Dank noch mal", sagte er. „Das wäre wirklich nicht nötig gewesen, aber jetzt haben wir ein tolles Abendessen."

Sie nickte und vermied es nach wie vor, ihn anzusehen. Hatte er sie etwa verärgert? Irgendwie verunsichert? Er konnte sich an keinen bestimmten Zwischenfall erinnern; trotzdem wirkte sie gerade ziemlich unentspannt. Als er ihr die Tür geöffnet hatte, war doch noch alles in Ordnung gewesen. Als die Kinder dabei gewesen waren, auch.

„Sie können mir die Schüsseln einfach auf die Veranda stellen, wenn Sie sie nicht mehr brauchen", schlug sie vor. „Aber keine Hektik. Ich habe genug Kochgeschirr in meiner Küche."

Erneut schaute Cole zu ihr hinüber, und diesmal erwiderte sie seinen Blick. Sie sah ihm tief in die Augen und wirkte dabei einen schmerzhaften Moment lang vollkommen verwirrt und verloren. Diesen Gesichtsausdruck kannte er nur zu gut: Er begegnete ihm jeden Morgen, wenn er nach dem Aufstehen in den Spiegel schaute.

So gut wie heute Abend hatten Cole und seine Kinder schon lange nicht mehr gegessen. Nicht, seit sie aus Birmingham weggezogen waren, wo Janet sie immer regelmäßig bekocht hatte. Und obwohl er seiner Schwägerin immer wieder gesagt hatte, dass das absolut nicht nötig sei, hatte er sich doch darüber gefreut.

Er hatte zwar auch versucht, sich ein paar Handgriffe anzueignen, dabei aber schnell gemerkt, dass ihm zum Kochen jedes Talent fehlte. Meredith kannte sich inzwischen schon besser in der Küche aus als er.

Justin hatte zwar immer wieder betont, dass er absolut keine Lasagne mochte, aber als seine Geschwister davon schwärmten, wie lecker der überbackene Nudelteig schmeckte, hatte er sie schließlich doch probiert. Und mit einem einzigen Bissen waren seine Vorurteile aus der Welt geschaffen: Was die neue Nachbarin da für sie zubereitet hatte, schmeckte nämlich ganz anders als die gefrorene Fertiglasagne aus dem Supermarkt, die sie sonst manchmal hatten.

Hank kratzte den letzten Rest vom Teller und schob ihn sich in den Mund. „Frag sie doch mal, ob sie Lust auf ein Date hat“, sagte er.

Automatisch ermahnte Cole seinen Sohn, nicht mit vollem Mund zu sprechen. „Ich möchte aber kein Date“, erwiderte er dann.

„Was ist denn das? Ein Date?“, wollte Justin wissen.

Meredith erklärte es ihm: „Das ist, wenn ein Junge und ein Mädchen oder ein Mann und eine Frau zusammen essen und ins Kino gehen. Manchmal gehen sie auch tanzen oder bowlen, je nachdem.“ Keine Sekunde lang löste sie den Blick von ihrem Teller.

„Ja“, bestätigte Hank. „Und danach küssen sie sich.“

„Ich will auch ein Date!“, sagte Justin. „Aber ohne küssen, das finde ich eklig. Vielleicht geht unsere Nachbarin ja mit mir in diesen neuen Film mit den sprechenden Hamstern. Und danach holen wir uns noch ein Eis. Das ist doch ein gutes Date, oder?“

Meredith holte ungeduldig Luft. „Du bist viel zu jung für unsere Nachbarin“, erwiderte sie unterkühlt. „Außerdem will sie sich gar nicht mit dir treffen, sondern mit Dad. Darum hat sie uns auch die Lasagne und das Pfirsichdessert vorbeigebracht und ihn angestarrt, als wäre er Justin Bieber oder so. Ihr bildet euch doch wohl nicht ein, dass sie das ganze Essen für uns Kinder gemacht hat? In Wirklichkeit will sie damit nur angeben und Dad zeigen, wie toll sie kochen kann und wie schön sie aussieht. Wenn wir nicht da gewesen wären, hätte sie sich wahrscheinlich gleich auf ihn gestürzt und ihn abgeknutscht …"

„Meredith!", rief Cole. „Jetzt reicht's aber!"

Dass Hank gerade laute Schmatzgeräusche von sich gab, machte die Sache auch nicht besser. Cole warf ihm einen ermahnenden Blick zu, und er verstummte.

Meredith wiederum gab sich nicht so schnell geschlagen. „Erst müssen wir von Tante Janet und unseren ganzen Freunden wegziehen", beschwerte sie sich. „Und jetzt wohnen wir neben dieser Lauren Russell, die auch schon wieder alles verändern will. Aber wenn Justin ihr übers Kleid spuckt, läuft sie bestimmt auch heulend weg. Genau wie diese andere Frau damals."

Gerade wollte Cole wieder mit seiner Tochter schimpfen, da fiel ihm auf, dass dem Mädchen eine dicke Träne über die Wange lief. „Das ist doch schon so lange her, Meredith", sagte er leise. „Inzwischen habe ich gar kein Interesse mehr an irgendwelchen Dates. Weiß eigentlich jemand, wie spät es ist?" Er hatte weder Zeit noch Nerven für ein Privatleben, das seine Kinder nicht mit einschloss.

„Hier soll sich überhaupt nichts verändern", sagte er mit fester Stimme. „Wir sind gerade umgezogen, ich fange bald wieder an zu arbeiten, und wir müssen uns hier in Huntsville alle erst mal einleben … das reicht doch an Veränderungen." Er wusste nur zu gut, wovor Meredith solche Angst hatte: Von den drei Kindern war sie die Einzige, die sich noch an ihre Mutter erinnern konnte. Ihr war sehr bewusst, wie unendlich sie unter ihrem Verlust gelitten hatte. Hank und Justin waren noch so klein gewesen, als Mary gestorben war.

„Wir sind eine Familie, und wir halten zusammen", sagte er entschlossen. „Uns kann nichts und niemand auseinanderreißen. Nur damit ihr's wisst."

„Wir sind die vier Musketiere!“, rief Hank aus, sprang zur Bekräftigung auf einen Stuhl und riss seine Gabel in die Höhe, als wäre sie ein Schwert.

Das war mal wieder typisch Hank: Der Junge lebte in einer Fantasiewelt, in der die Menschen Umhänge und weite Mäntel trugen und mit Schwertern und Zauberstäben für Recht und Ordnung sorgten.

„Wir brauchen keine Lauren Russell“, flüsterte Meredith. „Wir brauchen überhaupt niemanden.“

„Nein“, bestätigte Cole. Aber während er die Worte aussprach, spürte er einen Anflug von Enttäuschung. Denn eigentlich hatte er nicht vorgehabt, den Rest seines Lebens als Single zu verbringen, und er wollte auch nicht wie ein Mönch leben.

Außerdem fühlte er sich auf eine unerklärliche Weise zu seiner Nachbarin hingezogen ... Sie sprach ihn irgendwie an. So, wie ihn schon lange keine Frau mehr angesprochen hatte. Natürlich kannte er sie kaum. Aber seit sie in Schlafanzug und völlig außer sich vor seiner Haustür gestanden hatte, musste er zu seiner Überraschung immer wieder an sie denken. Kein Wunder: Sie war klug, hübsch anzusehen, konnte kochen und hatte einen knackigen Po. Außerdem brachte sie ihn mit ihrer Art zum Lachen. Trotzdem – im Moment hatte er andere Sorgen.

„Nein, wir brauchen niemanden. Wir haben ja uns“, sagte er also und wies Hank an, sich wieder richtig hinzusetzen. „Die vier Musketiere haben Aufnahmestopp.“

3. Kapitel

Seit Lauren vor drei Jahren in ihr Haus gezogen war, hatte sie noch kein einziges Mal die Nachbarschaftsgartenparty am vierten Juli, dem amerikanischen Nationalfeiertag, verpasst. Als Neuzugang war Cole Donovan mit seiner Familie diesmal die Hauptattraktion. Den meisten Männern und einigen Frauen war er durchaus ein Begriff. Es interessierten sich offenbar viel mehr Menschen für Baseball, als sie für möglich gehalten hätte. So sehr, dass sie ihn sofort erkannten – ohne vorher im Internet recherchiert zu haben.

Im Moment war er von einer nicht gerade kleinen Gruppe Männer umgeben und beantwortete geduldig deren Fragen. Dabei schaute er hin und wieder zum Swimmingpool hinüber, wo Meredith, Hank und Justin mit ein paar anderen Kindern badeten. Hier in der Nachbarschaft gab es einige Kinder, aber die meisten wohnten ein Stück weiter weg als die Donovans, und Lauren bekam nicht so viel von ihnen mit.

Sie selbst unterhielt sich gerade mit einigen Frauen und versuchte dabei, nicht allzu oft zu Cole hinüberzusehen. Anfangs schien es ihm unangenehm zu sein, so im Mittelpunkt zu stehen. Aber jetzt, wo er die Männer ein bisschen kennengelernt hatte, entspannte er sich merklich.

Lauren lächelte den Frauen um sie herum zu und machte hier und da eine Bemerkung. Cole schien sie gar nicht weiter zu beachten. Insgeheim wurmte sie das ganz schön – mehr, als ihr lieb war.

Natürlich hatte sie sich nicht seinetwegen die weißen Shorts mit den passenden Sandaletten und dem nagelneuen türkisfarbenen Spaghetti-Top angezogen. Sonst trug sie auf solchen Festen meistens ausgeleierte Jeansshorts und ein XL-T-Shirt, aber diesmal hatte sie aus irgendeinem Grund das Bedürfnis gehabt, sich etwas schicker anzuziehen. Aus dem gleichen Grund trug sie heute auch das Haar offen, statt es wie sonst zu einem praktischen Pferdeschwanz zu binden. Aber das hatte alles rein gar nichts mit ihrem neuen Nachbarn zu tun. Auf keinen Fall.

Gerade kümmerten sich einige Männer um den Grill, zahlreiche Kinder verschiedenen Alters tobten um den Pool herum. Die Donovan-Kinder konnte Lauren heraushören, ohne hinzugucken. Die drei waren deutlich lauter als die anderen, gleichzeitig waren ihr die Stimmen schon seltsam vertraut.

Summer Schuler, die ein paar Häuser weiter auf der anderen Straßenseite wohnte, stellte sich neben Lauren. Lächelnd beugte sie sich zu ihr herüber. „Dein neuer Nachbar ist ja ein echtes Sahneschnittchen."

„Wirklich?", erwiderte Lauren übertrieben gelassen. „Das ist mir noch gar nicht aufgefallen."

Summer lachte, dann trank sie einen großen Schluck Eistee aus einem roten Plastikbecher. „Ach, komm schon, Lauren, du bist doch nicht blind. Außerdem bist du eine ganz schön schlechte Lügnerin. So, wie's aussieht, ist er noch zu haben. Genau wie du."

„Ja, dazu hat er drei Kinder, die keine Sekunde halblang machen."

Summer lachte erneut und legte Lauren eine Hand auf den Arm. „Tja, kein Mann ist perfekt."

Als wüsste Lauren das nicht selbst viel zu gut …

Summer senkte die Stimme. „Mir ist ja bewusst, dass er nicht all deinen Ansprüchen gerecht wird, aber insgesamt ist er schon mal gar nicht so schlecht, oder?"

„Ach was. Er hat drei Kinder, ist sportbesessen und außerdem viel zu groß für mich. Da kriege ich ja jedes Mal Nackenstarre, wenn ich mich mit ihm unterhalten will."

Summer hob die Augenbrauen. „Kauf dir einfach Schuhe mit richtig hohen Absätzen, dann passt das schon."

Eine Trittleiter wäre wahrscheinlich angemessener, dachte Lauren, überlegte sich aber gleichzeitig, ob sie auf High Heels einigermaßen laufen könnte.

Unbeirrt sprach Summer weiter: „Ich finde, dass du dich von diesen ganzen Ansprüchen verabschieden solltest, die du an deinen

Zukünftigen stellst. Du tust ja so, als könntest du dir den richtigen Ehemann backen wie einen deiner tollen Kuchen: Man nehme hundert Gramm Humor, höchstens hundertachtzig Zentimeter Körpergröße ... Aber so funktioniert das nicht!"

Lauren runzelte die Stirn. Im Geiste war sie immer noch mit dem Thema High Heels beschäftigt. Was redete Summer da eigentlich? Hatte sie etwa gerade das Wort *Ehemann* in den Mund genommen?

In diesem Augenblick ertönte ein markerschütternder Schrei. Abrupt fuhr sie zum Pool herum, wo der Schrei hergekommen war. Alle anderen Partygäste blickten in die gleiche Richtung. Es war totenstill.

Selbst die Kinder gaben keinen Ton mehr von sich. Sie standen entweder am Beckenrand oder schwammen auf der Stelle. Nur eines von ihnen lag reglos neben der gefliesten Treppe, die ins Wasser führte.

Meredith! dachte Lauren. Meredith hat eben geschrien! Automatisch setzte sich Lauren in Bewegung.

In diesem Moment löste Cole sich von der Männergruppe und rannte los, in Richtung Pool. Andere Partygäste folgten ihm. Lauren wusste nicht, wie sie sich verhalten sollte: Cole Donovan hatte sie schon den ganzen Nachmittag lang ignoriert, hatte ihr nicht mal kurz zugenickt. Da wollte er jetzt bestimmt nicht ausgerechnet sie an seiner Seite haben.

Trotzdem lief Lauren weiter auf den Pool zu. Sie musste unbedingt wissen, was passiert war. Also schob sie den stämmigen Mann zur Seite, der letztes Jahr ans Ende der Straße gezogen war, und drückte sich an einem schwarz gekleideten Teenager vorbei. Am Schwimmbecken fiel ihr Blick gleich auf Hank und Meredith – und dann auf Justin, der immer noch am Boden lag. Justin, der Kleinste von allen. Der Junge, der keine Lasagne mochte. Und sie, Lauren, mochte er auch nicht.

Cole ging neben seinem jüngsten Sohn in die Hocke und untersuchte ihn vorsichtig. Offenbar hatte er eine stark blutende Platzwunde am Kopf. Schnell zog Cole sich das T-Shirt aus und drückte es ihm gegen die Schläfe. Dann hob er den Jungen hoch. Das Blut lief Justin immer noch in Strömen über das Gesicht, aber immerhin war er bei Bewusstsein und außerdem ansprechbar. Lauren konnte nicht hören, was er seinem Vater gerade erzählte. Sie bekam nur mit, dass er weinte, dabei aber relativ ruhig wirkte.

Cole dagegen war weiß wie eine Wand und bebte am ganzen Körper. Einige Nachbarn boten ihm ihre Hilfe an, aber er stieß sie nur ungeduldig zur Seite. Dann rannte er mit seinem Sohn auf dem Arm durch den Garten, in Richtung Straße. Meredith und Hank folgten ihm. Das Mädchen weinte ebenfalls und erklärte mit bebender Stimme, sie habe Justin mehrfach ermahnt, nicht über die nassen Fliesen zu laufen, aber er habe einfach nicht auf sie gehört und war ausgerutscht.

Unbeirrt ging Cole weiter. Und Lauren blieb einen Moment lang reglos stehen. Am besten, ich halte mich da heraus, sagte sie sich.

Offensichtlich wollte Cole keine Hilfe annehmen. Weder von ihr noch von sonst jemandem. Wahrscheinlich brauchte er auch keine: Dass eine Kopfwunde stark blutete, war völlig normal. Immerhin war der Junge noch bei Bewusstsein, und das war definitiv ein gutes Zeichen. Oder etwa nicht?

Sie seufzte. Was sie sich da gerade selbst sagte, stimmte zwar alles … aber trotzdem kam es für sie nicht infrage, ihren Nachbarn so aufgewühlt, wie er jetzt war, ins Auto steigen zu lassen.

„Tut mir leid, ich muss jetzt weg!“, rief sie ihrer Freundin Summer kurz zu, dann rannte sie los. Vielleicht konnte sie Cole Donovan und seine Familie ja noch einholen.

Es ist nur eine harmlose Platzwunde, sagte Cole sich. Nichts Lebensbedrohliches.

Warum hämmerte dann sein Herz so wild gegen seinen Brustkorb, dass er nicht mehr richtig denken konnte?

Der Anblick war natürlich kein schöner: Justins Gesicht war blutüberströmt, und das T-Shirt, das er gegen seine Schläfe gepresst hatte, an einer Stelle ganz durchtränkt. Wenn seinem Jungen etwas Schlimmes passiert sein sollte, würde er sich das nie verzeihen. Sollte

Janet etwa recht behalten? War er wirklich nicht in der Lage, seine drei Kinder allein großzuziehen?

Wie würde sie wohl reagieren, wenn sie herausfand, was passiert war? Würde sie dann versuchen, ihm die drei wegzunehmen? Manchmal kam es ihm so vor, als hätte sie genau das vor. Sie war wütend gewesen, als er einfach aus Birmingham weggezogen war, in eine Stadt, die zwei ganze Autostunden von ihrem Wohnort entfernt lag. Darüber, dass er ihr alles weggenommen hatte, was ihr noch von ihrer verstorbenen Schwester geblieben war.

Jetzt hatte er schreckliche Angst. Vielleicht war er wirklich kein guter Vater.

Er riss die Hintertür seines Minivans auf und legte Justin vorsichtig auf den Rücksitz. Es fiel ihm schwer, den Jungen loszulassen. Sonst war Justin immer so ein Temperamentsbündel. Jetzt wirkte er nur noch klein und schwach und schrecklich einsam.

Auf der anderen Seite des Wagens ging die Tür auf, und Meredith setzte sich neben ihren Bruder.

Jetzt aber los! Gerade hatte Cole die Fahrertür aufgerissen, da hörte er jemanden nach ihm rufen. Eine Frauenstimme: „Mr. Donovan! Warten Sie!"

Er erstarrte. Und drehte sich um. Seine Nachbarin Lauren Russell rannte auf den Wagen zu. Ohne sich bei ihm zu erkundigen, ob ihm das überhaupt recht war, rief sie den Kindern ihre Anweisungen zu: „Meredith und Hank, lauft schnell ins Haus und zieht euch ein paar trockene Sachen über! Und dann bringt eurem Vater bitte noch ein frisches Hemd mit, ja? Im Krankenhaus läuft den ganzen Sommer lang die Klimaanlage, da holt ihr euch in euren Schwimmsachen eine fette Erkältung!"

Die Kinder stürzten los. Die Haustür hatte Cole gar nicht erst abgeschlossen, weil die Party gleich auf der anderen Straßenseite stattfand. „Bringt bitte auch ein frisches Handtuch mit!", rief Lauren noch. „Und eine Decke für Justin!" Dann öffnete sie die Wagentür und betrachtete den Jungen.

Er hob den Kopf und funkelte die Nachbarin wütend an. Die Platzwunde schien inzwischen nicht mehr so stark zu bluten. „Sie wollen doch nur ein Date mit meinem Dad“, sagte er. „Küssen Sie ihn jetzt auch?“

Lauren wirkte ein bisschen perplex. Sie runzelte die Stirn und kniff die Lippen zusammen. Dann erwiderte sie: „Also, erstens ist das hier kein Date, sondern wir fahren nur zusammen ins Krankenhaus. Und zweitens habe ich keinerlei Interesse an einem Date. Ganz grundsätzlich nicht.“ Die Sache mit dem Kuss überging sie einfach.

„Und warum nicht?“, hakte Justin nach.

Ja, genau, dachte Cole. Warum eigentlich nicht?

„Weil ich unheimlich viel zu tun habe“, erklärte Lauren. „Da habe ich keine Zeit, mich mit Männern zu verabreden.“

„Ach so.“ Justin wirkte erleichtert. „Dad hat auch keine Zeit für so was.“

Wenige Minuten später kamen Meredith und Hank schon wieder aus dem Haus gerannt. Sie trugen beide khakifarbene Shorts und schlichte T-Shirts, außerdem hatte Meredith ein Handtuch, ein Männer-T-Shirt und eine alte Decke im Arm.

„Ich habe die Haustür abgeschlossen“, rief das Mädchen.

Dann übernahm Lauren das Kommando. Sie nahm Meredith das Handtuch ab, löste sanft das blutdurchtränkte T-Shirt von Justins Schläfe und presste stattdessen das Handtuch dagegen. Mit der anderen Hand langte sie nach vorn und riss Cole blitzschnell den Autoschlüssel aus den Fingern. „Tut mir leid, aber so können Sie nicht fahren. Sie zittern ja am ganzen Körper.“

Cole wollte ihr widersprechen, überlegte es sich aber anders. Sie hatte ja recht.

„Außerdem ist da momentan diese Baustelle auf dem Weg zum Krankenhaus. Aber ich kenne eine Abkürzung zur Notaufnahme.“

Cole setzte sich zu Justin und Hank auf die Rückbank, und Meredith kletterte neben Lauren auf den Beifahrersitz. Dann zog sich Cole das frische T-Shirt über und stützte Justins Kopf, während er das Handtuch weiter sanft gegen die Wunde drückte. Einerseits war er froh darüber, dass er jetzt für seinen Sohn da sein konnte, während Lauren Russell sie alle zur Notaufnahme fuhr. Andererseits schrillten bei ihm gerade sämtliche Alarmglocken.

Ich kriege das allein hin, sagte er sich immer wieder. Ich brauche niemanden außer meinen Kindern. Schon gar nicht meine hübsche Nachbarin.

Lauren erschauerte im Luftzug der Klimaanlage und rieb sich die kalten Arme. Selbst schuld, schließlich hatte sie genau gewusst, wie kalt es im Krankenhaus sein würde. Warum hatte sie sich keinen Pulli mitgenommen?

Die Antwort war einfach: Wenn sie noch mal in ihr Haus gelaufen wäre, wäre Cole einfach ohne sie losgefahren. Mit nacktem Oberkörper. Wahrscheinlich hätte sie auf so etwas nicht achten dürfen, aber ohne T-Shirt sah er einfach umwerfend aus: Er hatte Muskeln wie eine griechische Statue, breite Schultern und eine leicht behaarte Brust. Dazu einen absolut flachen, durchtrainierten Bauch. Unglaublich, dass sie das alles bemerkt hatte, während sie sich eigentlich auf seinen verletzten Sohn hätte konzentrieren müssen. Na ja, im Großen und Ganzen hatte sie das auch getan.

Trotzdem hatte sie parallel darüber nachgedacht, dass diese beachtlichen Muskeln bestimmt nicht vom Wäschezusammenlegen stammten. Wahrscheinlich trainierte er also noch regelmäßig. Auch die kleine Tätowierung auf seiner Schulter war ihr aufgefallen: ein Baseball, aus dem Flammen schossen, als hätte er eine Art Raketenantrieb.

Cole und Justin waren längst in der Notaufnahme. Also saß Lauren mit der schmollenden Meredith und dem verängstigten Hank im Warteraum. Die Zwölfjährige war so weit von Lauren abgerückt, wie sie nur konnte. Wahrscheinlich hätte sie sich nie im Leben neben sie gesetzt, aber ein anderer Platz war nun mal nicht frei gewesen.

Hank hingegen verhielt sich genau anders herum. Er hatte den Kopf an Laurens Arm geschmiegt und drückte ihre Hand. Gleichzeitig rutschte er die ganze Zeit unruhig auf seinem Stuhl hin und her.

Schließlich hob er den Kopf und sah sie mit seinen unglaublich großen blauen Augen an, die er eindeutig von seinem Vater geerbt hatte. Er und Justin waren Cole wie aus dem Gesicht geschnitten. „Justin muss doch nicht sterben, oder?", flüsterte er ihr zu.

Lauren zog sich das Herz zusammen. „Nein, auf keinen Fall, mein Schatz. Es geht ihm bald wieder gut." Sie schluckte. Das hätte sie den Kindern schon viel früher sagen sollen. Aber sie war nicht auf die Idee gekommen, dass zumindest Hank die Lage so ernst einschätzte. „Es kann sein, dass er danach noch ein bisschen Kopfschmerzen hat … und eben ein kleines Aua. Aber das ist alles nicht so schlimm."

Meredith verzog das Gesicht. „Wie bitte? Ein kleines *Aua*?", wiederholte sie abfällig.

Lauren ging einfach nicht auf sie ein.

„Meine Mutter ist nämlich auch schon tot", sagte Hank. „Ich weiß gar nicht mehr, wie sie aussieht, aber Dad hat mir Fotos von ihr gezeigt und mir erzählt, wie sie war."

Auf einmal kam es Lauren vor, als würde ihr etwas den Brustkorb zusammendrücken. Sie fühlte sich völlig hilflos. Wusste nicht, wie sie ein Kind trösten sollte, das schon sehr viel mehr über den Tod erfahren hatte, als man es in seinem Alter eigentlich sollte. „Ich weiß", raunte sie ihm leise zu.

„Dad hat uns gesagt, dass wir nicht über die nassen Fliesen am Swimmingpool rennen sollen", erklärte Hank und entspannte sich merklich. „Aber dann wollte eines von den anderen Kindern Justin fangen, und da ist er …"

„Das interessiert sie doch alles gar nicht, Hank", unterbrach Meredith ihn kühl. „Hör auf, ihr ein Ohr abzukauen."

Ohne Hanks Hand loszulassen, wandte sich Lauren zu Meredith zu, um dem Mädchen ihre ganze Aufmerksamkeit zu schenken. Wahrscheinlich kam sie äußerlich eher nach ihrer Mutter, mit Cole hatte sie nämlich nicht viel gemeinsam. Höchstens die Nase, auch ihr Mund sah seinem ähnlich. Aber im Gegensatz zu ihm hatte sie blonde Haare und dunkelbraune Augen. Sie war wirklich ein hübsches Mädchen. Im Moment spiegelten ihre zarten Züge allerdings Wut und Verzweiflung wider. „Das stimmt nicht, mich interessiert das sehr wohl", sagte Lauren ruhig.

„Sie wollen sich doch bloß bei unserem Vater einschleimen.“ Demonstrativ wandte Meredith den Kopf ab. „Er ist berühmt, und Sie sind nicht verheiratet und haben auch keinen Freund. Darum sind Sie so nett zu uns.“

„Das stimmt nicht ganz, Meredith“, erwiderte Lauren. „Gut, dein Vater war vor ein paar Jahren ein bekannter Mann. Aber ich möchte ihn nicht heiraten, ich wünsche mir auch keine Beziehung. Und ich bin deswegen so nett zu euch, weil ihr meine Nachbarn seid und ich euch gern unterstützen will, wenn ich das kann. Das hätte ich übrigens für jeden getan. Mit Einschleimen hat das nichts zu tun.“

„Dad ist immer noch berühmt, es gibt sogar Baseball-Sammelkarten mit seinem Foto“, flüsterte Meredith.

„Das kann schon sein, aber ich sammele keine Baseballkarten. Das liegt daran, dass ich mich für den Sport nicht weiter interessiere. Ehrlich gesagt, finde ich Baseball ziemlich langweilig.“

„Das müssen Sie mir jetzt schwören“, sagte Meredith trotzig.

„Was genau soll ich dir schwören?“

„Dass Sie nicht nur deswegen so nett zu uns sind, weil Sie sich an unseren Dad ranmachen wollen.“

Lauren seufzte. Zugegeben: Cole Donovan war wirklich der bestaussehende Mann, der ihr seit Jahren über den Weg gelaufen war. Und sie müsste lügen, wenn sie behaupten wollte, dass sie sich nicht körperlich zu ihm hingezogen fühlte. Aber das lag wahrscheinlich in erster Linie daran, dass sie schon so lange keinem Mann mehr nahgekommen war. Aber inzwischen war sie keine Siebzehn mehr, sondern fast dreißig, und hatte ihre Hormone durchaus unter Kontrolle!

„Gut, ich schwöre es dir“, sagte sie also. „Und … darf ich dir mal etwas verraten, so von Frau zu Frau? Du fängst ja bestimmt auch bald an, dich mit Jungs zu verabreden. Wenn du dich für einen bestimmten Typen interessierst, bringt es überhaupt nichts, dich seinetwegen zu verstellen. Du solltest immer du selbst bleiben. Was hast du auch davon, wenn jemand nicht wirklich dich mag, sondern bloß die Person, die du ihm vorspielst?“

Sie seufzte. Es fiel ihr nicht leicht, für das, was sie sagen wollte, die richtigen Worte zu finden. „Jedenfalls ist es am allerwichtigsten, dass du einfach du selbst bist. Und dass du dich genau so magst. Und wenn dir irgendein Junge erzählt, dass du seinetwegen anders sein sollst, dann nimmst du am besten beide Beine in die Hand. Verstehst du, was ich meine?"

Inzwischen wirkte Merediths Gesichtsausdruck schon lange nicht mehr so abweisend. „Ja, so ein bisschen. Aber Dad hat gesagt, dass ich nie einen Freund haben darf."

Lauren lächelte. „Das war bestimmt ein Missverständnis. Wie alt bist du eigentlich?"

„Zwölf. Na ja, zwölfeinhalb. Eigentlich fast dreizehn."

„Das ist noch etwas früh für eine Beziehung, aber es dauert bestimmt nicht mehr lange."

Meredith rutschte unruhig hin und her, schließlich rückte sie den Stuhl ein kleines Stück näher an Lauren heran. In diesem Moment legte Hank ihr den Kopf in den Schoß und schloss die Augen. Inzwischen war er ganz ruhig.

„Darf ich Sie mal was fragen?", sagte Meredith leise.

Lauren nickte.

„Sie meinten doch eben im Auto, dass Sie grundsätzlich keine Dates haben wollen. Warum eigentlich nicht?"

Wie sollte Lauren dem Mädchen das bloß erklären? Dass sie schon zu viele unglückliche Erfahrungen mit den falschen Männern gemacht hatte und darum ihrem Instinkt nicht mehr traute, wollte sie ihr nicht sagen. „Meine Arbeit ist mir eben sehr wichtig, und ich habe immer viel zu tun", antwortete sie also. „Da habe ich keine Zeit für Dates."

Minutenlang saßen sie einfach schweigend nebeneinander. Hank schlief schnell ein, bald hörte sie seine gleichmäßigen Atemzüge. Meredith entspannte sich merklich, inzwischen wirkte sie lange nicht mehr so feindselig wie anfangs.

Plötzlich meldete sie sich wieder zu Wort. „Wo wir gerade über so Frauenkrams und Jungs und Männer geredet haben …", begann sie. „Würden Sie mir vielleicht mal zeigen, wie man sich richtig schminkt? Also, nicht jetzt sofort, aber irgendwann mal, wenn Sie gerade nichts anderes vorhaben."

„Aber du hast so ein wunderschönes Gesicht, da brauchst du doch kein ..." Lauren unterbrach sich. Sie klang ja schon wie ihre Großmutter! „Gut, wenn dein Vater damit einverstanden ist, können wir uns gern mal zusammensetzen und ein paar Dinge durchprobieren. Die ganze Kunst besteht darin, so wenig davon aufzutragen, dass es anderen Leuten nicht groß auffällt. Dann siehst du immer noch aus wie du selbst, nur besser."

Zum ersten Mal sah Lauren das Mädchen lächeln. Aha, *das* hat sie also von ihrem Vater geerbt, dachte Lauren: sein Lächeln. Auf einmal wurde es ihr warm ums Herz. Als Nächstes lehnte sich Meredith ebenfalls gegen ihren Arm und schloss die Augen. Die kühle Luft der Klimaanlage spürte Lauren schon gar nicht mehr.

„Und wie Sie diese Lasagne gemacht haben – das würde ich auch gern wissen", murmelte Meredith. „Die war nämlich richtig lecker."

„Du fängst aber früh mit dem Kochen an", erwiderte Lauren. „In deinem Alter konnte ich gerade mal mit Anleitung Haferkekse backen oder Spaghetti."

„Na ja, Dad kocht eben nicht besonders gern und auch nicht gerade gut. Da helfe ich ihm ein bisschen."

Lauren konnte sich Cole auch nur schwer in der Küche vorstellen. Er wirkte einfach nicht wie ein besonders „häuslicher" Typ. „Das finde ich wirklich lieb von dir, Meredith."

Das Mädchen umfasste Laurens Oberarm und entspannte sich. Dann schloss sie die Augen.

Genau so saßen die drei immer noch da, als Cole und Justin wenig später zu ihnen ins Wartezimmer kamen. Cole war nach wie vor ziemlich blass, zitterte aber nicht mehr. Justin hatte einen dicken Verband um den Kopf, wirkte ansonsten aber recht fröhlich. Einen kurzen Augenblick lang begegneten sich Laurens und Coles Blicke, und sie erschauerte. Es fühlte sich an, als spürte sie so etwas wie eine tiefe Verbundenheit zwischen ihnen.

Cole blieb abrupt stehen und starrte sie verwirrt an. Hatte er etwas das Gleiche gespürt?

Also gut. Sie fühlten sich zueinander hingezogen. Spürten, dass dieses Gefühl auf Gegenseitigkeit beruhte. Dass es Möglichkeiten gab …

Und gleichzeitig bestand nicht die geringste Chance, aus diesen Möglichkeiten Realität werden zu lassen.

Lauren atmete tief durch, dann bog sie in ihre Wohnstraße ein. Von Weitem sah sie schon das warme Licht der Eingangsbeleuchtung.

Was für ein langer, seltsamer Tag, dachte sie.

Jetzt wollte sie nur noch einen Tee trinken, schön warm duschen und sich sofort ins Bett kuscheln. Sie fuhr Coles Wagen die Auffahrt der Donovans hoch. Im Auto war es ganz still. Alle Kinder waren auf der Heimfahrt eingeschlafen, und Cole hatte nicht mehr mit ihr gesprochen, seit sie vom Krankenhausparkplatz gefahren war.

„Danke", sagte er jetzt leise, als sie den Motor abstellte. „Ich weiß nicht, wie wir das ohne dich hätten schaffen sollen."

„Gern geschehen." Sie stieg aus und wollte am liebsten sofort in ihrem Haus verschwinden, um ihr Programm mit Tee, Dusche und Bett durchzuziehen. Im Wagen wurden gerade die Kinder wach.

„Lauren?" Das war Hank. „Bringst du mich heute ins Bett?"

„Lauren hatte heute schon genug um die Ohren", gab Cole zurück. Es klang ein bisschen schroff. Aber vielleicht lag das einfach daran, dass er auch ganz schön erschöpft war.

„Ach, bitte!" Hank zog das Wort in die Länge, bis ihm die Luft ausging. Als würde sie ihm damit einen Herzenswunsch erfüllen. Und den konnte ihm Lauren einfach nicht abschlagen.

„Das wäre mir sozusagen eine Ehre", sagte sie also lächelnd und half dem Jungen vom Rücksitz, während Cole Justin ins Haus trug. Meredith gähnte und folgte den beiden, Lauren und Hank gingen hinterher. Plötzlich legte der Junge seine kleine, weiche Hand in ihre. Die vertrauensvolle Geste berührte Lauren tief.

Meredith gähnte erneut, wünschte allen eine gute Nacht und verschwand in ihr Zimmer. Justin wurde gerade mal lange genug wach, um seinen Vater zu fragen, ob er heute bei ihm schlafen dürfte. Cole war einverstanden.

Lauren begleitete Hank in sein Zimmer. Es sah ziemlich chaotisch aus, aber es war durchaus sauber. Überall standen Action-Figuren in den Regalen, an einer Wand stand eine Spielzeugkiste mit Wasserpistolen, Plastikdrachen und Bällen in den unterschiedlichsten Größen. Über dem Bett hing ein Aquarellbild, auf dem irgendein Fabelwesen zu sehen war. Ansonsten lag kaum schmutzige Wäsche herum, außerdem hatte jemand das Bett gemacht. Zwar nicht besonders gut, aber immerhin.

„Ich finde dich richtig toll", murmelte Hank schläfrig, zog eine Schublade auf und holte einen Schlafanzug heraus. Hose und Oberteil passten ganz offensichtlich nicht zusammen. „Du kannst doch auch Kinder kriegen, dann habe ich jemanden zum Spielen."

„Aber du hast doch schon einen Bruder und eine Schwester."

„Ja, aber die wollen meistens andere Sachen spielen als ich. Meredith steht auf diesen ganzen Mädchenkram."

„Sie ist ja auch ein Mädchen", erklärte Lauren.

Hank zog sich nach und nach die Sachen aus und warf sie in Richtung Wäschekorb. Sie wandte ihm dem Rücken zu, damit er sich nicht von ihr beobachtet fühlte, aber anscheinend war ihm das egal.

„Oder magst du keine Kinder?"

„Doch, sehr gern sogar."

„Das hab ich mir gedacht. Ich glaube, du wärst eine ganz tolle Mom."

Wenn sie daran denken musste, dass dieser kleine Junge schon im Alter von zwei Jahren seine Mutter verloren hatte, zog sich Lauren das Herz zusammen. „Vielleicht kriege ich ja irgendwann mal Kinder", erwiderte sie.

Als sie das Quietschen der Bettfedern hörte, wandte sie sich wieder zu Hank um. Er schlüpfte gerade unter die Decke. „Musst du dir nicht noch die Zähne putzen?"

„Nein", gab er mit fester Stimme zurück. „Wir fahren hier das Mindestprogramm, sagt Dad immer."

„Wie bitte?"

„Das Mindestprogramm", wiederholte Hank. „Einmal täglich Zähneputzen reicht."

„Das stimmt aber nicht." Lauren setzte sich auf die Bettkante. „Man muss sich die Zähne wenigstens einmal nach jeder Mahlzeit putzen. *Das* ist das Mindestprogramm."

„Quatsch", murmelte Hank. Ihm fielen schon die Augen zu.

„Kein Quatsch."

„Ich hab doch sowieso noch nicht so viele Zähne zum Putzen", sagte Hank, und dann war er auch schon ins Reich der Träume übergewechselt.

Lauren deckte ihn zu und schlich sich aus dem Zimmer – was gar nicht nötig gewesen wäre: Hank schlief offenbar so tief und fest, dass nicht mal ein Presslufthammer ihn aufgeweckt hätte.

Jetzt aber, dachte sie. Erst der Tee, dann die Dusche und schließlich das Bett!

Lauren schloss die Tür, drehte sich um ... und stieß dabei fast mit Cole zusammen. Oder vielmehr: mit seinem Oberkörper, der sich auf ihrer Augenhöhe befand.

Sie nuschelte eine Entschuldigung und wich einen Schritt zurück. Er hingegen blieb einfach an Ort und Stelle stehen.

„Hast du Hunger?", erkundigte er sich.

Erst der Tee, dann die Dusche und schließlich das Bett, wiederholte sie in Gedanken. Genau so hatte sie das eigentlich vorgehabt. Also war es sinnvoll, sein Angebot höflich abzulehnen.

Stattdessen antwortete sie ihm ganz automatisch: „Und wie!"

Coles Kühlschrank gab nicht besonders viel her – immerhin hatte er noch frischen Thunfischsalat und etwas Brot. Dazu öffnete er eine Tüte Chips und stellte einen Krug Wasser auf den Tisch.

Jetzt, da er wusste, womit Lauren ihr Geld verdiente, rechnete er fest damit, dass sie über das schlichte Abendessen die Nase rümpfen würde. Aber nichts dergleichen: Es schien ihr genauso gut zu schmecken, wie ihm ihre köstliche Lasagne geschmeckt hatte. Aber Hunger war schließlich der beste Koch.

„Vielen, vielen Dank noch mal für alles, was du heute getan hast", sagt er. „Es tut mir leid, dass ich so ein Weichei bin, wenn mal ein bisschen Blut fließt."

„Aber das ist doch absolut verständlich", erwiderte Lauren. „Wenn mein Kind sich verletzt hätte, wäre ich auch völlig neben der Spur. Nicht, dass ich da aus Erfahrung sprechen könnte", fügte sie hinzu. „Jedenfalls noch nicht."

Cole betrachtete sie nachdenklich. Keine der Frauen, mit denen er sich in den letzten Jahren verabredet hatte, hatte ihn irgendwie seelisch berührt. Die Dates waren ausnahmslos in Katastrophen geendet. Mit Lauren fühlte es sich auf einmal ganz anders an. Aber konnte er es wirklich riskieren, sich näher auf sie einzulassen? Herauszufinden, ob mehr aus ihrer zarten Bekanntschaft werden konnte? „Warst du eigentlich schon mal verheiratet?"

Lauren schüttelte den Kopf und griff in die Chipstüte. „Nein, ich war bloß mal verlobt, aber daraus ist nichts geworden. Das ist wohl auch besser so", fügte sie leise hinzu.

Komisch, dachte Cole. Was musste das das bloß für ein Mann gewesen sein, der eine Frau wie sie einfach so gehen ließ? Aber vielleicht war sie ja auch diejenige gewesen, die ihn vor die Tür gesetzt hatte? Diese Möglichkeit kam ihm wahrscheinlicher vor.

Inzwischen war er ganz schön erschöpft – und sie sah so aus, als ginge es ihr ähnlich. Trotzdem wollte er wenigstens noch ein bisschen hier bei ihr sitzen bleiben und sie ansehen. Sie hatte so wunderschöne Haut … Am liebsten hätte er seine Hand auf ihre gelegt, um herauszufinden, ob sie sich genauso zart anfühlte, wie sie aussah. Ihr Haar hatte einen warmen goldenen Ton, und ihre großen Augen wirkten trotz aller Müdigkeit so aufmerksam, als würde ihnen nichts entgehen.

Ob sie wohl ahnte, was ihm gerade durch den Kopf ging?

„Ich habe dich übrigens gegoogelt", gestand er ihr. „Nachdem du bei uns geklingelt hattest, wegen deiner Fensterscheibe …"

Sie neigte den Kopf und sah Cole tief in die Augen. „Wirklich?"

„Ja. Kein Wunder, dass deine Lasagne und der Pfirsichauflauf so toll geschmeckt haben. Du bist ja ein echter Kochprofi."

„Na ja, als Profi würde ich mich nicht gerade bezeichnen", gab sie zurück und betrachtete dabei ihr Wasserglas. „Dafür gibt es noch viel zu viele Dinge, von denen ich keine Ahnung habe. Mit dem

Grillen zum Beispiel kenne ich mich so gut wie gar nicht aus. Und ich kann auch lange nicht so gut backen wie meine Großmutter."

„Hm, ehrlich gesagt … das Einzige, was sich aus meiner Sicht noch optimieren lässt, ist das Foto auf deiner Website. In Wirklichkeit siehst du nämlich viel hübscher aus."

Wurde sie etwa gerade ein bisschen rot?

„Na ja, ich hatte erst noch ein anderes Bild auf der Seite. Da haben mich ständig irgendwelche Männer angeschrieben und wollten sich mit mir treffen. Und selbst wenn ich das gewollt hätte, wäre das gar nicht so leicht geworden, weil die meisten irgendwo im Ausland gewohnt haben oder an der Westküste der USA, also ganz auf der anderen Seite. Zwei davon wollten mich sogar heiraten, haben sie geschrieben. Wegen des Fotos. Ich will aber, dass die Leute meine Seite wegen der Rezepte besuchen."

Lauren führte ihr Sandwich zum Mund, dann legte sie es wieder ab. Sie sah Cole in die Augen. „Na ja, wo du schon so ehrlich zu mir warst: Ich habe dich auch gegoogelt, sogar am selben Tag. Du bist ja ein echter Baseball-Star."

Er lachte leise, obwohl ihm gleichzeitig bewusst war, dass Lauren bei ihrer Recherche noch viel mehr herausgefunden haben musste als das. Jetzt kannte sie wahrscheinlich seine ganze Lebensgeschichte, wusste von Marys plötzlichem Tod und davon, dass er deswegen seine Karriere an den Nagel gehängt hatte. Normalerweise wurmte es ihn, dass jeder, der wollte, durch ein bisschen Internetsurfen so viel über ihn erfahren konnte. Aber bei Lauren machte ihm das gar nichts aus. „Hey … als Baseball-Star hat mich schon ewig keiner mehr bezeichnet", sagte er.

Sie lächelte. „Wahrscheinlich haben wir uns mehr oder weniger gleichzeitig gegoogelt", sagte sie und wollte gerade den Tisch abräumen. Da legte Cole eine Hand auf ihre. „Nein, lass mal, das mache ich. Du hast heute schon mehr als genug getan."

Er ließ die Hand einfach auf ihrer liegen, und auch Lauren rührte sich nicht von der Stelle. Stattdessen hob sie den Kopf und schaute ihm in die Augen … so lange, dass ihm dabei ganz schwindelig wurde.

Was hatte er da bloß getan?

Schnell nahm er seine Hand wieder weg. Lauren wich zurück, errötete leicht und drehte sich zur Seite. „Ich gehe dann mal nach Hause", sagte sie. „Du bist bestimmt ganz schön müde und willst ins Bett." An dem Wort „Bett" hatte sie sich fast verschluckt.

„Dann bringe ich dich noch schnell rüber", sagte er.

„Danke, aber das schaffe ich schon allein." Mit schnellen Schritten verließ sie die Küche. „So weit hab ich's ja nicht."

Sie nickte, wünschte ihm eine gute Nacht und ging zu ihrem Grundstück hinüber. In der schwachen Außenbeleuchtung konnte er gerade noch ihren Hüftschwung erkennen …

Meredith drehte sich auf die andere Seite, boxte wütend ins Kissen und kämpfte mit den Tränen. Wie hatte sie bloß so blöd sein können? Einen Moment lang hatte sie geglaubt, dass sie in Lauren eine Verbündete gefunden hatte, die sie ein bisschen in die Geheimnisse des Erwachsenwerdens einweihen konnte – aus weiblicher Sicht.

Aber da hatte sie sich wohl getäuscht: Offenbar benutzte Lauren sie und ihre Brüder nur, weil sie sich an ihren Vater heranmachen wollte. Und es sah so aus, als würde ihr durchtriebener Plan auch noch aufgehen …

Kurz nachdem sie das Krankenhaus verlassen hatten, hatte Lauren so getan, als wäre sie unheimlich erleichtert. Als wäre es ihr wichtig, dass es Justin gut ging. Dabei hatte Meredith genau gesehen, was wirklich Sache war: Als sie nachts noch mal aufgestanden war, um sich ein Glas Wasser zu holen, hatte sie mitbekommen, wie Lauren und ihr Dad sich voneinander verabschiedet hatten. Die beiden hatten zwar keine schnulzigen Sprüche gemacht und sich auch nicht geküsst, aber Meredith war ja nicht blind.

So wie diese Lauren hatte ihr Dad noch nie eine Frau angeschaut – als ob es nur noch sie und ihn auf der Welt gäbe. Der Augenblick hatte zwar nicht besonders lang angehalten, aber Meredith wusste genau, was das bedeutete. Diesen Blick hatte sie schon in zahlreichen Spielfilmen gesehen. Als Nächstes stürzten sich der Mann und die

Frau immer aufeinander, um wild herumzuknutschen. Womöglich noch mit Zunge. Igitt!

Und wenn die beiden irgendwann heiraten wollten, Dad und Lauren? Bestimmt hatte Lauren keine Lust, sich die ganze Zeit mit drei Kindern einer anderen Frau abgeben zu müssen. Wahrscheinlich wollte sie ihre eigenen Babys. Meredith wusste, wie so etwas lief. Zwei ihrer besten Freundinnen in Birmingham hatten das am eigenen Leibe erfahren und ihr Horrorgeschichten von ihren Stiefschwestern und -brüdern erzählt. Vielleicht würde ihr Dad sie, Hank und Justin ja in ein Internat schicken. Oder zu ihrer Tante Janet nach Birmingham. Damit er mit Lauren eine neue Familie gründen konnte.

Eins war klar: Meredith musste dringend etwas unternehmen, und sie wusste auch schon, was.

4. Kapitel

Als Cole am nächsten Morgen aufwachte, stieg ihm Kaffeeduft in die Nase. Offenbar war Meredith schon wach. Er öffnete die Augen ... und da erblickte er sie: Mit einem dampfenden Becher stand sie vor seinem Bett. Justin dagegen schlief immer noch tief und fest auf der Matratze neben ihm. Sein Kissen war auf den Boden gefallen, und er hatte sich bis zur Nasenspitze in die Bettdecke eingewickelt.

„Ich habe dir Kaffee ans Bett gebracht, weil ich mir dachte, dass es dir heute bestimmt nicht so gut geht, nach dem Schock gestern", sagte Meredith.

Cole setzte sich auf. „Das ist lieb, Meredith", erwiderte er. „Aber zum Glück geht es Justin inzwischen besser." Er nahm ihr den Becher ab und trank einen Schluck.

Mit großen Augen sah seine Tochter ihn an. „Das meinte ich eben gar nicht."

„Nicht? Was denn dann?"

War gestern etwa noch etwas Schlimmes passiert? Etwas, wovon er nichts wusste?

„Na ja, ich dachte, dass du vielleicht traurig bist wegen Lauren."

Er zuckte er zusammen. „Was ist denn mit ihr?"

„Na ja, sie gefällt dir doch, oder?"

Cole log seine Kinder grundsätzlich nicht an – auch dann nicht, wenn er wusste, dass ihnen die Wahrheit nicht besonders gefiel. „Vielleicht ein bisschen."

Unruhig trat Meredith von einem Fuß auf den anderen, dann blickte sie ihm ins Gesicht. „Gestern Nacht hat sie dir bestimmt erzählt, dass sie einen Freund hat, oder?"

„Wie bitte?" Warum überraschte ihn das eigentlich? Frauen wie Lauren blieben nie lange allein.

„Genauer gesagt, hat sie sogar zwei. Der eine ist ständig unterwegs, dann trifft sie sich eben mit dem anderen. Mir hat sie gesagt, dass sie sich alles offen halten will.“

Cole schluckte. Und er war überzeugt davon gewesen, dass Lauren sich für ihn interessierte … so, wie sie ihn angesehen hatte! Hatte er sich etwa völlig in ihr getäuscht? Außerdem konnte er sich kaum vorstellen, dass sie mit zwei Männern parallel etwas anfing.

„Wie seid ihr überhaupt auf dieses Thema gekommen?“, hakte Cole nach.

„Na ja, sie musste einen von den beiden anrufen, um ein Date abzusagen“, erklärte Meredith. „Sie meinte, dass sie blöderweise gerade im Krankenhaus festhängt und deswegen erst etwas später kommt. Ich dachte, sie hätte dir das auch erzählt. Als Erklärung dafür, warum sie es auf einmal so eilig hatte.“

Was bitte hatte Lauren da gesagt? Dass sie *blöderweise* im Krankenhaus *festhing*? Dabei hatte er sie wirklich nicht darum gebeten mitzukommen. Sie hatte ihm doch einfach den Autoschlüssel aus der Hand gerissen! War etwa gestern Nacht noch einer ihrer beiden Freunde bei ihr vorbeigekommen? Hatte er vielleicht in ihrem Haus auf sie gewartet, während sie von seinem Grundstück zu ihrem Eingang hinübergeschlendert war? Oder war sie schnell in ein paar frische Sachen geschlüpft, um sich mit dem Mann irgendwo außerhalb zu treffen?

Cole verstand das einfach nicht. Warum hatte sie ihm überhaupt ihre Hilfe angeboten, sich sogar geradezu aufgedrängt? Und sich dann auch noch in aller Seelenruhe mit ihm in die Küche gesetzt? Das würde er wohl nie verstehen.

Zur Beruhigung trank er erst mal einen großen Schluck Kaffee. Dann sagte er: „Von mir aus kann sie gern hundert Männer gleichzeitig haben, das stört mich nicht. Lauren ist nur eine gute Nachbarin, mehr nicht.“

„Dann willst du also kein … Date mit ihr?“, wollte Meredith wissen.

Jetzt nicht mehr, dachte Cole. „Süße, wie oft soll ich das denn noch erklären? Ich habe keine Zeit für so was.“

„Okay, dann mache ich uns jetzt Frühstück“, verkündete seine Tochter. Es klang beschwingt. „Möchtest du Spielgeleier oder Rühreier?“

Letztlich lief es bei Meredith immer auf verbrannte Rühreier hinaus, das wusste er. Trotzdem aß er grundsätzlich alles auf. „Entscheide du“, sagte er, trank noch einen Schluck Kaffee und stand auf. „Ich dusche erst mal, dann komme ich in die Küche, okay?“

„Dad!“, rief Meredith ihm nach, als er schon ein paar Schritte den Flur hinuntergegangen war.

Cole drehte sich um und sah seine Tochter an. Es brach ihm fast das Herz: Sie wirkte so unglaublich ernst.

„Wir brauchen diese Lauren nicht“, sagte sie.

„Ich weiß.“

„Wir brauchen überhaupt niemanden.“

Er zwinkerte ihr zu. „Völlig richtig.“ Und trotzdem spürte er einen leisen Stich, während er das sagte. Als hätte man ihm etwas weggenommen. Wie hatte er sich nur eine Sekunde lang einbilden können, dass er ausgerechnet jetzt etwas mit einer Frau anfangen konnte? Zumindest die nächsten Jahre lang war an so etwas nicht zu denken, da hatte er ganz andere Prioritäten.

Mit einer Tüte voller Kosmetika kam Lauren aus der Drogerie. Sie hatte ein paar Utensilien zusammengesucht, die ihr für die ersten Teenager-Schminkversuche geeignet erschienen: ein pfirsichfarbenes Rouge, einen unaufdringlichen Lippenstift und braune Wimperntusche.

Aufregend, das Ganze! Aber warum eigentlich? Weil sie zusammen mit Meredith Make-up ausprobieren wollte? Oder weil sie dabei auch Cole wiedersehen würde?

Gerade ging sie zum Nachbarhaus hinüber, da kam das Mädchen mit federnden Schritten die Eingangsstufen hinunter. Sie lief über den Rasen zur Gartenpforte, direkt auf Lauren zu. Ein entschlossener Ausdruck lag auf ihrem hübschen Gesicht.

„Hi“, rief Lauren fröhlich. Sie hielt die Tüte aus der Drogerie hoch. „Ich habe ein paar Schminkutensilien zusammengekauft und wollte dich fragen, ob du Zeit und Lust hast, sie auszuprobieren."

Meredith blickte bedeutungsvoll zum Haus zurück. „Das ist gerade wirklich schlecht, heute Abend kommt nämlich eine dieser Frauen vorbei, mit denen Dad was hat. Da wollen wir vorher schnell alles saubermachen. Deswegen bin ich dir auch entgegengekommen. Um dich abzufangen. Er wird richtig fuchsig, wenn man ihm dabei in die Quere kommt."

Lauren runzelte die Stirn. Was erzählte Meredith denn da? Eigentlich dürfte sie diese Neuigkeit nicht großartig überraschen, trotzdem musste sie bei dem Gedanken daran schlucken. Sie war seltsam enttäuscht. „Ich wusste gar nicht, dass dein Dad etwas ... mit mehreren Frauen hat."

Meredith nickte eifrig. „Doch, mit ziemlich vielen sogar. Die sind alle ganz verrückt nach ihm. Heute kommt Tiffany vorbei, sie sieht echt umwerfend aus. Außerdem macht sie die allerbeste Lasagne auf der ganzen Welt." Sie betrachtete Lauren mit ihren großen braunen Augen. „Deine war aber auch nicht schlecht", fügte sie hinzu.

Lauren richtete sich kerzengerade auf. Dass diese Tiffany besser aussah als sie, konnte sie ja durchaus glauben. Aber dass sie eine bessere Lasagne zubereitete, war praktisch unmöglich. „Okay, dann machen wir das mit dem Schminken ein andermal." Sie reichte Meredith die Einkaufstüte. „Vielleicht hast du ja schon mal Lust, allein ein bisschen herumzuprobieren?"

Das Mädchen schüttelte den Kopf und betrachtete die Tüte, als hätte Lauren eine Schlange darin versteckt. „Nein, danke. Ich ... sag dir einfach Bescheid, wenn ich Zeit habe, mich mit dir zu treffen."

So etwas hatte Lauren noch nie erlebt: dass eine Zwölfjährige sie einfach abblitzen ließ. „Kein Problem", erwiderte sie und ging einen Schritt zurück. „Dann bis demnächst mal."

Sofort wandte Meredith sich um und rannte wieder ins Haus.

Vielleicht ist es besser so, dachte Lauren. Auf einen Mann, der mehrere Freundinnen gleichzeitig hatte, wollte sie sich lieber nicht weiter einlassen. Außerdem hatten sie und Cole keinerlei Gemeinsamkeiten – im Gegenteil.

Nachmittags schrieb Lauren wieder einen Artikel für die Lokalzeitung: Diesmal ging es um Kürbisrezepte. Die regelmäßigen Artikel waren eine sichere Einkommensquelle. Jetzt hoffte sie darauf, dass sich ihr erstes Buch gut verkaufte. Dann konnte sie in zwei oder drei Jahren ein weiteres veröffentlichen und damit gutes Geld verdienen. Reich würde sie damit wahrscheinlich nicht, aber immerhin könnte sie auf diese Weise gut von einer Tätigkeit leben, die ihr Freude bereitete.

Vielleicht lernte sie ja eines Tages sogar einen netten Mann kennen, der sie genau so akzeptierte und liebte, wie sie war: als eine Frau, der gewisse Dinge wichtig waren. Ihr Beruf zum Beispiel. Oder ein sauberes, ordentliches Zuhause.

Die Anforderungen, die sie an ihren zukünftigen Partner stellte, hatten sich in den letzten Jahren immer wieder verändert. Er durfte auf keinen Fall ein Sportfanatiker sein, sollte keine Kinder haben und nicht größer als ein Meter achtzig sein. Außerdem sollte er einen gewissen Ordnungssinn besitzen und eine Portion Humor. Gesundheitsbewusst sollte er auch sein – ein Mann, der sich nur von Chips und Bier ernährte, kam für sie nicht infrage.

Inzwischen war sie fast dreißig Jahre alt und hatte ein paar Beziehungen hinter sich, die allesamt enttäuschend geendet waren. Und keiner dieser Männer hatte ihre Anforderungen auch nur annähernd erfüllt. Erwartete sie etwa zu viel? Sie selbst sah das nicht so. Wenn es darum ging, einen Mann fürs Leben zu finden, wollte sie keine faulen Kompromisse eingehen. Für sie hatte die Partnerwahl durchaus etwas von einem Kochrezept: Natürlich gab es immer Spielraum für Variationen und Abweichungen, aber die besten Ergebnisse erreichte man nur mit den besten Zutaten.

Sofort kam ihr wieder Cole Donovan in den Sinn. Komisch, warum eigentlich? Cole passte überhaupt nicht zu ihr und hatte wohl auch grundsätzlich kein Interesse an einer festen Beziehung. Er hatte sich eher auf eine lockere Affäre eingerichtet und darauf, ganz unverbindlich aus dem prallen Leben zu schöpfen: Offenbar hatte er gleich mehrere Freundinnen, mit denen Lauren auf gar keinen Fall in Konkurrenz treten wollte. Schon gar nicht mit dieser absolut umwerfenden Tiffany.

Egal, bestimmt war das auch gut so. Wahrscheinlich war Cole einer von diesen Männern, die nie den Toilettendeckel herunterklappten, und ganz bestimmt trank er die Milch direkt aus dem Karton. Kurz: An den meisten Punkten auf ihrer Anforderungsliste für Männer scheiterte er kläglich. Eigentlich verkörperte er sogar den Gegenentwurf dazu.

Abends war Cole bei Tim Schuler zum Abendessen eingeladen. Am liebsten hätte er sich darum gedrückt, aber das ging schlecht: Tim war im Schulausschuss der Highschool, an der Cole bald unterrichten würde, also wäre es unklug, seine Einladung auszuschlagen. Außerdem hatte er schon zweimal abgesagt, und diesmal hatte Tims Frau Summer extra eine angeblich ganz hervorragende Babysitterin für Coles Kinder engagiert. Meredith hatte das natürlich überhaupt nicht gefallen. Sie fand, dass sie für so etwas inzwischen viel zu alt war.

Es war ein ausgesprochen milder Sommerabend, und die Schulers wohnten nur ein paar Häuser weiter. Also ging Cole zu Fuß und genoss es, in der Abenddämmerung durch die Nachbarschaft zu laufen.

Im Vorbeigehen warf er einen Blick auf Laurens kleines Haus mit dem perfekt gepflegten Garten, der ganz ohne Fußballtore oder Trampoline auskam. Die alten Bäume im Vorgarten sahen aus wie gemalt. Auf dem Rasen lagen weder abgebrochene Äste noch altes Laub, und an den Rosenbüschen war keine einzige verwelkte Blüte zu sehen. Wahrscheinlich ging Lauren schon frühmorgens in den Garten, um alles abzuschneiden und einzusammeln, was das makellose Bild beeinträchtigte.

Was das wohl für Männer waren, mit denen sie sich traf? Ob sie genauso perfekt waren wie ihr Garten oder ihr durchorganisiertes kleines Haus? In den letzten Tagen hatte er immer mal wieder zum Nachbargrundstück hinübergeschaut, aber nie jemanden kommen oder gehen sehen. Vielleicht besuchten diese Männer Lauren auch gar nicht, sondern sie fuhr stattdessen zu ihnen?

Eigentlich ging es ihn gar nichts an, und überhaupt sollte er dieser

Frau lieber aus dem Weg gehen. Es war schlimm genug, dass er nachts immer wieder an sie denken musste. Sich vorstellte, wie zart sich ihre Haut anfühlte … oder wie ihre Lippen schmeckten. Wie es wohl wäre, mit ihr zu schlafen? Ob sie sich dann richtig gehen ließ, wild und hemmungslos wie eine Raubkatze? Oder ob der Sex bei ihr genauso durchorganisiert ablief wie ihr restliches Leben?

Das Haus, in dem Tim Schuler mit seiner Familie wohnte, war noch mal ein ganzes Stück größer als Coles. Es war zweigeschossig und verfügte außerdem über eine doppelte Garage. Garten und Veranda wirkten sehr gepflegt. Ob es im Inneren wohl genauso aussah? Oder ob ihn dort ein ähnliches Chaos erwarten würde wie bei ihm zu Hause? Schließlich hatten die Schulers zwei kleine Mädchen, die ungefähr so alt waren wie Justin und Hank.

Cole klingelte. Kurz darauf öffnete Tim ihm die Tür, seine jüngste Tochter saß ihm auf den Schultern.

„Komm doch rein." Er ging ein paar Schritte zurück, um Cole ins Haus zu lassen. „Die Frauen haben eben den Tisch gedeckt, und das Essen ist auch gerade fertig."

Cole stutzte. Die Frauen? Außer Tims Frau Summer gab es doch gar keine Frau im Haus!

Wahrscheinlich meint er seine ältere Tochter, überlegte Cole. „Ich war mir übrigens nicht sicher, ob ihr lieber Rot- oder Weißwein trinkt, da habe ich gleich beides mitgebracht", sagte er.

„Prima, vielen Dank! Stellst du die Flaschen auf den Esstisch? Dann bringe ich schon mal die kleine Motte hier ins Bett."

Die „kleine Motte" protestierte lautstark. Aber als ihr Vater sie von seinen Schultern hob, einmal herumwirbelte und die Treppe hinauftrug, kicherte sie.

Cole ging den Flur hinunter und stellte dabei erleichtert fest, dass einem auch bei den Schulers ein Slalomlauf um liegen gebliebenes Spielzeug nicht erspart blieb. Im Esszimmer war der ovale Tisch aus Walnussholz bereits liebevoll gedeckt – für vier Personen.

Und bevor er genauer darüber nachdenken konnte, wer wohl außer Tim und seiner Frau Summer mit ihnen essen würde, ging auch schon die Küchentür auf der anderen Seite des Zimmers auf … und

Lauren kam mit einer Auflaufform hinein. Rückwärts. Trotzdem hatte er sie sofort erkannt. Nicht nur wegen ihrer Haare und ihrer ganz besonderen Art, sich zu bewegen, sondern auch an ihrem knackigen Hintern. Lauren rief der Frau in der Küche etwas zu, lachte – und drehte sich um.

Als sie Cole erblickte, erstarrte sie, und ihr Lächeln war wie weggewischt. Aber sie fing sich schnell wieder. „Ach, dann bist du also Tims Freund, der heute mit uns zu Abend isst." Sie beugte sich ein Stück vor, um die Auflaufform auf den Tisch zu stellen. Offenbar war ihr nicht klar, dass sie ihm dadurch einen guten Einblick in ihr Dekolleté bot. Sie warf einen verstohlenen Blick in Richtung Küche.

„Ich muss dich warnen", flüsterte sie ihm zu. „Ich bin mir nämlich ziemlich sicher, dass Summer und Tim uns absichtlich zusammen eingeladen haben." Dann lächelte sie wieder, aber es wirkte angestrengt. „Tut mir leid. Wahrscheinlich wissen die beiden nichts von Tiffany."

„Von wem bitte?"

Lauren zog die Augenbrauen hoch. „Schon in Ordnung, ich weiß Bescheid", sagte sie. „Meredith hat mir alles erzählt, du kannst mir gegenüber ganz offen sein. Außerdem geht mich dein Liebesleben nichts an." Ihre Wangen färbten sich dunkelrosa.

Auf einmal wurde Cole einiges klar. Natürlich! Warum war er nicht gleich darauf gekommen? „Das musst du mir genauer erklären", sagte er. „Wer ist Tiffany?"

„Na, eine deiner Freundinnen. Die, die so umwerfend aussieht und eine viel bessere Lasagne macht als ich."

Cole hatte genau bemerkt, wie sich Laurens Gesichtsausdruck verändert hatte: Dass diese Frau angeblich eine bessere Lasagne zubereitete als sie, beunruhigte sie offenbar viel stärker als Tiffanys umwerfendes Äußeres.

„Aha", erwiderte Cole knapp. Dann fuhr er fort: „Na ja, Tiffany hin oder her – warum will dich deine Freundin eigentlich verkuppeln, wo du doch schon mindestens zwei Verehrer hast?"

„Wie bitte?"

Cole verschränkte die Arme vor der Brust und atmete tief durch. Am liebsten wäre er sofort nach Hause gestürmt, um sich seine Tochter vorzuknöpfen. Aber jetzt wollte er sich erst mal Gewissheit verschaffen. „Dann hast du also nicht von der Notaufnahme aus mit einem deiner Männer telefoniert, um euer Date zu verschieben?"

„Natürlich nicht! Ich habe doch gar k…" Eben hatte sie ihn noch höflich-distanziert betrachtete, jetzt wirkte ihr Gesichtsausdruck erstaunt. „Ach so. Dann … gibt es also gar keine Tiffany?"

Cole schüttelte den Kopf. Plötzlich erinnerte er sich an etwas. „Moment mal, ich kenne doch eine Tiffany. Beziehungsweise … kannte ich mal eine. Wir haben uns vor ein paar Jahren verabredet. Damals habe ich ihr aus Versehen eine Bowlingkugel auf den Fuß fallen lassen. Dann hat mich auch noch der Babysitter angerufen, weil Justin auf einmal hohes Fieber hatte. Tiffany wollte unbedingt mit mir nach Hause fahren. Um mir zu helfen, meinte sie. Aber das hat sie sich ziemlich schnell anders überlegt. Ich hatte ihr nur kurz Justin zum Halten gegeben, um den Babysitter zu bezahlen, da hat er sich an ihrer Schulter die Nase geputzt. Blöderweise habe ich auch noch laut losgelacht, aber Tiffany fand das wohl überhaupt nicht lustig." Er schüttelte den Kopf. „Unglaublich, dass Meredith sich noch an diesen Namen erinnern konnte." Er selbst hatte die Frau bis eben völlig verdrängt.

„Eigentlich hätte ich mir denken können, dass da etwas nicht stimmt", erwiderte Lauren leise. „Meine Lasagne ist nämlich nicht zu überbieten. Von niemandem."

Cole grinste, Lauren lächelte zurück – und diesmal wirkte ihr Lächeln überhaupt nicht bemüht, sondern sehr natürlich, herzlich und offen. Aber es lag noch etwas in ihrem Lächeln. Etwas, das er nicht ganz einordnen konnte.

Natürlich änderte das alles immer noch nichts daran, dass er nicht in der Verfassung war, sich auf eine Liebesgeschichte einzulassen. Trotzdem war er erleichtert, dass Lauren Russell eben nicht an jeder Hand einen Mann hatte, sondern Single war. Genau wie er. Jetzt stellte sich nur noch die Frage, wie sie beide mit der Situation umgehen wollten …

Eigentlich hatte Lauren jedes Recht darauf, sich über ihre Freundin Summer zu ärgern. Weil sie ihr nichts davon gesagt hatte, dass sie und ihr Mann ausgerechnet Cole zum Essen eingeladen hatten.

Und auf Meredith hätte sie regelrecht wütend werden können – weil das Mädchen Lügengeschichten über irgendwelche Liebschaften verbreitet hatte, die es gar nicht gab. Aber der Abend war so angenehm verlaufen, dass Lauren den beiden einfach nicht mehr böse sein konnte. Nicht mal, als Summer Cole darum bat, Lauren nach Hause zu bringen, „weil es schon so dunkel ist". Das war maßlos übertrieben: Der Vollmond strahlte hell am klaren Nachthimmel, außerdem gab es genug Straßenlaternen, und die Häuser waren auch alle beleuchtet. Andererseits hatten sie sowieso praktisch denselben Heimweg.

„Es tut mir leid, dass du da hineingezogen wurdest", sagte Lauren, als sie nebeneinander die absolut stille Straße hinuntergingen. „Aber Summer meint es nur gut." Ganz automatisch wurde sie langsamer. Sie hatte es nicht eilig, nach Hause zu kommen, obwohl sie normalerweise früh zu Bett ging, um entsprechend früh aufzustehen. Heute war ihr das egal. Im Gegenteil, sie wollte den Abschied von Cole so lange wie möglich hinauszögern.

„Keine Angst, ich nehme ihr das nicht übel", erwiderte Cole und wirkte dabei so entspannt, wie sie ihn noch nie erlebt hatte. Ob das wohl an den beiden Gläsern Wein lag, die er getrunken hatte? Oder daran, dass seine Kinder nicht dabei waren? „Der Schokoladenkuchen hat mich sozusagen für alles entschädigt."

Lauren lächelte. „Dann stimmt es also, dass man Männer mit gutem Essen erobern kann." Kaum hatte sie die Worte ausgesprochen, hätte sie sie am liebsten wieder zurückgenommen. Erobern? Was sollte er jetzt bloß von ihr denken?

Cole schien das allerdings nichts auszumachen. „Tja, wenn das so ist, müsste dir die ganze Männerwelt zu Füßen liegen. Tut sie ja auch so ein bisschen. Hank liebt dich jedenfalls schon heiß und innig. Er redet die ganze Zeit von dir und wollte dir sogar einen Teller Doppeldeckerkekse mit Schokocreme vorbeibringen, nachdem du mit uns im Krankenhaus warst."

„Ich liebe gefüllte Schokokekse."

„Auch die aus dem Supermarkt? Er wollte dir weismachen, dass wir sie selbstgebacken haben."

Darüber musste Lauren herzlich lachen. Sie konnte sich das Gespräch zwischen Vater und Sohn lebhaft vorstellen. „Na, da bin ich ja froh, dass mich wenigstens einer aus eurer Familie mag", scherzte sie und dachte dabei an Justin und Meredith, die offenbar beide befürchteten, Lauren könnte ihnen ihren Dad wegnehmen.

„Das mit Meredith tut mir leid", erwiderte Cole. „Ich habe keine Ahnung, was mit ihr los ist."

„Ich schon. Ich glaube, sie wollte dich beschützen."

„Wovor denn das bitte? Etwa vor dir?" Er klang ungläubig.

Für Lauren wiederum lag die Sache klar auf der Hand. „Ja, wahrscheinlich schon. Vielleicht meint sie, dass ich nicht gut genug für dich bin. Es kann sogar sein, dass in ihren Augen keine Frau gut genug für ihren Dad ist."

„Und in meinen Augen gibt es überhaupt keine Rechtfertigung für das, was sie getan hat. Ich knöpfe sie mir morgen gleich mal vor, und zwar ordentlich."

„Klar, dann werde ich ihr bestimmt so richtig sympathisch", murmelte Lauren.

Langsam und gemächlich gingen sie weiter durch die kühle Nachtluft. Für Lauren war das ausgesprochen untypisch: Normalerweise hatte sie ein schnelles, zielstrebiges Schritttempo und trödelte nicht. Bloß heute wünschte sie, dieser Spaziergang mit Cole würde nicht so bald vorbeigehen.

„Ich mag dich übrigens auch", sagte er plötzlich. Es klang, als hätte es ihn Überwindung gekostet, die Worte auszusprechen. „Ich mag dich sogar viel zu sehr, genau das ist ja das Problem. Und weil meine Tochter ein sehr aufmerksamer Mensch ist, hat sie das wohl gemerkt."

Inzwischen waren sie vor Laurens Einfahrt angekommen. Also müsste sie sich jetzt eigentlich von ihm verabschieden und ins Haus gehen, und zwar allein. Stattdessen blieb sie einfach stehen.

Cole wandte sich zu ihr um und sah sie an.

Noch nie hatte ein Mann sie mit einem einzigen Blick so aus dem Konzept gebracht. Am liebsten hätte sie sich an seinen festen, viel zu großen Körper geschmiegt. Jetzt. Sofort.

„Ich ... habe für so etwas keine Zeit“, raunte er. Seine Stimme klang tief und unglaublich sexy. Ein heißer Schauer durchströmte ihren Körper. Es war ein unglaublich intensives Gefühl ... aber ganz bestimmt kein unangenehmes.

„Wofür hast du keine Zeit?“, hakte sie nach. Für nächtliche Gespräche? Für intime Geständnisse? Oder etwa für sie?

„Meine Kinder spielen schon so lange die Hauptrolle in meinem Leben, ich kann mich nicht daran erinnern, wann ich zuletzt etwas einfach nur für mich getan habe“, sagte er und kam einen Schritt auf sie zu. „Sie sind mir unheimlich wichtig, und sie haben nur noch mich. Außerdem fange ich demnächst als Lehrer an der Highschool an. Aber trotzdem ...“

„Was – trotzdem?“, flüsterte Lauren.

„Trotzdem bin ich erleichtert, dass sich Meredith die Sache mit deinen beiden tollen, gut aussehenden Liebhabern nur ausgedacht hat. Eigentlich sollte mir das ja egal sein, aber das ist es nicht.“

Cole fixierte ihren Mund. Lauren hielt den Atem an. Was kam jetzt? Wollte er sie etwa küssen? Oder würde er sich einfach abwenden und weitergehen? Eben hatte er ihr noch erklärt, er hätte lange nichts mehr nur für sich getan. Und jetzt hatte er die Gelegenheit dazu, etwas für sich zu tun ... für sie beide, genauer gesagt.

Er zögerte. Gleich muss er sich entscheiden, dachte sie. Gleich muss er sich entweder wegdrehen oder zu Ende bringen, was er gerade angefangen hat.

Bitte! dachte sie. Wir stehen so kurz davor, du kannst mir nicht einfach so nah kommen und dich dann wieder zurückziehen!

Und wenn doch? Wäre sie dann wohl mutig genug, ihn festzuhalten?

Im nächsten Moment stellte sich diese Frage schon gar nicht mehr: Er umfasste ihr Gesicht mit beiden Händen und sah ihr tief in die Augen. Und sie erwiderte seinen Blick, betrachtete ihn im hellen Mondlicht und im Schein der Straßenbeleuchtung.

Cole Donovan war genau der Typ Mann, von dem fast alle Frauen träumten: Er sah umwerfend aus, war ausgesprochen männlich, sehr groß ... selbst damit konnte Lauren sich inzwischen anfreunden. Und wenn sie sich erst auf ihn einließ, würde sie ihm hoffnungslos verfallen, das wurde ihr schlagartig klar. Aber das war ihr egal, denn in diesem Moment wollte sie ihm verfallen. Was auch immer das für Konsequenzen nach sich ziehen würde.

Cole presste seine weichen Lippen auf ihre ... trotzdem wirkte die Berührung zunächst zögerlich. Aber nicht lange. Dann umfasste er ihren Hinterkopf und vertiefte den Kuss. So heiß und erregend war Lauren noch nie geküsst worden – obwohl Cole sie nur am Kopf berührte und dabei nicht mal seinen Körper an ihren presste.

Trotzdem spürte Lauren ein wohliges Kribbeln, bis hinunter in die Zehenspitzen. Am Kopf, in der Magengegend und zwischen den Beinen. Zuerst war sie so überwältigt, dass sie sich wie gelähmt vorkam, aber dieser Zustand hielt nicht lange an. Sie legte ihm die Hände auf die Taille, weil sie dringend Halt brauchte, sich irgendwie erden musste, um nicht völlig abzuheben.

Und während sie sich heiß und leidenschaftlich küssten, warf Lauren all ihre Zweifel an Cole Donovan über Bord. Eigentlich war er gar nicht sportbesessen, er hatte seine Karriere ja sogar aufgegeben. Und mit seinen Kindern würde sie sich schon arrangieren können, immerhin mochte wenigstens Hank sie. Daran, dass sie den Kopf in den Nacken legen musste, um ihm in die Augen zu sehen – oder ihn zu küssen –, würde sie sich auch noch gewöhnen. Außerdem gab es ja immer noch Schuhe mit hohen Absätzen. Oder Trittleitern. Inzwischen fand sie ihre Anforderungsliste für Männer nur noch lächerlich und zerriss sie im Geiste in tausend Fetzen. Und dann gab sie sich ganz diesem unglaublichen Gefühl der Geborgenheit hin, dass sie gerade durchströmte.

Irgendwann löste sich Cole von ihr. Sie selbst hätte das nicht gekonnt. Atemlos und erregt stand sie ihm gegenüber. Wenn er sie gefragt hätte, ob er noch mit zu ihr kommen dürfte, hätte sie ihn praktisch ins Haus gezerrt.

Stattdessen wünschte er ihr einfach eine gute Nacht, legte ihr seine großen Hände auf die Schultern und drehte sie sanft zu ihrem Eingang um.

So ist es auch am besten, sagte sie sich und hoffte, dass er nicht mitbekam, wie unsicher sie gerade die Auffahrt entlangstolperte.

Vor ihrer Haustür drehte sie sich noch einmal um. Cole hatte sich nicht von der Stelle gerührt und beobachtete Lauren nach wie vor aufmerksam.

„Gute Nacht", flüsterte sie – obwohl sie wusste, dass er sie aus der Entfernung nicht hören konnte. Im Haus schloss sie die Tür wieder ab und blickte durch das Fenster neben dem Eingang nach draußen. Cole stand immer noch am selben Fleck und betrachtete wie gebannt ihr Haus … und sie, die sie ihn ihrerseits beobachtete. Gerade, als sie die Tür öffnen und ihn doch zu sich hereinbitten wollte, wandte er sich ab und ging nach nebenan.

5. Kapitel

Als Cole aufwachte, stieg ihm frischer Kaffeeduft in die Nase. Aber diesmal stand Meredith nicht an seinem Bett, um ihn mit dem heißen Getränk milde zu stimmen. Das hätte auch nicht funktioniert.

Am liebsten hätte er seine Tochter gleich gestern Nacht geweckt, weil er sich so sehr über sie geärgert hatte. Aber dann hatte er sich gedacht, dass es besser wäre, das Ganze erst einmal zu überschlafen und sich in Ruhe zu überlegen, was er ihr eigentlich sagen wollte.

Jetzt, am nächsten Morgen, ärgerte er sich zwar immer noch über sie, aber in erster Linie machte er sich Sorgen. Was hatte sie dazu bewegt, sich einzumischen und solche Lügengeschichten zu verbreiten? Aus seiner letzten ebenso kurzen wie katastrophalen Datingphase hatte sich Meredith doch völlig herausgehalten! Damals hatte er die meisten dieser Frauen mehr unfreiwillig als freiwillig mit nach Hause gebracht: weil er immer wegen irgendeines Zwischenfalles schnell hatte zurückkommen müssen. Alle Frauen hatten damals angeboten, ihn zu begleiten. Vielleicht, weil sie meinten, er könne ihre Unterstützung gebrauchen oder aber weil sie seine Kinder kennenlernen wollten. Vielleicht hatten sie auch einfach nur gehofft, bei ihm übernachten zu können.

Im Nachhinein fragte er sich allerdings, ob die vielen kleinen „Unfälle", die sich dann zu Hause ereignet hatten, wirklich alle bloß unglückliche Fügungen gewesen waren. Hatte Justin sich etwa mutwillig übergeben, konnte er so etwas steuern? Das kam Cole doch ziemlich unwahrscheinlich vor, wenn auch nicht unmöglich. Und die ganzen anderen Missgeschicke, die immer etwas mit irgendwelchen Schmierereien und Körperflüssigkeiten zu tun hatten? Hatten seine Kinder das alles mit Absicht getan?

Falls ja, war er ganz schön blind gewesen. Aber damals war er fest davon überzeugt gewesen, dass er eben einfach Pech hatte. Er hatte es als Zeichen dafür gedeutet, dass es in seinem ohnehin schon hektischen Leben keinen Platz für eine Frau gab. Vielleicht lag das aber auch daran, dass er immer ganz und gar für seine Kinder da gewesen war und seine Bedürfnisse grundsätzlich hintangestellt hatte.

Jetzt kannten die drei es gar nicht mehr anders und erwarteten womöglich, dass das ewig so weiterging. Und weil Meredith Angst hatte, dass Lauren ihr Leben durcheinanderbringen würde, hatte sie sich diese ganzen Lügen ausgedacht.

Tatsächlich hatte ihn dieser eine Kuss schon ganz schön durcheinandergebracht. Und was auch immer als Nächste passieren würde – eines war ihm klar: dass er die Dinge langsam angehen musste. Seine wilde Zeit war längst vorbei. Inzwischen war er älter geworden, möglicherweise sogar klüger …

Cole quälte sich aus dem Bett und ging in die Küche, wo Meredith gerade Rührschüsseln und Messbecher aus dem Schrank holte. Offenbar hatte sie vor, Pfannkuchen zu machen. Ihre Pfannkuchen waren sogar noch schlimmer als die Rühreier: innen klebrig und außen verkohlt. Aber das Fehlermachen gehörte eben zum Lernprozess dazu. Außerdem war sie erst zwölf Jahre alt, da war es völlig in Ordnung, wenn sie kein vernünftiges Gericht zustande brachte.

Cole ging direkt zur Kaffeemaschine, seinen Lieblingsbecher hatte Meredith schon danebengestellt. „Wo sind denn die Jungs?“, erkundigte er sich.

„Ach, die schlafen noch“, erwiderte sie, ohne sich zu ihm umzudrehen. „Kayla hat sie gestern viel zu lange aufbleiben lassen. Eigentlich hätten wir gar keinen Babysitter gebraucht, ich kann nämlich auch sehr gut auf die zwei aufpassen.“

Er trank einen großen Schluck Kaffee und machte dabei ein nachdenkliches Geräusch.

„Wie war denn das Abendessen?“, erkundigte sie sich und wandte sich zu ihm um.

„Sehr schön.“

„Ja, kann Mrs. Schuler gut kochen? Was gab es denn? Also, wir haben gestern Käse-Makkaroni gegessen.“

„Lauren war übrigens auch da.“

Schlagartig wurde Meredith blass, das war nicht zu übersehen. Trotzdem ließ sie sich nicht aus dem Konzept bringen. „Wirklich?", gab sie zurück. „Hatte sie einen ihrer Männer dabei?"

„Nein, die zwei geheimnisvollen Männer hatten schon etwas anderes vor. Wahrscheinlich waren sie gerade mit Tiffany unterwegs."

Einige Sekunden lang schien Meredith sprachlos. Dann hob sie das Kinn und sah ihn herausfordernd an. Ihre Augen blitzten. Immerhin versuchte sie nichts abzustreiten. „Ich wollte dir doch bloß helfen", sagte sie. „Wir brauchen diese Frau nicht, Dad. Das gibt nur Ärger. Hank findet sie ja schon supertoll. Es wird bestimmt ganz schlimm für ihn, wenn er erst mal merkt, dass sie keine Lust auf fremde Gören hat." Wütend presste sie die Worte heraus. Es klang bissig und verzweifelt.

„Bist du da nicht etwas voreilig? Wir haben uns doch noch gar nicht verabredet."

„Wie meinst du das – *noch nicht*? Heißt das etwa, dass du dich gern mit ihr verabreden würdest?"

Cole blieb ruhig. „Vielleicht. Ich habe sie noch nicht gefragt, also kann ich nicht beurteilen, ob sie überhaupt Ja sagen würde."

Merediths Unterlippe zitterte. „Natürlich sagt sie Ja. Und dann macht sie uns alles kaputt."

Er stellte seine Tasse auf der Arbeitsplatte ab und ging mit großen Schritten zu seiner Tochter hinüber, um sie in den Arm zu nehmen. Sie schluchzte auf. „Wir brauchen diese Lauren nicht, Dad. Ich kann doch auch lernen, wie man Lasagne macht. Und diesen Pfirsichauflauf."

Bisher hatte er immer geglaubt, dass es richtig gewesen war, sich hundertprozentig seiner Familie zu widmen, Vollzeitvater zu sein und alles andere erst mal auf Eis zu legen. Jetzt merkte er, wie wichtig es ihm war, auch ein eigenes Leben zu führen. Und überhaupt: Wie sollten seine Kinder sich zu eigenständigen Persönlichkeiten entwickeln, wenn er ihnen so ein schlechtes Beispiel vorlebte?

„Also, erstens kann sich absolut niemand zwischen uns vier drängen", erklärte Cole. „Wir sind doch eine Familie, und die Familie ist das Allerwichtigste." Zu Lauren fühlte er sich rein körperlich hingezogen, aber das war seiner Meinung nach auch schon alles.

Ja, er begehrte Lauren, aber er brauchte sie nicht. So etwas konnte er sich nämlich nicht erlauben: jemanden zu brauchen. Aber Meredith tat so, als hätte er sie schon gebeten, bei ihnen einzuziehen. „Und zweitens würde ich mich bloß mal mit Lauren verabreden, mal mit ihr essen gehen oder so. Vielleicht stellt sich dann ja ganz schnell heraus, dass wir absolut nichts gemeinsam haben." So war es ihm jedenfalls bei seinen letzten Dates ergangen …

Bei Lauren rechnete er allerdings nicht damit. Gestern beim Abendessen zum Beispiel hatten sie so lange und intensiv miteinander geredet, als würden sie sich schon seit Jahren kennen. Zwischendurch hatte er darüber sogar glatt vergessen, dass Tim und Summer auch noch mit am Tisch saßen.

„Echt?" Meredith klang so hoffnungsvoll, dass es Cole fast das Herz brach.

„Weißt du was?", sagte er. „Ich warte einfach noch ein bisschen, bevor ich mich mit ihr verabrede." Schließlich wollte er sowieso nichts überstürzen.

„Ja?", flüsterte Meredith. „Kannst du das denn?"

„Ein bisschen schon, wenn du dich dann wohler fühlst." Ob Lauren sich überhaupt noch für ihn interessierte, wenn er sie erst mal ein paar Monate lang auf Abstand hielt? Wahrscheinlich nicht. Wahrscheinlich fühlte sie sich dann zurückgewiesen. Außerdem gab es bestimmt genug andere Männer, die sich für sie interessierten.

Egal, sagte er sich. Dieses Opfer muss ich eben für meine Kinder bringen.

Trotzdem ahnte er, dass er die Sache nicht so einfach wegstecken würde.

„Hier, trink das mal bitte", sagte Hank mit ernster Stimme und reichte Cole einen Plastikbecher mit Comic-Aufdruck. Der Junge trug heute wieder seinen magischen Umhang und hatte einen Zauberstab in der Hand. Kritisch musterte Cole den grünen, dickflüssigen Inhalt, der alles andere als appetitanregend aussah. Wenn Hank mal wieder den Hexenmeister gab, war niemand sicher vor seinen Zaubertränken. Zum Glück stammten die Inhaltsstoffe ausschließlich aus der Küche, und Cole schloss grundsätzlich alle Reinigungsmittel und Insektensprays gut weg. „Und was soll dein Zaubertrank diesmal bewirken?"

„Das verrate ich dir nicht. Wenn du vorher schon Bescheid weißt, ist das ja kein richtiges Experiment mehr."

Weil Hank ihm die Tränke bevorzugt dann verabreichte, wenn er gerade schlechte Laune hatte, ahnte Cole, was der Junge damit erreichen wollte. Er leerte das Getränk in einem Zug. Diesmal schmeckte es nach Limettensirup, Salz, Wassermelone und den grünen Bohnen, die gestern Abend niemand hatte aufessen wollen. Das hätte er sich eigentlich denken können, als er eben den Mixer gehört hatte!

Er stellte den Becher auf dem Couchtisch ab und machte ein schmatzendes Geräusch mit den Lippen. „Danke, das war gut!", seufzte er und hoffte, dass es einigermaßen überzeugend klang.

Wie immer blieb Hank vor ihm stehen und wartete darauf, dass der Zaubertrank wirkte. Manchmal gab Cole seinem Sohn eine kleine Vorstellung und gackerte wie ein Huhn, schielte oder tat so, als würde er auf einmal ganz müde. Diesmal nicht. Wenn er wollte, dass Hank mit diesen Spielchen aufhörte, sollte er ihn dabei nicht allzu sehr unterstützen.

Gerade wollte er sich wieder dem Baseball-Trainingsplan zuwenden, den er für seine neue Highschool-Mannschaft erarbeitete, da klingelte es. Hank wirbelte herum und rannte zur Tür. Dabei wäre er fast über ein Feuerwehrauto gestolpert, das Justin einfach im Flur hatte liegen lassen.

Cole warf sein Notizbuch mit dem Trainingsplan auf den Couchtisch und stand widerwillig auf. Wer auch immer da gerade geklingelt hatte, wollte sowieso höchstwahrscheinlich mit ihm sprechen. Hoffentlich hatten die Kinder nicht schon wieder etwas angestellt …

In diesem Moment öffnete Hank schwungvoll die Tür, und draußen stand – Lauren. Diesmal trug sie weiße Caprishorts, ein pinkfarbenes Spaghettioberteil und darunter ganz eindeutig einen BH. Und sie hatte weder einen schmutzigen Baseball noch einen Korb mit Essen dabei. Stattdessen sah sie selbst zum Anbeißen aus.

Als sie ihn erblickte, lächelte sie, und ganz automatisch erwiderte er ihr Lächeln. „Komm doch rein. Ist bei dir alles in Ordnung?"

„Ja, alles wunderbar", erwiderte Lauren und kam zu ihnen in den Flur. Sie wirkte ziemlich nervös. „Ich … wollte euch alle für heute Abend einladen. Zu mir. Zum Essen. Oder habt ihr schon etwas vor?"

„Nein", erwiderte Cole schnell. „Gibt es einen bestimmten Anlass?"

„Muss es denn immer einen Anlass geben?" Sie blickte auf, und ihre Blicke begegneten sich. Sofort musste er wieder an den Kuss denken …

Solange er Lauren nicht gegenüberstand, fiel es ihm relativ leicht, sämtliche Gedanken an sie zu verdrängen. Sich nicht ständig daran zu erinnern, wie weich sich ihre Lippen angefühlt hatten, wie süß sie geschmeckt und wie gut sie gerochen hatte. Aber jetzt war er wieder ganz erfüllt davon. So erfüllt, dass er es nicht mehr erwarten konnte, sich mit ihr zu verabreden.

Außerdem geht es hier nicht um ein richtiges Date, sie lädt ja unsere ganze Familie ein, dachte Cole. Das wird einfach ein nettes nachbarschaftliches Treffen, sagte er sich. Mehr nicht. „Und wann dürfen wir vorbeikommen?"

„So um sechs Uhr, dachte ich, wenn euch das passt." Jetzt strahlte sie über das ganze Gesicht, und sein Herzschlag beschleunigte sich. Er kam sich vor wie ein verliebter Teenager.

„Sechs Uhr klingt gut."

Sie stellte sich auf die Zehnspitzen und wippte wieder zurück. War sie etwa aufgeregt? „Möchtest du gar nicht wissen, was ich für euch koche?", erkundigte sie sich.

„Ich lasse mich lieber überraschen", erwiderte Cole.

„Na dann … bis heute Abend um sechs", sagte Lauren und ging rückwärts zur Tür.

Gleichzeitig trat er einige Schritte vor. Dass er sie jetzt küsste, kam nicht infrage, nicht vor Hank. Also atmete er tief und genüsslich ihren süßen Duft ein. „Ich freue mich schon!"

Draußen auf der Vordertreppe drehte Lauren sich um und ging zum Nachbarhaus hinüber. Cole sah ihr noch lange nach, betrachtete dabei ihren Hüftschwung und ließ den Blick über ihren zarten, femininen Körper gleiten.

Unfassbar, dachte er. Ich kenne diese Frau kaum und bin schon hin und weg von ihr.

Er schloss die Tür und ging wieder ins Wohnzimmer, um sich weiter mit seinem Trainingsplan zu befassen. Dabei nahm er erst gar nicht wahr, dass Hank ihm gefolgt war und jetzt aufgeregt durch den Raum lief. „Es hat geklappt!", rief er und schwang seinen Zauberstab durch die Luft. „Mein Zaubertrank hat gewirkt!"

Stirnrunzelnd betrachtete Cole den Plastikbecher auf dem Couchtisch und tat so, als ahnte er nicht, worauf sein Sohn die ganze Zeit aus gewesen war. „Wirklich? Wie denn?"

„Ich wollte, dass du wieder lachst! Und jetzt freust du dich. Endlich habe ich die richtigen Zutaten dafür gefunden!" Schlagartig wurde Hank ernst. „Ich muss ganz schnell das Rezept aufschreiben, bevor ich es wieder vergesse." Er wirbelte herum und rannte in sein Kinderzimmer.

Meredith gab sich gar nicht erst Mühe, ihre schlechte Laune zu verbergen, während sie lustlos in ihrem Hühnerfrikassee herumstocherte. Sollten die anderen doch ruhig mitbekommen, dass sie schmollte! Und überhaupt: Was fiel Justin und Hank eigentlich ein, fröhlich herumzuplappern, als wäre hier alles in schönster Ordnung? Und dann auch noch so viel zu essen, als würden sie zu Hause nichts Vernünftiges bekommen? Als wäre es nicht schon schlimm genug, dass Lauren Hank von Anfang an auf ihre Seite gezogen hatte, war jetzt auch noch Justin zu ihr übergelaufen.

Heute Nachmittag war ihr Dad in ihr Zimmer gekommen, um mit ihr zu reden. Ganz ernst hatte er ausgesehen, als er ihr erklärt hatte, dass er sie zwar nicht verletzten wollte, sich aber trotzdem bald mit Lauren verabreden würde. Dann kam dieses ganze Geschwafel, dass keine Frau jemals ihre Mutter ersetzen könnte und dass sich zwischen ihnen nichts verändern würde. Aber er fand, dass das Leben langsam für ihn weitergehen sollte. Blablabla!

Dass Meredith das völlig anders sah, interessiert ihn offenbar nicht.

Missmutig schaute sie sich jetzt in Laurens Küche um. Hier sah es völlig anders aus als bei ihnen zu Hause. Im Waschbecken türmte sich kein schmutziges Geschirr, und die Arbeitsplatten waren frei – abgesehen von einer Schüssel mit frischem Obst und einem riesigen Schokoladenkuchen, den Hank schon die ganze Zeit sehnsüchtig betrachtete.

Außerdem war Meredith nicht entgangen, dass ihr Vater Lauren genauso ansah wie Hank den Schokoladenkuchen. Und dann lächelte er auch noch die ganze Zeit … und Lauren lächelte zurück. Echt widerlich!

Ich muss dringend etwas tun, bevor es zu spät ist, dachte Meredith.

Sie wusste genau, was Lauren an ihrem Dad so faszinierte. Dafür, dass er schon ganz schön alt war, sah er ziemlich gut aus. Er hatte keinen Bierbauch und noch alle seine Haare. Und Meredith erinnerte sich gut an seine Baseballspiele und daran, wie die Fans damals seinen Namen gesungen hatten.

Aber was fand ihr Dad eigentlich an Lauren? So hübsch sah sie nun auch wieder nicht aus, eigentlich eher durchschnittlich. Außerdem war sie ziemlich flachbrüstig und kein bisschen witzig. Also lag es wahrscheinlich daran, dass sie ziemlich gut kochen konnte. Meredith spießte ein Stück Sellerie auf und schob es sich in den Mund.

Ich muss einfach nur vernünftig kochen lernen, dachte sie. Dann ist das Thema Lauren erledigt.

Während sich die beiden Erwachsenen am Tisch ziemlich peinlich anschmachteten, stieß Meredith mit einer schnellen Bewegung Justins fast völlig volles Milchglas um. Es zerbrach, und die Flüssigkeit durchweichte die frische Tischdecke und sammelte sich um die Blumenvase in der Mitte.

„Hey!“, brüllte Justin und funkelte seine Schwester vorwurfsvoll an. „Was soll das?“

„Was denn?“, flötete Meredith und blickte zu Lauren hinüber, die gerade hektisch einige Blätter Küchenrolle abriss.

Gleich flippt sie aus, weil wir ihren perfekten Haushalt durcheinandergebracht haben, dachte Meredith. Und dann sehen die anderen endlich, wie sie wirklich ist. Bei den anderen Frauen hat das schließlich auch geklappt.

„Du hast die Milch umgekippt!“, beschwerte sich Justin.

Meredith lächelte. „Das ist nicht so schlimm, Justin. Du hast das doch nicht mit Absicht getan.“

Währenddessen tupfte Lauren weiter die Pfütze mit zusammengeknüllten Papiertüchern auf und sammelte die Scherben auf. Dabei wirkte sie verärgert und ziemlich gestresst.

Blöd auch, dass das Tischtuch das meiste aufgefangen hatte. Sonst wäre die Milch auf den Boden gelaufen, und Lauren wäre bestimmt längst an die Decke gegangen. Na ja, das kam bestimmt noch.

Leider sah es im Moment eher so aus, als würde sie sich wieder beruhigen. Inzwischen wirkte sie überhaupt nicht mehr verärgert, stattdessen lächelte sie Justin an. Dann lachte sie sogar. „Ich finde, Meredith hat recht“, sagte sie. „Kennst du nicht das Sprichwort, dass Scherben Glück bringen?“

„Aber ich hab doch gar nicht …“, begann Justin.

„Justin ist immer so ungeschickt“, unterbrach Meredith ihn. „Ständig schmeißt er Dinge um oder verliert etwas.“ Sie sah sich in der makellosen Küche um. „Man darf ihn nirgendwo hinlassen, er verwandelt alles in einen Saustall.“

Merediths jüngster Bruder kniff die Augen zusammen und sah sie wütend an. „Tu ich nicht!“

Ohne von seinem Teller aufzublicken, klinkte sich Hank ins Gespräch ein: „Oje, ich muss wohl noch mal ein paar Portionen von meinem Gute-Laune-Trank machen.“

„Oder wir essen einfach alle ein Stück Schokoladenkuchen“, schlug Lauren vor. „Davon hat bisher noch jeder gute Laune gekriegt.“

Darauf ließ sich selbst Justin ein, der eben noch ziemlich empört gewesen war. „Okay, bei mir klappt das aber nur mit zwei Kuchenstücken“, verkündete er.

Lauren lachte laut auf … Merediths Dad auch.

Es sah so aus, als würde sie diesen Kampf verlieren. Und damit auch ihren Vater.

Nach dem Essen waren die Jungen in den Garten gelaufen, um Glühwürmchen zu beobachten. Hin und wieder warf Cole einen Blick durchs Fenster, um sicherzugehen, dass alles in Ordnung war. Lauren räumte solange die Küche auf. Seine Hilfe hatte sie dabei nicht annehmen wollen, also lehnte er einfach nur am Tresen und sah ihr dabei zu.

Meredith saß am leergeräumten Esstisch und blätterte ein paar Kochbücher durch. Offenbar wollte sie ihn und Lauren nicht allein lassen.

Im Hintergrund lief der Geschirrspüler, das milchdurchtränkte Tischtuch hatte Lauren in die Waschmaschine gesteckt. Alles, was aus irgendwelchen für Cole nicht nachvollziehbaren Gründen nicht in den Geschirrspüler sollte, hatte Lauren bereits per Hand abgewaschen. Also war jetzt eigentlich der Zeitpunkt gekommen, sich von ihr zu verabschieden. Dummerweise war ihm so gar nicht danach.

„Meredith, holst du mal bitte deine Brüder rein?“, rief er seiner Tochter zu. „Die zwei müssen jetzt baden, sonst sind sie nicht vor Mitternacht im Bett.“

„Aber ich wollte mir noch die Bücher hier angucken!“, schmollte das Mädchen.

„Nimm sie doch einfach mit nach Hause.“ Lauren lächelte ihr zu. „Ich habe wirklich genug davon. Und wenn du mal Lust hast, etwas auszuprobieren, helfe ich dir gern.“

Meredith stand auf, klemmte sich die Bücher unter den Arm und verschwand ohne ein weiteres Wort durch die Hintertür, die lautstark ins Schloss fiel. Dann brüllte sie aus vollem Hals nach ihren Brüdern Hank und Justin.

Cole verzog das Gesicht und sah zu Lauren hinüber. „Entschuldige bitte."

„Mach dir keine Gedanken. Mit zwölf hat man's nicht grad leicht, ich erinnere mich noch sehr gut daran."

„Sie hat das Milchglas absichtlich umgestoßen. Und dann hat sie Justin die Schuld gegeben."

„Ich weiß", flüsterte Lauren.

Es war schon komisch: Da kannten sie sich erst seit ein paar Tagen, aber es knisterte schon so heftig zwischen ihnen, dass man mit der Elektrizität einen ganzen Haushalt versorgen könnte. Und obwohl sie eigentlich alle Zeit der Welt hatten, sich näherzukommen, konnte es Cole auf einmal nicht schnell genug gehen.

Allerdings würde das gewisse Folgen nach sich ziehen, und vor denen musste er Lauren warnen. „Wenn wir so weitermachen, macht Meredith auch weiter", sagte er also. „Das mit dem Milchglas heute war erst der Anfang."

Lauren tat gar nicht erst so, als würde sie nicht wissen, wovon er da gerade sprach. „Das habe ich mir gedacht."

Ganz langsam kam er auf sie zu. Sie rührte sich nicht von der Stelle, sondern legte den Kopf in den Nacken, um Cole in die Augen zu sehen. Dann zog er sie in seine Arme. Es fühlte sich einfach unbeschreiblich an. Am liebsten wäre er stundenlang so stehen geblieben, ohne sich zu bewegen.

Er rieb die Nase an Laurens Nacken und atmete ihren Duft ein. Sie schmiegte sich an ihn. Und obwohl sie ein ganzes Stück kleiner war als er, fühlte es sich an, als wären ihre Körper füreinander geschaffen. Das Blut schoss ihm heiß durch die Adern. Wahrscheinlich entging auch ihr in diesem Moment nicht, wie heftig er gerade auf sie reagierte … und wenn er es sich so überlegte, wollte er doch nicht stundenlang einfach so stehen bleiben, ohne sich zu bewegen.

„Ich … wollte dich fragen, ob wir uns nicht mal verabreden wollen. Nur wir zwei."

Lauren stöhnte leise auf. „Auf diese Frage warte ich schon die ganze Zeit", flüsterte sie.

„Na ja, ich habe so ein bisschen Angst."

„Warum denn?“

„Weil ich mich schon lange nicht mehr verabredet habe. Und meine letzten Dates waren ziemlich, hm …“

„Interessant?“

„Eher katastrophal.“

Sie lachte, dann wandte sie ihm das Gesicht zu. Erst streifte sie seine Lippen mit ihren, dann küsste sie ihn so intensiv, dass es ihm durch und durch ging. Von wegen „es langsam angehen lassen“ … Was auch immer da gerade mit ihnen passierte, es hatte ihn so sehr im Griff, dass er nichts dagegen tun konnte. Aber das wollte er auch gar nicht. Lauren küsste ihn unendlich zärtlich … und gleichzeitig forderte sie ihn mit ihren Lippen heraus, brachte ihn fast um den Verstand.

Schließlich löste sie sich von ihm. „Am besten, wir denken nicht zu viel darüber nach“, raunte sie ihm zu. „Sonst verpassen wir dabei noch etwas ganz Besonderes.“

Er lachte leise. „Damit hätte ich jetzt nicht gerechnet“, sagte er. „Dass ausgerechnet du so etwas vorschlägst.“

„Das ist auch sehr untypisch für mich“, gab sie zurück. „Aber für dich mache ich eine Ausnahme.“ Sie hob den Kopf und presste erneut ihre Lippen auf seine.

Aber bevor sie sich richtig küssen konnten, gab es draußen einen lauten Krach, dann brüllte Hank seine Schwester an. Offenbar ging es um ein Glas mit Glühwürmchen, das kaputtgegangen war.

„Ich muss jetzt los“, sagte er und löste sich widerwillig von Lauren.

Sie nickte, verschränkte die Arme vor der Brust und lehnte sich gegen die Spüle. „Falls du dich wirklich mit mir verabreden willst“, begann sie, „sage ich bestimmt Ja. Und dann schaue ich mal, was passiert.“

Wenn es nicht schon längst um mich geschehen wäre, dachte er, dann wäre es spätestens jetzt so weit.

Gerade hatte Lauren die zweite Ladung Geschirr aus dem Geschirrspüler weggeräumt, da klopfte es an der Hintertür. Sie zuckte zusammen. Durch die Glasscheibe erkannte sie Cole, die Terrassenbeleuchtung fiel auf sein Gesicht. Laurens Herzschlag beschleunigte sich, und ihre wurde schwindelig.

Es wäre so leicht, sich in ihn zu verlieben …

Sie schloss die Hintertür auf und öffnete sie. „Alles in Ordnung bei euch?", erkundigte sie sich.

„Die Kinder schlafen jetzt", erwiderte er so leise, als hätte er Angst, er könnte sie sonst wecken.

„Gut."

Schweigend blieb er vor der Tür stehen.

„Hast du etwas vergessen?", wollte Lauren wissen.

Ich muss jedes Mal den Kopf in den Nacken legen, wenn ich ihm ins Gesicht sehen will, dachte sie. Aber so schlimm ist das auch wieder nicht. Dafür gefiel ihr das, was sie dann sah, umso besser: seine gerade, perfekt geformte Nase, seine umwerfenden Augen … und sein kantiges, frisch rasiertes Kinn. Und dieser Körper …

„Ja, ich habe etwas vergessen", raunte er mit tiefer Stimme. Lauren erschauerte. „Ich habe vergessen, wie es sich anfühlt, wenn man sich etwas so sehr wünscht, dass es wehtut."

Ihr zog sich der Magen zusammen, und sie schnappte nach Luft. Eigentlich passte das alles hinten und vorn nicht. Schließlich kannten Cole und sie sich ja kaum … wie konnte es dann bloß dazu kommen, dass sie sich so stark zu ihm hingezogen fühlte? Außerdem machten seine Kinder die Sache nicht einfacher, zumindest seine Tochter hasste sie von ganzem Herzen.

Trotzdem wusste Lauren genau, wovon er eben gesprochen hatte. Darum wollte sie sich auch ihren eigenen Rat zu Herzen nehmen und nicht zu viel über alles nachdenken, sondern einfach ihren Gefühlen folgen.

Sie trat einen Schritt zurück, und Cole kam zu ihr in die Küche. „Was ist mit den Kindern?", erkundigte sie sich.

Cole verpasste der Tür einen Tritt, und sie fiel ins Schloss. Dann zog er ein Babyfon aus der Gesäßtasche. „Das Gegenstück dazu steht bei mir auf dem Flur", erklärte er. „Wenn einer von den dreien wach wird, bin ich sofort informiert."

Lauren grinste. „Wie praktisch.“

„Allerdings.“ Cole zog sie fest an sich und küsste sie – wild und leidenschaftlich und mit der Aussicht darauf, dass noch etwas Einzigartiges zwischen ihnen passieren würde. Entschlossen eroberte er ihre Lippen und drängte sich gegen sie.

Lauren spürte deutlich, wie erregt er war. Ihr wurden die Knie weich. Was auch immer Cole vorhatte … sie würde alles mitmachen.

Wenn sie jetzt wirklich miteinander schlafen würden – und daran zweifelte sie nicht eine Sekunde lang –, dann wäre es endgültig um sie geschehen. Dabei hatte sie sich doch geschworen, dass sie sich nie wieder im Leben auf einen Mann einstellen würde!

Aber es war so wunderschön, sich einfach fallen zu lassen, ohne weiter darüber nachzudenken. Der Kuss schien gar kein Ende mehr zu nehmen, und je länger und intensiver sie sich küssten, desto mehr vergaß Lauren die Welt um sich herum. Auf einmal gab es nur noch sie und Cole, seine Lippen und ihre, seine muskulösen Arme, mit denen er ihren heißen Körper umschlang.

In diesem Moment schob Cole ihr seine warmen Finger unter den Bund. Lauren blieb fast das Herz stehen. Dann erschauerte sie heftig, und ein heißes Verlangen breitete sich in ihrem ganzen Körper aus.

Mühelos öffnete er ihren Hosenknopf mit dem Daumen. Und dann verlor sie völlig die Beherrschung. Ja, sie wollte ihn. Auf der Stelle. Auf dem Tisch, auf dem Boden, von ihr aus auch gleich im Stehen … Hauptsache jetzt. Sofort.

Trotzdem wollte sie sichergehen, dass es zwischen ihnen keine Missverständnisse gab. Cole sollte wissen, was es damit auf sich hatte, dass es hier um etwas rein Körperliches ging. Dass sie ihn auf keinen Fall einfangen und festnageln wollte, wie Meredith es offenbar die ganze Zeit befürchtete. In diesem Moment wollte Lauren einfach nur mit ihm schlafen, mehr nicht. Denn wenn sie auf dieser rein sexuellen Ebene blieben, konnte er ihr auch nicht das Herz brechen.

„Es geht doch nur um Sex, oder?“, flüsterte sie heiser.

Statt einer Antwort stöhnte Cole bloß. Lauren deutete das als Zustimmung.

Sie öffnete erst seinen Jeansknopf, anschließend den Reißverschluss. Erneut stöhnte Cole auf, dann hob er sie hoch. Sie schlang ihm die Beine um die Taille und drängte sich gegen seine harte Männlichkeit. Eine endlos lange Minute blieben sie einfach so stehen.

„Wo steht dein Bett?", brachte Cole hervor, und Lauren deutete hinter sich. Er trug sie den Flur hinunter und hörte dabei nicht auf, sie zu küssen: ihren Hals, ihren Mund, ihr Ohr. Vor ihrem Schlafzimmer blieb er stehen. Die Tür stand offen, und innen brannte ein sanftes Licht. Er schaute zu ihrem ordentlichen Bett hinüber, auf dem sich ein Berg von Kissen türmte. „Das ist nicht dein Ernst", sagte er.

Lauren folgte seinem Blick und musste lächeln. „Das sind doch nur Kissen."

„Ja, und zwar eine ganze Menge." Er setzte sie ab. „Sag jetzt nicht, dass du die alle nach einem bestimmten System angeordnet hast, das ich mir merken muss."

Wortlos drehte Lauren sich um, griff nach der Bettdecke und zog sie so schwungvoll herunter, dass die Kissen durch die Gegend wirbelten. Dann wandte sie sich ihm wieder zu. „So besser?"

Cole lächelte und zog ihr das Oberteil über den Kopf. Als Nächstes öffnete er ihren BH, streifte ihn ihr ab und ließ ihn auf den Boden fallen. Dann zog er ihr das Gummi aus dem Haar und fuhr ihr durch die losen Strähnen. Während er eben noch ungeduldig gewirkt hatte, schien er sich jetzt Zeit nehmen zu wollen. Er strich ihr so langsam über die Wange, als wollte er jeden Augenblick auskosten.

Dann neigte er den Kopf und küsste die Stelle zwischen Hals und Schulter. Lauren erschauere, als er ihre Brust umfasste und unendlich vorsichtig über eine Knospe strich. Jetzt konnte sie es nicht mehr erwarten! Sie legte die Hände um Coles Taille und drängte sich an ihn.

Erneut schob er ihr die Finger unter den Hosenbund, dann streifte er ihr die Shorts zusammen mit dem Slip ab. Endlich! Jetzt stand sie vollkommen nackt vor ihm.

Lauren holte tief Luft und rang um Fassung. Sie wollte das, was jetzt kam, mit allen Sinnen bewusst wahrnehmen. Der Weg war das Ziel, und sie wollte jeden einzelnen Schritt genießen.

Langsam schob sie ihm das T-Shirt hoch und strich ihm dabei über die warme, glatte Haut. Sein Körper fühlte sich so wunderbar fest und hart an. Und obwohl er es offenbar kaum erwarten konnte, ihr nah zu sein, ließ er sie das Tempo bestimmen.

Ganz leicht fuhr sie ihm mit den Fingerspitzen über die Brust und drückte kleine Küsse auf seinen Oberkörper, während sie ihm das T-Shirt über den Kopf zog.

Er streifte die Schuhe ab, dann zog sie ihm die Jeans aus. Jetzt stand auch er nackt vor ihr. Und er sah einfach umwerfend aus: so muskulös und männlich … und er war bereit für sie.

Auf einmal fiel ihr etwas sehr Grundlegendes und essenziell Wichtiges ein. Gut, sie wollte nicht zu viel nachdenken, aber das hieß noch lange nicht, dass sie ihr Gehirn völlig ausgeschaltet hatte. „Bist du überhaupt … darauf eingestellt?"

„Ja, siehst du das denn nicht?", erwiderte er heiser.

Lächelnd berührte sie ihn und presste sich an ihn, sodass ihre Brüste seinen Oberkörper berührten. Seine Haut glühte. „Ich meine … hast du etwas dabei? Ein Kondom?"

Er ging in die Hocke und tastete nach seiner Jeanstasche. Dann brachte er drei kleine flache Päckchen zum Vorschein. Er hatte wirklich an alles gedacht.

Cole nahm die Kondome in eine Hand, hob Lauren mühelos hoch und warf sie vorsichtig auf Bett. Dann stützte er sich über sie und schob ihre Beine auseinander. Zärtlich küsste er ihren Hals, immer wieder, bis sie sich kaum noch beherrschen konnte. Er zog sich ein Stück zurück, um eins der Kondompäckchen abzutrennen und die anderen beiden auf den Nachttisch zu legen.

Schnell hatte er sich ein Kondom übergestreift, dann beugte er sich wieder über sie. „Ich habe das … lange nicht mehr getan."

„Ich auch nicht."

Er grinste. „Ich will bloß nicht, dass du … dir zu viel davon versprichst." Erneut küsste er ihren Hals, dann umschloss er eine Brustspitze mit seinen Lippen. Das Gefühl war unbeschreiblich. Wenn er so weitermachte, war sie schon fertig, bevor er überhaupt angefangen hatte …

Sie umschloss ihn fest mit einer Hand und kam ihm dabei entgegen. Mehr Ermutigung brauchte er nicht. Er löste den Mund von ihrer Knospe, schob sich ein Stück hoch, um dann ganz langsam in sie einzudringen. Sie bebte am ganzen Körper.

Zum Glück ging es sehr viel rasanter und stürmischer weiter, als es angefangen hatte. Und genau so wollte sie es auch: schnell und heftig. Mit kraftvollen Stößen brachte er sie bis kurz vor den Gipfel – und, nachdem er sie ein wenig hatte zappeln lassen, darüber hinaus. Sie stöhnte laut auf, als sie Erfüllung fand, wenige Sekunden später erreichte auch Cole den Höhepunkt. Viel zu schnell war es schon wieder vorbei … andererseits hätte sie keine Sekunde länger darauf warten können.

Jetzt hatte er sie völlig um den Verstand gebracht.

6. Kapitel

Cole hätte nie damit gerechnet, dass seine drei Kondome nicht reichen würden. Schließlich war mehr als klar, dass er auf keinen Fall bei Lauren übernachten konnte, sondern in seinem eigenen Bett liegen musste, sobald seine Kinder aufwachten.

Es grenzte ja schon an ein Wunder, dass er überhaupt Kondome dabeihatte. Er hatte die Packung heute aus einer Eingebung heraus in den Einkaufswagen geworfen.

Jetzt lag er schon viel länger in Laurens Bett als geplant. Aber immer, wenn er sich gerade hatte von ihr lösen wollen, hatte eines zum anderen geführt – bis sie wieder mitten im schönsten, leidenschaftlichsten Liebesspiel waren. „Liebesspiel" – eine beängstigend treffende Bezeichnung. In seinem Kopf schrillten sämtliche Alarmglocken, und das wohl kaum deswegen, weil er sich rein körperlich zu Lauren hingezogen fühlte.

Und Lauren? Sie war ihm gegenüber von Anfang an ehrlich gewesen und hatte ihm zu verstehen gegeben, dass es ihr nur um Sex ging. Genau so sollte er das auch sehen. Jedenfalls würde das alles viel einfacher machen.

„Ich muss jetzt wieder rüber", sagte er, rührte sich aber nicht von der Stelle.

„Ich weiß." Sie blieb ebenfalls reglos liegen.

„Tja, ich war zwar darauf eingestellt, aber so ganz war ich wohl doch nicht auf dich gefasst."

Lauren lachte. Ihr warmer Atem streifte seine Haut, und ihr Körper bebte leicht. Cole liebte ihren Körper. Er war fest und gleichzeitig zart und anschmiegsam. Sie hatte sich ihm rückhaltlos hingegeben, ohne jede Hemmung.

Eine gefährliche Frau.

Er strich ihr über die Hüfte, drückte ihr einen Kuss auf die Kehle und atmete ihren süßen Duft ein. Nach Lauren könnte er süchtig werden. Jetzt, wo er wusste, wie sie sich anfühlte und wie sie schmeckte, würde er sie immer wieder nah bei sich spüren wollen. Und dabei ging es ihm nicht nur um Sex. Zwischen ihnen war etwas ganz Besonderes entstanden.

Es fiel ihm unendlich schwer, sich von ihr zu lösen und schließlich aufzustehen. Im sanften Schein der Nachtbeleuchtung suchte er seine Sachen zusammen und zog sich langsam an. Und die ganze Zeit dachte er darüber nach, ob er dieser Art von Beziehung gewachsen war, die sich da zwischen ihnen anbahnte ... oder ob er sie nicht doch lieber sofort beenden sollte. Außerdem musste er Rücksicht auf seine Kinder nehmen.

Lauren streckte sich, schlang die Arme um ihr Kopfkissen und bat ihn, den Verriegelungsknopf zu drücken, wenn er das Haus verließ. Dann schlief sie ein. Als er fertig angezogen war, hörte er nur noch ihre regelmäßigen Atemzüge. Am liebsten wäre er wieder zu ihr ins Bett gekrochen, aber das ging nicht.

Er schob sich das Babyfon in die Hosentasche, ging aus dem Zimmer, durch die Hintertür aus dem Haus und nach nebenan. Und die ganze Zeit ließ ihn eine Frage nicht los: Sollte es bei diesem einen Mal bleiben, oder würde Lauren Russell bald eine sehr wichtige Rolle in seinem Leben spielen?

Summend räumte Lauren am nächsten Morgen nach dem Frühstück die Küche auf. Noch nie war es ihr nach so wenig Schlaf so gut gegangen. Sie fühlte sich nicht nur körperlich erfüllt, sondern hatte auch noch eine wunderbare innere Ruhe gefunden. Und obwohl sie sich schon den ganzen Morgen lang einredete, dass das zwischen Cole und ihr etwas rein Sexuelles war, stellte sie sich doch immer wieder vor, wie es wäre, eine feste Beziehung mit ihm einzugehen.

Vielleicht war er ja der Richtige für sie? Oder er kam zumindest regelmäßig bei ihr vorbei? Vielleicht aber auch nicht. Schrecklich, diese Ungewissheit. Zumal Lauren es gewohnt war, alles durchzuplanen und immer genau zu wissen, was sie am nächsten Tag erwarten würde.

Immerhin verlief ihr sonstiges Leben in geordneten Bahnen: In einigen Monaten erschien ihr erstes Buch, und mit ihrer Karriere ging es stetig bergauf.

Von draußen drangen die lauten Rufe und das Lachen der Nachbarskinder zu ihr. Aber statt sich davon gestört zu fühlen, lächelte sie nur. Es klang so unbeschwert und fröhlich! Und jetzt, wo sie sich unendlich wohl in ihrer Haut fühlte, erinnerte sie sich an die warmen Sommertage in ihrer Kindheit, an denen sie selbst durch den Garten getobt war – genau wie Coles Kinder jetzt.

Ganz früh am Morgen hatte es heftig geregnet, also war der Boden inzwischen gut durchgeweicht. Die perfekte Voraussetzung zum Unkrautzupfen, dachte sie und schlüpfte in ein paar alte Sachen: Shorts, T-Shirt und Turnschuhe. Dann ging sie durch die Küchentür in den Hintergarten und schaute ganz automatisch zum Grundstück der Donovans hinüber. Nur Hank und Justin waren draußen und sprangen in die matschigen Pfützen, die sich durch den Regen gebildet hatten. Offenbar hatten die beiden Jungen auch ein bisschen mit dem Gartenschlauch nachgeholfen.

Hank nahm gerade Anlauf, rutschte aus und landete auf seinem Hinterteil. Justin machte es ihm nach, und beide lachten laut. Justin erblickte Lauren zuerst. Er stieß seinem Bruder einen Ellbogen in die Seite, dann liefen sie los. Es war anrührend, wie die beiden auf sie zu rannten, mit ihren kurzen Beinen. Die Jungen strahlten über das ganze Gesicht.

„Guten Morgen“, sagte sie.

„Was machst du da?“, wollte Justin von der auf dem Boden knienden Lauren wissen, nachdem er schlitternd zum Stehen gekommen war.

„Ich reiße das Unkraut aus“, erklärte sie und lieferte den Jungen ein Beispiel, indem sie eine Pflanze ganz weit unten am Stängel griff und vorsichtig an ihr zog, bis sie mit ihrem gesamten Wurzelwerk aus der Erde kam.

Fasziniert betrachtete Hank den kleinen Haufen Unkraut, der bereits neben Lauren auf dem Rasen lag. „Sind die Pflanzen giftig?“, erkundigte er sich.

Erstaunt sah sie ihn an. „Nein, aber essbar sind sie auch nicht. Warum fragst du?"

„Ach, nur so."

„Hank will das bestimmt für seine Zaubertränke wissen", schaltete sich Justin ein. „Manchmal funktionieren sie sogar."

„Aha, Zaubertränke also", gab Lauren zurück und verkniff sich ein Grinsen. Offenbar nahm Hank seine Sache sehr ernst, und sie wollte ihn nicht verletzen. „Das ist so ähnlich wie Kochen, oder? Da hat man auch ein Rezept und verschiedene Zutaten. Außerdem braucht man ein gutes Gespür, damit es schmeckt. Vielleicht wirst du ja mal ein berühmter Koch."

Entsetzt starrte Hank sie an. „Kochen ist doch was für Mädchen."

„Nein, überhaupt nicht. Es gibt viele weltberühmte männliche Köche."

„Ja, aber nicht in unserer Familie", gab Justin zurück und klang dabei seltsam erwachsen.

In diesem Moment ging bei den Donovans die Hintertür auf, und Cole kam heraus – wahrscheinlich um nach den Jungen zu sehen. Er schaute sich um ... und sein Blick fiel auf Lauren. Mit ernster Miene musterte er sie und sah dabei unglaublich groß und stark und sexy aus. In seinen Jeans und dem schlichten Shirt war er einfach nur ... zum Anbeißen. Sofort musste sie wieder an die letzte Nacht denken.

Gerade durchlebte sie noch mal die einzelnen Szenen im Detail, da klatschte ihr etwas Kaltes, Nasses gegen Kinn und Hals.

Sie fuhr auf und erblickte Justin, der soeben eine ihrer großen Paprikapflanzen ausgerissen hatte und immer noch in der Hand hielt. Der Wurzelballen streifte ihre Wange, die matschige Erde lief ihr den Hals entlang, unter das T-Shirt und in ihren BH. Ihre Unterlippe hatte auch etwas abbekommen. Sie versuchte den Dreck mit dem Handrücken abzuwischen und hatte ihn dadurch auch noch im Mund.

Justin lächelte. „Ich wollte dir nur helfen. Tut mir leid, dass du was abgekriegt hast, aber das Ding ist ganz schön groß."

Jetzt hatte auch Hank mitbekommen, was gerade passiert war,

und fand das offenbar so witzig, dass er vor Lachen umfiel. Gleichzeitig kam Cole auf sie zu gerannt.

Zum ersten Mal an diesem Morgen fragte Lauren sich, worauf sie sich da gerade eingelassen hatte.

Na, super, dachte Cole. Ganz toll.

Da hatte er gerade Hoffnung geschöpft, sich endlich mal wieder ein bisschen um sich selbst kümmern zu können, da wurde er prompt daran erinnert, warum genau das nicht so einfach war.

„Lauren, das tut mir schrecklich leid", sagte er. Das machte die Situation zwar auch nicht besser, aber im Moment konnte er nichts anderes tun, als sich für das Verhalten seines Sohnes zu entschuldigen. Laurens Wange, ihr Hals und ein großer Teil ihres T-Shirts waren schlammverschmiert.

Justin hielt ihr immer noch das Wurzelwerk der frisch ausgerissenen Paprikapflanze entgegen. „Justin, leg sofort die Pflanze hin!", rief Cole. Dann warf er seinem älteren Sohn einen warnenden Blick zu. „Und du hörst bitte auf zu lachen, Hank. Und zwar sofort!"

Hank presste die Lippen zusammen, offenbar konnte er sich nur schwer beherrschen. Schließlich ließ auch Justin die Pflanze los.

„Ihr zwei geht bitte sofort rein. Aber erst mal spritzt ihr euch mit dem Schlauch ab, den Dreck bringt ihr mir nicht ins Haus!" Die Jungen waren über und über mit Schlamm bespritzt.

Cole ging in die Hocke und wischte Lauren vorsichtig die nasse Erde von den Lippen. „Entschuldige bitte."

Gestern, als Meredith das Milchglas umgestoßen hatte, war sie noch ziemlich ruhig geblieben und souverän mit der Situation umgegangen. Aber jetzt fehlten ihr offenbar die Worte. Einen dicken Wurzelballen ins Gesicht geschleudert zu bekommen, war natürlich sehr viel unangenehmer als ein bisschen verschüttete Milch.

Gegensätze ziehen sich an, hieß es immer so schön. Realistisch gesehen hatten er und Lauren aber wahrscheinlich keine Chance: Ihr ganzes Leben war perfekt durchorganisiert, während in seinem dauerhaft Chaos herrschte. Dreck und Schlamm gehörten für ihn zur

Tagesordnung. Wenn er Lauren an seinem Leben teilhaben ließ, tat er ihr bestimmt keinen Gefallen.

„Hey, Dad! Aus dem Weg!"

Cole drehte sich um. Ein paar Meter weiter standen Hank und Justin mit dem Gartenschlauch, Justin hielt immer noch die Düse in der Hand. Beide waren klatschnass, aber wenigstens einigermaßen sauber. „Okay, das reicht", rief er ihnen zu. „Geht jetzt bitte ins …"

Aber bevor er den Satz zu Ende bringen konnte, richtete Justin den Schlauch auf Lauren und legte den Hebel um. Ein dicker Strahl traf sie mitten im Gesicht, das Wasser spritzte ihr in Augen, Nase und Mund und durchtränkte ihr T-Shirt. Blitzschnell warf sich Cole dazwischen, sodass der Strahl stattdessen seinen Oberkörper traf. Zum Glück hatten die Kinder nicht noch näher herankommen können, sonst wäre der Wasserdruck so groß gewesen, dass er Lauren umgeworfen hätte.

„Stopp!", schrie er.

Der Strahl wurde kleiner, dann tröpfelte nur noch ein Rinnsal aus der Düse.

„Ich wollte Lauren nur den Schlamm abspritzen", erklärte Justin, und schon wieder lachte Hank los.

Da ging die Hintertür auf, und Meredith kam in den Garten. Einen Moment lang starrte sie wortlos zu ihnen herüber, dann fing auch sie an zu lachen.

Gestern Nacht hatte Cole noch geglaubt, dass aus ihm und Lauren vielleicht etwas ganz Besonderes werden könnte. Ein schöner Traum, der sich soeben in Luft aufgelöst hatte. Nach diesem Zwischenfall wollte sie bestimmt nichts mehr mit ihm zu tun haben. Da konnten sie noch so großartigen Sex gehabt haben …

Inzwischen war auch den Jungen klar, dass sie sich lieber in Sicherheit bringen sollten. Sie rannten zum Haus.

Und Lauren saß immer noch da wie vom Blitz getroffen und starrte ins Nichts. Schließlich wandte sie Cole das Gesicht zu und sah ihn mit ihren warmen grünbraunen Augen an. Ihr Blick wirkte unendlich traurig, als hätte sie gerade eine erschütternde Erkenntnis gehabt.

„Tja, so sieht mein Alltag aus“, sagte er. „Ich habe zwar nicht jeden Tag mit Schlamm und Wasser zu tun, sondern manchmal auch mit Kaugummi und Spaghettisoße. Oder mit Apfelsaft und Filzstiftspuren. Falls du also jemanden suchst, der ein ordentliches, geregeltes Leben führt, bist du bei mir an der falschen Adresse.“

„Ich weiß“, sagte sie.

„Und? Gibst du uns immer noch eine Chance?“, wollte er wissen. „Wenn du mich jetzt am liebsten auf den Mond schießen würdest, nehme ich es dir bestimmt nicht übel.“ Insgeheim hoffte er auf eine ähnliche Reaktion wie gestern Nacht, dass sie ihm in etwa das Gleiche raten würde wie gestern Nacht: dass er sich nicht zu viele Gedanken machen solle. Er wünschte, sie würde sich einfach kurz das Wasser abschütteln, herzlich lachen und ihm versichern, dass das alles doch gar nicht so schlimm sei.

Sie tat nichts dergleichen.

„Dazu kann ich im Moment noch nichts sagen“, erwiderte sie. „Ich … weiß es einfach nicht.“

Er überlegte kurz, ob er ihr diese Entscheidung abnehmen und die ganze Sache beenden sollte. Aber das konnte er nicht. So unwahrscheinlich es auch war, dass sich zwischen ihnen etwas entwickelte – er wollte die Hoffnung nicht aufgeben. Nicht nach allem, was gestern Nacht passiert war.

Nur durch sie hatte er entdeckt, dass er immer noch ein Mann mit Bedürfnissen, Wünschen und Sehnsüchten war. Dass er zwar gern für seine Kinder da war, sich aber mehr vom Leben wünschte, als nur Vater zu sein. Gestern hatte er noch so hoffnungsvoll in die Zukunft geblickt. Und jetzt sollte alles schon wieder vorbei sein?

Langsam stand Lauren auf. Cole wollte ihr helfen, aber sie wandte sich ab. Das war schon mal kein gutes Zeichen! Also blieb ihm nichts anderes übrig, als ihr hinterherzusehen, während sie zu ihrem perfekten kleinen Bilderbuchhaus hinüberging.

An der Hintertür blieb sie stehen und drehte sich noch mal zu ihm um. Was kam jetzt? Dass er ihr bloß vom Hals bleiben sollte und seine Kinder auch?

Stattdessen sagte sie: „Komm heute um zwölf Uhr zum Lunch zu mir. Aber bitte pünktlich. Und allein."

Lauren hatte keine Ahnung, was sie Cole eigentlich sagen wollte, wenn er nachher zum Lunch vorbeikam. Nachdem sie ausgiebig geduscht und ihre schmutzigen Sachen entsorgt hatte, kümmerte sie sich erst mal um das Essen: Geflügelsalat, Kräcker, frisches Obst und selbstgebackene Brötchen. Und zum Nachtisch Käsekuchen mit Limetten.

Inzwischen hatte sie sich ein leichtes Sommerkleid angezogen und mindestens fünf Minuten lang überlegt, ob sie die hochhackigen Schuhe tragen sollte, die sie schon seit Jahren nicht mehr angezogen hatte. Schließlich hatte sie sich für flache Sandaletten entschieden.

Sie mochte Cole wirklich. Sehr. So stark hatte sie sich schon lange nicht mehr zu einem Mann hingezogen gefühlt. Und die letzte Nacht war einfach nur atemberaubend gewesen, von Anfang bis zum Ende. Aber wenn sie sich näher auf ihn einließ, musste sie sich auch auf seine Kinder einlassen! Und die waren zwar manchmal zum Knuddeln, manchmal trieben sie einen aber auch in den Wahnsinn.

Lauren deckte gerade den Tisch mit dunkelgrünen Tellern und grün-weiß karierten Baumwollservietten, als es an der Tür klingelte.

Cole war auf die Minute genau pünktlich. Auch er hatte geduscht und duftete nach Seife und Kaffee. Er trug eine khakifarbene Baumwollhose und ein Hemd.

„Die Kinder haben übrigens Hausarrest", sagte er.

Lauren konnte sich ein Lächeln nicht verkneifen. „Willst du nicht erst mal Hallo sagen?"

Er lächelte ebenfalls. „Okay, hallo. Die Kinder haben übrigens Hausarrest", wiederholte er. „Wie geht es dir inzwischen?"

„Gut. Ein bisschen Dreck und Wasser hat noch niemandem geschadet." Und während sie die Worte aussprach, glaubte sie sogar daran. Da habe ich wohl aus einer Mücke einen Elefanten gemacht, dachte sie.

Dann ging sie zu Cole hinüber, schlang ihm die Arme um die Taille und blickte zu ihm hoch. Er hatte wirklich außergewöhnlich schöne Augen, sie waren unheimlich blau, und sein Blick war so intensiv, dass ihr jedes Mal der Atem stockte, wenn er sie ansah. Und sie genoss es, seinen Körper an ihrem zu spüren. Er fühlte sich so fest und warm an!

„Ich habe mir den ganzen Morgen Gedanken über uns gemacht", sagte sie schließlich.

„Ich mir auch. Wenn du mich wieder loswerden willst, mach am besten kurzen Prozess, dann hab ich's hinter mir." Er wirkte besorgt.

„Loswerden? Dazu müsste ich dich überhaupt erst mal ... na ja, haben."

„Das ist doch auch so. Du hast mich eingefangen. Ob's dir gefällt oder nicht."

„Ich will dich nicht loswerden", sagte sie.

„Aber? Da kommt doch noch ein Aber, oder?"

„Aber wir müssen uns noch über ein paar Dinge einig werden. Wir brauchen eine Liste mit Verhaltensregeln."

Cole gab einen kehligen Laut von sich, der wie ein Knurren klang. „Verhaltensregeln sind nicht so meins."

„Das ist mir schon aufgefallen."

„Aber ich kann es gern versuchen – deinetwegen."

Sie lächelte. In der Welt der Listen und Verhaltensregeln fühlte sie sich zu Hause. „Okay, erstens ..."

„Jetzt noch nicht." Cole beugte sich zu ihr vor und raubte ihr mit einem leidenschaftlichen Kuss den Atem. Und auf einmal standen sie eng umschlungen in ihrer Küche und küssten sich wild und hemmungslos, als hätten sie nicht gerade eben erst von Listen und Verhaltensregeln gesprochen.

Lauren räumte die Küche auf und ging noch einmal im Geiste die Lunch-Verabredung mit Cole durch. Vor dem Essen hatte er sie nahezu besinnungslos geküsst. Dann hatte er sich ihr gegenüber an den Küchentisch gesetzt und gegessen, ohne sie auch nur eine Sekunde aus den Augen zu lassen. Anschließend hatte er sie wieder geküsst.

Auf die Liste mit den Verhaltensregeln kamen sie nicht noch mal zu sprechen, aber die konnte warten. Sie sprachen überhaupt nicht mehr viel. Stattdessen setzte Lauren sich auf seinen Schoß. Sie streichelten sich, erkundeten ihre Körper und küssten sich, immer wieder … Wenn Cole sie berührte, vergaß sie darüber alles andere um sich herum, inklusive aller Anforderungslisten, die sie jemals erstellt hatte.

Irgendwann kam Hank dann vorbei, um seinen Dad zu holen – viel zu früh, wie sie fand. Kaum hörten sie die Kinderschritte auf den Stufen vor der Hintertür, wichen sie auseinander. Gerade noch rechtzeitig, denn im nächsten Moment kam der Junge schon in die Küche gestürmt. Offenbar hatte es nebenan mal wieder irgendeinen Notfall gegeben. Cole hatte sich zuerst vergewissert, dass nichts wirklich Schlimmes passiert war, dann war er mit seinem Sohn nach nebenan gegangen. Vielleicht kam er ja später noch einmal bei ihr vorbei, wenn die Kinder schliefen? Mit dem Babyfon in der Hosentasche …

Das Schrillen des Telefons riss Lauren aus ihrem Tagtraum. Sie warf einen Blick auf das Display: aha, Hilary, ihre zuständige Redakteurin beim Buchverlag.

„Hallo?“

„Lauren! Halt dich fest, du glaubst nicht, was gerade passiert ist!“ Hilary Casale klang furchtbar aufgeregt. Dabei war sie eine erfahrene Lektorin, ein eher kühler, distanzierter Typ und normalerweise durch nichts aus der Ruhe zu bringen. Was war bloß in sie gefahren?

„Was ist denn los?“, erkundigte sich Lauren und hoffte, dass es nicht Schlimmes war.

„Ich hatte heute Morgen einen Anruf, aber ich musste erst mal einiges klären, bevor ich das an dich weitergeben konnte … pass mal auf … du hast nämlich ein irres Glück, weißt du das?“ Hilary war völlig außer Atem und offenbar nicht in der Lage, einen einzigen vernünftigen Satz zu formulieren.

„Irres Glück“ klang aber schon mal nicht allzu schlecht.

„Jetzt erzähl mir doch bitte endlich, was los ist“, forderte Lauren sie auf.

Hilary atmete hörbar ein, dann fing sie noch einmal von vorn an: „Mich hat heute ein Fernsehproduzent angerufen, der über eine

Kollegin von deinem Buch gehört hat. Edward Mandel heißt der Mann. Er arbeitet gerade an einer neuen Realityshow. Darin sollen mehrere Nachwuchsköche gegeneinander antreten, und der Gewinner bekommt seine eigene Kochsendung. Deine Webseite hat ihm schon mal richtig gut gefallen, und jetzt will er, dass du mitmachst."

„Wie bitte? Wo soll ich mitmachen?"

Hilary lachte. „Als Kandidatin beim Kochwettbewerb. In sechs Wochen gehen die Dreharbeiten los. Dabei sollst du als Südstaaten-Hausfrau verkauft werden, die am liebsten reichhaltige Gerichte zubereitet und mit einem entsprechend breiten Akzent spricht. Das kriegst du doch hin, oder?"

Lauren wusste nicht ganz, wie ihr geschah. Das alles kam etwas plötzlich. „Ich glaube schon, aber …"

„Es gibt kein Aber, Lauren. So eine Chance hat man nur einmal im Leben! Mach einfach alles, was dieser Edward Mandel von dir will. Dann wird dein Buch auf jeden Fall ein Bestseller, egal wie du abschneidest." Hilarys Stimme überschlug sich. „Hey, was ist los mit dir? Freust du dich gar nicht? Du bist so ruhig!"

Lauren war wie benommen. Im Grunde klang das alles wirklich gut – aber mit seinem Angebot brachte dieser Fernsehproduzent ihre Pläne für die nächsten Monate völlig durcheinander. Sex, Sex, Listen mit Verhaltensregeln, noch mal Sex und vielleicht sogar ein richtiges Date – das war ihr eigentliches Programm. „Und wo genau wird die Show aufgenommen?"

„Na, hier in New York! Dann gehen wir mal zusammen essen, ja? Am besten gleich am Anfang. Wenn die Aufnahmen losgehen, hast du für so was wahrscheinlich keine Zeit mehr, weil …"

„Ich muss mir das erst mal in Ruhe überlegen", unterbrach Lauren sie.

Am anderen Ende der Leitung war es mehrere Sekunden lang totenstill. „Warum musst du da bitte noch nachdenken?", sagte Hilary schließlich.

Wegen Cole. „Wegen meiner Großmutter. Ich kann sie nicht einfach so …"

„Dann engagierst du eben jemanden, der sich um sie kümmert. Das kannst du dir von der Gage ohne Weiteres leisten, außerdem dauert das Ganze ja nur ein paar Wochen. Sechs, soviel ich weiß. Oder auch zehn. Es sei denn, du gewinnst, und sie wollen gleich weitermachen. Aber das sind ja noch ungelegte Eier. Jetzt will Edward dich so schnell wie möglich kennenlernen. Passt es dir dieses Wochenende?“

Lauren zog sich der Magen zusammen. „Ich … darüber muss ich wirklich erst mal nachdenken“, erwiderte sie. „Ich rufe dich später noch mal an, okay?“ Und obwohl das eigentlich ziemlich unhöflich war, legte Lauren einfach auf, bevor Hilary noch etwas dazu sagen konnte.

7. Kapitel

Als Cole nach Hause kam, stellte er fest, dass es dort gar keinen echten Notfall gab. Meredith hatte eine einfache Wäschefrage als Vorwand benutzt, ihn von Lauren wegzuholen. Aber vielleicht war das auch gut so, schließlich war er kurz davor gewesen, Lauren gleich auf dem Küchentisch zu lieben.

Gerade hatte er sich eine Tasse Kaffee eingeschenkt, da klingelte das Telefon. Er stöhnte, als er die Nummer seiner Schwägerin auf dem Display erkannte: Janet. Am liebsten hätte er es einfach weiterklingeln lassen, aber dann hätte sie es gleich auf dem Handy probiert. Um ihm dann eine SMS nach der anderen zu schicken … und schließlich die Polizei zu rufen. Also brachte er das Ganze am besten so schnell wie möglich hinter sich.

„Hallo, Janet", sprach er in den Hörer.

„Hallo, Cole." Es klang kühl und distanziert. Seit er ihr offenbart hatte, dass er und die Kinder nach Huntsville ziehen würden, hatte sie diesen Tonfall ihm gegenüber zum Standard gemacht. „Was machen die Kinder?"

„Denen geht es gut. Möchtest du sie vielleicht sprechen?" Die drei hatten immer noch Hausarrest, aber das brauchte Janet nicht zu wissen. „Einen Moment, ich …"

„Nein, lass mal. Ich würde euch am Wochenende gern besuchen kommen. Passt euch das?" Ohne seine Antwort abzuwarten, fuhr sie fort: „Mir wäre der Samstag am liebsten. Ich sag dir noch mal Bescheid, wann ich ankomme."

„In Ordnung, wir sind zu Hause."

Nachdem sie das Gespräch beendet hatten, blickte Cole sich im Wohnzimmer um. Ihm war völlig klar, warum Janet unbedingt vorbeikommen wollte: Sie wollte sehen, ob er sich auch vernünftig um ihre Nichte und die beiden Neffen kümmerte, kurz: ob er und seine

Kinder ohne sie, Janet, zurechtkamen. Also musste er ihr beweisen, dass hier alles in bester Ordnung war – selbst wenn das nicht stimmte.

Zeit für eine kleine Familienkonferenz! Als Meredith, Hank und Justin auf dem Sofa Platz genommen hatten, schilderte er ihnen die Lage. „Am Samstag kommt Tante Janet zu Besuch."

Keine Reaktion. Die drei hatten ihre Tante zwar gern, kannten aber auch ihre Eigenarten: Sie war ziemlich anspruchsvoll, kritisch und erdrückte einen fast mit ihrer Fürsorglichkeit. Außerdem unterzog sie bei jedem Besuch alle Kinderzimmer einer strengen Prüfung. „Dann müssen wir vier ihr beweisen, dass hier alles tipptopp ist", sagte Cole.

„Was ist tipptopp?", wollte Justin wissen.

„Das heißt schön, wunderbar, perfekt", erklärte Cole.

„Heißt das auch, dass ich mein Zimmer aufräumen muss?", hakte Hank besorgt nach.

„Allerdings." Cole sah zu Meredith hinüber. „Außerdem müssen wir ihr etwas zu essen anbieten. Du kannst dir ja schon mal etwas überlegen, das sich einfach und schnell zubereiten lässt – aber keine Hähnchen-Nuggets aus dem Gefrierschrank!", fügte er hinzu. „Ich kann ja auch noch mal mit Lauren sprechen."

„Nein!", erwiderte das Mädchen trotzig. „Das kriege ich allein hin, auch ohne diese Frau."

„Schön, dann überlasse ich das einfach dir. Ansonsten hätte ich am Samstag gern ein sauberes, ordentliches Haus. Und drei saubere, vernünftig angezogene Kinder." Er warf Hank einen bedeutungsschweren Blick zu. „Damit Tante Janet uns glaubt, dass wir hier allein zurechtkommen."

Hilary ließ nicht locker. Immer wieder rief die Lektorin bei Lauren an, bis sie sich breitschlagen ließ, sich wenigstens einmal mit dem Fernsehproduzenten Edward Mandel zu treffen. Obwohl sie immer noch nicht wusste, ob sie sich auf dieses Wettkochen einlassen sollte. Wahrscheinlich würde das Ganze darauf hinauslaufen, dass sie innerhalb von dreißig Minuten ein Gericht aus lauter komischen Zutaten wie Dosenfleisch, Götterspeise und getrockneten Bohnen kochen musste. Und für so etwas wollte sie sich wirklich nicht hergeben.

Offenbar wollte der Produzent am Samstag einen Flieger nach Alabama nehmen und Lauren zu Hause besuchen. Eigentlich hatte Lauren damit gerechnet, zu ihm nach New York reisen zu müssen. Aber offenbar gehörte es zum Konzept der Realityshow, alle Kandidaten in ihrem gewohnten Umfeld vorzustellen.

Den ganzen Nachmittag machte sich Lauren ausführliche Gedanken darüber, was sie Edward Mandel wohl servieren könnte. Die Essensplanung hatte immer eine beruhigende Wirkung auf sie. Und sie brauchte dringend einen kühlen Kopf, um entscheiden zu können, ob sie das ganze Theater überhaupt mitmachen wollte.

Spaß würde sie an der Show bestimmt nicht haben, und gewinnen wollte sie auch nicht. Sie wünschte sich zwar durchaus Erfolg in ihrem Beruf – aber eine eigene Fernsehsendung hatte sie sich ganz sicher nicht zum Ziel gesetzt. Sie war einfach kein Fernsehtyp. Dafür war sie viel zu still, zurückhaltend und unspontan.

Andererseits – wenn diese Kochshow ihr Buch zu einem Bestseller machen könnte, sollte sie den ganzen Stress vielleicht doch auf sich nehmen. Wenn sie mitmachte, hieß das ja noch lange nicht, dass sie sich dauerhaft in New York niederlassen müsste.

Ob Cole sich überhaupt noch für sie interessieren würde, wenn sie zurückkam? Oder hätte er sich dann schon längst eine andere Frau gesucht?

Lauren erschrak. Was dachte sie da eigentlich gerade? Immerhin kannte sie diesen Mann kaum. Gut, er gefiel ihr, sie fühlte sich zu ihm hingezogen … und der Sex mit ihm war auch umwerfend.

Gestern Nacht war sie noch fest davon überzeugt gewesen, dass sich zwischen ihnen etwas ganz Besonderes entwickelte. Auch das Essen mit ihm heute Mittag hatte sie sehr genossen. Und ja: Sie war völlig verrückt nach ihm.

Aber guter Sex und heiße Küsse reichten noch lange nicht als Voraussetzung für eine feste Beziehung. Viel wichtiger war doch die Frage, ob sie diesem Mann überhaupt vertrauen konnte …

Gegen Abend hatte Lauren ihre Pläne für das Samstagsmenü fünfmal umgestellt. Sie wollte diesen Fernsehproduzenten auf jeden Fall beeindrucken. Schließlich war sie ein Profi. Ihr besonderes Talent bestand darin, die Leute mit gutem Essen und typischer Südstaaten-Gastlichkeit zu beeindrucken.

Allerdings war sie sich unschlüssig: Sollte sie lieber etwas verblüffend Einfaches oder etwas besonders Raffiniertes kochen, etwas Feines oder etwas Herzhaftes?

Da sie diesen Edward Mandel nicht kannte, war sie bei der Auswahl der Zutaten lieber vorsichtig. Am besten, sie verzichtete auf Meeresfrüchte, Schwein oder überhaupt auf rotes Fleisch. Also Geflügel, dachte sie. Das schränkte die Auswahl schon mal beträchtlich ein.

Gerade ging sie ihre Rezeptkarten durch, da klingelte es an der Haustür. Ein Paket erwartete sie nicht, also war es entweder jemand, der ihr etwas über seine Glaubensgemeinschaft erzählen wollte, jemand, der Unterschriften für irgendetwas sammelte … oder Cole.

Sie öffnete die Haustür, und da stand er auch schon und lächelte sie an: Cole Donovan. Im Arm hatte er eine große braune Papiertüte. „Magst du chinesisches Essen?"

„Ja, sehr gern sogar." Sie schaute an ihm vorbei nach draußen. „Wo hast du denn die Kinder gelassen?"

„Die sind mit Tim und Summer Schuler und deren Kindern im Kino."

Lauren hatte Cole immer noch nicht zu sich ins Haus gebeten und war sich nicht sicher, ob sie das überhaupt tun sollte. Cole machte ihr Leben nämlich nur noch komplizierter, und obwohl sie auf eine bestimmte Art und Weise unheimlich gut harmonierten, sollte er auf keinen Fall denken, dass er bei ihr ein leichtes Spiel hätte. Dass sie sozusagen „allzeit bereit" für ihn wäre. Sie wies mit dem Kopf auf die Tüte vom China-Imbiss. „Das reicht doch für eine ganze Großfamilie, was du da mitgebracht hast", bemerkte sie.

„Na ja, ich wusste nicht, was du am liebsten isst. Da habe ich eben ganz viele verschiedene Gerichte mitgebracht. Und die Kinder sind ziemlich dankbare Resteverwerter."

Lauren wurde das ungute Gefühl nicht los, dass sie drauf und dran war, sich in Cole Donovan zu verlieben. Eigentlich hatte es sie sogar jetzt schon ziemlich schlimm erwischt – zu ihrem großen Unglück. Schließlich musste sie davon ausgehen, dass er ihre Gefühle nicht erwiderte. Wie denn auch, dazu war es noch viel zu früh.

Außerdem hatte er mit seinen Kindern genug um die Ohren. Da kam es ihm wohl ziemlich gelegen, wenn sie ganz unverbindlich und locker immer mal wieder ein bisschen Sex hatten. Und das Absurdeste an der ganzen Sache war, dass ausgerechnet sie ihm das ursprünglich vorgeschlagen hatte. Und jetzt wünschte sie sich doch mehr von ihm …

„Für chinesisches Essen bin ich zu haben, für Sex aber nicht", sagte sie. Sie spürte, wie ihr das Blut in die Wangen schoss. „Für den Fall, dass du auch deswegen hergekommen bist. Ich möchte nämlich erst mal in Ruhe mit dir sprechen." Ihr Verhalten kam ihr völlig absurd vor, denn sie begehrte ihn so sehr, dass sie es kaum noch aushalten konnte. Andererseits gab es zwischen ihnen noch so vieles zu klären. Und von ihrer Reality-Kochshow wusste er auch noch nichts. Ob er sich wohl für sie freuen würde? Oder ärgern, weil er sie dann mehrere Wochen lang nicht sah? Vielleicht war es ihm aber auch egal?

„Tja, dann wird wohl nichts aus meiner Bratreis-Verführung." Er lächelte, wirkte aber tatsächlich ein bisschen enttäuscht. „Ich würde gern mit dir essen."

Lauren ließ ihn ins Haus, und er ging an ihr vorbei in Richtung Küche. Sie konnte nicht anders, sie musste ihm dabei einfach auf den Hintern starren, der in den engen Jeans unheimlich knackig aussah. Ohne Jeans übrigens auch, das hatte sie noch genau vor Augen.

Vielleicht hätte sie Cole doch nicht reinlassen lassen sollen? Andererseits: Was war so schlimm daran, mit ihrem Nachbarn zusammen zu essen und sich dabei ein bisschen zu unterhalten?

Überhaupt nichts, beantwortete sie sich die Frage selbst. Das ist alles völlig harmlos.

So entspannt, ungezwungen und persönlich wie an diesem Abend hatten Lauren und Cole noch nie miteinander reden können. Das lag natürlich vor allem daran, dass sie allein waren und die Kinder so schnell nicht wieder nach Hause kamen.

Auch jetzt spürte er deutlich die sexuelle Spannung zwischen ihnen – aber eher unterschwellig. Natürlich begehrte er sie immer noch sehr, beherrschte sich aber, so gut es ging. Immerhin hatte sie ihm deutlich zu verstehen gegeben, dass sie heute auf keinen Fall mit ihm schlafen würde.

Komischerweise störte ihn das nicht mal besonders. Er sagte sich einfach, dass sie schon wieder zusammenfinden würden, wenn es für sie beide passte.

Also aßen sie Shrimps mit Brokkoli und Hühnchen mit Honigglasur und unterhielten sich dabei über alles Mögliche: über ihre Kindheit und Schulzeit, ihr Lieblingsessen, ihre Lieblingsfilme und ihre Lieblingsbücher. Sie erzählten sich sogar ihre peinlichsten Erlebnisse.

Offenbar war Lauren früher ein ziemlicher Sonderling gewesen. Damals hatte sie im Schulorchester Klarinette gespielt, hatte sich – natürlich! – im Koch- und Haushaltsklub engagiert und in der Schulbibliothek ausgeholfen. Selbstverständlich war sie eine vorbildliche Schülerin gewesen und hatte überall mit Bestnote abgeschnitten. Wahrscheinlich wäre sie ihm damals gar nicht aufgefallen: ihm, dem Baseballstar, der für die Schule immer nur das Nötigste getan hatte.

Auch über seine abgebrochene Baseball-Karriere sprachen sie. Mit Lauren darüber zu reden, war überraschend angenehm: Sie stellte ihm interessierte Fragen, bohrte aber nicht penetrant nach.

Schließlich lehnte sie sich auf ihrem Stuhl zurück und sah Cole an. „Hast du es eigentlich schon mal bereut?“

„Bereut? Was denn?“, sagte er und schob seinen leeren Teller zur Seite. Er konnte beim besten Willen nicht mehr weiteressen. Dann erwiderte er ihren Blick und erschrak. Auf einmal wirkte sie nicht mehr so locker wie eben noch, sondern unsicher und angespannt. Schlagartig verstand er auch ihre Frage. „Du meinst, ob ich es bereut habe, meinen Kindern zuliebe den Profisport aufgegeben zu haben?“

„Na ja, eigentlich geht es mich ja nichts an. Aber als du eben von deiner Baseballzeit erzählt hast, hast du richtig gestrahlt. Da habe ich mir gedacht, dass es dir bestimmt schwergefallen ist aufzuhören. Damit hast du ein großes Opfer gebracht, das hätte ganz bestimmt nicht jeder getan."

Über diese Entscheidung in seiner Laufbahn hatte er schon lange mit niemandem mehr gesprochen. Außerdem war er dabei noch nie wirklich offen und ehrlich gewesen. In der Öffentlichkeit hatte er es ohnehin immer so aussehen lassen, als hätte er seinen Ausstieg keine Sekunde lang bereut. Aber die Wahrheit sah anders aus.

„Na ja, zunächst kam es mir schon so vor, als hätte ich einen schrecklichen Fehler gemacht", sagte er. „Meistens dann, wenn alle drei Kinder gleichzeitig die Grippe hatten, eins davon sich gerade im Flur erbrochen hatte und das andere sogar im Bett. Oder als Justin ohne ersichtlichen Grund stundenlang duchgeheult hat und ich ihn einfach nicht beruhigen konnte. Oder als Hank uns beweisen wollte, dass er fliegen kann, vom Etagenbett gesprungen ist und sich den Arm gebrochen hat. Oder als Meredith ihren ersten BH brauchte." Ihre Blicke begegneten sich. „Wahrscheinlich weißt du gar nicht, wie es sich anfühlt, einer Situation nicht gewachsen zu sein. Ich schon. Als Vater habe ich mich oft ganz schön überfordert gefühlt, als Baseballspieler nicht."

„Fast jeder fühlt sich manchmal überfordert", erwiderte Lauren. Dann lächelte sie. „Menschen, die das Gegenteil von sich behaupten, kommen mir irgendwie verdächtig vor."

Er lachte. „Solche Leute kenne ich auch". Die Stimmung hatte sich deutlich aufgehellt – zum Glück. Er wollte keine traurigen Gespräche mit Lauren führen müssen.

„Das mag ich übrigens ganz besonders an dir", sagte sie.

Bei ihren Worten bekam er eine Gänsehaut. Sie mochte ihn! Trotzdem gelang es ihm, ruhig nachzuhaken: „Was denn?"

Lächelnd beugte sie sich zu ihm hinüber. „Du machst keine halben Sachen, sondern bist immer mit ganzem Herzen dabei. Ob es um Baseball geht oder deine Kinder. Und wenn du demnächst an der Highschool als Lehrer und Coach anfängst, ist das bestimmt nicht anders."

Unwillkürlich musste er an ihr leidenschaftliches Liebesspiel denken. Sie wohl auch?

Lauren betrachtete ihn ernst. „Du bist der beste Vater, den ich je kennengelernt habe. Deine Kinder haben ein Riesenglück, weißt du das? Man merkt sofort, wie sehr ihr euch liebt. Das ist das Allerwichtigste in einer Familie, und darum beneide ich euch. Irgendwann möchte ich nämlich auch Kinder haben. Dafür würde ich sogar Grippewellen und Erbrochenes im Flur in Kauf nehmen."

Jetzt lächelte sie wieder. Aber auch nur deswegen, weil sie sich noch nie um drei kranke Kinder gleichzeitig kümmern musste, dachte Cole. Das ist nämlich absolut nicht komisch, das ist die Hölle.

Cole versuchte sich Lauren als Teil seiner Familie vorzustellen, aber das war für ihn undenkbar. Natürlich kannte er sie noch nicht besonders gut. Trotzdem war er sich sicher, dass sie dem chaotischen Leben, das sie führten, nicht gewachsen wäre. Seine Kinder würden ihr wahrscheinlich den Rest geben.

Und dann wünschte sie sich auch noch eigene Kinder. Das kam für ihn überhaupt nicht infrage. Er hatte genug von durchwachten Nächten, Babygeschrei und schmutzigen Windeln. Damit hatte er schon einmal ganz allein fertig werden müssen.

„Ich hatte diese Woche übrigens ein interessantes Angebot", sagte Lauren plötzlich. Der Themenwechsel kam ihm sehr gelegen.

„Was denn?"

Als sie ihm alles erzählt hatte, fragte er sich, warum sie ihm die Neuigkeiten nicht schon früher mitgeteilt hatte. Hatte sie etwa befürchtet, dass ihm das nicht gefallen könnte? Oder war er ihr dafür zu unwichtig? Die Vorstellung fand er ein bisschen enttäuschend, obwohl er sich doch gerade überlegt hatte, dass ihre Lebensentwürfe so gar nicht zusammenpassten.

Aber falls sie tatsächlich nach New York gehen sollte, würde sie bestimmt nicht nach ein paar Wochen schon wieder zurückkommen, wie sie ihm eben erklärt hatte. Wahrscheinlich würde sie gleich weitermachen mit den Fernsehshows und dann womöglich auf Koch- und Lesereise durch die ganzen USA gehen. Eine gruselige Vorstellung, aber er hatte natürlich nicht das Recht, sie davon abzuhalten. Als man ihm die Gelegenheit gegeben hatte, so richtig Karriere zu machen, hatte er auch alles in den Wind geschossen. Jetzt war Lauren an der Reihe.

Abrupt stand Lauren auf und trug ihre beiden leergegessenen Teller zur Spüle. Cole folgte ihr und stellte sich direkt hinter sie. Was hatte er schon zu verlieren? Nichts. Oder etwa doch alles? Die Zeit verging wie im Flug, und so eine Gelegenheit ergab sich so schnell nicht wieder. Als er ihren Pferdeschwanz anhob und ihr einen zärtlichen Kuss in den Nacken drückte, zuckte sie zusammen und ließ einen der beiden Teller fallen. Mit einem lauten Scheppern landete er auf dem Boden, zerbrach aber nicht.

„Habe ich dir nicht eben gesagt, dass ich für Sex nicht zu haben bin?“ Mit beiden Händen umklammerte sie den Rand der Spüle.

„Das ist doch kein Sex“, raunte er ihr zu und legte ihr die Hände auf die Taille. Dann ließ er die Lippen zwischen ihre Schulterblätter gleiten und fuhr ihr sanft mit der Zunge über die Haut. Sie erschauerte.

Sie schmeckte so unglaublich gut! Süß und salzig zugleich. Und wie sie duftete! Nach frisch gebackenen Plätzchen …

„Es ist doch nur ein kleiner Kuss“, flüsterte er. „Sag einfach stopp, dann höre ich sofort auf.“

Aber sie schwieg.

Also atmete er weiter ihren Duft ein, strich ihr über die Haut und fuhr ihr durch das seidige Haar. Jetzt konnte sie der Versuchung doch nicht mehr widerstehen, das spürte er deutlich, und das hörte er an ihren unregelmäßigen Atemzügen.

Ganz langsam drehte sie sich zu ihm um, schlang ihm die Arme um den Hals und schmiegte sich an ihn. „Verdammt, Cole, wenn du mich wirklich küssen willst, dann aber bitte richtig!“

8. Kapitel

Lauren seufzte. Es war einfach nicht zu fassen. Wenn Cole sie so berührte, vergaß sie alle ihre guten Vorsätze. Ein einziger Kuss auf den Nacken hatte gereicht, und sie war hinweggeschmolzen.

Dabei war es ihr völlig ernst gewesen, als sie ihm gesagt hatte, dass sie heute auf keinen Fall mit ihm schlafen würde. Sie musste erst mal ihre Gedanken sortieren, und das konnte sie nicht besonders gut, wenn er sie gerade küsste. Oder wenn sie ihn in sich spürte. Dann war ihr Gehirn vollkommen ausgeschaltet.

Aber im Moment versuchte er gar nicht, es überhaupt so weit kommen zu lassen. Eigentlich hatte sie damit gerechnet, dass er ihr als Nächstes die Hand unter das Kleid schieben und sie zwischen den Beinen berühren würde. Wenn er sich so weit vorgewagt hätte, hätte sie das Ganze sofort abgebrochen – höchstwahrscheinlich jedenfalls –, und dann wäre alles vorbei gewesen.

Stattdessen küsste Cole sie einfach, und das war so ziemlich das Schlimmste, was er ihr antun konnte. Je länger der Kuss andauerte, umso deutlicher schmolz ihr Widerstand dahin.

Cole vertiefte den Kuss, und Lauren drängte sich ihm entgegen.

Wann berührt er mich endlich richtig? fragte sie sich. Sie konnte es kaum erwarten, seine Finger an ihrer intimsten Stelle zu spüren. Ihr ganzer Körper bebte vor Verlangen, und sie musste sich auf die Lippen beißen, um nicht laut aufzustöhnen.

Was sollte sie bloß tun? In ein paar Wochen war sie wahrscheinlich schon in New York, und dann würde sie so etwas so schnell nicht noch mal erleben. Es gab kaum einen Mann, der sie so befriedigen konnte und der so intensive Gefühle in ihr weckte wie Cole. Kein Wunder, dass sie sich ein bisschen in ihn verliebt hatte.

Eigentlich sogar mehr als nur ein bisschen …

Und da sie diejenige gewesen war, die diesen Abend sexfrei hatte gestalten wollen, war es jetzt wohl an ihr, das Verbot auch wieder aufzuheben. Sie schob Cole die Hände unter das Hemd, fuhr ihm über die feste Brustmuskulatur und öffnete seinen Jeansbund.

„Meintest du nicht eben …“, begann er heiser und streifte ihre Lippen mit seinen.

Mit einem Kuss brachte sie ihn zum Schweigen. Dann umschloss sie seine harte Männlichkeit. „Eine Frau hat das Recht, es sich auch einmal anders zu überlegen“, raunte sie ihm zu. „Wusstest du das nicht?“

„Ich habe jedenfalls nichts dagegen“, knurrte er. Dann hatte er es sehr eilig. Schnell schob er ihr das Kleid hoch, zog ihr den Slip herunter und drückte sanft ihre Beine auseinander. Aus seiner Gesäßtasche holte er ein Kondompäckchen. Einen Wimpernschlag später saß sie auf dem Waschbeckenrand, und er war im Stehen in sie eingedrungen. Er fühlte sich so warm und hart an und war gerade offenbar genauso überwältigt wie sie. In diesem Augenblick schien es nur noch sie beide zu geben … und die Leidenschaft, die sie miteinander erlebten.

Nie hätte sie für möglich gehalten, dass sie zu so intensiven Gefühlen überhaupt in der Lage war! Dass sie sich so gehen lassen konnte … Sonst hatte sie doch immer alles unter Kontrolle. Aber wenn sie Cole in sich spürte, erkannte sie sich auf einmal nicht mehr wieder. Dann verlor sie völlig die Bodenhaftung, und nur er konnte ihr noch Halt geben.

Mit kräftigen Stößen bewegte er sich in ihr, und sie begegnete ihm atemlos. Sie presste ihren Mund auf seinen und spielte mit seiner Zunge.

Warum konnte dieses Gefühl nicht für immer anhalten, warum musste es irgendwann ein Ende haben?

Das Finale war allerdings grandios.

Hinterher hielten sie sich noch eine ganze Weile lang atemlos fest, als wollten sie sich nie wieder loslassen.

Schließlich zog Cole sie sanft von der Waschbeckenkante auf den Küchenboden herunter. Beide waren erschöpft und verschwitzt, konnten sich aber nicht voneinander lösen. Am liebsten hätte Lauren die Zeit angehalten.

Und jetzt?

Sie hatte sich geschworen, dass sie ihre Lebensplanung nie von einem Mann abhängig machen würde. Aber in diesem Moment war sie bereit, all ihre Vorsätze über den Haufen zu werfen und ihre große Karrierechance in den Wind zu schießen. Wer wusste schon, wann ihr wieder jemand wie Cole begegnen würde?

Sie küsste ihn sanft auf den Hals und schmeckte seine salzige Haut. „Ich habe es mir gerade noch mal überlegt", flüsterte sie ihm zu. „Vielleicht gehe ich doch nicht nach New York."

Nachdem Cole die Kinder abgeholt und ins Bett gebracht hatte, spürte er, wie eine bleierne Müdigkeit ihn erfasste. Er schlief sofort ein und wachte erst am nächsten Morgen wieder auf.

Es duftete nach Kaffee. Aber während er seinen Verstand gestern noch hatte ausschalten können, um einfach nur zu fühlen und zu genießen, meldete er sich jetzt umso deutlicher zu Wort.

Cole hätte nicht für möglich gehalten, dass er jemals wieder einer Frau so nah kommen würde, wie er Lauren gestern Abend gekommen war – und das nicht nur körperlich. Ja, sie hatten sich wild und leidenschaftlich geliebt … aber für ihn war es um viel mehr gegangen als bloß um Sex. Genau an diesem Punkt wurde es kompliziert, und Komplikationen konnte Cole im Moment überhaupt nicht gebrauchen.

Einerseits mochte er Lauren wirklich sehr. Er hatte sich sogar schon vorgestellt, wie es wäre, wenn sie ganz langsam und allmählich Teil seiner Familie würde. Aber dann war er vor diesem Gedanken immer wieder zurückgeschreckt. Er wusste, dass daraus nichts werden konnte. Sie wünschte sich eigene Kinder, das hatte sie ihm gestern deutlich gesagt. Aber er konnte sich beim besten Willen nicht vorstellen, noch mal ein Baby in die Welt zu setzen. Immerhin hatte er die ganze Prozedur schon dreimal mitgemacht, hatte Windeln gewechselt und schlaflose Nächte verbracht. Jetzt war er froh, dass Justin bald eingeschult wurde und damit immerhin diese Phase vorbei war.

Und dann hatte sie auch noch überlegt, das Angebot mit der Fernsehshow in New York auszuschlagen. Offenbar seinetwegen. Was wäre bloß, wenn aus ihrer Beziehung doch nichts würde? Würde sie ihm das nicht ewig vorhalten? Außerdem konnten sie dann unmöglich weiter nebeneinander wohnen.

„Ich Idiot", murmelte er und schlenderte in die Küche, um sich dort einen Becher Kaffee einzuschenken. So sehr er Lauren begehrte – sie passten einfach nicht zusammen. Während für ihn das Chaos zum Alltag gehörte, verlief ihr Leben in streng geordneten Bahnen. Sie plante alles genau durch und setzte ihre Pläne konsequent um. Das Gleiche galt wahrscheinlich auch für ihren Kinderwunsch …

Es gab nur eine Lösung: Er musste diese Affäre unbedingt beenden, damit er Lauren und ihrer Lebensplanung nicht weiter im Weg stand. Der Gedanke daran tat ihm unendlich weh.

Er wartete, bis er sie in den Hintergarten gehen sah, offenbar um ein paar Tomaten zu ernten. Hank und Justin spielten gerade Fußball, während Meredith am Küchentisch saß und ihm eine Einkaufsliste für Samstag schrieb. Wenn er an das Mittagessen mit Janet dachte, wurde ihm etwas mulmig zumute.

Er betrat den Garten durch die Hintertür, ging auf Lauren zu und zwang sich zu einem Lächeln. Das fiel ihm allerdings so schwer, dass er den Versuch gleich wieder aufgab.

Es ist besser, das Ganze hier draußen im Garten zu klären, dachte er. Wenn wir allein im Haus sind, landen wir doch immer im Bett.

„Hallo, Lauren!", rief er ihr zu, und sie blickte hoch. Sie war so in ihre Tomatenernte vertieft gewesen, dass sie ihn bis eben nicht bemerkt hatte.

Sie lächelte und begrüßte ihn ebenfalls.

Als er direkt vor ich stand, sagte er leise: „Ich habe mir heute Morgen etwas überlegt."

„Was denn?", erwiderte sie. Am liebsten hätte er sie in den Arm genommen und immer wieder geküsst … um ihr dann zu sagen, wie wunderschön sie aussah und dass er heute Morgen zuallererst an sie gedacht hatte. Stattdessen sagte er: „Das mit uns … mir geht das alles viel zu schnell."

Sofort wurde Lauren blass, aber sie blieb ganz ruhig. Wahrscheinlich hatte sie noch nie jemandem eine Szene gemacht. „Wir haben uns nicht gerade viel Zeit gelassen", sagte sie. Ihre Stimme klang so angestrengt beherrscht, als könnte sie ihr jeden Moment versagen.

„Allerdings. Ich komme da nicht mehr mit." Er bemühte sich um einen möglichst gelassenen Tonfall. „Ich mag dich wirklich, du bist unheimlich sexy. Aber realistisch gesehen passen wir einfach nicht zusammen."

Verärgert funkelte sie ihn an. Wahrscheinlich dachte sie gerade, dass sie für ihn nur ein Sexobjekt war – mehr nicht. „Da hast du wohl recht", sagte sie schließlich.

„Du führst ein völlig geordnetes Leben, und bei mir geht alles drunter und drüber."

„Das stimmt." Sie fixierte einen unbestimmten Punkt in der Ferne.

Cole seufzte. Lauren sollte auf keinen Fall denken, dass er so eine Kleinigkeit als Hindernis sah. „Außerdem hättest du gern eigene Kinder", fügte er also hinzu.

Jetzt blickte sie ihm doch in die Augen. „Jetzt noch nicht, aber irgendwann doch."

„Tja, und ich habe schon drei, das reicht mir", sagte er bestimmt. „Damals habe ich alles aufgegeben, um für sie da zu sein, und das bereue ich auch nicht. Aber jetzt bin ich mal dran. Und da habe ich ganz egoistisch gehofft, dass du und ich …" Er konnte den Satz unmöglich zu Ende bringen. „Jedenfalls wünschen wir uns völlig andere Dinge vom Leben. Versteh mich bitte nicht falsch, der Sex war toll, aber ich will wirklich nicht mehr von dir." Hatte sie zu ihm nicht ursprünglich genau das Gleiche gesagt?

Zuerst wirkte Lauren verwirrt, dann einfach nur verletzt. „Also willst du mir damit sagen, dass du dich nicht ernsthaft in mich verlieben könntest."

Er schluckte. Aber vielleicht war es so am einfachsten. „Ja."

Ihr Gesicht war gerötet. Erneut wich sie seinem Blick aus und schaute schließlich auf den Boden, als würde sie etwas zwischen ihren Tomatenstauden suchen. „Gut, dass ich Bescheid weiß."

„Ja, ich wollte dir das so früh wie möglich sagen."

Jetzt sah sie doch wieder zu ihm hoch. Ihre Augen glänzten, aber sie weinte nicht. Sie beschimpfte ihn auch nicht oder verlor sonst wie die Fassung. Einer Lauren Russell passierte so etwas offenbar nicht. Nie. „Ach, übrigens will ich jetzt doch nach New York und bei dieser Kochshow mitmachen, wenn der Fernsehproduzent mich nimmt", sagte sie. „Das wird zwar ganz schön hart, aber die Chance kann ich mir nicht entgehen lassen."

„Schön." Er versuchte zu lächeln. „Wenn du dann berühmt bist, kann ich allen Leuten erzählen, dass ich dich schon vorher kannte."

Sie nickte bloß, riss mit auffälliger Heftigkeit einige Tomaten von der Staude und ging zur Hintertür, die in ihre Küche führte.

Und die ganze Zeit versuchte Cole sich einzureden, dass es so am besten für sie beide war.

Wenigstens sind wir gerade noch rechtzeitig zur Besinnung gekommen, sagte er sich.

Aber er ahnte, dass es zumindest für ihn längst zu spät war. Er würde Lauren schrecklich vermissen. Nicht nur den Sex mit ihr, sondern auch ihr wunderschönes Lächeln und die Art, wie sie ihn angesehen hatte, wenn sie allein gewesen waren – als wäre er in diesem Moment der einzige Mensch auf der ganzen Welt.

Cole kniff ein Auge zusammen und betrachtete mit dem anderen das dickflüssige grüne Getränk. Hank, der aufstrebende Hexenmeister, hatte ihm jetzt schon die dritte Portion seines Gute-Laune-Zaubertrankes verabreicht und wurde langsam ungeduldig, weil sich die gewünschte Wirkung einfach nicht einstellte.

Cole brachte es nicht übers Herz, seinem Sohn zu sagen, dass es auf der ganzen Welt keinen Zaubertrank gab, der ihn so schnell wieder zum Lächeln bringen würde. Also trank er auch das dritte Glas aus und zwang sich zu einem breiten Grinsen.

„Iiiieeeh!", rief Justin und versteckte sich hinter Hanks Zauberumhang. „Das ist ja ein richtig fieses Grinsen!"

„Mein Zaubertrank wirkt nicht mehr", beklagte sich Hank. „Ich glaube, ich verliere meine magischen Fähigkeiten!"

„Ach, das wird schon wieder", sagte Cole und schickte die Jungs zum Zähneputzen ins Bad. Dann sank er erschöpft aufs Sofa. Sobald alle Kinder im Bett waren, wollte er noch eine Maschine Wäsche waschen und danach vielleicht ein paar Küchenschränke umstellen. Im Moment konnte er auf gar keinen Fall schlafen.

Meredith kam ins Zimmer und ließ sich auf den Sessel gegenüber fallen. „Und? Was hat sie gemacht?", erkundigte sie sich.

„Wie bitte?"

„Ich bin nicht mehr sechs, Dad, du kannst ruhig vernünftig mit mir sprechen. Ich sehe doch, was mit dir los ist. Du bist traurig und wütend und benimmst dich irgendwie … komisch. Wahrscheinlich weil sie irgendetwas Fieses gesagt oder getan hat."

Warum sollte er so tun, als wüsste er nicht, von wem seine Tochter sprach? Das wäre ziemlich albern. „Lauren hat nichts Schlimmes gemacht", erwiderte er.

„Aber du hast dich inzwischen mit ihr verabredet, oder? Als wir gestern im Kino waren, warst du bei ihr drüben, und da ist irgendetwas passiert. Und jetzt erzähl mir nicht, dass alles in Ordnung ist, das ist doch völliger Quatsch! Ich wusste übrigens von Anfang an, dass sie nur Ärger macht."

Im Grunde fühlt sich Meredith genauso für mich verantwortlich wie ich mich für sie, dachte Cole sich. „Lauren hat wirklich nichts getan", wiederholte er. „Aber ich. Ich habe ihr nämlich gesagt, dass ich es besser finde, wenn wir uns nicht mehr sehen."

Das Mädchen wirkte unendlich erleichtert. „Besonders glücklich bist du darüber nicht, stimmt's?"

„Stimmt", erwiderte er. „Aber es ist am besten so."

Meredith atmete tief durch. Jetzt wirkte sie sogar noch entspannter. Das erkannte er an ihrer Haltung, an ihren Händen … an ihrer ganzen Körpersprache.

„Warum magst du Lauren eigentlich nicht?", fragte er sie.

Sofort war die Anspannung wieder da. „Weil wir niemanden brauchen. Wir haben doch uns, wir vier. Da ist kein Platz für irgendeine … Lauren."

Cole lächelte, und diesmal musste er sich dafür nicht verstellen.

„Habt ihr etwa deswegen vor ein paar Jahren alle Frauen vergrault, mit denen ich mich verabredet habe?“

Meredith wich seinem Blick aus. „Wir wollten sie nicht vergraulen, es war eher als Test gemeint. Aber sie sind alle durchgefallen.“

„Oje. Wie hast du Justin eigentlich dazu gekriegt, einer davon übers Kleid zu spucken?“

Meredith beugte sich vor. „Ach, das war eher ein glücklicher Zufall. Eigentlich wollte ich ihr Orangensaft in den Ausschnitt kippen, und Hank sollte sich an ihrem Rocksaum die Nase putzen. Aber dann ist Justin auf einmal krank geworden, das hat ganz wunderbar gepasst.“

„Ab sofort hört ihr auf mit diesem Quatsch, okay?“, sagte Cole und bemühte sich dabei um einen ernsten Gesichtsausdruck. „Ihr seid für so etwas nämlich zu alt, außerdem will ich mich irgendwann auch mal wieder verabreden.“

„Aber bitte nicht wieder mit so gruseligen Frauen wie beim letzten Mal.“

„Gut, ich gebe mir Mühe. Es dauert sowieso noch eine ganze Weile, bis ich wieder so weit bin.“ Zuerst musste er nämlich über Lauren hinwegkommen, und das konnte dauern.

Inzwischen hatte Lauren ein einfaches Menü für den Fernsehproduzenten und seinen Kameramann zusammengestellt: Es sollte Hühnchen und Reis geben, dazu einen Salat aus drei verschiedenen Bohnensorten, selbstgebackene Brötchen und zum Nachtisch einen Schokoladenkuchen.

Vor zwei Tagen hatte sie mit Cole im Garten gesprochen, seitdem hatte sie sich in ihrem Haus verschanzt, Rezepte ausprobiert und kein Wort mehr mit ihm gewechselt. Was sollte sie mit ihm auch reden?

Jetzt war sie sogar ganz froh darüber, demnächst wahrscheinlich für ein paar Wochen oder sogar Monate von der Bildfläche zu verschwinden. Je nachdem, wie es in New York lief. In den meisten dieser Realityshows wurde jede Woche ein Kandidat nach Hause geschickt. Und obwohl Lauren nicht damit rechnete, die Show zu gewinnen, wollte sie auch nicht gleich als Erste rausfliegen. Das wäre ja peinlich.

Aber vor allen Dingen brauchte sie Abstand von Cole. Nach allem, was zwischen ihnen passiert war, würde sie es nicht aushalten können, ihn nebenan kommen und gehen zu sehen und seine Kinder im Garten spielen zu hören. Sie hatte die drei inzwischen ins Herz geschlossen. Jetzt musste sie erst mal über ihren Verlust hinwegkommen.

Andererseits: Was hatte sie überhaupt verloren? Eigentlich war es doch die ganze Zeit nur um Sex gegangen. Genau so hatte sie es ursprünglich auch gewollt … bis sie festgestellt hatte, dass es ihr um viel, viel mehr ging. Jetzt war sie am Boden zerstört, und Cole fand es bloß schade, dass er auf den heißen Sex mit ihr verzichten musste. Was war eigentlich los mit ihr? Hatte sie einen eingebauten Sensor, der mit großer Sicherheit die oberflächlichsten Männer im näheren Umfeld aufspürte? Offenbar schon.

Aber das Leben ging weiter, und in etwa zwei Stunden würden ihre Gäste eintreffen: der Produzent Edward Mandel samt Kameramann. „Sag bloß nicht Eddie zu ihm!“, hatte ihre Lektorin sie noch gewarnt.

Lauren hatte längst den Tisch im Esszimmer gedeckt. Dort aß sie fast nie, weil sie es in ihrer Küche viel gemütlicher fand. Der Schokoladenkuchen stand auf der Anrichte und sah aus wie gemalt. Das Hühnchen mit Reis war bereits im Ofen. Sobald ihre Gäste eintrafen, wollte sie es zusammen mit den Brötchen aufwärmen. Der Bohnensalat stand fertig im Kühlschrank. Also war alles perfekt. Ich könnte höchstens noch ein paar Tomaten holen, aufschneiden und damit den Bohnensalat dekorieren, dachte sie.

Durch die Hintertür ging sie in den Garten und suchte die Stauden nach großen, reifen Früchten ab.

Plötzlich hörte sie von nebenan ein lautes Schluchzen. Sie hob den Kopf.

Draußen neben der Küchentür der Donovans stand Meredith. Sie hatte die Hände vor den Kopf geschlagen und weinte so heftig, als hätte ihr jemand das Herz gebrochen.

Einen Moment lang war Lauren ratlos. Immerhin hatte das Mädchen ihr deutlich zu verstehen gegeben, dass sie sie nicht ausstehen konnte. Und Cole hatte einfach nur seinen Spaß mit ihr haben wollen und sie nach ein paar leidenschaftlichen Nächten entsorgt wie ein altes Handtuch. Also hielt sie sich am besten aus dem Leben ihrer Nachbarn heraus. Oder?

Andererseits war Meredith doch noch ein Kind, und sie klang wirklich verzweifelt. Lauren atmete mehrmals tief durch und ging dann in den Nachbargarten. Dabei stolperte sie fast über einen Fußball und eine einarmige Action-Figur.

„Hey, Meredith … was ist denn los?"

Das Mädchen blickte auf. Sie wirkte überrascht, offenbar hatte sie Lauren nicht kommen hören. Ihre Augen waren völlig verheult und gerötet, ihr Gesicht war feucht und fleckig, außerdem lief ihr die Nase. „Das ist dir doch egal", murmelte sie.

Lauren hätte sich ohne Weiteres umdrehen und zurück in ihren Garten gehen können. Das wäre bestimmt die einfachste Lösung gewesen. Aber das konnte sie nicht; das Mädchen sah wirklich elend aus.

„Wenn mir das alles egal wäre, wäre ich gar nicht hier", gab sie also zurück. „Was ist denn passiert?" Plötzlich kam ihr ein Gedanke, bei dem ihr fast das Herz stehen blieb. „Ist jemand verletzt?"

Meredith schüttelte den Kopf. „Nein. Ich … ich wollte etwas für meine Tante kochen, sie kommt gleich zum Mittagessen. Ich hab mir solche Mühe gegeben und bin auch extra früh aufgestanden, aber … irgendetwas stimmt mit unserem Herd nicht. Alles ist verkohlt: Die Nudeln mit Thunfisch, der Apfelauflauf, und die Brötchen sind auch ganz schwarz. Außerdem sind mir die Erbsen angebrannt, und die ganze Küche stinkt danach! Jetzt habe ich keine Zeit mehr, etwas anderes zu kochen. Wenn Tante Janet das sieht, denkt sie bestimmt, dass wir ohne sie nicht klarkommen."

„Was sagt denn dein Vater dazu?"

„Dem habe ich das noch gar nicht erzählt. Er räumt gerade mit Hank und Justin die Zimmer auf, weil Tante Janet die auch immer sehen will. Sie will sich immer alles ganz genau angucken. Wenn er mitkriegt, dass ich das Essen verbrannt habe, flippt er aus. Alles mache ich falsch!"

Lauren legte dem Mädchen eine Hand auf die Schulter und befürchtete einen Moment lang, Meredith würde sie sofort wieder abschütteln. Aber das tat sie nicht. „Ach, Quatsch", sagte Lauren. „Dein Vater wird ganz sicher nicht wütend, er findet es bestimmt toll, dass du dir solche Mühe gegeben hast. Auch wenn es nicht so geklappt hat, wie du wolltest, aber das ist im Leben leider manchmal so."

Meredith nickte. Sie wirkte zwar noch ziemlich aufgewühlt, aber immerhin schon wieder etwas ruhiger. „Ja, ich habe mir wirklich Mühe gegeben. Und du hast recht: Dad wird bestimmt nicht wütend auf mich, wahrscheinlich sagt er wieder, dass das ganz schön mutig von mir war, so etwas zu versuchen. Das sagt er immer, wenn bei mir etwas schiefgeht. Und dann bringt er alles wieder in Ordnung." Sie seufzte. „Ich gehe schnell rein und erzähle ihm, was passiert ist. Dann kann er noch schnell ein paar Sachen einkaufen." Sie zitterte an ihrem ganzen schmalen Körper. „Wahrscheinlich hat Tante Janet recht. Wir kommen wirklich nicht ohne sie klar."

Gerade wollte sie ins Haus gehen, da legte Lauren ihr eine Hand auf die Schulter. „Hey, warte doch mal!"

Meredith wandte sich um und blickte zu ihr hoch.

So viel kleiner als ich ist sie gar nicht, dachte Lauren. Bald hat sie mich eingeholt, sie hat ja jetzt schon so lange Beine.

Ein wunderschönes Mädchen, das zu seiner wunderschönen Frau heranwachsen würde … Aber im Moment war sie immer noch ein Kind. „Ich habe eine Idee", sagte Lauren.

Als Meredith das verbrannte Essen aus dem Ofen geholt hatte, war sie überzeugt davon gewesen, dass es heute frittierte Hähnchenteile vom Schnellimbiss zum Mittagessen geben würde. Nie im Leben hätte sie damit gerechnet, dass der Tag noch so eine Wendung nehmen würde.

Auf Laurens Anweisung hin versteckte sie das verbrannte Essen, weil irgendjemand es bestimmt im Abfalleimer finden würde. Dann deckte sie den Esstisch mit dem guten Geschirr, das sie noch von ihrer Mom hatten. Sonst benutzten sie die zerbrechlichen Porzellanteller mit dem zartrosa Rand nie, sondern aßen immer von Papptellern. Aber Lauren hatte auf den Porzellantellern bestanden, und Meredith war bereit, alles zu tun, was ihre Nachbarin ihr sagte.

Lauren brauchte das alles gar nicht zu tun, sie müsste mir gar nicht helfen, dachte Meredith. Sie hätte mich einfach weinend auf der Veranda stehen lassen können. Im umgekehrten Fall hätte ich das jedenfalls getan.

Um eine Sache hatte Lauren sie allerdings gebeten: Auf gar keinen Fall sollte sie ihren Dad in die Küche lassen. Also hatte Meredith ihre Brüder eingeweiht, die versprochen hatten, sich darum zu kümmern.

Gemeinsam öffneten sie die Fenster und versprühten Raumspray, um den Geruch nach Verbranntem zu vertreiben. Das klappte auch einigermaßen, obwohl Meredith immer noch die verkohlten Erbsen herausroch. Allmählich wurde die Zeit knapp. Als sie mit der Aufräumaktion fertig waren, rannte Lauren nach nebenan, und Meredith rannte hinterher.

In Laurens Küche duftete es himmlisch – wie immer.

Sie schlüpfte in zwei makellose Topfhandschuhe, an denen kein einziger Flecken und keine einzige verbrannte Stelle zu erkennen war, und holte damit eine große Auflaufform aus dem Ofen.

„Im Kühlschrank steht noch eine Schüssel", erklärte sie und ging in Richtung Hintertür. „Bringst du die bitte auch mit? Wir kommen gleich wieder zurück und holen den Rest."

Ganz vorsichtig trug Meredith die Schüssel nach Hause, aus Angst, sie könnte sie aus Versehen fallen lassen. Das passierte aber nicht. Nachdem sie sich vergewissert hatte, dass niemand im Esszimmer war, traute sich auch Lauren mit ihrer Auflaufform herein und stellte sie auf dem Tisch ab. Dann runzelte sie die Stirn. „Hier fehlen noch Blumen", sagte sie, als wäre das eine Todsünde.

„Bei uns wächst nur Unkraut", gab Meredith lapidar zurück.

Lauren lächelte. „Dafür habe ich den ganzen Garten voller Blumen." Sie musterte die zerknitterte Tischdecke und runzelte die

Stirn. „Die können wir jetzt nicht mehr bügeln, aber ich habe ein paar Rosen, die farblich genau zu dem Streifenmuster passen."

Die zwei liefen noch ein paarmal hin und her und holten weitere Schüsseln, Blumen und eine Vase. Als sie fertig waren, betrachtete Lauren stolz das Ergebnis und lächelte über das ganze Gesicht.

Meredith musterte sie aufmerksam. „Warum hast du das alles getan?", wollte sie wissen.

Lauren begegnete ihrem Blick geradeheraus. „Weil du in Schwierigkeiten gesteckt hast. Da habe ich dir eben geholfen. So einfach ist das. Du hättest bestimmt nicht anders reagiert."

„Aber …" Gerade wollte Meredith ihr widersprechen und sagen, dass sie laut losgelacht hätte, wenn Lauren in der Klemme gesessen hätte. Machte sie das zu einem schlechten Menschen?

In diesem Moment schlug draußen jemand eine Autotür zu.

„Sie ist da!", schrie Justin, und Cole rief irgendetwas zurück.

Lauren zuckte zusammen. „Ich muss jetzt los", sagte sie schnell und lief in die Küche, um das Haus von dort aus durch die Hintertür zu verlassen. Hals über Kopf.

Cole führte Janet ins Esszimmer. Er hatte keine Ahnung, was ihn dort erwarten würde. Meredith hatte darauf bestanden, dass er auf gar keinen Fall in die Küche kam. Und weil ihr das unendlich wichtig zu sein schien, hatte er sich auch daran gehalten. „Wenn du doch Hilfe brauchst, dann ruf einfach nach mir", hatte er noch gesagt, aber daraufhin nichts mehr von ihr gehört. Also war wohl alles in Ordnung.

Nudelauflauf mit Thunfisch sollte es geben – nicht gerade gehobene Küche, aber ein schlichtes, gut essbares Gericht. Schließlich hatte nicht jeder Spaß daran, den halben Tag in der Küche herumzuwirbeln, so wie …

Als Cole den gedeckten Esstisch sah, blieb er wie angewurzelt stehen. Hühnchen mit Reis! Und es duftete umwerfend gut. So gut, als hätte jemand gekocht, der wirklich etwas davon verstand. Außerdem kam ihm die hübsche Keramikschüssel, in der das Hühnchen angerichtet war, bekannt vor. Er hatte sie zuletzt gesehen, als sie alle bei Lauren zum Essen eingeladen waren.

Heute Morgen hatte er für Meredith noch Brötchen aus dem Supermarkt mitgebracht, aber die, die jetzt in einer Schüssel auf dem Tisch lagen, sahen anders aus. Viel besser und höchstwahrscheinlich selbstgemacht. Außerdem gab es einen Bohnensalat, für den er auch keine Zutaten eingekauft hatte.

Und dann das Geschirr! Du liebe Güte, waren das nicht die Teller, die man nur mit der Hand spülen durfte? Das benutzten sie doch sonst nie!

Er beschloss, sich nichts anmerken zu lassen. Meredith strahlte über das ganze Gesicht, so fröhlich hatte er sie schon lange nicht mehr erlebt. Die Jungen grinsten, offenbar hatte ihre große Schwester sie in ihr Geheimnis eingeweiht.

Und Janet? Die wirkte schwer beeindruckt. „Ach, Meredith! Das sieht ja toll aus!"

„Du musst dir mal den Schokoladenkuchen angucken, den es zum Nachtisch gibt!", meldete sich Hank zu Wort. Beim Lachen zeigte er seine Zahnlücke.

Nachdem Cole einen Blick darauf geworfen hatte, bestand für ihn kein Zweifel mehr daran, dass Lauren ihr Mittagessen zubereitet hatte. Und zwar von vorn bis hinten. Aber das konnte er jetzt noch nicht ansprechen, sondern erst dann, wenn sie wieder unter sich waren.

Das Essen verlief angenehm: Sie redeten über das neue Haus, die Gegend und das Wetter, und alle aßen Riesenportionen Hühnchen mit Reis. Janet beugte sich zu Meredith hinüber. „Du musst mir unbedingt das Rezept geben", schwärmte sie.

Cole verschluckte sich fast. Wie sollte Meredith sich bloß aus der Affäre ziehen?

Aber seine Tochter blieb völlig gelassen und lächelte ein bisschen selbstgefällig – ganz wie ihre Mutter. „Die Rezepte stehen alle im Internet", sagte sie und nannte Janet Laurens Webseite. Ganz schön clever!

Nachdem sich alle über den Schokoladenkuchen hergemacht

hatten, lud Janet die drei Kinder zu sich nach Birmingham ein. Das hatten sie und Cole schon vor dem Essen unter vier Augen besprochen. Besonders begeistert war er nicht, aber immerhin konnten die Kinder dann ihre alten Freunde wiedersehen und ihre Lieblingsorte besuchen. Die beiden Jungen waren sofort begeistert, nur Meredith wollte lieber in Huntsville bleiben. Janet nahm das einfach so hin, ohne weiter auf sie einzureden, und dafür war Cole ihr dankbar.

Meredith bot ihm noch an, ihm beim Abwasch zu helfen, aber das lehnte Cole ab. Er wollte sich endlich in Ruhe mit seiner Tochter unterhalten. Also schickte er die Jungs in ihre Zimmer, damit sie schon mal ein paar Sachen zusammenpackten, und bat Janet, ihnen dabei zu helfen.

Als er endlich allein mit Meredith in der Küche war, fiel er sofort mit der Tür ins Haus: „Und jetzt erklärst du mir bitte, was heute passiert ist“, sagte er leise.

Meredith lief zum Ofen und öffnete die Klappe. Dann zog sie zwei Auflaufformen und einen Kochtopf heraus, alle voll mit verkohltem Essen. „Lauren meinte, ich soll das erst mal nicht in den Müll geben, sonst findet es Tante Janet.“

„Lauren war das also“, sagte er.

Meredith nickte. „Ja, Lauren. Ich war völlig fertig, da hat sie mir ihre Hilfe angeboten.“ Mit großen braunen Augen sah sie Cole an. „Kann sein, dass ich sie falsch eingeschätzt habe. Vielleicht ist sie doch gar nicht so übel. Ich meine … niemand hat sie gezwungen, mir zu helfen, aber sie hat es trotzdem getan. Das mit dem guten Geschirr und den Blumen war auch ihre Idee. Sah der Tisch nicht toll aus? Aber das Essen war natürlich das Allerbeste daran. Was für ein Glück, dass Lauren zufällig alles fertig hatte.“

Cole schluckte. Auf einmal wurde ihm bewusst, was sie sich gerade zu Gemüte geführt hatten: das Essen, das Lauren eigentlich ihrem Fernsehproduzenten hatte servieren wollen! Trotzdem hatte er kein allzu schlechtes Gewissen: Bestimmt konnte sie auf die Schnelle noch etwas umwerfend Leckeres aus dem Ärmel schütteln.

„Geh doch noch mal mit ihr aus“, schlug Meredith ihm strahlend vor. Unglaublich – war das dieselbe Meredith, die ihm und Lauren Lügengeschichten über Freundinnen und Liebhaber erzählt hatte? Die ihm hatte weismachen wollen, dass Lauren sich zwischen ihn und seine Kinder drängen wollte?

„Du magst sie noch immer ziemlich gern, stimmt's?“, fuhr sie fort. „Und sie mag dich auch, das merke ich. Du hast doch wohl nicht meinetwegen mit ihr Schluss gemacht? Hoffentlich nicht. Ich habe mich nämlich … geirrt.“

Cole lehnte sich gegen die Spüle und verschränkte die Arme vor der Brust. Ja, er hatte Lauren immer noch ziemlich gern – aber trotzdem brachte das ihn und sie nicht weiter. Sie wünschte sich ein völlig anderes Leben als das, was er ihr bieten konnte. Außerdem hatte er schreckliche Angst, sich auf sie einzulassen und sie dann doch wieder zu verlieren. Aber das musste er Meredith ja nicht so genau erklären, zumal es noch einen viel näherliegenden Grund gab, der dagegen sprach. „Lauren bleibt nicht mehr lange hier, sie geht nach New York.“

Entsetzt schaute seine Tochter ihn an. „Was?“

„Ich glaube, sie wollte das Hühnchen mit Reis und den Schokoladenkuchen einem Fernsehproduzenten servieren, der heute vorbeikommt, um sie kennenzulernen“, erklärte er. „Wenn wir uns jetzt näherkommen, müssen wir uns sowieso wieder trennen. In New York wird sie nämlich bestimmt entdeckt, und dann kriegt sie ihre eigene Show und lässt sich hier nie wieder blicken.“

Merediths Unterlippe zitterte, ihre dunklen Augen glänzten. „Ach so“, brachte sie nur hervor.

„Ich habe eine Idee“, sagte Cole und bemühte sich um einen möglichst lockeren Tonfall. „Wie wär's, wenn wir uns Laurens Webseite mal genauer angucken, während die Jungs bei Janet in Birmingham sind? Dann suchen wir uns ein paar Rezepte heraus und lernen selbst, wie man dieses ganze leckere Essen kocht.“

„Okay“, erwiderte Meredith, klang aber nicht gerade begeistert.

Cole blickte aus dem Fenster und in den Nachbargarten. Am liebsten wäre er jetzt zu Lauren hinübergelaufen, um sich für ihre

Hilfe zu bedanken. Sich bei ihr zu entschuldigen und sie darum zu bitten, doch in Huntsville zu bleiben. Er hatte die ganze Szene genau vor Augen: Wie er ihr Gesicht berührte … und wie sie ihn dann mit ihren grünen Augen ansah, als wäre er der einzige Mensch auf der Welt. „Es tut mir so leid“, würde er dann sagen. „Bitte, bleib doch hier.“

Aber er blieb am Küchenfenster stehen. Lauren verdiente die Chance, nach New York zu reisen und sich dort ein neues Leben aufzubauen. Und einen Mann kennenzulernen, der ihr dabei half, ihr alle ihre Wünsche zu erfüllen.

9. Kapitel

In der knappen Zeit, die Lauren blieb, suchte sie in ihrem Haus die Zutaten für ein schnelles, schlichtes Mittagessen zusammen: Im Gefrierschrank fand sie noch drei Portionen Gemüselasagne, dazu richtete sie eine dekorative Gemüseplatte mit Käsehappen an, und zum Nachtisch wollte sie Schokoladenkekse servieren. Zu allem Überfluss klingelte ihr Besuch auch noch überpünktlich an der Tür, sodass ihr wirklich keine einzige Sekunde Zeit zum Durchatmen blieb.

Sie zwang sich zu einem Lächeln und öffnete den beiden Männern. Es war nicht schwer zu erraten, wer wer war: Der Mann, der direkt vor ihr stand, musste dieser Edward Mandel sein, den sie auf keinen Fall Eddie nennen sollte. Er war ein gutes Stück älter als sein Begleiter, hatte eine Glatze und trug einen edlen, wahrscheinlich maßgeschneiderten Anzug.

Der jüngere Mann hatte langes blondes Haar und einen Pferdeschwanz. Er trug eine Kamera bei sich.

Sie schüttelten sich die Hände und stellten sich gegenseitig vor, dann bat Lauren die beiden ins Haus.

Das Herz schlug ihr immer noch bis zum Hals, und sie fühlte sich etwas verschwitzt. Sie hasste es, alles auf die letzte Minute erledigen zu müssen, aber diesmal hatte es sich nicht vermeiden lassen. Dabei war sogar ein ganz passables Essen herausgekommen … das mit dem, was sie eigentlich geplant hatte, natürlich nicht mithalten konnte.

Die Schokoladenkekse waren inzwischen im Ofen und verbreiteten schon einen wunderbaren Duft. Die aufgewärmte Lasagne hatte sie oben auf die Herdplatte gestellt, und die kunstvoll hergerichtete Gemüse- und Käseplatte stand daneben auf der Arbeitsplatte.

Während sie den Flur entlanggingen, sah Edward Mandel sich im

Haus um. „Wie hoch ist hier eigentlich die Luftfeuchtigkeit?", erkundigte er sich. „Da draußen ist es ja wie in einer Sauna. Ich verstehe nicht, wie man hier freiwillig wohnen kann."

Ohne diese teure Anzugjacke wäre die Hitze wahrscheinlich leichter zu ertragen, dachte Lauren, behielt ihre Gedanken allerdings für sich. „Dieser Sommer war wirklich ganz besonders heiß", erwiderte sie stattdessen. Vielleicht musste sich dieser Edward Mandel erst mal von seinem Flug erholen und war nur deswegen etwas schwierig. „Soll ich die Klimaanlage ein bisschen hochstellen?"

„Nein, nein, lassen Sie mal, meine Süße. Nur keine Umstände." Er musterte sie von oben bis unten, dann blieb sein Blick an ihrem Dekolleté hängen. Er runzelte die Stirn. „Wie wär's, wenn wir Ihnen für die Show die Haare rot färben, meine Süße? Wir haben nämlich schon eine blonde Kandidatin. Und dann ziehen Sie vielleicht noch einen wattierten BH an. So etwas haben Sie doch, oder? Ich will, dass die Leute Sie lieben. In diesen Shows haben Sie nur zwei Möglichkeiten weiterzukommen: Entweder die Leute lieben Sie, oder sie hassen Sie. Sonst fliegen Sie ganz schnell raus."

„Vielen Dank für die Anregungen, darüber können wir ja nachher genauer sprechen", sagte sie. „Haben Sie beide eigentlich schon Hunger? Oder wollen wir uns erst über die Sendung unterhalten und hinterher essen?"

„Also, mein Magen knurrt schon seit Stunden", meldete sich der Kameramann zu Wort, der sich Lauren einfach als Ben vorgestellt hatte.

Der Produzent würdigte ihn keines Blickes. „Ich würde lieber erst mal über alles sprechen. Ben verhungert schon nicht sofort."

Offenbar war dieser Edward Mandel ziemlich rücksichtslos. Trotzdem musste das nicht heißen, dass sie sich nicht mit ihm würde arrangieren können. Lauren führte ihre Gäste ins Wohnzimmer. Gerade wollte sie ihnen einen Eistee anbieten, da klingelte es an der Tür. Sie entschuldigte sich und beschloss, den Besucher so schnell wie möglich abzuwimmeln.

Zu ihrer Überraschung stand Justin draußen auf der Treppe. „Vielen Dank für den Kuchen!", sagte er und blickte zu seinem Haus zurück. „Meredith hat Tante Janet nicht verraten, dass er eigentlich von dir war, aber wir haben das alle sofort gemerkt. Keiner macht so guten Schokoladenkuchen wie du."

„Danke, das bleibt aber unser Geheimnis", erwiderte Lauren. „Jetzt muss ich schnell wieder ins Haus, weil ich …"

„Ich will dir noch Tschüs sagen", unterbrach der Junge sie. „Ich und Hank fahren jetzt nämlich mit Tante Janet nach Birmingham und besuchen da unsere Freunde."

„Oh, ach so."

„Ja", fuhr Justin fort. „Meredith hat erzählt, dass du bald nach New York willst. Da hatte ich Angst, dass du nicht mehr hier bist, wenn wir wiederkommen, und ich muss mich ja noch für den Kuchen bedanken. Das ist doch höflich, oder?" Er betrachtete sie mit seinem Unschuldsblick aus großen Augen, die sie sofort an seinen Vater erinnerten.

„Ja, das ist höflich. Gern geschehen. Und jetzt muss ich wieder zu meinen Gästen."

„Aber …" Erneut drehte sich Justin zu seinem Wohnhaus um. „Darf ich dich noch mal schnell umarmen? Falls du nicht mehr hier bist, wenn wir zurückkommen?"

„Na klar." Lauren kam zu ihm nach draußen und hob ihn hoch. Der Junge klammerte sich fest an sie, schlang sogar seine Beine um ihren Körper. Sie hatte etwas Mühe, nicht vorn überzukippen, so leicht war der Kleine auch nicht mehr. Schließlich drückte er ihr einen Kuss auf die Wange.

„Du bist eine richtig tolle Nachbarin, Lauren", schwärmte Justin. „Hoffentlich bist du noch hier, wenn ich wiederkomme. Vielleicht bleibst du ja auch ganz hier. Ich schmeiße dir auch keine Fensterscheiben mehr ein und bin beim nächsten Mal ganz vorsichtig mit diesen großen, schlammigen Unkrautpflanzen. Versprochen."

Sie schluckte. Auf einmal hatte sie einen Kloß im Hals. Es fühlte sich so wunderbar an, dieses Kind im Arm zu halten. Justin hatte sich einfach so von ihr hochheben lassen und kuschelte sich jetzt an sie – voller Vertrauen.

„Mal sehen", sagte sie. „Ich habe mich noch nicht entschieden."

In diesem Moment öffnete Hank nebenan die Haustür. „Komm, Justin, wir müssen noch zu Ende packen!"

„Okay!", brüllte der Junge in Laurens Ohr, weil sich sein Mund gerade genau in dieser Höhe befand. Dann ließ er sich von ihr auf den Stufen absetzen. Er grinste, winkte ihr noch einmal zu und rannte zum Haus der Donovans hinüber.

Auf einmal überkam Lauren ein schreckliches Gefühl. Bis eben hatte sie noch viel davon gehalten, erst mal für ein paar Wochen nach New York zu verschwinden. Aber was wäre, wenn sich wirklich eins zum anderen fügte, sie Karriere machte und schließlich gleich dort blieb? Dann würde sie ihre Nachbarskinder ganz schrecklich vermissen. Ihren Vater würde sie auch vermissen, sehr sogar. Obwohl er ein Mistkerl war.

Und was für einer. Erst hatte er dafür gesorgt, dass sie sich bis über beide Ohren in ihn verliebte … und dann hatte er ihr zu verstehen gegeben, dass er kein dauerhaftes Interesse an ihr hatte. Sie schloss die Haustür und ging zurück ins Wohnzimmer. Rot gefärbte Haare? Warum eigentlich nicht? Und für ein paar Wochen konnte sie sich ruhig mal einen wattierten BH anziehen. Sie stellte sich in den Türrahmen und sagte mit ihrem breitesten Südstaaten-Akzent: „Wie wär's mit etwas Eistee?"

Edward Mandel sprang auf und strahlte. „Na, das klingt ja schon mal wunderbar! Genau diesen Akzent brauchen wir in unserer Show, die Leute stehen auf so etwas. Fragen Sie mich nicht, wieso, aber Landpomeranzen kommen immer gut an."

Ben konnte sich sein Grinsen kaum verkneifen. Dann sah er schuldbewusst zu ihr herüber. „Also, ich hätte gern ein Glas Eistee", sagte er.

Lauren ging in Richtung Küche und blieb abrupt stehen. Irgendetwas roch hier angebrannt. Im nächsten Augenblick fing der Rauchmelder laut an zu piepen.

Sie stürzte in die Küche, wo dicke Rauchschwaden aus dem Herd quollen und sich im Raum verteilten. Blitzschnell schaltete sie das Gerät aus. Dabei fiel ihr auf, dass jemand den Regler auf „Grillen" gestellt hatte. Sie selbst war das ganz bestimmt nicht gewesen!

Als Nächstes zog sie sich einen dicken Ofenhandschuh über, um das Blech mit den Schokoladenkeksen herauszuziehen und möglicherweise noch zu retten. Aber zu spät: Sämtliche Kekse waren tiefschwarz. Während sich der Rauch langsam auflöste, suchte sie den Herd nach der Lasagne und Maisbrot ab – nichts. Im stinkenden Ofen entdeckte sie beides wieder, eine Etage unter dem Keksblech. Irgendjemand hatte die Lasagne einfach über das Maisbrot gekippt, und jetzt war beides verbrannt.

Sie fuhr herum. Wo war die Gemüse- und Käseplatte? Die Platte selbst stand noch auf der Arbeitsfläche, aber der Inhalt war verschwunden.

In diesem Moment stellte Lauren fest, dass die Hintertür ein Stück offen stand.

Hatte sie gerade eben wirklich geglaubt, dass sie die drei Nachbarskinder vermissen würde? Hatte sie ernsthaft überlegt, wegen einer einzigen Umarmung eine riesige Karrierechance sausen zu lassen?

In diesem Augenblick kam Edward Mandel in die Küche. „Verdammt noch mal, was ist denn hier los?" Er wedelte sich hektisch mit der Hand vor der Nase herum, dann drehte er den immer noch schrill piependen Rauchmelder heraus. Schließlich fiel sein Blick auf den Herd. „Sie wollen mir doch wohl nicht erzählen, dass *das* das Essen ist, mit dem Sie uns von Ihren Kochkünsten überzeugen wollten."

„Nein, ist es nicht", rief Ben vom Esszimmer herüber. Er klang belustigt. „Das steht nämlich hier."

Lauren erschauerte. Am liebsten wäre sie im Erdboden versunken – wenn sie nur dadurch den Anblick hätte vermeiden können, der sich ihr im Esszimmer bot. Leider kam sie nicht darum herum, und als sie den Raum betrat, wurde ihr schwindelig.

Der Tisch war noch immer hübsch mit gutem Geschirr, Stoffservietten, Kristallgläsern und Silberbesteck gedeckt. Aber das Essen hatte sie bestimmt nicht dorthin gestellt, obwohl sie alles sofort wiedererkannte: den verkohlten Thunfischauflauf, das ebenfalls verkohlte Apfeldessert und den Topf mit den angebrannten Erbsen.

Eben hatte es hier noch nach frischen Rosen geduftet, jetzt verbreitete sich der Gestank nach Angebranntem im Raum.

Und dann entdeckte sie noch eine vierte Schüssel auf dem Tisch. Es dauerte einen Moment, bis sie den Inhalt erkannte: Jemand hatte ihre liebevoll angerichtete Gemüse- und Käseplatte in eine Schüssel entleert, umgerührt und das Ganze ein paar Runden in der Mikrowelle drehen lassen.

Edward Mandel seufzte. „Tja, was soll ich sagen. Sie sind ein nettes Mädchen, haben einen hübschen Südstaaten-Akzent, würden sich vielleicht sogar die Haare färben und die Brüste ausstopfen lassen …“ Er machte eine bedeutungsschwere Pause. „Aber wissen Sie, was? Wenn Sie bei meiner Kochshow mitmachen wollen, dann müssen Sie auch kochen können, meine Süße.“

„Ich kann sogar sehr gut kochen!“ Lauren lief den beiden Männern hinterher, die gerade in Richtung Haustür gingen. „Das hier ist … also … ich kann das alles erklären!“

Ben lud bereits seine Kamera in den Leihwagen, aber Edward Mandel drehte sich noch einmal zu ihr um. „Nehmen Sie's nicht so schwer, Süße. Manche Menschen können eben unter Druck nicht arbeiten und eignen sich deswegen nicht für eine Realityshow.“ Dann wandte er sich ab und ging ebenfalls zum Wagen.

Fassungslos schnappte Lauren nach Luft. „Ich bin nicht Ihre Süße … *Eddie*!“, rief sie dem Mann hinterher, knallte die Haustür zu und schlug mehrmals mit der Faust dagegen.

Warum hatten die Kinder ihr das angetan? Offenbar hatte Justin sie an der Tür ablenken sollen, während Meredith und Hank gemeinsam dieses Gruselkabinett aufgebaut hatten. Und sie war noch so gerührt über Justins Besuch gewesen! Hatte sich von ein paar netten Worten, einer Umarmung und einem strahlenden Lächeln einfangen lassen. Das hätte sie sich ja denken können. Trotzdem beantwortete das immer noch nicht ihre Frage, was die Kinder mit ihrer Aktion bezweckten. Sie hatte Meredith doch geholfen, so gut sie nur konnte! Sollte das etwa der Dank sein?

Da gab es nur eins: Sie musste nach nebenan und die Kinder zur Rede stellen. So ungern sie Cole dabei begegnete.

Irgendetwas führten die Kinder im Schilde, das spürte Cole. Die Jungen waren zwar eifrig am Packen, aber das war nicht das Einzige, was sie gerade in Atem hielt. Während er noch ein paar Dinge mit Janet besprochen hatte, hatten Hank, Justin und Meredith sich immer wieder aus dem Haus geschlichen und dabei aufgeregt miteinander getuschelt.

Inzwischen waren sie alle wieder da. Die Jungen suchten gerade ihre liebsten Videospiele zusammen, während Janet versuchte, Meredith doch noch zum Mitkommen zu bewegen. Der Gedanke machte ihm Angst. Was sollte er bloß mit sich anfangen, wenn alle Kinder weg waren? Wie sollte er sich dann bloß von Lauren ablenken?

Erschreckend, dass er inzwischen nicht mehr allein sein konnte.

Plötzlich klingelte es, und er fuhr zusammen. Was war jetzt passiert? Als er die Tür öffnete, stand Lauren auf der Matte. Diesmal hatte sie weder einen dreckigen Baseball noch eine Auflaufform mit Lasagne dabei. Ihr Gesichtsausdruck allerdings erinnerte aber eher an den Besuch mit dem Baseball als an den mit der Lasagne.

Ihre Blicke begegneten sich, und er spürte, wie sie zögerte. „Ich würde gern mit deinen Kindern sprechen", sagte sie. Ihre Stimme klang kühl und ruhig.

Es war also genau so, wie er es sich schon gedacht hatte. „Was haben sie diesmal angestellt?"

„Ich würde das wirklich lieber mit den dreien besprechen."

Cole wandte sich um und rief laut nach ihnen. Kurz darauf erschienen sie im Hausflur – zusammen mit Janet. Als sie Lauren entdeckten, wirkten sie betroffen, allerdings nicht überrascht. Alle drei senkten die Köpfe.

Ohne ihn oder Janet weiter zu beachten, kam Lauren ins Haus und auf die Kinder zu. „Warum habt ihr das getan?", sagte sie leise. In ihrer Frage schwang ein tiefer Schmerz mit, der einem das Herz brechen konnte.

Meredith schien völlig in sich zusammenzusacken, während Hank unruhig von einem Fuß auf den anderen trat. Nur Justin war mutig: Er hob den Kopf und kam ein paar Schritte auf Lauren zu.

„Weil wir nicht wollen, dass du mit so einem doofen Fernsehfuzzi nach New York gehst."

„Genau", bestätigte Hank leise. „Du sollst nicht nach New York, du gehörst zu uns. Und wenn diese Fernsehleute denken, dass du den Thunfischauflauf und die Erbsen verbrannt hast, wollen sie dich bestimmt nicht in ihrer blöden Show auftreten lassen. So dachten wir uns das."

„Oh, nein!", flüsterte Cole. „Was habt ihr da bloß angestellt!"

Meredith, seine älteste Tochter, von der er am ehesten vernünftiges Verhalten erwartet hätte, hatte sich bisher noch gar nicht geäußert. Er nahm ihr Kinn in die Hand und zwang sie auf diese Weise, ihn anzusehen. Aber als er die Tränen in ihren Augen erblickte, war ein Großteil seiner Wut verraucht.

„Ich weiß ja, dass ich etwas Schlimmes getan habe. Aber ich will nicht, dass Lauren nach New York geht. Das wollen wir alle nicht. Du doch auch nicht, Dad, oder?" Dicke Tränen liefen ihr über die Wangen.

Janet kam ein paar Schritte auf sie zu. „Lass sie in Ruhe, Cole. Siehst du nicht, dass sie völlig durcheinander ist?"

Er hob eine Hand, und Janet zog sich widerwillig zurück.

Jetzt wandte sich Meredith an ihre Tante: „Das Mittagessen heute … das habe ich gar nicht gekocht, das war Lauren. Ich habe es zwar versucht, aber dann ist mir alles angebrannt, weil ich zu viel auf einmal machen wollte."

Janet seufzte laut auf. „Da bin ich aber froh."

Cole warf ihr einen fragenden Blick zu.

„Na ja, sie ist doch erst zwölf", erklärte Janet. „Da finde ich es nicht angemessen, dass sie besser kocht als ich. Jedenfalls jetzt noch nicht."

Meredith sah zu Cole herüber. „Du hast mir noch immer keine Antwort auf meine Frage gegeben", sagte sie. „Willst du nicht auch, dass Lauren hier bleibt?"

„Was ich will, spielt keine Rolle", gab er zurück. „Du hast nicht das Recht, dich in das Leben anderer Leute einzumischen." Dann wandte er sich an Lauren, die inzwischen gar nicht mehr fuchsteufelswild aussah, sondern nur noch verwirrt. Genau so fühlte er sich auch. „Es tut mir so schrecklich leid“, sagte er. „Ich rufe gleich diesen Produzenten an und erkläre ihm, was passiert ist.“

„Das ist die Mühe nicht wert“, erwiderte Lauren. „Der Idiot wollte, dass ich mir die Haare rot färbe und mit Südstaatenakzent spreche.“ Sie verzog das Gesicht. „Und das war noch nicht alles. Er hat ständig ‚Süße‘ zu mir gesagt. Wahrscheinlich hätte ich sein Angebot sowieso abgelehnt. Das Leben ist nämlich zu kurz, um mit solchen Blödmännern zusammenzuarbeiten.“

„Aber das ist doch so eine tolle Chance für dich …“

„Na und? Das war bestimmt nicht die letzte Chance in meinem Leben. Die Kunst besteht darin, die richtigen beim Schopf zu packen und die falschen vorbeiziehen zu lassen und ihnen dabei gelassen nachzuwinken.“ Sie lächelte den Kindern zu. „Und ihr drei braucht nicht zu glauben, dass ihr mir jetzt nichts mehr schuldig seid. Wenn ihr aus Birmingham zurückkommt, möchte ich nämlich, dass ihr mir alle beim Unkrautzupfen helft.“

„Kein Problem!“, rief Justin begeistert.

„Ich zeige euch dann noch mal genau, wie es geht“, sagte Lauren.

„Und ich rühre einen Zaubertrank an und schicke ihn an den Mann, der heute so gemein zu dir war“, schlug Hank vor. „Soll ich ihn in einen Frosch verwandeln, oder soll ich einfach nur machen, dass ihm alle Haare ausfallen?“

Lauren lachte. „Da ist dir wohl schon jemand zuvorgekommen. Und um die Gartenarbeit kommst du auf diese Weise auch nicht herum.“

„Entschuldige bitte“, meldete sich jetzt Meredith zu Wort. „Ich … ich wollte bloß nicht, dass du weggehst. Ich war so gemein zu dir, und du warst die ganze Zeit immer nur nett, und … und … wenn du weg bist, kann ich das alles nie wiedergutmachen.“ Sie schluchzte leise, und Lauren schob Cole sanft zur Seite, um das Mädchen zu umarmen.

„Es ist alles gut“, sagte sie. „Ich bin nicht sauer auf dich. Wieso auch? Natürlich war das, was du getan hast, nicht in Ordnung. Aber jetzt hast du dich ja dafür entschuldigt, und damit ist die Sache für mich gegessen. Du hast das alles doch nur gut gemeint. Wir sprechen später noch mal darüber, okay?" Sie strich ihr mit dem Daumen über die Wange.

Cole entging nicht, dass Meredith Lauren noch einmal fest drückte und Hank sie ebenfalls stürmisch umarmte. Justin sprang ein ganzes Stück hoch und schlang ihr nicht nur die Arme, sondern auch beide Beine um den Körper.

Dann verließ sie ohne ein weiteres Wort zu ihm oder Janet das Haus.

Cole wandte sich zu seiner Schwägerin um. Wahrscheinlich würde sie ihn gleich über diese Frau aushorchen, die sich innerhalb kürzester Zeit in seine Familie eingeschlichen hatte. Bestimmt passte das überhaupt nicht in ihr Konzept.

Seltsamerweise lächelte sie. „Na, das war ja interessant", bemerkte sie. „Irgendwie habe ich das Gefühl, dass das zwischen euch etwas Ernstes ist."

„Lauren ist einfach nur meine Nachbarin", erwiderte Cole halbherzig.

„Alles klar", gab Janet trocken zurück. „Deswegen hat sie sich auch so angestrengt, dich bloß kein einziges Mal anzugucken." Sie wandte sich den Kindern zu. „So, und jetzt packt schnell eure Sachen fertig, damit wir loskönnen."

Zu Coles Überraschung kam auch Meredith eine halbe Stunde später mit einem rosafarbenen Koffer aus ihrem Zimmer.

„Meredith ...", begann er. „Du musst jetzt nicht die Flucht ergreifen. Ich bin doch gar nicht sauer auf dich."

„Ich weiß", sagte sie. „Aber ich habe meiner Freundin Hayley eine E-Mail geschickt, und sie hat vorgeschlagen, dass wir ja etwas zusammen unternehmen können. Wäre es wohl in Ordnung, wenn ich ...?"

„Natürlich."

„Außerdem kannst du dich besser mit Lauren verabreden, wenn wir alle weg sind."

„Ach, lieber nicht", sagte er. „Ich schlafe nächste Woche einfach mal aus, bereite meinen Unterricht vor und schaue mir ein paar Filme an. Was soll ich mit einem Date?" Er zwinkerte Meredith zu.

Das Mädchen schwieg, stattdessen antwortete Janet: „Also, ich würde dir dringend eins empfehlen."

Diese Bemerkung verwirrte ihn vollständig. Bisher hatte er immer geglaubt, dass Janet ihn und die Kinder mit ihren Besuchen kontrollieren wollte und der festen Überzeugung war, dass keine andere Frau den Platz ihrer Schwester einnehmen könnte.

„Ich brauche kein ...", begann er.

Janet lächelte Meredith zu und bat sie darum, ein Stück Schokoladenkuchen für Onkel Fred einzupacken. Kaum war das Mädchen verschwunden, wurde sie schlagartig ernst. „Meinst du wirklich, dass du den Kindern einen Gefallen damit tust, dass du nur noch für sie da bist und kein eigenes Leben mehr hast?"

Ihm zog sich innerlich alles zusammen. Obwohl er sich vor Kurzem erst genau die gleiche Frage gestellt hatte, war das doch immer noch seine Angelegenheit. „Janet, das geht dich ..."

„... überhaupt nichts an, ich weiß", ergänzte sie den Satz. „Aber die Kinder gehen mich sehr wohl etwas an, das sind nämlich auch Marys Kinder. Mir ist ja bewusst, dass ich mich manchmal etwas zu sehr einmische, aber das tue ich nur, weil mir die drei so wichtig sind und ich sie ganz schrecklich vermisse. Verdammt, manchmal vermisse ich sogar dich, Cole. Und unterm Strich wollen wir doch beide das Gleiche, nämlich, dass die Kinder glücklich sind."

Sie rümpfte die Nase. „Aber wenn du dich nicht endlich auch um dich kümmerst, bekommen sie noch eine ganz schräge Vorstellung davon, wie ein Erwachsenenleben abläuft. Ich kenne diese Lauren zwar nicht, aber hübsch ist sie schon mal, und kochen kann sie auch. Außerdem lieben die Kinder sie offensichtlich. Aber sie muss natürlich auch dir gefallen ..."

„Das ist jetzt der völlig falsche Zeitpunkt für so etwas", wandte er ein. „Die Kinder brauchen mich."

Janet seufzte. „Das erinnert mich an einen Freund von Fred", sagte sie. „Seine Frau hatte ihn und ihre zwei kleinen Kinder verlassen. Da hat er es genauso gemacht wie du: Er hat sein ganzes Leben den Kindern gewidmet und sämtliche Frauen, die sich für ihn interessiert haben, früher oder später zurückgewiesen. Eine Frau hat er sogar wirklich geliebt, aber die Beziehung hat er schließlich auch beendet. Tja, irgendwann sind die Kinder erwachsen geworden und ausgezogen, da war der Mann ganz allein. Und schließlich ist er an einem gebrochenen Herzen gestorben. Außer den Kindern ist niemand zu seiner Beerdigung gekommen, weil er den Großteil seines Lebens immer nur Vater gewesen war."

Sie vermied es, Cole in die Augen zu sehen. Unglaublich, wie schlecht diese Frau lügen konnte!

„Und wie geht diese spannende Geschichte weiter?", fragte er höhnisch. „Hat die Frau, die er mal geliebt hat, etwa noch in einem roten Kleid auf seinem Grab getanzt?"

Sie errötete. „Okay, okay, ich habe mir das alles nur ausgedacht. Aber ganz so abwegig finde ich das alles nicht. Genau so etwas könnte nämlich auch dir passieren, und das hätte Mary nie gewollt."

In diesem Moment kamen Meredith, Hank und Justin in den Flur, und damit war das Thema beendet.

Die Kinder umarmten und küssten Cole und luden mit Janets Hilfe ihr Gepäck ins Auto. Dann kamen sie noch einmal zurück und blieben ein paar Schritte vor ihm stehen. Was jetzt?

Schließlich ergriff Hank das Wort. „So", sagte er ernst. „Wir haben unseren Teil erledigt, jetzt bist du dran."

„Womit bin ich denn dran?"

„Du sollst machen, dass sie sich in dich verliebt", erklärte Justin.

Meredith schaute zu Laurens Haus hinüber. „Geh einfach mal mit ihr ins Kino, und dann guckt ihr euch einen schönen Film an. Aber keinen Zeichentrickfilm. Und auch keinen mit sprechenden Tieren." Sie fixierte ihn mit ihren dunklen Augen. „Und wenn ihr nachher etwas essen geht, dann lieber nicht in ein Schnellrestaurant."

Cole grinste. Das waren ja tolle Dating-Tipps, die seine zwölfjährige Tochter ihm da gab! Und als Nächstes beugte sich Hank zu ihm herüber und verriet ihm, wo er seinen Zauberstab und das Rezept für den Gute-Laune-Trank versteckt hatte – für den Fall der Fälle.

Dann winkten ihm alle noch einmal zu und stiegen ins Auto. Jetzt war er ganz auf sich gestellt.

10. Kapitel

Am nächsten Tag, einem Sonntag, war Lauren schon bei Sonnenaufgang wach. Eigentlich hatte sie sich nach diesem schrecklichen Samstag in einen traumlosen Schlaf flüchten wollen, aber das hatte nicht geklappt. Jahrelang hatte sie sich mit Händen und Füßen dagegen gewehrt, sich noch einmal zu verlieben, damit sie nur ja niemand verletzte. Und jetzt war es doch um sie geschehen. Aber diesmal hatte ihr nicht ein einziger Mann das Herz gebrochen, sondern gleich eine ganze Familie, die sie über alles liebte!

Irgendwie musste sie sich von diesem schrecklichen Schmerz ablenken, und erfahrungsgemäß half da nur eins. Andere Leute rauchten oder tranken oder aßen Schokolade zu ihrer Beruhigung – sie kochte. Der Duft nach frisch gebackenem Brot oder Kuchen hatte etwas Reinigendes an sich. Zumindest konnte sie ihre Probleme darüber vorübergehend vergessen.

Weil sie es heute im Gegensatz zu gestern nicht eilig hatte, konnte sie sich bei der Zubereitung so viel Zeit lassen, wie sie wollte. Zuerst buk sie noch einen Schokoladenkuchen, dann Buttermilchplätzchen und Ingwerkekse. Natürlich konnte sie das alles nie im Leben aufessen, also beschloss sie, später damit in der Seniorenwohnanlage ihrer Großmutter vorbeizufahren.

Zitronenschnitten! dachte sie. Die könnte ich auch noch machen.

Plötzlich klingelte das Telefon und riss sie aus ihren Gedanken. Wahrscheinlich Hilary, die hören wollte, wie das Treffen mit Edward Mandel gelaufen war. Eigentlich hatte Lauren sie erst Montag im Verlag anrufen wollen, aber jetzt kam sie wohl nicht um das Gespräch herum.

Doch das Display zeigte nicht etwa Hilarys Nummer an, sondern die ihres Nachbarn: Cole Donovan. Na, toll. Da war es ihr gerade gelungen, ihn einigermaßen aus ihren Gedanken zu verbannen …

und jetzt das! Sie wandte sich ab und ließ das Gerät einfach weiterschrillen, bis der Anrufbeantworter ansprang. Cole legte auf, ohne eine Nachricht zu hinterlassen.

Lauren schob gerade die Zitronenschnitten in den Ofen, da klingelte das Telefon erneut. Schon wieder erschien Coles Name auf dem Display. Und wieder blieb sie so lange vor dem Gerät stehen, bis der Anrufbeantworter ansprang. Vielleicht war ja etwas passiert und er wollte sie deshalb dringend erreichen? Mit den Kindern womöglich?

Diesmal sprach Cole ihr aufs Band. „Geh schon ran, Lauren, ich weiß doch, dass du da bist."

Er klang verärgert – zum Glück. Wenn etwas mit den Kindern wäre, würde er sich ganz anders anhören. Also rührte sie sich nicht.

„Wenn du nicht gleich rangehst, komme ich eben zu dir rüber …"

Sofort griff Lauren nach dem Hörer. Auf gar keinen Fall sollte Cole sie so sehen – so verheult und übernächtigt. „Was gibt es denn?" Das klang nicht gerade freundlich, aber wie sollte sie auch jemanden begrüßen, der ihr gerade das Leben ruiniert hatte?

„Ich wollte dich vorwarnen. Du bekommst gleich Besuch."

Eigentlich hatte Lauren Cole so schnell nicht wiedersehen wollen. Schon gar nicht in ihrem Haus und am allerwenigsten in ihrer Küche. Aber jetzt stand er ihr ausgerechnet in ihrem Lieblingsraum gegenüber, und sie konnte immer noch nicht glauben, was er getan hatte.

„Heute Nachmittag kommen sie noch mal bei dir vorbei", sagte er ruhig.

„Wie … hast du das geschafft?", wollte sie wissen.

„Na ja, du hattest irgendwann mal den Namen dieses Produzenten erwähnt, den habe ich mir gemerkt. Und dann habe ich eben ein bisschen herumtelefoniert."

Ein bisschen herumtelefoniert also. Als ob es so einfach wäre! „Warum hast du das gemacht? Ich habe dir doch gesagt, dass ich an dieser Show gar nicht mehr teilnehmen will und dass ich den Typen absolut fies finde."

Cole lehnte sich gegen die Arbeitsplatte, ziemlich genau an der

Stelle, an der sie sich zuletzt geliebt hatten. Er betrachtete sie mit seinen tiefblauen Augen, in die sie sich so sehr verliebt hatte. Aber jetzt …

Sie blinzelte. „Willst du mich etwa loswerden?"

„Nein", erwiderte Cole mit fester Stimme. „Auf gar keinen Fall. Wenn du keine Lust auf diese Kochshow hast, dann sagst du dem Typen das einfach. Ich will bloß nicht, dass dir diese Chance wegen meiner Kinder durch die Lappen geht. Wenn du sie einfach vorbeiziehen lassen und ihr dabei nachwinken willst, dann nur zu."

„Ich verstehe immer noch nicht, warum dieser Edward Mandel noch mal bei mir vorbeikommen will."

Cole verschränkte die Hände vor der Brust und legte lässig ein Fußgelenk über da andere. „Weil ich ihm erklärt habe, was meine Kinder angestellt haben. Das fand er wohl irgendwie süß. Außerdem meinte er, dass sich so eine Geschichte ganz wunderbar für dein Intro verwerten lässt."

Lauren erschrak. „Er hat doch wohl nicht vor, die Kinder zu filmen?" Das kam für sie überhaupt nicht infrage.

„Die drei sind sowieso noch die ganze Woche bei Janet, also brauchst du dir deswegen erst mal keine Sorgen zu machen."

„Ein Glück."

„Na ja, jedenfalls habe ich mit dem Typen eben übers Handy telefoniert", erklärte Cole. „In einer Stunde ist er hier. Du kannst ihn ja ein bisschen einwickeln, ihm deine tollen Plätzchen und Kuchen servieren, ihn von dieser Show erzählen lassen … und dann entscheidest du, ob du überhaupt mitmachen willst. Nicht er."

Genau das hatte sie sich die ganze Zeit gewünscht: ihre eigenen Entscheidungen zu treffen. Alles unter Kontrolle zu haben. Bis Cole mit seinen Kindern in ihr Leben geplatzt war und ihr ganzes Leben durcheinandergewirbelt hatte.

Das Verrückteste daran war: Sie hatte sich dabei unglaublich wohlgefühlt.

„Und was ist, wenn ich gar nicht nach New York will?", erkundigte sich Lauren. „Was ist, wenn ich lieber hierbleibe, um abzuwarten, wie sich gewisse Dinge weiterentwickeln?"

„Lehn das Angebot bloß nicht meinetwegen ab", sagte Cole, und Lauren blieb fast das Herz stehen. Dann hatte er das alles doch nur arrangiert, weil er sich schuldig fühlte! Aber dann fügte er hinzu: „Wenn du aus New York zurückkommst, bin ich immer noch hier und warte auf dich." Er ging zur Hintertür. „Natürlich nur, wenn du das auch willst. Darf ich dich später mal anrufen, um nachzufragen, wie alles gelaufen ist?"

„Nein", flüsterte sie.

Er nickte, nahm ihre Antwort einfach so hin.

„Ich würde mich freuen, wenn du hinterher vorbeikommst", fuhr sie leise fort. „Wir müssen uns nämlich dringend unterhalten. Ich rufe dich dann an."

Bildete sie sich das nur ein, oder hatte sie in seinen Augen tatsächlich einen Hoffnungsschimmer gesehen? Ging es ihm vielleicht genau wie ihr?

Edward Mandel und sein Kameramann Ben wirkten etwas verunsichert, als sie zum zweiten Mal zu Lauren ins Haus kamen. Wahrscheinlich rechneten sie wieder mit irgendeiner Katastrophe.

Aber nachdem beide einmal tief durchgeatmet hatten, lächelten sie. Der Plätzchenduft, der in der Luft lag, machte automatisch gute Laune.

„Normalerweise mache ich so etwas nicht, meine Süß… Ms. Russell, aber Ihr Nachbar hat einfach nicht locker gelassen", sagte der Fernsehproduzent. „Außerdem ist das eine tolle Story, die können wir gleich verwerten."

Lauren lächelte. „Tja … darf ich Ihnen denn diesmal etwas zu essen anbieten?"

„Genau deswegen sind wir hier." Ben zwinkerte ihr zu.

„Wir habe gerade eine Frau aus Memphis angeheuert, aber es spricht ja nichts dagegen, zwei Südstaatenköchinnen in der Show zu haben", erklärte Edward Mandel. „Allerdings macht sie jetzt schon auf rothaarig, außerdem braucht sie keinen wattierten BH. Für Sie überlegen wir uns dann einfach ein anderes Markenzeichen."

Lauren führte die beiden Männer in die Küche. Diesmal hatte sie sich nicht die Mühe gemacht, das Esszimmer herzurichten. Es gab keine frischen Blumen und auch keine ausgefallene Tischdekoration. Stattdessen hatte sie einfach einen Krug Eistee auf den Küchentisch gestellt und ihre Plätzchen, Kuchen und Zitronenschnitzen auf der Arbeitsplatte angerichtet. Nach und nach probierten sich die Männer durch das gesamte Spektrum. Dabei setzten sie sich an den Küchentisch, während Lauren ihnen Eistee einschenkte.

Einige Minuten lang herrschte eine andächtige Stille im Raum. Nur hin und wieder stöhnte einer der beiden genussvoll auf. Offenbar schmeckte es ihnen.

Edward Mandel stand auf und ging mit seinem leeren Teller zu den Backwaren. „Sie sind auf jeden Fall dabei", sagte er. „Das schmeckt alles ganz hervorragend, außerdem sind Sie eine hübsche junge Frau. Und dann diese Geschichte mit den Nachbarskindern … ich glaube, Sie haben die allerbesten Chancen, die Show zu gewinnen. Sind die Kinder eigentlich auch so hübsch, lassen die sich wohl gut filmen? Das wäre nämlich großartig!" Er stellte den frisch gefüllten Teller auf den Küchentisch und ließ sich wieder auf den Stuhl fallen.

„Die Kinder sind einfach hinreißend", erwiderte Lauren voller Überzeugung.

„Toll! Wann können wir mit den Dreharbeiten anfangen? Vielleicht können wir ja heute schon ein paar Aufnahmen machen. Ben, du hast jetzt genug gegessen, miss doch mal die Lichtverhältnisse in der Küche aus …"

„Nein, danke", sagte Lauren und lächelte dabei zufrieden.

„Wie bitte, wollen Sie etwa nicht, dass wir die Kinder da mit reinbringen? Aber das gibt doch so ein umwerfendes Intro! Wir filmen dann auch so, dass ihre Gesichter nicht zu sehen sind, falls Sie sich deswegen Sorgen machen, aber …"

„Mr. Mandel, ich glaube, Sie haben mich noch nicht richtig verstanden. Ich schlage Ihr Angebot komplett aus. Ich möchte nämlich gar nicht bei Ihrer Show mitmachen."

Der Fernsehproduzent wirkte fassungslos. Selbst Ben, der trotz der Anweisungen seines Vorgesetzten immer weiteraß, machte ein erstauntes Gesicht.

„Aber … jeder will doch ins Fernsehen“, stammelte Edward Mandel.

„Das ist auch wirklich ein tolles Angebot, und ich danke Ihnen ganz herzlich dafür, aber für mich kommt es leider zu einem absolut ungünstigen Zeitpunkt.“

„Wie soll ich denn das bitte verstehen?“, gab Edward Mandel empört zurück und stand auf. An seinem Seideschlips hingen noch Kekskrümel, und am Kinn hatte er einen Schokoladenfleck. „So eine Chance bekommt man nur einmal im Leben. Wenn Sie sie jetzt nicht ergreifen, bereuen Sie es später noch.“

„Ach, das glaube ich nicht.“ Jedenfalls hoffte sie, dass sich für sie alles zum Guten wenden würde. „Wissen Sie, ich muss mich zwischen zwei Möglichkeiten entscheiden. Einerseits könnte ich nach New York fliegen und bei Ihrer Show mitmachen. Mit ganz viel Glück könnte ich dann irgendwann Millionen von Fernsehzuschauern zeigen, wie man leckere Gerichte kocht und sich ein schönes, gemütliches Zuhause einrichtet. Tja, und andererseits könnte ich einfach hier in Huntsville bleiben und meine ganzen Tipps und Rezepte selbst in die Tat umsetzen.“

Der Produzent seufzte, setzte sich wieder und trank einen großen Schluck von Laurens zuckersüßem Eistee. „Falls Sie es sich doch noch mal anders überlegen sollten …“

„Ganz bestimmt nicht.“

„Verdammt, warum haben Sie uns überhaupt noch mal eingeladen, wenn Sie sowieso kein Interesse an der Show hatten?“ Er zuckte mit den Schultern. „Na ja, mir soll’s egal sein. Es gibt Hunderte von Menschen, die sich ein Bein dafür ausreißen würden. Vielleicht sogar Tausende.“

„Ich habe Sie gar nicht eingeladen“, erwiderte Lauren. „Das war mein Nachbar. Aber wo Sie schon mal hier waren, habe ich Ihnen mal eine Kostprobe der legendären Südstaaten-Gastfreundschaft geboten.“ Und dabei hatte sie ganz nebenbei unter Beweis gestellt, dass sie tatsächlich kochen konnte.

Auch wenn sie Edward Mandel mit ihrer Entscheidung verärgert hatte – seinen Teller aß er trotzdem noch leer. Dann stand er auf, zog eine Visitenkarte aus der Tasche und warf sie auf den Küchentisch. „Für den Fall, dass Sie es sich anders überlegen“, sagte er. „Bis Ende der Woche will ich meine Kandidaten zusammen haben, also überlegen Sie lieber nicht zu lange.“

Ben schnappte sich ein Plätzchen für unterwegs, zwinkerte ihr noch einmal zu und folgte dann seinem Vorgesetzten.

Statt Cole anzurufen, ging sie gleich mit schnellen Schritten zum Nachbarhaus hinüber und klingelte kräftig.

Wenige Sekunden später öffnete Cole die Tür – als hätte er dahinter auf sie gewartet. Einen Moment lang standen sie sich schweigend gegenüber und sahen sich an.

„Und? Wann reist du ab?“, erkundigte Cole sich. Er klang sehr ernst.

„Gar nicht“, erwiderte Lauren. „Ich habe das Angebot nämlich abgelehnt.“ Sie lächelte. „Das hat diesen Fernsehfuzzi ganz schön überrascht. Darf ich reinkommen?“

„Natürlich.“ Gemeinsam gingen sie ins Wohnzimmer. „Aber warum wolltest du denn nicht mitmachen?“

„Weil ich heute auch keinen besseren Eindruck von diesem Mr. Mandel hatte als gestern. Und ich habe keine Lust, mich für jeden Fernseh-Blödsinn herzugeben und zum Beispiel einhändig zu kochen oder für jede Zutat eine bestimmte Menge Kakerlaken essen zu müssen. Oder was auch immer sie sich in dieser Show für die Kandidaten ausdenken.“

Cole lächelte nicht, obwohl sie absichtlich maßlos übertrieben hatte. „Ich bin auf jeden Fall sehr froh, dass du hierbleibst. Egal, aus welchen Gründen.“

„Warum hast du diesen Edward Mandel dann überredet, noch mal herzukommen?“

Cole blickte sich im Zimmer um, als würde er nach etwas Bestimmtem suchen. Aber vielleicht konnte er ihr einfach nicht ins Gesicht sehen. „Weil es in deiner Hand liegen sollte, ob du nach New York willst oder nicht.“

Lauren seufzte. „Man kann im Leben nicht immer alle Fäden in der Hand haben. Das will ich übrigens auch gar nicht.“

„Das sagst ausgerechnet du!“

„Ja, das finde ich auch gerade ziemlich erstaunlich.“ Lauren lächelte. „Es gibt übrigens noch einen zweiten Grund, warum ich nicht nach New York wollte.“

„Und zwar?“

„Du bist eine einmalige Chance für mich, Cole. Und die will ich unbedingt wahrnehmen. Ich will mit dir durch dick und dünn gehen, Schlamm und Zaubertränke hinnehmen und vielleicht sogar eines Tages eine lange Diskussion mit dir führen … über weitere Babys.“ Sie hielt die Luft an. Jetzt hatte sie die Worte ausgesprochen, hatte ihm ihr Herz zu Füßen gelegt und ihn dabei auch noch mit seinen schlimmsten Befürchtungen konfrontiert. Entweder er wandte sich jetzt von ihr ab oder er ließ sich auf sie ein. Sie hoffte so sehr, dass sie sich nicht in ihm getäuscht hatte …

Ganz langsam und vorsichtig kam er auf sie zu, als wollte er ihr damit die Gelegenheit geben, sich doch wieder zurückzuziehen.

„Ich habe mich geirrt“, sagte er.

Sein Blick sagte mehr als tausend Worte … und wenn sie ihn richtig deutete, würde dieser Tag ganz wunderbar für sie beide enden. „Wie meinst du das genau?“

„Als ich dir gesagt habe, dass aus uns nichts werden kann, habe ich mich geirrt. Das war eine reine Panikreaktion.“

„Sag das bitte noch mal“, hauchte sie.

„Was denn? Das mit der Panikreaktion?“

Sie schüttelte den Kopf.

„Dass ich mich geirrt habe?“

„Ja, genau das meinte ich.“

Zärtlich strich Cole ihr eine widerspenstige Haarsträhne aus der Stirn. Lauren legte ihm die Finger ans Kinn. Er fühlte sich so herrlich warm an …

„Ich habe mich schon sehr lange nicht mehr in jemanden verliebt“, begann er. „Und als es mir endlich doch wieder passiert ist, habe ich völlig den Verstand verloren. Dein Kinderwunsch hat mich ziemlich eingeschüchtert, aber eigentlich ging es vielmehr darum, dass du mir auf einmal so nah warst. Das hat mir schreckliche

Angst gemacht." Er stand so dicht vor ihr, dass sie seine Körperwärme spüren konnte. „Lauren … ich will dich auf keinen Fall verlieren."

Hatte er etwa gerade von Liebe gesprochen?

„Trinkst du die Milch manchmal direkt aus dem Karton?", wollte sie wissen.

„Ja, jeden Tag sogar", gestand er.

„Wirfst du deine Schmutzwäsche einfach so auf den Boden?"

„Es kommt schon mal vor, dass ich den Korb nicht treffe."

„Und klappst du den Toilettendeckel zu oder lässt du ihn oben?"

„Manchmal lasse ich ihn oben." Er verzog das Gesicht. „Ist das jetzt ein Persönlichkeitstest? Dann schneide ich gerade ziemlich mies ab, oder?"

„Das ist kein Test", erwiderte Lauren. „Ich gestalte nur gerade meine Liste um."

„Was für eine Liste?"

„Wie groß bist du eigentlich?", fuhr sie fort.

„Eins siebenundachtzig."

Lauren seufzte. „Okay, dann wandert die Liste komplett in den Papierkorb." Sie stellte sich auf die Zehenspitzen, um Cole zu umarmen. „Und ich kaufe mir einfach eine Trittleiter und High Heels." Eigentlich hatte sie in letzter Zeit sowieso kaum an ihre Anforderungsliste gedacht. Schließlich gab es viel wichtigere Dinge im Leben. Fröhliche Kinderspiele zum Beispiel. Fünfe gerade sein lassen zu können. Oder sich in einen Mann zu verlieben, bei dem sie sich rundum geborgen fühlte – egal, wie ordentlich oder unordentlich die Umgebung war. „Hast du heute Abend schon etwas vor?"

Cole zog sie an sich und rieb seine Wange an ihrer. „Keine Ahnung, sag du's mir."

„Du könntest zum Beispiel mit mir zusammen zur Seniorenwohnanlage fahren, in der meine Großmutter wohnt, und meine ganzen Kekse dort abliefern."

„Hm … das hatte ich mir irgendwie anders vorgestellt", murmelte er. „Da haben wir heute schon mal sturmfreie Bude, und du willst in der Seniorenwohnanlage Kekse verteilen?"

„Grandma will dich aber unbedingt kennenlernen!" Lauren schloss die Augen und atmete Coles Duft ein. „Und du sollst sie auch kennenlernen, sie ist mir nämlich sehr wichtig. Sie ist sozusagen mein Fels in der Brandung. Sie ist wie ich … in fünfzig Jahren. Ich hoffe, ihr versteht euch gut."

„Wenn sie dir wirklich so ähnlich ist, dann muss ich sie ja einfach lieben. Vielleicht nicht so sehr wie dich …" Er hielt inne, als hätte er sich an den Worten verschluckt.

Jetzt sprach er schon zum zweiten Mal innerhalb weniger Minuten von Liebe. Das gefiel ihr. Sehr sogar.

„Ich liebe dich auch", flüsterte sie ihm zu.

Cole grinste, legte Lauren die Hände auf die Schultern und küsste sie. Und selbst wenn sie ihre Zukunft noch nicht bis ins letzte Detail durchgeplant hatten und ihnen wahrscheinlich ein paar ziemlich chaotische Jahre bevorstanden, war sie sich einer Sache ganz sicher: Sie hatte bei Cole ihr Zuhause gefunden.

– ENDE –

Band-Nr. 26009
9,99 € (D)
ISBN: 978-3-95649-604-2
560 Seiten

Linda Lael Miller u.a.

Liebe hat immer Saison

Linda Lael Miller - Verlockung pur:

Carlys Ratgeberkolumne wird von ihrem erfolgreichen Kollegen Mark Holbrook nur belächelt. Trotz hitziger Wortgefechte verspürt sie jedoch kribbelnde Frühlingsgefühle in seiner Nähe ... aber Mark versucht die Anziehung zwischen ihnen um jeden Preis zu ignorieren.

Sarah Morgan - Und wieder brennt die Leidenschaft:

Nur aus einem Grund kehrt Anastasia diesen Sommer mit ihrem Exmann Rico zurück nach Sizilien: Seine kleine Schwester braucht sie nach einem Unfall dringend. Sobald es ihr besser geht, wird Anastasia wieder verschwinden. Doch Rico will Anastasia kein zweites Mal verlieren!

Roxanne St. Claire - Wer bist du, süße Lady?:

Erst ein Hurrikan und jetzt Quinn McGrath, der ihr alles nehmen will! Nicole hasst den Immobilienmakler, schon bevor sie ihn gesehen hat. Aber als sie ihm schließlich gegenübersteht, ist die Anziehung zwischen ihnen stärker und gefährlicher als jeder Herbststurm …

Shannon Stacey - Wenn die Liebe vom Himmel schneit:

Eine Romanze mit seiner hinreißenden Assistentin Rachel kommt für Adrian nicht infrage. Das würde nur Probleme geben. Doch dann steckt er ausgerechnet mit Rachel bei einem Blizzard in einem romantischen

Band-Nr. 20065
9,99 € (D)
ISBN: 978-3-95649-656-1
512 Seiten

Nora Roberts u. a.
Winterliebe

Nora Roberts:
Lebe die Liebe

Caine MacGregor weiß längst: Diana ist seine Traumfrau! Aber sie hat Angst ihm zu zeigen, welche Sinnlichkeit in ihr schlummert – bis sie sich gemeinsam vor einem Schneesturm retten müssen …

Heather Graham:
Wie ein Stern in dunkler Nacht:

Skiferien mit dem Chef. Nur ihrem Sohn zuliebe stimmt Cary zu. Womit sie nicht gerechnet hat ist, dass sie Jason begehrt, wie keinen Mann zuvor. Doch ihre Gefühle erscheinen ihr, wie Verrat an ihrem verstorbenen Mann.

Sherryl Woods
Heiße Nächte in Colorado:

Eigentlich muss Lindsay nur beruflich nach Denver. Doch dann begegnet sie im Flugzeug einem faszinierenden Fremden, der ihr charmant sein Interesse zeigt. Spontan lässt Lindsay sich auf den heißen Flirt ein …

Cindy Gerard
Hochzeitsnacht im Winterwald:

Durch tiefen Schnee muss Barbara die Blockhütte von Abel Greene erreichen – einem völlig Fremden. Für eine sichere Zukunft ist Barbara seiner Heiratsanzeige gefolgt. Doch hat sie die Macht der Gefühle unterschätzt? Unschuld glaubt …

Band-Nr. 25954
9,99 € (D)
ISBN: 978-3-95649-595-3
560 Seiten

Sandra Brown u. a.
Ein Brief vom Glück

Sandra Brown:
Wenn die Liebe erwacht

Mit jeder Zeile verliebt er sich mehr: Trevor ist tief bewegt von Kylas Liebesbriefen, die nach dem Tod ihres Mannes irrtümlich an ihn geschickt wurden. Sein Entschluss steht fest: Er muss sie finden!

Kristin James:
Heiße Lust in deinen Armen

Ausgerechnet ein Schreiben vom Gericht bringt sie zusammen: Anwalt James Marshall ermittelt gegen einen Betrüger – und verfällt dessen verführerischer Tochter. Eine verbotene Liebe ohne Happy End?

Rosemary Carter: Es geschah in Afrika

Die Briefe ihrer Schwester führen Melanie nach Afrika. Überstürzt beginnt sie eine stürmische Affäre mit dem geheimnisvollen Robin. Doch der scheint etwas mit dem Tod ihrer Schwester zu tun zu haben!

Stella Cameron: Du hältst doch zu mir, oder?

Kurierin Laurie ist überglücklich, dass sie in dem attraktiven Ian die große Liebe gefunden hat. Bis ihr plötzlich einige Briefe zum Verhängnis werden und noch nicht einmal Ian an ihre Unschuld glaubt …

Band-Nr. 25924
9,99 € (D)
ISBN: 978-3-95649-299-0
720 Seiten

Susan Wiggs u. a.
Ein Sommer voller Liebe

Susan Wiggs: Träume von dir

Ohne Begleitung auf einem Klassentreffen – das wäre die Hölle für Twyla. Aber was, wenn sie einfach Rob Carter, den ihre Freunde ihr auf der Junggesellenauktion ersteigert haben, mitnehmen würde?

Linda Winstead Jones: Falsche Küsse – echte Liebe

Daisys große Liebe Jacob ist zurück und er bittet sie, seiner kranken Großmutter zuliebe, das glückliche Paar zu spielen. Ein gefährliches Spiel, denn Jacob darf nie erfahren, wie Daisy wirklich fühlt.

Beverly Barton: Eine sinnliche Affäre

CeCe ist süß, privilegiert und aus gutem Hause und Gardner braucht sie, um sich für das zu rächen, was ihre Familie ihm angetan hat. Doch er hat nicht damit gerechnet, dass er sich in sie verlieben könnte …

Laura Wright: Mein sexy Nachbar

Trent muss heiraten, sonst verliert er sein Erbe. Seine unscheinbare Nachbarin wäre die perfekte Kandidatin. Aber wie macht man einer Frau, mit der man noch nie gesprochen hat, einen Heiratsantrag?